LA HISTORIA ESCRITA EN EL CIELO

© Carmen Martínez Gimeno, 2012
© de la edición en papel, Carmen Martínez Gimeno, 2015
Cubierta: Lola Menéndez Rodríguez y Alexia Jorques
Maquetación: MarianaEguaras.com
Edición al cuidado de Armada de Letras
Impresión: CreateSpace

También disponible en versión ebook en Amazon.
De venta en Amazon, CreateSpace eStore y candenas asociadas

ISBN: 978-84-608-2580-7

LA HISTORIA ESCRITA EN EL CIELO

Carmen Martínez Gimeno

A la memoria de mis padres.
A mi extensa y querida familia

1

El Camino Español

Dos mujeres bordaban al tibio sol de mediodía, resguardadas tras la fachada de la casa de dos pisos, construida en piedra; la mayor estaba sentada en un alto sillón de madera oscura, mientras que la más joven se había acomodado a sus pies en una silla baja. Ambas levantaron los ojos de la tarea al escuchar el galope de un caballo que se acercaba por el camino de tierra e intercambiaron unas breves palabras de sorpresa. Desde el lugar donde se encontraban no podían ver de quién se trataba, pero al poco apareció una criada para anunciarles:

—¡Alegraos, señora, pues al fin hubo noticias! ¡Llegó carta y paquete de Castilla!

—¿Dónde están? Traédmelos de inmediato —pidió la mujer mayor, levantándose agitada de su asiento y dejando caer al suelo el bastidor del bordado.

—Enseguida os los entregará Armand. Yo me he adelantado para comunicaros la buena nueva, pues no se me escapa con cuánta ansia la esperabais.

La joven también se alzó de su silla cuando vio que llegaba, casi corriendo, un hombre más bien grueso, de mediana edad y rostro afable, cargado con un bulto envuelto en una burda tela oscura y cerrado con varias vueltas de cordel lacrado.

—¿No decíais que hubo carta? —preguntó con cierta desilusión la dama mayor cuando lo tuvo cerca.

—Así es, señora —respondió Armand con una amplia sonrisa, a la vez que se sacaba del jubón un papel doblado y sellado—. Los

9

nuevos voluntarios de los Tercios Españoles se dirigen a Flandes y han acampado cerca de Besanzón. El sargento Villamediana tenía el encargo de venir a entregaros el envío de vuestro esposo, pero avanzan a marchas forzadas y yo lo excusé de que hiciera el camino hasta aquí.

—¿Cómo está mi esposo? —preguntó la dama angustiada, mientras cogía el papel que Armand le alargaba—. ¿Sabe algún suceso el sargento?

Armand la tranquilizó:

—No os inquietéis, mi señora. Quedó sano y salvo en la corte castellana, sin ningún contratiempo digno de mención... pero os aconsejo que leáis la carta. En ella creo que hallaréis cuantas razones precisáis para serenar vuestro corazón.

La dama se dejó caer en el sillón, hizo saltar el lacre con manos temblorosas y se enfrascó en la lectura. Cuando estaba a punto de terminar, una gruesa lágrima rodó por su mejilla.

La hija, preocupada, se acurrucó a su lado:

—¿Qué sucede, mamá? ¿Son malas noticias?

La madre abandonó la carta sobre el regazo y lanzó un hondo suspiro.

—No. Las noticias son buenas, pero tu padre está muy lejos. Nacerá su hijo y no habrá vuelto —expresó con tristeza, tocándose el vientre apenas abultado.

—¿Puedo leerla? —pidió la hija, extendiendo la mano para alcanzar la carta.

—Sí. Te dedica varios párrafos. Mi buen Maxim también se interesa por vosotros —anunció a los dos criados—. No se olvida de nadie más que del hijo que va a nacer dentro de pocos meses.

—Señora —replicó la criada—. No conoce su existencia. Cuando partió para Castilla, no sabía que estabais encinta. ¿Cómo esperáis que se ocupe de él?

—Debéis advertirle —intervino Armand—. El amo ha de estar al corriente de vuestro venturoso estado. Tengo para mí que se enojará si lo mantenéis en la ignorancia de un asunto de tanta trascendencia para su casa.

La dama no contestó. Hacía casi seis meses que su esposo, el señor de Gourney, había salido de viaje aprovechando la vuelta a la Península Ibérica del capitán Jacinto de Zadava, con quien había recorrido el Camino Español hasta Génova para embarcar allí rumbo a Barcelona. Ambos hombres se habían conocido años atrás, cuando los Tercios Españoles que se dirigían a Flandes buscaron un camino por tierra que atravesara dominios imperiales al verse obligados a abandonar la ruta marítima seguida hasta entonces por el Canal de la Mancha debido al acoso que sufrían a manos de sus enemigos franceses, ingleses y holandeses. La casa solariega rodeada de viñedos de Maxim de Gourney se hallaba a varias leguas de Besanzón, capital del Franco Condado, y esta circunstancia, unida a la gran afición que profesaba su dueño por la cosmografía y la cartografía, había propiciado que muy pronto los oficiales españoles de los Tercios buscaran su colaboración para confeccionar mapas del terreno del denominado Camino Español, que comenzaba en Lombardía y atravesaba Saboya, el Franco Condado y Lorena hasta adentrarse en los Países Bajos, territorio del imperio siempre necesitado de soldados por los frecuentes levantamientos que se iban sucediendo.

El capitán Jacinto de Zadava era un militar curtido en el combate y amante de la aventura que había descrito al señor de Gourney sin escatimar detalles su proyecto de embarcarse en breve rumbo al Nuevo Mundo, del que tantas maravillas se escuchaban. Le habló de las asombrosas civilizaciones que se habían descubierto, de las riquezas sin cuento que encerraban sus tierras, y de su fauna y flora exuberantes que librarían del hambre al Viejo Mundo, tan castigado por las guerras, las sequías y la peste. Y todavía quedaba mucho por descubrir y explorar, pues según mostraba el mapa que había comprado a un cosmógrafo andaluz, había grandes extensiones denominadas Terra Incognita por encima de la América Septentrionalis y debajo de la América Meridionalis. Le mostró además unas semillas llamadas cacao que provenían de un árbol que en el Nuevo Mundo crecía silvestre y con las cuales se preparaba una bebida de sabor amargo, conocida como chocolate, cuyas propiedades vigorizantes y curativas comenzaban a reconocerse en la Península Ibérica, y otras pepitas diminutas de una hortaliza, llamada tomate, cuya sabrosa pulpa roja poseía un gusto tan agradable que resultaba difícil prescindir de ella una vez que se había probado. Le explicó asimismo que la Casa de la Contratación de Sevilla había creado una escuela de cosmógrafos, cartógrafos y pilotos por la necesidad que había de ellos para confeccionar las cartas de marear, imprescindibles para la navegación atlántica a las Indias Occidentales.

A Maxim de Gourney se le hicieron muy cortos los días que compartió con el capitán Jacinto de Zadava, y durante los meses siguientes a su partida se dedicó a estudiar con ahínco cuanto pudo obtener en Besanzón y Lyon sobre las últimas novedades de la cartografía, dedicando una atención especial a los notables hallazgos del cartógrafo flamenco Gerardus Mercator, quien había resuelto el problema de representar la superficie terrestre sobre un pliego de papel valiéndose de las proyecciones polares equidistantes, que conseguían evitar las distorsiones en la zona del ecuador. También se puso al corriente de los adelantos habidos en el instrumental marino, pues la navegación a estima o por fantasía, basada en el uso combinado de los portulanos y la brújula que se empleaba en las rutas marítimas mediterráneas, había cedido el paso a una náutica más técnica con planteamientos matemáticos, que se caracterizaba por el empleo de instrumentos de precisión como el astrolabio, las tablas astronómicas y unas cartas más minuciosas que los portulanos medievales, puesto que la navegación de altura por el imponente Atlántico, conocido como el Mar Tenebroso antes de la epopeya americana, los había vuelto imprescindibles.

Cuando consideró que estaba preparado, comunicó a su esposa Amélie la intención que tenía de ofrecer sus servicios a la Casa de la Contratación sevillana.

—Habré de pasar un examen, querida mía, para que me permitan hacer la carrera de Indias, pero espero superarlo con fortuna en poco tiempo —le explicó exultante—. Partiré solo y, una vez que me haya establecido, si las cosas me van tan bien como espero, mandaré a buscaros.

Amélie lo miró atónita, levantando la cabeza del complicado bordado que la entretenía y dejando en suspenso la puntada, sin acabar de comprender el alcance de sus palabras.

El señor de Gourney prosiguió su exposición:

—El capitán Jacinto de Zadava regresará a nuestras tierras dentro de unos meses, y he determinado aprovechar su viaje y compañía para presentarme en la corte castellana. Él también está interesado en zarpar a las nuevas Indias, y tal vez pueda acompañarlo.

Su esposa no puso objeciones. Lo escuchó como quien oye llover, pensando que era un capricho más que acabaría olvidando en cuanto surgiera ante sus ojos alguna otra novedad que lo distrajera de la monotonía cotidiana que tanto lo hastiaba.

Así pues, prosiguieron con su vida acostumbrada, sin ningún sobresalto destacable hasta la mañana en que llegó, montado en su negro corcel, el furriel mayor de los Tercios Españoles con la encomienda de solicitar provisiones y albergue para el capitán don Jacinto de Zadava y los soldados que regresaban de Flandes a Génova, una vez concluida la campaña bélica que se les había encomendado. El señor de Gourney aceptó de buen grado que acamparan cerca de sus viñedos y se ofreció a viajar con él a Besanzón y los pueblos vecinos para facilitarle la obtención de los víveres y pertrechos necesarios para su estancia, que en esta ocasión sería fugaz porque debían llegar al puerto genovés en una fecha prefijada para embarcar en la flota que zarparía hacia Barcelona. El peligro del turco desaconsejaba que se navegara en navíos sueltos, pues la probabilidad de acabar en las mazmorras de Argel era cada vez más elevada.

—Amélie, querida mía —anunció Maxim a su esposa—, ordena que preparen mi equipaje, pues partiré con el capitán en breve, tal como te indiqué tiempo atrás que tenía previsto.

Y Amélie se encargó de disponerlo todo con la abnegación que la caracterizaba, pues no hubo modo de convencerlo para que abandonara su caprichosa pretensión y se quedara en sus tierras. Varias fueron las lágrimas que vertió ahora la dama al recordar unos hechos ocurridos hacía meses que le causaban tan honda melancolía.

—No llore, mi señora —le aconsejó la criada—. El llanto y las penas son perjudiciales en su delicado estado.

—No llores, mamá —reiteró la hija, acariciándole la mano—. Nana tiene razón. Te hará daño. Además, no hay motivo. Papá está contento y cuenta cosas muy curiosas y entretenidas. ¿No te gustaría conocer esas ciudades y gentes de las que habla? Si Dios lo quiere, nosotras también las contemplaremos dentro de poco, cuando nos mande llamar y nos reunamos con él. —Luego se dirigió al criado—: Armand, abramos el paquete que nos ha enviado, pues seguro que guarda asombrosas sorpresas que nos distraerán.

El criado cortó con su navaja el cordel que cerraba el fardo, y dentro aparecieron dos saquitos, cada cual con un pliego de papel pegado. En el primero decía:

Os mando un pequeño acopio de cacao con la receta que emplean para hacer chocolate los monjes de San Ginés.

Veréis que no se trata de la bebida amarga que nos dio a probar el capitán Jacinto de Zadava, sino de otra dulce por la miel y la leche que se le añade a la semilla molida. Su uso se ha extendido mucho por su buen sabor, unido a sus propiedades reconfortantes y al hecho de que, a decir de los clérigos, dicha bebida no rompe el ayuno. Superé grandes impedimentos para obtener la receta, pues la corte castellana la guarda a buen recaudo para impedir que se propague a otros reinos, cosa que no creo que consiga, y me atrevo a augurar que en pocos años el chocolate será la bebida distinguida de todo nuestro Viejo Mundo.

En el segundo saquito se especificaba:

Esta otra hortaliza que os será desconocida recibe el nombre de batata, papa o patata. Las hay dulces que se toman asadas o cocidas, despojándolas de su piel, y otras más insípidas a las que se les añade sal y se comen guisadas de muchas formas, así como fritas en el aceite de oliva que en estas tierras tanto abunda. Son un manjar delicioso que creo que librarían del hambre a nuestros pueblos si se extendiera su cultivo, pues alimentan tanto como el pan y su elaboración es más sencilla. He probado el tomate del que nos habló el capitán Jacinto de Zadava y coincido en afirmar que su pulpa es sabrosísima y excelente para la salud, por más que algunos no le tengan confianza y solo utilicen la planta para adorno de jardines. Os mando unas instrucciones para que plantéis las semillas que nos dejó...

—Nunca volverá —expresó entre lastimeros suspiros la dama, interrumpiendo la lectura de su hija—. Está maravillado con tantos descubrimientos y, cuando zarpe hacia esas tierras del Nuevo Mundo, se olvidará de nosotros.

—No lo hará, mamá —respondió la hija—. Además, aún faltan muchos meses para que se embarque, si es que consigue el permiso de la Casa de la Contratación. Las flotas no salen hasta finales de verano, época en que los vientos les son favorables para la navegación. Antes le llegará nuestra carta con la noticia de que va a tener un hijo...

—No —la interrumpió la dama—. No vamos a comunicárselo hasta que nazca. Deseo que prosiga sus planes hasta entonces.

—Pero eso no es recomendable, mamá —repuso su hija—. Mejor sería…

—No hay más que hablar —cortó tajante la señora—. No me contrariéis, pues conozco bien a mi esposo y sé lo que deseo y me conviene.

—Se hará como os plazca —intervino conciliadora la criada para evitar más disputas—. Ahora entrad en la casa, mi señora, pues es la hora de almorzar, y en cuanto baje el sol hará frío.

La dama se levantó del asiento y se dejó arrastrar al interior de la casa por su hija y la criada, mientras Armand recogía el contenido del fardo y lo llevaba a la cocina.

Quisieron ayudarla a subir la escalera que conducía a sus aposentos, pero Amélie se negó.

—No me tratéis como a una inválida —expresó, soltándose de sus manos—. Puedo caminar sola, pues no estoy enferma. Id a vuestras ocupaciones y servidme el almuerzo en mi antecámara. No bajaré al comedor.

La hija y la criada obedecieron y se dirigieron a la cocina antes de que la señora Amélie hubiera llegado al segundo piso. No estaba enferma, tenía razón, pero su embarazo tardío la había debilitado y con frecuencia le fallaba la respiración. Por eso tuvo que detenerse para recobrar el aliento, agarrada a la barandilla, una vez que estuvo arriba. Del corredor que se abría enfrente surgió una anciana enjuta vestida de negro. Era una prima lejana de su esposo que había aparecido sin previo aviso en una silla de manos alquilada al poco de la partida de aquel, pretextando una visita que ya se prolongaba en exceso. La anciana fijó sus ojos penetrantes de ave rapaz en Amélie mientras expresaba:

—¡Vaya, querida prima, iba a buscaros! ¿Qué fue lo que pasó? ¿A qué vino tanto alboroto? Sabéis que no os conviene excitaros. Lo que fuera debieron comunicármelo a mí.

—De ningún modo, señora. Era carta de mi amado esposo y venía a mí dirigida —repuso sin tardar Amélie.

—¿Carta de mi primo? —se admiró la anciana, tapándose la boca con las manos en un aspaviento exagerado—. Dádmela para que la lea, me interesa mucho.

—No es para vos —replicó la dama tajante.

—Pero ahora que él no está, como pariente más cercana, me veo obligada a ocupar su lugar como ama de esta casa y he de estar al corriente de sus noticias.

—El ama de esta casa soy yo, no lo olvidéis, y no os preciso en absoluto. Tengo una hija y criados que nos cuiden. Nos bastamos y sobramos solas.

—No os excitéis, querida prima —cambió el giro de la conversación la anciana al ver que no le favorecía el que estaba tomando—. Yo solo pretendo vuestro bien y el de vuestra hija. Por cierto, yo también debo comunicaros una agradable noticia: mi hijo llegará en breve para unirse a nosotras. Necesitamos un hombre en esta casa, ahora que el querido Maxim está lejos, para que se haga cargo de sus negocios.

—No necesitamos nada, señora. Armand conoce bien nuestros intereses y cuenta con la confianza de mi esposo. Creo que deberíais aprovechar el viaje de vuestro hijo para regresar con él a vuestra casa. Os agradezco la visita, pero dura demasiado y tendréis cosas que resolver lejos de aquí.

A la anciana se le afiló el semblante ante esas palabras y un breve temblor desdibujó sus finos labios, pero fue cuestión de segundos. Se repuso de inmediato y, como si no las hubiera escuchado, replicó:

—Querida, os agradará conocerlo. Es algo mayor que vuestra hija y lo he sabido criar para hacer de él un hombre de provecho. Formarán una buena pareja. Pero dadme el brazo, bajemos al comedor. Voy a ordenar que tiendan la mesa y nos sirvan allí el almuerzo.

Y antes de que Amélie pudiera impedirlo, la agarró con fuerza para obligarla a iniciar el descenso.

—No, soltadme —se negó la dama resuelta, tratando de liberarse a codazos—. Almorzaré en mi antecámara. Soltadme os digo.

Pero la anciana no cejaba en su intento. Hubo un forcejeo entre ambas, y Amélie perdió el equilibrio y cayó de espaldas. La anciana contempló sin inmutarse desde lo alto de la escalera cómo la esposa de su primo rodaba escalones abajo como si de un ovillo de lana se tratara. Luego prorrumpió en gritos y lamentos al comprobar que permanecía tirada en el suelo sin moverse:

—¡Pobre de mí, auxilio, a mí la gente de esta casa! ¡Socorro, socorro! —y fue descendiendo peldaño por peldaño con toda calma.

16

Acudieron a su llamada la hija y la criada, que de inmediato se inclinaron sobre Amélie para comprobar su estado. Yacía tumbada boca arriba con los brazos extendidos, la cabeza ladeada y las ropas revueltas, había perdido el conocimiento, tenía los ojos abiertos y nublados, y por la comisura de la boca le corría un hilillo de sangre.

—¡Mamá, mamá, háblame, soy yo, Marie! —exclamó la hija a punto de las lágrimas, cogiéndole la mano inerte y dándole golpecitos continuados para que recuperara la conciencia.

—Si ha fallecido, querida, tendréis que sobreponeros —indicó la anciana, que ya había descendido y contemplaba la escena a cierta distancia con gesto solemne.

Nana, levantando la cabeza de sus labios, donde había comprobado la respiración, replicó:

—No ha muerto, señora, que conserva el aliento. Y tiene pulso. Nada más ha perdido el sentido por el golpe.

—Llevémosla a su cama —aconsejó Armand, que entraba en ese momento, alertado por los llantos.

La levantó como quien coge una pluma y subió las escaleras con presteza para depositarla en su lecho. Nana le colocó unos almohadones bajo la cabeza e indicó, antes de encaminarse a la cocina:

—Acompañadla, Marie, no os mováis de su lado mientras preparo unas compresas y las sales. —Después se dirigió al criado—: Armand, necesitamos un médico.

La anciana, que los había seguido escaleras arriba, escuchó estas últimas palabras y dio su opinión:

—¡Un médico, qué disparate! Es un gasto inútil. Es bien sabido que a quien está para morirse ningún físico lo sana y, en caso contrario, no causará más que trastornos a quien se habría curado solo. Nada de médicos, no lo apruebo. Ahora soy yo el ama de esta casa y debéis obedecer mis órdenes.

Armand y Nana intercambiaron una mirada de entendimiento, pero no pusieron objeciones. Pidieron permiso a la anciana para ir a preparar lo que se precisaba y desaparecieron por el corredor.

Mientras tanto, tendida en su cama, Amélie seguía inconsciente. Su hija Marie lloraba a su lado, acariciándole las manos y el rostro. Le había limpiado la sangre de los labios y cerrado los ojos, pero no sabía qué más hacer para aliviarla.

—Dadle a oler las sales —le indicó Nana cuando regresó a la habitación, mientras preparaba unas compresas de agua helada para colocárselas en la frente y los pulsos.

Amélie seguía respirando, pero no había modo de conseguir que volviera en sí.

—Voy a ponerle el camisón, Marie —dijo Nana al ver que la situación se prolongaba.

Marie asintió y entre las dos la desnudaron de sus ropas claras, adornadas con ricos bordados, que tanto le gustaba lucir, le vistieron el camisón y la metieron entre las limpias sábanas. No quedaba más que esperar. Marie le hablaba de vez en cuando y le daba a oler las sales, pero no se percibía ninguna mejoría. A medida que fueron pasando las horas, la preocupación de Nana fue en aumento. El sol se puso y hubo que encender velas. Nana y Marie acordaron hacer turnos para no desatender a la yaciente durante la noche, pero la señora viuda de Alos volvió a dar su opinión al respecto:

—Es un sinsentido y un gasto absurdo. Cada cual dormirá en el lecho que le corresponde. No nos vayamos a quedar sin velas por semejante desatino. Mañana será otro día y veremos si la Providencia consiente que mi querida prima esté con nosotros. Dejémoslo en sus manos como buenos creyentes.

—Señora, Nana y yo nos quedaremos velando a mi madre. Nadie me impedirá cumplir con mi deber de hija —replicó con aplomo Marie.

Nana permaneció en silencio, pero sus ojos brillaron expresando que aprobaba sus palabras.

—Que así sea si es vuestro gusto —cedió la anciana con gesto adusto—, mas no me vengáis con quejas si enfermáis. Nana, quiero mi cena. Hoy no hubo almuerzo; buena cuenta me doy de que cualquier excusa os basta para remolonear y no cumplir con las tareas que se os han encomendado.

—No es día de almuerzos ni cenas, mi señora tía —replicó Marie—. Nana se debe a su ama, que es mamá, y no se moverá de su lado mientras su estado lo precise.

La anciana pensó que estaban faltándole al respeto a pesar de sus canas, pero se mordió la lengua y se limitó a comunicar que esperaba que su querida prima se mejorara y que se retiraba a sus habitaciones.

Pasaron lentas las horas y hubo que prender más velas porque las primeras se habían consumido. Al fin Marie se quedó dormida, sentada a los pies de la cama, y Nana también acabó aletargándose antes de que rayara el alba. Unos débiles quejidos las despabilaron. Nana se apresuró a abrir las contraventanas para que entrara la exigua luz del día que despuntaba.

—¡Mamá, mamá!, ¿estás despierta? —preguntó Marie esperanzada, apresurándose a tomarle la mano.

Amélie abrió los ojos y vio a las dos mujeres a su lado.

—Nana, me duele mucho. Creo que ya viene... —anunció, tocándose la barriga.

—Ay, mi señora, eso me temía —replicó Nana, palpándosela con manos entendidas. Luego se dirigió a Marie y añadió—: Yo no puedo abandonar a vuestra madre en este momento. Bajad a la cocina y calentad una olla de agua. El fuego está prendido, no tenéis más que avivarlo. Si no sois capaz, despertad a la señora viuda de Alos para que os ayude.

—¿Dónde está Armand? —preguntó Marie, quien no tenía intención de recurrir a la irritante anciana.

—Fue en busca de un médico, mas tal vez no lleguen a tiempo —respondió Nana casi en un murmullo para que nadie más la escuchara.

Levantándose las faldas, Marie corrió escaleras abajo a cumplir el encargo, pero le resultó más difícil de lo que había supuesto. Había observado a Nana infinidad de veces poner agua a hervir, por eso creía que sabría hacerlo, pero le costó descolgar la olla del gancho del que pendía, no sabía cuántas astillas emplear para avivar el fuego y la tinaja que contenía el agua pesaba demasiado para sus menguadas fuerzas. Cuando tras varios intentos puso por fin a calentar la olla llena hasta el borde, el tiempo se le hizo eterno y no paró de mirarla una y otra vez impaciente, esperando que surgieran las burbujas que confirmarían que estaba a punto, mientras recorría de un lado a otro la cocina y se mordía las uñas con desazón porque no sabía qué estaría ocurriendo en el piso de arriba. Nunca había visto nacer un niño y desconocía cómo era, pues nadie se lo había explicado. Una vez, cuando paseaba con Nana por los alrededores, había visto parir una oveja tendida en un surco, y rezó para que su madre no tuviera que pasar por un trance semejante, pues la visión de la sangre y los tristes balidos del animal mientras expulsaba al borreguillo cubierto de pegajosa grasa le habían causado una desagradable impresión. Nana había espantado a pedradas a los perros que acudieron golosos al reclamo de la sangre caliente hasta que llegó el pastor a hacerse cargo de la desvalida madre y su cría.

Un alarido quebró el silencio de la casa, y Marie corrió asustada hacia las escaleras.

—¡Marie! —llamó a gritos Nana desde la habitación de su madre—. ¡Necesito el agua!

La joven regresó a la cocina y comprobó que la olla ya hervía. Quiso cogerla del asa y se quemó las manos. Se le saltaron las lágrimas de dolor y buscó un paño para protegerlas. Volvió a asir la olla y entonces descubrió que no tenía fuerza suficiente para levantarla. Antes de dejarse vencer por la desesperación, corrió de nuevo hacia la escalera para preguntar a Nana cómo transportarla, y escuchó un segundo alarido de dolor que le traspasó el corazón. El parto de su madre era aún más doloroso que el de la oveja y se estaba muriendo, ya no le cabía duda, mientras ella era incapaz de ayudarla cuando más la necesitaba.

En ese momento quiso la fortuna que apareciera Armand por la puerta principal, acompañado de un militar que lucía un imponente bigote y vestía un llamativo uniforme de corte a la alemana, con jubón y greguescos amarillos acuchillados en rojo.

—Es el cirujano de los Tercios Españoles —indicó a Marie—. Por suerte, pude alcanzarlos a uña de caballo cuando todavía no se habían alejado demasiado de nuestras tierras.

—¿Dónde está la enferma? —preguntó el cirujano, a la vez que se despojaba del sombrero, la capa, los guantes y la espada, además de sacudirse el polvo ocre del camino.

—Arriba —indicó Marie, señalando con la vista—. Ha vuelto en sí, pero Nana piensa que va a dar a luz de un momento a otro.

—Bien, preparadme agua hervida en abundancia —requirió el cirujano, mientras comenzaba a subir la escalera a grandes zancadas, añadiendo—: Y un aguamanil y lienzos.

Marie suspiró aliviada y se dirigió a la alacena de la ropa blanca para cumplir las órdenes impartidas. Armand fue a la cocina, repartió el agua hervida en ollas menores y comenzó a acarrearlas a la habitación de su señora.

La anciana viuda de Alos se había despertado con el alboroto, pero no salió de su habitación. Estaba sin peinar y sin cofia, y en ese estado en el que quedaba al descubierto su cráneo medio calvo no permitía que la viera nadie, así que se limitó a preguntar desde detrás de su puerta cerrada:

—¿Qué fue, se salvó mi querida prima?

—Así es, señora —respondió Armand—. No paséis cuidado.

La señora viuda de Alos decidió meterse otra vez en la cama, pues previó que tal como se estaban desarrollando los acontecimientos, faltaban varias horas para que alguien se dignara a preparar el desayuno en esa casa que andaba manga por hombro. Y no estuvo desencaminada. Gorjeaban los gorriones en los árboles cercanos, celebrando el sol del mediodía, cuando el cirujano abandonó la habitación de Amélie. Su cara expresaba resignación y tristeza.

—No se pudo hacer nada por salvarla —explicó a Marie y Armand, que esperaban con ansia sus palabras—. La caída precipitó un nacimiento prematuro, y la criatura no estaba aún dispuesta para vivir por sí misma fuera del abrigado seno materno.

Marie se echó a llorar, y Armand la consoló.

—Ahora es imprescindible cuidar de la señora —prosiguió el cirujano—. Está muy débil y en sus circunstancias le costará reponerse. Debéis encargaros de que se alimente bien. Siento no poder ser de mayor ayuda, pues debo partir de inmediato para unirme a la marcha de los Tercios.

Armand lo acompañó a las cuadras para devolverle su caballo y lo contempló alejarse a galope tendido por el camino de tierra que cruzaba los viñedos. Más tarde, mientras la señora viuda de Alos, vestida y bien peinada con la toca de encaje que ocultaba su vergonzante calvicie, fisgoneaba en las alacenas de la cocina hasta dar con las confituras y la mantequilla, el pan y el queso, Marie, Nana y Armand enterraron al niño que, de haber nacido vivo, habría sido la alegría de esa casa debajo de un frondoso almendro, junto a las viñas más soleadas.

La pena embargó los días siguientes. Amélie lloraba o dormía y se negaba a comer. Lo más que lograban era que bebiera un poco del caldo de verduras que le preparaba Nana.

La señora viuda de Alos repetía cada vez que se le presentaba la ocasión:

—Valiente dislate hacerse tratar por un cirujano del ejército. Un matasanos semejante, cuyo único mérito es amputar brazos y piernas o restañar heridas de arma. Él mató al infante con su impericia, y suerte ha tenido mi querida prima de haber salido con vida o de no haber perdido algún miembro sano por su concurso.

Amélie se negaba a hablar y su rostro se iba demacrando. Marie no sabía qué determinación tomar y se arrepentía de no haber enviado una carta a su padre con el cirujano para ponerle en conocimiento de lo sucedido, pero en el agobio de las circunstancias no había caído en la cuenta, y ya era demasiado tarde. Aunque Nana se esforzaba en cocinar guisos que fueran del agrado de su señora, era la viuda de Alos quien acababa disfrutándolos debido a la desgana de la primera. En su desesperación por abrirle el apetito, un día ensayó la receta del chocolate que había enviado el señor de Gourney. Molió en el mortero la medida indicada de cacao hasta conseguir un polvo fino, lo mezcló con agua y leche, añadió miel y puso el resultado al fuego hasta que cobró cuerpo y se convirtió en una bebida con cierto espesor. Antes de subírsela a su señora, la probó, y el sabor la dejó maravillada por su delicadeza.

—¿Qué nuevo invento es este? —inquirió la viuda de Alos, atraída por el aroma que despedía cuando Nana ascendió por la escalera con la taza de humeante chocolate en una bandeja—. Debo catar esa nueva receta antes que mi querida prima, no vaya a sentarle mal.

Nana no tuvo más remedio que darle una cucharada de la bebida, y la anciana se relamió de gusto pensando en el festín que la esperaba porque la pobre Amélie no se la tomaría, como de costumbre. Sin embargo, esta vez se equivocó. Amélie permitió que Nana le diera a beber hasta el último sorbo, e incluso la obsequió con una sonrisa agradecida cuando terminó. Animada por este éxito, al día siguiente Nana echó mano de las batatas y patatas que había mandado el señor de Gourney desde Castilla. Como era buena cocinera, aprendió de inmediato a distinguir las dulces de las restantes, y a crear con ambas sabrosos guisos, que la señora viuda de Alos, con gran disgusto, se quedaba sin probar porque Marie dispuso que se destinaran al consumo exclusivo de su madre.

—Pronto se acabarán —se lamentó Nana al comprobar cómo mermaban las existencias a pesar de su cuidado por lograr que duraran.

Y Armand decidió plantar esas hortalizas. Dedujo que tal vez se parecieran a las cebollas, y como había observado que a algunas empezaban a salirles brotes, las cortó en varios trozos y las plantó en un terreno fértil y resguardado que labró en surcos. Marie recordó los elogios que hacía su padre del tomate y resolvió que también plantarían las semillas que guardaban siguiendo las indicaciones que les había mandado.

Amélie lloraba menos pero seguía sin hablar. Había perdido el color de las mejillas, y Marie se las pellizcaba varias veces al día para tratar de devolvérselo con la esperanza de que de ese modo recobraría la salud. También humedecía sus agrietados labios, a menudo fruncidos en una mueca de dolor, con una infusión de manzanilla y hierbabuena preparada por Nana. Pasaba largas horas sentada a su vera cosiendo o leyéndole los libros que más le gustaban, aunque su madre no parecía prestarle atención. Peinaba con frecuencia su abundante melena, y entonces Amélie cerraba los ojos y musitaba melodías repetitivas. Como algunas noches se despertaba entre sudores que la empapaban y llorando a lágrima viva, Marie también dormía con ella para velarle el sueño. Pero tantos días de duermevela iban agotando su resistencia, y una noche estaba tan cansada que no se percató de que Amélie se levantaba, abría las contraventanas para mirar fuera a la oscuridad en busca de no sé qué, salía de la habitación y bajaba a tientas la escalera. Hasta la mañana siguiente, cuando los primeros rayos del sol la despertaron, no se dio cuenta de que su madre faltaba de la cama. La llamó, llena de angustia, pero no obtuvo respuesta. Recorrió el piso superior buscándola y bajó después a inspeccionar la cocina, el comedor y las restantes habitaciones. No estaba en la casa. Nana y Armand salieron a la cuadra, el guadarnés y la bodega, pero tampoco dieron con ella.

Fue la señora viuda de Alos quien desde la ventana divisó con su vista de águila el camisón blanco que destacaba entre los viñedos, apenas iluminados por el sol, casi al borde del camino.

—¡Se marcha! —gritó para dar la voz de alarma, señalando con dedo acusador—. ¡Id a detenerla de inmediato!

La alcanzaron cuando estaba a punto de abandonar sus tierras y tomar el Camino Español. Las primeras palabras que pronunció, intentando zafarse de las manos que la retenían, fueron las siguientes:

—Dejadme, pues me aguarda mi esposo. He de partir al punto para reunirme con él antes de que sea demasiado tarde.

2

El convento de Santa Bárbara

Quiso la casualidad que al día siguiente de este suceso se produjera la anunciada llegada del hijo de la señora viuda de Alos. Se trataba de un joven de nariz aguileña y cabello ralo que apareció montando un caballo tordo y acompañado de un criado a pie que conducía una mula cargada con abundante equipaje. Su madre lo recibió con grandes muestras de alegría y ordenó a Nana que sacrificara un pato para preparar una cena especial en su honor.

—Será a las ocho en punto en el comedor —le indicó a Marie después de presentárselo y, en un aparte, añadió con picardía—: Vístete de gala, la ocasión lo merece.

Tal vez esas palabras fueran las responsables de que Marie aborreciera a Jean-Baptiste desde el primer momento. Además, había algo en su semblante pálido que le provocaba desconfianza. Puede que fueran sus ojos demasiado juntos y redondos, o quizá su boca como un tajo sin labios que dejaba a la vista con el menor gesto unos prominentes dientes, cuadrados y amarillentos. El joven ponía empeño en ser agradable y entablar conversación, pero Marie se refugiaba junto al lecho de Amélie para librarse de sus atenciones.

Como era rechazado dentro de la casa, Jean-Baptiste desplegó una actividad extraordinaria en el exterior. Recorrió los viñedos inspeccionando el estado de cada uno y las labores que se les habían realizado; visitó la cuadra tomando buena nota de los animales existentes y de su valor; y ni siquiera el huerto, el gallinero y el guadarnés escaparon a su atento escrutinio. Para el examen de la

24

bodega se hizo acompañar de Armand, a quien efectuó numerosas preguntas sobre las añadas de los vinos, su elaboración y comercio, así como los gastos e ingresos que generaban. A pesar de las reticencias de Armand y sus respuestas elusivas, sus conclusiones no pudieron ser más satisfactorias.

—Estabais en lo cierto, madre —le confió a la viuda de Alos mientras paseaban una tarde soleada por los jardines que rodeaban la casa—. Esta propiedad alcanza un gran valor y produce rentas considerables.

—Pues corteja a tu prima y no pierdas más el tiempo en comprobaciones superfluas —le recriminó la anciana—. Mira que nos va mucho en ello.

—¿Habéis averiguado cuál será la dote de Marie?

—No seas necio, ¿a qué preocuparse por migajas cuando se puede comer el pastel entero? —replicó la viuda, algo irritada por la escasa ambición de su hijo—. Mi primo Maxim está lejos y no tiene intenciones de volver. Serás el amo y señor de todo si te esmeras en ganarte a Marie.

—Lo intento, madre, pero apenas nos vemos. No se aparta del lecho de la enferma y ni siquiera accede a acompañarnos en el comedor o los paseos.

La viuda de Alos permaneció pensativa. Tenía razón su hijo. Mientras Amélie se mantuviera en el estado de postración presente, dificultaría el acercamiento de los jóvenes.

—Hemos de tomar cartas en el asunto, no queda más solución —declaró, meneando la cabeza—. Es una lástima que la nave de los locos no pase por aquí cerca, pues podríamos arreglárnoslas para hacerla embarcar.

—Madre, aunque dicen que dicha nave con su tripulación de dementes se desliza lentamente por la Renania y los canales de Flandes, probablemente no será más que una de tantas quimeras, y desde luego esas tierras quedan lejos. No es una solución plausible a nuestro problema, por no añadir que su hija jamás consentiría que subiera a bordo, si lográramos desplazar a la enferma hasta las orillas del Rin —reflexionó el joven.

—Acabo de discurrir un plan que surtirá enseguida mejor efecto —expresó con satisfacción la anciana, chascando los dedos—. Viajarás al convento de Santa Bárbara para entrevistarte con tu tía la abadesa.

Jean-Baptiste partió al amanecer del día siguiente, y Marie sintió alivio al enterarse de que estaría ausente durante un tiempo. Sin embargo, no le duró mucho la tranquilidad, pues esa misma tarde, mientras inspeccionaba con Nana la parcela del huerto que Armand estaba preparando para plantar las semillas de los tomates, su madre despertó y huyó de la cama. La encontraron descalza y en camisón en el guadarnés, eligiendo una silla de montar para su yegua favorita.

—No me encerréis de nuevo —les imploró cuando quisieron devolverla a su habitación—. Mi esposo me aguarda, debo correr a su encuentro antes de que sea tarde para los dos.

—No, mamá, no te vamos a encerrar —repuso su hija con afecto—. Puedes ir donde quieras, pero primero has de reponerte, pues estás muy débil.

Para cumplir su deseo y que no se sintiera encarcelada, la mañana siguiente decidieron vestirla y sacarla a tomar el sol, pero por mucho que insistieron no fueron capaces de incorporarla del lecho. Estaba adormilada y no respondía a sus preguntas. Continuó en ese estado, sin comer apenas, hasta una noche de luna en la que se levantó de improviso, como una marioneta cuyos hilos eran movidos por mano ajena, y bajó las escaleras sin hacer el menor ruido para dirigirse a la cocina y salir al exterior por la puerta que daba al gallinero. Nadie se percató de su ausencia hasta que al amanecer del día siguiente un peón la encontró desmayada junto al brocal del pozo.

—Nana, ¿qué podemos hacer? —se lamentó Marie—. Acabará ocurriéndole una desgracia.

La señora viuda de Alos intervino amable:

—Calma, querida, las cosas se van a arreglar del mejor modo. Solo es preciso que tengáis un poco de paciencia.

Aunque la anciana no era santo de su devoción, Marie deseó con todo su corazón que estuviera en lo cierto. Pronto iba a descubrir que no hablaba por hablar, pues al día siguiente regresó Jean-Baptiste montado en un carruaje y acompañado por una monja de rostro adusto y dos jinetes. La señora viuda de Alos salió a recibirlos y besó en ambas mejillas a la monja.

—Supongo que mi hijo os habrá puesto al corriente de la terrible situación que se sufre en esta casa —le dijo después de saludarla.

La monja asintió y pidió que la condujeran ante la enferma. Amélie estaba sentada en su lecho con la larga melena suelta cubriendo los almohadones que la rodeaban y sonreía levemente con los labios agrietados entreabiertos, el rostro lívido y la mirada perdida, mientras Marie le leía fábulas de Esopo.

—Marie, querida niña —se dirigió a ella la señora viuda de Alos—, por fin ha llegado el socorro que os prometí. Esta dama que veis es mi hermana menor Berta, abadesa del convento de Santa Bárbara, que se encuentra cerca de Lyon. Jean-Baptiste se ofreció a viajar para ir en su busca, pues tengo el convencimiento de que es una de las pocas personas que nos podrá ayudar a sanar a vuestra amada madre.

Marie se levantó e hizo una reverencia a la monja. Enseguida le dio las gracias por su interés y le explicó a grandes rasgos el estado de Amélie. La monja se acercó al lecho y observó con detenimiento a la dama.

—Salta a la vista su debilidad, que es terreno abonado para la melancolía —expresó con seguridad—. Si no se ataja su estado, acabará con esa demencia sin fiebre que suele ir acompañada de miedo y tristeza. Se trata de una de las enfermedades que más fuertemente embisten contra nuestra mente.

Marie miraba asombrada a la monja, y la señora viuda de Alos explicó con orgullo:

—La madre abadesa dirige en su convento una casa de salud y es docta en medicina, como podéis comprobar.

—En nuestro convento no nos contentamos con cuidar del cuerpo, sino que también atendemos el alma —puntualizó la monja—. El diablo siente predilección por la melancolía porque le facilita el camino a la condenación eterna. Los melancólicos presentan un temperamento que abarca de la genialidad a la locura y muestran desórdenes del humor debidos al amor o al pesar. Se pierden con facilidad si no se logra su cura.

—¿Sostenéis que mamá padece de melancolía? —preguntó Marie inquieta, pues intuía cuál iba a ser la respuesta.

—Cabe presumir que al menos su estado la torna propensa a dicho mal —repuso la monja—. ¿Asume ideas ilusorias como creer que es de vidrio, que tiene dos cabezas, que no existe o que se ha tragado una serpiente?

—No, no, nada de eso —repuso al instante Marie.

—Pero sale de casa descalza y sin vestir porque afirma que su marido la aguarda —intervino la señora viuda de Alos.

—Lleva días sin querer hablar —añadió Marie—. ¿Se conoce cura para su mal?

—En el convento seguimos un tratamiento basado en una dieta minuciosa, pues yo defiendo que la digestión es la fuente de la energía corporal, y dicha energía es necesaria para que el corazón ponga la sangre en circulación continua y el organismo funcione como debe.

Parecía que la abadesa sabía de lo que hablaba, aunque Marie y la señora viuda de Alos no alcanzaran a comprender el sentido completo de sus palabras.

—Querida hermana, os rogamos que os hagáis cargo de la curación de esta pobre enferma. Su hija y yo os lo agradeceríamos eternamente —declaró la viuda.

Marie la miró con ojos anhelantes y se llenó de gozo cuando escuchó responder a la abadesa:

—Nos debemos a la caridad y jamás le negamos auxilio a un semejante. Partiremos mañana después de que la dama haya desayunado el menú que voy a detallaros. El trayecto será largo y debe cargarse de energía para soportarlo.

—Yo la acompañaré —manifestó Marie.

—Alabo vuestro amor filial, mas no es aconsejable en modo alguno —replicó la abadesa—. Las hermanas del convento se encargarán de ella, manteniendo su mente ocupada y su alma limpia. Debe abrirles su corazón y no lo hará si su hija la acompaña, pues se refugiará en ella y no mejorará, sino que seguirá sumiéndose en la melancolía que le producen los acontecimientos que vos la recordaréis.

Marie se dejó persuadir por las razones de la abadesa y consintió que su madre viajara sin ella al día siguiente. La señora viuda de Alos demostró su capacidad de organización disponiendo de inmediato que se prepararan habitaciones para que los recién llegados pasaran la noche y ordenando a Nana que los agasajara con una suculenta comida. Marie empleó el resto del día en arreglar el equipaje de su madre ayudada por Nana, quien no pudo dejar de observar cuando se hallaban solas:

—No estoy convencida de que hagamos bien permitiendo que se lleven a la señora de esta casa. La abadesa sabrá mucho, pero nosotros la queremos.

Marie se negó a prestar atención a sus reparos. Prefería creer que su madre se curaría en el convento, puesto que ellas había sido incapaces de lograr que mejorara, y se concentró en guardar con orden meticuloso la mejor ropa de cama y los vestidos y aderezos más bonitos en el baúl que la acompañaría. También determinó con Armand la limosna que donarían a la madre abadesa por ocuparse del cuidado de la enferma.

Al día siguiente despertaron a Amélie más temprano de lo acostumbrado, la asearon y vistieron con el esmero del que ella siempre había hecho gala, y luego Nana le sirvió el desayuno que había prescrito la abadesa. Apenas quiso probar la compota de manzana y unas pocas cucharadas de gachas de avena bastaron para saciarla, pero sí se terminó con gusto la taza de chocolate que la criada había añadido por su cuenta, ahora más espeso y enriquecido con canela.

Mientras limpiaba a su ama el cerco oscuro que le había quedado en los labios, Nana expresó suspirando:

—Ay, señora, si tuviéramos más cacao y más patatas, yo creo que os acabaríais sanando en vuestra casa, sin necesidad de mudaros a ese dichoso convento. No me parece que allí vaya a haber mejores cocineras que yo, y si la curación consiste en llevar una dieta, no tienen más que indicarme en qué consiste.

—Tal vez estés en lo cierto, Nana —replicó Marie—, pero la decisión está tomada y no hay vuelta atrás. Nos mandarán noticias y si en quince días no ha mejorado, iremos a visitarla y volverá a casa.

Aunque la primavera se acercaba, las mañanas seguían siendo frías, así que abrigaron a la enferma con un amplio manto de buen paño oscuro ribeteado en piel de zorro antes de acompañarla, sosteniéndola por ambos brazos, hasta el carruaje que ya estaba esperando en la explanada delante de la casa.

—Buen viaje, mamá —le deseó Marie después de besarla cuando ya la habían acomodado en el interior del coche, y se bajó enseguida para que no se le saltaran las lágrimas, incapaz de soportar los dulces ojos de la pálida enferma que la miraban sin comprender.

La señora viuda de Alos y su hijo también se despidieron con mucha cortesía y muestras de afecto. Marie se asombró al comprobar que el último no formaba parte de la comitiva y preguntó:

—¿No vais a acompañar a mi madre y la abadesa?

—No, querida. Para eso ya están los mozos. Aquí es más necesaria mi presencia.

No tardó mucho en comprender Marie el significado de sus palabras, pues al día siguiente, mientras se entretenía pintando en su carpeta de dibujo unos almendros que habían comenzado a florecer, se le acercó Jean-Baptiste:

—Flores para la más bella —anunció, mostrando los pensamientos y violetas que portaba—. Os traigo este ramillete porfiando en saludaros con una temprana primavera.

—Día de duelo es hoy —repuso Marie contrariada—. No de recibir flores.

Jean-Baptiste apenas se molestó en ocultar su despecho:

—¿Vos las pintáis y os negáis a recibirlas? Extraña contradicción.

Marie apartó los ojos de él para concentrarse en su modelo, afirmando:

—Pinto para distraerme del pesar que me aflige, pero no deseo halagos por vuestra parte, no me agradan.

—Vuestros defectos y amable fragilidad os hacen aun más bella, mi querida niña —comentó Jean-Baptiste con suficiencia de galán contrariado que no se da por vencido.

Mientras empezaba a recoger sus bártulos de pintura con prisas nada disimuladas, Marie reiteró con brusquedad:

—No me habléis de ese modo, ya os he dicho que no me agrada.

Jean-Baptiste la contempló alejarse con rostro adusto. Estaba claro que su madre tendría que tomar cartas en el asunto, puesto que la joven no permitía que la cortejaran al modo tradicional.

La señora viuda de Alos habló con Marie esa misma tarde, sentadas ambas en el gabinete donde en el pasado su madre solía bordar mientras su padre estudiaba los mapas de las tierras lejanas que tanto le atraían.

—Voy a seros franca, querida niña, puesto que lo considero mi obligación. Vuestra situación es delicada, con vuestro padre perdido por esos mundos de Dios y vuestra madre postrada por la enfermedad. No tenéis hermanos que os protejan ni más familia que a nosotros, por tanto, a Jean-Baptiste le corresponde asumir la responsabilidad de cuidaros y velar por vuestra hacienda.

—Os lo agradezco, mas no es necesario —respondió Marie, algo asustada por el cariz que iba tomando la conversación—. Es cierto que no tengo hermanos, pero sí tíos y tías. Un hermano de mi madre vive en París, y dos hermanas, en Burdeos. Además, están Armand y Nana, que se ocupan de nuestros intereses a la perfección desde hace muchos años. No olvidéis, por último, que mis padres viven.

—Verdad es, querida mía, viven, ¿pero por cuánto tiempo más? —Marie quiso protestar, pero ya la viuda continuaba—: Aunque no dudo de que Armand y Nana defienden vuestros intereses, que ahora también son los nuestros, no dejan de ser criados...

—Así es, señora —la interrumpió Marie—, criados en esta casa desde hace muchísimos años y conocedores de los deseos de papá.

—Oh, me alegro de que conozcan los deseos de vuestro padre, pues de ese modo os confirmarán la alegría que supondría para él saber que su querida hija y mi hijo se unen en matrimonio. Es algo que ya habíamos concertado hace años.

Marie, que desconocía ese arreglo y le parecía extraño que jamás se lo hubieran comunicado, se quejó:

—Todavía soy joven para casarme.

—No lo creáis, querida. Yo a vuestra edad ya estaba desposada.

—Por favor, no precipitéis los acontecimientos —repuso Marie, queriendo ganar tiempo—. Dadnos al menos ocasión de intimar y que surja entre nosotros ese afecto tan necesario para lograr una unión perfecta como lo es la de mis padres.

Jean-Baptiste apareció en ese momento en la habitación e indicó con una gran sonrisa que dejaba al descubierto sus dientes amarillos:

—Por mi parte, querida, os aseguro que ese afecto ha nacido ya y no tengo por qué esperar más.

—Veo que sois apresurado, pero yo no lo soy tanto y os confieso que vuestros méritos no han causado aún impresión en mi corazón.

La anciana intervino conciliadora:

—El roce hace el cariño. Ya tendréis ocasión de casados para aprender a amaros.

—El matrimonio es una cadena a la que no se debe sujetar a nadie a la fuerza. Si Jean-Baptiste es un hombre digno, no ha de aceptar a una persona que por el momento tiene su corazón ocupado en otra cosa —insistió Marie.

—¡Cómo! —exclamó el joven—. ¿Tenéis un pretendiente?

—No —repuso Marie tajante—. Mi corazón está ocupado por mi madre. A ella me debo en primer lugar como buena hija. Tened paciencia; si es verdad que me amáis, debéis querer lo que yo quiero.

—¿Y qué es lo que queréis? —preguntó la señora viuda de Alos.

—Tiempo. Mi madre ha de mejorar antes de que yo tome una resolución.

—Yo deseo concedéroslo —repuso Jean-Baptiste—, pero dentro de los intereses de mi amor.

—No os comprendo —indicó Marie.

—El deber de una hija tiene sus límites —le explicó Jean-Baptiste—, y la razón y las leyes no lo extienden a toda clase de asuntos. Nos podemos casar aunque vuestra madre esté enferma.

—Yo añadiría que precisamente porque está enferma os debéis casar cuanto antes —puntualizó la señora viuda de Alos—. Mucho me hubiera agradado pedir vuestra mano a mi primo y su esposa, pero las circunstancias imponen otra cosa.

Marie se quedó callada, pues era evidente que con razonamientos no lograría disuadirlos de su idea. Su silencio confundió a sus interlocutores, y fue la señora viuda de Alos quien insistió al comprobar que persistía en él:

—Entonces, querida Marie, ¿qué decís, cuál es vuestra conclusión?

—La que ya he expuesto. No me niego a un posible matrimonio, pero de ningún modo será inminente. Primero lo sabrá mi padre y dará su consentimiento.

—Pero llevará un tiempo excesivo.

—Soy joven y tiempo precisamente me sobra.

—Pero en vuestras condiciones...

—Tengo padre y madre, y gente que me cuida. No son condiciones que me impidan esperar.

Con estas palabras dio por acabada la conversación y, en cuanto le fue posible, corrió a ponerla en conocimiento de Nana y Armand, a quienes, para su sorpresa, el casamiento no les pareció mala idea, siempre que se demostrara que Jean-Baptiste era tan buen administrador como parecía.

Nana opinó:

—Mejor alguien cercano que un desconocido, ya que no sentís inclinación por la vida de convento y soltera no os vais a quedar.

Sin embargo, Marie no estaba tan segura porque, aunque todavía no se le había pasado por la mente la idea de casarse, siempre había creído que cuando lo hiciera sería por amor, como en las novelas pastoriles que leía con su madre en los buenos tiempos.

Transcurrió una quincena completa sin noticias del convento. Marie estaba inquieta y pasaba largas horas recluida en su habitación, tratando de pintar el rostro de su madre, pero aunque lograba un parecido aceptable, no era capaz de dotar a sus rasgos de la vivacidad de sus años felices. Por más que Jean-Baptiste había duplicado sus atenciones, la joven no se sentía atraída hacia él y lo rehuía tanto como podía.

Una tarde, la señora viuda de Alos, que había ido a buscarla porque su hijo se quejaba de que apenas se veían, la recriminó:

—Querida, no es de buen tono pintar rostros humanos. Eso lo debes dejar para los artistas de talento. Las mujeres hemos de contentarnos con los bodegones y los paisajes, más acordes con nuestra débil naturaleza femenina.

Sin prestar oídos a su opinión sobre la pintura, Marie repuso:

—Quiero ir a visitar a mi madre. Tengo que comprobar si mejora su estado.

—Muy bien. Dispondremos un carruaje y Jean-Baptiste os acompañará —concedió la viuda de inmediato, considerando que era una buena ocasión para que ambos jóvenes intimaran.

—No hace falta. Viajaré con Armand a caballo para ir más rápidos. Mi padre me enseñó a montar y soy buena jinete.

Esta decisión contrarió a la viuda, pero no halló modo de oponerse y salió de la habitación sin decir nada más. Después, mientras paseaba a solas del brazo de su hijo por los jardines, murmuró con rabia entre dientes:

—La paloma quiere volar, pero le cortaremos las alas. No se puede esperar más, Jean-Baptiste, tienes que seducirla.

El joven soltó una risilla de conejo y replicó en voz baja:

—Eso es más fácil decirlo que hacerlo. ¿Qué pensáis que he estado intentando todos estos días desde que llegué?

—Escúchame con atención —cortó la viuda con sequedad, a la vez que daba un manotazo en el hombro a su hijo—. Se acabaron las contemplaciones y las dilaciones. Esta misma noche la harás tuya.

Jean-Baptiste dio un respingo por la sorpresa y quiso protestar, pero su madre no le permitió hablar y mirándole con ojos severos, prosiguió:

—No admito excusas, ¿o es que acaso no sabes cómo hacer lo que te pido? ¿Acaso eres nuevo en esas lides?

—No, madre, no soy nuevo —replicó Jean-Baptiste algo corrido—. Pero no es lo mismo llevar al lecho a una dama que consiente que forzar a mi prima...

—¿Quién ha mencionado que haya que forzarla? —volvió a interrumpirlo la anciana—. Se trata de seducirla, de hacerla tuya, de convertirla en tu esposa, nada más.

—Ni nada menos, mamá —puntualizó Jean-Baptiste—. Y además a la fuerza, señora mía, porque de buen grado mi prima no se entregará.

La anciana movió la cabeza con manifiesta desaprobación antes de declarar:

—Veo que no eres tan ducho en amores como presumes; no conoces la índole de las mujeres. Si sabes susurrar dulces palabras a Marie, si le demuestras tu dominio pero la colmas de caricias y de besos, deseará entregarse. Aunque mostrará resistencia al principio, se abandonará en tus manos en cuanto haya probado los deleites carnales, pues no hay mujer de hielo ante un amante experto.

—Bien escucho desde mi cuarto cómo mi prima cierra su puerta con doble llave noche tras noche, ¿cómo llegaré hasta ella?

—Yo me encargaré de que halles el paso franco. Preocúpate tú de asearte como corresponde y de endulzar tu aliento con enjuagues de menta y albahaca, pues nada ofende más a una mujer lozana que un olor repugnante. Ve al cuarto desvestido, cubierto solo con tu capa, deslízate en el lecho con sigilo y procura subirte a tu prima, volviéndola si está dormida de costado, para que te dé la cara. Domina sus brazos y apriétale los muslos con los tuyos para que sienta tu hombría, aprieta bien y dile que la quieres mientras la besas, primero en el cuello, después en la boca, sigue apretando sus muslos y busca sus pechos, su vientre... en fin, hijo mío, no creo que deba explicarte mucho más.

—No, mamá —repuso el joven, algo azorado por las palabras que acababa de escuchar de sus labios, sin atreverse a mirarla.

—Entonces, no hay más que hablar. Acicálate como te he dicho, porque esta noche sin falta dormirás con tu prima Marie y sellarás nuestro feliz destino.

Jean-Baptiste asintió con la cabeza, y prosiguieron paseando en silencio hasta que cayó la tarde. Después la señora viuda de

Alos mandó llevar al cuarto de su hijo cuanto precisaban para sus planes y le ordenó que no saliera de allí hasta que se lo indicara entrada la noche.

Marie nada sospechó porque, como tantas veces, no quiso cenar y se fue al gabinete de su padre en busca de algún libro para entretener su recurrente insomnio. Pero no había mucho donde elegir, pues la mayoría de los grandes volúmenes eran obras de ciencia o geografía escritas en latín y las pocas novelas pastoriles ya se las sabía casi de memoria, así como las fábulas de Esopo que leía desde la infancia con su madre. Rebuscando en los cajones del buró, encontró un par de aldinos en octavo de Virgilio y Homero, además del *Testamento* de François Villon, volumen de mayor tamaño que llevaba el nombre y retrato del autor en la portada de madera. Al comprobar que los tres estaban intonsos, le dio un vuelco el corazón, pues sin duda eran las últimas adquisiciones que su padre no había tenido tiempo de leer antes de su partida. Marie cogió el abrecartas de plata y se llevó los libros a su habitación. Aunque solo el *Testamento* estaba escrito en francés, decidió que los desbarbaría todos porque así al menos estaría ocupada y vería las ilustraciones del texto que poco o nada entendería. Empezó por los pequeños, eligiendo la *Eneida* de Virgilio, y comprobó que los dos primeros pliegos sí estaban abiertos, marcando de este modo el lugar hasta donde su padre había llegado en la lectura. Este detalle evocador de un tiempo pasado y seguro le provocó una pena inmensa y las lágrimas se agolparon en sus ojos, pero no las dejó caer porque chirriaron los goznes de la puerta, anunciando que alguien llegaba, y se las limpió enseguida con el dorso de la mano.

—Qué incomodidad —comentó la señora viuda de Alos, fijándose en el chirrido—. De inmediato me ocuparé de que se aceite, querida, pues no me extrañaría que fuera el motivo de vuestras constantes jaquecas y demás indisposiciones que os mantienen aquí aislada.

Marie permaneció en silencio, ocupada con el libro, y la viuda prosiguió su monólogo, avanzando hacia la joven, que estaba sentada ante una mesa, alumbrada por la luz proveniente de una palmatoria:

—También tanta lectura es motivo de jaquecas y embrutece la mente, pero vos no me escucháis y poco os importa gastar una fortuna en velas. Por no hablar de vuestros ojos, querida, que se marchitarán con tan cruel maltrato.

Marie tuvo que morderse los labios para no replicar que suyos eran los ojos y suyas las velas, pero iba conociendo a la anciana y había comprendido que el mejor modo de librarse de ella era no demostrar interés ni contestar, porque de este modo, agotada su perorata, acababa marchándose.

—Curiosos libros esos que tenéis —continuó la señora viuda de Alos al acercarse—. Nunca los había visto tan pequeños y manejables. Decidme, ¿de qué tratan?

—Mi padre los compró —se vio obligada a responder Marie ante la insistencia de la anciana—. No sé si son profanos o religiosos. El impresor de estos dos más pequeños parece veneciano, un tal Aldo Manuzio.

—Guardadlos bien, querida —comentó la anciana, cogiendo el de Homero que estaba sobre la mesa—, pues son tan poca cosa que se perderán con facilidad. Se entiende que mi primo comprara estas menudencias por su afán de viajar y llevarlos consigo, pero son de poco fuste, algo que no pasará a la posteridad. Hacedme caso, no perdáis las pestañas en ellos, no merece la pena.

Marie asintió con la cabeza y aprovechó la despedida de la anciana para indicarle que ya se iba a dormir y acompañarla hasta la puerta para echar la llave.

—No, querida —se lo impidió la anciana, quitándole la llave de las manos—. No os encerréis aún, pues vendré con la aceitera para suavizar los goznes y mejorar vuestro descanso. Podéis acostaros si estáis cansada, yo no os molestaré y la tarea quedará hecha como ha de ser. No tardo en volver.

Marie tampoco protestó en esta ocasión. Era un extraño capricho de la anciana ponerse a aceitar puertas con su escasa estatura y en la penumbra, en lugar de esperar a la luz del día y encargar la labor a algún criado de más fuerza y talla, pero no discutió. Allá ella y sus manías. En cuanto se quedó a solas, se desvistió, se metió en la cama y despabiló la vela que había en la mesilla para proseguir separando con el abrecartas las hojas del libro cuya lectura había iniciado su padre. Era una bonita edición de letra cursiva y márgenes adornados con orlas y vistosos dibujos geométricos de gusto arábigo. En el frontispicio aparecía un ancla rodeada por un delfín y las palabras latinas *festina lente*. Marie acarició el papel con los dedos, recordando cómo tiempo atrás había visto este extraño dibujo en otro libro de su padre, quien le había explicado su sentido. El ancla representaba la solidez, y el delfín, la velocidad. Su unión simbolizaba lo que las palabras latinas elegidas por el impresor Aldo Manuzio querían decir, «apresúrate despacio». El regreso de la señora viuda de Alos interrumpió sus recuerdos.

—Querida, vengo acompañada de Jean-Baptiste, pues yo sola no alcanzo a los goznes superiores —dijo al asomar la cabeza en la estancia—. ¿Estáis presentable?

Pero antes de que pudiera contestar, la joven vio como su primo, subido en un taburete, rociaba de aceite los herrajes de la puerta bajo la mirada atenta de su madre, que sostenía una palmatoria y no cesaba de regañarle por su falta de tino y el gasto excesivo del grasiento líquido, cuyo chorreo le instaba a limpiar con un paño.

—Labor concluida —exclamó la viuda ufana cuando comprobó, batiendo varias veces la hoja de la puerta, que el chirrido había desaparecido—. Ahora descansaréis a gusto.

Marie le dio las gracias y esperó a que se marcharan para levantarse a encerrarse con llave, pero mientras colocaba los libros en la mesilla, la vela, consumida casi por completo, se apagó. La oscuridad era absoluta y sin embargo Marie no se arredró. Había jugado muchas veces a ser ciega y conocía a la perfección su habitación. Se dirigió a tientas hasta las contraventanas y entreabrió una para que penetrara un filo de tenue luz de luna. Después fue a la puerta, pero no encontró la llave en la cerradura. Pensó que se habría caído durante el aceitado y tanteó el suelo a su alrededor tratando de encontrarla. Sus esfuerzos fueron en vano y, cansada de buscar, volvió a la cama y se durmió al cabo del rato, soñando con esos extraños seres marinos llamados delfines.

También soñó después que una gran roca se le venía encima y su peso le impedía moverse, trataba de zafarse, pero no lo lograba. Creyó despertar entonces, aunque para su desgracia permaneció atrapada: el sueño se había convertido en realidad y tenía alguien encima que la oprimía, que le susurraba obscenidades al oído, que le sujetaba los brazos y le clavaba un bulto duro entre los muslos. Marie sintió terror y creyó que moriría ahogada cuando unos labios absorbieron los suyos como una ventosa y una lengua enorme y húmeda con sabor a menta corrompida se introdujo en su boca provocándole arcadas. Una mano buscó a tientas sus pechos, y Marie, desesperada, extendió como pudo su brazo liberado para intentar hacerse con el abrecartas que estaba en la mesilla. La mano le estrujaba los pechos y bajaba a los muslos tratando de subirle el camisón para allanar el camino a un miembro duro y eréctil que ya soltaba pringosas babas, la lengua recorría codiciosa su boca, mientras Marie se asfixiaba y manoteaba en busca de un arma que al fin alcanzó y clavó con saña feroz en la espalda de su atacante, quien lanzó un grito de dolor y soltó de inmediato su presa. Marie aprovechó para saltar del lecho y correr a la puerta intentando pedir auxilio.

—Callad y volved al lecho, no seáis necia —le ordenó la viuda de Alos que estaba en el pasillo, cortándole el paso—. Nadie os socorrerá esta noche.

Entonces Marie comprendió lo que ocurría, la trampa que le habían tendido, y la rabia que sintió se impuso sobre su terror y la llenó de entereza. Blandiendo el abrecartas manchado de sangre, exclamó:

—¡Jamás entregaré forzada lo que no deseo por mi voluntad! Ya he herido a mi primo y puedo matarlo, lo mismo que a vos.

La señora viuda de Alos se llevó una mano a la boca horrorizada y preguntó, levantando la palmatoria para intentar alumbrar el lecho:

—Hijo mío, ¿estás bien?, ¿es cierto lo que afirma esta insensata?

—Creo que me estoy desangrando, madre —replicó el joven con un hilo de voz, intentando taponar con la mano la sangre que manaba del profundo corte.

—Salid presto de mi habitación si queréis salvaros —ordenó Marie—. Aprovechad este instante de piedad, porque de lo contrario no respondo de mis actos.

Y Jean-Baptiste se apresuró a obedecerla, saltó cual liebre de la cama y corrió hasta su madre, que se lo llevó a toda prisa por el pasillo. Marie cerró de un portazo y se derrumbó al suelo llorando. ¿Qué haría ahora? ¿Quién la ayudaría? Era tal su desesperación que no podía pensar con claridad y una sola idea ocupaba su mente mientras se frotaba insistente el cuerpo y la cara con el camisón para eliminar el olor a celo de su aborrecido primo: tenía que huir de su propia casa.

Antes del amanecer, bajó ya vestida a la cocina, dejó el bulto de su equipaje y se dirigió a los aposentos de los criados, que ya se estaban levantando, para comunicarles:

—Armand, aprestad las monturas porque me acompañaréis al convento a visitar a mi madre, y vos, Nana, preparad las provisiones para el camino. Partiremos en cuanto claree.

Por más que ambos criados trataron de convencerla para posponer el viaje y prepararlo mejor, Marie se mostró testaruda:

—Partiré sola o acompañada, pero será hoy en cuanto hayamos desayunado.

Y no hubo más que hablar. Cada criado se encargó de hacer lo que se le había encomendado, y Marie no tardó en emprender camino con la compañía de Armand, sin despedirse de la señora viuda de Alos ni de su hijo, que todavía no habían abandonado sus aposentos.

Se tardaba una jornada completa en recorrer en coche el trayecto hasta las proximidades de Lyon donde se encontraba el convento, pero al viajar a caballo se atajaba, pues no había que seguir la carretera, sino caminos de herradura más cortos y accidentados, por lo que al caer la tarde ya habían llegado a su destino.

El convento estaba compuesto por un conjunto de edificaciones austeras y amplias de diversos estilos arquitectónicos que revelaban su antigüedad y el paso del tiempo. Destacaba por su tamaño la iglesia, que estaba unida a la fachada principal del convento, en cuyo centro se abría una puerta enorme de doble hoja en madera oscura bajo un blasón de piedra. Tocaron a la aldaba de bronce reluciente y se presentaron a la anciana portera que abrió la mirilla. Hablaba muy bajo y apenas escucharon su respuesta, pero poco después chirrió la puerta y esa misma portera los condujo con paso renqueante a la sala de recepción enrejada donde los recibiría la abadesa. Separada de ellos por las barras de hierro labrado, pareció alegrarse al verlos:

—La Providencia os envía. Tenía el pensamiento de mandar llamaros, pero mis muchas obligaciones me lo habían impedido hasta ahora. La enferma no mejora, y me inclino a pensar que no se trata de melancolía, como había supuesto en un principio al examinarla, sino de una afección más propia de su condición femenina.

—¿Qué afección es esa? —preguntó Marie nerviosa.

—Fiebres debidas al parto —repuso la abadesa.

—¿La ha examinado un médico? —intervino Armad, que sabía muy bien el grave peligro que suponían dichas fiebres, casi siempre mortales.

—No, pues no lo considero necesario —replicó algo molesta la abadesa—. No descubrirá más de lo que yo ya sé.

—Atendiendo a la gravedad de mi señora, insisto en llamar a un médico —repitió Armand, mientras Marie callaba angustiada.

—Estoy en posesión de extensos conocimientos médicos, no os quepa duda —se defendió la abadesa—. He leído a Hipócrates y Galeno, así como las traducciones de los sabios árabes. Conozco la obra de Paracelso y estoy al tanto de los hallazgos de Servet y Harvey; pocos médicos me aventajan en saber, pero mi condición de mujer me impide acudir a la universidad para que me sea impuesta la toga y el bonete que lucen con impudicia muchos hombres más ignorantes que yo a quienes se les concede la *licencia legendis* para ejercer de matasanos. Creedme, la señora Amélie está en buenas manos y recibe el mejor tratamiento a nuestro alcance.

Marie preguntó:

—¿En qué consiste ese tratamiento que decís?

—En una dieta sana que fortalezca su cuerpo; en una buena higiene; en compresas frías para calmar la calentura y en darle de beber mucha agua para que no se deshidrate. Su constitución obrará el resto.

—¿Nada más? —se asombró Armand—. ¿No precisa de purgas ni sangrías? ¿No ha de tomar arsénico, mercurio, plomo o alguna otra sustancia de las que preparan en las dosis justas los boticarios?

—No. Yo estoy de acuerdo con Paracelso en que las enfermedades provienen del exterior y no de desequilibrios en los humores; por eso no se curan con purgas, lavativas ni sangrías, que en su caso la debilitarían más. La fiebre no es más que una reacción del cuerpo ante la afección, no una putrefacción tumoral, como sostienen muchos necios.

—No os entiendo —observó Marie.

—La enfermedad es una semilla que se introduce desde fuera y actúa como una espina clavada en la carne. Hay una lucha entre el enfermo y la semilla, que es la que produce la fiebre.

—Quiero ver a mi madre de inmediato —exigió Marie al comprobar que seguía sin comprender lo que la abadesa le explicaba.

La monja tocó una campanilla que pendía de la pared y apareció la hermana portera, quien los condujo por un amplio corredor hasta desembocar en un claustro de hermosas columnas al que daban varias puertas numeradas. La portera abrió la número tres y dentro, postrada en un lecho estrecho que ocupaba la mitad de una celda iluminada por el pabilo de la única vela que ardía en un humilde candelero situado sobre un austero escritorio, hallaron a Amélie tapada con una fina sábana. Rodeaban sus ojos cerrados profundas ojeras oscuras y de sus labios resecos y entreabiertos escapaba un leve quejido.

—¡Mamá! —exclamó Marie, arrojándose a abrazarla—. ¿Qué te ha sucedido, qué tienes?

Ante su estado extremo, Armand decidió que debía examinarla un médico sin tardanza y mientras Marie permanecía en la celda intentando reanimar a su madre, se hizo acompañar hasta la puerta del convento para ocuparse en persona de localizar uno cuanto antes.

Regresó al cabo de un par de horas con un hombre rollizo, de ojos azules y barba entrecana que lucía el bonete negro y la toga propios de su profesión, quien exclamó nada más entrar en la celda:

—¡Tamaño disparate!¿Cómo tenéis casi desnuda a la enferma? No hay que indagar ni hacer más averiguaciones: un gran enfriamiento es la causa de su afección. ¡Mantas, traed mantas de inmediato!

La madre abadesa movió la cabeza en señal de reprobación, pero mandó a una de las monjas que obedeciera la orden. Mientras tanto, el médico tomó el pulso a la enferma y examinó la piel de los brazos.

—Hay que realizar una sangría, no cabe duda —reveló después.

—¿Con qué fin? —preguntó la madre abadesa.

—Mi buena abadesa —respondió con condescendencia el médico—, vos no entenderíais la explicación, pero digamos por abreviar que la calentura ha corrompido la sangre y hay que evacuarla para que no siga perjudicando al organismo. También precisará un buen purgante y unas lavativas con el mismo objetivo. El cuerpo deberá depurarse para lograr el buen equilibrio de los humores.

—¿Y vos aseguráis que así sanará la enferma? —siguió preguntando la abadesa.

—Soy médico y me rijo por la ciencia, señora mía. No hago milagros y no puedo asegurar su curación, pero sí que si no sana, al menos morirá según las reglas galénicas.

—Bonito consuelo —manifestó con cierto desdén la abadesa, mientras observaba cómo el médico sacaba de sus enseres el tarro con las sanguijuelas que iba a emplear en la sangría.

Aplicó doce sanguijuelas en total, distribuidas en las venas de los brazos, las sienes, los tobillos y las ingles. Mientras los animales cumplían con su misión de chupar sangre, el médico aprovechó para establecer la dieta que debería cumplir la enferma a partir de ese momento.

—No resistirá tal debilitamiento —opinó la abadesa al escucharla—. ¿Cuánto tiempo aguantaríais vos, que estáis sano, esa dieta que decís de caldo de puerros con cinco granos de sal antes de perder toda fortaleza y enfermar?

—Mi buena abadesa, ¿en qué universidad os licenciasteis para objetar mis prescripciones? Haced lo que se os indica y, sobre todo, no variéis la sal. Es bien sabido que es crucial determinar con precisión su cantidad y que han de emplearse siempre granos impares para lograr la curación.

Cuando el médico retiró con vinagre las gordas sanguijuelas a fin de que la boca se soltara y no quedara incrustada en la piel de la enferma, la taparon con varias mantas y la dejaron descansar. Su estado no había variado. El médico se despidió con la promesa de regresar a la mañana siguiente con el boticario para administrarle una purga y ventosas, y Marie decidió que no se separaría más de su madre.

La enferma aguantó la cura unos cuantos días sin que se observaran cambios perceptibles, hasta una mañana en que despertó con los primeros cantos de los pájaros. Marie dormía a su lado en el lecho que le habían dispuesto y alargó la mano para acariciarla.

—Hija mía —le dijo su madre con un hilo de voz—, me alegro de que estés conmigo en esta triste habitación que desconozco. Ahora que se ha disipado el velo que cubría mi mente, quiero revelarte algunas cosas antes de que sea demasiado tarde. Hija mía, ¿me escuchas?

Marie había oído sus palabras, pero pensaba que había sido en sueños. Cuando abrió los ojos y comprobó que su madre la miraba, sintió una gran alegría y exclamó:

—¡Te estás curando, mamá! El médico tenía razón.

Amélie trató de incorporarse en el lecho, pero no fue capaz. Resignada, alargó ambas manos hacia su hija para que se acercara:

—Mucho me gustaría que así fuera, pero creo que no es el caso. Más bien se me antoja que se trata de la mejoría pasajera que precede a la muerte. Un regalo de cordura que me envía la Providencia para que me despida de ti y pueda darte instrucciones.

—No, mamá, te estás curando, ya lo verás —insistió Marie esperanzada—. ¿Sabes dónde estamos y por qué vinimos?

—Tengo una vaga idea, pero no me interrumpas, hija mía, pues apenas me quedan fuerzas y he de solventar algunas cosas más importantes que esa. En primer lugar, quiero saber si la señora viuda de Alos se arrepintió de haberme empujado por la escalera y si fue un desgraciado accidente.

—No, mamá —respondió Marie asombrada—. No dijo nada de eso. Pensábamos que te habías caído sola.

—No fue un accidente entonces —corroboró Amélie—. Si lo ha ocultado es que me empujó adrede porque le advertí que su estancia en nuestra casa se estaba prolongando demasiado.

—Ahora también vive con nosotros su hijo Jean-Baptiste, que me ha pedido en matrimonio.

El rostro de Amélie se endureció:

—Si el cielo me concediera energía suficiente, nunca consentiría tal unión, puesto que su madre es la causante de mis desgracias, pero no voy a poder impedirlo. ¿Tú lo amas?

—No, mamá. Ni siquiera me gusta, pero dicen que lo habían concertado con papá hace años.

—No es cierto. Tu padre jamás haría tal cosa sin mi conocimiento. Es una maquinación más de esa malvada viuda —a Amélie le faltó el aire y no pudo seguir hablando.

—No te inquietes, mamá, no me casaré con él —expresó Marie para tranquilizarla, callándose para no angustiarla que había intentado forzarla.

Amélie suspiró mientras apretaba con la fuerza que le restaba las manos de Marie:

—Pobre hija mía, acabas de abandonar la niñez y ya está escrita tu historia en el cielo. La irás descubriendo un día tras otro sin siquiera haberla planeado, pues te empujarán a ella. Sentirás curiosidad, pero sobre todo miedo, al avanzar sin remedio hacia cada etapa de las que han previsto sin tu consentimiento... Tenemos que evitarlo, Marie, no dejes que decidan por ti; no repitas mi suerte. No, tú no serás la loca, ni la hija de la loca, ni la muerta en vida, no repetirás mi triste destino. ¡Oh, debemos evitarlo, querida hija, debemos evitarlo a toda costa!

Marie asintió con la cabeza mientras acariciaba la mano huesuda de su madre. Esta prosiguió.

—Has de buscar a tu padre, no hay más remedio. Él te protegerá, puesto que una mujer sola está sujeta a mil peligros, sometida a incontables asechanzas. Debes escribirle cuanto antes; no permitas que se embarque rumbo a esas tierras lejanas sin saber lo que sucede en su casa. Yo me equivoqué.

—Así se hará, mamá —repuso Marie, mientras su madre se detenía para recobrar el aliento, agotada por el esfuerzo—. Papá volverá, tú sanarás y proseguiremos nuestra vida de siempre, pero ahora debes descansar. Tú no estás loca y yo no seré jamás la hija de la loca, nadie piensa esas horribles cosas, ni siquiera la viuda de Alos y su siniestro hijo. Pero ya has hablado suficiente. Quédate tranquila mientras busco a Armand para informarle de tu mejoría. Se va a alegrar mucho y también querrá verte.

Amélie protestó y trató de retener a su hija para continuar la conversación porque sentía que se le escapaba el tiempo, pero Marie le arregló el embozo y los almohadones, insistió en que descansara y salió de la habitación. Amélie cerró los ojos.

Cuando al rato regresó Marie acompañada de Armand y la abadesa, el lecho de la enferma estaba iluminado por los rayos de sol que entraban por la ventana, y la blancura resplandeciente de las sábanas contrastaba dolorosamente con el color macilento y apagado de su rostro exánime. La terrible visión de su boca entreabierta puso fin a la reciente alegría: era como si acabara de exhalar el último aliento. La abadesa se acercó de inmediato al lecho y comprobó que Amélie había muerto.

Marie no lloró al saberlo. Primero sintió impotencia y luego la invadió la ira. Ordenó que las dejaran solas, candó la puerta por dentro y se sentó junto al cadáver. La expresión más bien apacible del rostro ojeroso le produjo un ligero alivio; al menos había dejado de sufrir. Dedicó un buen rato a ordenarle el abundante cabello, después le volvió a arreglar minuciosamente el embozo y se quedó mirando con ojos perdidos a la que había sido su madre. Al poco se levantó para coger del escritorio un pliego de papel, se volvió a sentar al lado del lecho y se puso a dibujar a pluma el rostro de su madre muerta. La campana del convento anunciaba el mediodía cuando dio por terminada su obra. La rodeaban en el suelo varios papeles arrugados que probaban sus repetidos fracasos, pero por fin había quedado satisfecha. Besó a su madre en la frente y comprobó una vez más el parecido con el retrato que acababa de realizar. En la hoja no aparecía el cadáver céreo que tenía ante sí, sino el rostro animado de la madre dormida al que Nana la había alzado de niña para que le diera el beso de los buenos días. Se limpió la lágrima que corría por su mejilla, guardó el dibujo entre las páginas del libro de las fábulas de Esopo y se levantó a abrir la puerta. Fuera esperaban Armand, la abadesa y el médico.

—Se recurrió a mi ciencia demasiado tarde —se disculpó este nada más verla—. Era un caso perdido.

La abadesa repuso altiva:

—*Primum no nocere.*

—No me vengáis con latinajos, señora abadesa —saltó irritado el médico—. En vuestra boca carecen de sentido.

—Lo primero es no perjudicar. ¿Acaso no conocéis ese principio básico de Hipócrates, señor mío? Vuestro concurso solo ha servido para acelerar su debilidad.

—Basta de disputas —intervino Armand—. Mi señora Amélie ha muerto. Dejadla descansar en paz.

La abadesa, avergonzada, concedió:

—Tenéis razón y os pido disculpas. De inmediato mandaré a un criado para que informe de la triste nueva a mi hermana la viuda de Alos a fin de que disponga lo necesario para su entierro.

Pero Marie se opuso:

—No haréis tal. El entierro de mi madre será en este convento, si así lo autorizáis, con mi sola presencia y la de Armand.

—Nana querrá acompañarnos —dijo Armand.

—No puede ser. El entierro será de inmediato —insistió Marie.

—Mañana, si así lo deseáis —indicó el médico—. Pero antes permitidme comprobar que la enferma está verdaderamente muerta. Cabe la posibilidad de que sufra una privación acompañada de catalepsia, pues casos más raros se han visto. Tal vez si le aplicáramos una ventosa en el lugar propicio...

—Señor galeno, cuando el alma vuela ya no regresa —le interrumpió Marie—. Mi madre ha muerto y no la someteréis a más ensayos. Armand os abonará lo que se os deba, puesto que vuestros servicios ya no son de utilidad.

El entierro fue una ceremonia triste que se realizó al atardecer del día siguiente en una pequeña capilla situada a la derecha del altar mayor de la iglesia del convento. Por expreso deseo de Marie solo asistieron, además de Armand, el cura que ofició el servicio y las monjas. Encargaron una sencilla lápida de piedra en la que aparecía su nombre de casada, los años de su existencia y estas palabras: «Murió por dar vida».

Esa misma noche Marie comunicó a Armand que quería quedarse en el convento una temporada para guardar luto por su madre y añadió:

—No voy a casarme con Jean-Baptiste.

A continuación le refirió las últimas palabras de su madre acusando a la viuda de Alos de haberla empujado para que rodara por las escaleras y cómo Jean-Baptiste había pretendido forzarla. Armand la escuchó con atención y luego advirtió:

—No creáis que os vais a librar de ellos por no volver a casa. Vendrán a buscaros. Si pretenden vuestra herencia, no descansarán hasta que la consigan, y la justicia se pondrá de su parte.

—Escribiré a mi padre.

—Sí, pero está muy lejos. Tal vez no llegue a tiempo su socorro.

—Escribiré a los hermanos de mi madre.

—Me parece bien, pero tampoco los conocéis. Puede que también se interesen por vuestros bienes.

—Al menos tendrán que luchar entre ellos.

Armand estuvo de acuerdo, puesto que no se le ocurría nada mejor para protegerla. Decidieron que Marie permanecería en el convento hasta comprobar el rumbo que tomaban los acontecimientos. Armand le entregó dinero y le recomendó que tuviera mucho cuidado con lo que contaba a la abadesa, puesto que era hermana de la viuda de Alos. Cuando se despidieron, Armand manifestó a la joven:

—Vuestro caballo queda en el establo por si lo llegarais a necesitar. Uno de los mozos es de mi pueblo y os ayudará si se lo pedís, no lo olvidéis. Tened presente también que Nana y yo os respaldaremos en la decisión que toméis, sea cual fuere.

Durante los días siguientes Marie deambuló por el convento. No podía sentarse tranquila a leer ni pensar más de unos minutos seguidos y caminaba alrededor del claustro una y otra vez; luego iba hasta el aljibe que se hallaba en su centro y hundía la mano en sus aguas cristalinas, pero al instante la sacaba y volvía a caminar hasta el huerto y de nuevo alrededor del claustro. No lograba sosiego y solo el movimiento parecía calmarla. Había insistido en seguir ocupando la celda de su madre, y aunque la abadesa se había opuesto, no había conseguido que se trasladara a una de la planta superior del claustro, donde se encontraban todas las de las monjas y la sala capitular. Además, se negó a acudir al refectorio para compartir las comidas con las novicias, pues no tenía interés por conocer a nadie. Por las noches tampoco lograba descansar porque sufría pesadillas en las que la señora viuda de Alos la empujaba por la escalera mientras Jean-Baptiste se reía a carcajadas, mostrando sus dientes amarillentos; otras veces estaba ante un altar del que quería escapar, pero sus pies no respondían, y otras más se veía tumbada en su lecho de la celda mientras el techo descendía y las paredes se juntaban hasta aplastarla. Una noticia inesperada vino a empeorar la situación.

Una mañana temprano, mientras paseaba por el huerto, la abadesa le comunicó:

—He recibido carta de mi hermana, la viuda de Alos. Está preocupada por vos y va a enviar a Jean-Baptiste a buscaros.

—Decidle que se ahorre el viaje, no pienso regresar con él a casa, si vos me permitís continuar en el convento —repuso Marie sin vacilar.

Con un atisbo de complicidad en la voz, la abadesa dijo:

—Comprendo vuestros sentimientos, creedme. No se me escapan las intenciones de mi hermana y Jean-Baptiste hacia vos, y me parece percibir que no las compartís.

Marie permaneció en silencio porque recordó la recomendación de Armand. La abadesa prosiguió:

—¿Por qué creéis que entré yo en el convento cuando era casi tan joven como vos? Es la única posibilidad que se me brindó para dedicarme al estudio de la medicina y el cuidado de mis semejantes. Cualquier mujer de espíritu ambicioso y mente despierta que no se sienta inclinada al matrimonio está destinada a la frustración o la locura si no halla una salida en el convento.

—¿Y si tampoco tiene inclinaciones religiosas? —replicó Marie.

—Deberá elegir el mal menor y después resignarse a aceptar la vida como venga. Si esperaba pan y le dan una piedra, se romperá los dientes, pero no se acobardará; si tendió la mano para recibir un pescado y le dieron un escorpión, cerrará los dedos firmemente sobre el don sin importarle que el escorpión la pique en la palma. Cuando pase la hinchazón y termine la tortura, el escorpión exprimido morirá, y ella será más fuerte, más sabia y menos sensible.

—¿No hay otro camino? —preguntó Marie.

—Al menos, yo no lo conozco. Las mujeres somos seres dependientes, seamos ricas o pobres. Ni siquiera se nos permite desplazarnos solas y debemos realizar hasta los trayectos más cortos acompañadas de padres, hermanos o criados que nos proporcionen medio de transporte y protección. Vos tenéis más suerte que otras, puesto que vuestra dote os hace preciosa tanto para el matrimonio como para el convento. Si elegís el primero, aceptad a Jean-Baptiste, puesto que por ser vuestro allegado tendrá prioridad. No creo que nadie le vaya a negar el derecho natural de asegurarse su propia subsistencia. Pero en caso de que elijáis el segundo, podéis contar con mi ayuda. Yo os protegeré hasta que toméis los hábitos, pues por el mismo derecho natural nadie me reprochará que pretenda asegurar la subsistencia del convento.

Marie le agradeció sus buenas intenciones y le indicó que le comunicaría su decisión en cuanto la hubiera tomado, insistiendo en que procurara retrasar el viaje de Jean-Baptiste hasta entonces. La abadesa aceptó y se despidió, pues tenía ocupaciones pendientes. La joven prosiguió con su paseo y, mientras recorría el huerto a grandes pasos, pensó que debería haber nacido hombre, que deberían haberle dado un nombre de hombre y una posición de hombre, y así no se vería obligada a decidir sobre dos caminos que no deseaba seguir y podría elegir su destino cuando le conviniera entre una amplia gama de posibilidades. Se imaginó como su padre, dibujando mapas y viajando a tierras ignotas, o como un pintor de talento, visitando cortes de reyes para realzar sus salones con las obras maestras que saldrían de su pincel, o incluso como un Homero o un Esopo, escribiendo relatos sublimes que la humanidad leería siglo tras siglo. Hasta la vida de un náufrago en una isla desierta se le antojaba más deseable que la que le aguardaba a ella.

Acaso tales pensamientos fueran los culpables de que esa noche Marie tuviera un sueño peculiar, en el que una ráfaga de viento repentina revolvía la ropa de su cama y la dejaba destapada; esa misma ráfaga abría la puerta de la celda y cruzaban su umbral un perro y un gato más bien pequeños que avanzaban hasta situarse ante la ventana y allí se sentaban sobre las patas traseras mirando hacia fuera. Incorporada del lecho para mirar también por la ventana, Marie contemplaba bajo un cielo cuajado de estrellas un hermoso peral repleto de frutos. Comprendía al instante que una de las peras era su afición por la pintura; otra un poco más alta, su destreza como jinete; otra más a la derecha, su habilidad para bordar; la de la izquierda, los muchos libros que le quedaban por leer; y la más alta de todas, su deseo de libertad. Quería extender la mano para coger esa pera, pero antes de que la alcanzara se arrugaba y caía al suelo podrida. Lo mismo iba ocurriendo con las restantes frutas sin que pudiera remediarlo. Este hecho inevitable le provocó tal angustia que se despertó, pero el sueño con el árbol de los deseos del cuento infantil tantas veces escuchado a su madre había sido tan vívido que le costó darse cuenta de la realidad, y bajo su influjo se levantó de la cama, recogió deprisa sus pertenencias y se dirigió con paso sigiloso hacia el establo.

Una luna casi llena iluminaba la noche cuando llamó a la puerta del recinto que ocupaban los mozos.

—¿Quién es a estas horas? —respondió desde dentro una voz malhumorada.

Pegándose a la puerta para evitar que alguien más la escuchara, Marie susurró:

—Busco al mozo que conoce a Armand.

Salió un hombre de edad semejante a la del criado, rascándose la cabeza y bostezando.

—¿En qué os puedo servir? —preguntó escueto.

—Armand me dijo que confiara en vos. ¿Podéis ensillar mi caballo? Deseo partir de inmediato, antes de que se levanten las monjas a sus rezos.

El mozo no contestó, pero se dirigió al establo y preparó el caballo con la presteza de alguien acostumbrado a esa labor. Luego lo condujo por el patio hasta el portón de salida.

Cuando tomó las riendas, Marie le preguntó:

—¿Podéis indicarme cómo llegar hasta el Camino Español?

El mozo abrió el portón, procurando no hacer ruido, y señaló el sendero que se atisbaba al fondo.

—Seguid el curso del río hasta que encontréis el puente. Cruzadlo y continuad hacia la derecha. La luna os alumbrará, pero tened cuidado y tapaos bien con el manto. Que no se sepa que es una mujer joven la que cabalga sola.

Marie quiso agradecer la ayuda ofreciendo unas monedas, que el mozo rechazó. Montó enseguida su caballo, se envolvió en el manto, ocultando cuanto pudo su rostro con la amplia capucha, y emprendió el trote sin detenerse a pensar si la decisión tan precipitada que había tomado sería la acertada o la pondría en un brete mayor.

3

Marie la ladrona

Toda la tarde anterior y hasta muy entrada la noche había estado lloviendo, no con esas gotas finas y persistentes típicas de la primavera, sino jarreando, como era propio de las tormentas de verano. Este año, el calor se había adelantado. Las cerezas y ciruelas empezaban a pintar y los albaricoques más tempraneros estaban en plena sazón. Por eso, Chantal y Bertrand habían madrugado para recogerlos, antes de que cayeran al suelo y se echaran a perder. Su tío era quien acostumbraba a encargarse de esa tarea, pero hacía muchos días que andaba fuera tratando asuntos de ganado y no podían esperar a que regresara. Bertrand iba rezongando, pues a esa hora solía ocuparse de los animales y le disgustaba que su tía le hubiera mandado acompañar a Chantal.

—Vaya una manera de perder el tiempo —murmuró entre dientes, mientras golpeaba con su garrote una piedra del camino.

—¿Qué dices? —preguntó Chantal, pero sin esperar la respuesta, añadió—: Alegra esa cara, amigo. Mira qué buen día hará. ¿No te gusta respirar, hincharte los pulmones de este aire tan suave, que huele tan bien?

Bertrand no contestó. Menudas tonterías. Él tenía cosas más serias en la cabeza. La *Galana* estaba preñada y su comportamiento era raro. Ayer casi no se había dejado ordeñar y apenas había comido a pesar de que le había servido una buena ración de la alfalfa que tanto le gustaba mezclada con el heno.

Chantal se detuvo ante unas matas de lavanda y empezó a cortar ramas floridas. Bertrand frunció el ceño, levantó la cesta que la chica había dejado en el suelo y le anunció:

—No tengo paciencia para esperarte. Alcánzame en los fruta-les. Empieza a alborear y tú te pones a coger flores...

Chantal se rio alegre y siguió haciendo el ramillete.

—Ve. Cada uno a lo suyo —comentó sin hacerle caso.

Sabía que su tía le agradecería las yerbas. Las pondrían en la alacena de la ropa blanca y colgadas del techo de la cocina para ahuyentar a los insectos. Apenas veía a Bertrand, recortado a lo lejos del camino por los primeros resplandores de la aurora, cuando le llegó su voz imperiosa:

—¡Chantal...!

«Qué tripa se le habrá roto ahora», pensó, pero como volvió a gritar su nombre, no tuvo más remedio que contestarle, a la vez que se alzaba para dirigirse a su encuentro:

—¡Ya voy!

Cuando llegó a su lado, este le señaló hacia arriba. Entre las ramas de un frondoso albaricoquero, había acurrucada una figura vestida con un traje claro. Chantal se quedó boquiabierta. Bertrand miró los huesos de fruta esparcidos por el suelo y dio un garrotazo al tronco del árbol.

—Baja de ahí, ladrona, o te muelo a palos —ordenó con voz ronca.

—La estás asustando —susurró Chantal, que se esforzaba por comprobar a la escasa luz que había si se trataba de una mujer joven.

Bertrand insistió:

—Baja te digo, o subo por ti, ladrona.

Desde el árbol llegó una especie de sollozo y luego una voz tenue y temblorosa:

—Yo no he robado nada...

—No, claro está, y todos estos huesos qué —repuso Bertrand, empujando con el garrote los que había alrededor.

—Tenía hambre...

—Hambre —repitió Bertrand irónico—. La disculpa de todos los amigos de lo ajeno.

Iba a propinar otro garrotazo al árbol, cuando Chantal le detu-vo el brazo.

—Basta, Bertrand. Muestra un poco de compasión —le pidió, y luego se dirigió a la mujer—: No tengáis miedo. Nada malo va a pasaros, así que bajad. No podéis quedaros ahí colgada para siempre, como si fuerais un pájaro que puede volar de rama en rama sin tocar el suelo.

La figura pareció vacilar unos instantes y luego comenzó a descender, primero buscando las ramas más vigorosas para apoyarse y luego deslizándose con agilidad por el tronco. Una vez abajo, advirtieron que se trataba de una joven de cabello largo y revuelto, ataviada con un traje de una tela clara tan bonita que a Chantal se le antojó propia de reinas. No podía dejar de mirarla como embobada. Pero Bertrand rompió el hechizo:

—No voy a pasar el día entero holgazaneando. Me marcho a ordeñar. Que esta te ayude a coger la fruta. Es lo menos que puede hacer para pagar la que se comió.

—No seas descortés —replicó Chantal—. No sabemos quién es, ni cuáles son sus desventuras.

Bertrand se enfadó:

—¡A qué tantas contemplaciones! ¿Es que estás loca? Ahí os quedáis. Yo a lo mío —y se marchó a paso rápido, añadiendo entre dientes—: Por glotona, a esta hoy se le descompone el vientre, sea una hija fugada, una esposa repudiada o una ramera andariega.

Las dos muchachas se quedaron solas, mirándose mutuamente. El sol ascendía por el horizonte y ya había suficiente claridad para comprobar que eran casi de la misma edad.

—Me llamo Marie —dijo la del árbol—. No creía hacer nada malo al coger los albaricoques. Es que llevaba dos días sin probar bocado y luego, con tanta lluvia...

—¿Estabais en el árbol cuando la tormenta? —se interesó Chantal.

—No. Tuve suerte y encontré una especie de cueva para refugiarme. Ahí resistí hasta que escampó. Luego me subí al árbol porque me dio miedo de que ese agujero fuera la guarida de algún animal. Oí aullidos y me asusté.

—Por aquí solo baja algún lobo en invierno —la tranquilizó Chantal—. Escucharíais a nuestro perro *Boreal*, que siempre ladra de noche. Le enseñó mi tío para asustar a los merodeadores.

—Pues conmigo lo logró. Pensé que podría ser un licántropo y corrí a subirme al primer árbol que encontré.

—¿Un licántropo? —se extrañó Chantal—. No conozco la existencia de tal animal por estos contornos.

—No es una fiera cualquiera, sino un hombre lobo —explicó la joven del árbol—. En el Franco Condado donde yo vivo se cuenta que hay algunos licántropos por los bosques, y son más peligrosos que los lobos.

—De esos hombres lobo sí que he oído hablar, pero nunca he visto uno.

—Yo tampoco, aunque no ha mucho quemaron en la hoguera a un tal Gilles Garnier en la plaza de Besanzón, acusado de haber devorado a varias personas después de transformarse en lobo. Su mujer declaró que a ella le había ofrecido carne de sus víctimas.

—¿Y vos acudisteis a contemplar cómo ardía? —preguntó asombrada Chantal.

—No. Mi madre no me lo permitió. Pero sí lo vieron nuestros criados y después nos explicaron cómo aullaba entre las llamas y el terrible hedor que desprendía su carne pecadora al chamuscarse.

Chantal se dio cuenta de que con la charla se había olvidado de la tarea que había ido a realizar:

—Tengo que llenar la cesta de albaricoques. ¿Queréis ayudarme?

Marie aceptó gustosa y comenzaron a recolectarlos de los árboles más cargados.

—He comido tantos que casi los aborrezco —comentó Marie, mientras recogía en su falda varios maduros—. Aunque he de reconocer que me supieron a gloria, pues estaba a punto de desfallecer de hambre.

—¿Os habéis escapado? —preguntó Chantal, quien no encontraba otro motivo para que una joven bien vestida y refinada como ella viajara sola.

Marie vaciló unos instantes antes de responder dando un rodeo:

—Me he perdido. Buscaba el Camino Español para llegar a Génova y allí embarcar a Barcelona para reunirme con mi padre, que está en la corte castellana. El mozo del convento del que partí me indicó que siguiera el curso del Ródano hasta llegar al puente, pero no lo hallé y seguí cabalgando y cabalgando hasta acabar aquí.

—¿Tenéis caballo? —se sorprendió Chantal.

—Sí. Lo dejé pastando al lado de la cueva donde me refugié. El pobre también estaba hambriento, aunque por lo menos se había alimentado con las hierbas del camino. No sé si ahora sabré encontrarlo.

Chantal ofreció:

—Yo os ayudaré en cuanto terminemos de recoger la fruta. Conozco esta tierra como la palma de mi mano.

Y cuando la cesta estuvo repleta de olorosos albaricoques, Chantal la colocó debajo de un árbol junto al ramo de lavanda y echó a correr entre los frutales hasta llegar a una parte donde el terreno dejaba de ser llano y se ondulaba en suaves pendientes. En la falda de una de ellas se abría una pequeña cueva.

—Ahí debió de ser donde os refugiasteis —afirmó, señalándola con la mano a Marie, que la había seguido en la carrera a corta distancia—. Pero el caballo no está. ¿Lo habíais atado?

Marie respondió que no, y Chantal supuso que tal vez se habría acercado a beber al arroyo que corría en los alrededores. Antes de comprobarlo, Marie se metió en la cueva y salió al poco llevando el manto y las alforjas en las que guardaba sus pertenencias.

—Estabais en lo cierto —confirmó contenta, mostrando lo que había recuperado—. Menos mal que no falta nada, pues lo que aquí llevo es mi más preciado tesoro.

Apenas había terminado de decirlo y ya se estaba arrepintiendo por su indiscreción. ¿Y si Chantal intentaba robarla, creyendo que en verdad poseía una gran fortuna? Miró de soslayo a la joven para comprobar qué impresión habían causado sus palabras y no percibió cambio alguno en su semblante.

—Busquemos ahora el caballo —propuso Chantal, echando a andar hacia un sendero apenas perceptible que discurría entre álamos.

Marie la siguió indecisa y a cierta distancia para poder reaccionar si le estaba tendiendo una trampa, pero no habían recorrido un largo trecho cuando divisaron al caballo pastando tranquilo la verde hierba que creía junto a la orilla. Marie se acercó al animal y le acarició el hocico antes de colocarle las alforjas. Luego dio las gracias a Chantal y le preguntó si le podía indicar dónde se hallaba el Camino Español.

—No penséis partir ahora, con lo lejos que queda ese camino. Mi tía no me perdonaría que no os ofrezca posada.

Marie insistió en marcharse, pero Chantal no se lo permitió y tomó las riendas del caballo con mano firme. El pañuelo pardo que le cubría la cabeza dejaba al descubierto unos mechones de su ensortijado cabello rubicundo, y la piel de su afable rostro, tostado por el sol, era tersa y estaba moteada en las sonrosadas mejillas por minúsculas pecas. Marie forcejeó con las riendas, todavía reticente a acompañarla, mientras escudriñaba en el fondo de sus ojos verdosos pretendiendo, sin resultado, descubrir sus intenciones ocultas. Y así, queriendo y no queriendo, se dejó conducir hasta la casa de labranza, que era de buen tamaño, tenía el tejado de paja y los muros de adobe, y estaba rodeada por parterres donde crecían espesas las flores de la primavera en grupos bien dispuestos de campánulas, margaritas, malvas, siemprevivas y alhelíes, esparciendo su embriagador aroma. La tía ya las aguardaba, advertida por Bertrand.

—Me teníais preocupada —fue lo primero que les dijo al verlas entrar en la estancia principal, donde estaba el hogar y una larga mesa de madera con bancos a los lados—. Habéis tardado demasiado. Pobrecilla, qué mala cara tiene, pero no me extraña, pasar la noche en un árbol no es nada recomendable, no señor. Venid a sentaros, que os tomaréis un tazón de leche recién ordeñada. Eso reanima a un muerto. Mira que subirse a un árbol... Podíais haberos acercado a la casa, porque otra cosa no será, pero caridad aquí nunca ha faltado, no señor. A ver, el pan, Chantal, alcánzamelo mientras sirvo la leche. No, no lo cortes tú, trae acá —y sin parar de hablar cogió la hogaza, se la colocó entre los abundantes pechos y empezó a rebanarla con gran rapidez—. Ale, ya está. Desayunad.

Luego, sin dejar de hablar, se puso a pelar nabos y cebollas, y cuando los estaba echando en el caldero, apareció Bertrand muy agitado:

—¡Tía, la *Galana,* que se nos muere!

—¡Dios no lo quiera! —exclamó la mujer, limpiándose las rollizas manos en el delantal—. ¿Qué es lo que tiene?

—Creo que está de parto, aunque aún no cumple. No sé qué hacer.

—¡Qué calamidad, y vuestro tío sin volver!

Salieron los dos de la estancia, mientras Marie y Chantal acababan de beber la leche. Estaban secando las tazas recién lavadas con el agua de un caldero cuando volvió la tía:

—Deprisa, muchachas, tenemos que ayudar a la *Galana*. Está de parto, pero la muy tonta no quiere empujar. Vamos, vamos.

Marie contuvo la respiración al entrar en el establo, descompuesta por el penetrante olor a excrementos, a cuero rancio de aperos de labranza, a sobadas sogas de cáñamo, a forraje almacenado y a sudor, todo mezclado con leche agria derramada y el aliento de los animales. Zumbaban cientos de moscas, y gordas arañas de patas peludas tejían sus telas translúcidas entre las vigas con intención de cazarlas.

—Chantal, cógela del morro —mandó Bertrand, quien luchaba con la vaca a brazo partido para obligarla a permanecer en pie—. Tía, colócate en un costado y no dejes que se tumbe. Yo voy detrás a ayudarla a parir.

Marie sintió náuseas y le vino a la boca una bocanada amarga. Acabaría vomitando si no se marchaba. Estaba a punto de salir cuando Bertrand se fijó en ella y se lo impidió:

—Ven acá, ladrona de albaricoques, no seas tan remilgada y échanos una mano, que estamos en apuros —le ordenó sin contemplaciones—. Ponte enfrente de mi tía y cuida de que la *Galana* no se eche, pues te arrollará.

La vaca coceaba y mugía, empeñada en acostarse. Las tres mujeres se esforzaban en detenerla, mientras Bertrand le ataba el rabo para que no pudiera bajarlo e intentaba introducirle el brazo por el ano, buscando la cría. Nada. Pasaba el tiempo y la vaca iba perdiendo fuerzas. Ya casi no coceaba y las patas empezaban a temblarle.

—Se nos muere —se lamentó la tía angustiada.

—*Galana* bonita, no tengas miedo —le dijo Bertrand, palmeándole el lomo—. Vamos a intentarlo una vez más. Vamos, bonita, vamos, que es por tu bien.

La vaca pareció comprenderlo y lanzó un lastimero mugido. Bertrand volvió a introducir el brazo en su cuerpo, tanteando sin suerte durante un rato, hasta que exclamó:

—¡Lo tengo! Creo que he agarrado una pata, pero no sale.

—Despacio, despacio —aconsejó la tía más animada—. Con tiento, no vayas a desgarrarla. Ve buscando la vuelta mientras tiras hasta que des con el camino.

Al poco, aparecieron las patas y luego, entre ríos de sangre y heces, se escurrió fuera del cuerpo una ternera llena de pringosa grasa, que enseguida buscó a su madre tambaleándose.

—¿Te gusta tu cría, *Galana*? —le preguntó cariñoso Bertrand mientras tapaba a la vaca con una manta y la obligaba a apartarse para barrer con un cepillo de gruesas púas la inmundicia que cubría el suelo de paja.

—Para ser la primera vez que lo haces, te has dado buena maña —lo felicitó su tía.

—Menos mal que había ayudado al tío en otros partos.

Marie no escuchó más porque abandonó a la carrera el establo para vomitar junto a la puerta. Había logrado vencer su asco y respirar apenas mientras sujetaba a la vaca con manos temblorosas, pero la visión de tanta sangre corrompida había sido demasiado. Así que este era el secreto de la vida, caviló mientras se secaba la boca con un trozo de la falda repleta de manchas. Puesto que la vaca paría como la oveja, era probable que todos los animales lo hicieran igual. ¿Y su madre? ¿Los gritos que había escuchado durante el alumbramiento de su hermano muerto se debían a que había pasado por un doloroso trance semejante? Marie no quiso imaginárselo y dejó que una lágrima rodara por su mejilla. Estaba sucia y cansada, y quería huir de esa horrenda casa cuanto antes.

La tía, que había salido a buscarla, le tendió un mandil para que se limpiara las manos y comentó:

—Con tanto trajín, se nos ha echado encima la hora de comer y no tenemos nada en la lumbre. No hay que apurarse, pues bien sabe lo que se come con hambre. No ha de faltar algún fiambre, queso y pan, pero primero nos asearemos, que la limpieza no está reñida con la pobreza. Bertrand se quedará con la *Galana* mientras las mujeres nos lavamos y preparamos la mesa.

Antes de entrar en la casa, mientras se descalzaba los chanclos manchados de estiércol, Chantal observó con arrobo los botines labrados de Marie y le pidió que se los quitara para limpiarlos.

—¿Tenéis muda para cambiaros? —añadió a continuación.

Marie se despojó obediente de los botines y entró en la casa descalza para sacar de sus alforjas un arrugado vestido, que tendió a Chantal.

—¡Es blanco! —se admiró esta al verlo.

—Era uno de los colores preferidos de mi madre. El color del verano —explicó Marie con tristeza.

Chantal lo miró extasiada y pensó que nunca había visto algo tan hermoso.

—Os lo regalo —dijo Marie de improviso—. No me sirve para viajar por los caminos. Llamaría la atención y se ensuciaría enseguida.

—Mi tía no me permitirá que lo acepte —expresó Chantal, alargando con timidez los dedos para acariciar la suntuosa tela estampada con blancas estrellas diminutas en relieve sobre un fondo también blanco—. Es demasiado elegante para una campesina.

—No tiene por qué saberlo —insistió Marie en su ofrecimiento.

—Os lo puedo cambiar por el mío de los domingos —se le ocurrió a Chantal, y salió corriendo a buscarlo.

Regresó con un traje verde oscuro, cuyo único adorno era el bonito encaje blanco que remataba el cuello y las mangas.

—Salgo ganando con el trueque —manifestó contenta Marie—. Este resulta mucho más apropiado para las jornadas que me esperan hasta llegar a Castilla.

Chantal fue en busca de su tía para enseñarle su nueva adquisición, y esta, después de admirar la hechura y tela del vestido, le aconsejó que lo guardara en el baúl con su ajuar para que no se estropeara. Había preparado un barreño con agua, jabón de sebo y cenizas, más un estropajo de cáñamo, y apremió a las dos muchachas para que concluyeran su aseo. Ella ya lo había hecho y ahora iba a llevar un caldero a Bertrand.

Marie no se lo pensó dos veces. Pidió a Chantal que la ayudara a desabotonarse el vestido y después dejó caer al suelo una blanquísima enagua cuyos bajos bordados habían recogido la inmundicia del camino y el establo. Chantal observó boquiabierta cómo terminaba de desnudarse y se introducía en un barreño donde apenas cabía acurrucada.

—Ah, no sabéis cuánto necesitaba esto —gorjeó Marie mientras se enjabonaba rostro, hombros y pechos, que no quedaban cubiertos por el agua—. ¿Queréis lavarme el pelo?

Chantal se acercó como hipnotizada y con manos temblorosas, como quien trata con algo sagrado, le enjabonó el cabello y se lo aclaró, ayudada de un cazo. Cuando Marie se levantó del barreño con la rizada melena cubriéndole hasta la cintura y el agua escurriéndole del cuerpo como incontables perlas soltadas de un collar que se desgrana, Chantal pensó que nunca había visto una carne tan rosada ni unas formas tan hermosas, y sintió envidia.

—Ahora os ayudaré yo —se ofreció Marie, envuelta en la áspera sábana que le había tendido Chantal.

—No hay más agua caliente. Esta era para las dos.

—¡Oh, cuánto lo siento —se disculpó Marie—. Debisteis advertirme para que no la gastara toda.

—No importa. Vos lo necesitabais más —replicó Chantal mientras se enjabonaba los brazos y los aclaraba con la misma agua—.Yo no he viajado y no estoy tan sucia.

No quiso añadir que ella nunca se había bañado totalmente desnuda, ni tampoco su tía, ni Bertrand siquiera, y pensó que meterse de ese modo dentro del barreño era cosa de ricos indolentes o mujeres de la mala vida, por lo que ya no tuvo dudas de que la extraña joven que habían encontrado en el árbol guardaba algún atroz secreto que la había obligado a lanzarse sola a los caminos.

—Avisad a Bertrand —ordenó su tía, sacándola de sus reflexiones—. La comida está lista.

Lo encontraron en la cuadra, cepillando con esmero el caballo de Marie.

—Bonito animal —declaró con admiración—. Se ve a la legua que es de raza y está bien cuidado.

—¿Queréis montarlo? —le ofreció Marie.

A Bertrand se le iluminó la cara y afirmó que esa misma tarde, en cuanto acabaran de comer, daría un paseo en él antes de arreglar al ganado.

La comida fue un asunto sencillo que se despachó enseguida, y Bertrand se levantó de la mesa de inmediato, deseoso de probar el caballo, mientras tía y sobrina recogían las sobras y limpiaban la escasa vajilla empleada ante la mirada atenta de Marie, que deseaba ayudar pero no sabía. Después Chantal pidió permiso a su tía para ir a lavar la ropa al arroyo.

—Hace buen tiempo y aún se ha de secar. Marie no tardará en emprender camino y necesitará su muda.

—Mejor lo dejáis para mañana —decidió la mujer—. Hay mucha nata guardada y tenemos que hacer mantequilla antes de que se eche a perder. También será conveniente hacer un poco de queso, pues van demasiados días sin vender la leche y no aguantará mucho más. Este marido mío, ¿dónde se habrá metido? Vosotras poneos a ello mientras yo me ocupo de amasar pan, pues apenas queda.

Marie nunca había hecho mantequilla ni queso, pero le dio apuro reconocerlo. Había visto cómo Nana batía la nata para hacer la primera y pensó que no tenía mucho misterio, así que declaró:

—Yo me ocupo de la mantequilla, si os parece bien.

Nana empleaba un recipiente de madera con una boca por la que se introducía la nata y en cuyo interior había unas aspas que se movían con una manivela, y Marie creyó que su labor se limitaría a darle vueltas hasta separar el suero y formar la masa esponjosa que se envolvía en una tela y se apretaba para que adquiriera la consistencia deseada. Pero lo que le entregaron fue una vasija de madera con cuello estrecho y una especie de remo. Por su expresión de asombro, la tía se percató al instante de que era la primera vez que veía dichos utensilios.

—¿Sabéis cómo utilizarlos? —le preguntó.

Marie tuvo que reconocer su ignorancia.

—Yo os enseño —se ofreció Chantal.

Y fue mostrándole paso a paso cómo se introducía la nata en la mantequera, cómo se colocaba esta entre las piernas y cómo había que batirla con la pala a buen ritmo para que fuera ligando.

—Acabarás haciendo tú todo el trabajo —sentenció la tía, mientras amasaba la harina con destreza—. Bien se ve por sus delicadas manos que no está acostumbrada a las labores de la casa.

—Sé bordar muy bien —indicó Marie para que no la tomaran por una inútil.

—Concedo que es loable empeño, aunque vano en una casa campesina como la nuestra —manifestó la tía—. Siempre me ha intrigado en qué ocuparían su tiempo las damas de la buena sociedad, pues no creo que estén mano sobre mano, ya que se aburrirían soberanamente.

Marie dijo que tampoco lo sabía, puesto que vivía en el campo, rodeada de viñedos, pero que su madre y ella hacían muchas cosas, y que lo que más les gustaba era leer libros.

—¿Sabéis leer? —se asombró Chantal.

—Sí, ¿queréis que os lea alguna fábula de Esopo? —ofreció Marie, deseosa de ser útil de algún modo—. Solía hacerlo para mi madre.

Como la respuesta fue afirmativa, corrió a buscar sus alforjas y volvió con el libro de tapas oscuras.

—¿Tenéis predilección por alguna? —les preguntó.

Ambas mujeres repusieron que les leyera las que más le gustaran a ella, y así Marie comenzó por la gallina de los huevos de oro y después fueron desfilando el león rey, la zorra y las uvas, la liebre y la tortuga, y de ese modo fue transcurriendo la tarde hasta que se hizo de noche y hubo que prender velas porque ya no se veía.

—Buen caballo, sí señor —fueron las primeras palabras que pronunció Bertrand al entrar en la estancia, mientras se despojaba del sombrero y lo colgaba de un gancho de la pared, al lado de la puerta—. Brioso pero obediente, un fino animal.

Y a continuación se puso a relatar con entusiasmo el paseo que había dado hasta llegar al otero donde se alzaba la torre vigía sin que el caballo extrañara su monta. Añadió que lo había dejado en la cuadra junto a las yeguas percheronas bien servido de paja y agua, pues se lo merecía.

—Nosotras tampoco nos hemos aburrido en absoluto, señor mío —declaró la tía, mientras preparaba los huevos con tocino que constituirían la cena—. Ha sido una lectura de mucho provecho, tengo que reconocerlo. Ese Esopo vale su precio en oro, pues hay que ver con cuánto tino hace hablar a los animales para extraer moralejas de mucha utilidad.

Cuando llegó el momento de dormir, Marie se angustió pensando en el jergón de paja que tendría que compartir con Chantal en su estrecho dormitorio donde había dejado las alforjas. Por suerte, con el camisón ya puesto y preparada para acostarse, la joven le preguntó:

—¿Qué lado preferís? Os lo cederé de buena gana, pues a mí me es indiferente.

Marie respondió al instante que el de fuera, pensando que así podría levantarse en cuanto su compañera se durmiera pegada a la pared si no era capaz de soportar su olor. Sin embargo, se llevó una grata sorpresa cuando por fin se deslizó dentro de las ásperas sábanas, pues olían a los membrillos y manzanas que perfumaban la alacena donde se guardaban. El mismo cabello de Chantal, ahora suelto, desprendía una suave fragancia a hierbas aromáticas que reconfortó su ánimo al evocarle sus felices días de infancia en los brazos de Nana, quien olía de un modo parecido. Reconfortada por estos recuerdos, murmuró mientras se estiraba en el lecho:

—Muchas gracias por vuestra hospitalidad. Hacía tiempo que no me sentía tan a gusto.

Chantal no supo qué contestar porque no estaba acostumbrada a tales cortesías y se limitó a sonreír, aunque su compañera de lecho no lo pudo advertir en la oscuridad. Sus palabras debían de ser ciertas, pues casi de inmediato empezó a respirar con ese sonido profundo que produce un buen sueño. Chantal seguía despierta porque estaba esperando a escuchar los ronquidos de su tía en la habitación de al lado para revelarle un secreto a Marie, pero comprendió que tendría que dejarlo para la mañana siguiente y también se durmió.

Marie la despertó en mitad de la noche al incorporarse de repente en el lecho.

—¿Qué os ocurre? —le preguntó Chantal en voz baja, incorporándose también.

—Tuve una pesadilla —musitó Marie casi sollozando.

—Ya pasó, no temáis —la consoló Chantal.

—¿No llegó nadie a la puerta? ¿No escuchasteis cascos de caballo? —susurró Marie angustiada.

—No. No hubo nada. El perro no ha ladrado. No hay motivo para que os inquietéis, pues en esta casa estáis completamente a salvo.

Pero como Marie no se tranquilizaba, Chantal añadió:

—Decidme la verdad, ¿estáis huyendo? Mi tía también se sorprendió de que viajarais sola.

En ese momento, por primera vez desde que había escapado del convento amparada por la oscuridad como una delincuente, percibió con claridad la trascendencia de sus actos.

—Me hallaba en el convento de Santa Bárbara, cerca de Lyon, guardando luto por mi madre fallecida hacía unos días —comenzó a relatar.

Pero se dio cuenta de que su historia debía comenzar con la partida de su padre hacia la corte española y detuvo la narración para ordenar sus pensamientos. Luego retomó el hilo y contó la sucesión de hechos que había vivido hasta su encuentro cuando se hallaba encaramada en el albaricoquero.

—Sois muy valiente —la alabó Chantal, boquiabierta por su decisión.

—Estaba sumida en la tristeza, y la desesperación no me dejaba razonar —replicó Marie—. Ahora tal vez no me hubiera atrevido a marcharme.

—¿Pensáis regresar? —preguntó Chantal—. Mirad que los caminos son peligrosos y vuestro padre está muy lejos.

—Lo hecho, hecho está. Seguiré el Camino Español y embarcaré rumbo a España —reiteró Marie con decisión, porque le espantaba la idea de volverse a encontrar con su primo Jean-Baptiste.

—No tenéis por qué desandar el camino —opinó Chantal—. Si queréis ir a España, podéis hacerlo por la Via Podiensis que siguen los peregrinos desde hace siglos para llegar a la tumba del apóstol en Santiago de Compostela.

—Os agradezco la información, pero si tomo el Camino Español, viajaré con los oficiales de los Tercios Viejos españoles, y ellos me llevarán sin peligro hasta mi padre.

Chantal permaneció callada unos instantes y luego susurró:

—Yo también quería contaros un secreto.

—Hablad, os escucharé encantada ahora que vos sabéis el mío.

—Tengo una carta. Me la entregó un joven apuesto hace cosa de un mes cuando fui al mercado de Le Puy, pero aún no me la han leído.

—¿Queréis que lo haga yo? —se ofreció Marie.

—Sí —respondió Chantal y se levantó sigilosa hasta el baúl que había bajo la ventana. De él sacó la carta y una vela, y se volvió a meter en el lecho antes de prenderla y explicar—: Es la que me dieron como regalo de despedida las monjas del hospicio cuando me entregaron a mi tía. La guardaba para una ocasión importante como esta.

—¿Por qué estabais en el hospicio? —preguntó Marie intrigada.

—Mis padres murieron por la peste, creo, y las monjas me recogieron; viví con ellas hasta que me entregaron a mi tía cuando tenía unos tres años.

—¿Bertrand es vuestro hermano mayor o vuestro primo carnal? —siguió preguntando Marie.

—Ninguna de las dos cosas. Estaba también en el hospicio. Nuestros tíos no tenían hijos y acudieron a él porque querían prohijar un varón que les ayudara cuando creciera en las tareas del campo. Yo no lo recuerdo, pero cuentan que cuando eligieron a Bertrand y ya se lo llevaban, yo corrí a cogerle la mano a mi tía y le sonreí de oreja a oreja. La monja que lo vio le aconsejó que también me prohijaran a mí. «Esta niña es un cascabel», le dijo para convencerla, «será como un jilguero, la alegría de vuestra casa y el apoyo de vuestra vejez». Mi tía vaciló, pero mi tío no consintió y se marcharon solo con Bertrand. Sin embargo, regresaron a los pocos días porque mi tía no había dejado de soñar conmigo. Y aquí estamos todos juntos desde entonces. Aunque a ellos los llamamos tíos y Bertrand y yo nos tratamos de primos, en realidad no somos parientes.

—A pesar de la desgracia de haber perdido a vuestros padres, tenéis suerte, pues son buenas personas —declaró convencida Marie.

—Más de lo que pensáis —repuso Chantal—. Probablemente Bertrand y yo salvamos la vida al venir a esta casa desde el hospicio, pues muchos de los niños recogidos y las monjas que los cuidaban murieron al poco, no se sabe si debido a un envenenamiento o a la peste. Por lo que he escuchado a mis tíos, las condiciones miserables del establecimiento favorecían la propagación de toda clase de males. Pero no hablemos más del pasado y leedme por fin la carta.

Marie desplegó el papel y pidió a Chantal que acercara la vela. Escrito con letra vacilante, salpicada de borrones de tinta y sin encabezamiento alguno, decía lo siguiente:

Hallándome en el lecho de la muerte y deseoso de descargar mi conciencia a fin de obtener benevolencia cuando el Divino Hacedor me juzgue, os ruego encarecidamente que acudáis sin tardanza a mi casa de la Rue des Tables, pues os debo explicaciones que os serán de gran provecho. Sabed que sois hija de los difuntos barones Pierre y Marguerite Delacroix y, a lo que sé, su única heredera. Este joven que os entrega la carta es mi hijo Eugène, quien os podrá conducir hasta nuestra casa, que es la vuestra, si así lo convenís. Quedo a vuestra disposición y os beso los pies. Pierre Laudine

Chantal permaneció pensativa un momento y luego preguntó:

—¿No dice nada más?

—Nada más —repuso Marie—. Comprobadlo vos misma. Mirad: en estos renglones están las razones que os acabo de leer y esta es la firma de Pierre Laudine.

—No es una carta de amor —expresó entonces Chantal con voz desilusionada.

—Así que era eso lo que esperabais. La persona que os escribe no os habla de amor, sino de algo mucho más importante. Revela que sois baronesa e informa del nombre de vuestros padres difuntos.

—Será una burla de algún gracioso que quiere reírse a mi costa —musitó Chantal algo molesta y, antes de apagar la vela de un soplido, manifestó—: No acabo de comprender esa jerigonza de limpiar conciencias de que habla y me gustaría que mañana, cuando haya buena luz, me volváis a leer la carta. Ahora debemos dormirnos antes de que desvelemos a mi tía con tanto cuchicheo.

Pero a ambas les costó trabajo. Chantal daba vueltas a las palabras que acababa de escuchar sin hallarles sentido, y Marie pensaba en su madre muerta y en el largo viaje que había emprendido para reunirse con su padre. ¿Y si no lo encontraba? ¿No sería mejor ceder y regresar a la que siempre había sido su casa? Fue una mala noche que acabó cuando los gallos comenzaron a cantar al nuevo día.

Ahora que había descubierto que no era una carta de amor, Chantal pensó que no había motivo para que su tía ignorara su existencia y pidió a Marie que la leyera durante el desayuno. Cuando hubo terminado de hacerlo, Bertrand se limpió con la mano el cerco blanco que había dejado la leche recién bebida sobre sus labios y reveló:

—Creo que sé quién es ese Eugène. Una vez me preguntó por Chantal y como creí que eran cosas de amoríos, le advertí que como se acercara lo molía a palos.

—Tía, ¿será una burla? —preguntó Chantal.

—Quién sabe. Vivías en el hospicio y las monjas no nos dijeron quiénes eran tus padres —respondió la mujer—. Yo creo que no se pierde nada por acudir a la casa de ese señor Pierre Laudine, si es que todavía vive. Mañana es día de mercado en Le Puy y podéis aprovechar para visitarlo después de vender la leche y los albaricoques.

Así quedó decidido. Chantal y Bertrand irían a la ciudad y Marie los acompañaría un trecho, hasta el lugar donde Bertrand le indicaría la dirección que debía tomar para regresar a Lyon y desde allí alcanzar el Camino Español hasta Génova.

Después de ayudar a la tía en las tareas de la casa, la dejaron escogiendo las lentejas que había puesto en remojo la noche anterior y las dos jóvenes se dirigieron al arroyo cargadas con el balde de la ropa sucia, el jabón hecho en casa con sebo y cenizas de haya, más la tabla y el cajón de lavar. Atajaron cruzando los sembrados de cebada y llegaron a una parte del arroyo donde varias piedras pulidas por el agua retenían la corriente formando embalses cristalinos. Chantal eligió el lugar apropiado junto a la orilla, colocó en el suelo el cajón que la protegería de mojarse una vez arrodillada y fue separando la ropa según su suciedad. Luego hincó la tabla en el agua, cogió el jabón y empezó a restregar la camisa parda de Bertrand una y otra vez, hasta que consideró que las manchas habían desaparecido. La aclaró y se la tendió a Marie para que la escurriera y la pusiera a secar sobre las matas de juncos.

Así prosiguió lavando una prenda tras otra, sin importarle el agua fría ni quejarse de dolor de espalda por el esfuerzo, mientras Marie se dedicaba a explorar los contornos y a recoger flores. *Boreal* las había seguido y comenzó a ladrar antes de que se oyeran cascos de caballos que se acercaban por la otra margen del arroyo, con lo que Marie corrió a esconderse entre los juncos. Al poco se avistaron un par de jinetes al galope que aminoraron el paso al percatarse de la presencia de Chantal. Se detuvieron cuando se hallaban enfrente para preguntarle si había pasado por allí una joven bien vestida y sola, montada a caballo.

En lugar de responder, Chantal preguntó a su vez:

—¿Iba vestida de blanco y lucía una hermosa melena rizada?

Uno de los jinetes dijo que en cuanto al vestido no estaba seguro, pero sí tenía una larga melena castaña. Y añadió que montaba un caballo alazán.

—Si es la que yo digo, debió de perder el caballo —repuso Chantal con presteza—. La encontraron flotando en el arroyo corriente abajo. Creo que ya la enterraron porque nadie la reclamó.

—¿Estáis segura de lo que afirmáis? —repuso el mismo jinete con tono preocupado.

—Oh, sí. Muchos la vieron. Movía a lástima contemplarla, pues aunque estaba hinchada y tenía el cabello cubierto de algas, no se dejaba de apreciar que su rostro lívido había sido hermoso en vida. Algunos dijeron que llevaba ahogada tiempo, que tal vez cayó al Ródano y acabó arrastrada por la corriente hasta un remanso de este arroyo, que es su afluente.

—¿Sabéis dónde la enterraron? —siguió inquiriendo el jinete.

—Preguntad en la aldea que hay a media legua en la dirección que lleváis —replicó Chantal.

Los jinetes le agradecieron la información y prosiguieron su camino, dejando tras de sí una estela de polvo amarillento.

—Podéis salir, Marie —indicó Chantal cuando se perdieron de vista—. Vuestro pretendiente os da por muerta.

—¿Cómo os habéis percatado de que era a mí a quien buscaban? —preguntó Marie.

—No suelen venir muchos caballeros indagando sobre doncellas errantes —respondió con una sonrisa Chantal—. Pareció triste cuando le comuniqué la noticia, y me resultó apuesto y cortés.

—Vos no lo conocéis —manifestó Marie—. Tengo que marcharme cuanto antes. Descubrirá el engaño y volverá a pediros explicaciones.

—No hará tal. En la aldea muchos confirmarán lo que yo conté, si bien nadie sabrá a ciencia cierta dónde fue enterrada la triste doncella ahogada. Es habladuría corriente en estos parajes todas las primaveras, cuando vienen las crecidas. No llegará a confirmar vuestra muerte porque no hallará la tumba con vuestro nombre, pero nadie le negará que habéis fallecido, y cuantos más detalles aporte de vuestra apariencia, con más convencimiento le afirmarán que sois la ahogada.

A pesar de las seguridades que le ofreció Chantal, Marie pasó el resto de la jornada intranquila, pendiente de cualquier ruido que pudiera delatar una presencia extraña. Se alegró cuando la ropa estuvo seca y pudieron doblarla para guardarla en el balde. El ardiente sol del mediodía la había dejado tiesa, pero su olor era muy agradable.

—¿Por qué habrán venido hasta aquí a buscarme en vez de dirigirse al Camino Español? —se preguntó Marie.

—Se habrán desencaminado como vos, o tal vez es que hay más gente en la tarea y se han dividido.

—Eso ha de ser —recapacitó Marie—. Mi pobre Nana habrá obligado a Armand a seguirme. Seguro que él ronda el Camino Español.

—Si tanto os buscan, será porque os quieren. Vuestro Jean-Baptiste debe de estar muy enamorado...

—Oh, sí lo está —la interrumpió Marie—. Ama tiernamente mi dote y todas mis posesiones, al igual que su madre. Siento haber partido sin despedirme de Nana y Armand, pues ellos sí me quieren de veras, pero no podía quedarme. Mi madre sabía que iba a morir y su última advertencia fue que no permitiera que otros decidieran por mí. He de seguir su consejo.

—Pero vos misma me detallasteis el estado de melancolía en el que había caído tras el parto —objetó Chantal—. Tal vez no debáis guiaros por sus palabras, pues no parecen razonables, sino más bien un delirio.

—No creáis que no me doy cuenta —repuso Marie—. Sin embargo, a veces es mejor ir en pos de una entelequia que vivir avasallada. Si me quedara, acabaría como mi pobre madre; sería la hija de la loca y moriría de melancolía en la flor de la vida, igual que le ocurrió a ella.

Con estas y otras razones semejantes, llegaron a la casa y comieron con buen apetito las lentejas guisadas que había preparado la tía y les había reservado calientes junto a los rescoldos del fuego. Luego Marie leyó nuevas fábulas de Esopo mientras Chantal y su tía escogían los quesos que ya estaban listos para la venta y rellenaban con leche y cuajo los moldes que habían quedado vacíos. Bertrand remoloneó cerca de la estancia, llenando las cántaras de leche y limpiando los cubos, pues también estaba interesado por la lectura. Cuando Marie concluyó, comentó asombrado:

—Jamás me había tropezado con animales tan sabios y resabiados, y mirad que he conocido vacas, cerdos, yeguas, gallinas, conejos y toda clase de alimañas grandes y pequeñas. Ni siquiera vuestro hermoso caballo, Marie, les llega a la suela del zapato en cuanto a sesera. Para mí que son burlas de la literatura, pues si algún bicho hablara, por poco que dijera, yo que tanto estoy en su compañía me habría percatado.

Los campesinos gastaban poco en velas porque se levantaban y acostaban con el sol, y ese día no fue una excepción. Cenaron sopas de pan con tocino a la escasa luz del atardecer que penetraba por la ventana, y en cuanto hubieron terminado, se dispusieron a acostarse, después de haber trancado la puerta.

Esa noche Marie también tardó en dormirse. *Boreal* ladraba a la luna, pero no eran sus aullidos los que le producían desasosiego, sino otras asechanzas que tal vez le aguardaran, ahora que sabía que Jean-Baptiste y su criado estaban cerca, si desandaba el trayecto hasta Lyon para alcanzar el Camino Español. Dio vueltas y más vueltas, caviló y sopesó las distintas posibilidades y, antes de que el cansancio la rindiera, había tomado una resolución.

4

La baronesa Chantal Delacroix

Mientras Marie desayunaba el cuenco de leche recién hervida con sopas de pan que la diligente tía le había preparado, Bertrand entró en la cocina para informarle de que su caballo ya estaba ensillado y listo para el viaje. También había cargado la carreta con la mercancía que venderían en el mercado y había uncido las dos yeguas percheronas. Después preguntó con impaciencia:

—¿Dónde está Chantal? Hoy no es día de remolonear, sino de andar ligeros, pues nos ha de cundir el tiempo.

—Vuestra tía la está peinando —repuso Marie—. Recordad que ha de acudir a una visita de importancia.

—Pamplinas —farfulló Bertrand, mientras se ponía sobre la amplia camisa el jubón castaño que colgaba de un gancho de la pared junto al sombrero—. ¿Quién va a fijarse en su pelo?

Al poco apareció Chantal vistiendo el traje que había lavado el día anterior, con el cabello recogido en un moño de trenza y cubierto con una cofia blanca de su tía, rematada con un pequeño encaje. Bertrand se la quedó mirando con gesto socarrón, pero no aventuró ningún comentario. Fue la tía quien les apremió para que emprendieran la marcha cuanto antes.

—Marie, os deseo que lleguéis con bien a vuestro destino y que halléis a vuestro padre con salud. Tened mucho cuidado y procurad no viajar sola, pues es sabido que por las carreteras y senderos acechan mil peligros y maleantes que no dudan en asaltar al viandante, mucho más si se trata de una mujer joven y desvalida.

Marie agradeció sus consejos y su hospitalidad, y luego añadió:

—Después de sopesar las ventajas e inconvenientes, he resuelto que no voy a retroceder a Lyon para tomar el Camino Español. Considero que me conviene más seguir la Via Podiensis que lleva a Santiago, pues la ruta estará más transitada y parece que hay que recorrer menos leguas para llegar a la corte castellana.

—Desconozco si son más o menos leguas —repuso Bertrand, rascándose la cabeza—, pero sí sé que esa ruta la utilizan muchos comerciantes, peregrinos y gente que por su oficio ha de trasladarse de un lugar a otro. No os faltará compañía si es eso lo que buscáis.

Estas palabras confirmaron a Marie en su decisión y sintió que se le quitaba un peso de encima, pues de este modo se libraba de toparse con Jean-Baptiste en algún recodo del camino. Bertrand le ofreció las riendas del caballo, pero Marie conocía su afición por el animal y se las cedió, manifestando que prefería ir en el pescante de la carreta acompañando a Chantal.

Y así, mientras el sol ascendía poco a poco en el firmamento, iniciaron el trayecto de algo más de dos leguas que los conduciría a Le Puy. Fueron avanzando a lo largo de trigales y campos sembrados de remolacha, avena y cebada por un sendero que transcurría entre valles, bordeado a trechos por esbeltos álamos, cuyas hojas nuevas se mecían con la suave brisa de la mañana, provocando un agradable murmullo. El paisaje comenzó a variar a medida que se fueron aproximando a la ciudad, situada en una zona de antigua actividad volcánica que había generado unos curiosos montes, agujas cónicas de basalto que conferían al paraje una apariencia singular. La ciudad episcopal ocupaba el centro de una cuenca rodeada de colinas y montañas que le servían de muralla. La imponente catedral, edificada sobre la roca, se divisaba desde lejos y parecía dominar el grandioso panorama que se abría a sus pies.

Como las calles eran estrechas, al entrar en la ciudad Bertrand se colocó delante de la carreta y pidió a Chantal que lo siguiera, pues él conocía mejor el intrincado camino hasta la plaza donde se celebraba el mercado. Marie observaba curiosa la abundancia de casas señoriales que se iban encontrando, adornadas con aguilones, ventanas geminadas y grandes puertas labradas. Saltaba a la vista que se trataba de una villa rica.

A pesar de que era temprano, el mercado ya estaba concurrido cuando llegaron. Entre los puestos de los vendedores de verduras y embutidos hormigueaban mujeres cargadas con cestas, tocando y tanteando la calidad de los artículos que deseaban comprar. Bertrand dejó la carreta y el caballo de Marie en el lugar que acostumbraba al cuidado de un mozo para descargar las cántaras de leche, las cestas de albaricoques y los quesos. No tenían un puesto fijo asignado, pero solían colocar sus productos más o menos en la misma zona, pagando la correspondiente tasa al recaudador, un hombre enjuto, tocado con sombrero oscuro de ala corta y vestido en el mismo tono sobrio, aunque adornado con gran profusión de fino encaje, empleado hasta en los lazos que anudaban sus afilados zapatos de altas lengüetas, y que se acercó a cobrar en cuanto se percató de su presencia.

Dispuesta la mercancía, enseguida se arrimaron clientes interesados. Chantal se daba buena maña para atender y poco a poco fue sirviendo la leche por cazos, cortando los quesos en cuartos y adjudicando los albaricoques por docenas o gruesas, según las necesidades de cada cual. Marie quiso colaborar, pero no sabía de precios ni regateos, así que acabó paseando entre los puestos como una compradora más. Se apartó de inmediato de las concurridas carnicerías, donde se exhibían piezas de caza, vísceras viscosas y cerdos, ovejas y vacas abiertos en canal que los dueños cortaban con hachas y cuchillos bien afilados sobre un tajo de madera pringosa, tratando de espantar con cada golpe las moscas y avispas que se congregaban al olor de la carne muerta y dividiendo su atención entre la clientela y los perros vagabundos que husmeaban, prontos a hurtar una tajada al menor descuido. Otros puestos, como las confiterías con su profusión de dulces y pasteles de mantequilla y miel, llamaron más su atención, y se habría gastado buenos dineros en los encajes y alguna que otra fruslería que ofrecían los más selectos de no haber recordado a tiempo el largo viaje que iba a emprender a la corte castellana.

Cuando, cansada de deambular sin gastar un cuarto, regresó junto a Chantal y se sentó a su lado, le comentó cuánto le habían gustado los hermosos encajes que se exhibían y su sorpresa por el hecho de que la mayoría de las mujeres y multitud de hombres los lucieran en su atuendo, fuera lujoso o vulgar.

—Es tradición antigua en esta villa —explicó Chantal—. Dicen que un fraile enseñó a confeccionarlos a las mujeres para que se ganaran la vida y no tuvieran que ponerse a servir en casa de los ricos avarientos que las maltrataban y mataban de hambre. Fue tanto su éxito, que al poco no quedaban mujeres que quisieran entrar de criadas, y hubo una queja de los nobles al alcalde, quien prohibió su fabricación. Pero si los nobles se quejaron, las encajeras y sus familias se alzaron, la rebelión corrió como la pólvora y a punto estuvo de arder la ciudad en llamas. No hubo más remedio que levantar la prohibición, y desde entonces casi en cada casa hay una encajera, cada cual con sus diseños característicos que pasan de madres a hijas y de maestras a aprendizas. Los vienen a comprar gentes de lugares lejanos, pues la fama se ha extendido, y a todos asombra al caminar por las calles que aquí se luzcan siempre en toda clase de indumentarias, sean de hombre o de mujer, de noble o de campesino.

A la hora del ángelus empezaron a menguar los concurrentes, pues mal que bien cada cual había hecho su avío y era el momento de guisar y servir lo que hubiera para el almuerzo. Cuando se percató de la situación, Bertrand bajó el precio de la leche e indicó a Chantal que la sirviera con holgura para que no les sobrara. Luego le llegó el turno a los albaricoques, que les salieron baratos a las mujeres avisadas o tacañas que esperaban al último momento para realizar su compra cuando nadie pudiera pujar más alto por lo que se les había antojado. Pero los quesos no se rebajaban, puesto que podían aguantar hasta tiempos mejores. Bertrand compró una barra de pan recién horneado y un poco de paté para almorzar subidos en la carreta. Cuando recogieron las migas sobrantes, anunció entre socarrón y solemne:

—Llegó el momento de saldar cuentas con tu pasado, Chantal. Arréglate la cofia, pues vamos a la Rue des Tables.

A Chantal le dio un vuelco el corazón y sintió un ligero temblor de piernas, pero se guardó para sí sus vacilaciones. Se limitó a quitarse el mandil con el que había despachado y cerrado las ventas, se atusó el vestido antes de sentarse en el pescante y cogió las riendas de la carreta para seguir a Bertrand, quien abría la marcha a caballo por las calles tortuosas que llevaban a la parte alta de la ciudad donde se hallaba la dirección que buscaban.

—Según tengo entendido, esta ha de ser la casa de Pierre Laudine —afirmó cuando hubieron llegado, señalando una mansión de piedra y hermosas ventanas cerradas con celosías que se hallaba en la calle a cuyo fondo se alzaba imponente la catedral con su claustro en lo alto de la escalinata de ciento treinta y cuatro escalones—. Voy a llamar. Aguardadme aquí.

Descendió del caballo, entregó las riendas a Marie y se dirigió a la enorme puerta de madera labrada que se abría en el centro de la fachada bajo un escudo de armas. Tocó un par de veces a la aldaba en forma de puño y esperó. Al poco se oyó preguntar a una voz desde el interior:

—¿Quién va?

—¿Vive aquí Pierre Laudine? —inquirió a su vez Bertrand.

—¿Quién lo busca? —insistió la voz interior.

—Chantal la doncella; el señor Pierre Laudine le envió una carta para que acudiera a visitarlo.

Una hoja de la puerta chirrió y se separó lo suficiente para que por el hueco apareciera el joven que había entregado tiempo atrás la carta que Chantal creyó de amores.

—Mi padre ha muerto. Yo soy Eugène Laudine —reveló con gesto sobrio.

Bertrand no supo qué replicar y miró buscando consejo hacia la carreta donde se hallaba Chantal. Eugène Laudine retomó la palabra, mirando en la misma dirección.

—Os ruego que entréis. Yo os recibiré en lugar de mi padre, pues he de cumplir lo que le prometí en su lecho de muerte.

Chantal y Marie descendieron de la carreta y acompañaron al joven al interior de la casa, seguidas por Bertrand, quien observaba la suntuosa construcción con ojos recelosos. Atravesaron el zaguán y llegaron a un amplio salón, donde Eugène les pidió que tomaran asiento; luego desapareció y al rato volvió con una carpeta que contenía varios pliegos de papel escrito. Se los tendió a Chantal e indicó:

—Leedlos, por favor.

Chantal los cogió, pero no supo qué hacer con ellos.

—¿Qué hay en esos papeles? —preguntó Bertrand para salir del paso.

—Mi padre murió hace un mes, al poco de que yo os entregara la carta —explicó Eugène—. Tenía un gran interés por veros antes de abandonar este mundo y me rogó repetidamente que os condujera hasta él, pero me fue imposible. Las veces que pretendí acercarme, fui amenazado con ser molido a palos y acabé desistiendo. Cuando mi padre sintió que su fin era inminente, me hizo escribir lo que hubiera deseado comunicaros en persona. Eso es lo que contienen estos papeles, vuestros orígenes y el caudal de vuestra fortuna. Sabed que os interesa mucho leerlos.

—Hacedlo vos por mí —le pidió entonces Chantal a Marie, tendiéndole la carpeta que había recibido.

Marie soltó la cinta que la cerraba, echó un vistazo a los diversos pliegos y comenzó la lectura. Con un estilo algo confuso, Pierre Laudine informaba de que Chantal era hija de los barones Pierre y Marguerite Delacroix, que la baronesa había muerto a causa de la peste y que el barón había partido de su casa años antes para combatir en las guerras de religión y no había regresado, por lo cual lo daban por muerto, aunque jamás había llegado aviso que lo confirmara. Chantal había sido entregada a la superiora del orfanato para que cuidara de ella mientras hubiera peligro de contagio en la residencia de sus padres, pero como ambas mujeres habían muerto víctimas de la enfermedad, la niña nunca había regresado a su lugar de nacimiento. La confesión terminaba con grandes muestras de arrepentimiento y humildad, y aseguraba que se le restituirían a su verdadera dueña todas sus posesiones.

Chantal se sentía confusa, ¿quién era ese Pierre Laudine que parecía saber tanto de su vida pasada? Pero fue Marie la que se adelantó para plantear en voz alta sus dudas. Eugène respondió:

—Por lo que yo entiendo, mi padre llevaba sirviendo en la casa de los barones Delacroix desde la más tierna infancia. Como era de naturaleza despierta, pronto se ganó la confianza del barón, más ducho en el arte de las armas que en las finanzas, y lo nombró administrador de su hacienda. Fue mi padre quien condujo a la niña al orfanato cuando la peste se declaró en la casa. La entregó a la madre superiora con una carta y un relicario con su nombre para que se la pudiera identificar en caso de necesidad. Se cuenta que la peste negra fue particularmente despiadada en esa ocasión y que ascendieron a cientos las personas que morían. Tampoco se libró el orfanato, donde fallecieron la mayoría de las monjas y los niños recogidos. Por eso, las que quedaban no dudaron en dar cuanto antes a los niños sanos con la esperanza de que fuera de sus muros les aguardara un destino mejor. Así fue como mi padre perdió vuestro rastro.

—No lo creo —repuso Bertrand sin vacilar—. Si ese hubiera sido el caso, no la habría encontrado con tanta facilidad cuando se lo propuso. Más bien quiso que se perdiera.

—Soy de vuestra misma opinión —repuso Eugène, algo avergonzado—, pero me limito a expresar lo que mi padre me contó, por mucho que yo no halle justificación. A mi parecer, le pudo la avaricia al contemplar la posibilidad de ser el amo y señor de la hacienda.

—¿Cómo lo consiguió? —se interesó Marie.

—Puesto que no había constancia de que el barón hubiera muerto y nadie pidió que se le diera por tal, no tuvo más que seguir administrando sus bienes con tiento, haciendo creer que su señor seguía tomando parte en famosas campañas bélicas.

—¿Y vos y su esposa conocíais la situación? —preguntó Chantal.

—Mi madre murió cuando yo era niño y no me consta si estaba al tanto o no; yo no me enteré hasta que mi padre enfermó de gravedad y se dio cuenta de que iba a morir. Entonces quiso reparar el daño que había causado.

—Oh, no creo que el daño haya sido tan grave —terció Chantal para aliviar la turbación que sentía el apuesto joven al narrar estos hechos—. Me recogieron unas bellas personas y me criaron en paz y armonía. Tal vez en mi verdadero hogar no hubiera sido tan feliz, pues me faltaban mi madre y mi padre.

—En eso tenéis razón —intervino Marie—, pero ahora que se os presenta la oportunidad, debéis aprovecharla para recuperar lo que os corresponde.

—La justicia es inflexible y no se conformará con los escritos de Pierre Laudine para reconocer a Chantal como la nueva baronesa —manifestó Bertrand.

—¿Guardáis el relicario de vuestra madre? —preguntó Eugène.

—Solo tengo esto que llevo siempre al cuello —declaró Chantal, a la vez que tiraba de una cadena de la que pendía un corazón de oro.

—Abridlo, por favor —pidió entonces Eugène.

—Nunca supe que se abriera —se asombró Chantal.

Bertrand desabrochó la cadena con sus gruesos dedos y observó el objeto con detenimiento. Al poco dio con un saliente apenas perceptible, lo pulsó, y el corazón se abrió en dos. En su interior estaba grabado con letras góticas: «Sabed que soy Chantal, la hija muy querida de Pierre y Marguerite Delacroix» y debajo, en letra menor, estas enigmáticas palabras: «Mi oreja lo confirma».

—¿Tenéis algo de particular en la oreja? —preguntó Marie.

Pero Chantal no lo sabía y por pudor no quiso destocarse para que lo comprobaran.

Al percibir su azoro, Eugène indicó:

—No hará falta. Mi padre me mandó visitar el orfanato para que tratara de recuperar la carta que la baronesa Marguerite había entregado a la difunta madre superiora, y así lo hice. Después de mucho buscar, la encontraron en uno de los cajones de la buena madre y en ella no se deja duda alguna de que Chantal es su única hija. La justicia reconocerá sus derechos.

—¿Es mucha su herencia? —preguntó entonces Bertrand.

—Posee esta casa y otra en el campo, cerca de Conques, más viñedos y tierras de labor. Las rentas alcanzan para llevar una vida holgada, pues mi padre no era mal administrador y las fue acrecentando. Nosotros vivimos con decoro pero sin ostentación, tal vez para evitar dar pábulo a habladurías.

Bertrand pidió que les enseñara la casa y recorrieron sus numerosas dependencias acompañados de la única criada que la atendía. Era vieja, pero no había llegado a conocer a los barones, pues había entrado a servir después de la peste. Eugène pidió permiso para retirarse y anunció:

—Si consentís en ello, permaneceré a vuestro servicio hasta que toméis plena posesión de vuestros bienes para facilitaros los trámites. Luego me despediré.

—Claro que consiento —respondió Chantal afable—. Me seréis de gran ayuda, puesto que conocéis los entresijos de todo. Y no hablemos de despedidas, eso ya se verá.

Eugène se marchó con una inclinación de cabeza, y Bertrand lo siguió para ocuparse de las caballerías, que seguían en la calle. Cuando se encontraron a solas las dos jóvenes, Chantal manifestó, mientras recorría el salón a grandes zancadas y daba vueltas para admirar su mobiliario:

—¿Vos creéis que puede ser cierto lo que está sucediendo? Al parecer, soy rica y tendré dote. Podré casarme con quien quiera, pero primero aprenderé a leer y compraré libros bonitos como los que vos tenéis. A bordar no quiero que me enseñen, pues creo que se me torcerían los ojos de fijarlos tanto y no acertaría con puntadas tan finas.

Marie se rio con su ocurrencia, y Chantal prosiguió con su plática:

—Haré que me cosan vestidos tan elegantes como los vuestros, estrenaré el blanco que os cambié por el mío y compraré chapines de tacón alto para acudir a la catedral cuando sea fiesta. Pediré a mis tíos que vengan a vivir a esta casa, pues hay sitio para todos, y dejaré que Bertrand elija los mejores animales de la feria para aumentar su rebaño. Y vos también os podéis quedar, Marie. Os protegeremos de la señora viuda y de su hijo mientras llega vuestro padre. Nadie os hará daño, y vos me lo pagaréis enseñándome a leer.

—Es un ofrecimiento muy generoso por vuestra parte que tendré en cuenta —respondió Marie—. Aunque no sé si lograríais defenderme de mis parientes.

—¿Acaso no conocéis a Bertrand? —replicó Chantal—. Nadie os hará daño si él os protege. Os lo aseguro.

—Ahora que sois noble, os lloverán halagos —le advirtió Marie, dando un giro a la conversación.

—Y yo los aceptaré encantada, pues a nadie le amarga un dulce. Pero ser campesina no significa ser necia; sabré elegir a mis amistades, pues además mis tíos y Bertrand no me dejarán equivocarme y me obligarán a mantener los pies en el suelo.

Al atardecer, la criada prendió todas las luces del gran comedor de la planta baja y puso una mesa con lo mejor de la vajilla que había en la casa. Al poco llegó Eugène, seguido por varios mozos que transportaban las viandas que había comprado. Cuando Chantal contempló colocados sobre la mesa el faisán asado, rodeado de castañas y manzanas, el pastel de setas y el guisado de cordero con verduras, abrió los ojos como platos y advirtió:

—Esta mesa es más propia de príncipes que de gente sencilla como nosotros. No hay necesidad de tanto, Eugène.

—Es una ocasión especial —respondió este con una reverencia—. Deseaba agasajaros de tal modo que no pudierais olvidar la primera noche que pasáis en vuestra casa.

Marie pensó que el joven quería conservar su puesto y por eso se esmeraba para agradar a su amiga, pero se calló sus impresiones. Bertrand también puso cara de asombro cuando observó la magnificencia de la mesa, pero para sorpresa general reveló que no comería nada.

—¿Teméis que estén envenenados los manjares? —le susurró al oído Chantal antes de sentarse en el sillón de la cabecera que según Eugène le correspondía.

—No —respondió Bertrand con abatimiento—. Bien me gustaría atracarme con estas exquisiteces, pero padezco de un fuerte dolor de muelas. ¿Habrá barbero o sacamuelas de confianza en la villa?

—A los pies de la escalinata de la catedral se aposta uno con fama de certero —informó Eugène—. Un muchacho que toca el tambor lo acompaña para anunciarlo y encubrir con sus redobles los alaridos de los clientes. Ya es tarde y ha de haberse recogido, pero mañana lo encontraréis sin falta donde os he indicado.

A los postres, la criada preguntó a Chantal si le preparaba la habitación principal para descansar y cuáles mandaba que dispusiera para los restantes huéspedes.

—La principal ha de ser aquella de la enorme cama con dosel amarillo que vimos en el piso superior —respondió Chantal—. Me sentiré perdida si duermo en ella sola. Marie, ¿queréis acompañarme también esta noche?

Marie aceptó y entre las dos decidieron adjudicar a Bertrand el dormitorio más próximo al suyo por si acaso necesitaban su ayuda. Eugène se levantó de la mesa, manifestando que se iba a ocupar de que las cosas se hicieran a su gusto. Transcurrido un tiempo, regresó para acompañar a cada uno a su aposento. Chantal y Marie encontraron en el suyo camisones de encaje y dos aguamaniles con toallas de lino por si deseaban refrescarse antes de acostarse.

Cuando Chantal se despojó de la toca, Marie aprovechó para pedirle que le mostrara las orejas.

—Aquí tenéis la marca que indica el relicario —manifestó al examinar la derecha—. Es un lunar pequeño, justo en el borde superior, que se asemeja a un corazón, la misma forma de la joya que os regaló vuestra madre.

Chantal quiso verlo, pero no encontraron forma de lograrlo. Decidieron que al día siguiente pedirían a Eugène espejos y se metieron en la cama. Cuando estaban recostadas entre los almohadones, Chantal se fijó en un cuadro de grandes dimensiones que colgaba de la pared de enfrente. Mostraba a una dama vestida con un traje verde de terciopelo que estaba sentada en un sillón de madera como los del comedor y sostenía en su regazo un perrillo faldero blanco.

—¿Creéis que es mi madre la baronesa? —preguntó.

Marie repuso que encontraba cierto parecido entre ambas y añadió:

—Tenéis suerte, a mí también me gustaría poseer un retrato de mi madre como ese. Así recordaréis siempre su rostro. —Luego se levantó de la cama y cogió el libro de las fábulas de Esopo. Lo abrió y sacó un pliego de papel—: Mirad, esta es la única imagen que guardo de la mía. La dibujé cuando ya estaba muerta.

—Es idéntica a vos —repuso Chantal asombrada—. Vos sí que tenéis suerte, pues para recordar a vuestra madre os bastará con miraros al espejo. Sin embargo, se me ocurre otra cosa: quedaos a vivir con nosotros y, si soy tan rica como parece, mandaré buscar a un pintor que retrate a vuestra madre valiéndose del dibujo que vos conserváis.

—Agradezco en lo que vale vuestra propuesta y la aceptaría con gusto si también consiguiera comunicarme con mi padre para lograr que no se embarque y regrese a cuidar de su hacienda antes de que nos despojen de ella, como sucedió en el pasado en el caso de vuestra familia. Veo en vuestra historia el destino que nos aguarda si no tomamos medidas con urgencia.

—Preguntaremos a Eugène y todo se solucionará. Él sabrá mandar una carta a vuestro padre y, mientras vuelve, me enseñaréis a ser como vos —repuso alegre Chantal.

—Si deseáis ser como yo, mi primer consejo es que no os fiéis tanto de Eugène. No lo dejéis todo en sus manos, puesto que no lo conocéis e ignoráis sus verdaderas intenciones —advirtió Marie con tono serio.

Chantal replicó, mirándola con los ojos muy abiertos:

—Me asustáis. ¿Cómo no lo voy a dejar todo en sus manos si desconozco qué es ese todo? Y respecto a sus intenciones, ¿cómo van a ser malas si me buscó para devolverme lo que era mío cuando podía haber callado?

—No os dejéis engañar por las apariencias —insistió en su argumento Marie—. Es una de las primeras lecciones que me enseñó mi padre. Sed cauta en vuestras apreciaciones y, de este modo, no erraréis.

—¿Veis por qué no debéis marcharos? Os necesito a mi lado para que me instruyáis en cuanto sabéis —expresó Chantal, tomándole las manos—. Vos habéis recibido una educación femenina que yo no poseo.

—A decir verdad, durante la primera infancia mi padre no me educó como se acostumbra con las niñas. Esperaba un hijo y sus planes no cambiaron cuando llegué yo en su lugar. Quiso que fuera fuerte en cuerpo y mente, pues le incomodaban las mujeres melindrosas incapaces de valerse por sí mismas. Por eso me enseñó a montar a caballo desde muy pequeña para que ejercitara mi cuerpo, y siempre cabalgué como los varones, dominando el caballo con ambas piernas, aunque también aprendí a montar a mujeriegas por no dar que hablar si alguna vez se me requería esa destreza. Quiso asimismo avivar mi mente y me enseñó a leer para entrenar mi pensamiento, y no paraba de proponerme juegos de ingenio, en muchos de los cuales nunca destaqué, si os soy sincera.

—No sé qué son juegos de ingenio —comentó con timidez Chantal.

—Son como acertijos que hay que resolver —repuso Marie—. He aquí un ejemplo: un hombre debe cruzar un río con una cabra, un lobo y un cesto de coles en una barca que solo aguanta su peso más una de sus mercancías. ¿Cuál elegirá?

—¿Puede volver después a recoger las otras que queden en tierra? —inquirió enseguida Chantal.

—¿Por qué lo preguntáis? —quiso saber Marie.

—Muy sencillo. Si solo puede hacer un viaje, se llevará consigo en la barca la mercancía de mayor valor y abandonará el resto, pero si va a regresar, ha de llevarse la cabra, pues si elige las coles, el lobo acabará con la cabra, mientras que si es el lobo el que sube en la barca, la cabra se comerá las coles antes de que el hombre haya regresado —repuso contenta Chantal.

—Vuestras conjeturas son acertadas —opinó Marie—. Mi padre habría quedado satisfecho con vos.

—Son entretenidos estos juegos de ingenio —manifestó Chantal—. Decidme más por si puedo resolverlos.

—No todos son tan entretenidos —replicó Marie—. Los hay de cifras y números, filosóficos y un sinfín más con los argumentos más arcanos. Yo perdí el interés cuando a medida que crecía se fueron complicando los enunciados y comencé a aburrirme. Mi imaginación volaba lejos antes de que mi padre hubiera concluido el planteamiento y empecé a fallar en las respuestas. Al cabo de poco tiempo, desilusionado por mi torpeza, mi padre dedicó su atención a otros asuntos, y fue mi madre quien se hizo cargo de mi educación, enseñándome a dibujar y a bordar mientras leíamos hermosos libros de hadas, de fábulas y de historias de amor, a la par que me iba transmitiendo los conocimientos mujeriles que su madre en el pasado le había inculcado a ella.

—Si no recordáis más acertijos, al menos me enseñaréis a leer —insistió Chantal en su petición.

—Os enseñaré a leer —concedió Marie—, pues vos tampoco sois necia y pronto os aburriríais de acertijos tan absurdos como el que os acabo de exponer. Pues, ¿qué sentido tiene que un hombre quiera llevarse un lobo en una barca? ¿Es que era idiota y no temía sus colmillos?

—Tal vez era un licántropo, y el lobo, su compañero de andanzas —repuso Chantal entre risas.

—¡Pues entonces, que abandonen las coles, devoren la cabra y huyan rápido en la barca si no quieren acabar en la hoguera del pueblo más cercano! —exclamó Marie, continuando la chanza.

—Si voy a ser baronesa, he de aprender modales para que nadie ose dudar de mi cuna ni me falte al respeto —declaró Chantal, una vez recobrada la seriedad—. En eso también os ruego ayuda, pues vos sois refinada.

—No tanto como pensáis —se sinceró Marie—. Vuestra cuna es mucho más alta, pues mi familia posee una buena casa, criados y hacienda más que suficiente, pero no es noble. Además, siempre he vivido en el campo, rodeada de viñedos, y he tenido poco roce con la sociedad que llaman elegante.

—¿Vuestra casa es tan grande como esta? —se interesó Chantal, algo desilusionada por la respuesta.

—Ni mucho menos —contestó Marie—. Se trata de una casa en piedra de dos pisos, espaciosa y bien construida, pero la vuestra es un verdadero palacio. El que ha sido mi hogar desde mi nacimiento quizá aventaje a esta en mantenimiento y mobiliario, pues bien se nota que aquí ha faltado la mano de una dueña que dispusiera limpiezas y renovara lo que iba ajándose con el paso del tiempo.

—En eso os doy la razón —repuso Chantal—. La mayoría de las estancias que nos mostraron han de llevar cerradas y sin uso mucho tiempo por las telarañas que colgaban y los ratones que corrieron a esconderse en sus madrigueras, sorprendidos con nuestra presencia.

—Vos remediaréis todo eso y devolveréis a la casa el esplendor que sin duda tuvo cuando vuestros padres la habitaron.

—Es demasiado grande para mis fuerzas —se quejó Chantal, fijando la vista en los altos techos—. Aunque mañana mismo madrugara para empezar a limpiar, no creo que fuera capaz de acabar ni en una semana…

Marie exclamó entre risas:

—¡Vos no limpiaréis! Hablaréis con Eugène para que contrate más servicio, pues la anciana criada que os atiende no es suficiente. Sin embargo, os aconsejo que no os precipitéis. Esperad a concretar con vuestros tíos y que ellos os ayuden a tomar decisiones.

—Eso haré, mi buena amiga —asintió Chantal, reprimiendo un bostezo—. Por hoy ya he tenido bastantes emociones y no quiero preocupaciones que perturben mi primer descanso en esta holgada cama, así que os digo hasta mañana, que será un nuevo día y veremos si lo que hoy he vivido es verdad o solo parte de un sueño que se desvanecerá con la llegada del sol, cuando volveré a ser la que solía y hallarme donde antaño estaba.

Marie le dio las buenas noches, se estiró cuan larga era en la mullida cama y no le costó trabajo conciliar el sueño.

Sin embargo, la noche se hizo corta entre almohadones de pluma y sábanas suaves que olían a lavanda. Las despertaron unos golpes impetuosos en la puerta. Chantal se levantó, frotándose los ojos, para abrir las contraventanas, y los rayos de sol inundaron la estancia. Marie se tapó la cabeza con la sábana.

—No nos levantemos todavía, por favor —musitó perezosa—. Hacía mucho que no descansaba tan bien. No he tenido pesadillas, sino un sueño maravilloso, repleto de campos floridos, en el que no ocurría ninguna desgracia.

Chantal no pudo concederle su deseo porque se repitieron insistentes los golpes en la puerta.

—¡Abrid de una vez, holgazanas, que tengo nuevas que contaros! —exclamó Bertrand con voz extraña.

Chantal corrió a obedecer, y Bertrand entró con un pañuelo rodeándole la cara y anudado en lo alto de la cabeza.

—¿Qué te ha ocurrido? —se interesó Chantal.

—El sacamuelas me ha extraído la muela del juicio que me traía por el camino de la amargura, pero parece que de momento ha sido peor el remedio que la enfermedad —repuso el muchacho, hablando con dificultad—. Se me está inflamando la herida y me incomoda más que la dichosa muela.

—¿Y no os mandó ningún enjuague para curarla? —preguntó Marie desde la cama.

—Un cocimiento de hierbas que ya está preparando la criada.

—Nana me obligaba a beber vinagre mezclado con agua y una pizca de sal para cortar el sangrado cuando se me caían los dientes de leche —reveló Marie.

—También lo probaré —aceptó Bertrand—. Pero dejadme ahora que os avise de algo que tal vez os interese. El sacamuelas que me ha librado de la que me atormentaba parte en unos días por la Via Podiensis y llegará hasta Navarra. Viaja con dos mulas más el tamborilero que lo acompaña y se quedan en los pueblos donde se requieren sus labores. Tal vez sean buena compañía si seguís en la idea de buscar a vuestro padre en la corte castellana.

—¿Le habéis hablado de mí? —preguntó Marie.

—No lo he hecho por discreción, pero lo hallaréis en las escalinatas de la catedral si deseáis saber más —respondió Bertrand—. Yo me ofrezco a acompañaros, si así lo queréis.

—Marie, no es necesario, pues ya veis que hemos despertado y sigo siendo la nueva baronesa Chantal Delacroix —intervino Chantal—. Anoche conversamos que os quedaríais conmigo en esta casa. No tenéis por qué exponeros a más peligros.

Marie no respondió. Era cierto que la noche anterior casi había resuelto permanecer en Le Puy con ella, pero no deseaba descartar sin considerarla esta nueva oportunidad que se le brindaba de retomar el viaje para reunirse con su padre.

—Me tenéis que enseñar a leer y escribir —insistió Chantal para retenerla—. Aceptad mi hospitalidad y abandonad de una vez esa locura de viajar tantas leguas, pues ¿os habéis parado a pensar qué sucedería si superáis los obstáculos que se presenten y llegáis a la corte castellana pero no lográis dar con vuestro padre? Ateneos a razones y escribidle una carta. Yo haré que Eugène se encargue de que llegue a sus manos.

—Por visitar al sacamuelas no pierdo nada —porfió Marie por no dar su brazo a torcer tan pronto—. Me gustaría saber cómo es ese camino que usan los peregrinos y las posibilidades, una vez en Navarra, de llegar hasta la corte castellana.

—¿Tú qué dices, Bertrand? ¿No consideras una insensatez ese viaje? —preguntó Chantal, tratando de ponerlo de su parte.

—Los caminos no son lugar seguro para las mujeres solas, en eso estamos de acuerdo —repuso el aludido con voz pastosa—. Sin embargo, nada malo hay en acudir a las escalinatas y preguntar por las particularidades del viaje, pues a nada obliga. Tal vez si Marie conoce mejor aquello a lo que va a exponerse, decidirá aplazar o suspender la marcha. Y tendría mucho más que decir al respecto, pero me guardo el resto de mi parlamento para un momento más oportuno, pues el dolor me mata. Me urge aplicarme el remedio que me mandó el sacamuelas.

Con esto, Bertrand abandonó la habitación, y Chantal lo siguió en camisón porque quería disponer un buen desayuno. Aunque no era una comida habitual, su tía la consideraba fundamental para los campesinos antes de acometer las duras tareas cotidianas y se esmeraba en su preparación. Chantal solía levantarse sin hambre, y su tía conseguía a duras penas que se terminara un tazón de leche con sopas de pan, pero esta mañana en la que iniciaba su nueva vida se le había abierto el apetito.

—Las cosas se antojan distintas y se enfrentan mucho mejor con la panza llena —expresó, recordando las palabras de su tía, cuando regresó a la habitación con una bandeja en la que no faltaban panecillos tiernos, mantequilla, confitura de castaña y gachas de avena—. Después me ayudaréis a organizar la casa y buscaremos los recuerdos que queden de mis padres.

Marie asintió a todo mientras masticaba, aún recostada entre almohadones en el blando lecho, los panecillos untados con mantequilla, pero como era obstinada, no logró apartar de su mente su intención primera de acudir a las escalinatas de la catedral esa misma mañana.

5

El Monte de las Ánimas

Chantal consiguió que Marie se le uniera en la tarea de abrir cajones y desempolvar arcas, pero a mitad de mañana fue ella quien tuvo que ceder y acompañarla con Bertrand a las escalinatas de la catedral. El sacamuelas estaba ocupado con un cliente, y su ayudante tocaba un redoble de tambor con tanto brío que apenas dejaba escuchar otro sonido que no fuera el suyo. Cuando terminó su labor y el cliente abandonó la silla del suplicio, Bertrand se acercó para expresarle el posible interés de Marie en viajar hasta Navarra en su compañía.

El sacamuelas miró de arriba abajo a las dos jóvenes, intrigado por tan insólita proposición, y Marie se adelantó para explicarle que su padre se hallaba en la corte castellana y, habiendo fallecido su madre repentinamente, le urgía reunirse con él, pues era su única familia.

—Decidme, por favor, si el trayecto entraña riesgos y si aceptaríais mi compañía, pues os pagaría lo que estipulemos por vuestro servicio —añadió para concluir.

El sacamuelas dejó las tenazas que acababa de emplear en una palangana con agua más bien turbia, se limpió en el mandil las manos manchadas de sangre y respondió:

—El que sale de su casa a los caminos se enfrenta a peligros, para qué os voy a engañar, pero la Via Podiensis es una de las rutas más seguras, empleada un año tras otro por los peregrinos de la Cristiandad. Hasta Puente la Reina no sé que haya bandoleros; más adelante, cuando os adentréis en Castilla, lo desconozco, pues nunca llegué tan lejos.

Marie prosiguió interrogándole sobre la condición del camino, las jornadas que suponía y si había lugares donde descansar y alimentarse, y halló las respuestas convenientes para su propósito. Por el contrario, Chantal veía dificultades a cada paso y no permitió a su amiga que concertara la partida, insistiendo en que lo meditara mejor.

—Dormimos en la posada del puente —indicó el sacamuelas para dar por terminada la conversación—. Si decidís acompañarnos, allí nos encontraréis desde el anochecer y hasta entonces, en estas escalinatas.

—¿Y cuándo tenéis previsto emprender viaje? —preguntó Marie.

—Dentro de dos o tres días, pues no parece que el negocio vaya a durar más —respondió el sacamuelas.

—Quedaos un poco más en la ciudad, al menos una semana. Así mi amiga podrá reflexionar con calma su decisión de acompañaros —solicitó Chantal.

Y para conseguir que el sacamuelas se plegara a su deseo, se ofreció a correr con los gastos de la posada y la manutención, indicando que pediría a su administrador que se ocupara del asunto.

—Bien nos gustaría complaceros, mas no es posible porque nos debemos a nuestros pacientes. Pocas cosas hay peores que un dolor de muelas, como sabe en carne propia el joven que os acompaña, y ya habrá en las poblaciones de nuestra ruta personas que nos esperen con ansia —replicó el barbero—. Sin embargo, por no desairaros, no nos marcharemos de esta villa hasta no tener noticias vuestras. Os ruego que no os demoréis demasiado.

Un redoble de tambor anunció entonces que un nuevo paciente ocupaba la silla, y el barbero se despidió con una inclinación de cabeza para dedicarle su atención. Marie, Chantal y Bertrand volvieron a la casa, discutiendo por el camino la determinación que debería tomar Marie. Chantal insistió una y otra vez en que se quedara con ella, pero la joven callaba, pues su corazón le pedía una cosa, mientras que su mente le decía lo contrario.

—Os confieso que estoy confundida —manifestó al fin—. Me doy buena cuenta de que saliendo al camino me expongo a peligros que ni siquiera sabría precisar, y me entra miedo y ganas de permanecer aquí, pues con tanta amabilidad me habéis acogido y nada me faltará de momento. Sin embargo, también pienso que no se me presentará mejor ocasión para reanudar el viaje que me había propuesto y si por comodidad la dejo pasar, quizá jamás consiga reunirme con mi padre, puesto que partirá al Nuevo Mundo y puede que ya no regrese.

—Bertrand, ¿tú qué opinas? Ayúdame a convencerla —dijo Chantal.

Bertrand se rascó la cabeza buscando ideas, pero antes de que pudiera expresarlas, Marie se le adelantó, revelando:

—Además, está el sueño que tuve. Mi corazón me apremia a salir a recoger lo que en justicia me pertenece, en lugar de permanecer en la ventana contemplando cómo los frutos del peral se marchitan y caen al suelo.

—Yo no sé cuál será ese peral ni a quién pertenecen sus peras, y en eso no me meto —declaró al fin Bertrand—. Pero en lo que atañe al viaje, tengo que decir lo siguiente: marchar por los caminos siendo doncella en busca de un padre que se halla en tierras tan lejanas tiene sus riesgos y puede que hasta la vida se ponga en juego; sin embargo, permanecer con nosotros en Le Puy tampoco es buena solución. Algo tendrá que hacer Marie para recuperar lo que le pertenece y que no la den por muerta. ¿Querrá ella olvidar su vida y resignarse a llevar una existencia medio oculta y de arrimada cuando no le haría falta por su cuna?

—¡No será de arrimada, no digas sandeces! —se indignó Chantal—. Será nuestra amiga y nuestra maestra, Bertrand, porque nosotros tenemos mucho que aprender para desenvolvernos en esta nueva vida cortés que se nos abre, ¿no te das cuenta? Marie nos ayudará ahora y luego, cuando estén los tíos en Le Puy y yo tome plena posesión de mis bienes, la ayudaremos a encontrarse con su padre y recuperar su posición, sin miedo a las maquinaciones de su tía la viuda y su primo al que aborrece. No tendrá que ocultarse por mucho tiempo, y podremos ir juntas donde nos plazca para disfrutar tranquilas de los placeres que nos brinda la vida.

—Dejadme reflexionar —zanjó Marie la discusión—. Aunque mi decisión fuera partir, quedan más de dos días. Os ruego que no hablemos más de eso, pues me gustaría olvidar por un rato mi suerte.

Sin embargo, su deseo no se cumplió.

No fueron sus amigos, sino Eugène, quien no le permitió evadirse de sus cuitas por un comentario que hizo durante la cena, sacando a colación las temibles cartas selladas, las misivas enviadas por el rey de Francia a petición de un súbdito con la orden de encerrar en las mazmorras a quien en ellas se designara. Explicó:

—A una persona con influencias le resulta fácil obtener de un secretario de estado una de esas cartas selladas con las que se comenten grandes injusticias contra hijos díscolos, esposas infieles o parientes incómodos.

Bertrand permaneció pensativo, sin acabar de comprender el alcance de lo que acababa de escuchar, mientras Chantal se puso a repiquetear con los dedos sobre su copa llena de buen vino para demostrar su impaciencia.

Por su parte, Marie observó:

—Esas cartas selladas serán para los súbditos del rey francés, no para mí, que he nacido y vivido siempre en el Franco Condado. Yo no debo temerlas, puesto que nuestro territorio es independiente desde hace muchos años y forma parte del Imperio español. Contra mí nada puede el rey de Francia.

Eugène asintió:

—Vos tenéis suerte de estar a salvo. En esas cartas no se ofrece la causa de la detención porque se aduce que tal es la voluntad del rey, y eso basta. Creedme cuando os digo que las mazmorras están repletas de víctimas de venganzas familiares.

Marie no pudo evitar que la invadiera un sentimiento vago de temor. Su primo era francés y ella se encontraba en tierras de Francia. No sabía si se trataba de una amenaza real, puesto que ella no era francesa, e ignoraba si la señora viuda de Alos y su hijo tendrían tanta influencia y serían capaces de emprender una acción semejante, pero la mención de dichas cartas inclinó un poco más la balanza a favor del viaje a Navarra.

Chantal dirigió una amenazante mirada a Eugène y ordenó:

—Basta. Dejad de hablar de esas perversas cartas. Bonito tema de conversación para la mesa. ¿Pretendéis asustarnos? ¿Así es como os comportaríais vos?

—No era mi intención molestaros —replicó Eugène disgustado—. Os ruego que me disculpéis.

Bertrand intervino en su favor:

—Por amor de Dios, Chantal, no han sido más que unos comentarios inocentes. ¿Por qué te molestas tanto? ¿Tan pronto empiezas a portarte como una damisela malcriada? Mira que la suerte es caprichosa, y viene y va a su antojo...

Chantal se enojó más y no quiso seguir escuchándolo. Se levantó de la mesa, agarró del brazo a Marie y la obligó a acompañarla a la habitación que compartían. Allí volvió a rogarle que permaneciera con ella, que fuera su amiga y su hermana, que le enseñara todo lo que sabía. Bertrand tenía razón cuando hablaba de la veleidosa suerte. Ahora que le había sonreído, no deseaba estar sola.

—Pero no lo estáis —repuso Marie, mientras deshacía sus trenzas y se peinaba la larga melena ante el enorme espejo veneciano que Eugène había mandado colgar de la pared—. Tenéis a vuestros tíos, a Bertrand e incluso a Eugène, quien ya os mira con arrobo. La carta de amor que creíais que os había entregado no tardará en escribirse. Preveo que habrá boda en breve, si así lo deseáis.

—Seré como vos —le susurró Chantal, rodeándola con sus brazos por la espalda—. Nada de matrimonio por el momento. Quiero disfrutar de la vida, que donosos galanes me cortejen y me hablen de amor, que sufran por mis favores, y luego me enamoraré del que tenga los ojos más bellos y los labios más carnosos, sentiré esa pasión de la que hablan los poetas y me dejaré llevar y llevar... en fin, más no puedo concretar, puesto que del amor lo desconozco todo. Pero, oh, de lo que sí estoy segura es de que será el amor quien guíe mis pasos.

Y se puso a dar vueltas por la habitación con los brazos en alto, siguiendo el ritmo de una música que solo ella escuchaba.

—Habéis perdido la razón —comentó Marie entre risas, pero dejó el peine para unirse a su baile.

Habrían acabado mareadas de tantas vueltas como daban si no hubieran sonado unos golpes en la puerta que las obligaron a acercarse a abrirla. Era Bertrand, quien las miró asombrado desde el umbral.

—Ven, querido primo, acompáñanos un rato —le pidió Chantal, tirándole del brazo para que entrara. Es pronto para dormir.

—A mí dejadme de pamplinas —manoteó Bertrand para librarse de las dos jóvenes, que pretendían hacerlo danzar también.

—¿Vos sabéis de amores? —le preguntó burlona Marie—, porque nosotras no. Por eso bailamos, pero si nos dais una lección, os escucharemos encantadas y nos sentaremos tranquilas con vos.

—¡Oh, sí, querido Bertrand, danos una lección, pues la necesitamos más que el aire para respirar! —exclamó Chantal, tirando de él hasta que consiguió aposentarlo en una alta silla de olorosa madera noble.

Bertrand miró a Chantal y luego a Marie, tratando de percibir qué clase de burla ocultaban sus palabras, pero como no llegó a ninguna conclusión, se rascó la cabeza y permaneció callado.

—¿A qué esperáis? —se impacientó Marie—. Explicadnos cómo es el amor, cómo hacéis para conquistar a una dama.

—En verdad os digo que no entiendo vuestras mudanzas de humor —declaró Bertrand, contento de que a su prima se le hubiera pasado el enfado—. Y por lo que veo, no es una chanza, queréis que os hable de eso...

—Sí, sí —corroboró Chantal—. Cuéntanos si te has enamorado y cómo cortejaste a tu amada.

Bertrand volvió a rascarse la cabeza y por fin se arrancó:

—No he cortejado a ninguna mujer, joven ni vieja, rica ni pobre, pero si he de seros sincero, he de confesar que he probado los placeres de la carne, que yo creo que son los que vosotras llamáis amor. Y a decir verdad, para mí no hay nada tan deleitoso como encontrar un nido caliente cuando mi pájaro quiere emprender vuelo y tal es su puja que llega a causar dolor. No hay mayor placer según yo lo veo, pero dura poco y nada queda una vez que se consigue el fin.

—¿Y cuándo vienen las dulces palabras, las caricias o los abrazos? —preguntó Chantal.

—Vienen o no vienen, pues no son necesarios. Os repito que la cosa consiste en hallar ese cobijo cálido que poseen las mujeres entre las piernas cuando el brío del cuerpo viril se concentra en un solo miembro que crece y empuja, pugnando por alcanzar el centro del universo mundo, oculto en el cuerpo de la que se ha entregado al amor. Dulces palabras, las hay; besos y caricias, también. Hay de todo eso y mucho más, pero son las mujeres las que lo requieren y lo exigen para llegar al fin. Un hombre se conforma con lo mismo que repiten los animales cuando se emparejan y que es fácil de ver por doquier en el mundo natural, aunque también os he de confesar que una moza de una posada que me tuvo en ascuas durante cierto tiempo, retrasando el encuentro, logró de mí más ardor que ninguna otra, y yo de ella más placer del que jamás había alcanzado.

—¿Y eso es todo? —preguntó Chantal desilusionada—. Yo creo que tú todavía no te has enamorado.

Bertrand aseveró:

—Ni me he enamorado, ni me enamoraré. Eso es mucho ruido para muy pocas nueces. Por ahora solo me divierto; después me casaré cuando llegue el momento, siguiendo el consejo que siempre me dio mi buen tío: buscaré una mujer hermosa, de buenas ancas, para que me dé buenos hijos y no se muera en el parto.

—¿Y la querrás por ella o por su dote? —preguntó Chantal.

—La querré por las dos cosas —se sinceró Bertrand.

—¿Y no habrá nada más? —añadió Marie, recordando su angustiosa experiencia con Jean-Baptiste.

—Oh, sí —concedió Bertrand—. Lo que ella quiera que haya, porque en esto del amor son las mujeres las que inventan y los hombres los que seguimos el son que nos tocan. Y basta de lecciones, porque es hora de dormir.

Con esto, se levantó de la silla y abandonó la estancia. Las dos jóvenes se miraron desencantadas.

—Mal maestro hemos buscado —reflexionó Chantal, mientras comenzaba a desnudarse para ir a la cama.

Una vez en el mullido lecho que ambas jóvenes compartían, al amparo de la oscuridad, Chantal se acercó a Marie y enredó los dedos en su abundante cabellera.

—No puedo creer que nadie anhelará acariciar vuestro cabello —le susurró al oído—, recorrer con mano trémula vuestro grácil cuello y llegar hasta vuestros senos, coronados de moras cuyos granos se aprietan al tacto, y culminar en vuestro suave vientre...

—Y yo me resisto a creer que haya quien no ansíe besar vuestros dulces ojos, vuestros labios de grosella —replicó Marie, besando mientras hablaba las partes que iba nombrando.

—¡Oh, qué noche tan cálida! —exclamó Chantal, retirando los cobertores y enlazando sus piernas con las de Marie.

La noche transcurrió entre risas contenidas y caricias inventadas hasta que las venció el cansancio. Acababa de amanecer cuando tocaron a la puerta, pero Marie y Chantal estaban profundamente dormidas y no lo escucharon.

—¡Chantal, abre de una vez! —gritó entonces Bertrand, mientras seguía aporreando la puerta—. Necesito hablar contigo.

Como no hubo respuesta, Bertrand giró el picaporte y penetró en la habitación, dirigiéndose enseguida hacia el enorme lecho con dosel amarillo. Chantal y Marie yacían dormidas, apenas cubiertas por una blanca sábana que dejaba entrever sus cuerpos desnudos. Bertrand retrocedió ante esta visión y volvió a llamar desde la puerta:

—¡Chantal, despierta de una vez!

Fue Marie la primera en escucharlo y mientras se desperezaba, sacudió levemente a Chantal por los hombros.

—Amiga, tenemos visita —le dijo en voz baja, al tiempo que tiraba de los cobertores para adecentar el lecho.

—¡Chantal, responde de una vez, pues me urge hablar contigo!

—¿A qué vienen tantas prisas? —inquirió por fin Chantal con voz somnolienta—. Recuerda que estás en la ciudad y no hay animales a los que atender. No es preciso levantarse con el sol, Bertrand.

—Sí es preciso, porque parto ahora mismo de viaje. Vuelvo a casa —explicó Bertrand—. Anoche vine a comunicártelo, pero me distraje con vuestras chanzas y embelecos hasta que lo olvidé.

—Pasa entonces —le pidió Chantal.

Bertrand obedeció, cerrando la puerta tras de sí, pero por prudencia permaneció a cierta distancia del lecho.

—He de regresar a casa cuanto antes —manifestó—. Eugène me reveló ayer que antes de que su padre enfermara, apareció por aquí un caballero interesándose por la suerte de los barones Delacroix y su descendencia. Dijo ser un pariente.

—¿Y lo era? —se interesó Chantal.

—Tal vez, pero esa circunstancia no viene al caso. Pierre Laudine no tuvo más remedio que comunicarle la muerte de la baronesa y la ausencia del barón, pero añadió que la hija vivía en un convento de monjas. El caballero quiso saber en cuál para visitarla, a lo que el astuto Pierre respondió que no podía desvelar su paradero sin el consentimiento de su señora.

—Por eso os escribió la carta —intervino entonces Marie, atando cabos—. Os necesitaba para no perderlo todo.

—No hubo arrepentimiento ni nada de zarandajas de conciencia sucia, solo puro interés —concluyó Chantal con ira mal contenida.

—Así es, no cabía esperar otra cosa, y si lo hiciste, eres más cándida de lo que yo creía —manifestó Bertrand—. Sin embargo, sea como fuere, ahora estás en posesión de lo que te corresponde y necesitas a Eugène como aliado para conservarlo. Vuelvo a casa para hablar con los tíos y que vengan en tu auxilio. Calculo que el tío habrá regresado ya, y necesitarás su consejo. Bien sabes que ni nobles ni burgueses logran amilanarlo, y si vuelve el tal caballero, como sin duda hará, deberás estar preparada para enfrentarlo. ¿Comprendes ahora por qué habló Eugène anoche de las cartas selladas?

Chantal asintió con la cabeza, y Marie ofreció su caballo para que el viaje fuera más rápido.

—Me llevaré la carreta para traer a la tía y los enseres necesarios —replicó Bertrand—. Esperadnos pasado mañana o al otro a más tardar. Y no te inquietes, Chantal, quedáis en buenas manos, pues Eugène se juega su futuro si no os protege como debe.

Después de asearse y vestirse, las dos amigas bajaron al comedor, donde la anciana criada les sirvió de comer lo que le pidieron. Cuando estaban terminando, apareció Eugène. Chantal no pudo evitar lanzarle una mirada desdeñosa antes de decirle:

—Os supongo al corriente del viaje de Bertrand y de que no tardará en regresar.

—Así es, mi señora. Yo mismo lo acompañé hasta la salida de la ciudad, pero no debéis inquietaros por su ausencia, pues aquí estoy yo para serviros y protegeros con mi vida.

—No hará falta —replicó Chantal.

—Mucho os lo agradecemos —la cortó Marie, apretando con su mano la de su amiga para que callara—. ¿Nos podríais proporcionar papel y recado de escribir? Puesto que Chantal quiere aprender las cuatro letras, dedicaremos este día a la enseñanza.

—Oh, no, querida mía —repuso Chantal—. Yo tengo otros planes. Quiero encargar algo de ropa, pues creo que me urge: enaguas y camisas, tocas y varios vestidos. Iremos hoy por la mañana y dejaremos las clases para después del almuerzo.

—Entonces, alquilaré un par de sillas de mano, pues en la casa no hay —expresó Eugène.

—¿Es larga la distancia que hay que recorrer? —preguntó Chantal.

—Las mejores casas de encajes y bordados se encuentran en las calles que rodean la catedral —explicó Eugène.

Chantal resolvió de inmediato:

—Pues nada de sillas en ese caso. Tenemos fuertes piernas y hasta el momento no hemos necesitado que nadie nos lleve a hombros como si fuéramos inválidas.

—Como vos dispongáis —concedió Eugène con una leve reverencia de cabeza—. Yo os acompañaré, si me lo permitís.

Marie se apresuró a responder antes de que su amiga hablara:

—Por supuesto, os agradecemos vuestra gentileza.

Y cuando se retiraron para recoger la bolsa y el manto, le recomendó que no fuera tan dura con él, puesto que lo necesitaba por lo menos hasta que volviera Bertrand con sus tíos.

—No lo puedo evitar —se disculpó Chantal—. Me repugna su duplicidad.

—No hay tal duplicidad —le rebatió Marie—. Vos interpretasteis mal sus intenciones desde el principio y le achacáis a él los pecados que cometió su padre. De momento se desvive por complaceros, y ya veremos qué opina vuestro tío de su labor como administrador cuando revise las cuentas y la relación de posesiones. Hasta entonces, procurad ser amable.

Chantal aseguró que lo intentaría y se esforzó en mostrarse cortés durante el trayecto hasta la casa de Madame Laporte, dueña según Eugène del mejor obrador de encajes y bordados que había en la ciudad. Se despidió de las jóvenes una vez que la portera les franqueó el paso, pues tenía algunos asuntos que resolver, pero se comprometió a pasar a recogerlas en cuanto acabara. Chantal entró primero, seguida de Marie, y de inmediato se puso a admirar las labores expuestas en la sala de recibo, mientras esperaban que las atendiera la dueña, ocupada con otro cliente en la habitación contigua. Discutían de cantidades y precios, y como a Marie la voz masculina le resultó familiar, movida por la curiosidad, asomó la cabeza. Ahogó un grito con la mano ante la figura que vio, reconociéndola aunque se hallaba de espaldas, y cruzó el recibidor a toda prisa buscando la salida. Chantal, extasiada ante una camisa adornada con ricos bordados, apenas alcanzó a verla desaparecer por la puerta.

—Abridme, por favor —rogó Marie a la portera, y cruzó el zaguán despavorida hasta alcanzar la calle, sin percatarse de que un peligro mayor la aguardaba fuera.

—A vos os busca mi amo —le espetó el torvo criado de Jean-Baptiste al topársela de frente nada más salir, asiéndola del brazo con mano de hierro—. Esta vez no os escapareis tan fácilmente.

Marie forcejeó para zafarse, pero el criado no la soltaba y daba voces para alertar a su amo. Sin embargo, fue Chantal quien lo escuchó, pues había seguido a su amiga hasta la calle, y al percatarse de la situación, cogió con ambas manos una buena piedra que halló en el suelo y golpeó con saña al atacante en la espalda. El hombre, que era de complexión recia y baja estatura, se volvió para encararse con su agresora, pero recibió una pedrada brutal en la frente que le hizo desplomarse como un pelele. Quedó inmóvil tendido en el suelo, y la abundante sangre que manaba de la brecha comenzó a cubrirle el rostro.

—¡Oh, válgame el cielo, creo que lo he matado! —se horrorizó Chantal, arrojando lejos de sí la piedra.

—¡Vámonos, deprisa! —la urgió Marie, a la vez que la cogía de la mano y miraba a su alrededor—. Nadie lo vio. ¡Huyamos!

Corrieron con todas sus fuerzas hasta dejar atrás la calle torciendo por la primera esquina que hallaron y después siguieron su camino a buen paso, pero disimulando las prisas para no despertar la atención de los escasos transeúntes. Cuando por fin cruzaron el umbral de la casa de la baronesa, subieron las escaleras en un veloz revuelo de faldas y se encerraron en su dormitorio. Chantal suspiró aliviada y se abrazó a su amiga:

—Por fin estamos a salvo —expresó, dándole un beso en la mejilla.

—No, yo no lo estoy, y puede que vos tampoco —se lamentó Marie.

—¿Pero qué decís, amiga? Aquí nadie nos hallará ni nos causará daño —insistió Chantal.

Marie se soltó de sus brazos y se puso a recorrer la habitación, retorciéndose las manos con saña:

—He de marcharme enseguida, antes de que me encuentren y vuestra suerte se una en la desgracia a la mía.

Chantal se precipitó al tocador y cogió unas tijeras labradas que habrían sido de su madre, después cortó el paso a su amiga y manifestó:

—Unámonos en la desgracia, si es que no veis otra salida —y acto seguido se clavó las tijeras en la parte interna de la muñeca.

—¡Qué habéis hecho! —exclamó Marie al ver brotar gotas de roja sangre.

—Ahora os toca a vos —indicó Chantal, tendiéndole las tijeras.

—¿Queréis que muramos? —preguntó Marie, sin atreverse a cogerlas.

—¿Lo queréis vos? —replicó Chantal.

—No... —titubeó Marie.

Entonces Chantal la agarró del brazo y fue ella misma quien le clavó las tijeras en la muñeca.

—Este es nuestro pacto de sangre —exclamó mientras apretaba con fuerza su mano contra la de su amiga—. Unimos nuestra suerte en un pacto de vida y no de muerte. La mezcla de nuestras sangres sella nuestro secreto. Nadie lo conocerá jamás. Vos me protegeréis y yo os protegeré...

Unos golpes en la puerta interrumpieron sus palabras, y Marie se puso un dedo en la boca para indicar a su amiga que no contestara. Pero los golpes se repitieron más insistentes.

—Mi señora, ¿os encontráis bien? —se oyó después la voz de Eugène preguntar—. Fui a buscaros y no os hallé. Madame Laporte dijo que no os había atendido y la portera precisó que abandonasteis el obrador apresuradamente al poco de llegar.

Marie y Chantal se miraron con ojos asustados, pero de inmediato respondió la segunda:

—Regresamos enseguida porque Marie se sintió mal y decidimos dejar las compras para otro día. Hoy tendrá que guardar cama.

—¿Queréis que traiga un médico? —se ofreció Eugène.

—No es preciso —repuso Chantal—. Es una indisposición femenina que pronto pasará.

Con un hilo de voz, Marie intervino en la conversación:

—Un médico no necesito, pero sí al barbero que ejerce su oficio junto a la escalinata de la catedral. ¿Podéis mandar a buscarlo?

Eugène pensó que era una rara petición, pero no quiso contrariar a la joven para no suscitar la ira de su ama y afirmó se ocuparía de que acudiera a visitarla enseguida, añadiendo:

—Antes es preciso que os hable de algo, mi señora. Os ruego que me recibáis.

—Luego, luego —quiso deshacerse de él Chantal porque le urgía pedir explicaciones a Marie por su pretensión de ver al barbero.

Eugène insistió:

—Mi señora, ha ocurrido un crimen a las puertas del obrador de Madame Laporte. Ha aparecido un hombre muerto a cuchilladas, y debió de ser más o menos durante el tiempo en que vos os encontrabais en el lugar o al poco de abandonarlo.

Chantal sintió que le flaqueaban las piernas y se recostó en la puerta. Marie corrió a abrazarla por la espalda y le susurró al oído que mostrara interés por el suceso sin delatar preocupación ni franquear el paso a la habitación.

—Nada vimos ni a la entrada ni a la salida. ¿De quién se trata? ¿Lo conocíais vos? ¿Decís que murió acuchillado?

El administrador le comunicó que era el criado de un caballero que estaba de paso en la ciudad y había entrado en el obrador de Madame Laporte para comprar unos encajes, enviando al dicho criado a su posada en busca de dinero para pagarlos por no llevar suficiente encima. A su vuelta lo habían atracado y matado para robarlo, puesto que no apareció la bolsa y le habían despojado del jubón y hasta de las botas que calzaba.

—Decís que murió acuchillado y no de otro modo —insistió Chantal, repitiendo lo que le dictaba Marie.

El motivo de la muerte fueron las múltiples cuchilladas que tenía el pobre hombre en el pecho y el cuello, explicó Eugène, pero también había recibido un golpe en la cabeza que le había desfigurado el rostro, no se sabía si antes o después del acuchillamiento. Ante estas palabras, las dos jóvenes sonrieron aliviadas, y Chantal expresó, esta vez sin la inspiración de Marie:

—Siento su muerte como sentiría la de cualquier cristiano, sin embargo, nada se puede hacer ya por él. Os ruego que vayáis sin tardanza en busca del barbero para remediar el mal de mi amiga.

Eugène declaró que lo haría de inmediato, pero que había algo más que contarle. Con el robo sufrido por su criado, el caballero de paso, llamado Jean-Baptiste de Alos, había perdido una suma considerable de dinero y ahora se encontraba sin los recursos necesarios para pagar su manutención en la posada y proseguir viaje. Había pedido ayuda a los presentes en el obrador de Madame Laporte, y él se había ofrecido a comunicárselo a su señora.

—Vos no lo podéis recibir —susurró Marie, apretando con fuerza la mano de Chantal.

Y la joven manifestó con calma:

—Mis circunstancias no me permiten recibir ni ayudar a persona alguna. Vos lo sabéis mejor que nadie, Eugène. No me pongáis en un aprieto mayor del que ya me encuentro.

El administrador dijo entender las razones de su ama y no insistió más. Cuando se retiró de la puerta, Chantal expresó su alegría por no haber sido ella la homicida del criado.

—Yo solo lo derribé y probablemente lo acuchillaron porque trató de defenderse del robo.

Marie convino en que era una hipótesis plausible y expresó su temor por lo cerca que se hallaba su primo, casi pisándole los talones. ¿Y si Eugène acababa llevándolo a la casa, desobedeciendo el deseo de su ama? ¿Y si por alguna circunstancia imprevista llegaban a relacionarlas con el crimen? No, ella no quería devolver mal por bien a su amiga, ni concluir su existencia recluida en una cárcel o un convento, ni atada a su primo. Lo mejor era partir cuanto antes para evitar que la encontrara; por eso había pedido que le trajeran al barbero, puesto que ella ya no podía exponerse a salir a la calle. Esta vez Chantal no intentó convencerla para que se quedara a su lado. Marie tenía razón por mucho que le costara reconocerlo: eran demasiadas dificultades para afrontarlas solas, y tal vez fuera mejor que cada cual tomara su camino.

No fue el sacamuelas, sino su tamborilero, quien acudió a la casa cuando empezaba a caer la tarde, aduciendo que su amo estaba ocupado con los últimos clientes y él se había adelantado para no prolongar la espera.

—Entonces, el negocio marcha bien y todavía no tenéis pensado emprender viaje —observó Marie, algo contrariada.

Sin embargo, el tamborilero comunicó que más bien sucedía lo contrario. En la villa no les quedaba nada más que hacer y solo esperaban su respuesta para marcharse.

Marie se apresuró a contestar:

—Mi partida es segura. Y puede ser hoy mismo si os viene bien.

El tamborilero objetó que no eran horas de salir al camino, pero que su amo estaría de acuerdo en partir al día siguiente, al rayar el alba. Marie aceptó la propuesta y pasó a concretar el recorrido y las paradas que efectuarían, así como las dificultades del terreno. Una vez concertados todos los extremos a su gusto, despidió al tamborilero para dedicarse a preparar el equipaje. Chantal se ocupó de proporcionarle comida y después almohazó al caballo alazán y preparó la montura para que su amiga viajara con la mayor comodidad posible.

La noche que siguió fue triste. Chantal y Marie lloraron abrazadas, quejándose del giro que había tomado su destino cuando más felices se hallaban.

—Os expondréis a grandes peligros —se lamentó Chantal—. Considerad que el mundo está lleno de gente malvada que buscará vuestra perdición. Tened mucho cuidado.

—No me angustiéis más. Prefiero pensar que hasta ahora me fue bien. Con encontrar personas la mitad de amables que vos, me conformo.

—Tenía la ilusión de que me enseñarais a leer —prosiguió Chantal.

—Ya os enseñé a firmar con vuestro nombre. De lo demás me consta que Eugène se ocuparía con gusto —repuso Marie, haciendo un guiño pícaro a su amiga.

Chantal exhaló un profundo suspiro, se limpió las lágrimas y luego secó también los ojos de Marie:

—Ya hemos llorado todo lo que había que llorar. Las horas que nos quedan deben ser de dicha, un recuerdo amable que nos dure el resto de nuestras vidas.

Marie asintió y besó a Chantal.

Antes del amanecer, la criada se acercó a la puerta para anunciar que el desayuno estaba dispuesto. Las jóvenes ya estaban vestidas y bajaron las escaleras cogidas de la mano. Marie apenas probó bocado, deseosa de partir cuanto antes. Chantal la ayudó a ponerse el manto y a ocultar el rostro con el capuchón. Después le entregó un puñal que había encontrado entre las pertenencias de su madre para que se defendiera si se veía en apuros. Marie lo escondió en su escote y se fundieron en el último abrazo.

—No la entretengáis más —se atrevió a intervenir la criada, que sujetaba por las riendas el caballo alazán—. Se hace tarde y la jornada es larga.

Así pues, la acompañaron hasta la calle donde la esperaban en sendas mulas el sacamuelas y el tamborilero. Mientras Marie subía con agilidad a su montura, Chantal se dirigió a sus dos acompañantes con las palabras que Bertrand habría empleado de haberse encontrado en la escena:

—Ahí os entregamos a la doncella. A partir de ahora sois responsables de su vida. Bien os hemos pagado por ello, y no nos pesa, pero sabed que si alguna desgracia le llega a sobrevenir, no descansaremos hasta hallaros y abriros la cabeza como si fuera una sandía madura. Los hombres de esta casa son de palabra, y yo me encargaré de que os pidan cuentas.

Los así amenazados dieron cumplidas muestras de sus buenas intenciones y se despidieron hasta su regreso a la villa, que aprovecharían para comunicarles cómo había resultado el viaje y en qué circunstancias habían dejado a Marie en Navarra.

Salieron de Le Puy por un sendero que discurría entre un bosque de pinos y arbustos de retama, helechos y plantas aromáticas. Marie iba cabizbaja y temerosa, vigilando cualquier sombra o bulto del camino. Aunque no habían anunciado su marcha a Eugène, sin duda la habría advertido, y su carácter repentino tal vez le causara extrañeza. ¿Y si se ponía a atar cabos y acababa descubriéndolo todo? No, no había que preocuparse por eso. Chantal sabría darle explicaciones tal y como habían previsto para que se quedara tranquilo y, en el peor de los casos, si llegaba a sospechar algo, ella ya estaría lejos, fuera del alcance de su aborrecido primo.

Poco a poco fue subiendo el sol, y el sonido de los pájaros alegró la mañana. La marcha era lenta debido a lo accidentado del camino, repleto de cuestas salpicadas de piedras, y lo cargadas que viajaban las mulas. El muchacho tamborilero se apeaba a ratos de la suya para facilitarle la pesada labor. Llevaba la caja colgada a la espalda, y los palillos, del cinturón.

—Demostráis mucha destreza con el instrumento —señaló Marie para entablar conversación y librarse de sus angustiosos pensamientos.

—Voy mejorando, pues pongo empeño en ello —respondió con humildad el chico.

—Para tambor de barbero bien le sobra con lo que ya conoce —intervino el sacamuelas—, pero ha salido ambicioso. Toca y toca sin descanso porque quiere llegar a tambor del ejército, el infeliz.

—No hago mal a nadie si pretendo progresar —replicó el aludido, ruborizándose un tanto.

—Estáis en vuestro derecho —observó Marie y luego añadió, dirigiéndose al sacamuelas—: Debería alegraros que vuestro hijo se esmere en su oficio.

—No es mi hijo —repuso este—, pero lo quiero como tal, por eso me inquieta que pretenda hacerse soldado. Él solo tiene ojos para el uniforme vistoso y los vítores de los desfiles; no piensa en las heridas del combate ni en las penurias de la vida militar. Yo le digo que eso lo deje para los que no tienen dónde caerse muertos, que él heredará mi oficio y, si se da buena maña, hasta llegará a poner barbería en la ciudad que mejor le acomode. Yo no lo hice porque soy andariego, me gusta el camino.

—Y a mí el ejército —replicó el muchacho, que no daba su brazo a torcer.

La plática continuó por derroteros semejantes mientras avanzaban por el bosque, que cada vez iba espesándose más. Se hizo la hora del almuerzo, y el sacamuelas decidió que no se detendrían, puesto que iban retrasados y a duras penas lograrían llegar al lugar donde debían pasar la noche.

—El bosque es bonito durante el día —comentó el tamborilero—, pero cuando oscurece se llena de misterios. Dicen que se escucha el llanto de un niño, se ve un toro negro que embiste con su afilada cornamenta, un perro duende de grandes fauces rebosantes de babas y hasta un rey sin cabeza ni corona que clama venganza.

Marie, que no era propensa a asustarse por habladurías, preguntó:

—¿Y dónde están esos moradores del bosque durante el día?

—Eso no lo sé, y no pienso averiguarlo —respondió el muchacho—. Cuentan que los que lo intentaron desaparecieron por mucho tiempo y, cuando se dio con ellos, habían perdido el seso y la lozanía de la juventud.

El sacamuelas repartió pan, queso y paté, y fueron comiendo mientras cabalgaban. Como Marie tenía sed, el muchacho indicó que aguardara, pues un poco más adelante corría un manantial de aguas cristalinas. El sol empezaba a declinar en el firmamento cuando llegaron al umbrío paraje donde el agua discurría pared abajo sobre un lecho de líquenes hasta formar una pequeña charca, rodeada de musgo. Marie hizo un cuenco con ambas manos y bebió con fruición.

—Id más despacio —aconsejó el sacamuelas mientras desmontaba—. No es bueno que se os enfríen repentinamente las entrañas cuando van acaloradas...

Un prolongado aullido que sonó en la distancia interrumpió sus palabras. El tamborilero urgió a su amo:

—Hemos de apurarnos o nos sorprenderá la noche en descampado.

Antes de que pudiera responderle, un segundo aullido más intenso vino a sumarse al primero. Fue como un toque de queda y el bosque quedó en suspenso; los cantos de los pájaros se habían detenido y solo se escuchaba el rumor del agua. Marie sintió que un escalofrío le recorría la espalda, pero permaneció en silencio. Fue el sacamuelas quien señaló:

—No os asustéis; no son más que perros asilvestrados, pues a estas alturas del año no hay lobos por estos parajes.

—No llegaremos a Conques antes del anochecer —observó el tamborilero, mirando al cielo.

—Vayamos al Monte de las Ánimas —replicó el sacamuelas, montando en su mula que apenas había alcanzado a abrevar.

Reanudaron la marcha, y Marie volvió a colocarse en medio de ambos hombres. Tuvo la impresión de que su semblante denotaba cierta inquietud, que resultó patente por el modo como fustigaban a las cansadas mulas para que avivaran el paso. En vez de seguir por el mismo camino que traían, se desviaron por una senda apenas marcada que los condujo, entre zarzas y espinos, hasta los pies de una edificación en evidente estado de abandono que parecía una antigua fortaleza medieval. Una de las torres se hallaba en ruinas, pero el cuerpo central daba aspecto de sólido, y la fachada conservaba algunas esculturas en piedra de imponentes guerreros.

—Es un antiguo castillo de los templarios —explicó el tamborilero, mientras descendía de su montura—. Estuvo habitado hasta no hace muchos años, pero el último dueño debió de morir sin descendientes, y la maleza se lo está comiendo. Los viajeros que lo conocen lo utilizan a veces como refugio cuando no logran llegar a poblado con la luz del día.

—¿Se puede entrar? —preguntó Marie, contemplando la fortaleza señorial.

La respuesta resultó innecesaria, pues el sacamuelas empujaba en ese momento una hoja de la gran puerta de madera carcomida y condujo a la mula al interior. El oscuro zaguán desembocaba en un patio espacioso al que daban diversas dependencias. El tamborilero cerró la puerta tras de sí y a la escasa luz crepuscular desensilló los animales para que descansaran y pastaran la abundante hierba que crecía entre las losas sueltas.

—¿Qué contienen las estancias? —se interesó Marie, mirando intrigada a su alrededor.

—No las hemos examinado —respondió el sacamuelas—. Solo conocemos esa de ahí, que es la que empleamos para dormir y debía de ser la cocina por el mobiliario que se conserva.

El tamborilero añadió:

—Esa otra es un salón con vitrinas. Yo entré una vez y vi una gran mesa y sillones.

Marie sintió curiosidad y decidió inspeccionarla mientras sus dos acompañantes sacaban agua del pozo que había en un extremo del patio para que abrevaran las caballerías. Nada más traspasar el umbral, el olor a humedad y polvo le resultó tan penetrante que a punto estuvo de desistir de su idea, pero al poco se acostumbró y avanzó entre tinieblas hasta la pared de enfrente, donde una contraventana rota dejaba traspasar algo de claridad. Esa noche había luna creciente y apenas iluminaba, así que no supuso un gran cambio que la abriera. Era imposible distinguir qué guardaban las vitrinas, y mientras Marie buscaba un modo de alumbrarse, se oyó un leve chirrido a sus espaldas, cedió una portezuela situada al lado de la chimenea y dejó al descubierto una escalera empinada que descendía a las profundidades. Cuando Marie se dio la vuelta, comprobó que subía por ella una luz ambarina. Pensó que eran sus acompañantes dispuestos a darle un susto y esperó tranquila su aparición para demostrar su valentía, pero lo que contempló hizo que se le erizara el vello del cuerpo y no pudo evitar lanzar un alarido de terror.

Ante ella apareció una anciana de gesto feroz que se alumbraba con un enorme cirio amarillo, sostenido por una mano huesuda y retorcida como un sarmiento. Tenía los ojos tan hundidos que las cuencas parecían vacías, y la boca de labios agrietados se abría como un pozo negro bajo la prominente nariz en un rictus cruel, pero ningún sonido provenía de ella. Iba vestida de negro de la cabeza a los pies y por momentos se asemejaba a un fantasma, un demonio, una bruja o un espíritu. Marie creyó que iba a desmayarse ante esa visión horrenda, pero mantuvo el sentido y prosiguió mirándola sin ser capaz de apartar los ojos ni salir huyendo, mientras la anciana también permanecía inmóvil. Luego levantó la hoz que llevaba en la otra mano, y Marie se figuró que se hallaba ante la Muerte.

—Iba a segaros la vida por irrumpir con tanto atrevimiento en mi morada —anunció con voz ronca—, pero no sois quien esperaba, así que seguidme.

Marie no se movió. La anciana se había girado para descender por la escalera y al comprobar que no era obedecida, volvió a encararse con la joven.

—Si queréis salvar la vida, seguidme —repitió con voz imperiosa—. Esta noche puede que sucedan aquí arriba acontecimientos que una doncella no presenciará sin perder la cordura, cuando no la existencia.

Como Marie continuaba inmóvil, la anciana prosiguió:

—Mi aspecto no debe atemorizaros. Yo también fui joven y bella en otro tiempo no muy lejano, antes de que mi padre, proclamando que me amaba, me recluyera en este castillo, donde he vivido encerrada. Sabed que estáis en el Monte de las Ánimas, y su nombre no es gratuito. Si permanecéis en esta estancia, seréis testigo de una gran batalla que se librará esta noche, y os aseguro que no os mantendréis al margen de lo que suceda.

Cobrando algo de ánimo, Marie se atrevió a preguntar:

—¿Sois la dueña de este castillo?

—Así es, pero seguidme; el tiempo apremia.

Marie todavía vacilaba cuando una de las vitrinas se abrió y cayeron al suelo varios volúmenes con gran estrépito. Este suceso fortuito hizo que corriera hacia la anciana, quien antes de iniciar el descenso, indicó:

—Aseguraos de cerrar bien la puerta.

Marie cumplió la orden y bajó detrás de ella por una escalera de caracol que iba estrechándose a medida que descendía. Antes de llegar a la galería iluminada con un par de antorchas con la que comunicaba, la anciana declaró:

—No os asustéis por lo que vais a ver. No son más que huesos.

Marie tuvo que ahogar un grito de pavor al comenzar a avanzar entre esqueletos amarillentos sentados junto a las paredes y colocados en hornacinas elevadas.

—Son muy antiguos —reveló la anciana y luego señaló uno en particular, indicando—: Este fue obispo, aún conserva la mitra, y aquel, un avaro, pues sigue apretando la bolsa repleta de monedas.

Al final de la galería había una puerta por la que penetraron en una habitación semicircular de la que salían diversos pasadizos. La anciana se apresuró a cerrar la puerta tras de sí y pidió a Marie que se sentara donde mejor le pareciera. Luego echó una ojeada a su alrededor y proclamó:

—Estos son mis dominios. Aquí ha transcurrido mi vida desde que cumplí diecisiete años. Apenas pisé la superficie a partir de entonces hasta hace poco, cuando la peste o sus pecados acabaron con mi padre y sus fieles servidores.

—¿Y por qué no os marchasteis entonces? —preguntó Marie.

—Adónde iba a ir. El encierro y las privaciones me habían convertido en lo que ahora veis, y fuera de estos muros no me aguardaba más que la aversión y el horror de la gente. Aquí estoy segura hasta que llegue el momento de mi liberación, que está próximo, según revela mi horóscopo.

—¿Por qué os encerró vuestro padre? —prosiguió interesándose Marie.

—Por ser hija de una judía cabalista. La familia de mi madre vivía en Valencia, pero fue expulsada por los Reyes Católicos. Perdió todas sus posesiones y se vio condenada a vagar por el mundo en busca de un lugar donde se la acogiera. Al parecer, mi madre era una mujer bella y ocultó su ascendencia para hacer un buen matrimonio y llevar una vida desahogada. Se casó con mi padre, y creo que fueron felices. A mi madre la habían iniciado desde niña en la cábala y siguió estudiándola con el fin de alcanzar el mundo superior y la fuente de nuestra existencia. Dicen que logró la perfección y la habilidad de trascender el tiempo y el espacio mientras aún vivía, pero a mí no me sirvió de mucho, pues murió al poco de mi nacimiento. Mi padre se enteró de sus orígenes e inclinaciones cabalísticas una vez muerta, cuando descubrió este sótano donde investigaba y realizaba sus predicciones. Se sintió burlado e intentó apartarme de su recuerdo quemando todas sus pertenencias, pero fue imposible, pues el fuego no prendía en ellas por mucho que insistió. Yo supe por intuición desde pequeña que también sería cabalista, como mi desconocida madre, y me deslizaba en secreto hasta este sótano para estudiar los libros y manuscritos que habían sido suyos. También me interesé por la geometría y conseguí hacerme con algunos textos de gran valor sobornando a criados. Mediante el estudio de la cábala, llegué a comprender que estaba destinada a casarme con el judío errante y, valiéndome de ecuaciones y cálculos diversos, conseguí precisar el momento y lugar donde lo conocería. Sin embargo, mi padre lo impidió: una criada deslenguada le contó mis intenciones, y me encerró bajo llave antes de que pudiera entrar en contacto con él. Desde ese momento desistió de verme y me puso en manos de carceleros que apenas satisfacían mis necesidades y me impedían contemplar la luz del sol.

Marie permaneció callada una vez que la anciana concluyó su narración. Luego reveló:

—Vuestra historia es aún más triste que la de mi madre, que murió hace poco.

La anciana pidió que se la contara, y Marie la complació. Cuando hubo terminado, la anciana observó:

—Habéis hecho bien en huir de vuestra casa, pues es probable que se hubiera convertido en vuestra cárcel o tumba y habríais vivido en ella como un murciélago o un búho, aunque no creo que vuestro padre os vaya a servir de ayuda. Por sus hechos se comprende que no renunciará a su sueño de descubrir nuevos mundos. Quedaos conmigo y averiguaremos mediante la cábala y la geometría cuál será vuestro destino.

Esas últimas palabras habían sonado repetidas como si hubiera eco en la habitación. La anciana se percató del hecho e hizo a Marie un signo, llevándose a la boca el dedo índice de su mano sarmentosa, para que permaneciera en silencio mientras ella proseguía:

—La influencia de los astros en vuestro destino comenzó en el instante de vuestro nacimiento, y el horóscopo lo revelará.

Estas palabras también se fueron repitiendo mientras las pronunciaba, para asombro de Marie. Al finalizar, la anciana recitó con su ronca voz:

—Vos que me remedáis, si sois del orden de los ángeles, bienvenido seáis; si sois del género de los otros espíritus, os conjuro para que os vayáis, mas si sois mortal como yo, haceos presente a mis ojos para que goce de vuestra vista y vuestra conversación.

Al acabar de decirlo, apareció ante ellas un viejo calvo con un báculo en la mano derecha. Sus ojos eran azules, y su nariz, prominente. Las miró a ambas con detenimiento, pero permaneció callado.

—¿Quién sois? —preguntó la anciana.

—Antes de mi desgracia, me conocían como Catafilo, pero ahora soy el judío errante, y vengo a buscaros.

—Tarde llegáis —replicó la anciana—. Ya no estoy en edad de casamiento.

—Mandad a la doncella a dormir para que conversemos a solas —pidió Catafilo, señalando a Marie.

La anciana indicó a esta que la acompañara por uno de los pasadizos que salían de la habitación. Como la joven se resistía, la agarró con la fuerza de una garra con su mano huesuda y la condujo hasta un lecho de madera, cubierto con una áspera manta. Le entregó un cirio amarillo y advirtió:

—Tumbaos y dormid. No encendáis luz hasta que no os despertéis. Haced lo que os digo sin rechistar, pues os va mucho en ello.

Luego la dejó sola en la más profunda oscuridad. Marie no quería dormirse y se esforzó por mantener los ojos abiertos para escuchar lo que sucedía en el resto del castillo, pero poco a poco sus fuerzas fueron flaqueando y cayó a su pesar en un profundo sueño.

—No os despertéis todavía —escuchó como en duermevela que le susurraba la anciana al oído, transcurrido un rato, mientras ella proseguía tumbada—. Solo he regresado para entregaros las llaves de la casa valenciana de mis antepasados. Os pido como favor que las guardéis hasta que os las demanden.

Después Marie siguió durmiendo y no se despertó hasta que sintió que algo corría por encima de su cuerpo. Se incorporó asustada y de un manotazo se sacudió al animal peludo que casi había llegado hasta su cuello, pero no pudo verlo en la oscuridad reinante. Buscó el cirio e intentó prenderlo, pero no tenía con qué, así que corrió hacia la luz que se veía al final del pasadizo. Aunque llegó a la habitación donde la noche anterior había dejado a los dos ancianos, la halló vacía. Como llamó varias veces y nadie contestó, ni siquiera el eco, se guió por las antorchas para desandar el camino que había recorrido con la anciana. Pasó a toda prisa por la galería con los esqueletos, que ahora parecían observarla con sus cuencas vacías y alargar hacia ella sus descarnados brazos, y subió la empinada escalera hasta la sala de las vitrinas, donde seguían esparcidos en el suelo varios libros enormes. Salió al patio y buscó a sus acompañantes, que habían prendido una hoguera y calentaban unas sopas para romper el ayuno.

—¿Dónde se fue la anciana? —les preguntó Marie.

—¿De qué anciana habláis? —replicaron asombrados.

Marie les contó lo que había sucedido, y los hombres mostraron su extrañeza. No habían visto ni escuchado nada de particular.

—No fuimos a buscaros porque pensamos que por decoro deseabais dormir sola —le explicaron.

Marie insistió en su relato y la acompañaron a la sala de las vitrinas para que les enseñara la portezuela que llevaba a los sótanos.

Cuando el sacamuelas contempló tantos estantes repletos de polvorientos volúmenes, exclamó sorprendido:

—Ah, pero tenía libros; yo pensaba que el dueño de este castillo había sido caballero.

Marie indicó que la portezuela se encontraba al lado de la chimenea, aunque no hallaron ni una ni otra por mucho que buscaron.

—Ha debido de ser un mal sueño —sugirió el sacamuelas, mirando a su alrededor—. Esta estancia tan húmeda bien se presta para ello.

Marie no se dio por vencida y les mostró las llaves herrumbrosas y el cirio amarillo:

—Mirad, son las prendas que la anciana me entregó.

Pero no la creyeron, achacando que podía haberlas cogido de cualquier lugar. Marie dejó de insistir. Guardó ambas cosas en sus alforjas y comió sin ganas de las sopas para reanudar enseguida el viaje.

Antes de que el castillo desapareciera en un recodo del camino, Marie giró la cabeza y lo contempló por última vez, preguntándose qué habría sido de la desdichada anciana. Luego avanzaron por un paisaje ondulado de colinas verdes y pastos hasta su destino, la villa de Conques, que se hallaba en una hondonada impresionante por su soledad y la extensión de sus bosques de robles y castaños, cerezos silvestres y nogueras. Como el sendero era pedregoso y presentaba bajadas pronunciadas en algunos tramos, apenas hubo conversación hasta que al final divisaron primero las torres de la iglesia y después la población. Los hugonotes habían saqueado el lugar durante las guerras de religión y se notaba a la legua que no había logrado recobrar la prosperidad.

El sacamuelas apostó su silla cerca de la magnífica iglesia, pero los clientes escasearon. Una de dos: o en la comarca había muy buenas dentaduras, o no sobraba dinero para dedicarlo a esos menesteres, y por las proposiciones recibidas, más parecía lo segundo. Un labrador pidió al sacamuelas que le fiara la extracción de un colmillo con un enorme flemón a cuenta de la cosecha de trigo que recogería, y un artesano le ofreció medio queso de rueda por librarle de un raigón putrefacto, cuyo hedor le impedía convivir con su mujer. Así fue pasando el día sin obtener apenas beneficios. Cuando empezó a anochecer, se dirigieron al albergue de los peregrinos donde iban a dormir, después de cenar el caldo que les sirvió el posadero en una única escudilla para los tres. El tamborilero se dio cuenta de que la traía con el dedo gordo sumergido en el líquido y le preguntó con sorna:

—¿Siempre lo hacéis así?

A lo que este repuso al instante:

—Oh, no, ha sido desde hace poco, y no creáis que por mi gusto, sino por orden del médico —les enseñó una hinchazón en el dedo y añadió—: Desde que sufro este uñero, me mandó que lo metiera en caliente para curarlo, ¿y qué hay más caliente que el caldo recién cocido?

Marie contempló cómo sus acompañantes blandían las cucharas y las sumergían en el líquido, donde flotaban trozos de verduras y otros ingredientes difíciles de definir, sin hacer ascos a pesar de las palabras que acababan de escuchar y, como era mucha su hambre, acabó imitándolos. Pero después, cuando se habían retirado a dormir en los duros camastros de una galería desde donde se veían brillar las estrellas, empezó a sentir arcadas y aunque quiso reprimirlas concentrándose en la admiración de la hermosa Vía Láctea que destacaba en el firmamento, un torrente de ácido líquido inundó su boca y apenas tuvo tiempo de agachar la cabeza para vomitar junto al lecho.

El posadero, que andaba cerca asignando jergón y manta a otro parroquiano, declaró malhumorado:

—No están los tiempos para melindres ni desperdicios de comida. Si mi caldo no era del gusto de tan alta dama, lo debería haber dejado para otros huéspedes que lo habrían apreciado y han tenido que conformarse con un tazón de vino caliente para no acostarse con las tripas vacías.

—Lo siento, no lo he podido evitar —replicó Marie entre arcadas y siguió vomitando bilis.

—Sí que lo sentiréis, mi buena señora, y también los que con vos duermen, pues no son horas de limpieza ni hay sirvientas que la hagan, así que esta fetidez que de vuestras tripas ha salido os acompañará la noche entera —continuó el posadero enojado—. Decidme si no era mejor y de más provecho aguantar dentro lo que con fruición habíais engullido.

—Dejad en paz a la dama —terció en ese punto el sacamuelas, levantándose de su camastro—. Bien ha hecho en obedecer al cuerpo y expulsar lo que no admitía. Yo traeré un balde con agua para limpiar la inmundicia.

El tamborilero también se levantó de su camastro y se dirigió hacia el posadero.

—Si no vais a ayudar, callad y marchaos en paz, pues todo está pagado —le reconvino—. Nosotros atenderemos a la dama y procuraremos que mañana esté recuperada para proseguir camino.

—No creo que llegue muy lejos con tantos melindres como gasta —murmuró despectivo el posadero, meneando la cabeza.

Y entonces, para su asombro, el tamborilero se metió dos dedos en la boca y vomitó en hediondo caudal el caldo de la cena. Después escupió amargas salivas, se limpió la boca con la manga y expuso con la voz ronca por el esfuerzo:

—Mi buen amo el sacamuelas ha salido a hacer fuera lo mismo que yo porque, sin ofenderos, queremos seguir vivos mañana.

—¡Estáis locos, completamente locos! —exclamó el posadero, echándose las manos a la cabeza.

—No, os equivocáis. Cuerdos y bien cuerdos es como estamos —intervino el sacamuelas, que ya regresaba con el balde de agua—. Os contaré una historia…

—¡No quiero escucharos! —se negó el posadero, haciendo aspavientos con las manos mientras se alejaba—. Acá os quedáis, revolcados entre vuestros desechos, y mañana al amanecer os conmino a abandonar mi casa si no queréis dar con los huesos en la cárcel.

El sacamuelas respondió que reanudarían sin falta el viaje y echó el balde de agua sobre el vómito de Marie. Después la obligó a beber una copa con una infusión que le endulzó la boca y le calmó el dolor de vientre.

—No acierto a comprender por qué os habéis provocado el vómito —dijo Marie cuando los tres habían vuelto a ocupar sus camastros—. ¿Pensasteis acaso que el posadero nos dio un caldo envenenado?

El sacamuelas contestó:

—Os relataré a vos la historia que se ha negado él a conocer. Mi tamborilero Ferdinand vivía con su madre y dos hermanos mayores en un villorrio no muy lejano de Le Puy que yo solía visitar en mis viajes y donde tenía pensado fijar mi residencia si el destino no hubiera resultado tan cruel.

En este punto, el sacamuelas se quedó callado y fue el tamborilero quien prosiguió el relato:

—Éramos labradores y vivíamos de lo que daba nuestro campo, unas veces más y otras menos, pero sin pasar penalidades, hasta que llegó la sequía y no hubo cosecha. Hubo un momento en que era tanta la necesidad, que mi madre nos mandó repartirnos por los bosques a la rebusca de cualquier alimento. Yo no hallé más que unas pocas moras medio resecas, pero mi hermano mayor volvió arrastrando los restos de una vaca muerta, probablemente de sed y hambre. Estaba cubierta de gusanos y desprendía mal olor, pero mi madre consideró que había carne aprovechable si se limpiaba con esmero y cocinaba en un buen fuego, y nos hizo un guiso con mucho condimento que a todos nos supo a gloria y del que comimos con gula hasta hartarnos. Sin embargo, a las pocas horas comenzamos a sentir dolor en las entrañas, y mi madre nos recomendó beber algo de agua para aplacarlo, achacándolo a las ansias con las que nos habíamos acabado lo guisado. Después vinieron las ganas de vomitar, y mi madre nos aconsejó aguantar las náuseas para no desperdiciar un alimento que tanto nos había costado conseguir y que probablemente no volveríamos a probar en mucho tiempo. Mis hermanos mayores la obedecieron y se fueron a sus lechos para resistir dormidos lo que despiertos tanto les costaba. Yo era pequeño y tuve menos aguante. Al primer descuido de mi madre, en cuanto la creí dormida, corrí fuera de la casa a vomitar y después me acosté y no me desperté hasta el día siguiente.

—Dentro de su terrible desgracia, Ferdinand tuvo la suerte de que yo apareciera por el lugar a los pocos días —prosiguió contando el sacamuelas—. Lo encontré tumbado en el lecho con su madre muerta, a punto él también de fallecer de inanición y pena. Todos habían perecido tras comer la carne putrefacta, menos mi tamborilero, que se salvó porque la vomitó, obedeciendo a su cuerpo que rechazaba el veneno.

—Por eso lo queréis como a un hijo —comentó Marie—, porque lo conocisteis en terribles circunstancias y lo recogisteis.

—Ya lo conocía —repuso el sacamuelas—. Yo quería a su madre y también a sus hermanos. Había llegado a pensar en casarme con ella…

—Eso fue hace muchos años —concluyó el tamborilero—. Ahora comprenderéis por qué vuestro vómito ha provocado el nuestro, pues la experiencia enseña sin lengua.

6

El abrazo del oso

Salieron de Conques al despuntar el nuevo día, como estaba previsto, por el antiguo puente donde solían congregarse los peregrinos para iniciar la jornada en compañía. Sin embargo, esa mañana lo hallaron desierto. Avanzaron por una comarca de praderas y viñedos en dirección a Cahors, donde el sacamuelas esperaba hacer mejores negocios. Marie iba callada no porque le siguiera doliendo el estómago, sino porque meditaba sobre su extraña aventura con la anciana cabalista que, tras la mala noche pasada, había vuelto a su cabeza con nitidez. ¿Qué habría querido decir con eso de que su padre no iba a ayudarla? ¿Habría adivinado que no lo iba a encontrar? Iba tan ensimismada en sus pensamientos que no se percató de la presencia del caminante, sentado en una piedra al borde del sendero, hasta que escuchó sus palabras:

—Buen día tengan la dama y su compaña. ¿Puedo unirme al cortejo puesto que al parecer seguimos la misma ruta?

Se trataba de un hombre fornido de rostro afable, tocado con un sombrero de ala ancha, que llevaba una capa parda con esclavina y se apoyaba en un bordón. El sacamuelas respondió a su saludo y añadió:

—Por la capa se comprende que sois peregrino que se dirige a Santiago. Viajaremos juntos un buen trecho si así os place, pues no os equivocáis, seguimos la misma ruta.

El caminante se puso en pie de un brinco y comenzó a avanzar a grandes zancadas, siguiendo el paso de la mula del sacamuelas. Entablaron conversación de inmediato.

—Me llamo Gastón Chevalier y soy natural de una aldea próxima a Burdeos. Mi padre fue palmero y nunca se arrepintió de haber agotado la juventud y la fortuna en su largo viaje a la tierra santa de Jerusalén. Yo he sido romero y ahora soy peregrino por la herencia que me legó, la mejor que puede esperar un hijo: sus sabios consejos, a los que he recurrido siempre en momentos de vacilación. «Haz lo que quisieras haber hecho cuando mueras» era el que más repetía, y por eso fui romero y ahora soy peregrino, como ya os he dicho.

—¿No es lo mismo romero que peregrino? —se interesó el tamborilero.

—Muchos lo confunden, pero son cosas distintas. El romero va a Roma, así como el palmero se dirige a Jerusalén, y el peregrino verdadero, a Santiago de Compostela. Esta Via Podiensis por la que avanzamos la empezó Godesalco, obispo de Le Puy, que fue el primer peregrino francés cuando allá por el siglo X se desplazó hasta la tumba del Apóstol, y desde entonces no ha dejado de transitarse, aunque las guerras de religión y el desalmado Lutero le han causado un grave perjuicio.

—¿Lutero el de las bulas? —preguntó Marie.

—El mismo. Desaconsejó a los que lo siguen que viajaran a la tumba del Apóstol con la mentira de que no se sabe si lo que allí yace es un perro muerto o un caballo muerto, cuando hasta Carlomagno reconoció su santa existencia y se postró a sus pies.

—Contadnos la historia del santo, si es que la sabéis —le pidió entonces el tamborilero.

El peregrino no se hizo de rogar y comenzó así:

—En Finisterre, el extremo más occidental del mundo conocido hasta hace poco, estuvo predicando el apóstol Santiago, pero como no hubo muchos que escucharan su palabra ni lo siguieran, decidió regresar a Jerusalén. Herodes Agripa lo mandó torturar y decapitar en Palestina, y además prohibió que fuera enterrado. Sin embargo, amparados por la oscuridad de la noche, sus discípulos trasladaron en secreto el cadáver a la orilla del mar, donde hallaron una embarcación dispuesta para navegar. En ella lo depositaron y surcó los mares hasta llegar a la playa de Muxía en la Costa de la Muerte, lugar donde cuentan que aún se ve una barca de piedra varada sobre la arena. Los que lo encontraron lo enterraron en un cementerio y la tumba cayó en el olvido, hasta que al cabo de los años comenzaron a observarse resplandores y cánticos en los alrededores. Así se inició un culto y peregrinaje que ningún Lutero destruirá, pues otros muchos lo intentaron antes en vano.

—Mi padre solía hablarnos de Finisterre —intervino Marie—. Los antiguos llamaban al océano que se ensancha a partir de ese lugar el Mar de los Muertos y pensaban que el sol moría cada tarde al precipitarse en sus aguas; hasta creían escuchar el crepitar de sus llamas al hundirse en las profundidades marinas. Pero Finisterre ya no es el fin de la tierra. Hay un Nuevo Mundo más allá en ese océano, repleto de maravillas.

—Dicen que habitan en él seres portentosos como los panotios, cuyas orejas son tan grandes que les cubren el cuerpo entero, y otros individuos que no tienen nariz y la superficie de su cara es completamente plana. Cuentan que también hay una raza cuyo labio inferior es tan prominente que cuando duermen se tapan con él el rostro para preservarse de los ardores del sol. Además hay gigantes y cíclopes, así como monstruos sin cabeza o con la boca y los ojos en mitad del pecho —relató de corrido el tamborilero.

—No es de extrañar que quepan tantos seres admirables y diversos en el ancho mundo —replicó el peregrino—. Mi padre, en su viaje a Jerusalén, conoció a un marino que había recorrido grandes regiones de África y había visto mandingas y monicongos negros como el ébano que viven desnudos, además de dos clases de monstruos que allí son muy comunes en los bosques. El más grande está proporcionado como un hombre, pero tiene la estatura de un gigante, los ojos hundidos y largos pelos sobre las cejas. Duerme en los árboles y se alimenta de los frutos que recoge. No habla y no tiene más entendimiento que un animal. Camina erguido sobre las piernas y constituye un gran espanto para los habitantes de la región, pues su fortaleza es descomunal. El más pequeño se asemeja al grande, pero tiene el tamaño de un enano y aprende con rapidez a imitar al hombre, por lo que los nativos suelen capturarlo para que les sirva de criado.

Marie estaba asombrada ante tales revelaciones. Su padre, que había leído tanto sobre el Nuevo Mundo, jamás había comentado que existieran dichos fenómenos.

—De las razas que pueblan esas tierras nada sé —comentó la joven—, pero sí he probado el chocolate, que es una bebida dulce o amarga, espesa o clara, según se prefiera, agradable al paladar y vigorizante para el cuerpo, proveniente del Nuevo Mundo más allá del Mar Tenebroso.

El sacamuelas observó:

—Esa bebida ha de ser como el café. Los árabes la emplean desde hace siglos, pero han guardado celosamente su invento por sus maravillosos efectos sobre el organismo. Yo lo caté una vez porque un mercader holandés aficionado a su uso me sirvió una taza como pago por mis servicios.

—El chocolate se hace con la semilla molida del árbol del cacao —indicó Marie.

—El café, con la baya tostada y molida de un arbusto verdinegro que crece silvestre en la península de Arabia —reveló a su vez el sacamuelas.

—También he probado la patata —prosiguió Marie su explicación—. Se trata de una raíz suculenta que mi padre compara con el pan...

Una liebre que cruzó zigzagueando el camino cortó el hilo de la conversación, pues el peregrino dejó a Marie con la palabra en la boca y apretó a correr en su persecución para perderse al poco entre las soleadas praderas cubiertas de flores.

—¿Esperamos a que regrese? —preguntó el tamborilero al sacamuelas.

—No. Hemos de llegar a Cahors cuanto antes. El peregrino sabrá dónde encontrarnos si lo desea —repuso este.

Y prosiguieron avanzando al mismo paso que llevaban entre las cuidadas viñas que crecían en los valles del Lot. El río serpenteaba entre meandros y había escarpado el relieve al capricho de su curso, cortando altos acantilados desde los que se dominaba un extenso paisaje verde. Habían adelantado un buen trecho cuando se les volvió a unir el peregrino, corriendo a grandes zancadas y llevando por las orejas a la liebre muerta.

—Ya tenemos la pitanza —proclamó sonriente cuando se halló a la altura de sus compañeros de camino—. El animal trotaba como alma que lleva el diablo, pero la alcancé valiéndome del bordón, que por algo se conoce como la tercera pierna del peregrino. Propongo que nos detengamos cuando encontremos un lugar apropiado y hagamos una hoguera para asar la vianda.

El sacamuelas respondió que no podían perder tiempo, pues les urgía llegar a la ciudad, y sugirió que guardara su caza para la noche. No hubo más que hablar. El peregrino era de buen natural y aceptó sin objeciones. Así pues, prosiguieron la marcha en amor y compañía hasta que alcanzaron la población entrada la tarde. La hermosa ciudad medieval se encontraba en una península formada por el caudaloso río Lot, cuyo curso se volvía navegable a su altura, y en sus calles ordenadas y sus casas bien construidas se apreciaba que gozaba de la riqueza proporcionada por sus viñedos y rebaños. El sacamuelas se dirigió hacia la catedral que aún se hallaba en construcción para plantar en los alrededores la silla de su oficio, como era su costumbre. Antes Marie quiso detenerse en una primorosa fuente de tres caños que hallaron a su paso; una mujer que llenaba un cántaro les ofreció un cuenco para que bebieran, y así lo hicieron todos menos el peregrino, quien declaró muy serio:

—«Aqua non entrabis corpus miqui por criabus gusarapus». También es sentencia de mi padre en el mejor de sus latines, pues fue monaguillo en sus tiempos mozos. Buena mujer, esta villa es conocida por su fino vino tinto, oscuro como la noche, ¿dónde hay una posada o figón para probarlo?

La mujer les indicó el establecimiento que mejor le parecía, y el peregrino se encaminó a buscarlo, ofreciendo que se reunieran allí con él al anochecer para dar buena cuenta de la liebre que iba a despellejar y entregar a alguna cocinera para que la guisara en cuanto hubiera saciado su sed. Los demás aceptaron el convite y se separaron.

La tarde dio buenos frutos: el tamborilero pudo demostrar su arte con la caja, tocando un redoble tras otro mientras el sacamuelas iba atendiendo a sus pacientes. Hubo flemones, dientes de leche que se resistían a caer, muelas del juicio que no encontraban espacio y hasta una sangría para aliviar la hinchazón de un pie. Aunque en la villa había barbero, el sacamuelas era bien recibido cada vez que aparecía por su buen precio y destreza reconocida. Marie aprovechó para recorrer la catedral y observar cómo trabajaban los albañiles y picapedreros en las partes en construcción, colocando uno tras otro los grandes sillares de piedra en altas hileras. Estaban cerrando la bóveda de una nave subidos en elevados andamios de madera, y le pareció cosa de magia que las piezas se mantuvieran fijas en el sitio que les correspondía y no se desplomaran al suelo.

Cuando cayó el sol, llegaron a la posada con hambre atrasada y fue una grata sorpresa descubrir que el peregrino había cumplido su palabra. Les aguardaba en la tosca mesa de madera una fuente con la liebre frita y troceada, acompañada de nabos y setas. Tras el festín, durmieron en la misma posada y se levantaron al amanecer del día siguiente para proseguir su camino.

Para salir de la ciudad había que cruzar el magnífico puente en arco de Valentré que, con sus seis ojos y sus tres torres de defensa, salvaba el río Lot, reflejándose imponente en sus abundantes aguas, surcadas por las barcazas de los comerciantes. El tamborilero contó lo que refería la leyenda antes de que se adentraran en él:

—Como después de cincuenta años no habían logrado terminarlo, uno de los arquitectos hizo un pacto con el diablo para conseguir su ayuda. A partir de ese momento, la construcción avanzó deprisa, y el diablo exigió que se reconociera su obra antes de acabarla. Por eso aparece su figura en una piedra de la torre central.

Marie detuvo su caballo para contemplarla cuando se hallaron a su altura, y mientras estaban así entretenidos, les salieron al encuentro unos hombres malencarados que iban armados con picas.

—Ni un paso más si no pagáis el pontazgo —reclamó el que parecía el cabecilla.

—¿Desde cuándo se cobra ese derecho? —preguntó el sacamuelas—. Muchas veces he cruzado el puente y jamás me han exigido pago.

—Lo que fuera o no fuera otras veces no es de nuestra incumbencia —replicó el cabecilla—. Hoy se paga y mañana también.

Marie pensó que al fornido peregrino no le costaría ningún trabajo moler a palos con su bordón a semejantes truhanes, pero no fue ese su comportamiento.

—Peregrinos somos a Santiago —declaró sereno—. Mi hija hizo la promesa de acudir a la tumba del Apóstol si la curaba de las bubas que la tenían recluida en el lazareto y, como podéis admirar, ha logrado despojarse del vestido gris y ya no lleva el distintivo que señalaba su condición de leprosa.

—Pagaremos con gusto el pontazgo —intervino Marie alegre, llevando la corriente al peregrino—. Recibí muchas limosnas haciendo sonar la carraca en mis jornadas de maletía. Venid, acercaos a recibir lo que es vuestro, pues estoy curada aunque todavía me queden algunas llagas purulentas, pequeñas como mi dedo meñique.

Los hombres de las picas se miraron unos a otros sin saber cómo actuar. Por fin habló el cabecilla:

—Dejad las monedas en el suelo, que nosotros las recogeremos.

—Es una afrenta para mi hija, pues no creo que todavía contagie —repuso grave el peregrino—, pero os complaceremos. Marie, querida mía, entrega de buen grado las monedas que guardas en tu seno e iban a ser para el santo.

No hizo falta que Marie siguiera con la farsa. Los hombres adujeron que puesto que eran devotos caminantes, no les cobrarían, y se retiraron a un lado para allanarles el paso. El peregrino cogió las riendas del caballo y se apresuró a cruzar, seguido por el sacamuelas y el tamborilero, quienes no habían abierto la boca. No comentaron el suceso hasta que se encontraron a considerable distancia, riéndose lo suyo por la buena maña que se habían dado para engañarlos.

Esa tarde llegaron a Moissac sin mayores contratiempos y al día siguiente, mientras se dirigían a Eauze, se toparon en el camino con una espeluznante escena que a punto estuvo de costarle la vida a Marie. Tras bordear unas colinas, habían desembocado en un valle estrecho, a cuya entrada descubrieron una enorme reunión de aves de rapiña, unas posadas en ruidosa algarabía y otras sobrevolando a escasa altura. Las mulas se asustaron ante su vista y pretendieron retroceder, pero iban demasiado cargadas para tomar carrera; sin embargo, el brioso caballo de Marie se encabritó y arrojó a su dueña al suelo antes de que el peregrino pudiera hacerse con las riendas. Mientras el barbero serenaba a las mulas, el tamborilero se armó de piedras para defenderse de las aves, y el peregrino levantó en sus brazos a Marie:

—¿Os duele algo, tenéis quebrado algún hueso? —le preguntó, sobándole los miembros antes de depositarla en una roca.

Marie se sacudió el polvo como pudo y, ocultando el mareo que sentía, respondió que había sido mayor el susto que el daño. Después dirigió la mirada hacia las rapaces y exclamó horrorizada.

—¡Válgame el cielo! ¡Están destripando a una persona! ¡Tenemos que hacer algo!

—¿Y qué queréis que hagamos? De nada serviría nuestra ayuda, pues ha mucho que entregó su alma —replicó el peregrino.

—Al menos lo enterraremos como Dios manda —insistió Marie.

—Pensemos más bien cómo salir de este atolladero para no acabar como ese pobre y dejemos que la naturaleza siga su curso —opinó el sacamuelas, meneando la cabeza.

El tamborilero había atado las mulas y el caballo a unos arbustos y buscado ramas secas con intención de prenderles fuego.

—Creo que bastarán para dispersar a las carroñeras por un breve tiempo, hasta que nos alejemos de aquí —declaró, sin ocultar su miedo.

—No es suficiente —opinó el peregrino—. Hemos de armar una gran fogata para que estos buitres abandonen su presa y consientan en huir sin atacarnos.

Los tres hombres se pusieron a merodear, y Marie los siguió algo atontada, pues no quería estar sola. Al cabo de un rato descubrieron un árbol seco, probablemente derribado por un rayo, que arrastraron con esfuerzo hasta la entrada del valle. El peregrino explicó el plan:

—Prenderé el árbol y yo me acercaré lo más posible para arrojarlo sobre las rapaces. Estad dispuestos, porque enseguida tendréis que seguirme y pasar junto al muerto a la mayor rapidez. Marie, no os asustéis, pues yo saltaré sobre vuestro caballo y dirigiré las riendas hasta alejarnos del peligro.

Era más fácil disponer la acción que llevarla a cabo, pensó para sí el tamborilero, temeroso de que sus asustadizas mulas, que además iban tan cargadas, no fueran capaces de superar la prueba.

El peregrino esperó a que sus tres compañeros hubieran montado y dominaran las riendas para prender con su yesca el árbol caído, que salió en llamas de inmediato. Gritando con su enorme vozarrón, se precipitó entonces a la carrera sobre la reunión de buitres, lanzándoles con fuerza hercúlea el fuego.

—¡Ahora! —ordenó, levantando la mano a los que aguardaban para que avanzaran.

Y Marie obedeció al punto, acercándose a paso ligero para que el peregrino montara y dirigiera las riendas del alazán, que superó de un brinco los macabros restos del desventurado al que las aves rapaces habían devorado las entrañas. Marie quiso volver la cabeza para comprobar si sus acompañantes los seguían, pero el peregrino le gritó:

—No miréis para atrás. Ellos sabrán arreglárselas solos.

Y así fue. El sacamuelas y el tamborilero lograron cruzar el valle a lomos de sus mulas que, endurecidas por su vida caminera, habían aguantado la carga y mantuvieron el trote hasta que la lejanía las puso a salvo. Ya en Eauze, Marie quiso saber quién sería la víctima.

—Un infeliz viajero asaltado por ladrones —repuso el sacamuelas—. O un bandolero muerto en un ajuste de cuentas.

—O un protestante asesinado por fervientes católicos, o a la inversa —remató el peregrino—. Es imposible precisarlo. Descanse en paz y pasemos a otra cosa. ¿Os fijasteis que los buitres no tienen plumas en la cabeza ni en el cuello? Dicen que es porque al nacer los padres se las pican a los hijos para que no se manchen de sangre e inmundicias mientras destripan a sus presas.

Al día siguiente continuaron el camino hasta llegar a Ostabat, villa repleta de albergues de caminantes porque en ella se unían a los pies de los Pirineos las tres rutas francesas de peregrinación a Santiago de Compostela. Era tanta la concurrencia que les costó hallar posada y tuvieron que conformarse con pasar la noche bajo uno de los toldos dispuestos para ese fin en el valle. Al sacamuelas y el tamborilero no les faltó trabajo, y de buena gana habrían permanecido en el lugar los tres días permitidos a los forasteros si Marie no los hubiera apremiado a continuar el viaje, recordándoles su urgencia por llegar a tierras navarras.

—Concededles al menos un día más —intercedió por ellos el peregrino—. Permitid que ganen su sustento puesto que se les ofrece la ocasión, y yo os acompañaré y entretendré la espera con mi plática.

Marie iba a negarse, cuando vio que se acercaba una mujer llorando con un envoltorio de trapos apretado contra su pecho.

—¡Os lo ruego, ayudadme, mi hijo se muere! —exclamó, dirigiéndose al sacamuelas—. Ya no le quedan fuerzas ni para quejarse.

—¿Acaso vuestro hijo padece de los dientes? —repuso el sacamuelas—. Yo arreglo bocas, hago sangrías, abro abscesos y poco más. De tiernos infantes nada sé. Llevadlo al médico.

La mujer redobló su desconsolado llanto sin moverse del sitio, y el tamborilero acabó cogiendo el bulto de trapos:

—No os prometemos nada, buena mujer, pero mi amo observará a vuestro hijo. ¿Qué cambios habéis notado en él y desde cuándo?

—No entiendo vuestra pregunta —repuso la angustiada madre—. Mi hijo se muere, vedlo vos mismo. No come ni llora y está desfallecido.

—¿Le dais la teta? —intervino en la conversación el peregrino, acercándose a mirar al niño.

—No la quiere —repuso la madre, sacándose por el escote un henchido pecho de negra areola y abultado pezón—. La leche me mana sin parar solo con pensar en mi criatura y se desperdicia en charcos por el suelo porque no la quiere.

—¿Nunca la quiso?, ¿es que no acierta a engancharse al pezón? —preguntó el sacamuelas, poniendo al niño sobre una manta tendida para comprobar su estado.

—Nació y se agarró al pecho, mamaba como un lechón y se puso gordo y colorado —se ufanó la mujer—. Daba gloria verlo, tan sano y lustroso. Pero de un tiempo acá empezó a llorar cada vez que lo ponía a mamar. No sé quién me lo está matando, qué desalmado hizo un sortilegio deseando el mal para un ser tan indefenso.

La mujer redobló su llanto, y el peregrino la estrechó entre sus brazos para consolarla.

—Permitidme probar la leche —pidió después, agarrando el pecho descubierto con sus grandes manos y metiéndose el grueso pezón en la boca.

La mujer quiso negarse al principio, pero la diestra succión de los labios del peregrino le resultó tan agradable que le dejó hacer hasta que este quiso.

—Vuestra leche es espesa y abundante —declaró una vez que hubo terminado, limpiándose las comisuras de la boca con los dedos—. Sin embargo, tiene un sabor más bien amargo que a mí, acostumbrado al vino, no me desagrada, pero que tal vez disguste a vuestro tierno infante.

—¡Ahí lo tenéis! ¡Ha sido a mí a quien han hechizado para malograr mi leche! —gritó la mujer, tirándose de los pelos con furia.

—De hechizos y embelecos nada se me alcanza y no os puedo ayudar —indicó serio el sacamuelas—. Pero intentad recordar si coméis ahora algo distinto que no probarais cuando nació el niño y no aborrecía vuestra leche.

La mujer puso los ojos en blanco como si se estuviera esforzando en recordar y contestó que no. El sacamuelas desnudó al niño y observó la extrema delgadez y debilidad de su cuerpecito pálido.

—Tenéis razón, buena mujer, vuestro hijo se está muriendo, y creo que es de pura hambre —manifestó, meneando la cabeza.

La mujer, desesperada, se abrió la camisa y dejó al descubierto ambos pechos, exclamando a gritos:

—¡Y yo con tanta leche que darle y un dolor tan grande que ya no aguanto!

—Nada puedo hacer por él más que intentar que ingiera alguna de mis infusiones —concluyó el sacamuelas, envolviendo de nuevo al niño en sus trapos.

—Aguardad, sí hay algo que ahora como mucho y antes no porque no era tiempo —reveló la mujer, cayendo en la cuenta—. Espárragos. Los recojo del campo y me doy buena maña en descubrirlos. Primero había muy pocos, pero ya abundan y los tomo a todas horas porque me gustan y nada me cuestan. Con los espárragos me han hechizado.

—Eso ha de ser lo que aborrece vuestro hijo, y no hay hechizo alguno —explicó el sacamuelas—. Igual que os huele la orina después de comerlos, sabrá la leche. De ahora en adelante tened cuidado y procurad evitar los sabores fuertes.

Compadecida de la mujer, Marie ofreció:

—Yo os convido a un buen trozo de queso con pan mientras el sacamuelas prepara la infusión para vuestro hijo. No os apuréis, cambiaremos el sabor de vuestra leche y el niño medrará con ella.

La mujer se puso a besar cuantas manos encontraba en señal de agradecimiento y aceptó la invitación. Cuando se marchó más tranquila a su casa, el tamborilero afirmó:

—Pobre criatura, es tanta su debilidad que dudo de que se salve.

El peregrino asintió con la cabeza y comentó:

—Nuestras vidas son como velas de una misma cera. Todas del mismo tamaño cuando se prenden, todas alumbrando por igual. Sin embargo, algunas están más protegidas y el viento no las alcanza, por lo que llegan a consumirse completas; otras, en cambio, se apagan a la menor ráfaga y quedan casi sin estrenar.

—Bonita comparación —se interesó Marie al ver que se callaba—. Proseguid, por favor, vuestra exposición.

—Casi he concluido —repuso el peregrino—. Porque a la postre todas las velas se apagan, antes o después.

—No comprendo la moraleja —se quejó Marie, algo desilusionada.

—No la hay —aseveró el peregrino—. La vida, corta o larga, hay que apurarla.

—Y no dejar de hacer lo que querríais haber hecho cuando llegue el momento de la muerte —terció el tamborilero.

—Veo que tenéis buena memoria —se rio complacido el peregrino.

—¿Ese es vuestro consejo, vivir la vida sin trabajar, sin obligaciones ni deudos, yendo de acá para allá hasta que al fin se acabe? —preguntó contrariada Marie.

—No soy quién para dar consejos —replicó el peregrino—. Cada cual que viva como le plazca. Yo poseo buenos brazos que ofrecer cuando necesito de ellos para alimentarme o guarecerme. He construido puentes y caminos, levantado palacios y catedrales, recogido cosechas y combatido contra el turco o los protestantes cuando se me ha requerido, pero mi mayor deseo es ser peregrino, y lo estoy cumpliendo.

—¿Y no tenéis familia que os eche en falta? —preguntó el sacamuelas.

—Ninguna que me espere. Mi madre murió de peste y mi única hermana está en un convento. Mi padre no regresó de su último viaje a Tierra Santa.

—Yo os alabo el gusto. Aunque el camino es largo y se hace pesado, paso a paso se van ahogando las penas —opinó el sacamuelas; luego, dirigiéndose a Marie, añadió—: Decidnos si consentís en permanecer en el lugar otro día más aunque solo sea por si vuelve la mujer con el niño famélico.

Marie consintió, y la jornada siguiente fue de mucho provecho y toque de tambor, pero quienes se acercaron a la silla del sacamuelas fueron los clientes habituales de su oficio, doloridos por dientes cariados, muelas podridas o encías sanguinolentas. De la mujer y su hijo nada se supo, y al amanecer del día después retomaron el camino.

Pasaron por Jean Pied-de-Port sin detenerse más que a calmar el hambre y la sed, y esta vez no tuvieron más remedio que pagar el pontazgo para cruzar el Pont d'Espagne sobre las aguas del Nive. El río iba revuelto y gris, ofreciendo el mismo color que el cielo, aborregado de nubes. Parecía que quería llover y soplaba un viento cortante que fue en aumento a medida que ascendieron por el puerto de Ibañeta. Marie se envolvió en su manto y dejó que el peregrino guiara las riendas del alazán con su enorme mano, temerosa de que se despeñara por el precipicio que se abría casi vertical al borde del sendero en algunos tramos.

El olor a tierra mojada precedió a la llovizna. Marie levantó la cara para recibir las gotas menudas que apenas mojaban, pero poco a poco fueron cobrando fuerza y se desató un aguacero. La lluvia formaba una cortina que costaba traspasar, y por la espesura de los nubarrones negros que encapotaban el firmamento se apreciaba que no tenía visos de ser un fenómeno pasajero.

El sacamuelas, que se había bajado de la mula para facilitarle la penosa marcha, indicó:

—Un poco más adelante hay una cueva. Creo que deberíamos refugiarnos en ella hasta que escampe.

—Juiciosa propuesta —replicó el peregrino, chapoteando entre los charcos que se formaban y amenazaban con inundar la senda hasta hacerla impracticable—. Os seguiremos complacidos si sabéis conducirnos a ella.

Abandonaron el camino que llevaban y se internaron en un espeso bosque de nogales, robles y castaños por el cual resultaba todavía más difícil avanzar, pues una y otra vez eran golpeados por ramas empapadas de agua que surgían de improviso y se veían obligados a sortear los obstáculos que les impedían el paso.

—¿Estáis seguro de que no os habéis perdido? —preguntó Marie, cansada de tantas calamidades.

—Un poco de paciencia —reclamó el tamborilero, afanado en proteger con su cuerpo de las inclemencias la preciosa caja con la que se ganaba la vida—. Cuando menos lo esperéis, os hallaréis sentada ante una hermosa hoguera y olvidaréis las penas.

Marie no estaba tan segura, pero se guardó sus nefastos pensamientos. La mano con la que sujetaba el manto para impedir que el viento lo abriera se le había quedado helada, le lloraban tanto los ojos que apenas alcanzaba a ver y le costaba respirar con tanta agua entrándole por los agujeros de la nariz.

—¡Allá está la cueva! —exclamó ufano el sacamuelas, señalando a lo lejos un promontorio que desdibujaba la lluvia—. Apretemos el paso.

La perspectiva de encontrar un buen cobijo hizo que todos sacaran fuerza de flaqueza y llegaron a la entrada casi exhaustos. Para su sorpresa, ya ardía una gran hoguera dentro, y a su resplandor avistaron un carromato, varias mulas, una cabra y un grupo de personas dedicadas a diversas tareas. Antes de que hubieran decidido cómo actuar, les salieron al encuentro un par de perrigalgos pardos que les ladraron amenazadores. Un hombre sentado en un taburete que afilaba un largo palo volvió la cara hacia ellos y se levantó para recibirlos.

—Pasad sin temor. Somos gente de bien y el lugar es espacioso.

Las demás personas dejaron sus quehaceres y también se acercaron a la entrada.

—Estáis calados hasta los huesos —afirmó una mujer de hermosos ojos negros, fijándose en el tamborilero—. Venid a secaros al fuego.

Al peregrino no hubo que ofrecérselo dos veces. Agradeció la hospitalidad y se dirigió a la hoguera a grandes zancadas. Allí se despojó de la capa, el jubón y la camisa, dejando al descubierto un torso bien formado y musculoso como el de un titán.

—Traed acá —le arrebató las prendas una muchacha que le miraba embelesada—. Yo os las pongo a secar, pues me daré mejor maña que vos en esos menesteres.

Una anciana que estaba sentada hilando en una rueca se levantó para ofrecerle una manta con que cubrirse. Mientras tanto, Marie, el sacamuelas y el tamborilero habían dejado las monturas junto al carromato con el resto de los animales y también se acercaron al fuego. La anciana les indicó que se quitaran la ropa mojada y les dio sendas mantas. Después el hombre que los había recibido los agasajó con unas sopas de vino e inició las presentaciones:

—Somos cíngaros feriantes, todos de una misma y única familia —reveló el patriarca—. La hilandera es mi madre, aquella, mi esposa, y los restantes, mis hijos. Barruntamos lluvia cuando comenzamos bien de mañana la subida del puerto de Ibañeta, mal llamado de Arrebatacapas por los vientos tempestuosos que acostumbran a soplar y por los bandoleros que con alguna frecuencia se apostan entre sus breñas para asaltar a los viajeros incautos. Por eso buscamos el amparo de esta osera, aguardando tiempos mejores.

—Mañana será un buen día —indicó la abuela, que había vuelto a ocupar su lugar en la rueca—. Partiremos sin estorbos.

A Marie le habían intrigado las palabras del patriarca y preguntó:

—¿Cómo sabéis que esta cueva es una osera?

—No hay más que verla —respondió el hijo mayor, dándoselas de entendido—. Fijaos en los huesos que hay amontonados más al fondo y en el olor que desprende. Pero no temáis, no es peligroso ocuparla, pues su dueño solo la usa en invierno; en primavera y verano viaja por los contornos como nosotros.

—Yo la recorrí completa hace cosa de un año y hallé unas pinturas de animales —intervino el tamborilero.

Una de las cíngaras jóvenes cogió un par de teas, las prendió en la hoguera y ofreció una al peregrino, diciendo:

—Dadnos luz para contemplarlas, hercúleo caballero del que no sabemos la gracia.

El peregrino la aceptó con una reverencia y expresó:

—Disculpad que no nos hayamos presentado. La premura con que llegamos es la causa de nuestra descortesía. Esta dama que veis es Marie de Gourney, que viaja a la corte castellana para encontrarse con su padre, acompañada de Jacques el barbero sacamuelas y su tamborilero Ferdinand, quienes os serán de gran auxilio si padecéis de algún quebranto en la dentadura. Yo me llamo Gastón Chevalier, soy peregrino a Santiago y estoy a vuestra disposición para lo que gustéis mandar, pues de bien nacidos es ser agradecidos.

—Señor Gastón, dejémonos de finezas y vayamos a buscar las pinturas —declaró la joven cíngara, cogiéndolo del brazo con soltura.

El tamborilero se hizo con otra tea y los guió por la espaciosa cueva hasta adentrarse por un pasadizo repleto de estalactitas que desembocaba en una pared casi lisa en la que se apreciaban sin esfuerzo pinturas rupestres de un ciervo herido con flechas, un caballo de largas crines y una especie de jabalí. También había signos circulares rojos y negros que no supieron descifrar.

—¿Quién habrá dibujado todo esto? —preguntó Marie con admiración.

—Los antiguos habitantes de las cavernas —respondió el peregrino, mientras repasaba con su mano los trazos grabados en la piedra—. Asombra contemplar las edades del hombre, aunque no acertemos a entenderlas, y causa admiración cuán grande ha sido su avance hasta el presente siglo.

—Yo guardo para vos un tesoro más admirable que estos garabatos —musitó la cíngara al oído del peregrino, acariciándole con sus húmedos labios—. Dejad que los demás regresen a la hoguera y os lo mostraré solo a vos.

La pareja se fue rezagando mientras el grupo desandaba el camino encabezados por el tamborilero, y cuando ya se divisaba al fondo el resplandor del fuego, Marie volvió la cabeza y vio como la cíngara se subía las faldas y el peregrino deslizaba su enorme mano por el escote moreno antes de empujarla contra la pared y apagar contra el suelo la tea ardiente.

La anciana levantó la vista de la rueca cuando Marie se acercó a la hoguera para calentarse y le preguntó, enseñando al sonreír la encía rosada y sin dientes:

—¿Queréis que os diga la buenaventura?

Marie aceptó y se acurrucó a su lado, tendiéndole la mano. La anciana la cogió entre las suyas, que eran ásperas pero cálidas, y la frotó con suavidad. A continuación fue pasando el dedo por la palma, siguiendo las líneas mayores y menores, y palpando los diversos montes.

—La línea del corazón demuestra vuestro afecto —señaló, sin levantar la vista de la mano—. Tendréis una vida larga, pero el monte de Venus revela que no hay amor ni pasión.

—¿Nunca? —se inquietó Marie.

La anciana la miró a los ojos y replicó:

—Nunca es mucho tiempo. No hay, pero tal vez haya. En cambio, el monte de la Luna muestra que poseéis una imaginación desbordante; cuidaos de ella, pues es la loca de la casa y conduce a muchos desatinos.

La anciana había llegado al Monte de Saturno, que es el que indica la fatalidad, y sus dedos repasaron una estrella bien marcada, signo inequívoco de un destino triste, pero ahí se detuvo la lectura, pues los perrigalgos que estaban tumbados al calor del fuego se levantaron de improviso y corrieron hacia la entrada de la cueva, ladrando con furia. El caballo comenzó a relinchar y las mulas cocearon al aire. La cabra balaba desesperada, tratando de soltarse de la cuerda que la ataba, porque una enorme mole amenazante se cernía sobre ellos.

—¡El oso! —gritó el patriarca cíngaro, corriendo a coger el palo que había estado afilando.

Sus hijos se le unieron de inmediato con teas encendidas y llegaron a la puerta en el momento en que el oso se desembarazaba de un zarpazo de uno de los perrigalgos, que voló por los aires cual pelele y cayó al suelo malherido. El otro se retiró con el rabo entre las piernas y aullidos lastimeros, mientras los jóvenes cíngaros agitaban las teas para ahuyentar al animal con el fuego. El oso retrocedió a la lluvia y dejó libre la entrada, pero no se fue muy lejos. Caminó de acá para allá como si estuviera cavilando un plan y de improviso se puso de pie, meneando los árboles cargados de agua. No cabía duda de que quería pelea y su gruñido atronador consiguió que a los cíngaros les temblaran las piernas.

—¡Atrás! —gritó el patriarca a sus hijos, saliendo bajo el aguacero—. Yo me enfrentaré a él.

El oso gruñó de nuevo, alzando la majestuosa cabeza en desafío, y el patriarca se aprestó para recibir su ataque. Pero justo cuando iba a producirse, escuchó a sus espaldas un rugido tan aterrador como el del animal y contempló cómo el peregrino, despojado de la manta, se abalanzaba a la fiera a pecho descubierto, armado de un afilado puñal. Cayeron abrazados al suelo y hubo un forcejeo que resultó eterno a los que observaban el combate. La capa de lluvia les impedía ver con claridad y no se atrevían a aproximarse. Por fin cesó el movimiento, pero ninguno de los contrincantes se levantaba para proclamarse vencedor. Marie comenzó a sollozar y las demás mujeres la imitaron.

—Dejaos de lamentos y pamemas, y venid presto a socorrerme —escucharon entonces la voz quejumbrosa del peregrino—. Este bicho me está aplastando. No temáis acercaros, pues os aseguro que está muerto y bien muerto.

Todos se apresuraron hacia el oso y apartaron a empujones su mole peluda y húmeda para que el peregrino saliera de debajo.

—¿Sabéis lo que dijo mientras me abrazaba? —reveló, cobrando aire, mientras los cíngaros le tentaban el cuerpo para comprobar si estaba entero antes de conducirlo a la cueva—. Que el oso, como el aceite, queda encima siempre. Si no me mata con sus garras, lo hace con su peso, y tal día como hoy, puede que hasta ahogado en lluvia.

Había recibido muchos arañazos y zarpazos más profundos, que las cíngaras lavaron y el sacamuelas curó con un parche de hierbas. Luego lo arroparon con la manta y le pidieron que se acostara a descansar, pero se negó. Quería reunirse con Marie y los hombres que estaban admirando el espeso pelaje, la enorme cabeza y el cuerpo descomunal del animal.

—La presa os pertenece —manifestó el patriarca—. Si nos dais permiso, la desollaremos y destazaremos para hacer un asado y salaremos el resto de la carne para que no se eche a perder. Si así lo deseáis, os curtiremos la piel, pues será un hermoso trofeo que provocará la admiración de propios y extraños.

—Os la regalo —replicó el peregrino magnánimo—. La carne y la piel. Haced de ellas lo que os plazca.

Los cíngaros no daban crédito a sus palabras y se deshicieron en elogios. A la vista saltaba que, además de valiente, Gastón Chevalier era una bellísima persona. Sabiendo que el trofeo era suyo, dedicaron mayor empeño a la tarea. Arrastraron el oso pardo al interior de la cueva y se pusieron a separar la piel con afilados cuchillos para no dañarla. Mientras tanto, Marie ayudó a una de las niñas a curar al perrigalgo herido y lo colocaron cerca del fuego, ofreciéndole las piltrafas de carne que se iban desprendiendo al destazar al oso y que el otro perro engullía con gula. Después Marie pidió a la anciana que prosiguiera la lectura de la mano, pero se negó.

—Ya sabéis lo más valioso —adujo con sequedad—. Ahora es momento de aderezar la cena. Ayudadnos si lo deseáis o entreteneos por vuestra cuenta, pero no nos estorbéis.

Disgustada ante tales palabras, Marie se apartó de las mujeres, buscando la compañía del sacamuelas y el tamborilero, que habían cortado hierba para las caballerías y ahora acarreaban agua para darles de beber. Para entonces los hombres habían terminado de desollar al oso y raspaban con un rascador los restos de carne y grasa de la piel para aplicarle a continuación la solución de sal y azumbre con la que la curtirían. Un olor penetrante y acre había invadido la cueva, y Marie resolvió que no probaría el asado, pues la sola vista de la carne roja que cortaban los cíngaros, con las manos y los brazos empapados de sangre, le provocaba arcadas. Pero su asco no era compartido. El peregrino se levantó del jergón de paja en el que había estado reposando y afirmó:

—No certifico que sea capaz de aguantar el hambre hasta que el asado esté listo. Ha sido un precioso regalo de la naturaleza concedernos esta presa. Nosotros podríamos habernos convertido en la cena, pero la fortuna ha querido que seamos los comensales. Dadme algunos trozos de carne, que los ensartaré en este palo y los iré asando antes de que las mujeres coloquen su olla al fuego.

Las cíngaras se quejaron por su impaciencia, pero le permitieron cocinar la carne, que se comió medio cruda, alabando su buen sabor a monte. Luego prosiguieron con su tarea de preparar los alimentos entre risas y bromas, y al cabo de unas horas el gran festín estuvo dispuesto. Corrió el vino y la carne, y hubo bastante para que todos saciaran su apetito, hasta Marie, que acabó probándola convencida por las razones del sacamuelas:

—¿No coméis vaca, cerdo, conejo, gallina y hasta caballo? El oso no es más que otro animal, y sería un pecado haberlo matado para desperdiciar su carne. Es la ley de la naturaleza: los animales matan para alimentarse, y el hombre hace lo mismo, aunque con más saña, pues por algo es el rey.

—La danza sale de la panza —proclamó el patriarca cuando hubieron terminado y recogido los restos.

Su hijo mayor le tendió una guitarra y empezó a rasguearla, mientras reclamaba:

—Madre, cántanos un romance.

La abuela complació su petición y se arrancó con el de la desgraciada reina mora, para proseguir con el de la blanca paloma perseguida del halcón. Luego bailó la hija mayor acompañándose con una pandereta, y estuvieron riendo y festejando hasta que el patriarca anunció que había que descansar.

Marie se retiró al lecho que se preparó con el manto y las alforjas, y durmió profundamente hasta que la despertaron al amanecer del día siguiente los ladridos de los perros. Cuando se levantó y se asomó a la entrada de la cueva, comprobó que los cíngaros habían sacado el carromato y uncido las mulas; el sacamuelas y el tamborilero también habían preparado sus animales, y todos se afanaban en recoger sus pertenencias para retomar el ascenso del puerto. Marie se apresuró a lavarse la cara con un resto de agua que halló en un caldero, se atusó el vestido y abandonó la cueva cargando sus cosas. Acababa de colocarlas sobre el alazán cuando el patriarca cíngaro dio la señal de partida. El peregrino iba en el carromato porque las mujeres le habían obligado a cuidarse, y la piel del oso pardo con la feroz cabeza estaba extendida sobre la lona para que el viento la fuera secando.

Retomaron el ascenso en medio de una naturaleza desbordante de hermosura y un cielo cuajado de nubes que se desplazaban con rapidez. Tenues rayos de sol se colaban de cuando en cuando para resaltar los diversos tonos verdes del paisaje, salpicado de enormes árboles y regatos de aguas transparentes. Si había bandoleros apostados en alguna garganta o revuelta del camino, los viajeros no los vieron ni padecieron su ataque, tal vez porque su número y la piel de oso que portaban como enseña aconsejaron que les dejaran el paso franco, o tal vez porque el temporal del día anterior los había ahuyentado de sus puestos. El caso es que llegaron a las últimas leguas de descenso a Roncesvalles con la misma tranquilidad con que habían realizado el resto del trayecto y al poco divisaron la población que se alzaba en el valle.

—Allá murieron el valeroso Roldán y los doce Pares de Francia, derrotados por los pérfidos moros —indicó el peregrino, alzando la voz para que se le escuchara bien.

—En la colegiata reposan los restos de Sancho el Fuerte, rey navarro conocido por su corpulencia y por su victoria ante los moros en la batalla de las Navas de Tolosa —añadió el sacamuelas—. Siempre que venimos, visitamos su enorme tumba, pues cuentan que ese rey medía más de dos metros.

Como el albergue de peregrinos estaba repleto, los cíngaros les ofrecieron posada en las tiendas que alzaron a las afueras de la población. Luego confeccionaron con palos un armazón para colocar la piel del oso encima y, una vez que estuvo dispuesto, recorrieron las calles anunciando la representación de su espectáculo con la cabra saltimbanqui, música y baile, reforzado a partir de ahora con la narración de la caza del temible oso. El sacamuelas les prestó al tamborilero para que abriera paso a la comitiva con sus mejores redobles, y cuando por fin arribaron a la plaza, era digna de admiración la muchedumbre de chiquillos y desocupados que habían congregado tras de sí a su paso.

Mientras llegaba el momento de iniciar la función, la cíngara anciana y la esposa del patriarca ofrecían la buenaventura y las jóvenes distribuían ramas de tomillo y romero que daban buena suerte a cambio de alguna moneda. Poco a poco fueron acudiendo las personas de respeto con sus criados y asientos, y hasta hizo su aparición el alcalde, quien una vez instalado en su lugar preferente, ordenó a los alguaciles que mandaran callar a la gente para disfrutar del espectáculo. Primero bailaron dos de las niñas con sus panderos, y sus primorosos movimientos arrancaron tantos aplausos que hicieron un segundo número. Mientras Marie observaba sus contorsiones, se acercó a ella una chiquilla y la tiró del brazo para llamar su atención:

—La señora de la litera me mandó a buscaros —le comunicó cuando Marie se volvió—. Desea conoceros.

Marie siguió con la vista la dirección que señalaba y observó cómo una dama le hacía señas para que se acercara desde el interior de una litera sostenida por dos mulas. Sintió curiosidad y obedeció.

—No sois de estas tierras, ¿verdad? —le dijo la dama, que estaba acompañada por otra más joven.

—Soy de muy lejos, señora, pues provengo del Franco Condado —respondió educada Marie.

—Eso me figuré —replicó complacida la dama—. Se lo había dicho a mi hija, ¿no es cierto, Margarita?

La joven asintió con la cabeza y la dama mayor siguió con su interrogatorio:

—¿Qué hacéis con los cíngaros? Por vuestro aspecto y modales se entiende de inmediato que vuestra cuna es distinta.

—Viajo a la corte castellana para reunirme con mi padre y a los cíngaros los encontramos en el puerto de Ibañeta.

Cada respuesta de Marie acrecentaba la curiosidad de la dama, que no descansó hasta conocer la parte de la historia de su vida que Marie quiso revelarle. Al saber que su madre había muerto en el convento y por encontrarse sola había decidido emprender tan largo viaje para reunirse con su padre, la dama se conmovió y resolvió ayudarla.

—Tengo casa en Pamplona, querida niña, y mañana regresaremos a ella. La pongo a vuestra disposición, así como una litera para que hagáis el viaje con comodidad.

Marie le dio las gracias y le indicó que no la necesitaba porque poseía un caballo alazán.

—Bien se ve que sois de fuera —comentó la señora—. Por estas tierras no se estila que una dama haga un largo viaje montada a caballo.

—Tampoco en mi tierra —replicó Marie—. Fue mi padre quien me enseñó a montar, y el destino el que me obligó a exponerme viajando de ese modo que no se considera apropiado para la condición femenina.

—Comprendo y no osaré juzgaros con severidad —expresó la señora y añadió—: ¿Dónde guardáis el alazán?

—En el campamento de los cíngaros —respondió Marie—. Allí han quedado todas mis pertenencias.

—Pues haced que os las entreguen porque esta noche dormiréis con nosotras en una buena cama.

Marie volvió a agradecerle su hospitalidad y corrió a buscar al sacamuelas y el tamborilero para anunciarles la nueva.

—Ya no tenéis que acompañarme más —les dijo—. Os relevo de vuestra tarea. Aquella dama de la litera me ha ofrecido su ayuda para continuar el viaje.

—No nos opondremos, si ese es vuestro deseo —indicó el sacamuelas.

Y fueron con ella para comunicar al patriarca que regresaban al campamento a recoger sus cosas debido al cambio de planes.

—Oh, no os molestéis —replicó el patriarca con cara compungida—. Llegaron unos ladrones y se apropiaron de lo que más valía, vuestro caballo y la silla junto con las alforjas, pero por suerte habéis encontrado un medio mejor para continuar el camino.

Marie escuchó asombrada sus palabras y quiso pedirle más explicaciones, pero el cíngaro se excusó diciendo que le tocaba actuar y salió al centro del ruedo, donde sus hijos le aguardaban con la piel del oso para contar una batalla inventada.

—No lloréis —la consoló el tamborilero cuando vio como escurrían por las mejillas de la joven gruesos lagrimones—. Vuestro padre os comprará otro caballo.

—No es solo por mi querido alazán —replicó Marie entre hípidos—, sino porque en las alforjas guardaba los únicos recuerdos que me quedaban de mi madre.

El peregrino había escuchado la conversación, pero no había intervenido. Permaneció sentado en el taburete del patriarca mientras este actuaba, y cuando terminó y recibió los aplausos del público, lo agarró por el cuello, echando chispas por los ojos:

—Ven acá, malandrín —le espetó con voz ronca—. Devuelve el caballo y sus cosas a la doncella.

El patriarca se revolvió queriendo soltarse, pero no era fácil librarse de la garra de alguien que había soportado vivo el abrazo de un oso, así que cambió de táctica:

—¿Con tanta saña me tratáis después de haberos dado cobijo durante el temporal? Vos mismo afirmasteis que de bien nacidos es ser agradecidos.

—Eso mismo, truhán. Yo os salvé del oso y os regalé el trofeo del que ahora os vanagloriáis, y en cambio vos habéis deshecho vuestra buena acción primera con la villanía presente.

La esposa del patriarca pretendió morder el hercúleo brazo para que soltara su presa, pero el peregrino la apartó de un empujón.

—¡Fueron los ladrones, no nuestro padre! —chillaron las niñas cíngaras a coro.

Pero el peregrino no atendía a evasivas y seguía estrechando el cuello de su víctima, mientras sus hijos proseguían la actuación realizando juegos malabares.

—Si no aparecen el caballo y el resto de las cosas, apretaré hasta dejaros sin resuello, pues no sois más que una alimaña más.

—Aparecen, vaya que si aparecen —intervino entonces la cíngara vieja—. Soltadlo y yo misma os traigo las prendas que buscáis.

El peregrino ordenó:

—Id por ellas de inmediato. El sacamuelas y el tamborilero os acompañarán, y si no regresáis a escape, lo entrego medio muerto a los alguaciles para que lo rematen en las mazmorras.

Abandonaron de inmediato la plaza, y todavía las niñas no habían pasado la pandereta para recoger las monedas con que el público premiaba su espectáculo, cuando regresaron con las pertenencias de Marie. El peregrino soltó al patriarca, manifestando antes de darle la espalda:

—No sois de fiar y no quiero más tratos con vos ni con vuestra familia.

La joven cíngara que hasta entonces lo miraba con arrobo gritó con desdén:

—¡Rufián, desagradecido, os aprovecháis de vuestra fuerza! ¡Y yo que pensaba pedirle a mi padre que me entregara a vos como esposa! —escupió en el suelo y añadió como colofón—: La sangre se lleva y no se repudia.

El peregrino no le contestó y acompañó a Marie hasta la litera donde se encontraba la señora con su hija, quienes habían presenciado parte de la escena sin alcanzar a comprenderla y sintieron cierto desasosiego al ver al grupo que se acercaba. El peregrino se quitó el sombrero e hizo una profunda reverencia:

—Señora, os entrego a esta damisela, pues en vuestra compañía no me cabe duda de que estará segura. Yo continuaría de buen grado siendo su escudero si no tuviera que proseguir viaje hasta Santiago de Compostela. Nuestros caminos han de separarse, al igual que el del barbero y el tamborilero, que tan bien la han servido hasta el presente. Os ruego que la ayudéis a llegar a la corte, pues debe reunirse con su padre.

La dama, tranquilizada por sus comedidas palabras, replicó:

—Dejadlo de mi mano. Estoy al tanto de su triste historia y haré lo indecible por lograr que cumpla su propósito, pero ahora debemos partir, pues las mulas están cansadas de sostener la litera y no cuento con repuestos.

Cuando Marie se despidió de sus acompañantes, el sacamuelas le hizo una petición:

—Escribidme en un papel que os he entregado sana y salva a esta señora por vuestra expresa voluntad, pues conocéis el genio de Bertrand y puede que cuando nos vea cumpla la promesa de abrirnos la cabeza si no se entera por vos de que os dejamos en buena salud y condición.

Marie buscó el recado de escribir en sus alforjas y redactó una breve nota para sus amigos de Le Puy. Luego les agradeció sus atenciones y montó en el alazán con la ayuda del peregrino para seguir la litera de las damas. Antes de desaparecer por una estrecha callejuela, volvió la cabeza y contempló cómo sus tres fieles escuderos se quitaban el sombrero para saludarla por última vez.

7

La sal en el fuego

Al penetrar en las tierras de Castilla la Vieja, Marie se vio sorprendida por la atmósfera de luz restallante que contrastaba con los cielos grises de las comarcas norteñas que acababa de abandonar. Cuando salió de Logroño fue como si el cielo y la tierra se ensancharan, desaparecieron las montañas y surgieron los campos de dorados trigales. Mientras se alejaban por la extensa llanura después de haber pagado las gabelas de paso al rey, la joven miró por última vez la ciudad fortificada, situada junto al ancho Ebro como si el río fuera un foso añadido a sus defensas naturales y no la fértil vega de la que se alimentaba. Aunque era temprano, el sol en ascenso brillaba implacable, y las mangas largas del vestido verde que había intercambiado al inicio del viaje con Chantal empezaban a estorbarle. Se limpió las gotas de sudor que perlaban su frente y buscó en una de las alforjas el chal de fina gasa que la marquesa de Valprieto le había regalado. No había exagerado su benefactora al relatarle los rigores que la esperaban en el camino que conducía a la corte. Mientras se envolvía la cabeza en el chal para cobijarse del sol, recordó su agradable estancia en la casa que la marquesa tenía en Pamplona, sus atenciones y su insistencia en que no partiera hasta que su padre, avisado de dónde se hallaba, mandara a buscarla. Casi había logrado convencerla, pero un desagradable incidente y el oportuno viaje del joven librero burgalés hicieron que recuperara su plan primitivo. Habían sido días de descanso y diversión, había dormido en una cómoda cama, semejante a la que disfrutaba en su propia casa del Franco Condado, y se había limpiado el polvo acumulado en tan larga travesía. Al principio, la marquesa la había tratado como a su propia hija y no se cansaba de conversar con ella. Una tarde le había comunicado:

—Querida, esta noche celebraremos una cena de gala, pues recibimos a don Sancho Cajigas, que es pretendiente de Margarita. Quiere casarse cuanto antes, y yo le entregaría de mil amores a mi hija si su dote bastara para mantenerlos, pero soy viuda y las rentas del marquesado solo alcanzan para sostener una familia con desahogo, no para dos.

—¿Margarita quiere casarse? —le preguntó Marie, sorprendida por una revelación tan íntima.

—Cómo no iba a querer si don Sancho es un apuesto galán. Si a vos os requiriera de amores, tampoco lo rechazaríais, pues sus cuidados, solicitudes y delicadezas son incontables, por no mencionar su abnegación hasta la muerte, su fidelidad y su discreción. Fácilmente se creería que el amor lo inventó él.

—Consentid su casamiento entonces —observó Marie.

—No puede ser por el momento. Amor y miseria no emparejan bien, y yo sería una madre cruel si permitiera un destino desgraciado a mi única hija. Don Sancho deberá lograr alguna renta si desea su mano. Regresa de realizar ciertos trámites y tal vez haya obtenido resultados favorables, puesto que me pidió audiencia.

Esa noche Marie se puso un vestido de tela clara semejante al que había regalado a Chantal y dejó que la camarera de la marquesa le peinara su larga melena, adornándola con varios lazos, pero no permitió que la rociara con agua de azahar para perfumarla. Era un rito diario en el arreglo de la marquesa y su hija que a Marie le disgustaba por mucho que las damas insistieran en que lo adoptara.

—Con ningún perfume francés ni colonia alemana se obtiene tan buena fragancia como con esta agua —declaraban orgullosas.

Pero a la joven le resultaba muy desagradable que la camarera cogiera un buche del agua así alabada y, apretando sus podridos dientes, la echara sobre ella para perfumarle la cara, el cuello y los brazos. Margarita también masticaba pedacitos de barro con el fin de obtener la mortal palidez que la moda del momento consideraba atractiva. La marquesa no aprobaba su uso, aunque consentía en comprarle el más caro y perfumado barro claro proveniente de Portugal que se vendía en búcaros muy decorados.

—Mesura, querida, pues se dice que algunas damas han enfermado de tanto mascarlo —le aconsejaba una y otra vez.

Marie intuyó que Margarita conocía la visita de su pretendiente antes que su madre porque la había visto mascar a escondidas ese barro los días anteriores, como si se estuviera preparando para recibirlo en el mayor esplendor de su belleza. Esa noche, cuando los criados anunciaron la llegada de don Sancho, bajó a recibirlo acompañada de su madre con una tez color membrillo que debió de causarle gran admiración, pues después de besar la mano de la marquesa con comedido respeto, se arrojó al suelo para hacer otro tanto con los diminutos pies de su amada, acción que esta acogió con manifiestas muestras de agrado y Marie consideró desproporcionada. Cuando se hubo incorporado, anunció:

—Me he tomado la libertad de traer conmigo a un amigo. Aguarda en el recibidor vuestro permiso para pasar a saludaros.

En ese momento don Sancho se percató de la presencia de Marie y la miró con ojos galantes.

—Esta dama es Marie de Gourney, una forastera, como apreciaréis por su acento, que tenemos protegida y nos acompañará unos días —indicó la marquesa y, tras la reverencia que le dedicó don Sancho, ordenó a un criado—: Haced pasad al caballero que aguarda y disponed un puesto más en la mesa, pues cenará con nosotros.

El caballero en cuestión era don Diego de Alcázar, antiguo estudiante de Salamanca y dueño de una librería en Burgos.

—Nací entre recortes de papel y rollos de pergamino en los aposentos traseros de la librería que constituían la vivienda familiar —explicó durante la cena—. El olor a tinta es lo primero que me viene a la mente como recuerdo de mi infancia, por eso no me costó trabajo dejar mis estudios salmantinos para acudir a hacerme cargo del negocio a la muerte prematura de mi padre.

Don Sancho intervino:

—La librería es excelente. Publica hermosos libros devotos para uso de los fieles y otros de ciencia para las universidades. Don Diego es hombre de letras y tiene grandes proyectos para mejorar la producción de su taller de imprenta.

—¿Y son muchos vuestros clientes? —se interesó la marquesa.

—Menos de los que desearía debido a diversas razones, siendo la primera y más fundamental la abundancia de gente iletrada que no alcanza ni a firmar su nombre. De los que sí saben leer y escribir, hay que restar a los hidalgos cuya pobreza les impide comprar libros, así como a la mayoría de los mercaderes, que se contentan con uno de oraciones y un almanaque para conocer los días de las ferias. De este modo, mi clientela queda reducida a los miembros del alto clero y la nobleza, pero no me quejo, pues cada vez es mayor el interés que despiertan las obras de entretenimiento de nuestros escritores recientes.

La marquesa pareció desilusionada:

—No parece halagüeño el panorama que pintáis.

Don Diego asintió y continuó su explicación:

—Un problema añadido es el enorme tamaño de los libros, que dificulta su manejo fuera de un atril o pupitre, y mucho más su transporte. Sin embargo, estoy enterado de que hay un impresor en Venecia que vende ejemplares menores con tapas de cartón para que se puedan leer en cualquier lugar y llevarlos en la faltriquera o en la mano con toda comodidad. Todavía no he visto ninguno, pero creo que la idea se extenderá pronto y facilitará la difusión de las obras.

Marie se acordó de los libros intonsos que había conservado y manifestó:

—Creo que conozco esos libros a los que os referís, pues traigo en mi equipaje dos impresos en Venecia por un tal Aldo Manuzio que pertenecieron a mi padre.

—Señora, ¿afirmáis como si tal cosa que poseéis dos aldinos en octavo? —se admiró don Diego.

—Eso no lo sé. Solo se me alcanza que se trata de dos libros más pequeños y de menor peso de lo acostumbrado, uno de Virgilio y otro de Homero —replicó Marie.

—A los postres nos hará la merced de mostrarnos esas valiosas rarezas —resolvió la marquesa, también picada por la curiosidad.

Y Marie no se hizo de rogar. Una vez que se hubieron alzado los manteles, fue a su habitación y regresó con su tesoro. El libro de Virgilio estaba desbarbado, pero el de Homero permanecía intonso debido a los acontecimientos que habían precipitado su salida de la casa paterna.

Don Diego los revisó con manifiesto entusiasmo, alabando el papel, la letra cursiva y los adornos, pero sobre todo su manejable tamaño:

—¡Ante nosotros tenemos el futuro! —exclamó después, blandiendo en alto uno de ellos—. Este será el instrumento con el que se divulgará el saber por el ancho mundo.

Don Sancho intervino:

—Y facilitará que vuestros proyectos lleguen a buen término. Habladnos de vuestra nueva empresa, que está creciendo.

—Fue algo que se me ocurrió cavilando sobre el precio de los libros —replicó don Diego—. Yo mismo considero que es muy caro y que no todos los que lo desean pueden permitirse tal gasto, por eso ideé ofrecer mis fondos en alquiler en lugar de venta. Puse un letrero anunciándolo en la librería y al poco hubo gente interesada. Viendo la acogida, decidí ampliar el negocio viajando a otras ciudades para realizar la misma oferta. En Burgos el alquiler se concierta en la librería y su coste depende de las semanas que se quiera conservar el libro, mientras que en los pueblos y ciudades que visito, el alquiler dura los meses que tardo en regresar a buscarlo y, por lo tanto, es algo más caro.

—¿Y son muchos los que alquilan? —preguntó Marie.

—Oh, sí, varios artesanos de Burgos, un sastre de Valladolid, dos plateros de Logroño, un cerero, un pastelero y un zapatero de Medina del Campo, un pañero y un alcalde entregador de la Mesta de Aranda de Duero, la viuda de un cardador de Tolosa, dos mayordomos y un preceptor de Pamplona, citando de memoria. Llevo detalle minucioso de todos ellos en un libro mayor, y no dejan de crecer los pedidos.

—¿Y conseguís cobrar los alquileres? —inquirió Marie, considerando que eso era lo importante.

—Las más de las veces, aunque os voy a referir la anécdota que me acaba de ocurrir con un hidalgo de Puente la Reina, lector de Garcilaso, que se había retrasado en varios alquileres. Cuando le exigí el pago, me respondió como cuentan que hizo el poeta requerido del mismo modo: abrió un arca vacía, sacó de ella una bolsa también vacía y me la entregó con esta copla dentro:

La bolsa dice yo vengo
Como el arca do moré,
Que es el arca de Noé,
Que quiere decir: no tengo.

Las damas se rieron con la ocurrencia, y luego Margarita afirmó:

—Nosotras seremos sus próximas clientas, ¿verdad, mamá? —y añadió a continuación, mostrando mucho interés—: ¿Tenéis el *Amadís* o los poemas de Berceo?

—Esos ya los hemos leído —observó la marquesa—. Don Diego nos recomendará obras nuevas que sean de nuestro gusto.

—Si me lo permitís, seré yo quien lo haga —manifestó don Sancho—, pues quiero anunciaros que estoy a punto de entrar en su negocio. Sabéis que viajé a Burgos para entrevistarme con un primo segundo de mi madre con vistas a mejorar mi hacienda, y fue él quien me presentó a don Diego, pues es asiduo de su librería. Está al tanto de nuestras conversaciones y aprueba que contribuya a fomentar el alquiler de libros, actividad a la que augura un gran futuro.

Don Diego declaró animado:

—Ahora confío más en ese futuro que decís. Este formato más pequeño creo que me ayudará en mi empeño si consigo copiarlo o incluso mejorarlo.

—¡Lo conseguiréis, yo no lo dudo! —proclamó Margarita batiendo palmas—. Haréis esos aldinos en octavo que tanto os han gustado y mucho más hermosos.

—En su caso, serían «dieguinos» en octavo —terció don Sancho—, pues se llaman aldinos por el nombre del impresor y en octavo significa que su tamaño es igual a la octava parte de un pliego de papel con los que se forman los cuadernillos que después se cosen.

—Es asombroso lo mucho que sabéis de eso —expresó Margarita, quien no disimulaba su alegría porque se daba cuenta de que sus perspectivas de casarse con su pretendiente eran cada vez mayores si mejoraba su fortuna.

Antes de concluir la velada, don Sancho anunció que al día siguiente habría un juego de cañas en la plaza mayor y que don Diego formaría parte de su cuadrilla en el combate.

Al despedirse, Marie escuchó a Don Diego susurrar a Margarita:

—Os aconsejo que no perdáis de vista la adarga de don Sancho. Su mote va dedicado a vos.

La casa de la marquesa de Valprieto daba a la plaza mayor y desde sus balcones engalanados para la ocasión iban a presenciar el partido. Por la mañana temprano, gente pagada por el patrocinador del juego colocó los graderíos de madera en la plaza, y en cuanto estuvieron instalados, comenzaron a ocuparse los mejores asientos abiertos al público. Las mujeres se asomaban a las ventanas de las casas circundantes para contemplar el ambiente, y Margarita puso a una criada de vigilancia para que las avisara cuando sonaran las trompetas anunciadoras del inicio del festejo.

Sin embargo, fue una previsión inútil, pues las jóvenes salieron mucho antes atraídas por la algarabía de los aficionados que discutían entre sí los méritos de cada campeón, llegando a los puñetazos en repetidas ocasiones. Los alguaciles tuvieron que poner orden antes de que se lanzaran los cohetes y sonaran las trompetas, tras lo cual aparecieron en la plaza, por puertas opuestas, las dos cuadrillas con sus colores característicos, precedidas por sus padrinos. Cuando estos dieron la señal, se reunieron en el centro para saludarse cortésmente. Luego fingieron haberse enemistado y se retiraron cada cual a su campo a fin de aprestarse para la contienda. Cada uno de los caballeros iba armado con una caña de gran tamaño y se protegía con una adarga en la que iban escritos el mote de la cuadrilla y el propio. En cuanto vio aparecer a don Sancho, Margarita se esforzó en interpretar el suyo, pero no le alcanzaba la vista; Marie la tenía más aguda y, cuando pasó cerca, logró leer:

No será tirar de loco
Mas de cuerdo
Si por vos la vida pierdo

Sintió envidia de su amiga por inspirar un sentimiento tan profundo, pero fue un pensamiento pasajero, pues las feroces embestidas de los contrincantes acapararon por completo su atención. Percibió de inmediato que había un ritual preciso que regía las formas de arrojar y esquivar las cañas, aunque no lo comprendía bien y preguntaba a sus anfitrionas el motivo de algunas acciones. Transcurrido un buen tiempo, cuando se habían roto las docenas de cañas acordadas antes del inicio, los padrinos pusieron fin al juego, y los contrincantes arrojaron al suelo las que llevaban en la mano como signo de obediencia. Marie creyó que con la entrega de premios habría concluido el espectáculo, pero vio asombrada cómo aparecía en la plaza un enorme toro negro que buscaba algún bulto que embestir. Los jugadores más valientes se prepararon para rejonearlo, y don Sancho quiso ser el primero, deseoso de lucirse ante su dama. Citó al animal desde lejos y, cuando comprobó que acudía, se acercó a él cuarteando para caracolear a su alrededor, siguiéndole el toro como si lo hubiera hechizado. La gente aplaudía su osadía, y estaba a punto de clavarle el rejón en lo alto del morrillo, cuando alzó la cabeza para comprobar si su dama estaba atenta al lance. Fue solo un instante de descuido, pero bastó para que la fiera alcanzara su caballo y lo desmontara al suelo. Los demás jugadores salieron en su auxilio, pero no pudieron evitar la cornada que le alcanzó en mitad del muslo. Margarita lanzó un grito de dolor y pidió entre llantos a su madre que mandara traerlo a su casa para que lo atendieran. Lo subieron entre dos criados a un dormitorio y le hicieron un torniquete para detener la hemorragia, mientras iban a buscar al médico.

—Que venga también un cura —pidió don Sancho con un hilo de voz.

—No hará falta —dijo Margarita entre lágrimas—. No vais a morir.

—Si voy o no a morir, yo no lo sé, aunque nunca me he encontrado tan débil como ahora. Por eso os pido, amada mía, que seáis mi esposa en este momento, porque tal vez no haya otro...

—Sí quiero —le interrumpió Margarita, sin pararse a pensarlo.

Sin embargo, la marquesa les aconsejó que recapacitaran:

—No os apresuréis, mirad que después no habrá remedio. No os dejéis llevar por las penosas circunstancias.

—Mamá, yo lo amo y deseo ser su esposa aunque sea en el lecho de muerte. Prefiero que nos otorguéis vuestro consentimiento, pero me casaré de todos modos. Pongo a Marie y a don Diego por testigos de mis intenciones.

La marquesa no quiso acceder al deseo de su hija y salió de la habitación para que no insistieran más, pretextando que iba a ocuparse en persona de que acudiera un médico enseguida. Don Diego se ofreció a buscarlo y también abandonó la estancia.

—Amada mía, si en verdad deseáis nuestra boda en este instante, no necesitamos que venga un cura —susurró don Sancho una vez solos en la habitación con Marie—. Los contrayentes son los que ofic
ian el sacramento y el cura no es más que el testigo. Vuestra amiga puede ocupar su lugar.

—Marie, ¿querréis ser nuestro testigo? —le preguntó anhelante Margarita, arrodillada junto al lecho de su amado—. ¿Nos haríais ese gran favor?

Marie asintió con la cabeza y la pareja se cogió las manos. Fue Margarita la primera en hablar:

—Yo me entrego libremente a vos como esposa y juro ante Dios que os seré fiel en la salud y en la enfermedad todos los días de mi vida.

Don Sancho se llevó a la boca las manos de Margarita y después de besarlas ardientemente, repitió las mismas palabras:

—Yo me entrego a vos libremente como esposo y juro ante Dios que os seré fiel en la salud y en la enfermedad todos los días de mi vida —y añadió, mirando a la joven—: Marie de Gourney es testigo de que ya somos marido y mujer ante Dios y ante los hombres.

Apenas les dio tiempo a sellar su unión con un beso en los labios cuando entraron en la habitación la marquesa, el cura, el médico y un caballero desconocido.

—Vengo a confesaros —declaró el cura al ver al herido.

—Antes que lo examine el médico —indicó la marquesa.

Pero para sorpresa de todos, don Sancho se incorporó como pudo en el lecho sin soltar la mano de Margarita y declaró, mirando a la marquesa:

—Soy hombre de honor y nada debo ocultaros, mi señora. Os comunico que Margarita y yo acabamos de casarnos. Marie de Gourney es nuestro testigo.

La marquesa no quiso dar crédito a sus palabras, alegando que la ceremonia era fruto de la fiebre y las tribulaciones del momento, por lo que carecía de toda validez.

—Estamos casados, señora marquesa —repitió don Sancho sin ceder ni un ápice, mientras Margarita permanecía arrodillada a su lado en silencio.

—Señora, dejemos que lo examine el médico. Lo demás ya se resolverá —intervino entonces el caballero desconocido, quien haciendo una leve inclinación de cabeza, añadió—: Soy don Baltasar de Castroviejo, pariente del caballero, y os aseguro por mi honor que no le faltará hacienda para sostener a vuestra hija.

Tras escuchar estas palabras, la marquesa pidió a los presentes que salieran de la habitación para que actuara el médico, quien comprobó el recorrido del pitón, que por suerte no había afectado gravemente ninguna de las grandes venas y arterias que circulan por el muslo, y pasó a limpiar la herida con agua hervida y sal, aplicando después un emplasto de hierbas curativas para que cicatrizara.

—Sanará, yo os lo aseguro —aseveró a Margarita una vez que hubo terminado su cura—. Tendréis marido para rato.

Y no se equivocó. Al cabo de dos días ya se sentaba, y su pariente burgalés, que había acudido a Pamplona para enterarse de la fama de don Sancho, cumplió su palabra, concediéndole la renta que consideró suficiente para que la pareja viviera con decoro, además de prometer nombrarlo su único heredero, puesto que carecía de hijos.

Sin embargo, la dicha no duró mucho a los jóvenes. Pasado el arrobo de los primeros días, cuando Margarita se dio cuenta de que su marido no podía pagarle tantos caprichos como su madre ni proporcionarle casa propia digna de su condición hasta la muerte de su pariente, empezaron las quejas.

—Bien os lo advertí —la reconvino su madre cuando comprobó que su hija no era feliz—. Yo os crié y conozco vuestros defectos y virtudes. Esta boda precipitada fue un gran error.

Margarita asintió gimoteando y se abrazó a su madre.

—Lo hice sin pensar. Perdonadme, mamá, por haberos desobedecido —y mirándola con ojos tristes, preguntó—: ¿Podéis remediarlo?

La marquesa permaneció unos instantes reflexionando y después mandó llamar a Marie. A solas le explicó la situación en la que se hallaba su hija, desesperada por tener que compartir su existencia hasta la muerte con un hombre al que había dejado de amar y que no estaba en disposición de darle las comodidades a las que estaba acostumbrada por su cuna.

—¿Ya no lo ama? —se admiró Marie ante esta revelación.

—Nunca lo amó —repuso la marquesa—. Eran ensoñaciones juveniles, por eso yo me opuse al matrimonio hasta que no se basara en cimientos más sólidos. Mi hija me desobedeció, pero don Sancho se aprovechó de su inocencia empujándola a casarse en mi ausencia. Sin embargo, hay una solución. Vos sois la clave.

Marie escuchó atónita de labios de la marquesa de Valprieto que puesto que ella había sido la única testigo de la unión, bastaba con que afirmara que solo don Sancho habló, que Margarita no había llegado a pronunciar el juramento de entrega ante Dios, para que la boda dejara de tener existencia.

—Don Sancho no lo aceptará —objetó Marie.

La marquesa hizo un gesto de suficiencia con la mano y manifestó:

—Será su palabra contra la vuestra, y yo os apoyaré.

—¿Y su pariente don Baltasar? —insistió Marie—. No permitirá que…

—No os preocupéis por él ni por nadie —cortó imperiosa la marquesa—. Decidme si vos nos ayudaréis. Es todo cuanto quiero saber, después de los días que habéis pasado en mi casa con tanto regalo.

Marie comprendió el mensaje implícito en sus palabras. La gratitud que le debía por su generosidad la obligaba a perjurar para favorecer a su veleidosa hija.

—Señora, os pido algo de tiempo para reflexionar el asunto. Mañana os daré una contestación —fue todo lo que se le ocurrió en ese momento para salir del paso.

Y abandonó la habitación preocupada. No quería mentir ni ser una desagradecida, y sintió el apremiante impulso de huir una vez más. Se dirigía a su habitación cuando escuchó unas palabras que provenían del gabinete:

—… continuaré hasta Logroño; luego tengo pensado proseguir con Salas de los Infantes, Aranda de Duero y las demás poblaciones que hay en el camino hasta llegar a la villa de Madrid, contando con Alcalá de Henares, pues me interesa visitar allí un taller de imprenta que dispone de los últimos adelantos holandeses y alemanes.

Era don Diego que conversaba con don Sancho. Al librero le urgía proseguir su recorrido y no podía esperar el restablecimiento de su amigo para que se uniera al negocio del alquiler de libros.

—¿Y cuándo viajaréis? —quiso saber don Sancho.

—Pasado mañana partiré con dos mulos y un criado. Pretendo acompañar la diligencia que han arrendado unos mercaderes para acudir a la feria de Aranda de Duero, con lo cual mitigaré el peligro de los salteadores de caminos que infestan nuestros campos.

Marie consideró que era una ocasión perfecta para llegar a la corte e irrumpió en la habitación con una disculpa, solicitando hablar con don Diego antes de que abandonara la casa.

—Ya pensaba despedirme —repuso este, que se había levantado a su llegada.

Marie lo acompañó a la puerta y le expresó su deseo de unirse al viaje, añadiendo que quería abandonar la casa de la marquesa ese mismo día sin tardanza alguna.

—Si no es con vos porque me consideráis un estorbo, viajaré sola o con esa diligencia que decís —continuó Marie ante la reticencia del caballero.

—Ponéis en un aprieto a don Diego —la increpó en ese instante la marquesa desde la escalera.

Una criada había escuchado la conversación y había corrido a informarla.

—Jamás habría esperado esto de vos, Marie —añadió la marquesa mientras se acercaba—. No es de buena crianza abandonar a unos anfitriones que os han tratado tan bien sin previo aviso.

Marie protestó que no era su intención despedirse a la francesa, que por casualidad había escuchado los planes de don Diego y que no quería dejar pasar la oportunidad de viajar a la corte para reunirse con su padre.

—Era mi objetivo cuando acepté vuestro ofrecimiento de acompañaros a Pamplona y todavía lo sigue siendo —concluyó—. Os ruego que me facilitéis la partida.

La marquesa expresó que no se opondría, pero que le exigía cumplir antes con lo que se había comprometido. Marie asintió y la marquesa convino con don Diego que pasara a buscarla el mismo día de su viaje y no antes.

—Espero impaciente vuestra respuesta mañana —reiteró cuando Marie se retiraba a su habitación.

Fue una mala noche en la que apenas durmió, y las pocas horas de sueño se llenaron de pesadillas, agolpándose en su mente tristes recuerdos que durante un tiempo tan breve había logrado apartar. Sin embargo, en medio de tanto tormento, había logrado tomar una decisión y resolvió comunicársela a la marquesa durante el desayuno para poner fin a su agonía.

No obstante, resultó que la marquesa y su hija tenían más prisas que ella y tampoco habían pasado buena noche. Se presentaron de improviso en su dormitorio antes de haberse vestido y arreglado, circunstancia que sorprendió a Marie, quien nunca las había visto en camisón.

—Decidnos si habéis decidido ayudar a Margarita —inquirió la marquesa nada más entrar, después de haber cerrado la puerta.

—Si ella no sabe ayudarse, yo la ayudaré —respondió Marie.

—¿Qué trabalenguas es ese? —preguntó la marquesa, mientras a Margarita se le escapaba una risa tonta.

—Margarita, ¿habéis consumado el matrimonio? —preguntó a su vez Marie por toda explicación.

—Oh, sí. Don Sancho me ha besado y me ha abrazado, hemos yacido en el mismo lecho…

—¿Pero habéis consumado el matrimonio? —insistió Marie.

—Ya os digo que sí. Me ha besado los pies, me ha acariciado los pechos, me ha estrujado contra sí…

—No basta —manifestó la marquesa, viendo por dónde iba Marie—. ¿Os ha penetrado?

—Oh, sí, la boca con su lengua —respondió Margarita entre risas de picardía.

—¿Os ha penetrado por abajo? —insistió su madre.

—¿Debo contestaros? —se ruborizó Margarita.

—Sí, querida —se desesperó la marquesa, perdiendo las esperanzas.

—Oh, sí, con sus dulces dedos y llegando a un sitio que…

—Con el miembro viril, Margarita —la interrumpió la marquesa—. ¿Os ha penetrado con el miembro viril?

Margarita se quedó pensativa y por fin declaró:

—Creo que no. Todavía no.

La marquesa se dejó caer en un sillón aliviada. Margarita podría librarse de su matrimonio precipitado y don Sancho tendría que marcharse a vivir con su pariente don Baltasar. Pero al poco desvió su atención a Marie.

—No alcanzo a comprender cómo vos, siendo tan joven e inexperta, adivinasteis que el matrimonio no se había consumado —se interesó la marquesa, mirándola con reprobación.

—No fui yo quien lo adivinó, pues ni siquiera conocía esa expresión en castellano —se sinceró Marie—. Pasó que por casualidad escuché conversar a las criadas que limpiaban la habitación de vuestra hija y fueron ellas las que se compadecieron de Margarita porque supusieron que, en su estado, su reciente esposo no era capaz de hacerla suya. Soy joven y carezco de experiencia amorosa, pero he leído novelas pastoriles y libros de otros tipos. Por eso deduje a lo que se referían con la consumación, pues conozco su importancia, sobre todo entre miembros de la nobleza. Vos me pedisteis que mintiera para salvar a vuestra hija de un matrimonio desafortunado, pero mi intención al hacerle la pregunta era que se salvara ella misma, mintiendo si era preciso por haberse consumado el matrimonio. Me imaginé que por el estado de salud de don Sancho no le costaría que se creyera su palabra.

La marquesa cambió de tono para alabar la perspicacia de la joven y se alegró de que ninguna de las dos tuviera que mentir para resolver la situación.

—Mamá, puesto que no hemos consumado el matrimonio como vos queréis, ¿no lo veré más? —preguntó entonces Margarita.

—No —respondió tajante la marquesa.

—¡Pues no renunciaré a él por no haber probado las mieles del tálamo!

Y la joven salió corriendo de la habitación para reunirse con su hasta entonces marido, a pesar de los gritos de su madre, que le prohibían hacerlo.

Marie no sabía cómo había terminado la historia, porque a las pocas horas había abandonado la casa de la marquesa de Valprieto para reanudar su viaje a la corte castellana en busca de su padre. Y ahí se hallaba ahora, agotada por el ardiente sol de las llanuras castellanas.

La diligencia de los comerciantes era un carromato destartalado, cubierto con un toldo, en el que viajaban apiñadas, soportando el traqueteo de las ruedas sin ballestas, casi veinte personas. Además, en Logroño se habían unido a la comitiva un grupo de curas mercedarios montados en mulos y un mendigo ciego y su muchacho guía subidos en un burro, que empezaba a sacar la lengua debido al esfuerzo y el calor. Uno de los comerciantes que viajaba en un fino corcel, vigilando la retaguardia, se dio cuenta de este hecho y tuvo compasión:

—Subid a la diligencia, puesto que sobra sitio, para que descanse el animal antes de que reviente —sugirió, dirigiéndose al ciego que cabalgaba bien agarrado al muchacho.

—¡Condenado truhán! —exclamó este, dándole un pescozón—. ¿Pues no te acabo de preguntar si el borrico iba fresco? ¡Bájate, que eres más bestia que el asno que montas; yo pasaré a la diligencia, pero tú continuarás andando, para que te sirva de escarmiento!

El chico saltó enseguida de su montura, y el ciego cayó al suelo tras él. Se levantó farfullando maldiciones y pidió ayuda para atar el animal a la diligencia, que se había detenido siguiendo las órdenes del comerciante. Un par de jóvenes pañeros se la prestaron y luego lo colocaron en un asiento bajo el toldo para reanudar la marcha, mientras el chico se rezagaba dando patadas a las polvorientas piedras. Cuando vio que se iba quedando demasiado lejos, apretó a correr hasta que se le acabó el resuello, y repitió la misma conducta una y otra vez. Don Diego no lo perdía de vista, animándolo a continuar avanzando, pero llegó un momento en que le pareció que el muchacho se había dado por vencido. Entonces el librero desanduvo el camino y lo montó a su grupa.

—No se moleste por mí vuestra merced —le dijo el chico, limpiándose los mocos que le colgaban con la manga de su sucia camisa—. El ciego me necesita y antes o después me acabará buscando. No es mal amo, aunque tiene el genio pronto.

—En cuanto se te pase el acaloramiento, te daré un trago de agua de mi calabaza —le ofreció don Diego al comprobar su cansancio.

—No desperdicie vuestra merced en mí su agua, pues estoy acostumbrado a sufrir peores calamidades.

—¿No serás tú el famoso Lazarillo de Tormes del que se ha escrito un libro que está alcanzando gran fama? —le preguntó entonces don Diego.

—De ese Lazarillo que decís, nada sé, ni tampoco soy de Tormes. Nací en Lerma y mi madre me puso Blas en el bautismo. Ahora soy guía de ciego, pero antes fui criado de un cerero y antes todavía aprendiz de zapatero. Dirá vuestra merced que son muchos oficios para mis pocos años, pero es que mi madre se vio obligada a darme a los seis años, pues mi padre, del que solo sé que era soldado y se llamaba Juan, había desaparecido, dejándonos sin sustento en nuestra mísera casa. Yo era el mayor de tres hermanos, las dos pequeñas, niñas casi de pecho, y mi madre me entregó a un zapatero para que aprendiera el oficio. Yo lo veía encorvado en su taburete, cosiendo un zapato tras otro, y para contentarlo me dio por cantarle: «Zapatero, tero, tero, mete la lezna por el agujero». La primera vez que me escuchó levantó la vista de la labor y me sonrió, así que seguí cantando y cantando, un día tras otro, mientras le observaba trabajar y le obedecía en lo que me mandaba. Una noche, justo cuando pensaba que iba a recoger y a darme el mendrugo de pan y el vaso de vino aguado que eran mi cena, ante esa alegre esperanza, levanté el tono y le canté más deprisa el estribillo que tan bien conocía. El zapatero debió de asustarse y me clavó la lezna en la cabeza. Me hizo una brecha, que podéis ver porque nunca más me volvió a crecer el pelo en ella, y me la curó con unos trapos sucios con los que daba betún a su calzado. Pasé la noche en un ay constante, y a la mañana siguiente el zapatero me devolvió a mi cuitada madre: «Reciba a su hijo —le dijo—, pues si sigue cantándome, lo mato sin remedio». Me quedé en casa con mis hermanillas hasta que sanó la herida, y entonces mi madre, harta de escucharnos pedirle un pan que no nos podía comprar, me llevó a casa del cerero para que le hiciera los mandados. Por lo menos se libraba de una boca que alimentar. El taller del cerero sí que me gustaba porque olía como las iglesias y siempre estaba iluminado. La mujer era buena y me preparaba sopas de vino y de cuando en cuando me daba un trozo de queso con miel. Me hubiera quedado con ellos de por vida si no llega a ser que mi madre empezó a pedirme que le cogiera al descuido alguna vela para socorrer la oscuridad de nuestra casa. Al principio no lo notaron mis amos, pero su inocencia hizo que nos envalentonáramos, y mi madre me fue demandando más velas que revendía a las beatas de las iglesias para sacar algunas monedas. La avaricia rompe el saco, y así fue como me vi arrojado a la calle, después de recibir una buena tanda de palos. Me marché llorando más por la pérdida de mis sopas diarias y mi jergón que por el dolor de los muchos verdugones que me causaron. En su comercio en las iglesias, mi madre había conocido al ciego, afamado rezador de oraciones para las cuitas más diversas. Ganaba buenas limosnas, así que mi madre me entregó para ver si me enderezaba y me sacaba del mal camino. Con mi ayuda, el ciego mejoró todavía más sus ingresos, pues aprendí a llevarlo a los lugares más concurridos donde sus plegarias eran mejor pagadas, pero nuestra buena fortuna acabó despertando la envidia de otros mendigos tullidos y tuvimos que huir de nuestro pueblo para evitar la lluvia de palos. Una vez en el camino, el ciego decidió probar suerte de feria en feria, y por eso compró un pollino y una guitarra que está aprendiendo a tocar, pues dicen que con ella se ganan buenos dineros por los campos de Castilla.

—Tu historia se parece a la del Lazarillo de Tormes que te he mencionado, pero no podrías ser tú de ningún modo, puesto que la cuenta una vez viejo, y tú no debes de superar los doce años.

—Esos mismos creo que tengo, aunque no estoy muy seguro, pues mi madre era torpe con los números.

—¿Y qué ha sido de ella? —se interesó don Diego.

—Allá se quedó en Lerma, lavando ropa ajena para que mis hermanas chicas no se mueran de hambre, pues no saca para más. Tal vez ahora le vaya mejor si las metió de criadas, porque ya tienen edad de servir, si no han salido holgazanas.

Mientras así hablaban, habían ido ganando terreno y ya se hallaban a la altura del alazán de Marie, quien había escuchado parte de la conversación.

—Allá de donde yo vengo, los ciegos que cantan romances acompañados de una guitarra son muy respetados y logran vivir con modestia —comentó—. Los hay que poseen bonitos dibujos para ir mostrando al público congregado a su alrededor los sucesos maravillosos que relatan bien cantando o bien recitando.

—Los ciegos de vuestra comarca han de ser más listos que los nuestros, pues no alcanzo a comprender cómo pueden hacer tantas cosas a la vez —replicó Blas, mientras se rascaba la cabeza.

—No lo hacen solos; los ayudan criados como tú.

—Pues se lo he de explicar a mi amo cuanto antes, así me congracio con él —repuso el avispado muchacho, y luego añadió, dirigiéndose al librero—: Os pido por favor que me acerquéis a la diligencia.

Cuando estuvieron a su altura, contó al ciego a grandes voces lo que acababa de escuchar con pelos y señales.

—No me grites, que no soy sordo —replicó este y luego añadió—: Ya te decía yo que era buena cosa aprender a rasguear la guitarra. No me costará recitar romances, pero lo de los dibujos no sé cómo solucionarlo.

—Si encontramos papel, yo puedo hacer algunos que sirvan para varios temas —se ofreció Marie.

El ciego expresó su alegría con una gran carcajada y permitió que Blas subiera a la diligencia y se sentara a su lado. Luego se puso a tocar la guitarra y no paró hasta que llegaron a la venta donde iban a pasar la noche después de cinco leguas de viaje interminable.

La venta era una construcción achaparrada de adobe encalado y teja en cuya fachada principal se abría en el centro un ancho portalón en arco que permitía el acceso a viajeros y mercancías. A ambos lados se extendía un rústico poyo de ladrillo y argamasa, y en la pared oriental había un pilón cavado en una piedra sillar donde abrevaban las caballerías y algún arriero zambullía la cabeza para lavarse la cara o refrescarse del calor. Traspasando el portalón, se llegaba al patio central, que servía de cuadra y al que daban diversos aposentos comunicados entre sí. Avanzando de frente se llegaba al salón principal, amueblado con mesas de pino y bancos corridos, y en cuya chimenea se guisaba la olla que preparaba la ventera. También había una fragua rudimentaria en la que se atendían los animales que hubiera necesidad de herrar para proseguir la ruta. En la planta superior, a la que se accedía por una tosca escalera de madera desde el patio, se alineaban las alcobas a lo largo de un corredor bien oreado, rematadas al fondo con una puerta que daba al pajar, donde se amontonaba la hierba seca para las caballerías.

El ventero, hombre rechoncho y colorado que estaba sentado en el patio junto al brocal del pozo en una silleta baja, trenzando una soga con manos diestras, se levantó de inmediato cuando se percató de que llegaban los viajeros y salió a recibirlos.

—Pasen al comedor —les indicó alegre al ver lo numerosos que eran—. Mi mujer la ventera les dará buenas habitaciones y podrán limpiarse la garganta con una jarra de vino mientras tanto.

La diligencia era demasiado grande para pernoctar en el patio, así que hubo que descargarla de mercancías para evitar su robo. Los arrieros llevaron a abrevar las caballerías y luego compraron paja para alimentarlas. Marie quiso ocuparse en persona del cuidado de su alazán, y don Diego la acompañó. Cuando lo dejaron comiendo en el pesebre que le habían asignado dentro del patio, fueron a concertar las habitaciones con la ventera.

—Se ve que sois matrimonio reciente —comentó esta nada más verlos—. Os daré una bonita alcoba con ventana a la chopera.

—No, no —respondieron los dos al unísono, y luego prosiguió don Diego—: Yo acompaño a la dama en su viaje, pero ni siquiera somos parientes. Necesitamos dos cuartos separados.

—¡Cuánto lo siento, pero son tantos los que han llegado que solo me quedan compartidos! Para vuestra merced tengo un catre muy cómodo que le pondré en la alcoba mayor de los comerciantes, y en cuanto a vos, mi señora, solo puedo ofreceros una media con limpia —advirtió la ventera, gesticulando exageradamente con las manos.

—No entiendo qué queréis decir —replicó Marie.

—Media con limpia significa que debéis compartir la cama con una persona limpia de vuestro mismo sexo —le explicó don Diego.

—Para más señas, con Marigarcía, la lozana moza de la venta —indicó la ventera, señalando a una muchacha desgreñada, con la cara y los brazos tiznados y un mandil lleno de manchas cubriendo sus ropas campesinas, que se afanaba en llenar jarras de barro con el vino de un odre.

Marie la miró con aprensión, y a la ventera no se le escapó su gesto de desagrado.

—No os dejéis engañar por su aspecto del momento, pues es muchacha diligente y lleva toda la jornada trabajando en los fogones, pero se lavará de arriba abajo antes de echarse a dormir, como es su costumbre.

Marie no tuvo más remedio que aceptar pasar la noche con la moza porque no había otra posibilidad. Pidió que la condujeran al cuarto, y la posadera llamó a gritos a Marigarcía.

—Lleva a esta dama a tu alcoba, pues hoy la compartirás con ella. Cambia la ropa de cama y súbele un aguamanil para que se refresque antes de la cena —le ordenó cuando la tuvo cerca.

Marigarcía indicó a Marie que la acompañara y la condujo por el corredor del piso de arriba hasta la puerta del pajar. La abrió y le cedió el paso al interior de la estancia:

—Aquí está el hermoso dormitorio que vamos a gozar, mi señora —dijo burlona—. Ese catre junto a la ventana nos servirá de lecho, pero si preferís dormir sola, no tengo inconveniente en hacerlo yo sobre el montón de paja, pues no sería la primera vez y hasta creo que es sano para el cuerpo.

Marie quiso protestar por la condición de la habitación, pero Marigarcía le comunicó que las restantes alcobas a ella le parecían peores, pues muchas carecían de ventana y eran tan estrechas que apenas había espacio más que para las diversas camas que había armadas. Eso sí, no almacenaban paja ni heno, pero sí algunos aperos y trastos viejos bajo los catres y en los rincones. Marie se dio por vencida ante tales observaciones y bajó con la moza al comedor, dispuesta a mitigar sus penas con una buena cena.

—Estáis de enhorabuena —le dijo el ventero cuando la vio entrar, frotándose las manos con complacencia—. Hoy hay olla podrida.

—¿De caballero o de escudero? —preguntó don Diego, que también llegaba en ese momento.

—De caballero —repuso el ventero—, y para que la dama lo entienda, os diré que la olla es de calidad, pues contiene gallina, vaca, un pedazo de tocino magro y todas las demás volaterías, como son perdices, zorzales, longaniza, salchichas, liebre y morcilla. Todo ello asado antes de ponerlo a cocer con las verduras, berzas, nabos, perejil y hierbabuena.

—Pues ya tardáis en servirnos —manifestó don Diego, a quien se le había hecho la boca agua.

Se sentaron en la larga mesa junto a tres damas más bien gruesas que eran viudas de comerciantes e iban a la feria de Aranda a proseguir los negocios de sus difuntos maridos. Se apreciaba en su semblante que el menú no era de su agrado, cuestión que no pasó inadvertida al astuto ventero.

—Habréis de saber, señoras mías, que soy gran adivino y no se me escapa que no queréis probar la olla porque preferís unas buenas perdices asadas, que ahora mismo os aviará Marigarcía. De postre os daré los barquillos y el dulce de membrillo que tan bien os sientan.

Las señoras viudas se miraron entre sí, comentado admiradas que había acertado punto por punto en sus gustos.

—No os extrañe —se vanaglorió el ventero—. Una vez nos honró con su presencia un noble de la corte cuyo nombre me callo por prudencia, y para matar el rato me prometió que me daría una recompensa si adivinaba las tres cosas que ocupaban su pensamiento. Yo no tuve que cavilar mucho para responderle que la primera era la preocupación que tendría su noble esposa por saber cómo se hallaba, la segunda, si la cena que le serviría iba a ser de su agrado, y la tercera, cuál debía ser la recompensa para un humilde ventero que había demostrado ser un astrónomo tan certero.

No había terminado de pronunciar dichas palabras cuando se oyeron, provenientes del exterior, unos sonidos carentes de armonía que parecían el ulular de un ave nocturna. A una de las señoras se le demudó el semblante y se puso a farfullar algo entre dientes. En cuanto el ventero se alejó de la mesa, sacó un saquito de sal que guardaba en el seno y se acercó a la chimenea para lanzar un puñado al fuego. La sal crepitó entre las llamas y dejaron de escucharse los ululares sibilantes. Entonces la señora, visiblemente tranquilizada, volvió a la mesa para continuar con la cena.

—¿Por qué ha echado sal al fuego? —preguntó Marie en voz baja a don Diego.

—Hay muchas supersticiones —respondió este—. Supongo que será para evitar algún hechizo, pero no me hagáis mucho caso, pues no estoy al corriente de las creencias del vulgo.

La aparición de la ventera con la olla podrida hizo que olvidaran el incidente, pues su solo olor abría el apetito. Comieron en abundancia de las viandas y verduras, y remataron con el mismo dulce de membrillo que había ofrecido el ventero a las otras comensales, acompañado de queso e higos secos. Después Marie pidió que le dieran luz para retirarse, pues estaba muy cansada. Alumbrada por una vela, se dirigió a comprobar el estado de su caballo antes de subir la escalera, y descubrió que el ciego y su guía se habían confeccionado un lecho con los montones de paja en la cuadra.

—Conviene al pobre no acostumbrar el cuerpo a las comodidades —explicó el ciego—, pues cuando se pierden se sufre más.

Puesto que iba a dormir cerca, Marie ofreció una remuneración a Blas si cuidaba de que no le robaran el alazán durante la noche, y el ciego se quejó porque no contaba con él.

—¿Cómo vais a vigilar si os falta la vista? —repuso Marie divertida.

—Seré ciego, pero no sordo ni necio —replicó su interlocutor picado—. Distingo hasta los sonidos más leves, pongo a Blas por testigo.

El chiquillo asintió con la cabeza mientras mascaba el mendrugo y los higos secos que constituían su cena, y Marie aceptó contratarle a él también. Tras despedirse, subió al pajar que ahora era su dormitorio y encontró la cama dispuesta con unas burdas sábanas pardas que olían a sol. Al lado había una silla de madera con una jarra de agua y una palangana, y en una oquedad de la pared estaba encendida una lamparilla de aceite. Marie apagó la vela y se desvistió a la luz titilante de la lamparilla hasta quedarse en enaguas. Se iba a meter en la cama, cuando volvió a escuchar el ulular que había provocado tan extraña reacción en la viuda y se asomó a la ventana para intentar dar con su procedencia. Le pareció que surgía del grupo de altos chopos que crecían fuera de los muros de la venta, pero no distinguió al pájaro o pájaros que lo emitían. El sonido continuó percibiéndose nítido en el silencio de la noche, hasta que lo opacó el ruido proveniente de la habitación contigua.

Marie entendió con toda claridad que la misma viuda del comedor exclamaba:

—¡Martes hoy, martes mañana, martes será toda la semana!

La joven pensó que se trataba de un conjuro y de inmediato escuchó crepitar de llamas, seguido de un grito:

—¡Agua, agua, hay fuego! —vociferaban al unísono las tres viudas, vestidas con camisones hasta los pies y cofias blancas, desde la puerta de su dormitorio.

Marigarcía subió a trompicones la escalera con un balde que acababa de llenar en el pozo. Marie se puso el manto y salió con su jarra. Lo mismo hicieron los huéspedes de las restantes alcobas, y entre todos apagaron enseguida las llamas que habían prendido en una cesta de mimbre y amenazaban con propagarse al resto del mobiliario. El incendio se había ocasionado cuando la dama se puso a quemar sal en dicha cesta.

—¿Por qué se empeña en echar sal al fuego? —preguntó Marie a Marigarcía cuando esta vino a acostarse.

—Es por los chotacabras. Muchos creen que cuando cantan cerca, anuncian la muerte y también que son brujos transformados en aves nocturnas para arrojar polvos mágicos sobre la gente o los animales que quieren dañar.

—¿Cómo son los chotacabras? —se interesó Marie.

—Son unos pájaros pardos de pico corto y grandes alas que solo salen de noche. Es difícil verlos, y los cabreros los matan cuando los pillan porque dicen que chupan la leche de sus cabras.

—¿Pero para qué echa esa señora la sal al fuego? —insistió Marie.

—Para ahuyentarlos, y da resultado, pues vos misma podéis comprobar que se han ido de los chopos. Pero yo no creo que sean brujos, ni que mi amo el posadero lo sea tampoco, por mucho que se las dé de adivino. No he visto por aquí esas manadas de zorras feroces que en realidad son brujas y asustan a los curiosos para alejarlos del lugar del aquelarre; si viniera un familiar de la Inquisición a preguntarme, yo no afirmaría que mi amo merece la hoguera.

Mientras esto decía, Marigarcía empezó a mullir la paja para prepararse un lecho, pero Marie la invitó a la cama.

—Me he lavado bien y no tengo pulgas ni sarna, así que no tenéis nada que recelar de mi persona —comentó con orgullo, a la vez que se despojaba de la sucia falda y la camisa parda, dejando al descubierto un cuerpo blanco y bien formado del que se sentía orgullosa y no perdía ocasión de mostrar—, pero no me acostaré con vos, pues creo que enseguida vendrán a buscarme.

Así fue. Al poco se oyó un largo silbido y Marigarcía salió de la habitación envuelta en una manta. Si las viudas todavía no se habían dormido y lo habían escuchado, pensó Marie, a lo mejor sentían miedo y provocaban otro alboroto. Pero Marigarcía estaba en todo:

—No se asusten vuestras mercedes —susurró al pasar por su puerta—. No hay ningún peligro humano ni sobrehumano de qué inquietarse, sino solo un arriero que requiere de amores a la moza del mesón. Duerman tranquilas.

Pasó el tiempo y Marie no lograba conciliar el sueño. El colchón era incómodo y estrecho, y le angustiaban esas historias de brujería. Daba una vuelta tras otra, intentando encontrar acomodo, pero no lo lograba. Todavía estaba despierta cuando regresó Marigarcía.

—¿Extrañáis el lecho? —preguntó bostezando al comprobar su vigilia y, antes de que respondiera, continuó—: ¿Seguís ofreciéndome compartirlo?

Marie se quedó callada, ante lo cual Marigarcía dio por sentado que la respuesta era afirmativa y se metió en la cama. Su olor a almizcle hizo que Marie recordara los buenos ratos pasados con Chantal.

—¿Tenéis un amante? —le preguntó.

Orgullosa, la moza se sinceró:

—No uno, sino todos los que el cuerpo aguanta. Por el día me mato a trabajar y por la noche me entrego al placer, que además me llena la bolsa.

—¿Cobráis por vuestros favores? —se admiró Marie.

—¿Os parece mal? Pobre como soy, ¿por qué he de regalar lo único con lo que puedo remediar mis males? Ahora que soy joven y muchos me desean, he de guardar para cuando sea vieja y nadie me quiera.

—Estáis en vuestro derecho —opinó Marie, acercándose a oler su cabello—. Y no me extraña vuestro éxito, pues exhaláis una fragancia embelesadora.

—Oh, es la fragancia del amor —repuso Marigarcía—. Se ve que no sois ducha en el combate carnal, pues de otro modo la habríais reconocido.

Marie se puso a recordar en silencio sus largas noches con Chantal. Marigarcía dio por terminada la conversación y se despidió hasta el día siguiente, pero Marie no dejaba de moverse y le impedía conciliar el sueño. Creyendo que era miedo lo que sentía su compañera de lecho, la moza le dijo al oído:

—No temáis, pues ningún brujo chotacabras, ni bruja zorra os harán daño en esta habitación. Antes los muelo a garrotazos. Y no caviléis más sobre la sal, pues se me figura que la tal viuda debe de tener poco seso y por eso anda prendiendo fuegos en cestas. Os digo además que la sal tiene otros usos; yo misma la he empleado, pues soy de natural verrugoso, y si se lanza un puñado al fuego y se corre para no oír sus crujidos, las verrugas se arrugan y a los pocos días se caen como carne muerta sin dejar señal. Muchas me quité de ese modo, aunque aún me quedan; y ahora dormíos ya, mi señora, que mañana me levantaré con los gallos y estaré baldada si no cojo el sueño a tiempo.

Estas palabras tuvieron tanto efecto como el mejor de los ensalmos. Marie cayó en un profundo sopor del que no despertó hasta que escuchó el ajetreo de los arrieros, trajinando en el patio a punto de rayar el sol.

8

El enano y el banquero

Prosiguieron la ruta en cuanto saldaron cuentas con el ventero y todos los viajeros ocuparon sus asientos en la diligencia. Las tres viudas de comerciantes fueron las primeras en estar listas, pues saltaba a la vista que deseaban abandonar la venta lo antes posible. A Marie le sorprendía que fueran ataviadas con austeros vestidos negros y tocadas con pesadas mantillas del mismo color a pesar del calor del verano en ciernes. Don Diego le explicó:

—Llevarán luto el resto de sus vidas. Es costumbre guardarlo durante un año o dos, pero muchas viudas no lo abandonan nunca por miedo a la murmuración o para obtener mayor respeto de su comunidad.

Marie sentía gran curiosidad por las tres damas y quiso viajar un trecho en la diligencia para entablar conversación con ellas. Le ofreció a Blas que montara su alazán como recompensa por haberlo cuidado durante la noche, pero el chico no ocultó su contrariedad:

—¿Pretendéis pagarme un servicio haciéndome prestaros otro? —le preguntó socarrón—. Vos os libráis del caballo, pero yo no saco nada con montarlo, pues de todos modos viajaría en la diligencia o en el burro de mi amo.

—No se te escapa una, Blasillo —comentó don Diego riéndose y luego echó mano a su bolsa para añadir—: Toma, aquí tienes el pago por los dos servicios que prestarás a la dama.

El muchacho recibió las monedas con manifiesto placer y se las guardó de inmediato en una sucia taleguilla que escondió bajo los remendados calzones. Luego fue a buscar al ciego y le explicó su nueva situación de jinete.

—Muy deprisa asciendes, perillán —respondió este, intentando darle un coscorrón, pero el chico fue rápido en esquivarlo.

El ciego ocupó su lugar bajo el toldo del carromato, y poco después los arrieros chasquearon el látigo para que la reata de mulas se pusiera en marcha. Mientras bordeaban la Sierra de la Demanda por el fértil valle del río Arlanza, Marie trató de pegar la hebra con sus compañeras de viaje, que habían sacado unos voluminosos libros de sus equipajes y parecían comparar su contenido.

—Si lo deseáis, yo os puedo ayudar —se ofreció Marie solícita—, pues sé leer y escribir a la perfección.

La viuda que había echado la sal al fuego la miró con gesto de sorpresa y respondió sin tardar:

—Os lo agradecemos, pero nosotras también leemos y escribimos, aunque no pueda afirmarse que por nuestro gusto. Nos vimos obligadas a aprender urgidas por la necesidad.

—Recurrimos al cura para que nos enseñara con el fin de protegernos de los administradores de manos largas y escrúpulos cortos que nos estaban arruinando tras la muerte de nuestros esposos —aclaró la que estaba a su lado derecho, la más joven y delgada de las tres.

—En estos libros que veis llevamos anotados los negocios de nuestros maridos y comparamos los números para discutir el mejor modo de hacer que prosperen. No es un mundo de mujeres este en el que debemos desenvolvernos, y juntas resolvemos mejor, puesto que lo que una no ve otra lo percibe de inmediato, y de este modo velamos por los intereses de nuestras familias, hasta que nuestros hijos, aún de tierna edad, estén en condiciones de ocupar el lugar que les corresponde.

Marie quería derivar la plática hacia los sucesos de la sal, pero no se le ocurría cómo. Fue la tercera dama la que le dio pie para hacerlo al rebuscar en el capacho donde guardaban las provisiones para el camino.

—¡Vaya! —exclamó sorprendida, sacando un puñado de higos secos y enseñándoselo a sus compañeras—. Esto ha debido de ser cosa del ventero, que se ha querido congraciar con nosotras regalándonoslos. ¿Qué hago, los tiro?

—No, no, guardadlos —replicó la más joven—. Si Águeda no los quiere, yo me los comeré, pues no soy supersticiosa.

Marie aprovechó para preguntar qué de malo tenían los higos, y la dama que los había sacado repuso:

—Los higos, nada. Es la persona que los regaló la que no es santo de nuestra devoción.

—¿Por eso arrojasteis la sal? —se atrevió a preguntar Marie.

—La sal se utiliza contra los pájaros de mal agüero que graznan por la noche, presagiando desgracias. Echándola al fuego nos protegemos, porque así el ave cae sin sentido y muere de no ser que otro chotacabras vaya a levantarla.

—¿Y el ventero qué tiene que ver con los chotacabras?

—Se preció de adivino y dio buena muestra de su oficio. La sal en el fuego nos protege contra sus malas artes, y en caso de que se hubiera transformado en chotacabras para dañarnos, hoy habría amanecido muerto y quemado gracias al conjuro.

—Y por qué... —quiso seguir su indagación Marie, pero la viuda de la sal la interrumpió con sequedad:

—En la magia no hay porqués. Basta de preguntas.

Marie pensó que Marigarcía estaba en lo cierto al afirmar que esa viuda tenía poco seso y perdió el interés por ella. Buscaba entre los restantes viajeros alguien más agradable con el que entretenerse, cuando el carromato se detuvo. Los jóvenes pañeros se levantaron de sus asientos para averiguar qué ocurría e indicaron al poco:

—Se acerca un gran rebaño y tenemos que cederle el paso porque estamos en una cañada real.

Marie bajó aprisa de la diligencia para observar la gran polvareda amarillenta que se aproximaba con rapidez. Enseguida escuchó agudos silbidos y el sonido de las esquilas, anunciando la llegada de un inmenso mar de ovejas color marfil que se adueñaron de la llanura dirigidas por los perrillos careas, que no paraban de ladrar y correr, atentos a la menor indicación de sus amos para arrear a las que se rezagaban por agotamiento o por no despreciar alguna brizna de hierba que hallaban al paso. Los imponentes perros mastines marchaban vigilantes a ambos flancos, con paso cansino y la lengua fuera, luciendo un gran collar de púas al cuello que debía de pesarles en sus continuos movimientos de cabeza para descubrir cualquier peligro que acechara al rebaño. En la retaguardia iban los pastores con los morrales y varios burros en cuyas albardas se guardaban los pertrechos y alguna cría que había nacido estando ya en ruta.

Don Diego explicó:

—Son los rebaños de la Mesta. Antes de que lleguen los calores del verano que agostan la tierra, se dirigen al norte en busca de pastos frescos. Vuelven a invernar a sus majadas cuando se anuncian las primeras nieves en las montañas.

Marie habría seguido contemplando cómo se alejaba la inmensa marea de lana si los arrieros no hubieran dado voces para proseguir la marcha. Quería saber quién era esa acaudalada señora Mesta que tantas ovejas poseía, y fueron los jóvenes pañeros quienes le explicaron que no se trataba de una persona, sino de una poderosa institución, protegida por la Corona, que reunía a los dueños de ganados grandes y pequeños para ocuparse de su crianza y pastoreo, y que además repartía equitativamente los beneficios obtenidos entre los miembros.

Cuando pasaron por las proximidades de un castillo que se alzaba en un otero rodeado de un conjunto de casas bajas, los curas mercedarios se despidieron de la diligencia, y una mujer atractiva vestida con colores llamativos, que estaba sentada sobre una piedra al borde de la carretera de polvo, pidió sitio bajo los toldos. Las viudas enlutadas cloquearon contrariadas, y Marie quiso saber el motivo.

—Es puta rastrojera —respondió la que llevaba la voz cantante—. ¿Acaso no salta a la vista por su impúdico porte? No permitiremos de ningún modo que se acomode con nosotras.

Por importunarlas, Marie le ofreció su caballo, y Blas se alegró al saber que la llevaría a la grupa.

—Tomadlo como una obra de caridad —declaró Marie, aguantando las aviesas miradas de las viudas—. No podía quedar abandonada al solano.

Y sin más dilaciones ni contratiempos, la diligencia prosiguió su continuo traqueteo, avanzando por desiertos caminos de tierra hasta adentrarse en Salas de los Infantes antes del toque del ángelus. La villa medieval estaba dividida por el curso del río Arlanza, y en sus viejas casonas con escudos nobiliarios se apreciaba un prestigio de siglos. La diligencia se detuvo en una posada para que las caballerías abrevaran mientras los comerciantes aprovechaban para resolver algunos asuntos antes de reanudar la marcha, pues el viaje continuaba hasta la Venta de Cantalarrana, donde harían noche. Don Diego, acompañado del criado y uno de sus mulos cargado de libros, salió de inmediato a visitar a sus clientes e intentar conseguir otros nuevos. Marie quería conocer la ciudad, pero las viudas enlutadas, torciendo el gesto, le indicaron que no debía caminar sola por las calles.

—Nosotros vamos a la iglesia a cumplir con nuestro oficio para ganarnos el sustento —manifestó el ciego, que había agarrado a Blas por el cuello para asegurarse de que no lo dejaba atrás.

La guapa mujer que había cabalgado a la grupa de Blas, atusándose la falda a grandes manotadas, se dirigió a Marie:

—Yo también me acercaré a la iglesia. Podéis acompañarme como pago por el buen servicio que me habéis prestado.

Las viudas enlutadas rezongaron disgustadas, y la mujer las miró desdeñosa mientras tiraba de los cordones para apretarse el corpiño y levantar sus bien formados pechos. Una areola rosada de tieso pezón saltó de su estrecho escondite y asomó por el escote. La mujer soltó una risotada.

—Descarada, buscona —la insultó la viuda mayor, escupiendo las palabras con rabia.

La mujer se sacó el pecho completo y replicó burlona:

—Aguardando marido caballero, lléganme las tetas al cintero.

Blas había abierto los ojos como platos, y el ciego le dio un pescozón:

—¿Qué ocurre, rapaz? Entérame de lo que me estoy perdiendo.

—Os perdéis mis buenas tetas, con las que me gano el sustento —respondió la mujer—. Pero, ea, ya me voy, que bien veo que nadie requiere aquí de mis servicios.

—Deslenguada —la insultó la viuda más joven.

La mujer, que ya se alejaba, se dio la vuelta para dirigirse a Marie:

—Cuidaos de esa enlutada meapilas, que bien caliente va. Yo, que soy agradecida, no me llevaré al lecho a vuestro galán de los libros aunque él me lo pida, saliéndome al encuentro en algún callejón oscuro, pero esa se le arrimará a restregarse en cuanto vea la ocasión. No echéis en saco roto lo que os digo. Vigiladla, pues bien me percaté del arrobo con que lo miraba durante el camino.

—¡Qué decís, embustera! —exclamó la viuda aludida, haciendo grandes aspavientos.

Otra de las viudas intervino, agarrándola del brazo:

—Es puta, no bachillera. De su boca no salen más que maldades o necedades. Váyase noramala, y nosotras nos sentaremos a refrescarnos y ocuparnos de nuestras cosas.

Marie no quiso quedarse con las desabridas viudas y pidió a Blas acompañarlos.

—Bien me parece, pues así compraremos el papel de los dibujos que nos ofrecisteis para el nuevo arte —contestó el ciego.

Sin embargo, no encontraron dónde lo vendieran en las calles que recorrieron hasta desembocar en la plaza mayor porticada. Como estaban cerca de la iglesia y parecía concurrida, el ciego no quiso desaprovechar la ocasión de ofrecer sus rezos y ganarse unos cuartos. Pidió a Blas que lo colocara en un sitio visible junto a la puerta, y Marie entró para conocer el templo.

A la izquierda del altar mayor había empotrada en el muro una hornacina que guardaba un arca. Marie sintió curiosidad y se aproximó para observar de qué se trataba.

Un chicuelo desarrapado que se hallaba cerca le susurró:

—Es la arqueta donde se custodian los despojos de las cabezas de los Siete Infantes de Lara y su ayo Nuño Salido. Si me dais algo para comer, yo os puedo explicar su triste historia o recitaros un romance donde se cuenta en cumplidos versos.

Marie iba a aceptar cuando se acercó un cura a grandes zancadas:

—Fuera del templo, granuja. ¿Cuántas veces tengo que decirte que este no es lugar de historias? Aquí se viene a rezar y basta. Todo lo demás lo resuelves en los atrios, como los restantes mendigos.

El chico hizo una seña a Marie para que lo siguiera y, una vez fuera de la iglesia, le repitió su propuesta. Marie aceptó y le entregó una moneda, ante lo cual comenzó una narración que parecía saberse de corrido:

—Síguese la historia de los Siete Infantes de Lara, hijos de Gonzalo Gustios y de su buena esposa doña Sancha, que acudieron a la boda de su tío Rodrigo Velázquez con la hermosa doña Lambra. Las bodas fueron muy buenas, y las tornabodas, malas, pues la dama de Bureba vio ofendida su casa y clamó venganza al esposo, quien prometió contentarla. A Córdoba envió a Gonzalo Gustios con una falsa embajada y Almanzor lo metió preso, pero no se atrevió a más nada. Como la traición no era completa, Rodrigo tendió una trampa a sus templados sobrinos los Siete Infantes de Lara...

—Acá estáis —interrumpió Blas la recitación, acercándose con el ciego—. Tarde se hizo y hemos de volver a la diligencia.

—Esperad que termine de escuchar la historia que me está contando el muchacho —pidió Marie, interesada por conocer el final.

—Yo os diré lo que sigue —se ofreció el ciego—, pues la desventura de esos valientes infantes corre de boca en boca por España.

—¿No queréis que os recite un romance? —insistió el chiquillo, deseoso de ganarse otra moneda.

—«Helos, helos por do vienen, por aquella vega llana, sálelos a recibir la su madre doña Sancha; ellos le besan las manos, ella a ellos en la cara» —declamó con rapidez Blas, adelantándose—. Esos versos los conocemos bien. Márchate, rapaz, que no se te necesita.

—¿Y el romance de la venganza de su hermano moro Mudarra? —preguntó el chico, que se resistía a quedarse sin su moneda.

—«A cazar va don Rodrigo, ese que dicen de Lara, perdido había el azor, no hallaba ninguna caza» —intervino entonces el ciego para demostrar que también lo conocían—. Vete de una vez, muchacho, pues de nada nuevo nos hablas.

En esas estaban, cuando vieron que se aproximaba don Diego por mitad de la plaza, haciéndoles señas. Cuando estuvo cerca, informó:

—En tierra os habríais quedado de no ser porque me ofrecí a buscaros. Los arrieros quieren emprender camino y los comerciantes se quejan de vuestra tardanza.

Marie se disculpó y se apresuraron hacia la posada, pero cuando llegaron la diligencia ya la había abandonado. El criado de don Diego aguardaba impaciente en la puerta con las caballerías dispuestas.

—Partieron al poco de salir vos hacia la plaza. Dijeron que puesto que teníamos los caballos y el burro, no había por qué esperarnos, que los alcanzáramos en el camino si ese era nuestro gusto.

Don Diego frunció el ceño, pero no hizo ningún comentario. Cada uno se subió a su montura y salieron de la villa al paso más ligero que les permitía la carga de los mulos y del desventurado pollino del ciego. El camino transcurría entre una alameda de buena sombra y soplaba una suave brisa que lo hacía agradable. Marie se interesó por el final de los Siete Infantes de Lara y fue don Diego quien lo reveló:

—Su malvado tío Rodrigo Velázquez los hizo decapitar por los moros junto a su anciano ayo Nuño Salido y mandó sus cabezas a Almanzor para que se las presentara a Gonzalo Gustios, que era su prisionero. Este los lloró con tanta aflicción que el rey moro, compadecido, le entregó a su hermana para que lo consolara. Con ella concibió a un hijo, Mudarra, quien en la flor de su edad viajó a Castilla para vengar a sus hermanos, los siete infantes, matando al tío traidor.

—Es una triste historia —replicó Marie, y luego se dirigió al ciego—: ¿Sabéis el romance completo?

—No uno, sino cuatro cabales —respondió este—. Conozco tan bien la historia que si no me viene un verso, lo cambio por otro al vuelo.

—Si tuviéramos papel, yo os haría los dibujos en los que saldrían los aludidos en vuestros versos —indicó Marie—. Ya me estoy imaginando a la madre doña Sancha, al buen ayo, a la pérfida doña Lambra de Bureba...

—A todos los pintaréis si así os place —intervino don Diego—, pues cambié un libro de *Palmerín de Inglaterra* por una resma de papel, y algo os puedo prestar.

El ciego mostró gran regocijo ante esta noticia y afirmó:

—Ya te decía yo, Blasillo, que aunque en Salas había ocasión de ganar algunos cuartos con mis rezos, era buena cosa seguir camino hasta la feria de Aranda de Duero, pues lugar habrá de volver más adelante a esa villa bien provistos de los dibujos que la amable dama nos preparará.

—Hoy mismo me pondré a la labor si llegamos con luz a la posada —se ofreció Marie.

Y durante un rato fue ideando cómo representaría a cada uno de los personajes que protagonizaban la narración, y otros cuantos que pensó que serían de utilidad al ciego. El sol abrasador que los recibió cuando se acabaron los álamos hizo que dejara sus cavilaciones y contempló el ancho horizonte que les aguardaba con cierta aprensión. No estaba acostumbrada a tales calores y buscó la calabaza para beber un poco de agua.

—Esto no es nada —comentó Blasillo cuando se quejó—. Aún no ha llegado el verano y apenas hay cigarras. Dentro de un mes cantarán tan fuerte a la solana que los viajeros tendrán que taparse los oídos con cera para evitar volverse locos y acabar descarriados o muertos.

—Como los marineros de Ulises para no escuchar los cánticos de las sirenas —observó don Diego, divertido con la exageración del muchacho, que había transformado sin saberlo el mito clásico para adaptarlo a los secarrales castellanos.

Marie se envolvió en el chal que tanto servicio le estaba prestando y continuaron cabalgando bajo el implacable astro rey, siguiendo una senda sin cuestas ni apenas curvas que parecía infinita. Desde lejos divisaron un obstáculo en el camino, y fue Blas el primero en apreciar de qué se trataba.

—Es la diligencia de los mercaderes, y parece que está detenida —precisó.

—Ha de haberles sobrevenido algún percance —replicó don Diego—. Vayamos con tiento, no sea que esté retenida por salteadores.

Esa perspectiva inquietó al ciego, quien se negó a seguir avanzando y se mostró partidario de regresar a Salas.

—Esperad un poco —le indicó Marie, aguzando la vista—. Yo no veo a nadie más que los comerciantes y arrieros que ya conocemos.

—Estarán escondidos esperándonos —repuso el ciego.

—¿Y a vos para qué os iban a esperar? —preguntó irónico Blas—. ¿Acaso sois rico?

El ciego le dio un pescozón antes de responder:

—Más pierde el pobre cuando le roban que el rico, perillán. ¿No comprendes que si me quitan el pollino, la guitarra y el zurrón me dejan sin nada?

—Sosegad, que no parece que haya peligro —intervino don Diego—. Sigamos la marcha.

—Yo no voy —insistió terco el ciego.

—Amo, con su permiso, yo les doy una voz para saber qué hubo —ofreció el criado de don Diego.

Y así lo hizo. Los arrieros respondieron con otra, y a gritos se enteraron de que a la diligencia se le había roto una rueda y habían mandado gente a la herrería más próxima para arreglarla. Así pues, tranquilizados con estas palabras, retomaron el paso y llegaron hasta el carromato, donde vieron a las tres viudas dando buena cuenta de los higos del ventero, mientras se abanicaban sentadas sobre una piedra pelada. Los restantes viajeros se cobijaban a la sombra del vehículo, escuchando las maldiciones que lanzaban los arrieros por su mala suerte.

—En la Venta de Cantalarrana nos veremos —manifestó don Diego al comerciante del corcel—. Nosotros continuamos, puesto que tenemos caballerías.

El comerciante detectó la pulla que le lanzaba por no haberlos esperado e hizo un leve gesto de asentimiento con la cabeza.

—Si nos encontramos a los de la rueda, les diremos que abrevien, que los aguardáis ardientes —añadió Blas con sorna.

El ciego y Marie apenas pudieron contener la risa ante esta ocurrencia, y el pequeño grupo prosiguió la ruta bajo el sol, adelantando paso a paso hasta que, antes de que cayera el crepúsculo, alcanzaron la mentada venta. El edificio no tenía nada de particular y se parecía a las restantes ventas y posadas que había desperdigadas por los caminos. Su peculiaridad no resultó patente hasta entrada la noche, cuando cada cual intentaba conciliar el sueño en el espacio que se le había asignado. Pero antes de eso bebieron agua fresca del pozo, se limpiaron el polvo del camino y comieron pajarillos fritos y huevos con chorizo. Después Marie pidió que despejaran la mesa y sacó la pluma y el tintero. Don Diego le entregó varios pliegos de papel y, como por arte de magia, comenzaron a nacer de la tinta orgullosas doncellas, aguerridos caballeros, traidores de ojos aviesos, reyes y reinas coronados, castillos, batallas y hasta un dragón que echaba fuego por las fauces junto a una enorme serpiente enroscada. Incluso los inevitables borrones los embelleció la pintora convirtiéndolos en nubes o flores, según el lugar donde habían caído. Blas le iba explicando al ciego lo que veía, y este abría asombrado sus inservibles ojos nublados ante tanta maravilla. Cuando terminó, don Diego hizo dos orificios en el borde superior del papel y sujetó los diversos pliegos con una cinta para que pudieran pasar de uno a otro con comodidad.

—Aquí os entregamos lo prometido —le dijo al ciego, poniéndole el resultado en la mano—. Guardadlo como oro en paño, pues no hallaréis una artista mejor.

La noche había caído cuando escucharon a lo lejos los chirridos de la diligencia. Marie pidió luz y se retiró al estrecho cuarto del piso superior que le habían asignado, mientras los demás esperaban a los comerciantes para comprobar con qué cara llegaban. Antes de acostarse, Marie miró por la ventana para contemplar un firmamento tan cuajado de estrellas como el que había aparecido en su sueño de los lejanos días del convento y abajo, en la tierra, una charca que a la luz de la luna parecía de plata. Pronto empezó a croar una rana y al instante se le unió otra, que a su vez invitó a una tercera, y al poco eran tantas en la bulliciosa fiesta que no podían contarse. Al principio el sonido le resultó agradable y pensó que se dormiría con su arrullo, pero al cabo de un rato sintió que empezaba a horadarle las sienes. Se acordó de lo que había contado Blas sobre las cigarras y le pareció que esta era una maldición semejante, así que se levantó y buscó en sus alforjas el cirio amarillo que le había entregado la anciana cabalista. Arrancó un pedazo de cera con las uñas y lo fue ablandando con el calor de sus dedos hasta que formó dos bolas pequeñas que se introdujo en las orejas. De este modo, las ranas se alejaron y solo escuchaba un leve murmullo. Entonces sí que fue más fuerte su cansancio que la dureza del catre y se durmió como si en la cama de la reina se encontrara.

Don Diego había hecho las paces con los comerciantes y al amanecer del siguiente día salieron juntos de la posada para recorrer el breve trayecto que faltaba hasta llegar a Aranda de Duero, vieja villa de realengo que se alzaba, cerrada por su muralla, en el centro de la extensa vega que regaba el río Duero. Entraron por la puerta de Cascajar y pidieron alojamiento en la primera posada que hallaron al paso. La feria comenzaba al día siguiente, y el posadero, seguro de que llenaba su establecimiento, exigió por persona el doble del precio que venían pagando.

—Aquí nos separamos —indicó el ciego, apeándose del burro ayudado por Blas—. Nosotros dormiremos en el feriado, pues si me roban, que sea otro más pobre que yo.

La viuda más joven ofreció a Marie que las acompañara a la feria, pero esta se excusó.

—No pretendo robaros a vuestro galán —le susurró la viuda acercándose para no ser escuchada por sus compañeras—. Verdad es que me pesa dormir en el frío lecho sin nadie que me caliente, pues aún soy tierna y de carnes prietas, pero nada habéis de temer…

—Nada temo, señora, de vos ni de nadie —la interrumpió Marie, algo picada—. No os acompañaré porque estoy cansada. Marchad en paz.

Y se metió en la posada, donde pidió algo de beber mientras aguardaba la vuelta de don Diego.

Ya se había acabado la jarra de aguamiel que le habían servido, cuando apareció el librero, visiblemente contento.

—Vengo acompañado por una silla de manos y dos porteadores que envía para vos don Pedro Mejía, pues nos convida a su casa. Su esposa ha mostrado gran interés en conoceros.

—No estoy arreglada para la ocasión —replicó Marie, señalando su sencillo vestido verde que había soportado los rigores de los largos caminos.

—No debéis apuraros por eso —respondió don Diego—. Don Pedro es caballero de la orden de Santiago, que impone a sus miembros los votos de pobreza y obediencia, y sus esposas han de regirse por las mismas reglas. Son gente decorosa pero austera.

Marie insistió en que debía cambiarse y, asegurando que no tardaría, desapareció escaleras arriba. En su cuarto rebuscó entre sus pertenencias hasta dar con un envoltorio de tela color oro viejo. Lo sacudió varias veces para que recobrara la forma y apareció el traje de escote cuadrado y corpiño ajustado, realzado con encajes, que había pertenecido a su madre. Mientras lo contemplaba recordando otros tiempos felices, se le escapó una lágrima que se limpió enseguida. No tenía espejo para comprobar qué tal le sentaba el vestido, ni tampoco para apreciar la hechura del apresurado moño con que se recogió la larga trenza, así que dio por terminado su arreglo y, echándose por los hombros el chal que hacía juego con el vestido, bajó para reunirse con don Diego.

—¿Qué os parece? —le preguntó, y dio una vuelta, luego otra y otra más, con los brazos abiertos y la falda al vuelo, como una niña que juega, hasta que se mareó, cerró los ojos y perdió pie.

Sin saber cómo, acabó en los brazos de don Diego, que había detenido su caída y la apretaba contra sí. Sus labios le rozaron el cuello, y a la joven se le escapó un leve suspiro.

—Estáis muy hermosa, Marie, como siempre —musitó don Diego mientras la llevaba casi en volandas hasta la silla descubierta que aguardaba a las puertas de la posada.

Fueron varias las calles que recorrieron hasta llegar a la casa de don Pedro Mejía, y más de un viandante volvió los ojos para contemplar a la joven, sentada muy erguida con su chal dorado en la silla descubierta, preguntándose quién sería. Don Pedro los esperaba a las puertas, ataviado con el sobrio traje oscuro de la orden de Santiago que lucía en el pecho una cruz roja en forma de espada. Después de las presentaciones, indicó a Marie que su esposa la aguardaba y la condujo hasta la sala de cumplimiento del segundo piso, donde se recibían las visitas. Estaba decorada con grandes espejos y austeros muebles castellanos, entre los que sobresalía un bargueño labrado que Marie estaba admirando cuando apareció doña Inés, también vestida de oscuro. Fue muy cordial en su saludo y preguntó enseguida a su invitada si deseaba acudir a la feria antes de la comida.

—Me encantaría —respondió Marie.

Y entonces descendieron al piso bajo, pero no se dirigieron a la puerta de la calle, sino que el caballero y su esposa los condujeron al patio y de ahí a una escalera que llevaba hasta un sótano del que salía una ancha galería que olía a vino.

—Todo el subsuelo de Aranda está recorrido por estas galerías que llamamos bodegas porque en ellas se elabora y almacena el vino que producimos —explicó don Pedro—. Las mías comunican con las de mis hermanos y por ellas llegaremos hasta la iglesia de Santa María evitando las aglomeraciones de las calles.

—Y de paso, si lo deseáis, los criados os ofrecerán un vaso de buen vino de nuestras añadas más logradas, aunque vos, Marie, estaréis acostumbrada a otros mejores —agregó doña Inés.

Marie respondió que probaría los suyos con gusto y elogió el suave sabor afrutado del que le sirvieron.

Sus anfitriones se sintieron halagados e indicaron que todavía les quedaban por catar las añadas mejores, que guardaban en las bodegas siguientes. De este modo, saboreando vinos y conversando, fueron recorriendo las galerías hasta llegar a la salida cerca de la fachada principal de la iglesia de Santa María, en la que acababa de esculpirse el escudo de los Reyes Católicos con tal destreza que parecía un tapiz. Acostumbrados a la penumbra y frescor del subsuelo, la luz del mediodía les resultó cegadora, y el calor, sofocante. Marie se cubrió de inmediato con su chal mientras aguardaban que aparecieran los criados con las sillas de manos. La explanada que se abría ante la iglesia estaba repleta de puestos donde se vendían toda clase de mercancías de los alrededores, y más allá, en un campo vecino, se celebraba un mercado de ganado en el que se cerraban transacciones sobre ovejas merinas, vacas lecheras y cerdos provenientes de las dos Castillas y Extremadura. Pero lo que más llamó la atención de las damas fue una agradable música que se alzaba sobre el bullicio de la gente, atrayendo a los curiosos hacia su punto de origen.

—Acerquémonos a ver de qué se trata —propuso don Diego al percatarse de su interés.

Y los criados abrieron paso hasta situarlos en primera fila de la muchedumbre congregada en torno a un podio sobre el cual tocaba el laúd un individuo vestido con impecable pulcritud. Su semblante era sereno, y sus facciones, agradables; cuando empezó a cantar, demostró que poseía una voz potente y entonada, que arrancó una salva de aplausos al público. Su éxito parecía rotundo hasta que alguien gritó:

—¡Ya has cantado demasiado, ahora haz unas cabriolas!

Muchos se rieron, pero el intérprete siguió impasible con su actuación.

—¡Bufón, déjate de músicas y diviértenos con tus chocarrerías! —insistió otra voz de inmediato.

Esta vez hubo más gente que coreó la propuesta, pero el músico no se dio por aludido.

—¡A mantearlo, a mantearlo! —gritó un rapazuelo que apareció alzando una raída manta parda de las empleadas para las caballerías.

Marie descubrió que se trataba de Blas y quiso detenerlo, pero fueron muchos los que secundaron su idea y se abalanzaron al músico para someterlo a esa broma pesada que lo dejaría lleno de magulladuras. Ya saltaba por los aires entre las risotadas del populacho cuando don Pedro sacó su espada y exclamó con voz poderosa:

—¡Deteneos, bellacos, si no queréis probar mi acero!

Don Diego corrió a ponerse a su lado, desenvainando asimismo la espada, ante lo cual los manteadores desistieron de su actitud, soltaron la manta, y el músico dio con sus huesos en el suelo.

—¡Fuera! ¡No hay más que ver! —gritó entonces don Pedro, y la gente obedeció su mandato y comenzó a dispersarse, mientras don Diego ayudaba a levantarse al músico.

Marie llamó a Blas para pedirle cuentas, pero el muchacho no hizo caso y se escabulló con rapidez entre los puestos atestados de gente.

El músico, sacudiéndose el polvo de la ropa, les dio las gracias:

—Si no llega a ser por vuestras mercedes, tal vez habría acabado como mi laúd.

Un criado lo había recogido del suelo con las cuerdas rotas y la caja aplastada. Marie expresó su tristeza, y doña Inés pidió a su esposo que lo invitara a comer.

—Será un honor —respondió el músico, haciendo una reverencia—. Me llamo Gaspar de Acevedo y soy natural de una aldea cercana a Valladolid.

Durante el trayecto de vuelta a la casa de sus anfitriones y mientras daban buena cuenta del cordero asado que les sirvieron a continuación, explicó por qué, siendo un hombre culto, había decidido tocar en la feria:

—Mis padres poseen extensos rebaños que nos dan para vivir con holgura y nunca se opusieron a que estudiara música ni cultivara mi mente con la lectura, pero sí a que tratara de ganarme la vida con lo que había aprendido por temor a lo que hoy habéis presenciado.

—¿Y por qué os arriesgáis de ese modo sin ninguna necesidad? —le preguntó Marie.

—Porque he de pensar en mi futuro. Tengo una hermana menor casi en edad casadera. Nos queremos y nunca ha habido motivo de riña entre nosotros, pero cuando llegue al matrimonio, las cosas cambiarán. Su esposo será quien tome las riendas de la heredad de mi padre, puesto que yo, por las limitaciones que me impone mi estatura, no podré.

—No veo por qué —insistió Marie.

—Miradme bien. Apenas supero la altura de los carneros, ¿vos creéis que llegaría a desenvolverme en el mundo de los tratantes de ganado? Me convertiría en el hazmerreír y la vergüenza de mi familia. Señora, soy enano y tengo que conformarme con los oficios que a las personas de mi estatura se nos permiten.

—Si decís que en vuestra casa no os falta de nada, también podéis quedaros en ella, pues no tenéis motivo para exponeros a la crueldad de la gente —terció doña Inés.

—Señora, mi estatura es pequeña, pero no mi mente. Poseo ambiciones, deseo conocer mundo y abrirme camino gracias a mi talento como cualquiera, y no cejaré hasta conseguirlo, aunque me vaya la vida en el intento.

—¿Y qué pretendéis hacer? —se interesó don Pedro.

—Buscaré el modo de viajar hasta la corte. Es conocido el gusto de la nobleza por los bufones, y yo sabré hacerme un hueco si se me ofrece la oportunidad —replicó.

—La suerte esta vez os sonríe —señaló don Diego—. Marie y yo partiremos hacia Madrid en un par de días y os invitamos a acompañarnos.

A don Gaspar se le iluminó la cara ante una propuesta tan inesperada y aceptó de inmediato. En cuanto levantaron los manteles, pidió permiso para retirarse, pues manifestó que tenía que ocuparse de los preparativos para su viaje. Sus padres habían acudido a la feria a vender ganado y quería comunicarles su decisión y pedirles permiso. Marie pensó que se lo negarían, pero se equivocó. Al día siguiente, cuando se volvieron a encontrar en la feria, les comunicó que estaba dispuesto para emprender el camino en el momento en que lo dispusieran, y como Marie también quería llegar a Madrid cuanto antes y don Diego deseaba complacerla, convinieron en reunirse la madrugada siguiente en la puerta de la muralla que comunicaba con la carretera.

—¿Tenéis montura? —se había interesado don Diego, intrigado por el modo como pensaba viajar.

—No os preocupéis por nada. Mis padres me han proporcionado lo necesario, pues lo consideran su deber ya que ese es mi gusto.

Como no había explicado más, Marie estaba intrigada y había especulado con don Diego sobre las distintas posibilidades. Pero la realidad fue más sencilla que ninguna de las que se les habían ocurrido. Don Gaspar apareció como jinete de un caballo de tamaño algo inferior al normal, provisto de una montura especial con estribos adaptados a su estatura y unos aditamentos que le permitían ascender y descender de ella sin dificultad.

Y así, sin más preámbulos ni inconvenientes, iniciaron la jornada por las rubias tierras de pan llevar que les acercarían a Somosierra, cuyo puerto separaba Castilla la Vieja de la Nueva. Lo cruzaron, pagando las correspondientes gabelas al rey, y prosiguieron el trayecto hasta Buitrago de Lozoya, pueblo asentado sobre un promontorio junto a una curva del río y protegido por un recinto amurallado y un castillo con cuatro torreones. En la puerta había un ciego con un chiquillo desarrapado y Marie recordó a sus compañeros de viaje.

—He sentido no despedirme de Blas. Creía que en algún momento nos lo encontraríamos en la feria de Aranda.

—A saber dónde anda metido —replicó Don Diego—. Si sigue por los caminos, tal vez vuelva a toparme con él y os escribiré su suerte.

Marie se entristeció porque no disponía de ninguna dirección a la que pudiera escribirla, ni perspectivas de que esa circunstancia cambiara en breve, pero prefirió pensar en otra cosa y preguntó:

—¿Falta mucho para llegar a Madrid?

—Doce leguas. En dos jornadas estaremos en la corte.

Esa noche durmieron en una venta tan mala que costaba admitir que se hallaban tan próximos a la capital de un imperio en el que se decía que no se ponía el sol. No hubo ni habitaciones para cada uno, y los tres ocuparon camastros separados por cortinas de saco en una galería que daba a las cuadras y que tuvieron que pagar completa para que no metieran en ella a más huéspedes. La cena y el desayuno no fueron mejores, así que prosiguieron el camino sin volver la vista atrás, iniciando una nueva jornada que los conduciría hasta San Agustín de Guadalix, pueblo serrano dedicado a la ganadería y el cultivo de cereales que formaba parte del señorío de la poderosa familia Arias Dávila, condes de Puñoenrostro. Su palacio estaba situado en la plaza y destacaba por su imponente planta y la piedra empleada para su construcción.

Don Gaspar sabía de arquitectura y estaba explicando algunos detalles sobresalientes de la edificación, cuando se abrieron las puertas centrales y salió por ellas un carruaje descubierto en el que iba una joven de belleza singular, acompañada por una mujer mayor. Los tres la miraron pensando que debía de tratarse de algún miembro de la familia, pero prosiguieron con su conversación cuando el coche se alejó. Sin embargo, lo vieron girar al poco y desandar el camino recorrido hasta detenerse a su altura. La mujer mayor bajó y se dirigió a don Gaspar, mientras que la joven apartaba los ojos y se tapaba el rostro con una mantilla.

—Tomad la mano —le dijo con gesto adusto, tendiéndole una figurilla diminuta de azabache.

Marie observó sorprendida cómo don Gaspar la aceptaba, replicando:

—Dios os bendiga.

Entonces la señora volvió al carruaje, que se alejó por el rumbo que llevaba. Marie pidió una explicación y don Diego la complació:

—Es creencia común que algunas personas tienen veneno en los ojos y son capaces de hacer morir de languidez si miran fijamente.

—Lo denominan mal de ojo, y el vulgo ignorante piensa que los enanos y cualquiera que sea diferente lo causamos por mala intención —agregó don Gaspar con resignación, mientras lanzaba lo más lejos posible la figurilla con la que lo habían ofendido.

—Por esa razón la señora le entregó la manita —prosiguió don Diego—. Si don Gaspar la hubiera rechazado, habría llegado a la conclusión de que quería echar mal de ojo a su ama y podrían denunciarlo a la Inquisición o mandar darle una paliza hasta que se aviniera a pronunciar el «Dios os bendiga» que la libraría de su daño.

El sol empezaba a caer y buscaron posada para pasar la noche. Vieron una casa abierta que les pareció semejante a otras donde habían dormido y se acercaron a preguntar, pero antes de que hubieran abierto los labios, una mujeruca cejijunta se levantó de la silla en la que desplumaba una gallina y les cerró la puerta en las narices. Como no encontraron ningún lugar donde quisieran acogerlos, no les quedó otra solución que salir del pueblo para pasar la noche al sereno. Había luna llena y no les costó seguir el camino hasta una arboleda situada a las orillas del río. Allí hicieron una hoguera, tendieron mantas y comieron de las parcas provisiones que llevaban en los mulos de don Diego. La noche era tranquila, cantaban los grillos y olía a hierba, así que estuvieron conversando hasta que les venció el sueño y no descansaron peor de lo que lo habían hecho en algunas posadas. Cuando se despertaron a la salida del sol, se lavaron en el río, desayunaron rosquillas y uvas pasas de la madre de don Gaspar y prosiguieron la marcha hacia Madrid, pues ya se hallaban a sus puertas.

La ciudad que los recibió no les llamó la atención por sus edificios majestuosos ni el orden y limpieza de sus calles. Era un poblachón más bien destartalado, de casas en su mayoría bajas, frías en invierno y calurosas en verano. No había sido elegida capital del imperio debido a su belleza, en la que la aventajaban Toledo o Valladolid, sino por sus buenas comunicaciones con las diversas regiones de la península, sus abundantes aguas cristalinas y sus saludables aires serranos, procedentes de Guadarrama. Sus calles de tierra sin aceras estaban repletas de transeúntes, muchos de ellos forasteros que acudían a arreglar sus asuntos en los consejos o tribunales. También abundaban los soldados veteranos que pretendían un retiro honroso con alguna renta después de haber servido en Flandes o las Indias, y toda clase de ganapanes y mandaderos dispuestos a ganarse el sustento con cualquier oficio servil que se les propusiera.

—Mi padre tiene banquero en la ciudad y debo acudir sin falta a visitar su casa —declaró Marie cuando cruzaban el puente de Segovia—. Espero que me dé noticias de él y fondos para continuar el viaje, pues apenas me quedan para pagar una posada.

—Por eso no os preocupéis, pues tengo un pariente que nos recibirá a los tres en su residencia —ofreció don Diego—. A ella nos dirigimos, y ya habrá tiempo de visitar al banquero.

Marie y don Gaspar aceptaron agradecidos la invitación. Recorrieron estrechas correderas malolientes, hasta desembocar en una placita no desprovista de gracia, adornada con una fuente en el centro y rodeada por una iglesia y media docena larga de casas corridas con empinadas techumbres de teja rojiza, cuya fachada, salpicada de amplios ventanales a los que se superponían ventanucos más estrechos, daba a entender que su factura era de una única planta muy dividida.

—No os dejéis engañar por las apariencias —comentó don Diego antes de tocar a la aldaba de la que estaba pegada a la iglesia por la izquierda y, bajando la voz, añadió—: No es un palacio, pero habrá sitio para todos, pues la casa es de las que llaman a la malicia.

Sus dos acompañantes lo miraron extrañados, sin comprender sus palabras, y don Diego explicó que así se conocían en la capital del reino las casas construidas para evitar la regalía de aposento por la que se obligaba a los propietarios a ceder la mitad de la superficie de su propia vivienda a algún miembro de la corte que precisara alojamiento.

—Si os he entendido bien, habéis afirmado que hay una regalía que obliga a todos los dueños de casas a aceptar compartirlas con un miembro de la corte —se admiró Marie.

—No a todos —reveló don Diego—. Los poderosos o bien relacionados, a cambio de algún favor a la corona, consiguen que sus viviendas sean declaradas casas privilegiadas y estén exentas de la carga.

—No parece justo —opinó don Gaspar.

—No lo es —aseveró don Diego—. Sin embargo, hecha la ley, hecha la trampa. Cuando una casa es demasiado pequeña o difícil de distribuir, tampoco se le puede aplicar la regalía de aposentos, y este es el motivo por el que en esta villa y corte abundan las conocidas como casas a la malicia que, vistas desde el exterior, simulan carecer de las condiciones para cumplir la regalía de aposento.

—¿Queréis dar a entender que esta casa de vuestro primo no es de una sola planta como parece? —preguntó interesada Marie.

—Vos misma tendréis la ocasión de comprobarlo —repuso divertido don Diego.

Y ya no pudo explicar más, porque en ese punto abrió la puerta un criado macilento y tuerto.

—Si está tu amo, anúnciale que ha llegado su primo don Diego de Alcázar con unos amigos —le dijo el librero.

Antes de que el criado desapareciera a cumplir lo mandado, se escucharon voces dentro y salió un joven delgado como una aguja, seguido por una dama más bien entrada en carnes de rostro risueño cubierto de hoyuelos.

—Pasad, pasad, querido primo —ofreció antes de darle un fuerte abrazo—. Os presento a Marcela, mi esposa, ya os anuncié que me casaba, pero pasad, pasad, estáis en vuestra casa.

Y siguió hablando sin parar mientras conducía a sus huéspedes a la destartalada habitación de recibir que se encontraba junto a la cocina. La casa no era pequeña, pero estaba mal acondicionada y peor distribuida, pues todavía se encontraba a medio terminar. Solo había dos dormitorios en la planta baja y un despacho en la superior, al que se accedía por unas escaleras de madera escondidas en la parte posterior, donde también estaban los cuartuchos del servicio, pegados a unas cuadras que se habían acondicionado en lo que debería haber sido un patio.

La hospitalaria Marcela resolvió enseguida que ella compartiría el dormitorio principal con Marie; su esposo se acomodaría en el otro con su primo don Diego, y a don Gaspar le armarían un lecho en el despacho.

Marie adujo que el matrimonio no debería separarse por su intempestiva llegada, pero la risueña Marcela, que parecía más que contenta con la visita, repuso:

—Lo hago con gusto. A mi esposo ya lo conozco, pero a vos no. No se me presentan muchas ocasiones de intimar con forasteras que hayan viajado tanto, y estoy segura de que tendréis cosas curiosas que contar, pero primero querréis asearos antes de que os ofrezcamos un refrigerio.

Marie le agradeció su amabilidad y se quedó sola en la habitación. Se despojó del traje verde para lavarse lo mejor que pudo valiéndose del aguamanil que encontró sobre una mesa y luego se puso el vestido color oro que tanta admiración había causado en Aranda de Duero. Se hallaba por fin en la corte y no había mejor sitio para lucirlo. Cuando entró en la sala de recibir donde estaban poniendo una mesa, todos los ojos se fijaron en ella, pero fue don Gaspar el único que osó alabarla.

—Quiero causar buena impresión al banquero —declaró Marie para justificar su arreglo.

—Ataviada con tanta elegancia no podéis caminar sola por las calles —observó Marcela—. Habrá que pedir una silla de manos, aunque la distancia es corta.

Don Diego afirmó que la acompañaría, pero don Gaspar no quiso ser menos y también se ofreció, así que los tres se desplazaron caminando hasta la calle Mayor, en una de cuyas mejores mansiones, declarada sin duda casa privilegiada, vivía Filadelfo Herrero, un acaudalado banquero del Madrid del momento.

—¿Quién solicita verlo? —preguntó el solemne criado que les abrió la mirilla de la puerta.

—Soy Marie de Gourney, hija de Maxim de Gourney, caballero del Franco Condado.

Cuando el criado regresó, pasados unos minutos, para franquearles la puerta de madera maciza, don Gaspar anunció que los esperaría en el zaguán.

—No deseo incomodaros con mi presencia —adujo como explicación.

Marie protestó, pero don Diego aconsejó que le hiciera caso. Así pues, acompañaron al criado por unas anchas escaleras alfombradas hasta el segundo piso y luego por un amplio pasillo, adornado con profusión de cuadros e historiadas mesas de mármol y maderas nobles, hasta llegar a un espacioso salón de altos ventanales guarnecidos con cortinajes de seda a cuya puerta los recibió un anciano calvo y algo encorvado de rostro anguloso que estornudaba una y otra vez, tapándose la prominente nariz con un pañuelo de encaje que llevaba en la huesuda mano. Les pidió que tomaran asiento y él lo hizo después tras una enorme mesa de caoba sobre la que destacaba una escribanía de plata maciza. Enseguida tocó una campanilla y apareció otro criado con una bandeja en la que había un cuenco de cristal lleno de algo que parecía nieve y un frasco oscuro. El anciano abrió el frasco y roció en el cuenco unas gotas rojas.

—Prueba —le ordenó entonces al criado.

Este sacó una cucharilla del bolsillo y cogió una porción de la nieve que se llevó a la boca y tragó.

—Prueba —repitió el anciano.

Y el criado obedeció de nuevo. Como seguía impasible sin ningún síntoma extraño, el anciano cogió su cuchara de plata y comenzó a saborear el contenido del cuenco, chasqueando la lengua tal vez por el frío.

—Es un remedio que me prescribió el médico para la garganta —explicó a sus visitantes, como si tratara de excusarse por no haberlos convidado—. La nieve me la traen de la sierra, y la esencia de frambuesa, de Francia. Resulta carísimo, así que espero que surta efecto. Pero dejemos mis dolencias y hablemos de vos y vuestro padre.

Marie le explicó que no sabía dónde se encontraba y que pensaba que él la podría informar al respecto, puesto que estaba al corriente de que lo había recibido cuando llegó a Madrid porque así se lo había comunicado por carta, y le urgía reunirse con él después del largo viaje que había efectuado para encontrarlo.

El banquero replicó con medida formalidad:

—Vuestro acento del Franco Condado resulta encantador. Y claro que tengo noticias del señor de Gourney, aunque probablemente no serán de vuestro agrado.

La llegada de un joven apuesto, vestido con lujosa elegancia, interrumpió la conversación en ese punto.

—¡Padre, no podéis adivinar lo que os traigo! —exclamó, irrumpiendo en la sala con un ímpetu exagerado y gran familiaridad.

—Ahora no, Félix, pues tengo visita —le recriminó el banquero, haciéndole gestos para que se marchara.

El joven miró a Marie y don Diego, saludó con una leve reverencia de cabeza y manifestó:

—Qué pequeño es el mundo, nos volvemos a encontrar.

182

—Cómo, ¿os conocéis? —se extrañó su padre ante estas inesperadas palabras.

—Fuimos compañeros tiempo ha en la universidad de Salamanca —explicó de inmediato don Diego—. Por desgracia, yo abandoné los estudios debido al fallecimiento de mi padre.

El banquero se lamentó a su vez:

—Mi hijo también, mas solo por su gusto y para mi disgusto.

—Padre, después hablamos de eso, pero ahora permitidme mostraros algo que lleváis largo tiempo deseando poseer —urgió el joven, incapaz de aguantar su impaciencia.

El padre cedió ante tal insistencia e hizo un gesto con el pañuelo para dar su consentimiento a que pasara la sorpresa.

—Adelante —ordenó a su vez, batiendo palmas de satisfacción, el elegante joven.

Y apareció don Gaspar con el rostro circunspecto. Marie y don Diego se levantaron de sus asientos al verlo, pero el primero les indicó con un leve ademán que no se inquietaran. Contrariado, Don Diego protestó:

—¿Qué burla es esta? Este caballero es amigo nuestro y esperaba abajo a que termináramos los asuntos que nos han traído a esta casa.

El hijo del banquero explicó:

—No os incomodéis, pues no hay burla alguna. Mi padre lleva años queriendo contar con el servicio de un enano, pues debéis saber que son muy apreciados en la corte. Lo encontré al entrar, entablé conversación con él y decidí que era la persona que mi padre buscaba. No hubo engaño. Don Gaspar está al corriente de nuestro interés.

El banquero preguntó entonces:

—¿Y cómo es que os conocíais?

Marie respondió que al librero se lo habían presentado en la casa de la marquesa de Valprieto en Pamplona, mientras que a don Gaspar lo habían conocido ambos en Aranda de Duero, desde donde los había acompañado hasta Madrid.

—Luego proseguiremos hablando de mi viaje, pero ahora os ruego que me informéis sobre mi padre y su paradero —agregó Marie, que deseaba salir cuanto antes de dudas.

El banquero abrió un cajón de la mesa y sacó una carta:

—Os complaceré ahora mismo, puesto que así lo queréis. Llegó hace cosa de veinte días con otra para vuestro padre que mandé al convento de San Ginés, pues los monjes conocen su dirección en Sevilla. Las envía un criado de confianza del señor de Gourney llamado Armand para comunicar dos noticias terribles: el fallecimiento de su esposa tras dar a luz a un hijo sin vida y la muerte posterior de su única hija ahogada en un arroyo.

El rostro de Marie reflejó una súbita turbación. Sintió un agudo pesar al recordar la muerte de su madre y los agónicos días que había pasado en el convento antes de decidir su huida. Después pensó en su amiga Chantal y en cómo había querido engañar a su primo Jean-Baptiste simulando que había muerto ahogada para que dejara de buscarla. Pero también se acordó entonces de cómo se habían librado del criado que la había descubierto en Le Puy y sintió miedo de las consecuencias si se delataba.

Con voz insegura, replicó:

—No, no, yo no he muerto. Cuando mi madre falleció en el convento y yo huí de un matrimonio que querían imponerme a la fuerza, fingí que me había ahogado para que dejaran de perseguirme.

—¿Podéis demostrar cuanto afirmáis? —preguntó el banquero, clavando en ella sus ojos escrutadores.

Marie explicó como mejor pudo las intenciones de la viuda de Alos y su hijo Jean-Baptiste, las circunstancias del fallecimiento de su madre y las recomendaciones que le había hecho en su lecho de muerte.

—Yo os pido pruebas, no explicaciones —insistió el banquero, meneando la cabeza en signo de reprobación—. Las palabras se las lleva el viento.

Marie no supo qué responder, y entonces, cuando todo parecía perdido, se escuchó clara una voz femenina que hablaba con el mismo acento peculiar de la joven:

—Creedla. Es Marie de Gourney. Yo doy fe desde mi tumba.

El anciano dio un respingo y se le erizaron los pocos pelos que le quedaban en la cérea cabeza, su hijo puso los ojos en blanco y perdió el conocimiento, don Diego cayó de espaldas de la silla que ocupaba, y Marie empalideció como si su cuerpo se hubiera vaciado de sangre.

9

La beata, el caballero andante y los galeotes

Don Gaspar era el único que había permanecido impasible tras escuchar la voz de ultratumba, y el banquero quedó muy sorprendido por su valor. Enseguida pidió a un criado sales para que su hijo volviera en sí del desmayo y vino añejo para que todos recobraran el color.

—Era la voz de vuestra madre —manifestó después, dirigiéndose a Marie—. El acento resultaba inconfundible, pues se asemejaba al vuestro.

—Yo no la reconocí, aunque el acento puede que se pareciera —afirmó la joven, a quien todavía le costaba creer lo que acababa de escuchar—. Su tono era diferente; yo lo recuerdo más dulce.

—Pensad que provenía del más allá —intervino el hijo del banquero, recostado en un sillón y medio repuesto del susto—. Es de esperar que algún cambio habrá sufrido tras la muerte, de igual forma que se corrompe el cuerpo.

—El mensaje ha sido claro y no cabe duda alguna de que la dama decía la verdad: es la hija del señor de Gourney y no está muerta —observó don Gaspar con convencimiento.

Don Filadelfo se había vuelto a sentar tras su mesa de caoba y permaneció unos instantes cavilando. Luego manifestó a Marie:

—Debéis acudir cuanto antes al convento de San Ginés, pues tengo la convicción de que vuestro padre determinará regresar al Franco Condado en cuanto haya leído la carta.

—¿Tenéis alguna noticia al respecto? —preguntó inquieta la joven.

—Ninguna, y me extraña, porque sería lógico que me pidiera fondos para costear el viaje. Por eso os recomiendo que os apresuréis, pues creo que todavía no ha partido.

Marie aceptó su consejo y se despidió del anciano para dirigirse al convento. Don Diego y don Gaspar la acompañaron y quedaron en regresar a casa del banquero al día siguiente para informarle de lo sucedido y concretar la contratación del segundo.

El convento de San Ginés se hallaba próximo a la Puerta del Sol, en una calleja repleta de gatos de diverso pelaje, atraídos por los desperdicios que arrojaban a la vía pública varios figones de merecida fama y mucha clientela.

—No son horas de visita —respondió huraño el hermano portero que los atendió desde la mirilla sin abrir la puerta.

Pero Marie insistió hasta las lágrimas en que era muy urgente el asunto que debía tratar con fray Lorenzo, el prior de la comunidad, y consiguió que le franquearan la entrada.

Fray Lorenzo, hombre afable y sereno de mediana edad, cuyo hábito de basta lana brillante por el uso no escondía su oronda barriga, escuchó con interés la narración en una oscura sala adornada con enormes cuadros bíblicos. Cuando Marie terminó, abrió un bargueño y sacó un papel sellado.

—No os apuréis, pues vuestro padre aún no conoce las tristes nuevas. Aquí tengo la carta, como podéis comprobar. Mis muchas obligaciones y escaso tiempo son los causantes de que me olvidara de ella antes de buscar el modo de hacérsela llegar. Sabemos, eso sí, que pasó los exámenes de la Casa de la Contratación y que tiene el propósito de embarcarse en la carrera de Indias en cuanto le encomienden un destino. Si queréis encontraros con él, debéis partir hacia Sevilla, pues dentro de poco zarpará rumbo al Nuevo Mundo.

Marie se inquietó ante la perspectiva de no alcanzar a su padre antes de que embarcara.

—¿Cómo puedo desplazarme hasta Sevilla? —preguntó al fraile.

—No es aconsejable viajar en verano porque hay que cruzar territorios desiertos y sierras infestadas de bandidos. Será difícil encontrar compañeros para esa empresa, a no ser que esperéis hasta septiembre, cuando el clima se hace más soportable, pero en vuestro caso tal vez sea demasiado tarde.

—Tenía entendido que las naves no zarpaban hasta octubre, cuando les son favorables los vientos alisios —replicó Marie.

—Yo os lo explicaré —repuso paciente el fraile—: Hasta hace pocos años, se utilizaban para la carrera de Indias navíos sueltos que emprendían la gran travesía sin protección alguna frente a piratas y corsarios en la fecha que les parecía conveniente. Esta libre navegación causaba muchas pérdidas de barcos y hombres, pues los armadores, pensando solo en los beneficios, los hacían partir en pésimas condiciones y en momentos inoportunos. Por eso se estableció el sistema de flotas, por el cual todas las naves interesadas en llegar al Nuevo Mundo zarpan juntas, protegidas por buques de guerra. Hay una flota en abril hacia la Nueva España y otra en agosto hacia la Tierra Firme, pero rara vez se cumplen las fechas estipuladas ni parten dos por año. Muchas circunstancias influyen en su organización, aunque sé a ciencia cierta que se está preparando una de más de ochenta navíos, con lo cual puede que por la complicación que entraña se retrase su partida hasta la fecha que decís.

—Pero también podría zarpar antes —observó con inquietud Marie.

—Así es. Aunque tal vez vuestro padre, falto de experiencia, no consiga puesto en ella, sino en alguno de los navíos destinados al servicio de Portugal, Canarias y demás puertos más próximos.

Marie expresó su desconsuelo ante la falta de datos concretos y la imposibilidad de conocer las intenciones de su padre. Don Diego quiso animarla:

—No desesperéis. Encontraremos el modo de comunicaros con él y no zarpará hacia el Nuevo Mundo. Os aseguro que haré lo indecible por serviros.

Antes de que se marcharan, el fraile los convidó al chocolate con picatostes que tanta fama estaba alcanzando en la villa y corte, y mientras lo saboreaban, don Diego aprovechó para pedirle su opinión sobre el extraño suceso ocurrido en la casa del banquero don Filadelfo.

—No soy familiar de la Inquisición, pero mantengo relaciones con algunos —indicó el fraile con gesto adusto—. Se trata de un fenómeno peligroso que quizá habría que poner en su conocimiento para que se investigue.

A don Gaspar se le demudó el semblante, pero fue algo tan momentáneo que solo Marie lo percibió, achacándolo a su condición de enano que lo hacía reo ante el vulgo de tantos delitos inconfesables. Por ello, la joven restó importancia al asunto con el fin de que no acabara implicado su amigo, señalando que ella no había escuchado nada y que le habían parecido alucinaciones de don Filadelfo y su hijo, personas algo fantasiosas. De este modo, la cosa quedó en nada, y se despidieron del fraile con la petición de que no dejara de informarlos sobre cualquier noticia que le llegara referente a Sevilla.

Don Diego no había llevado la contraria a Marie, pero cuando se hallaron en la calle, quiso saber por qué había puesto tanto empeño en negar que había escuchado la voz de su madre.

Marie reiteró:

—No era mi madre, de eso estoy segura. Y si lo negué con tanto ahínco fue por evitar sufrimientos a don Gaspar.

Este la miró atónito y preguntó:

—¿Os disteis cuenta de que fui yo?

Entonces fueron Marie y don Diego los asombrados y le pidieron que explicara sus palabras.

—Ya os comuniqué en Aranda cuando nos conocimos que mi cuerpo es pequeño, pero no así mi mente, y que contaba con recursos para abrirme un hueco en la corte. Poseo la destreza de hablar sin mover los labios e imitar distintos acentos y voces. Es un don que percibí desde la infancia y con el que entretenía a mi hermana. Quise perfeccionarlo y busqué en los libros cómo lograrlo. El arte de proyectar la voz con los labios casi cerrados de modo que parezca originarse en otro lugar se remonta a los tiempos del Antiguo Testamento, pues el profeta Isaías ya menciona en la Biblia a un ventrílocuo, que así es como se llaman quienes lo practican. Se conoce como ventriloquia porque se cree que el arte consiste en hablar con el estómago, aunque yo no estoy seguro de que sea cierto. Hubo ventrílocuos en Grecia y Roma, y en épocas más recientes, el rey francés Francisco I tuvo un ayuda de cámara que gozaba del don, y dicen que el monarca de Inglaterra cuenta ahora con uno magnífico a su servicio al que llama su susurrador.

—Demostradnos vuestro arte —le pidió Marie impresionada.

Don Gaspar sacó la espada, colocó encima sus guantes envueltos de tal modo que formó una cabeza y dos brazos colgantes, y se puso a agitar el muñeco conseguido para centrar la atención de sus interlocutores mientras remedaba la voz de un viejo gruñón. Cuando terminó, Marie aplaudió encantada.

—Os auguro un gran porvenir en la corte —observó con voz admirada—. Debéis declarar vuestro don a don Filadelfo para que os abra las puertas de palacio.

Don Diego opinó por su parte:

—Os aconsejo prudencia. Muchos han acabado en la hoguera por menos. Es un arte que se presta a malinterpretaciones, y la Inquisición no se anda por las ramas. Si sois denunciado y se os investiga por brujería o trato con el demonio, os torturarán, y ya sabéis que bajo suplicio es difícil negar ningún cargo.

—Mi condición de enano me hace sospechoso —aceptó resignado don Gaspar—. Por eso oculto mi facultad y no la habría empleado en casa del banquero de no haberme movido las circunstancias, pues me pareció el único modo de conseguir que os creyera.

—Yo os lo agradezco como se merece, pero os ruego por vuestra seguridad que sigáis manteniéndola en secreto de momento —repuso Marie con tono cariñoso—. Sois perspicaz y encontraréis la ocasión de lucir vuestra destreza cuando os hayáis ganado la confianza de don Filadelfo mediante vuestros restantes talentos.

Quedaron en ello y no contaron ni una palabra de lo ocurrido al primo de don Diego ni a su esposa.

Al día siguiente, don Diego madrugó para dedicarse a su comercio como librero, y Marie acompañó a don Gaspar a casa de don Filadelfo, quien los recibió de inmediato, ataviado con un batín y desayunando en su mesa, pues no le gustaba levantarse temprano. Mientras sopaba bizcochos en el chocolate que había adoptado como desayuno, sin ofrecer una taza a sus visitantes, preguntó a don Gaspar si sabía bromas, chocarrerías, juegos de cartas o algún otro pasatiempo de los habituales en los bufones.

—Soy de buen carácter —respondió este—, aunque no creo que se me pueda llamar gracioso. Tampoco me he ocupado en aprender esos pasatiempos que enumeráis, pues mis aptitudes iban por otros derroteros. Mis padres me pusieron preceptores en casa y sé de números y letras; además, aprendí música y toco el laúd con bastante perfección.

—Oh, estupendo, estupendo —señaló don Filadelfo, a la vez que agitaba la campanilla para que vinieran a retirar la bandeja, una vez saciado su apetito—. No era eso lo que esperaba de vos, pero vuestros conocimientos me vendrán como anillo al dedo. Por vuestro modo de expresaros se nota que sois docto, así que os haré mi asistente y secretario, además de músico de la familia. Os notifico que suelo recibir dos veces al mes y tendréis que tocar para la selecta concurrencia que acuda. Entrará dentro de vuestros deberes y vuestro sueldo.

Don Gaspar no puso impedimentos, y pasaron a concretar sus obligaciones, que resultaron muchas para la paga más bien exigua que le ofrecía. Sin embargo, llegaron a un acuerdo, pues el músico pensó que era un buen punto de partida para iniciar su andadura en la corte.

—Entonces, os espero mañana a esta misma hora. Venid con el equipaje, pues deseo que os mudéis para que empecéis a trabajar cuanto antes. Mi antiguo secretario se despidió, y los papeles se van acumulando, hecho que no soporto y consigue que se me altere el pulso.

Les hizo una reverencia, dando por terminada la audiencia, y tocó la campanilla para que el criado los condujera a la puerta.

—Aguardad un instante, mi señor don Filadelfo, pues yo también necesito hablaros de algo —intervino Marie con cierto apuro.

—Os escucho —repuso el banquero sin muchas ganas.

—Apenas me queda dinero del que me entregó Armand, el criado de mi casa allá en el Franco Condado, y necesito reponer fondos para continuar viaje hasta Sevilla. Puesto que sois el banquero de mi padre, supongo que me los podréis facilitar.

—Querida, vos misma lo habéis dicho: soy banquero, no una casa de caridad, por eso no puedo daros nada, pues vuestro padre todavía me debe, y además, sin su permiso, yo no moveré un dedo.

Marie se puso roja de vergüenza y no quiso insistir. Con una breve inclinación de cabeza, abandonó la habitación y siguió al criado hasta la puerta de la calle. Don Gaspar iba detrás, pero se cuidó mucho de efectuar comentarios. Sí habló largo y tendido con don Diego esa noche a solas para intentar entre ambos sostener a la joven sin que se diera cuenta.

—He cobrado algunos alquileres de libros y conseguido nuevos clientes —informó don Diego—. Mientras vivamos en casa de mi primo, alcanzará para pagar la manutención y los restantes gastos.

—Yo cuento con el dinero que me ofrecieron mis padres y puedo escribirles para que me envíen más, pero preferiría esperar a recibir mi sueldo —agregó don Gaspar—. Mañana mismo empiezo a trabajar.

Al día siguiente, cuando don Gaspar se despidió porque se mudaba a la casa del banquero, Marie le dio un beso y le deseó buena suerte. Don Diego también salía en ese momento a continuar con sus negocios e hicieron juntos parte del trayecto.

—Os envidio —le dijo con gesto taciturno—. A vos os ha besado y a mí casi ni me dirige la mirada.

—Yo os envidio a vos —respondió don Gaspar—. Si me besa es porque no me trata como a un hombre, y a vos sí.

Marie, ajena a esta conversación, ayudó a Marcela a ordenar su destartalada casa y como terminaron enseguida, la segunda propuso que fueran a pasar el rato a un bosque que había a las afueras de Madrid.

—¿No vendrá vuestro esposo a almorzar? —preguntó Marie.

—Hoy no, pues es día de tribunales y tendrá mucha labor. Es aspirante a pretendiente de ayudante de escribiente, lo cual, así dicho, parece importante, pero se reduce a que trabaja cuando lo llama un escribiente porque no da abasto a los clientes con los ayudantes que tiene contratados ni con los que están en la lista para serlo en cuanto quede una vacante. Cuando hace tan buen tiempo, se me cae la casa encima si me quedo dentro, así que debéis tener la caridad de acompañarme al paseo que os propongo.

—Solo cuento con algunas monedas —se disculpó Marie.

—No os apuréis por eso. No gastaremos nada. Vos montaréis vuestro alazán y yo cogeré prestado el mulo de mi primo que quedó en el patio. Llevaremos una cesta con algo de pan, queso y ciruelas, y beberemos agua de la fuente. Eso sí, debéis vestiros con discreción para evitar miradas incómodas.

Marie se puso el vestido claro, pues el verde le daba demasiado calor, y Marcela le prestó un mantón corto para que se cubriera con él la cabeza y los hombros. Ella se tapó del mismo modo y partieron, cruzando el puente de Segovia, para seguir el curso del río Manzanares por la Carrera de San Isidro hasta llegar al cerro del mismo nombre, donde había un bosque, la fuente que el santo hizo brotar de una roca y la ermita erigida en su honor por la emperatriz Isabel de Valois. Marcela explicó a Marie la historia de la hermosa pradera que se abría ante la ermita y desde la que se obtenía una amplia vista de Madrid con el río a los pies.

—Estas tierras pertenecían a un tal Juan de Vargas, para quien trabajaba como labrador a sueldo san Isidro. En cierta ocasión, el amo fue a reprenderlo porque dedicaba más tiempo a la oración que a la labranza, pero se quedó pasmado al comprobar que mientras el santo rezaba, dos ángeles araban los terrones.

Recorrieron el frondoso bosque y buscaron acomodo entre los árboles para sentarse y permitir que las caballerías pastaran la fresca hierba que crecía por los alrededores.

—¿Qué es aquello que hay detrás de la ermita? —preguntó Marie con curiosidad—. Parece una jaula.

—Será para pájaros o pavos reales —respondió Marcela—. Debe de ser una atracción nueva, pues no recuerdo haberla visto otras veces.

Decidieron acercarse y comprobaron que, en efecto, se trataba de una gran jaula de madera, pero en su interior no había aves, ni siquiera fieras, sino una figura humana acurrucada, vestida con un sambenito y tocada con un gorro cónico llamado coroza. Tenía tapada la cara con las manos y no se apreciaba si se trataba de un hombre o una mujer.

—¿Qué grave delito habrá cometido para verse en tal estado? —preguntó Marie, impresionada ante su triste condición.

—Será un loco peligroso, pues tengo entendido que los reducen encerrándolos de tal suerte.

También se había acercado a la jaula un labriego barbilampiño y desgarbado que había escuchado los comentarios de las dos jóvenes.

—Dicen que se está preparando la celebración de un auto de fe en Madrid. Para mí que este es un acusado de herejía que han traído de algún pueblo cercano y espera aquí para desfilar en la procesión solemne con los clérigos, las autoridades y los demás acusados hasta el estrado de la Plaza Mayor, donde le darán garrote o arderá en la hoguera —les explicó sin rodeos con un acento peculiar. A continuación añadió, dirigiéndose a la persona de la jaula—: Estírate, hereje, para que veamos cuál fue tu sentencia pintada en el sambenito.

Como la figura hecha un ovillo no obedeció su orden, sacó una espada corta que llevaba al cinto y comenzó a golpear los barrotes con gran furia y estruendo. Marie y Marcela se asustaron y retrocedieron, pero en el interior de la jaula no hubo más cambio que los sollozos entrecortados que comenzaron a escucharse.

—¡Estírate, hereje! —gritó de nuevo el labriego más irritado.

Entonces la figura levantó la cara llena de lágrimas y comprobaron que se trataba de una mujer joven. Sorprendido, el labriego cambió de actitud y le preguntó, al ver las llamas que adornaban su hábito, señal inequívoca de que estaba condenada a la hoguera:

—¿Qué crimen habéis cometido para que os traten con tanta saña?

—Ponía huevos —respondió la mujer con un hilo de voz.

—¿Ha dicho que ponía huevos? —susurró Marie a Marcela, creyendo que no había entendido bien sus palabras.

Marcela asintió con la cabeza y le hizo un gesto para que siguiera escuchando, pues la mujer continuó contando a instancias del labriego:

—En el convento de las Dueñas Marcelinas, donde ingresé a la edad de cuatro años porque mi tía era la priora, puse muchas docenas de huevos blanquísimos siendo todavía novicia y no monja de velo prieto, hecho que se consideró gran maravilla. La mañana que descubrí el portento salí haciendo aspavientos de mi celda como si me hubiera topado con un alma en pena. Dentro de mi catre, colocado entre mis piernas, había encontrado el primero que puse. Nunca supe cómo se obraba el misterio, pero el caso es que a partir de entonces cada mañana hallaba bajo mi catre uno o dos huevos; llegué a poner hasta cuatro juntos, mientras dormía y sin darme cuenta, pero siempre aparecían en el suelo y nunca se rompieron. La hermana cocinera los empleaba para hacer unas rosquillas que nos quitaban de las manos porque se creían milagrosas, y con el aumento de las limosnas pudimos arreglar el tejado de la iglesia y pasar menos necesidades de las que antes nos acuciaban.

—¿Y por eso os condenaron a la hoguera? —se atrevió a preguntar Marie.

—Alcancé fama en la comarca y se me conocía como la Beata de los Huevos. Algunos afirmaban que era santa, pero yo no lo sé, como tampoco si ahora soy hereje. Un buen día llegó la Inquisición a la región e hizo pregonar que se iba a realizar una pesquisa, aceptando confesiones o acusaciones voluntarias durante un tiempo. Pasados unos meses, el inquisidor nos mandó detener a todas las monjas del convento. No nos llevaron a la cárcel, pero nos pusieron estrecha vigilancia para mantenernos incomunicadas. El inquisidor nos fue interrogando una a una para invitarnos a hacer una confesión general de nuestros delitos contra la fe. Yo me devanaba los sesos y no hallaba de qué acusarme porque soy flaca de memoria. Las demás monjas sí supieron culparse de sus faltas, por lo cual algunas obtuvieron el perdón y otras fueron condenadas a latigazos o separadas del convento. A mí me sometieron a tortura, estirándome en un banco con torniquetes, y entonces sí que declaré que era el demonio quien me auxiliaba y puede que muchas cosas más, pero no las recuerdo porque el mucho dolor que sentía me nublaba la mente. El inquisidor me condenó a la hoguera, y aquí estoy ahora, esperando el auto de fe en el que se cumplirá la sentencia.

El labriego se marchó sin decir nada en cuanto la beata terminó su narración, y Marie y Marcela siguieron junto a la jaula preguntándole más cosas.

—¿Cómo es que estáis aquí y no en la cárcel? —se interesó Marcela.

—Me trajeron en burro desde la aldea manchega donde estaba mi convento, y los carceleros me dejaron enjaulada para buscar algo que comer. Por las pedradas que he recibido durante el camino, saben que no hay peligro de que nadie me ayude a escapar.

—¡Haceos a un lado! —exclamó en ese momento el labriego, que había regresado armado con un hacha.

Marie y Marcela pensaron que pretendía dar muerte a la pobre beata y lanzaron un grito de terror, que no detuvo la tanda de fieros hachazos que comenzó a descargar. Tal era su fuerza que en poco tiempo convirtió en astillas varios barrotes de la jaula.

—Salid, sois libre —declaró entonces con una amplia sonrisa de satisfacción.

Como la beata no se atrevía a hacerlo, el labriego entró en la jaula, la cogió de un brazo y tiró de ella hasta verla fuera.

—Sois libre, os repito. Podéis dirigir vuestros pasos adonde queráis —insistió.

La beata le miraba atónita sin saber qué determinación tomar.

—Si huye, no llegará muy lejos, pues el sambenito y la coroza la delatarán —opinó Marcela.

—Despojaos de la ropa, pues —ordenó el labriego, quitándole la coroza de un manotazo y tendiéndole un bulto de tela—: Poneos esto, pues yo ya no lo necesitaré.

La beata lo cogió con mano temblorosa y descubrió que se trataba de un sencillo vestido de mujer y un mantón.

—Cambiaos sin tardanza y huid —la apremió Marie—. Los carceleros pueden regresar en cualquier momento.

La monja tenía pudor de vestirse ante el labriego, pero este señaló:

—Esa ropa que os regalo es mía. Como vos, he vivido en un convento desde la tierna infancia, pero escapé de sus muros. He decidido mudar mi suerte y probar fortuna como hombre; por eso os regalo mi vestido, puesto que nunca más lo usaré. Os doy la libertad porque sé que no sois hereje, sino una pobre mujer confundida, y deseo que vuestro destino cambie. Por mi parte, dejaré de ser Catalina de Erauso para tomar un nombre de varón y lograr las hazañas que solo a ellos se les reconocen.

Dicho esto, antes de que ninguna de las tres mujeres llegara a replicar, hizo una reverencia y desapareció a paso veloz. Marie y Marcela se llevaron a la beata hasta unos matorrales y allí la ayudaron a despojarse del sambenito y vestirse la ropa nueva, que no era de su talla y le quedaba bastante holgada. Luego le indicaron que siguiera el curso del río para llegar a Madrid y esconderse en alguno de sus barrios populares. Querían que se marchara cuanto antes para no verse comprometidas por su compañía. La beata dudó unos instantes, pero por fin siguió su consejo y se alejó a buen paso, tapándose la cara con el mantón.

Las dos jóvenes también abandonaron la ermita, recogieron sus caballerías y bajaron a la orilla del río en busca de un lugar donde comerse las provisiones que habían llevado. Pero como el acontecimiento en el que acababan de tomar parte las mantenía en vilo, pues sabían que con la Inquisición no se jugaba, decidieron regresar a la casa de Marcela.

Cuando llegaron, se encontraron con que en la puerta aguardaba don Gaspar:

—Marie —le dijo nada más verla—. Tengo que comunicaros una noticia importante. Don Filadelfo os engañó con eso de que vuestro padre le debía dinero. Más bien es al contrario, pues he descubierto que hay a su nombre varias letras de cambio vencidas sin cobrar. Ahora tengo que marcharme para que no note mi ausencia, pero pedidle a don Diego que os lleve mañana a su casa y volved a solicitarle el dinero. Yo os ayudaré a que os lo dé, pero no me descubráis.

Marie aceptó su propuesta, y don Gaspar se fue de inmediato. Don Diego llegó tarde y cansado, pero escuchó cuanto quiso contarle la joven y accedió a sus peticiones. Así pues, al día siguiente, poco después de las once, se encontraron de nuevo ante la imponente puerta de la mansión, y el criado los condujo hasta el salón que ya conocían, donde el banquero se ocupaba en firmar los documentos que don Gaspar le iba pasando.

—Os he recibido por no haceros un desaire —comentó nada más verlos—, pero llevo prisa, pues se me espera en el Alcázar Real para almorzar.

—Seré breve —replicó Marie—. Haciendo memoria, he recordado que Armand me explicó que mi padre había firmado un acuerdo bastante oneroso para él y beneficioso para vos a fin de que no le faltaran fondos mientras se hallara lejos de su casa. Por lo tanto, no entiendo cómo me dijisteis que os debía dinero.

—Me debe, señora mía, me debe —repitió nervioso el banquero, levantándose de su asiento para acercarse a Marie—. Os aseguro que no puedo hacer nada por vos.

Entonces, proveniente del más allá, se escuchó con claridad meridiana esa voz femenina que hablaba con el mismo acento de Marie:

—¡Abrid la bolsa, embustero, y entregad a mi hija lo que es suyo! —clamó esta vez con furia—. ¡Hay letras vencidas que no se han cobrado!

Don Filadelfo sintió tal pavor que las piernas dejaron de sostenerlo y habría dado con sus huesos en el suelo de no ser porque Don Diego lo sujetó y lo sentó en una silla.

Conteniendo la emoción, Marie afirmó:

—Es mi madre. Ahora estoy segura. Me pidió en su lecho de muerte que me reuniera con mi padre y al parecer no piensa detenerse hasta conseguirlo.

—Don Filadelfo, ¿queréis que busque las letras de las que habló la difunta? —se ofreció don Gaspar—. Vos mismo me indicasteis que se habían acumulado los papeles cuando se despidió el secretario. Tal vez estén traspapeladas y de ahí provenga el error.

El banquero respondió:

—Ya las buscaréis en otro momento. No deseo contrariar a vuestra madre, querida joven, así que os daré la suma que me pidáis, siempre y cuando me firméis el documento que lo confirme.

Marie aceptó el trato y solicitó la cantidad que don Diego consideró necesaria para cubrir con creces sus gastos hasta llegar a

Sevilla. Luego dejaron al banquero reponiéndose del susto y salieron de la casa sin hacer el menor gesto de complicidad a don Gaspar. Cuando ya se hallaban lejos, Marie comentó:

—Es encantador. Estoy deseando verlo para darle las gracias.

Don Diego sintió la comezón de los celos imaginando amorosos besos y guardó silencio. Tenía que idear algún entretenimiento para atraer a la joven y retrasar su viaje ahora que volvía a contar con dinero gracias a la ayuda de su rival.

—Mañana iré a Alcalá de Henares —le comunicó cuando ya llegaban a casa de su primo—. Es una bonita ciudad que creo que os gustaría. ¿Queréis acompañarme?

—Os lo agradezco, pero no puedo —respondió Marie.

—¿Qué os lo impide? —insistió don Diego con cierta impertinencia.

—No os daré explicaciones —repuso Marie enojada y se retiró al dormitorio que compartía con Marcela.

Esta había escuchado sus palabras y entró detrás.

—No os preocupéis —le dijo sonriente—. Ha sido vuestro primer enfado de enamorados.

—Os equivocáis —replicó Marie de inmediato.

—No sé cuáles serán vuestros sentimientos, pero os aseguro que don Diego os quiere bien y se esfuerza hasta lo imposible por serviros.

—Y yo os digo que nunca me ha requerido de amores ni me ha dado muestras de tener esa clase de interés por mí —porfió Marie.

Marcela meneó la cabeza y declaró entre risas:

—Querida niña, sois tierna e inocente y todavía no entendéis de estas lides. A la vista está que desconocéis los deleites del amor y que, aun siendo francesa, carecéis de la coquetería necesaria para lograr que un galán os dé muestras de su afecto.

—No soy francesa, por más que mi acento os lleve a confusión —protestó Marie—. Sin embargo, estáis en lo cierto en lo tocante a los galanes. Solo uno me cortejó y no era por mi persona, sino por mi dote. Igual hubiera dado que fuera risueña o melancólica, bella o grotesca: él me amaba por la hacienda de mi padre y deseaba casarse conmigo para poseerla a ella y no a mí.

—Cuánta inocencia hay en vuestras palabras, Marie querida, y a la vez cuánta verdad. No se puede negar que una buena dote es un aliciente para inspirar amor del duradero, del que acaba en matrimonio. Sin embargo, no estáis en edad de pensar en ataduras, sino en diversiones. Mi consejo es que gocéis de la vida y dejéis que os quieran y os agasajen, pero no os comprometáis —explicó Marcela.

—No sé a qué os referís —repuso Marie.

—¿Tan inocente sois? —se extrañó Marcela.

—¿Queréis decir que no comprometa mi mano en matrimonio? —preguntó a su vez Marie, algo molesta.

—No, querida niña —replicó Marcela—. Lo que os aconsejo es que deis pie a don Diego para que os demuestre su afecto y aceptéis sus caricias, pues nada hay tan placentero como esos primeros titubeos del amor, pero no paséis a más. Si os complace, permitidle que sea vuestro primer amante, pero tened cuidado en no convertirlo en el último. Recordad que estáis de paso y que podéis tener cuantos amantes queráis aquí y en cualquier otro lugar.

Marie comenzaba a comprender el razonamiento de Marcela y pensó que tal vez también debería dar pie a don Gaspar, puesto que si tanto se exponía para favorecerla, acaso también la amara. Imaginarse que dos hombres tan distintos suspiraban por ella le produjo una agradable sensación hasta entonces desconocida y sintió curiosidad por saber cómo serían sus caricias y sus besos.

Unos golpes en la ventana que daba a la calle interrumpieron su especulación. Marcela se asomó a ver de qué se trataba y se encontró con el semblante aterrado de la beata de los huevos.

—Tenéis que ayudarme —imploró angustiada—. He de salir de la ciudad cuanto antes, pues me buscan.

—No os ayudaremos —replicó Marcela, intentando cerrar las contraventanas—. ¡Marchaos, pues nos comprometéis!

La beata repuso llorando:

—¿Y adónde queréis que vaya? ¿Vos sabéis lo que es estar en la calle sin ningún cobijo ni esperanza? En el convento viví desde los cuatro años y no conozco el mundo, no sé cómo valerme en él ni cuáles son los peligros. La pasada noche busqué refugio en los soportales de una iglesia y casi me matan. Me cogieron entre varios mendigos, me abrieron la camisa para tentarme los pechos, me metieron la mano bajo la falda buscando no sé qué y se echaron sobre mí para estrujarme y besuquearme. Pero todos querían subírseme encima al mismo tiempo y eso me salvó: empezaron a pelearse con garrotes y piedras, y mientras la sangre corría, yo me zafé y huí como alma que lleva el diablo. ¿Y vos queréis que me vaya? Lo haría de buen grado si tuviera adónde.

—¿Pero cómo nos habéis encontrado? —preguntó Marie.

—Ayer acaté vuestro consejo y me dirigí al río, pero al llegar a la orilla tuve miedo y me escondí entre unos matorrales. Mientras allí estaba os vi pasar y os seguí de lejos hasta esta casa. Después me alejé para no causaros enojo y pasé el día escondiéndome por los rincones, con temor a ser descubierta cada vez que escuchaba pasos. Al anochecer busqué refugio en los soportales de una iglesia y pasó lo que ya os he referido. No puedo seguir vagando, pues darán conmigo. Si me torturan para averiguar quién me libró de la jaula, caeréis en las manos de la Inquisición al igual que yo y correréis una suerte semejante.

—No, no, marchaos, que no nos vean juntas —insistió Marcela asustada.

Pero la beata no quería irse. Tenía hambre y sed, y le daba pavor volver a las calles, donde sabía que tarde o temprano la hallarían los sicarios de la Inquisición, que sin duda ya la estaban buscando.

—Los mendigos y tullidos que anoche me acosaron hablarán de mí en cuanto los aprieten; yo estaré perdida y, muy a mi pesar, os arrastraré conmigo.

Marcela lloriqueaba retorciéndose las manos sin hallar una salida. Fue Marie quien habló:

—Partiré para Sevilla enseguida. Buscaba compañía para el viaje y ya la he encontrado. Vos vendréis conmigo, pero necesitaréis una montura. Mientras tanto, os recogeremos y diremos que sois una criada que he contratado.

Aunque a Marcela le desagradó el plan por precipitado, acabó abriendo la puerta de su casa a la beata como el mal menor, pero exigió a sus dos huéspedes que se marcharan lo antes posible.

—Pediré a don Diego que me compre una mula cuando regrese de Alcalá —declaró Marie—. Encargaremos provisiones y buscaremos un guía que nos acompañe.

—Mi criado os procurará la mula mejor que don Diego y se encargará de comprar el bastimento para el viaje —repuso Marcela—. Si esperáis la vuelta de mi primo, pondrá toda clase de estorbos a vuestra partida. Puesto que así se han presentado las cosas, aprovechad su ausencia para emprender camino.

Marie cedió porque no quería incomodar más a Marcela y al día siguiente cerró el trato con el criado tuerto para confiarle los preparativos. A media tarde este regresó con una mula de paso pertrechada de silla y albardas, que Marcela llenó con las provisiones adquiridas.

—Aunque no encontró guía, él mismo os encaminará hasta la carretera que habéis de seguir —manifestó Marcela—. No tiene pérdida, y no correréis mayor peligro en el camino que el que arrostramos todos aquí por socorrer a la beata.

Era cierto. Se había corrido la voz de que uno de los reos que iban a participar en el auto de fe se había fugado, y la Inquisición y la guardia lo buscaban sin descanso. Si permanecían por más tiempo en la corte, tal vez el criado acabaría atando cabos y las delataría. Marie decidió partir al amanecer. Antes escribió una carta de despedida a don Diego y otra a don Gaspar. Ya no se fiaba de su reciente amiga Marcela, así que esperó a que su marido regresara para entregarle una a él.

—Me veo en la necesidad de abandonar Madrid sin esperar a que regrese vuestro primo, por lo cual os rogaría que le deis esta carta donde le revelo los motivos —le indicó—. Decidle además que nunca lo olvidaré.

La otra carta se la entregó al criado tuerto con unas monedas para que la llevara a la casa de don Filadelfo y se asegurara de que llegaba a manos de don Gaspar.

Las calles estaban desiertas cuando las cruzaron con los primeros rayos del día siguiente para dirigirse al Camino Real de Andalucía. Solo se toparon con algunos bultos de los mendigos que dormían en los recovecos de la entrada de una iglesia y con una mujer que abrió una ventana alta para lanzar a la calle las inmundicias que contenía un balde, pero que los contempló pasar aguardando a que se alejaran para no regarlos con su lluvia oscura. El suelo de tierra amortiguaba las pisadas de las caballerías, pero la beata iba asustada, con la cabeza cubierta y los ojos bajos, deseando hallarse lejos enseguida. Marie, por el contrario, miraba a un lado y otro, como si se estuviera despidiendo de la ciudad que abandonaba antes de lo que hubiera deseado. Soplaba una brisa suave y los vencejos más madrugadores pregonaban su alegría meciéndose en el cielo. Marie levantó la vista para admirar su inmensidad limpia y azul, resplandeciente de sol, y pensó que algún gran pintor debería recogerlo en sus cuadros para transmitir la riqueza de sus matices; a ella le hubiera gustado intentarlo de haber tenido tiempo. El criado tuerto que las acompañaba se detuvo antes de traspasar las murallas y les señaló con la mano la carretera real que comenzaba un poco más adelante:

—Seguid el camino. No es de los peores, y con esfuerzo y esperanza todo se alcanza. Los pueblos están distantes, pero siempre hallaréis una venta donde quedaros cuando vaya a caer el sol.

Marie le entregó unas monedas para pagarle el servicio y salieron de Madrid por la Puerta de Toledo, mientras escuchaban el sonido de las campanas de una iglesia cercana. Aunque la jornada sería larga y los animales tenían que aguantar, los pusieron al trote para ganar distancia y atajar alguna legua del paisaje marcado por suaves ondulaciones que conducía a La Mancha.

Cuando con el sol del mediodía las cigarras cantaron estridentes al verano, Marie no pudo evitar acordarse de Blas. Hacía tanto calor que propuso a la beata detenerse en la primera sombra de encinas que encontraran para descansar y refrescarse, pero esta no quiso, así que continuaron al paso media legua más, hasta que divisaron un arroyo y Marie indicó que si no paraban, las caballerías reventarían. Mientras bebían, vieron acercarse a una cuadrilla de segadores, y la beata se cubrió el rostro con el mantón, temerosa de que la reconocieran. Las mujeres llevaban sombreros de paja que Marie deseó nada más verlos, por lo que les preguntó si le venderían dos. Todas se echaron a reír ante sus palabras, pero ninguna le contestó. Marie repitió la pregunta y por fin la que parecía más avispada repuso:

—¿Qué me dais por el mío? Mirad que lo vendo al toma y daca.

Aunque la joven no entendió lo que quería decir, le enseñó dos monedas. La segadora abrió los ojos como platos y le entregó el sombrero de inmediato.

—Tomad el mío por la misma suma —ofreció sin pérdida de tiempo una segunda.

Marie aceptó y pagó. Entonces las demás se atropellaron para deshacer los tratos, aduciendo que ellas los traían mejores y más baratos, pero Marie señaló que se consideraba bien servida. Cuando se alejaron, tendió a la beata uno y ella se puso el restante encima del chal con el que se cubría la cabeza.

—Con sombrero o sin sombrero, llegaréis a Sevilla tan chamuscada que vuestro padre no os reconocerá —le advirtió la beata, colocándose el que le había correspondido.

Luego quiso proseguir camino, y así se les fue el día sin que hubieran adelantado tanto como su ansia requería. Iba a caer la noche, y ninguna venta le convenía a la beata porque en todas le parecía que la iban a apresar para devolverla al auto de fe de Madrid. Por fin, cuando ya se veían las estrellas, se avino a quedarse en una destartalada y solitaria donde compartieron cuarto estrecho y ratones junto a la cuadra. Casi no había amanecido cuando se empeñó en montar de nuevo y poner las caballerías al trote, puesto que estaban frescas y bien comidas. Marie nunca había contemplado un paisaje como el manchego, con su ancho horizonte de parcelas de tierras ocres y rojizas que se iban sucediendo como si compusieran el complicado tablero de un juego desconocido; sus oteros coronados por torres vigías o castillos, y aquí y allá puñados de molinos blancos clavados en lo alto de cerros pelados. Muy de cuando en cuando, aparecía alguna zona verde, señal inequívoca de que había un riachuelo cerca, y Marie hubiera querido pararse a beber, pero la beata seguía acuciada por las prisas y solo la detenían las horas oscuras de las cortas noches estivales.

De este modo, cabalgando sin cesar, llegaron a las estribaciones de los Montes de Toledo y se encontraron en las Ventas de Puerto Lápice, pero la beata se negó a quedarse en ninguna de ellas porque su convento no estaba lejos y temía ser detenida, por lo cual tuvieron que buscar refugio al sereno tras unas peñas donde tendieron las mantas y descansaron poco, atentas a cualquier ruido que surgiera porque era zona de jabalíes. El sol surgió muy temprano y de un brinco ocupó el cielo, pero para entonces las dos jóvenes llevaban un buen tiempo cabalgando por la carretera de polvo. Esas primeras horas eran las que más aprovechaban porque las caballerías respondían con presteza a sus órdenes, soplaba una brisa suave y no hacía calor.

Con el correr de los días las provisiones se habían ido agotando y el agua escaseaba, por lo cual Marie, desoyendo las quejas de la beata, decidió a media tarde que se detendrían en un lugarejo polvoriento que divisaron desde la carretera a no mucha distancia.

—Dios os guarde —las saludó, sentado a la puerta de su casa, un hombre enjuto que mascaba la punta de un trozo de paja, colocada en la comisura de los labios—. Habéis hecho bien en buscar asilo, pues acaba de llegar un caballero al que han asaltado unos bandidos en los cerros que se alzan más adelante. Lo han dejado maltrecho y en cueros, así que vosotras, mujeres solas, habríais corrido peor suerte.

Las dos jóvenes se inquietaron al escuchar tal hecho y le preguntaron si había venta o posada donde quedarse.

—No hay, pero os ofrezco mi casa. Un catre y un buen plato de migas con tocino no os han de faltar, porque al que están ahorcando no hay que tirarle de los pies.

Mientras se freían las migas en una sartén al fuego, el caritativo lugareño se lamentó de que no tenía huevos para acompañarlas porque había vendido las últimas gallinas para socorrer a su mujer, que estaba enferma.

—¿Y se ha curado? —se interesó la beata.

—Para ponerse bueno, mudar de cielo, así que marchó con mis hijos a la romería de San Cristobalón, un santo muy milagrero, y no sé nada, pero tengo esperanza, pues bien se dice que la mala noticia viene como saeta, y la buena, como carreta.

—Este aldeano nos ha abierto su casa —susurró Marie a la beata mientras su anfitrión se había alejado para buscar una jarra de vino—. Deberíais esforzaros para regalarle alguno de esos huevos tan blanquísimos que ponéis.

—Desde que salí del convento, cesó el prodigio —reveló la beata—. Me gustaría corresponder a sus atenciones, pero no soy capaz.

Cenaron en amor y compañía, contemplaron el hermoso crepúsculo que tiñó de rojo el horizonte y pasaron la noche tranquilas en un lecho humilde colocado al fondo de la cocina. Durmieron tan a gusto que no se despertaron hasta que el hombre abrió la puerta de la entrada, pues iba por agua al pozo.

—Eso es lo que tiene de malo todo lo bueno, que se acaba presto —sentenció cuando Marie manifestó que hacía mucho tiempo que no descansaba como lo había hecho en su casa.

Regresó al poco el hombre con el agua para comunicarles un acontecimiento importante:

—Esta noche también durmió en el lugar una cadena de galeotes con su guarda que se dirige a Sanlúcar. Debéis aprovechar para viajar con ella, pues los asaltantes no se atreverán a atacarla porque van muy armados.

A la beata se le demudó el semblante, pero Marie la convenció de que era el único modo de salir con bien del apuro en el que se hallaban. Acompañada de su anfitrión, fue a entrevistarse con los guardas para que les dieran permiso de unirse a su comitiva, poniéndoles al corriente de su historia.

—Deberéis cabalgar en la retaguardia a cierta distancia de la cadena —advirtió el capitán—. Se trata de malhechores deslenguados y peligrosos, cuya compañía no conviene a las damas.

Marie aceptó, agradeciéndoles mucho el favor que le prestaban, y volvió a la casa para recoger sus cosas. Cuando se despidieron del hombre que tan bien las había acogido, quiso entregarle unas monedas, pero las rechazó con orgullo.

—No son para vos, sino para vuestra mujer —replicó Marie para convencerlo—. Cuando regrese de la romería le gustará ver su gallinero lleno como cuando estaba sana. Con estas monedas le compraréis gallinas que os darán buenos huevos para las migas.

—Dios dé bien a quien dice ten —replicó el hombre al aceptarlas, mirándola a los ojos con los suyos hundidos y blanquecinos por unas cataratas que pronto lo dejarían ciego.

A punto de salir del lugarejo, Marie se volvió en su montura para saludar por última vez al generoso aldeano de hablar parco y sentencioso que las observaba alejarse desde el emparrado de la puerta, mascando el borde de la misma paja con la que lo habían encontrado cuando lo conocieron.

Los galeotes eran doce hombres a pie, unidos a una gruesa cadena de hierro por los cuellos, además de llevar esposadas las manos. Los acompañaban dos guardas a caballo y dos más a pie, provistos de escopetas de rueda, dardos y espadas. Además, sabiendo la suerte que habían corrido el caballero y otros infelices viajeros asaltados por los bandidos, habían esperado la llegada de una cuadrilla de la Santa Hermandad para que los custodiara mientras cruzaban los cerros en los que se habían hecho fuertes. Sus miembros, vestidos de paño verde y luciendo los distintivos que les correspondían según la categoría que ocupaban en la institución, tenían facultad para perseguir, aprehender y juzgar a los delincuentes, así como para ejecutar sentencias incluso de muerte cuando se trataba de reos que habían cometido su delito en despoblado. Como esta circunstancia era de dominio público, no abundaban los salteadores que se atrevieran a hacerles frente, por lo cual pasaron las temidas gargantas sin más contratiempo que el calor asfixiante, redoblado por la necesaria lentitud con la que se desplazaban debido a los grilletes que atosigaban a los galeotes. Cuando habían recorrido un par de leguas, la cuadrilla se despidió, afirmando que se adelantaba para asegurar el camino por Sierra Morena.

De este modo, prosiguieron su torpe avance sin que sucediera nada digno de mención, hasta que les salió al paso, lanza en ristre, un individuo entrado en años, desgarbado, seco de carnes y de rostro enjuto, vestido con una armadura abollada y tocado con un casco singular, caballero en un rocín tan flaco que apenas parecía aguantar su peso. Llegaba acompañado de un labriego de rostro mofletudo y barba cerrada que cabalgaba en un burro no mucho mejor que la montura de su amo. Marie y la beata se hallaban lejos de la cadena de galeotes y no pudieron escuchar lo que dicho individuo le preguntó a los guardas, pero vieron que a continuación se dirigía hacia uno de los presos, luego pasaba al siguiente, y así sucesivamente hasta llegar al cuarto, hombre de rostro venerable y barba larga que se echó a llorar. Como el quinto condenado tenía la voz bronca, a Marie y la beata les llegaron algunas de sus palabras:

—Este hombre honrado va condenado por cuatro años a galeras —oyeron que explicaba.

Algo replicó el labriego barrigudo que no lograron entender, y les pareció que el galeote le respondía, entre otras cosas, que el anciano iba a galeras por alcahuete y por hechicero.

Siguió una larga plática del caballero que no alcanzó a sus oídos, ni la respuesta del anciano, quien al terminar lloró de nuevo con desconsuelo. A continuación el caballero se puso a hablar con el siguiente preso, y así prosiguió interesándose por cada uno hasta que llegó al último de la fila, que era un hombre más bien joven y agraciado, aunque bizqueaba un poco. Iba más atado que los demás con una cadena en el pie que se le liaba por el cuerpo y le impedía todo movimiento de las manos. Las dos jóvenes escucharon cómo los guardas revelaban al de la armadura que dicho individuo había cometido más delitos que los demás juntos e iba con tantas prisiones porque temían que se les escapara. Lo habían condenado a diez años en galeras, lo que suponía la muerte civil. El galeote tenía facilidad de palabra y declaró que estaba pasando a papel su vida, por lo cual no le importaba su condena porque allí tendría tiempo de completar su libro.

—Hábil pareces —repuso el caballero de la armadura.

—Y desdichado —respondió el galeote—, porque siempre las desdichas persiguen al buen ingenio.

—Persiguen a los bellacos —intervino uno de los guardas.

El galeote se incomodó con dichas palabras y profirió algunas amenazas, ante lo cual el guarda alzó la vara para darle su merecido, pero el caballero se puso en medio y evitó los golpes, manifestando a continuación:

—De todo cuanto me habéis dicho, hermanos carísimos, he sacado en limpio que aunque os han castigado por vuestras culpas, las penas que vais a padecer no os dan mucho gusto y vais a ellas muy de mala gana y muy en contra de vuestra voluntad.

Y prosiguió con razones semejantes, enumerando los delitos de cada uno, para concluir pidiendo a los guardas que los desataran y dejaran marchar en paz.

El guarda de mayor rango respondió:

—¡Donosa majadería! ¡Bueno está el donaire con el que ha salido al cabo del rato! ¡Los forzados del rey quiere que le dejemos, como si tuviéramos autoridad para soltarlos, o él la tuviera para mandárnoslo! Váyase vuestra merced, señor, norabuena su camino adelante, y enderécese ese bacín que trae en la cabeza, y no ande buscando tres pies al gato.

—¡Vos sois el gato y el rato y el bellaco! —respondió el caballero.

Con estas palabras, arremetió contra él lanza en ristre y lo derribó malherido al suelo. Como los demás guardas no esperaban tal acontecimiento, no reaccionaron a tiempo y, cuando quisieron ponerle remedio, los galeotes habían aprovechado la ocasión para romper las cadenas. La revuelta se logró porque el labriego contribuyó a soltar al último preso, quien quitó la espada y la escopeta al guarda caído y, apuntando con ella sin dispararla jamás, consiguió que los restantes huyeran por el campo, perseguidos por las pedradas que sus compañeros de cadena les lanzaban.

Marie y la beata habían contemplado la asombrosa escena escondidas tras unas peñas, desde donde también fueron testigos de la pelea que se desató a continuación entre el caballero libertador y los galeotes, que primero lo lapidaron junto con su escudero y luego, una vez derribado a tierra bajo el manto de piedras, lo apalearon. Al labriego lo dejaron en cueros y, tras repartirse los despojos de la batalla, cada cual se fue por su lado para escapar de la Santa Hermandad, a la que sin duda los guardas darían aviso de lo ocurrido.

Marie y la beata salieron de su escondite con ánimo de socorrer a quienes habían recibido tan cruel castigo de manos de los malhechores que habían liberado. Cuando se acercaban, escucharon que el caballero declaraba a su escudero:

—Siempre, Sancho, lo he oído decir, que el hacer bien a villanos es echar agua en la mar. Si yo hubiera creído lo que me dijiste, yo hubiera excusado esta pesadumbre; pero ya está hecho; paciencia, y escarmentar para desde aquí adelante.

Tan maltrechos y ensimismados se hallaban que no se habían percatado de la presencia de las dos jóvenes. Marie estaba a punto de presentarse, cuando una voz le recomendó que no lo hiciera:

—Dejadlos solos para que se laman sus heridas en paz y armonía —manifestó el anciano galeote de la larga barba, que se la mesaba sentado en una roca pelada—. No debéis mezclaros en su historia, pues ya la escribe Cide Hamete Benengeli, autor arábigo y manchego, y vos no tenéis parte en ella.

Ahora que lo contemplaba de cerca, Marie pensó que su rostro le resultaba conocido.

—¿No sois vos Catafilo, el judío errante que conocí en el Monte de las Ánimas? —le preguntó cuando cayó en la cuenta.

El viejo asintió, y la joven quiso saber por qué iba en la cadena de galeotes.

—Como le expliqué a don Quijote de la Mancha, que así se llama el esforzado caballero andante, fui condenado por alcahuete y hechicero debido a mi triste sino.

—¿Y qué se hizo de la anciana cabalista? ¿Se libró la terrible batalla que esperabais la noche que nos conocimos? —se interesó Marie.

—Se libró como estaba previsto y logré su liberación. No imagináis cuánto cambió con mi ayuda y la luz del sol cuando salió del sótano en que habitaba. Recobró su belleza y lozanía, y no quiso casarse. Deseaba conocer mundo después de tan prolongado encierro, y no la culpo. Nuestros destinos están unidos, por lo cual tarde o temprano acabaremos juntos, después de que ella haya brillado en alguna corte.

—¿Y vos qué vais a hacer ahora? —prosiguió su interrogatorio Marie—. ¿Por qué no habéis huido como los restantes galeotes?

—Porque os voy a proponer un trato. Dadme las llaves de la cabalista y yo os conduciré hasta la entrada de Sevilla en menos de lo que esperáis. No me está permitido revelar lo que sé, pero os aseguro que os conviene llegar cuanto antes.

—Explicaos mejor para que pueda creeros —repuso nerviosa Marie.

—Las llaves abren las puertas de una casa que sigue en pie en Valencia, donde me esconderé hasta tiempos mejores. La cabalista os las entregó porque sabía que nos volveríamos a encontrar y es su modo de pagarme cuanto me he arriesgado por ella.

—¿Sabéis algo de mi padre? —insistió Marie—. ¿Ha embarcado ya?

—Cuando la mala fortuna duerme, nadie se atreva a despertarla —replicó el viejo, arqueando las cejas—. Escuchad bien mis palabras, pues más no debo decir. Llegad cuanto antes, porque si es la buena la que duerme, nadie la espere.

A la beata le asustaron estas advertencias, aunque no las llegaba a comprender. Por ello, recomendó a Marie que no le prestara atención y prosiguieran el camino solas, después de remediar al pobre caballero caído y su escudero.

—No hagáis tal —repuso el anciano judío errante con tono imperioso, levantando la mano para detener su paso—. Don Quijote de la Mancha, también conocido como el Caballero de la Triste Figura, es un loco ilustre e ingenioso que pasará a la historia por sus aventuras caballerescas, y vos no estáis en ellas, ni sois su Dulcinea.

La beata se tapó las orejas con las manos, a la vez que proclamaba, casi gritando:

—No seguiré escuchando al hechicero, y vos deberíais tomar mi ejemplo.

—¿Lo rechazáis por hechicero cuando vos ibais a ser quemada por la misma culpa? —la recriminó Marie.

La beata no supo qué contestar, y el judío errante aprovechó para pedir de nuevo las llaves, alargando su mano sucia y despellejada.

Marie las sacó de las alforjas y se las entregó.

Entonces el anciano Catafilo las apremió para que se acomodaran en sus caballerías y él se colocó delante, cogiéndolas diestramente por las riendas. Viajaron el resto del día y toda la noche a un paso constante, sin apenas intercambiar palabra, pero Marie y Teodora no notaron nada singular, al menos durante el tiempo en que estuvieron bien despiertas, pues cuando la luna ya había salido con su séquito de estrellas, sin apercibirse, entraron en un agradable sopor que las permitió mantenerse erguidas en sus monturas y proseguir la marcha. Cuando recobraron la plena conciencia, el sol brillaba en el firmamento limpio de nubes y desde lo alto de la cuesta en la que se hallaban, creyeron atisbar a lo lejos una población.

Catafilo, el anciano judío errante que había caminado todo el trayecto sin pedir descanso, les anunció:

—Aquella ciudad que se divisa en el horizonte es Sevilla. Por lo tanto, he cumplido mi trato y me despido de vos.

Sin más, hizo una reverencia de cabeza y apretó a correr hasta que desapareció entre unas breñas como si se lo hubiera tragado la tierra.

10

Entre izas y rabizas

La ciudad que se divisaba a lontananza tenía una forma casi redonda, era llana y estaba amurallada, más para librarse de las crecidas del río Guadalquivir y del arroyo Tagarete, que por el este y el sur le hacía de foso, que para protegerse de ejércitos enemigos. Ante su vista, la beata cambió de ánimo y se mostró más locuaz.

—Tantos días viajando juntas y no os he revelado mi nombre —comentó sonriente por primera vez, con lo que se le formaron unos graciosos hoyuelos en las mejillas.

—He preferido no saberlo, por eso no lo pregunté —replicó Marie, sonriendo a su vez—. Así no sería capaz de delataros ni bajo tormento, y prefiero seguir del mismo modo, pues ahora que vais a comenzar una nueva vida, descargada de vuestro pasado, vos también debéis olvidarlo. Tenéis la suerte de poder elegir el que más os guste para emplearlo en adelante.

La beata permaneció pensativa unos instantes y luego observó:

—He vivido alejada del mundo y poco sé de él porque no lo veía más que a través de las gruesas rejas del convento. No se me ocurren nombres que me convengan ni conozco cuáles se estilan.

—Si lo queréis español, os ofrezco Teodora o Elisa; si lo preferís francés, Violet o Isabelle os vendrían bien —opinó Marie—. Pero hay infinidad de ellos.

Nada más escucharlo, la beata declaró:

—Me gusta Teodora. No se diga más. Desde ahora me conoceréis como Teodora de Hita pues, a lo que sé, de allí provenían mis antepasados.

—Así como estrenáis nombre, debéis cambiar de atuendo y mejorar el arreglo de vuestra persona —continuó aconsejándole Marie—. Dejaréis que os crezca el cabello y lo peinaréis con alguna gracia, separando las greñas del rostro; estrecharéis vuestras cejas y os libraréis del bocillo, que no enoja en una monja pero desdice en una dama...

—¿Seré dama? —se maravilló la beata interrumpiéndola.

—Seréis lo que os propongáis ser —repuso Marie—. En vuestra mano está, siempre que vuestra presencia no desmerezca vuestros propósitos.

Teodora replicó que estaba dispuesta a aprender cuanto hiciera falta y que a constancia y tesón nadie la ganaba. Así, conversando sobre el prometedor futuro, cabalgaron entretenidas un buen trecho sin apenas darse cuenta, hasta que se les echaron encima los ardores del mediodía y vieron que se hallaban cerca de una venta que parecía agradable. Como la ciudad seguía quedando a cierta distancia, Marie propuso que se detuvieran en ella para comer y arreglarse un poco, pues no quería que su padre la encontrara tan polvorienta y desastrada si es que llegaban a dar con él ese mismo día. Esta vez la reciente Teodora aceptó la proposición, por lo cual descabalgaron junto a un amplio portón a cuyos lados se enredaban olorosos jazmines. Pasaron junto a unos muchachos sentados en el poyo, con las camisas abiertas y los calzones remendados, que se estaban comiendo con evidente deleite un hermoso racimo de uvas. A Marie le extrañó que no las saludaran ni quisieran ganarse unas monedas ofreciéndoles sus servicios, pero siguieron adelante y llegaron al patio. Allí encontraron a la ventera, quien se alegró al verlas y exclamó:

—Tarde venís, pues ya se está sirviendo el almuerzo. Dejad las bestias en la cuadra y acudid a la cocina a ayudar a la moza en lo que os mande.

Teodora se dio cuenta de que las había confundido porque el sombrero de paja y el polvo que las cubría les daba aspecto de campesinas, y replicó a renglón seguido:

—No venimos a servir, sino a ser servidas. Mi señora es de lejanas tierras y viaja a Sevilla para reunirse con su padre. Queremos un cuarto para asearnos y una buena mesa, así como pesebre para nuestros animales.

La ventera las miró de arriba abajo como si estuviera comprobando la veracidad de sus palabras y luego, yendo a lo práctico, concluyó:

—Perdonad mi error, que se debe a que he mandado llamar a unas mozas para que nos ayuden en la cocina y esta es la hora en que las sigo esperando. Es época de cargazón en Sevilla y la venta está repleta, aunque es gente llana que no ocupa dormitorios, por lo cual os puedo ofrecer un buen cuarto y agua fresca para que os repongáis de tan largo camino.

Dichas estas palabras, las acompañó hasta una habitación de paredes encaladas y suelo de tierra apelmazada que tenía un pequeño ventanuco por el que entraba un filo de luz brillante a través de las contraventanas cerradas. Las dos jóvenes agradecieron el frescor de la penumbra y enseguida pidieron el agua prometida para asearse. Cuando concluyeron su arreglo, se dirigieron al comedor, donde les sirvieron un buen guiso de carne y las mismas uvas que habían visto comer a los muchachos de la entrada. Era tan sofocante el calor, que al terminar imitaron la costumbre de la casa y decidieron recogerse en su cuarto a hacer la siesta antes de retomar el camino hacia la ciudad.

Se levantaron transcurridas un par de horas y se encaminaron a las cuadras para retirar sus animales y saldar cuentas con la ventera. Cuál sería su sorpresa cuando comprobaron que solo estaba el alazán, paciendo tranquilo, mientras que la mula que habían dejado a su vera había desaparecido. Teodora dio voces pidiendo una explicación, pero nadie sabía nada.

—¿No encargasteis su cuidado a ningún arriero o muchacho? —preguntó la ventera para salir del paso.

—Pensábamos que en vuestra casa estaban seguros —replicó Marie.

Con grandes aspavientos, la mujer explicó:

—Y lo estaban, pero ya os dije que hoy era día de mucho trajín. Algún pícaro se la habrá llevado, aprovechando tanto barullo. Dad gracias porque os dejaron el alazán, que es mejor montura, para continuar viaje, pues Sevilla queda a nada y menos desde aquí.

Marie no quiso seguir discutiendo. Pagó a la ventera lo estipulado, menos la rebaja a la que esta se avino por el robo, colocó las alforjas sobre su caballo, e indicó a Teodora que montara con ella. Así, llevándola a la grupa, partieron al paso hacia la última etapa de su recorrido. Teodora había vuelto a mudar de ánimo y ahora iba llorosa, dejando escapar suspiros de cuando en cuando.

—No lo sufráis tanto —manifestó Marie al comprobar que su aflicción no cesaba—. A fin de cuentas, la mula era mía y algo renca. No la echaré en falta.

—Vos no, pero yo sí, pues era quien la montaba —repuso Teodora, sorbiendo lágrimas y aferrándose a su compañera para no caerse con el vaivén de la marcha.

Cuando entraron en Sevilla, cruzando las murallas por la puerta caminera de Córdoba, se encontraron con una calle estrecha, cubierta por un toldo como protección contra el sol; las casas eran de una sola planta y fachada sencilla sin huecos, siguiendo la usanza musulmana de vivir hacia el interior, donde la luz penetraba por patios, jardines y corrales. A lo lejos, sobre los tejados bajos, se alzaba brillante la torre del Oro, edificada fuera de la línea de la muralla para defender el río y el acceso al puerto. Como no sabían adónde dirigirse y les pareció un edificio de importancia, encaminaron sus pasos hacia ella. Avanzaron por calles repletas de viandantes, caballerías y tenderetes que dificultaban el paso, hasta que desembocaron en el Arenal junto al río, reluciente de sol. Allí desmontaron y caminaron por el puerto que se extendía por esa margen del Guadalquivir, repleta de gente de diferentes procedencias. Teodora preguntó a un muchacho esportillero a qué se debía tal afluencia de público:

—Es tiempo de cargazón de flotas. Ya salieron las más de las naves, pero aún quedan dos galeones que están esperando la marea —respondió, excusándose de entretenerse más porque todavía quería conseguir algún mandado que transportar en sus espuertas de palma.

Marie contemplaba los dos galeones que se hallaban en el muelle como si pretendiera descubrir si su padre se encontraba en alguno de ellos, si es que no había zarpado ya en una de las embarcaciones que habían salido antes. En ese momento, Teodora la agarró del brazo para llamar su atención:

—Decidme si veis lo mismo que yo o no es más que una ilusión —exclamó, dirigiendo la mirada hacia un joven desgarbado que caminaba unos pasos por delante de ellas, seguido de un esportillero cargado con su equipaje.

Como el hormiguero de gente las impedía avanzar deprisa, Teodora se abrió paso casi a codazos, pero al comprobar que tampoco así lograba su objetivo, acabó gritando:

—¡Catalina, Catalina! ¿Sois vos?

Aunque por un instante pareció que el joven de delante vacilaba e iba a girarse, no sucedió nada y prosiguió su apresurada marcha. Teodora no se dio por vencida y lo llamó varias veces más, hasta que consiguió detenerlo. Entonces se acercó corriendo, seguida de Marie.

—¡Sabía que erais vos! Habéis cambiado de traje y ahora parecéis un caballero, pero sabía que erais vos —le dijo emocionada cuando estuvo enfrente, cogiéndole la mano para besarla.

El joven la retiró enfadado, dio dos reales al porteador que observaba curioso la escena y lo despidió tras recoger su equipaje. Solo entonces se encaró a Teodora para decirle:

—Es mucha vuestra imprudencia. ¿Así me pagáis el favor que os hice? Borrad de vuestra mente ese nombre, como yo borraré haberos conocido; de ese modo ninguno de los dos saldrá malparado.

—No os enojéis —replicó Teodora disgustada—. Me alegré al veros, pues tengo motivos para quereros bien, y deseaba daros las gracias por vuestro arrojo. Ya veis que vuestra buena acción sirvió de mucho, puesto que continúo viva, sana y libre.

—Si sirvió o no sirvió de mucho es cosa vuestra —repuso el joven—. Aquí nos despediremos sin más y no volveremos a encontrarnos. Sabed que ahora soy don Pedro de Orive y parto en breve hacia el Nuevo Mundo.

—¿Zarpáis en alguno de esos galeones? —se interesó entonces Marie.

—Sí, y aspiro a realizar hazañas tan ilustres como las de los conquistadores extremeños —respondió orgulloso el joven.

—¿Sabéis si viaja en alguno de ellos Maxim de Gourney, que es mi padre? —prosiguió preguntando Marie.

—No. Yo embarco solo y no conozco a nadie más. Ahora me despido, pues se hace tarde.

—Si por azar os encontráis con mi padre, decidle que quedo en Sevilla esperándolo —añadió como último recurso Marie.

El joven asintió, alejándose a grandes zancadas, pero de improviso se volvió y gritó con su áspera voz:

—Id a la Casa de la Contratación. Allí han de tener una relación completa de los que viajan en esta flota real.

Marie aceptó su consejo y ya se disponía a preguntar a un vendedor de sandías dónde se hallaba dicha casa, cuando la abordaron dos mujeres. Una era joven, llevaba el cabello rojizo y rizado peinado con un alto moño y vestía un llamativo corpiño color carmesí apenas cubierto con una mantilla de encaje oscuro que dejaba entrever carnes blancas y prietas; la otra era de mediana edad y rostro afable en el que destacaban sus labios carnosos pintados de rojo.

—¿Buscáis alojamiento? —le preguntaron con tono amable.

—También lo necesitamos —respondió Marie—, pero primero hemos de encontrar la Casa de la Contratación. ¿Podríais dirigirnos hasta allí?

—Cualquiera que viva en Sevilla sabría hacerlo —declaró la mujer de mediana edad.

—No me atrevería a afirmar que cualquiera que viva en Sevilla —acotó la joven del corpiño carmesí—, pero sí los que frecuentamos el puerto y conocemos a marinos y soldados...

—No me contradigáis —la cortó la dama de mediana edad, dándole un codazo; luego se dirigió a Marie y Teodora:

—Por vuestro acento se comprende que sois de tierras lejanas. ¿Estáis solas en Sevilla?

Viendo el cariz que iba tomando la conversación, Marie no quiso responder y se limitó a sonreír. La mujer del corpiño carmesí intervino:

—Muy jóvenes parecéis para andar solas por las calles. ¿Acaso sois huérfanas y no tenéis quien os ampare?

—No es de vuestra incumbencia si tenemos quien nos ampare o no —expresó Teodora, cogiendo a Marie del brazo para proseguir la marcha.

—Perdonad si os hemos disgustado —se disculpó la mujer de mediana edad, poniéndose delante para impedir su avance—. No teníamos más interés que ayudaros. Mi sobrina Jacinta y yo tampoco somos sevillanas, sino de Jaén, y hemos venido a la ciudad acompañando a mi hermano y padre de la joven, que es marino y pretende embarcarse para las Indias. Por eso sabemos dónde está la Casa de la Contratación y os ofrecimos alojamiento, porque nos consta lo difícil que es hallar uno seguro y recomendable, pero disculpad nuestro atrevimiento y que os vaya bien.

Dicho esto, se hizo a un lado para permitir el paso a las jóvenes. Marie y Teodora se miraron un instante y luego la primera dijo:

—Disculpadnos a nosotras. Acabamos de llegar a Sevilla y nos urge ante todo ir a la Casa de la Contratación, pues tenemos importantes asuntos que resolver en ella, pero os agradecemos vuestra ayuda para encontrar hospedaje. ¿Está muy lejos el vuestro que nos proponéis?

—Oh, no, cerca del Arenal pues, como ya hemos mencionado, nuestro familiar es marino. Volvíamos a él y podéis acompañarnos, si os place.

—Así dejáis el caballo y el equipaje a buen recaudo para moveros con mayor libertad por las abarrotadas calles —apostilló la del corpiño carmesí.

A Marie y Teodora les pareció buena idea y acompañaron a las dos mujeres hasta la puerta del Arenal que daba paso a un barrio de calles estrechas y casas bajas no muy diferente al que habían encontrado al penetrar unas horas antes en la ciudad. Recorrieron varias callejuelas hasta llegar a una casa encalada de ventanas bajas enrejadas y puerta doble pintada de verde en la que destacaba una enorme aldaba de hierro oscuro en el centro. A Marie le sorprendió que la mujer de mediana edad se sacara una llave de la faltriquera y abriera la puerta, que cedió con un leve crujido, pero lo atribuyó a usos y costumbres que ella desconocía.

—¿No hay establo para el caballo? —preguntó Marie, reacia a dejarlo en la calle por miedo a que se lo robaran.

—Eso lo tenéis que convenir después con el dueño de la posada —replicó la mujer—. Por de pronto, atadlo a esa argolla y no os preocupéis, que está seguro.

Marie dudó unos instantes antes de obedecer y anudar las riendas a una de las argollas que había a ambos lados de la puerta. Después entró en la casa detrás de las mujeres, seguida por Teodora. El interior estaba en penumbra y olía a agua de azahar; Marie recordaba bien ese perfume por la afición que tenía a él la marquesa de Valprieto.

—Venid por aquí —indicó la mujer de mediana edad, y su acompañante más joven las empujó con suavidad hasta una sala de recibo donde tampoco sobraba la luz.

Era una estancia espaciosa, amueblada con profusión de mesas bajas de estilo morisco y sillas y sillones de toda suerte ordenados en conjuntos que ocupaban las cuatro paredes. Las ventanas estaban veladas por gruesas cortinas adamascadas y del techo pendía un gran candelabro apagado.

La mujer de mediana edad explicó:

—Voy en busca del dueño para anunciarle vuestra llegada. Mi sobrina Jacinta os hará compañía mientras tanto y se ocupará de que os den de beber, pues tendréis sed.

Y se alejó por un pasillo que desembocaba en un patio, donde crecían limoneros y naranjos alrededor de un pozo. Un hombre corpulento revisaba papeles tras una tosca mesa rectangular de madera de pino.

—Dadme albricias, pues os traje dos inocentes tórtolas que aguardan dentro con Jacinta. Son jóvenes y probablemente virgos, por lo que valdrán más de su peso en oro.

El hombre levantó la vista de los papeles y sonrió, mostrando unos dientes blancos y bien alineados.

—¿Y son bellas también? —preguntó.

—Eso va en gustos —replicó la mujer—. Las dos poseen el encanto de la juventud; una es más blanca que otra, aunque ambas están tostadas por el sol, pues acaban de llegar de un largo viaje a lomos de caballería, y también una es más refinada que la otra y habla con un suave acento extranjero. Una es resuelta y la otra apocada. Una es la que manda y la otra se deja mandar.

—¿Y saben dónde se encuentran? —prosiguió preguntando el hombre.

—Buscaban alojamiento y con ese pretexto las traje. Están solas en Sevilla y creo que son huérfanas o huidas, así que no os costará haceros con sus voluntades. Sois docto en halagos y buenas razones que no dejarán de escuchar.

—Veamos a las izas —replicó el hombre, levantándose de su silla y siguiendo a la mujer hasta la sala de recibo, donde Marie y Teodora bebían el agua de limón que les había servido de una jarra plateada un chiquillo de unos seis años, descalzo y vestido solo con una larga camisa que en otro tiempo había sido blanca y que le llegaba hasta las rodillas.

—¿Cómo te llamas? —le preguntó Marie cuando devolvió el vaso vacío al niño.

—Por Colasillo me conocen —replicó este con una triste sonrisa.

—Colasillo, ¿me cuidarías el caballo que tengo fuera a cambio de unas monedas? —le propuso Marie.

Ante la perspectiva de ganar algún dinero, Colasillo abrió los ojos como platos y aceptó sin pensarlo, corriendo de inmediato a la calle. El dueño de la casa entraba en ese momento en la estancia y había escuchado la conversación.

—Desempeña bien el encargo, perillán —apostilló al chiquillo que ya estaba en la puerta—. No nos dejes en mal lugar ante las damas —y luego, dirigiéndose a Marie, añadió—: Aunque no es necesario su servicio, pues esta casa es bien conocida en el barrio y nadie se atreverá a sustraeros el caballo ni a causarle ningún daño. He sabido por esta buena señora que es una de mis huéspedes más respetable que buscáis acomodo en mi casa para vos y vuestra acompañante.

Marie y Teodora asintieron con la cabeza y el dueño de la casa prosiguió:

—¿Os quedaréis en la ciudad por mucho tiempo?

Marie reflexionó unos instantes antes de responder:

—Eso no lo sabemos. Venimos a reunirnos con mi padre, Maxim de Gourney, que es piloto de navío y desea conocer el Nuevo Mundo.

—¿Y dónde está vuestro padre? —prosiguió preguntando el posadero.

—Hemos de acudir a la Casa de la Contratación para averiguarlo —confió Marie.

El dueño de la casa cruzó una mirada de entendimiento con la mujer de mediana edad antes de proseguir con su interrogatorio:

—¿Y vuestras mercedes también quieren zarpar rumbo a las Indias?

Marie no respondió. Teodora, que había permanecido callada hasta entonces, declaró:

—Mi señora debe reunirse con su padre. Él será quien decida entonces lo que ha de hacerse o no hacerse.

Marie asintió con la cabeza y preguntó si disponía de un cuarto para alojarlas y cuál era su precio. El dueño de la casa se percató de que no iba a obtener más información por esa vía y cambió de táctica. Dulcificando el tono, manifestó:

—Os puedo ofrecer un amplio dormitorio, o dos, si lo preferís, bien amueblados y limpios, dotados de aguamanil y hasta de bañera, pues en este establecimiento solemos recibir a muchos viajeros que, tras largas travesías, necesitan algo más que cambiarse de ropa.

A Teodora le extrañó que tuvieran bañera. Ella no la había utilizado nunca, pues en el convento decían que no había que mojar el cuerpo porque se debilitaba. El agua caliente ablandaba las carnes, lo que propiciaba la entrada de las enfermedades. Lo apropiado era limpiar la cara y las partes visibles del cuerpo con un paño húmedo y cambiarse de ropa, sobre todo la interior, una vez al mes como mucho. Marie sí estaba acostumbrada a usar la bañera, sobre todo en verano, porque su padre conocía por sus muchas lecturas los efectos beneficiosos sobre el organismo de los baños turcos y era partidario de la higiene corporal para evitar las afecciones achacadas a la roña.

—Compartiremos un cuarto con bañera —resolvió Marie, aceptando el precio que le pidió el dueño del hostal—. También necesito pesebre para mi caballo.

El dueño le indicó que las cuadras estaban en un edificio cercano y que en cuanto se hubieran acomodado, mandaría llamar a un mozo para que trasladara a ellas el alazán y lo almohazara.

—Nosotras os ayudaremos a trasladar el equipaje y deshacerlo —se brindaron la tía y su sobrina Jacinta—. Será digno de ver, puesto que procedéis de tan lejanas tierras, y nos servirá de entretenimiento hasta la hora de la cena.

Marie rechazó el ofrecimiento indicando que, como habían comprobado, viajaban ligeras de carga y solo tenían unas alforjas que ella misma metería en la casa mientras Teodora se adelantaba para tomar posesión del cuarto que acababan de concertar.

—No, yo prefiero acompañaros —protestó Teodora, viendo que Marie se dirigía hacia la puerta de la calle.

Pero la tía y su sobrina Jacinta la cogieron de los brazos y la llevaron, pese a su resistencia, hacia el fondo del pasillo, hasta una espaciosa habitación ocupada por un gran lecho de sábanas blancas y abundantes almohadones, una cómoda de madera oscura a la derecha y, al fondo, una bañera de latón, separada por una cortina de gasa violeta. También había dos sillas al lado de la ventana que daba al patio y un pequeño tocador con aguamanil y espejo. Teodora no había tenido tiempo de observar más detalles cuando tres criadas irrumpieron en la escena con enormes baldes de madera llenos de agua que vertieron en la bañera. Antes de que pudiera negarse, la tía y la sobrina se pusieron a desvestirla entre risas y, pese a sus protestas, manotazos y tirones, consiguieron meterla desnuda en el agua.

—No tengáis pudor, pues no hay nada malo en vos —declaró zalamera Jacinta al ver que Teodora se cubría pudorosamente los pechos con las manos y se acurrucaba para tratar de ocultar sus partes más íntimas.

Una de las criadas preguntó obsequiosa:

—¿Está a vuestro gusto el agua? ¿La queréis más caliente?

—¡Dejadme en paz! ¡Apartaos de mí! ¡Fuera, quiero vestirme! —exclamó Teodora, intentando salir del baño obligado.

Pero muchas manos la retuvieron y otras empezaron a echarle agua por la cabeza. Teodora dio un respingo cuando le entró en los ojos y la nariz, y no tuvo más remedio que descubrirse los senos para enjugarse el rostro.

—Lozana juventud —alabó la tía mientras le restregaba los hombros con un paño y jabón de olor del que se fabricaba en Sevilla—. Qué pechos tan tiesos, qué carnes tan prietas. Sabed, linda joven, que ganáis desnuda. Ese vestido sucio y feo que traíais no es de vuestra talla y os hacía deforme.

Pero estos halagos no vencieron la resistencia de Teodora, que seguía manoteando y gritando, empeñada en escaparse de la bañera.

—¿Llamo a la vieja? —preguntó una de las criadas tras recibir un bofetón de Teodora mientras intentaba dominarla.

La tía asintió con la cabeza, y al poco entró en la habitación una mujeruca arrugada, ataviada con un traje de encaje negro, que portaba en sus manos repletas de anillos una copa con un líquido oscuro.

—No tengáis miedo, querida niña —dijo al acercarse a la bañera—. Todas hemos pasado por esto y, como podéis comprobar, estamos felices y contentas. Bebed para tranquilizaros, os hará bien.

Pero Teodora no atendió a sus palabras y siguió con su feroz forcejeo. La vieja hizo una señal, y dos de las criadas se abalanzaron sobre ella: una le asió fuertemente la cabeza mientras la otra le tapaba la nariz. Cuando la joven abrió la boca para respirar, la vieja aprovechó para hacerle tragar el contenido de la copa. Hubo unos cuantos tirones, algunos hipidos más y al poco se fue obrando el milagro: Teodora empezó a sonreír y a chapotear en el agua, permitiendo que las manos diestras que la atendían llegaran con el jabón hasta los rincones más recónditos de su cuerpo.

—Tiene hermosas hechuras —sentenció la vieja, observándola con detenimiento—. Muslos blancos, hombros torneados, diminuto ombligo... la lástima es el cabello tan corto.

—Habrá tenido la tiña —comentó una de las criadas.

—Será una monja huida —terció otra que parecía más avispada.

—Más bien lo segundo —opinó la tía, señalando con el dedo sus cejas espesas y el bocillo que le crecía sobre el labio superior.

—¿Sois monja de un convento? —le preguntó directamente Jacinta mientras le lavaba con suavidad el cabello.

—No llegué a profesar —respondió risueña Teodora con una voz tan pastosa que costaba entenderla—. Novicia fui y nunca tuve el cabello largo porque la madre priora no permitía vanidad en el convento, ni siquiera a las niñas de cuatro años como yo... la hermana portera me cortó los tirabuzones nada más entrar, y no los guardaron, los vendieron por unas cuantas monedas para hacer la cabellera de una Virgen de aldea. Yo no la llegué a ver... Pero ahora que soy dama me lo dejaré crecer y me peinaré con moños como los de Marie...

Las mujeres la habían dejado hablar hasta que se cansó, y entonces la tía le hizo otra pregunta, mientras la aclaraban del jabón para sacarla del agua:

—Si habéis estado en el convento hasta hace poco, seréis virgo, ¿verdad, querida?

Teodora soltó una risa tonta, echando la cabeza hacia atrás, y no contestó.

—¿Sois virgen? —le repitió dulcemente al oído Jacinta mientras la incorporaba, ayudada por una criada, para envolverla en un lienzo blanco con el que empezaron a secarla.

—Puse muuuuuuchos huevos —fue todo lo que respondió Teodora.

Todas las mujeres presentes se rieron, y la vieja ordenó que tumbaran a la joven en la cama para salir de dudas efectuando la inspección de rigor.

Mientras tanto, Marie había salido a la calle y se había quedado hablando con Colasillo, a quien había encontrado sentado, pintando figuras sobre la tierra con un palo.

—¿Te gusta dibujar? —le preguntó por ser amable.

Sin levantar la cabeza del suelo, el niño respondió:

—Cuando no tengo más que hacer, así entretengo el tiempo.

—¿Y qué dibujas? —prosiguió su interrogatorio Marie.

—Lo que mi mano quiere. Yo la dejo y ella va haciendo formas, pero solo la izquierda; la derecha no sabe.

—Eres zurdo, entonces —concluyó Marie.

—No, no —se apresuró a puntualizar el niño—. Ya no. Las izas me pegan y me atan la mano mala para que trabaje con la buena. Yo obedezco en todo, pero pintar la buena no sabe…

—¿Quiénes dices que te pegan y te atan la mano? —se interesó Marie, que no le había entendido.

—Me pegan las izas y también las rabizas, el amo, las criadas, todos me pegan, pero no me quejo porque es por mi bien, para que la Santa Inquisición no me encuentre y me castigue por hereje en el potro de las torturas.

Marie pensó que izas y rabizas serían palabras infantiles que utilizaba el niño para referirse a parientes suyos y desistió de su interrogatorio. Alabó el caballo cuyos trazos empezaban a distinguirse entre el polvo y se dispuso a recoger las alforjas para regresar a la casa. Mientras se hallaba ocupada en estos menesteres, llegaron cuatro mujeres, unas más jóvenes que otras pero todas ataviadas con ostentación y profusión de colores. La de mayor edad sacó una llave de la faltriquera y otra dio un puntapié al niño en la espalda:

—Acabarás quemado en la hoguera por tozudo —le reprendió enojada—. Emplea la diestra, mocoso del diablo.

Otra de las mujeres le dio un pescozón, y las cuatro se rieron a su costa antes de entrar en la casa. Marie se había vuelto y permaneció en silencio observando a Colasillo, quien dijo, sobándose los golpes:

—Estas son las izas y las rabizas que tanto me quieren.

Entonces Marie pensó que esas palabras serían un insulto con el que se defendía Colasillo del mal trato que recibía.

—¿Dónde está tu madre? —se interesó.

—Yo no tengo madre ni padre, ni un perrillo que mueva el rabo y me ladre —respondió el niño, mirando al suelo—. Vivo con las izas y las rabizas; yo las sirvo y ellas me cuidan.

—¿Y por qué vives con ellas? —insistió Marie.

—Porque mi madre era iza y aquí nací —repuso el niño, alzando la cara.

Estas palabras fueron como un ensalmo que obró el prodigio de abrir la mente de Marie. Fue como si se descorriera un espeso velo y de repente comprendió el sentido de lo que decía el niño y se dio cuenta del tipo de establecimiento en el que se habían hospedado. Con razón sentía una sensación tan extraña desde que habían traspasado la puerta verde. Sin embargo, antes de tomar una determinación, quiso cerciorarse de que sus sospechas eran fundadas.

—¿En qué se diferencian las izas y las rabizas? —preguntó a Colasillo.

—Vos seréis iza, y las rabizas os enseñarán el oficio —le respondió sin tardanza.

—Y vuestra madre también era iza —reiteró Marie.

—Sí, fue una iza, y de las más caras, pues era muy hermosa. Murió cuando yo nací y no llegó a rabiza ni se hizo vieja. Tanto mejor, porque a las rabizas se les caen los dientes, les salen pupas y causan más espanto que las malvadas brujas…

Marie no siguió escuchando. Volvió a colocar las alforjas en su sitio, montó apresuradamente en su caballo y lo espoleó para alejarse cuanto antes de aquel espantoso lugar. Ahora se le antojó que se encontraba en un laberinto de calles malolientes y polvorientas desde cuyas casas cerradas y enrejadas podían provenir asaltos insospechados, y desconocía el camino para salir de él. Trató de recordar el trayecto que habían seguido desde el Arenal guiadas por la tía y su sobrina Jacinta, buscando como referencia para orientarse el sol. De este modo, avanzó pegada a la muralla que separaba la Mancebía del resto de la ciudad y por fin divisó una de las puertas de acceso. A punto estaba de traspasarla cuando detuvieron su caballo, sujetando con mano firme las riendas. Era el guardián que vigilaba el trasiego de personas para mantener la seguridad y evitar delitos.

—¿De quién es este bonito caballo? —le preguntó desafiante, probablemente tomándola por quien todavía no era.

—Mío es —respondió Marie, tratando de aparentar tranquilidad—. Franqueadme el paso, pues voy con prisa.

Pero el guardián no accedió a su deseo. Quiso saber por qué iba sola y adónde se dirigía. Marie comprendió que se vería arrastrada a una discusión donde tenía todas las de perder y decidió encabritar al caballo para obligarlo a soltar las riendas y, de este modo, emprender la huida. Sin embargo, las cosas no salieron como esperaba. Consiguió al primer intento que el caballo, relinchando con furia, levantara las manos, supo mantenerse erguida en la montura, y el guardián, pillado por sorpresa, se apartó, pero entonces apareció de la nada otra persona que frustró su tentativa, cortándole el avance.

—¿Qué hacéis sola? ¿Dónde está la beata? —inquirió con su voz insolente don Pedro de Orive, el joven que había salvado a Teodora de la Inquisición en Madrid, mientras asía con fuerza las bridas y acariciaba el cuello del caballo para tranquilizarlo.

Antes de que Marie hubiera podido contestar, se aproximó el guardián, quien no estaba dispuesto a abandonar tan pronto su presa. Don Pedro de Orive, tocando el puño de su reluciente espada, manifestó que él conocía a la dama y respondía por ella. No hubo más que hablar, y ambos salieron de la Mancebía sin mayor contratiempo. Entonces Marie desmontó enseguida para narrar cuanto les había sucedido desde que lo habían visto en el puerto y habían pretendido dirigirse a la Casa de la Contratación, siguiendo sus consejos.

—¡Y habéis abandonado a la beata en esa casa de perdición sabiendo a lo que se expone! —le recriminó don Pedro con voz tronante cuando hubo concluido su relato.

Marie adujo que fue una reacción irreflexiva para ponerse a salvo, pero que ella sola, aunque quisiera socorrer a su amiga, carecía de medios para lograrlo.

—No puedo recurrir a la justicia, puesto que vos sabéis igual que yo lo peligroso que sería para Teodora si se descubre quién es en verdad.

Don Pedro asintió con la cabeza y declaró:

—Nosotros nos bastaremos. Volvamos de inmediato a buscarla.

Marie estaba aterrorizada y se resistía a regresar, por lo que balbuceó una excusa tras otra y acabó llorando de puros nervios al comprobar cómo don Pedro las iba rechazando con irritación mal contenida.

—Al menos, aguardad hasta que tracemos algún plan —adujo finalmente, tratando de aplazar la empresa.

Pero don Pedro era tan obstinado como valeroso y repitió con el ceño fruncido:

—Volvamos a buscarla. No es preciso ningún plan. Ella saldrá por su propio pie de la casa igual que entró. A fe mía que nadie se lo impedirá en mi presencia.

Marie aún lloraba y le temblaban las piernas, pero no fue capaz de imponerse. Don Pedro montó el caballo con agilidad felina y tendió la mano para que Marie se pusiera a la grupa, penetrando en la Mancebía por la misma puerta del Arenal que habían utilizado con la supuesta tía y su sobrina Jacinta. En la confusión de calles todas semejantes y casi desiertas a esas horas, Marie no recordó el camino y anduvieron errantes un buen rato, hasta que una rabiza que los contempló pasar desde una ventana supo indicarles la dirección de la casa de las puertas verdes.

Colasillo seguía sentado en la tierra dibujando con su palo y al ver a Marie suspiró aliviado:

—Han salido a buscaros y tuve que mentir para que no me pegaran —declaró con inocencia infantil—. Dije que habíais ido a las cuadras y que luego regresaríais. Daos prisa, porque las izas rebeldes como vos también reciben buenos palos de las rabizas.

Marie acarició sus sucias greñas y le preguntó si tenía llave de la puerta. El niño replicó que tocara a la aldaba tres veces, que de ese modo sabrían que era alguien de la casa. Así lo hizo don Pedro, y enseguida acudieron a la llamada.

—Pasad, pasad, que se hace tarde —urgió la criada que abrió al ver a Marie, añadiendo al percatarse de la presencia de don Pedro—: Pasad vos también, aunque en vuestro caso es demasiado temprano.

Los dos franquearon la puerta y avanzaron por el pasillo que conocía Marie hasta llegar a la sala de recibo. Pero la hallaron vacía.

—¿Dónde está Teodora? —preguntó entonces Marie a la criada, que los había seguido.

—En su habitación. Están terminando de aderezarla —le respondió escueta—. Pronto se pondrán con vos...

—Conducidnos hasta ella —la cortó con sequedad don Pedro.

—Vos no podéis pasar —objetó enseguida la criada.

—Puedo, vive Dios que puedo —proclamó don Pedro, asiéndola fuertemente del brazo y de una trenza que sobresalía del pañuelo con el que se cubría la cabeza—. Conducidnos hasta ella como os digo o ateneos a las consecuencias.

Y la criada así amedrentada, bisbiseando palabras incomprensibles, comenzó a caminar deprisa, pasillo adelante, hasta el cuarto donde se encontraba Teodora. En cuanto don Pedro la soltó para abrir la puerta, se escabulló, echándose las manos a la cabeza como si presagiara una catástrofe y desapareciendo de la vista antes de que entraran en la estancia. Teodora estaba sentada en una silla junto a la ventana, ataviada con un traje azul de corpiño ajustado que le elevaba los senos y dejaba ver sus carnes rosadas por el generoso escote. Le habían peinado el cabello en gruesos rizos y colocado una redecilla en la nuca para disimular su corte monjil. Tenía las cejas perfiladas, había desaparecido el vello de su labio superior y lucía carmín en labios y mejillas.

—Marie, sois vos —balbució entre risas y guiñando exageradamente los ojos cuando vio aparecer a la joven—. Mirad cómo me han en*Galana*do. Me han bañado, rasurado, peinado, perfumado... y no sé cuántas cosas más. Ah, sí, y me han mirado ahí por donde pongo los huevos.

Acercándose a ella para tomarle una mano, Marie preguntó:

—¿Qué os ocurre, Teodora, por qué habláis así?

—Decidme, ¿me veis hermosa? —inquirió Teodora y, al percatarse de la presencia de don Pedro, agregó a trompicones—: Oh, habéis venido vos, mi valiente caballero, mi salvador. Decidme vos si me encontráis hermosa...

—Algún brebaje maldito le han de haber dado a beber para atontarla y domeñar su voluntad —declaró don Pedro y, dirigiéndose a la joven, le indicó—: Teodora, debéis levantaros al momento, porque nos marchamos de este lugar que no es apropiado para vos.

Sin embargo, aunque hubiera querido complacerlo de todo corazón, Teodora apenas podía tenerse en pie. Entre Marie y don Pedro la sujetaron por las axilas y la sacaron casi en volandas de la habitación. Poco habían avanzado por el pasillo que conducía a la calle, cuando apareció el dueño de la casa, acompañado por la supuesta tía y su sobrina Jacinta.

—Dejadnos paso franco —exigió don Pedro, sin presentarse ni pedir explicaciones.

—¿Quién sois vos y qué hacéis en mi casa? —repuso el dueño, que no se había amilanado y les estorbaba la salida.

—Mi padre ha enviado a este caballero de su confianza para que nos conduzca a su presencia, pues ya está enterado de nuestra llegada —mintió Marie, tratando de disimular su temor—. Ya no necesitamos posada porque mi padre nos aguarda en su casa.

—Paso franco —repitió don Pedro imperioso, tocando ostensiblemente el puño de su espada.

—Mandad aviso a los hombres —musitó el amo a la supuesta tía, sin apartarse de donde se hallaba y sacando una navaja de grandes dimensiones con la que empezó a repasarse las uñas.

—No están en la casa —repuso, también susurrando entre dientes, la aludida—. Esta mañana salieron a cobrar lo que les ordenasteis y todavía no han regresado.

Teodora reía tontamente, enajenada de la realidad por la poción de la vieja, y Marie, que seguía sujetándola de la axila, liberó su mano derecha para buscarse en el escote el puñal que le había regalado Chantal en su despedida.

Al ver el cariz que tomaba la situación, la tía y su sobrina Jacinta decidieron por fin hacerse a un lado, pero reclamaron el pago del vestido y el arreglo de Teodora.

—Bien servidos quedáis con el dinero que os adelanté por el cuarto que no vamos a usar —replicó Marie, recobrando cierto valor e intentando que no le temblara la voz.

—No es bastante —objetó provocador el dueño de la casa, esgrimiendo la navaja sin ceder terreno.

—Paso franco, si no queréis que se ponga fin a vuestro negocio —advirtió con voz bronca don Pedro—. Los alguaciles tendrán mucho interés en saber cómo atraéis a vuestro burdel doncellas incautas y con qué malas mañas doblegáis su voluntad. Ahora ya no tratáis con ellas ni podéis sacar provecho, pues tienen quien las defienda. Paso franco os digo.

Pero como el dueño no se conformaba, don Pedro entregó a Teodora al cuidado de Marie y avanzó con feroz mirada hasta que su cara llegó casi a rozar la del dueño, quien durante unos instantes interminables aguantó el desafío. Chirrió la espada al ser desenfundada, Marie levantó como pudo su puñal, y la tía y su sobrina Jacinta desaparecieron raudas como el viento.

Un par de aldabonazos a la puerta vinieron a quebrar el tenso silencio. Marie aprovechó al vuelo la oportunidad, exclamando a viva voz:

—¡Ha de ser mi padre que llega a buscarnos, inquietado por nuestra tardanza! ¿Vendrá ya con los alguaciles, tal como le recomendasteis?

Teodora soltó una delirante carcajada, batió palmas y dio un traspié pero no llegó a desplomarse porque Marie la retuvo a tiempo para hacerla avanzar unos pasos mientras ella blandía el puñal.

El dueño del burdel las traspasó con mirada asesina, lanzó un escupitajo al suelo y por fin se hizo a un lado. Sin perder un instante, Marie y don Pedro, llevando casi a rastras a Teodora, salieron precipitadamente de la casa.

—¿Os marcháis? —preguntó Colasillo, que aguardaba fuera junto a la puerta con un mozo de cuadra un poco mayor que él e igual de desarrapado. Señalándolo con el dedo, agregó—: He llamado por si queríais que atienda vuestro caballo, pues es un animal demasiado fino para pasar en la calle toda la noche a merced de bravucones, borrachos y ladrones.

No le contestaron, concentrados como estaban en lograr que Teodora montara en el alazán y se mantuviera erguida. El niño, viendo su apuro, corrió a ayudarlos, poniéndose casi de puntillas sobre sus pies descalzos para sujetar las riendas.

—Sí, os marcháis. No queréis ser izas, y no os culpo. Es una mala vida —se respondió a sí mismo con tristeza.

Marie asintió y se colocó en la montura detrás de Teodora para sujetarla, mientras don Pedro dirigía con las bridas el caballo a paso lento hacia la salida de la Mancebía. A punto de perder de vista la casa de las puertas verdes, Marie giró la cabeza y quiso despedirse con la mano del niño que seguía inmóvil en la lejanía, pero no llegó a hacerlo porque tuvo que agarrar con fuerza a Teodora para que no perdiera el equilibrio y cayera a tierra.

11

El Hospital de la Caridad

Don Pedro de Orive condujo a Marie y Teodora a una posada de su confianza, donde Marie limpió de afeites la cara de Teodora, la obligaron a beber abundante agua, la dejaron en enaguas y la metieron en el lecho. La joven se durmió enseguida, pero continuó hablando en sueños ora riendo, ora quejándose y llorando, tratando de librarse a manotadas de feroces atacantes. Apenas se entendían sus palabras y no había modo de consolarla porque tampoco parecía comprender que lo que le sucedía no eran más que pesadillas, así que Marie y don Pedro decidieron velarla sentados a la vera de la cama, hablando en voz baja para no inquietarla más.

—No acierto a comprender cómo aparecisteis de improviso cuando os hacíamos embarcado camino a las Indias —expresó Marie.

Don Pedro explicó que antes de llegar a la nave, había visto cómo se les acercaban las dos busconas a las que ya conocía porque solían merodear por el puerto a la caza de clientes y que al comprobar que se marchaban con ellas, se había alarmado, pues se daba buena cuenta de que la beata, que lo ignoraba todo del mundo y sus peligros, era presa fácil para cualquier desalmado.

—De vos nada sé porque no os conozco ni se me alcanza por qué motivo estáis juntas en Sevilla, pero a ella la salvé de una muerte cruel no hace tanto y no iba a permitir que acabara, víctima del engaño, en un lupanar, robada o asesinada si yo de nuevo podía evitarlo. Así pues, dejé mi equipaje en la nave y volví a buscaros. Casi me había dado por vencido, cuando los relinchos de vuestro encabritado caballo llamaron mi atención.

Marie, por su parte, refirió las circunstancias que las habían obligado a viajar juntas y solas hasta Sevilla, donde esperaban que su padre las protegiera y diera cobijo, y cómo las dos mujeres las habían convencido para que las acompañaran a la supuesta posada donde ellas se hospedaban. Con este y otros relatos fueron pasando las horas, hasta que don Pedro quedó traspuesto en su duro asiento. Sin embargo, Marie no logró dormir. El agitado sueño de Teodora había devuelto a su memoria los desdichados días en los que veló a su madre enferma y no pudo evitar que gruesas lágrimas corrieran mansamente por sus mejillas. Cuánto había cambiado su vida desde entonces y qué incierto era su futuro en estas lejanas tierras a las que la había conducido su padre por su espíritu aventurero y su afán de conocimiento. ¿Y si no lo encontraba? ¿Qué sería de ella y de la beata a la que había unido su suerte?

Don Pedro abandonó el cuarto con los primeros rayos de sol y volvió al cabo del rato con una moza de la posada, que puso unos caballetes y una tabla para armar la mesa donde serviría el abundante desayuno que había encargado, compuesto de migas con tocino, manteca colorada, huevos fritos y uvas pasas. Teodora se encontraba mejor, aunque algo mareada, y era capaz de hablar con normalidad. Apenas recordaba lo que había sucedido una vez que la introdujeron en el baño y se extrañó cuando quiso vestirse y le tendieron el escotado traje azul.

—Prefiero el mío que me regaló don Pedro al hacerse caballero —lo rechazó, apartándolo con la mano—. Este es demasiado vistoso para mi gusto y me muestra de una forma que me horroriza.

Sin embargo, no tuvo más remedio que ponérselo, pues no había otro, y se ruborizó al mirarse ella misma lo que quedaba al descubierto por el escote. Marie la tranquilizó diciendo que le sentaba bien y no resultaría exagerado si soltaba un poco los cordones del corpiño y utilizaba un pañuelo que ella le colocó para cubrir el inicio de los senos. Por su parte, don Pedro dio unos cuartos a la moza para que le comprara un mantoncillo de los que lucían las señoras sevillanas por esas fechas en las que empezaba a hacer calor.

—Vos permaneceréis en la habitación descansando mientras yo acompaño a Marie a la Casa de la Contratación —declaró después don Pedro—. La nave en la que debo embarcarme recorre el río Guadalquivir hasta llegar al puerto de Sanlúcar, donde se detiene para cargar bastimentos, agua y leña. Concerté con el capitán que yo la alcanzaría allí y no puedo demorar demasiado mi partida, pues la escala será corta y cualquier contratiempo en el viaje me dejaría en tierra, ocasionándome una pérdida irreparable.

—Dos veces habéis aparecido en mi auxilio y me habéis salvado cuando apenas tenía esperanzas, por lo que creo que no podré sobrevivir sin vos —replicó consternada Teodora—. Me había hecho la ilusión de que habíais renunciado al Nuevo Mundo y decidido permanecer con nosotras.

—Si sobrevivís o no depende de vos, ingenua beata. Debéis ser más cauta y no fiar vuestra suerte a extraños. Dos veces os salvé y ya es bastante; ahora os toca a vos tomar las riendas de vuestra vida —manifestó don Pedro, recobrando su rudo tono de voz, y pasó a dirigirse a Marie—: Mantengo mi ofrecimiento de acompañaros a la Casa de la Contratación, pero debemos apurarnos.

—Esperad un poco más a que vuelva la moza con el mantoncillo y saldré con vosotros —imploró Teodora—. No quiero permanecer sola en este cuarto. Os lo suplico, don Pedro, como último favor.

Este no supo negarse y aguardaron hasta que al fin regresó la moza con el encargo. Cuando la recatada beata se colocó el mantoncillo estampado que le cubría cuello y hombros, abandonaron los tres juntos la posada y se encaminaron hacia los Reales Alcázares, pues en una de sus dependencias, el denominado Cuarto del Almirante, se encontraba la Casa de la Contratación, que disponía de un buen patio y una puerta orientada al río. En su interior había gente yendo de un sitio para otro a las distintas dependencias o reunida en grupos hablando casi a voces. Don Pedro echó un rápido vistazo y aconsejó a Marie que preguntara a un escribano cejijunto y cetrino que, sentado tras una mesa alargada en su despacho con la puerta abierta, cumplía su oficio con empeño; tanto, que no se percató de la llegada de sus visitantes ni levantó la cabeza del papel que copiaba cuando lo saludaron. Solo pasado un buen tiempo, cuando con gran empaque puso punto final al escrito que lo absorbía, alzó el rostro para preguntarles:

—¿En qué puedo serviros?

Marie indicó que deseaba saber si su padre había embarcado en alguna de las naves de la flota, a lo que el escribano respondió:

—Eso es cosa del factor, pero decidme su nombre, pues yo escribí la lista y tal vez me venga a la memoria.

—Maxim de Gourney —repuso Marie.

—Ese nombre lo recuerdo bien —manifestó el escribano a renglón seguido—. Iba en una nao, sí, no me cabe duda, me dijeron que procedía del Franco Condado.

Se había quedado callado como si tratara de precisar algo más, sin darse cuenta de que ya había comunicado a Marie la peor noticia que podía esperar. Las lágrimas se agolpaban en sus ojos mientras Teodora la abrazaba y era tal su desconsuelo que apenas entendió lo siguiente que explicó el escribano:

—Mas no embarcó; hubo una queja porque no apareció en el muelle el día señalado e iba como tripulación con sueldo estipulado. Nada más puedo deciros sin una orden del factor para revisar los libros.

—¿Habéis escuchado, Marie? —quiso animarla Teodora—. Todavía hay esperanza.

Luego, al comprobar que su amiga no reaccionaba, reveló al escribano, que las contemplaba sin comprender:

—Hemos hecho un largo viaje para encontrarnos con el padre de esta dama, pues le urge comunicarle una triste noticia. De ahí sus lágrimas al pensar que su enorme esfuerzo había sido en balde. ¿Nos podría recibir el factor?

—Hoy no, pues se ausentó para resolver asuntos urgentes fuera de la ciudad. Volved mañana temprano y os verá sin falta.

Don Pedro insistió en concertar una cita más concreta, pero no lo consiguió. Estaba a punto de echar mano a su espada, cuando Marie dio las gracias y urgió a sus acompañantes a abandonar el lugar. Salieron al patio, y don Pedro, que ya se quería ir a Sanlúcar, se brindó a prestarles un último servicio, proponiéndoles recorrer juntos las calles más importantes de Sevilla para que aprendieran a orientarse y no caminaran por donde no convenía.

Como las jóvenes aceptaron agradecidas su ofrecimiento, se adentraron por vías más anchas, de señoriales fachadas y ventanas enrejadas. Se notaba que la ciudad disfrutaba de la opulencia de dos mundos, el Nuevo y el Viejo, y sus alegres habitantes hacían gala de la riqueza y el boato proporcionados por el comercio y la plata que llegaba de las Indias. Delante de la catedral se abría una amplia plaza, al lado se encontraba la Lonja, en cuyas escaleras cerraban sus tratos los mercaderes, y un poco más lejos se erguían los espléndidos edificios del Ayuntamiento y la Audiencia.

Mientras paseaban, Teodora se había interesado por la vida de don Pedro, pero este había contado poco, aparte de que también había pasado su niñez y juventud en un convento, del que había escapado por desavenencias con las restantes monjas. No quiso responder si había sido monja profesa ni si tenía familia que lo echara de menos.

—Me ahogaba en el convento, encerrado en sus cuatro paredes y sin nada que hacer más que rezar, cuidar del huerto y discutir ásperamente con mis compañeras. En cuanto pasó la niñez me di cuenta de que ese no era mi sitio, que yo ansiaba una existencia que me estaba vedada por mi sexo, y decidí cambiarlo. Mi aspecto poco o nada mujeril y mis rudos modales me ayudaron a lograrlo —explicó abreviando—. Y ahora aquí me tenéis, dispuesto a echarme a la mar para llegar a un Nuevo Mundo donde me aguardan hazañas heroicas con las que pasar a la posteridad.

—Yo me iría con vos —se atrevió a proponer Teodora—. No anhelo una vida heroica, sino tranquila. Nunca discutí con nadie en el convento ni deseé dejarlo, pero me arrojaron fuera y quisieron matarme. Ahora me persiguen y no tengo lugar donde refugiarme. Cuando Marie encuentre a su padre terminarán sus cuitas, pero no las mías. ¿Qué será de mí entonces? Salvadme una vez más y entregaré mi vida a vuestro servicio.

—No sabéis lo que decís —replicó don Pedro con menor brusquedad de la acostumbrada—. El permiso para pasar a las Indias no se consigue así como así, y además vos no estáis preparada para las penurias que tendríais que sobrellevar a mi lado. No, yo no puedo cargar con vos.

Teodora quiso protestar, pero don Pedro adujo que ya estaban cerca de la posada, preguntó a Marie si sabría llegar y, como la respuesta fue afirmativa, hizo una leve reverencia, articuló una escueta despedida y se alejó a grandes zancadas, torciendo por la primera calle que encontró. A Teodora se le saltaron las lágrimas, pero no corrió a detenerlo. Marie intentó consolarla, pasándole un brazo por el hombro:

—Si el destino quiere, os volveréis a encontrar. No os apenéis de ese modo, pues tampoco lo conocéis tanto.

—Es cierto —repuso Teodora—. Apenas lo conozco y le debo más que a muchos que sí me habían frecuentado y no dudaron en entregarme a la Santa Inquisición. Puesto que sin apenas conocernos ya me defendió con tamaña fiereza, qué no haría por mí si al tratarme llegara a quererme.

Cuando por fin regresaron a la posada, comieron lo que había, un desabrido guiso con más huesos que carne, en el patio central, cerca del pozo a cuyo alrededor crecían olorosas plantas floridas en macetas de azulejo. No deseaban recogerse en su oscura habitación que olía a humedad, así que permanecieron un buen rato disfrutando del sol y los trinos de los abundantes pájaros, hasta que Teodora, sonrojándose y con voz entrecortada, preguntó de sopetón:

—¿Me prestaríais algunas monedas? Os debo mucho y no sé cuándo podré pagaros vuestras mercedes, mas no dudéis que todo os lo devolveré con creces.

Marie sonrió divertida por su azoramiento y quiso saber para qué las precisaba.

—A punto de entrar en Sevilla, vos me revelasteis que dejaba atrás mi pasado e iniciaba una nueva vida, en la que sería lo que me propusiera. Eso pretendo. Necesito las monedas para comprar una tela con la que coserme una toca que me cubra el cabello mientras crece, pues no ha de quedar a la vista mi corte monjil ni puedo llevar esta redecilla con la que me peinaron quienes vos sabéis y probablemente me señale ante los demás como mujer infame.

—No lo creo —repuso Marie—. La redecilla os sienta bien y me figuro que será una moda del lugar.

—Vos sois de fuera y yo jamás pisé el mundo —insistió Teodora, meneando la cabeza—. Por tanto, desconocemos los usos y costumbres. Sin embargo, me inclino a pensar que las mujeres de la mancebía me arreglaron conforme a sus criterios para gustar a sus parroquianos. La redecilla ha de ser su marca, y no quiero que me confundan. Yo me cubriría con el sombrero de paja que traje durante el camino, pero también lo perdí.

—Allá quedaría en la mancebía con el resto de vuestra ropa. No lo sufráis, pues ese sombrero tampoco os convenía si queréis ser una dama. Compraremos la tela que decís para cubriros, y ahora mismo, si en esta posada nos saben indicar dónde la venden.

Una de las mozas las encaminó hacia una calle empedrada muy próxima a la catedral, donde hallaron sin perderse el establecimiento que vendía sedas y angaripolas traídas por la nao de la China, paños de Rouen y Bretaña, así como sargas, brocados y otras telas de mayor o menor precio según su calidad y uso. Marie indicó al dueño lo que querían y este se dispuso a enseñarles su surtido.

—Por vuestro acento e indumentaria, se ve enseguida que no sois de estas tierras —intervino una mujer risueña que tocaba con mano entendida diversos cortes de paño, agrupados en ordenados montones sobre bancos corridos de madera.

Marie giró la cabeza hacia ella y asintió. Teodora permaneció en silencio.

—Soy costurera y os puedo coser a buen precio lo que preciséis —prosiguió la mujer, sin dejar de sonreír con labios y ojos.

—A decir verdad, agradeceríamos vuestro consejo —declaró complacida Marie—, pues lo que queremos es cubrirnos la cabeza con algún tocado que aquí se estile.

—Oh, si no es más que eso, lo podéis tener listo este mismo día —expresó la costurera, dirigiéndose de inmediato hacia el montón de telas adecuado—. Será un tocado ordinario, para usar todos los días, me imagino.

Marie asintió de nuevo, y la costurera le mostró unas angaripolas con listones de vistosos colores y una batista blanca.

—Decidme cuál cuadra más con vuestro gusto. Con ambas se pueden crear tocas de media cabeza o completas, cofias o tocados a modo de turbante, que también se usan mucho. Esta cofia blanca que yo uso hasta los hombros es más ordinaria y propia de mi oficio, no de damas refinadas, como a legua se ve que son vuestras mercedes.

A Marie le hicieron gracia estas lisonjas a todas luces exageradas, pues su aspecto dejaba mucho que desear, y esperó a que Teodora hablara, pero como no parecía decidirse, le escogió la batista y una toca de cabeza completa, añadiendo que, por su parte, necesitaría algún tocado especial debido a su larga y abundante cabellera.

—Si me lo permitís, os confeccionaré a ambas una media toca de batista, a vos más breve para que os recoja el moño cuando así os peinéis, y luego un gorrillo más vistoso de esta angaripola de listones violeta, a vuestra amiga pegado a las orejas y a vos atado atrás con su hueco para que luzcáis por él una gruesa trenza o peinado de rizos sueltos.

Marie aceptó sin dilación, pero Teodora le susurró al oído que pensara en el precio.

—No os apuréis por eso —le contestó, sin apenas prestarle atención, y pasó a concertar con el pañero y la costurera las medidas necesarias.

La costurera tenía su casa en las proximidades, en un pequeño callejón sombrío, donde en una sala alumbrada por un escueto candelabro, cerca de la única ventana por la que apenas entraba claridad, cosía una muchacha de pocos años y ojos bizcos que suspendió la labor a su entrada. Nada más verla, Marie se acordó de Chantal por su miedo a que se le torciera la vista si la enseñaban a bordar y esbozó una sonrisa.

—Eulalia, deja lo que estás haciendo y, en lo que tomo medidas, despéjame la mesa, pues después cortaré unas telas para hacer unas cofias. Búscame también las telillas.

La muchacha se levantó rauda a cumplir lo mandado, mientras su ama manifestaba, mirando a su alrededor:

—Mi casa es humilde, igual que mi cuna, pero con la aguja y el hilo obro maravillas. Algún día tendré sala de recibo y muñecas vestidas que luzcan mis creaciones, así como un buen número de costureras que cosan a mi dictado —y lanzando un suspiro, agregó—: Por ahora, paciencia y conformarnos con lo que hay para daros el mejor servicio.

La muchacha trajo las telillas, que eran unos patrones, y la costurera los probó en sus clientas, corrigiendo las medidas y explicando lo que pretendía conseguir. Marie no estaba segura de entender lo que le decía y le preguntó si no disponía de dibujos donde se representara su obra.

—¿Tenéis recado de escribir —inquirió cuando la costurera negó con la cabeza.

Tampoco había en la casa, pero sí carboncillo con el que se marcaba en las telas las medidas antes de cortarlas para evitar errores, así como un buen trozo de papel de estraza donde se habían envuelto unos paños finos.

—Eso bastará para que yo os pinte lo que alcanzo a entenderos —manifestó Marie.

Y cuando terminó la cabeza femenina con la media toca, la costurera le pidió que de igual modo dibujara las otras que tenía que confeccionar.

—Tal y como yo las coseré —alabó la costurera al ver el resultado. Después, dirigiéndose a su oficiala, agregó—: Estos preciosos dibujos nos son de gran utilidad, Eulalia, así que guárdalos en el arca con el buen paño.

—No valen nada —menospreció Marie su obra—. Los puedo hacer mucho mejores si dispusiera de un buen papel y pluma.

—Os propongo un trato beneficioso para ambas —resolvió entonces la costurera—. Yo os confecciono los tocados cobrando solo el hilo y las agujas que gaste a cambio de que vos me pintéis buenos dibujos de mis vestidos y aderezos, cobrándome solo papel, pluma y tinta.

Y como Marie aceptó, cuando al caer la tarde se despidieron para regresar a la posada, luciendo ambas sus primorosas tocas de batista, convinieron en que al día siguiente se les entregarían las que faltaban de angaripola, pues no había dado tiempo de acabarlas, a cambio de los primeros dibujos que esa misma noche quedarían concluidos.

Una vez en la posada, buscando en las alforjas lo necesario para cumplir su palabra, Marie se topó con el libro de las fábulas de Esopo y sacó el retrato de su madre. Al contemplar su dulce rostro, le dio un vuelco el corazón y se le demudó el semblante.

—¿Qué tenéis? —preguntó Teodora que la observaba.

—No es nada —repuso Marie—. El retrato de mi madre me trae terribles recuerdos y no puedo evitar que se apodere de mí el desánimo.

Tratando de reconfortarla, Teodora indicó:

—Escuchad lo que os digo yo, que soy por natural medrosa. No es momento para desfallecer, sino para tener esperanza. Mañana será otro día y sabréis sin falta qué se ha hecho de vuestro padre, con lo que acabará vuestro tormento.

Sevilla era una ciudad bulliciosa que despertaba temprano. Por eso, cuando las jóvenes salieron de la posada con los primeros rayos de sol, recorrieron calles rebosantes de transeúntes de distinto pelaje y condición que muy de mañana ya iban a sus asuntos, los más a pie y los menos en sillas de manos o carruajes, cuyo paso se dificultaba por la proliferación de tenderetes en los que se ofrecía todo tipo de mercancías. En la Casa de la Contratación también hallaron sentado en su mesa al escribano, al igual que, en otra cercana, a un personaje sudoroso que se limpiaba constantemente la frente y las manos con un gran pañuelo, cuando no se daba aire con un abanico de paja al tiempo que se espantaba las moscas.

—Estas son las damas que os mencioné —indicó el escribano, levantándose de su asiento para presentárselas—. El factor ha consultado los registros y coinciden punto por punto con lo que os referí: vuestro padre no embarcó porque no se presentó en el muelle, ¿no es así? —preguntó al del pañuelo, quien asintió con la cabeza. Entonces prosiguió—: Se envió gente a su casa, pero no dieron con él. Y no se supo nada más.

—¿Dónde estaba su casa? —se interesó Marie.

—Frente al convento de San Francisco —respondió el factor, sin dejar de abanicarse—. Según parece, tenía un par de estancias alquiladas en la Casa de los Lilos. Id a visitar a la dueña. Tal vez sepa algo más.

Las jóvenes lograron dar con la casa, que contaba con un hermoso huerto a sus espaldas repleto de los lilos de los que tomaba el nombre. Marie quiso hablar con la dueña y le informaron de que no estaba; entonces le preguntó a la criada que las atendía si conocía a Maxim de Gourney.

—No. Jamás escuché ese nombre —respondió seca.

En ese punto entró desde la calle al patio una dama de mediana edad y buenas formas, que declaró:

—Juana, ¿por qué dices que no conoces al señor de Gourney? Hasta hace poco tenía rentadas habitaciones de nuestra casa, y todavía guardamos sus pertenencias.

La criada torció el morro y se marchó, viendo frustradas sus ilusiones de que acabaran en sus manos algunas de dichas pertenencias si no se reclamaban.

—No sabéis cuánto os agradezco esas palabras —reveló Marie con una amplia sonrisa—. Soy su hija y llevo meses buscándolo. He viajado desde el Franco Condado para reunirme con él.

—Vuestro suave acento es tan agradable como el de vuestro padre —repuso la dama—. Me doy cuenta del gran sacrificio que ha tenido que suponer dicho viaje, con más razón siendo mujer, por eso me pesa el disgusto que voy a causaros: vuestro padre faltó de esta casa durante semanas sin que acertáramos a descubrir lo que le había sucedido. Por fin, hace cosa de unos días, un mendigo al que socorro me contó que lo había visto en el Hospital de la Caridad en penosas condiciones. Mandé un criado para cerciorarme y no supo precisar si estaba allí recogido, pues temen que se vaya a producir un brote de peste y han aislado a varios enfermos sospechosos de padecerla.

238

Como había supuesto la dama, Marie se inquietó ante tales revelaciones y quiso acudir de inmediato al hospital para comprobar su veracidad. Las acompañó un criado de la casa y llegaron a sus puertas a la vez que un caballero vestido de oscuro, que les hizo una reverencia con el sombrero y les cedió el paso.

Marie aprovechó para preguntarle:

—¿Es vuestra merced parte de este asilo?

—Soy cofrade de la Hermandad de la Caridad. Recogemos de la calle a los muertos y ahogados para darles cristiana sepultura, y a los enfermos para intentar sanarlos.

—Quisiera saber si mi padre, Maxim de Gourney, se encuentra entre vuestros enfermos —declaró entonces Marie.

—No lo creo. Esta casa, como os he dicho, es de caridad y no acoge más que a indigentes y gente sola.

—¿Tenéis una relación de pacientes? —insistió Marie.

—Tenemos, pero no por sus nombres, pues la mayoría llega en tal estado que no es capaz de darlo.

—Esta dama que veis es Marie de Gourney, natural del Franco Condado —intervino en ese punto Teodora—, y guarda una larga historia que contar.

A continuación relató cuanto sabía de su amiga y el motivo que las había conducido al hospital. Tras escucharla con atención, el caballero les ofreció que lo acompañaran a visitar las salas para que ellas mismas comprobaran si se hallaba entre sus recogidos la persona que buscaban. Recorrieron pabellones malolientes y llenos de moscas en los que yacían en humildes lechos ancianos moribundos, tullidos cubiertos de llagas purulentas y mozos consumidos por las fiebres y el hambre. Ninguno de ellos era Maxim de Gourney.

—Queda la sala de los difuntos a los que todavía no se ha dado sepultura —observó circunspecto el caballero—. Sin embargo, no os aconsejo inspeccionarla, pues no creo que seáis capaces de soportar semejante prueba y estaría más allá de todo decoro para unas damas tan jóvenes.

—Mi deber como hija me obliga a hacer lo que mi gusto repudiaría —declaró Marie—. Y, creedme, tras un viaje tan largo y penoso para reencontrarme con mi padre, no voy a desfallecer ahora ni a darme por vencida sin intentarlo todo.

El caballero no quiso contrariarla, pues comprendía sus razones, y pidió al celador que les franqueara la puerta. Había un gato negro tumbado, lamiéndose las patas, que interrumpía el paso, y el celador lo apartó de una patada.

—Son útiles para el hospital, pues evitan que proliferen roedores y desperdicios —explicó el caballero, mientras el animal se retiraba, maullando enojado. Después agregó, cubriéndose nariz y boca con un pañuelo—: Os recomiendo que me imitéis.

E hizo ademán con la mano para que las jóvenes penetraran en el lóbrego cuarto, iluminado por dos altos y estrechos ventanucos que proyectaban en el suelo franjas paralelas de claridad. El hedor era tan penetrante que Marie tuvo que reprimir una arcada y, aguantando las ganas de salir corriendo ante la horripilante visión, fue mirando de cerca el rostro amoratado de los ahogados y el céreo de los fallecidos por otras causas. Sintió alivio al comprobar que su padre tampoco se hallaba ahí.

—¿Qué delito ha cometido esta pobre criatura para que permitáis que se descomponga tan miserablemente antes de llegar a la tumba? —comentó Teodora, sin poder apartar los ojos del cadáver maciliento de una niña, vestida con sucios andrajos y rodeada de moscas verdosas, por cuyas narices y boca entreabierta se retorcían gusanos blanquecinos.

—Nos faltan los medios para dar cristiana sepultura a tantos infelices como lo necesitan —se excusó el caballero antes de abrir la puerta para abandonar el lugar.

Se notaba que tenía prisa por despedirlas y regresar a sus quehaceres cotidianos. Ya las estaba conduciendo hacia la salida, cuando Teodora, recordando las palabras de la dueña de la Casa de los Lilos, declaró:

—Nos han informado de que el hospital tiene enfermos aislados por miedo a un brote de peste. ¿Es eso cierto?

El caballero torció el gesto y declaró que eran habladurías infundadas de gente malintencionada que quería perjudicar el buen desenvolvimiento de la institución y de la ciudad. Marie y Teodora no habrían tenido motivos para desconfiar de su palabra si en ese instante no hubiera llegado con muchas prisas otro cofrade, quien anunció sin más preámbulo:

—Don Miguel, trajeron otro mendigo con fiebres y escalofríos. Ya van cinco. ¿Lo separamos en la misma sala?

Esta indiscreción bastó para que Marie manifestara con tono firme:

—Quiero ver a los aislados.

—No es posible —replicó sin tardanza don Miguel—. Nadie entra ni sale de la habitación donde se encuentran.

—¿Quién los alimenta y atiende? —preguntó entonces Teodora.

No hubo respuesta, y ambas jóvenes comprendieron que esos pobres infelices estaban encerrados, abandonados a su suerte sin que nadie los cuidara. Con más razón se empeñaron en comprobar si el padre de Marie era una de ellos, y fue tal su insistencia que las acompañaron a un patio al que daban las ventanas de la sala, que fueron abriendo para dejar a la vista enfermos miserables, consumidos de fiebre y sed, sucios de sudor y vómitos, que esperaban con ansia la muerte liberadora, rodeados por sus propios excrementos.

—¡Papá! —exclamó Marie al contemplar el rostro demacrado y doliente de la persona que ocupaba el tercer catre—. A pesar de su indecible estado, tengo la certeza de que ese es mi padre. Exijo que me lo entreguéis de inmediato.

—No es posible —repuso don Miguel—. De esa sala solo saldrá curado o muerto.

—¿Cuántos días lleva aislado? —se interesó Teodora.

—Creo que en torno a dos semanas —respondió don Miguel—. Se ve que es fuerte. Tened esperanza, señora.

Marie manifestó decidida:

—Si mi padre no puede dejar el lugar, yo me quedaré con él. Yo le daré de beber y comer, y atenderé a sus necesidades. La muerte me arrebató a mi madre, pero lucharé con uñas y dientes para salvar a mi padre, puesto que se me presenta la ocasión.

—Considerad vuestras palabras y medid vuestras fuerzas, pues si os obstináis en entrar, no se os permitirá abandonar la sala hasta que los que la ocupan sanen o mueran con vos —indicó severo don Miguel, pretendiendo disuadirla.

—Que así sea —intervino Teodora—. Yo entraré con ella. Cuidaremos de todos estos infelices y uniremos nuestra suerte a la suya.

Marie le agradeció su generoso gesto, pero adujo que la necesitaba fuera.

—Vos me proporcionaréis los medios que preciso para cuidar de mi padre. Volved a la Casa de los Lilos y preguntadle a la dueña si me puede prestar sábanas limpias, un balde, jabón…

—El hospital os brindará el auxilio preciso —interrumpió su lista don Miguel, algo corrido—. Sabed que a vuestro padre lo visitó el médico cuando lo trajeron, porque lo encontraron sin sentido en la calle, ardiendo de fiebre y con escalofríos. Si es la peste, nada se puede hacer más que quemar maderas olorosas para que los vapores corrijan la corrupción del aire, lo cual se lleva a cabo con religiosa puntualidad. Asimismo, el aislamiento es el único modo de evitar que se propague una enfermedad tan mortífera, pero estamos seguros de que no se trata de una epidemia, por eso no hay que alarmar a la ciudad con rogativas y procesiones, pues si se cierran sus puertas, entraría en gran declive y puede que hasta se perdiera el comercio con las Indias que tanta prosperidad produce.

Marie replicó:

—Puesto que deseáis ayudarme, os pido que me facilitéis agua de inmediato, ya que si no es la peste, esta pobre gente morirá de sed.

—Vos misma podéis comprobar que cerca de los lechos hay recipientes con agua a su alcance —manifestó don Miguel como disculpa—. Sin embargo, mandaré que os traigan otra más fresca.

—Yo me ocuparé de la alimentación —ofreció Teodora, aprovechando que se habían quedado a solas—. Del mundo nada aprendí en el convento en que transcurrió mi vida, pero los fogones no guardan secretos para mí. A ellos dediqué la mayor parte de mi tiempo y, a riesgo de pecar de inmodestia, os diré que como guisandera soy capaz de confeccionar los platos más exquisitos con los ingredientes más simples. Yo prepararé los caldos, si la dueña de la Casa de los Lilos me presta su hogar.

Y añadió que debían ponerse manos a la obra y regresar sin tardanza a la posada para recoger sus cosas y saldar cuentas, puesto que les convenía mudarse a la Casa de los Lilos, donde ya estaban las pertenencias del señor de Gourney.

—Yo no he de moverme de aquí —manifestó Marie—. Si abandono el hospital, tal vez me nieguen después la entrada. Os ruego, amiga mía, que vayáis sola a resolver las cosas como decís, pues en todo os doy la razón.

La tímida Teodora no tuvo más remedio que sacar fuerzas de flaqueza y regresó a la Casa de los Lilos con el criado que la aguardaba a las puertas del hospital. Cuando la dueña estuvo al corriente de lo sucedido, brindó de inmediato su ayuda, y Teodora aprovechó para rogarle que mandara al criado a saldar cuentas a su anterior posada, recogiendo el equipaje y el caballo alazán.

—No sabemos si el señor de Gourney sanará, librándose de la muerte, ni cuánto durará su encierro —continuó explicando—. Por mi parte, carezco de recursos propios y no deseo agotar los de Marie, por eso os propongo pagar mi manutención y alojamiento con trabajo en la casa, en la cocina o en lo que mandéis. Tampoco necesito mucho: un catre cerca de los fogones me bastará.

La dueña de la Casa de los Lilos aceptó el trato, indicando que más adelante concretarían sus obligaciones.

Mientras tanto, Marie se preparaba para entrar en la sala de la que no saldría más que muerta o acompañada por sus pacientes recuperados. Aún recordaba algunas de las opiniones sobre la enfermedad que había escuchado a la abadesa del convento de Santa Bárbara y como no tenía criterio propio al respecto, decidió que le servirían de guía. Un médico joven del hospital se presentó con un largo sobretodo de basto lienzo y unos guantes de tafilete muy gastados.

—Poneos estas prendas —le recomendó al tendérselas—. Puede que su uso evite que enferméis, así como lavaros a menudo las manos y la cara; tampoco durmáis donde os llegue el aliento o los humores de algún enfermo.

Marie le dio las gracias, esperó a que llegara el agua e ingresó en la sala maloliente a orines y vómitos de la que no iba a salir en meses. Tuvo que taparse la boca y la nariz con un trozo de tela para soportar el hedor y pasaron varias horas antes de que lograra acostumbrarse. Esa misma tarde asistió a la muerte de un enfermo tras terribles estertores, pero nadie acudió a comprobarlo ni a llevárselo por más que Marie rogó ayuda a gritos. Cayó la noche, y Marie se retiró al rincón más apartado, donde pretendió dormir sentada, apoyada en la pared. El hospital le había ofrecido un sucio jergón, pero lo había rechazado. Hacía calor y prefería el duro suelo de gastadas baldosas que ella misma había limpiado a las pajas donde se recogían los humores y orines de infinidad de enfermos.

Sin embargo, el sueño no acudía. Por las ventanas abiertas divisaba oscuros retazos de cielo estrellado, y del patio y los alrededores llegaban los lastimeros maullidos de los gatos festejando a la luna o buscando amores, con lo que algo se disimulaba la agitada respiración de los enfermos. Parecía que comenzaba a adormilarse, cuando la puerta del pabellón se abrió con un leve crujido y penetró una sombra oscura que avanzó hacia los lechos sin hacer ruido. Marie contuvo la respiración y deseó volverse invisible, pues el miedo la atenazó, figurándose que era la Muerte que llegaba a llevarse al fallecido. Por suerte, la sombra no se había percatado de su presencia y pasó de un enfermo a otro, probablemente buscando al que le interesaba. Marie no alcanzaba a distinguir bien, pero le pareció que se inclinaba sobre cada uno y se entretenía un rato, ocupada en misteriosas acciones. Después desanduvo sus pasos y enfiló de nuevo hacia la puerta, descubriendo a medio camino el bulto acurrucado de Marie, que había escondido la cabeza entre las piernas.

—Vos no estáis tan enfermo cuando habéis abandonado el lecho —expresó la sombra con una suave voz femenina—. Decidme, ¿quién sois y cuál es el mal que os aqueja para que os hayan encerrado con estos moribundos?

Marie, aterrorizada, no se atrevió a contestar.

—Decidme, amigo mío, ¿quién sois? —repitió la sombra, acercándose peligrosamente—. No temáis, pues yo os favoreceré en lo que pueda.

Marie levantó un tanto la cabeza y entrevió ante sí una figura femenina vestida de oscuro y cubierta de velos que ocultaban su rostro.

—Hablad sin miedo —insistió la sombra con su suave voz.

—Soy la hija de Maxim de Gourney, que yace en el tercer lecho —declaró temblorosa Marie.

La sombra se extrañó de que la hubieran dejado pasar, y Marie le resumió como pudo su historia.

—Habéis de saber que vuestro padre no empeora —comunicó la sombra, pretendiendo animarla—. Yo llevo atendiéndolo en lo que puedo una semana larga y os confirmo que no ha sufrido diarreas, aunque sí vómitos y mucha fiebre, acompañada de delirios. Creedme si os digo que confío en su salvación, pues es mucha mi experiencia en estos casos.

—Estos enfermos están aislados —señaló Marie, que no se atrevía a preguntar a la sombra quién era.

—Nadie está autorizado a entrar aquí, pero yo me cuelo cada noche —repuso la sombra—. Mi conciencia no me permite abandonar a estos pobres enfermos y los socorro en cuanto está en mi mano, calmando sus calenturas con paños mojados, refrescando sus labios resecos con agua y trayéndoles algún caldo cuando su estado permite que los beban.

—¿Y son muchos los que se salvan? —quiso saber Marie.

—Los traen en tal estado que es imposible. Mas no debéis desanimaros, pues acaso vuestro padre será el primero. Vos y yo nos concertaremos para conseguirlo. Pero esta noche lo principal es organizar vuestra estancia y sacar fuera al muerto para que no siga corrompiendo el aire.

Dicho y hecho. Agarró el jergón por las puntas y tiró de él para llevarlo arrastrando hasta el patio. Tardó un buen rato en regresar y, cuando lo hizo, venía cargada con unos paramentos de tablas con los que separó el rincón de Marie del resto de la habitación. Se marchó de nuevo y volvió con un balde y un trozo de jabón.

—Es del que hacemos en el convento con los aceites sobrantes —señaló al entregárselo a Marie—. Nunca lo habréis probado mejor. Vendré todas las noches a ayudaros y haceros compañía. También os proporcionaré lo que preciséis, dentro de mis reducidas posibilidades.

—Sois monja —dedujo Marie—. Y por la caridad que demostráis sin miedo a caer enferma, de las más comprometidas.

—¿He de temer tras los muchos años que llevo entre moribundos? Mi vida está en manos del cielo, y a él me encomiendo —repuso la monja—. Me conocen por la hermana Teresa, pero no habléis de mí, o me impedirán la entrada.

—¿Y cómo explicaré la evacuación del muerto? —quiso saber Marie.

—No es el primero que saco al patio. No preguntarán y vos callaréis —respondió la hermana Teresa.

—Pero no les pasará por alto todo lo que me habéis proporcionado —insistió Marie.

—Callad y nadie se interesará —repuso la hermana Teresa antes de despedirse.

Y fue como ella dijo. Nadie reclamó, pero el pobre difunto ardió al día siguiente en el mismo patio con todos sus enseres. Después el celador de la morgue recogió las cenizas ya frías en un saco y esparció tierra por encima para cubrir las huellas.

Pronto la vida de Marie se convirtió en rutina. Por las mañanas baldeaba los suelos con agua y jabón, y después se dedicaba a cuidar de su padre. Otros dos enfermos murieron enseguida, y al llegar la noche, la hermana Teresa actuó con ellos del mismo modo que con el primero.

Teodora viajaba a diario dos veces al hospital con los caldos de verduras, de carnes y de pescado con los que Marie intentaba alimentar a su padre y al otro enfermo famélico que aún resistía. Poco a poco, a fuerza de mucha paciencia y la colaboración de la hermana Teresa, logró que ingirieran alguna cucharada, pero la mejoría se hacía esperar. Los calores del verano ya eran insoportables cuando la fiebre comenzó a remitir, aunque seguían extremadamente débiles y delirantes. Maxim de Gourney no reconocía a su hija, ni pronunciaba palabra alguna con sentido, mientras que su compañero hablaba sin parar de barcos y corsarios, mareas y tormentas, como si se hallara navegando en alta mar.

El sol otoñal doraba los días que iban acortando cuando Maxim de Gourney abrió por fin los ojos y preguntó dónde se hallaba y por qué se sentía mareado. A Marie se le saltaron las lágrimas de alegría, aunque no la había reconocido, y a partir de ese momento comenzó a relatarle la vida que no recordaba.

Maxim preguntaba admirado:

—¿Así pues, aseguráis que soy natural del Franco Condado?

—Eso mismo —replicaba su hija—, al igual que yo. Por eso nuestro acento es semejante.

Maxim se quedaba pensativo, y entonces Marie le pedía que lo comparara con el de su compañero de habitación, que deliraba combatiendo en una batalla de galeones.

—Es diferente, es cierto —aceptaba al fin—. Entonces, ¿qué hago aquí?

Marie se lo explicaba con palabras sencillas y parecía comprenderlo. Cuando su mejoría resultó evidente, quiso llevárselo del hospital para que convaleciera en una residencia más apropiada, pero no se lo permitieron.

—La cura ha de ser total, así como la de su compañero de habitación —indicó don Miguel, en representación de la opinión de la Hermandad de la Caridad—. Hemos de asegurarnos de que no se propagará la enfermedad.

Transcurrió un mes más en ese encierro, y en las muchas horas de inactividad, Marie se acordó a menudo de sus supuestos pretendientes de tiempos mejores, don Diego y don Gaspar, y deseó que apareciera alguno de los dos a rescatarla, como habían hecho en ocasiones anteriores. Pero nadie acudió a visitarla más que Teodora durante el día y la madre Teresa durante la noche.

Una mañana se presentó el médico joven e hizo una confesión a Marie:

—Tengo para mí que el compañero de vuestro padre jamás recobrará la razón, pues debía de estar loco antes de padecer la enfermedad que lo trajo a este lecho. De lo restante yo lo daría por curado, pues la fiebre remitió, no tiene escalofríos y es capaz de comer con apetito el alimento que se le ofrece. En cuanto a vuestro padre, voy a solicitar que lo dejen marchar porque no creo que suponga ningún peligro, puesto que vos estáis sana después de convivir tan estrechamente con él por largo tiempo.

Marie se regocijó al escuchar estas palabras, pensando que por fin había llegado la hora de la libertad, pero apareció don Miguel para hacer añicos sus esperanzas.

—Os traerán dos enfermos nuevos —le indicó con prisas desde la ventana—. Acaban de recogerlos con los mismos escalofríos y fiebres que presentaban los otros.

Marie sintió que le fallaban las fuerzas y no supo qué contestar para defenderse. Por suerte, acababa de llegar Teodora con la comida, que había pasado de los caldos a guisos más consistentes, y fue ella quien se opuso:

—De ningún modo. No consentiré tamaño atropello. ¿Vos que sois cofrade de la Caridad queréis condenar a muerte a esta doncella y las dos pobres víctimas que ha logrado salvar a costa de sacrificar su vida? Aquí no entra nadie hasta que Marie y su padre hayan abandonado la habitación.

El médico joven se puso de su parte, aduciendo que el hospital debía mucho a Marie y era de justicia reconocerlo:

—Nosotros continuaremos la labor. Don Miguel, debemos agradecer a la dama su colaboración y facilitar su marcha.

Don Miguel asintió con un leve movimiento de cabeza y se ausentó sin decir palabra. El médico joven indicó a Marie que aprovechara para abandonar la sala cuanto antes, no fuera a suceder que más adelante se lo volvieran a impedir. Asimismo, le dio indicaciones sobre el tratamiento que debía mantener el enfermo:

—No taséis el tiempo para su recuperación ni pretendáis adelantarla. Mi consejo es que os limitéis a responder lo que él pregunte, sin anticipar nuevas por vuestra cuenta que acaso por su debilidad todavía no le favorezca saber. Él será quien marque el paso de su sanación mental. Guardaos de relatarle desgracias por ahora.

—Os ruego, por favor, que me despidáis de la hermana Teresa —replicó Marie—. Sin su amable dedicación no habría conseguido salvar a mi padre.

—No sé de quién me habláis —se extrañó el médico.

Pero Marie no quiso perder tiempo en averiguaciones y se apresuró a llevarse a su padre. Así pues, sostenido por Marie y Teodora, Maxim de Gourney salió del hospital y tomó a las puertas una silla de manos que lo condujo a la Casa de los Lilos, donde la dueña, doña Elvira, les habilitó dos dormitorios y una sala que daba al huerto.

A Teodora se le había metido entre ceja y ceja que el señor de Gourney recobraría la memoria y la salud gracias a su alimentación y quiso volver a poner huevos como cuando estaba en el convento. Todas las noches, al acostarse, intentaba concentrarse para lograr su cometido y al despertar miraba bajo la cama con gran decepción. Una tarde se presentó en el huerto ante Marie y su padre con una fuente de rosquillas.

—La receta es la misma que empleábamos en el convento con mis huevos —explicó—. Pero como por más que lo he intentado no he logrado que se obrara el milagro, he tenido que recurrir a los de las gallinas del corral.

Marie las probó y dio su opinión:

—No me extraña que las consideraran prodigiosas.

Maxim de Gourney también alabó las rosquillas y comió en abundancia. Animada por los resultados, Teodora redobló su actividad en los fogones, impregnando la Casa de los Lilos de agradables aromas que abrían el apetito y causaban curiosidad a los huéspedes restantes. Pronto la dueña doña Elvira le pidió que guisara también para ellos y la relevó de las demás tareas que desempeñaba.

En cuanto se corrió la voz por Sevilla del buen yantar que se servía en la Casa de los Lilos, doña Elvira se dio buena prisa en habilitar un espacioso mesón que se llenaba todos los días con caballeros y damas vecinos de la ciudad y mercaderes que habían acudido a concertar negocios. Teodora pasó a ser la gobernanta de la cocina y a mandar sobre las antiguas mozas encargadas de los fogones, que cumplían sus órdenes sin rechistar. Sus dulces eran comparables a los de los mejores conventos de monjas, y la dueña quiso convencerla para abrir también un obrador que diera abasto a quienes desearan llevarlos a su casa o darlos a probar en otras poblaciones cercanas. Sin embargo, Teodora se resistió y pidió consejo a Marie, temerosa de que tanta actividad atrajera hacia sí la atención de la Inquisición, como ya había sucedido en el pasado.

—No sé qué opinar. Considero que con el mesón y el obrador lograríais unos ingresos suficientes para llevar una existencia segura e independiente, y eso es algo que muy pocas personas de nuestro bello sexo, también llamado débil, son capaces de alcanzar, pero tenéis razón al mostrar temor, pues ya una vez os condenaron por destacar y casi os cuesta la vida —confesó Marie tras escucharla.

Doña Elvira desconocía el pasado de la beata y como no cejaba en su empeño de convencerla para abrir el obrador, quería ganarse su voluntad con agasajos. Una mañana, anunció a la hora del desayuno:

—El jueves estrenan una comedia de Lope en el Corral de las Higueras. Un conocido mío tiene un balcón y nos convida a la representación.

—¿Vendrá también Marie? —preguntó Teodora.

Doña Elvira miró a Maxim de Gourney pidiendo su consentimiento y prosiguió la explicación:

—Mi conocido nos enviará la silla pasada la hora del almuerzo, pues la función comienza a las tres. Debéis vestiros para la ocasión, sobre todo vos, Teodora, que siendo tan joven tendríais que prestar más atención a los detalles.

La aludida sonrió como respuesta, pues era cierto que su arreglo era un asunto que le preocupaba poco y seguía usando el vestido azul de las rabizas, cuyo escote había cubierto con una camisa que le cubría hasta el cuello, y se ponía encima mandilones oscuros con peto y grandes bolsillos muy útiles para cacharrear en la cocina, pero nada elegantes. Marie se comprometió a prestarle uno de sus vestidos.

—Nada de préstamos —intervino el señor de Gourney—. Yo le regalo uno, pues bien se lo merece por los cuidados que ha dedicado y sigue dedicando a mi restablecimiento.

Pero no había tiempo para mandar hacerlo, así que doña Elvira le achicó uno suyo porque los de Marie le quedaban estrechos.

El día de la comedia almorzaron temprano y las jóvenes casi no probaron bocado. Era la primera vez que ambas acudían al teatro y estaban exultantes. Marie se puso el vestido color oro que tan bien le sentaba y se peinó con un alto moño; Teodora se vistió el traje granate que le habían arreglado, pero no supo qué hacer con su cabello rizado, que ya le había crecido hasta los hombros.

—Hija mía, tal parece que encomendáis vuestro arreglo a una enemiga —la riñó medio en broma doña Elvira cuando apareció dispuesta—. Esos hombros, derechos; el talle, en su sitio; estirad las mangas, y el cabello... ¡Juana! —gritó, y acudió enseguida la criada—: Tráeme las peinetas y un pasador.

Cuando regresó la criada, doña Elvira le peinó hacia atrás los rizos en un recogido bajo, dejando sueltos algunos por la frente y las orejas.

—Parecéis otra —la elogió Marie, que venía de despedirse de su padre, agregando—: Es una buena ocasión para estrenar las cofias que encargamos a la costurera. ¿Fuisteis a recogerlas y a entregar mis dibujos o lo olvidasteis, como me sucedió a mí hasta ahora?

—Ese mismo día acudí a la vuelta del hospital, pero la costurera ya no estaba. Una vecina salió al ver que yo tocaba con insistencia a la puerta y, cuando me di a conocer, me entregó las cofias, diciendo que la habían desahuciado y no sabía su paradero.

—Pobre mujer. Entonces, no cobró por su trabajo, puesto que no recibió mis dibujos —se apenó Marie.

—Los llevé a la tienda de telas por si se dejaba ver —explicó Teodora—. El dueño me confirmó que solía visitarlo en busca de clientes, como sucedió en nuestro caso, y me aseguró que se los entregaría si aparecía. No sé nada más.

Así terminó la conversación, porque llegó la silla tirada por dos mulos, doña Elvira adujo que no necesitaban tocado con sus hermosos peinados, y todas se apresuraron a apretarse en su interior como mejor pudieron para dejarse conducir contentas calle arriba.

El corral de comedias estaba muy concurrido, pues se representaba una comedia de Lope, *El ruiseñor de Sevilla,* que venía precedida por su éxito en Madrid. El conocido de doña Elvira aguardaba a la entrada y escoltó a sus invitadas hasta que se acomodaron en el balcón de la primera planta que les correspondía. Los espectadores de a pie, conocidos como mosqueteros, llenaban el centro del corral, y era bien sabido que de ellos dependía el triunfo de una obra, pues sus pateos en caso de disgusto impedían que se escuchara a los actores.

Apenas cabía un alfiler cuando comenzó a sonar música de guitarra detrás del tablado para apaciguar al público. Luego vinieron las danzas, la loa y por fin el primer acto. La obra trataba de una joven, Lucinda, que se enamoraba de un galán al que contemplaba vestirse y desnudarse un día tras otro, oculta tras la celosía de su propia ventana. Así se lo contaba a su prima:

Desta casa enfrente
puso el cielo y mi desgracia
un caballero por quien
se puede perder mi casa:
don Félix de Saavedra
es, prima, el pleito, la causa
la pretensión y la envidia;
él me entristece, él me mata.

Lucinda se las ingeniaba para que su padre trasladara su dormitorio a una habitación junto al jardín so pretexto de que padecía una enfermedad de la que se repondría al escuchar el canto de un ruiseñor que acudía allí cada noche. El padre, ignorante de que dicho ruiseñor no era otro que el galán, se veía obligado por los hechos a consentir su matrimonio y desbaratar otro concertado que no agradaba a Lucinda. Marie y Teodora disfrutaron al contemplar cómo el padre se convertía sin quererlo en cómplice de Lucinda al mandar a los criados de la casa que se recogieran temprano para que el ruiseñor acudiera antes al jardín. Siguiendo sus órdenes, un criado le decía a otro:

De puntillas has de andar,
que vendrá ya el ruiseñor
a dormir sobre la flor
del jazmín o del azahar.

El público, que conocía la verdadera identidad del ruiseñor, se divertía con el juego de equívocos de la trama. No hubo pateo alguno por parte de los feroces mosqueteros, y cuando acabaron los tres actos, con la zarabanda y los entremeses intercalados, las más de dos horas que había durado el espectáculo les habían sabido a poco a Marie y Teodora. Estaba a punto de concluir el baile para dar paso al monólogo final, cuando apareció en el balcón una criada con una nota para Marie.

—Os la envía mi ama —le dijo al entregársela—. Os aguarda detrás del escenario, en su cuarto. Yo os conduciré hasta ella, si así lo deseáis.

Marie leyó la nota asombrada: «Acudid a verme, os lo ruego. No temáis, esta vez no sucederá como en el Monte de las Ánimas. Ningún espanto interrumpirá nuestra conversación», y firmaba «Isabela de Ontigole, para vos, la anciana cabalista». Como dudaba qué hacer, mostró la nota a doña Elvira, quien de inmediato sometió a interrogatorio a la criada para comprobar la identidad de la persona que la había enviado y sus intenciones.

—¿Vos la conocéis? —preguntó a Marie al saber que se trataba de la actriz que interpretaba a Lucinda—. ¿Qué es eso del Monte de las Ánimas y la anciana cabalista?

—No creo haberla visto nunca, desconozco el monte aludido y nada sé de ancianas cabalistas —respondió Marie, mintiendo para no tener que dar explicaciones.

Doña Elvira sopesó el asunto y al fin se dejó vencer por la curiosidad. Aconsejó a Marie que aceptara la cita y rogó a su conocido que la acompañara para evitar contratiempos. Así pues, siguieron a la criada por los corredores hasta llegar a los aposentos que había detrás del escenario. La criada abrió la puerta de uno de ellos y cedió el paso a Marie; su acompañante metió la cabeza para cerciorarse de quién lo ocupaba y esperó fuera. Al fondo de la estrecha habitación, sentada de espaldas a Marie frente a un tocador, estaba la bella actriz que acababa de ser la enamorada Lucinda. Marie vio su imagen reflejada en el espejo y en sus bellos rasgos juveniles no reconoció a la anciana de aspecto horripilante que había conocido en el Monte de las Ánimas.

Isabela se levantó de su asiento y se acercó sonriente a Marie, tendiéndole los brazos.

—No sabéis cómo me alegró veros desde el escenario —le dijo, apretándole con cariño ambas manos—. Estoy enterada de vuestra buena acción con Catafilo, mi prometido, y me hallo en deuda con vos.

—¿Cómo está el judío errante? —preguntó Marie, que no podía separar sus ojos de Isabela, intentando averiguar si en verdad se trataba de la anciana cabalista.

—En Valencia quedó, reponiéndose en la casa de nuestros antepasados cuya llave le entregasteis —repuso Isabela—. Pronto me reuniré con él.

—¿Y os casaréis? —se interesó Marie.

—Sí, cuando llegue el momento —respondió Isabela—. Os causa sorpresa este matrimonio porque lo consideráis desigual, yo tan joven y bella, triunfando como actriz de comedias y brillando en las cortes, y él tan viejo y desvalido, perseguido por la justicia de los hombres. Sin embargo, más pronto que tarde las tornas cambiarán y se unirán nuestros destinos. Habrá un lugar en el mundo que cobijará nuestra dicha. Pero habladme de vos, ¿hallasteis a vuestro padre?

Marie asintió y pasó a resumirle los pormenores del asunto, declarando como colofón:

—Hubo una monja, la hermana Teresa, que acudió a ayudarme por las noches durante mi estancia en el hospital. No sé por qué, me recordó a vos, siendo ella católica y vos judía.

—Eslabones somos de la misma cadena —desveló Isabela—. ¿O acaso pensáis que nuestro Dios nos separa?

Marie permaneció pensativa unos instantes y declaró:

—Cada vez tengo menos certezas. No sé qué deciros.

—Así debe ser, no os inquietéis. A menos certezas, mayor libertad —opinó Isabela—. Pero decidme, ahora que terminó la búsqueda que constituyó el principio y fin de vuestra odisea, ¿qué pensáis hacer?

Marie se encogió de hombros y permaneció callada. Seguía concentrada en la recuperación de su padre y no se aventuraba a ir más allá. No sabía qué sería de ellos si su padre no conseguía recuperar la memoria. Por eso, dio un giro a la conversación y declaró:

—No acabo de creer que vos seáis la misma anciana achacosa que me encontré entre los derruidos muros de la fortaleza donde pasé una noche. Por eso os miro con tanta insistencia, tratando de hallar algún rasgo que me haga recordar.

—No os esforcéis —replicó Isabela—. Os juro por mi honor que soy la misma que os entregó un cirio y unas llaves antes de abandonaros en el lecho de una lóbrega estancia que movía a pavor. Soy la misma de cuya existencia dudaron vuestros ignorantes acompañantes a la mañana siguiente y la misma que quiso revelaros el destino que los astros marcaron en vuestro nacimiento…

—Vos no lo hicisteis —la interrumpió Marie—, pero sí una vieja cíngara que me leyó la mano y me previno de que tendría una vida larga, triste y sin amor.

Isabela soltó una carcajada, echando hacia atrás la cabeza, después miró fijamente a Marie con unos ojos en los que la joven quiso reconocer los de la anciana cabalista y manifestó:

—No os fiéis de buenaventuras ni de brujas. El destino lo determinaréis vos. La configuración astral solo fija un curso general, una tendencia, por así decirlo, pero de las menudencias, de los detalles particulares de vuestra existencia, la única responsable seréis vos. Vuestro bello sexo os abrirá unas puertas, a veces pequeñas, y os cerrará otras, a menudo grandes. Debéis estar dispuesta a ceder en algún momento, pero siempre a mostrar firmeza en lo que consideréis fundamental para vuestra felicidad, que es el alfa y omega, la meta definitiva.

Marie le preguntó entonces cómo sabría distinguir lo fundamental de lo accesorio.

—Recordad el desinteresado consejo de esta vieja cabalista aunque ahora me veáis bella —respondió—: Lo sabréis. Llegado el momento, no cabrán las dudas. Y no fiéis vuestro destino a nadie; a vos y solo a vos os corresponde elegirlo.

La criada anunció con unos golpes en la puerta que Isabela debía salir al escenario para el saludo final de la compañía y, mientras se besaban en la despedida, Marie le preguntó si se volverían a encontrar.

—Quiero viajar durante un tiempo —respondió Isabela—. Si vos también lo hacéis, tal vez nos veamos en lejanas tierras cuya existencia ambas ignoramos de momento.

Isabela se apresuró a salir al escenario con el resto de los actores, mientras Marie regresaba a reunirse con doña Elvira y Teodora, escoltada por el dueño del balcón. Doña Elvira había entablado conversación con unos conocidos que se habían acercado a saludarla.

—¿Tan pronto de vuelta? —estaba preguntando doña Elvira a una joven vestida con puntillosa elegancia—. ¿No os agradó Madrid?

La joven, haciendo un estudiado mohín, respondió:

—Oh, claro que sí. La ciudad no carece de atractivos, pero se acerca el invierno y no soporto el frío. El aire serrano de Madrid dicen que es muy saludable, mas yo no lo resisto. Donde esté el sol de mi Sevilla...

—¿Y hay alguna novedad en la corte? —siguió interesándose doña Elvira.

—Nunca faltan. La última moda es un apuesto enano que toca el laúd en las veladas de un reputado banquero. Se cuenta que tiene la facultad de hablar con el estómago y es capaz de remedar cualquier voz. La Inquisición quiso investigarlo, pero el mismo rey salió en su defensa, pues al parecer es un talento conocido desde la antigüedad, aunque pocos lo practican con tanto donaire.

Marie advirtió de inmediato que debía de tratarse de don Gaspar y se alegró de que doña Elvira se interesara por él y preguntara por su procedencia.

—Creo que es castellano viejo y lo tiene recogido el banquero en su casa, pero se rumorea que no por mucho tiempo, pues el rey lo quiere en el Alcázar, aunque dicen que la reina se opone por miedo a que cause estragos entre las damas. Cuentan que es tal su agrado y apostura, que a pesar de su corta talla no faltan señoras que suspiren por él.

—Yo lo conocí y no creo que sea para tanto —intervino el hermano de la joven—. Será una moda pasajera como otras. Os aseguro que dentro de un tiempo, cuando regresemos a Madrid, nadie lo recordará.

El corral de comedias se había ido vaciando, y el conocido de doña Elvira indicó que ya había llegado la silla. Durante el trayecto de vuelta, doña Elvira preguntó por la cita con la actriz, y Marie respondió que se había tratado de una equivocación. La había confundido con otra persona. Por su parte, Teodora no paró de comentar los diversos incidentes de la comedia, y doña Elvira se alegró de que le hubiera gustado tanto.

Mientras ayudaba a Marie a despojarse de sus galas en la soledad del dormitorio, Teodora le preguntó:

—¿Vos os casaríais con un enano?

—No lo sé —repuso la joven—. ¿Y vos?

—Yo creo que no —respondió enseguida Teodora.

—Porque no conocéis a don Gaspar —señaló Marie—. Son tantas sus virtudes y tan agraciado su rostro que se olvida su mermada estatura.

—Cierto es que yo no lo conozco —reconoció Teodora—, pero vos os dejáis llevar por la imaginación. Debéis considerar que esa unión es para toda la vida. Además, no creo que vuestro padre consintiera un matrimonio tan desigual.

Esa noche, sus últimos pensamientos antes de dormirse fueron para don Gaspar y don Diego, pues en su mente casi siempre surgían asociados. Le hubiera gustado continuar pensando en ellos, pero la mañana le trajo nuevos quebraderos de cabeza que la apartaron de sus ensoñaciones.

12

La sagrada familia

Como todas las mañanas, Teodora había ido a llevar el desayuno a Maxim de Gourney, pero al no hallarlo en su dormitorio, entró en el de Marie por si estaba con su hija. Las dos recorrieron a continuación la casa y el patio, pero tampoco lo encontraron. Aunque no era su costumbre, pensaron que tal vez estuviera paseando por el huerto y salieron en su busca. Como a la vista no estaba, la angustia comenzó a apoderarse de Marie mientras recorrían los sembrados. ¿Y si había salido a las calles y su falta de memoria le impedía encontrar el camino de vuelta? Desde el fondo del huerto llegaron a sus oídos gritos pidiendo auxilio y aunque las hileras de árboles frutales les impedían distinguir quién los profería, las jóvenes reconocieron la voz y, alzándose las faldas, corrieron a su encuentro. Llegaron enseguida hasta la alberca de riego y ante sus ojos surgió una escena espeluznante. Había un perro negro tendido inmóvil en el suelo y Maxim de Gourney, empapado de agua, trataba de reanimar a un niño también empapado que tenía la cara y el cuerpo anegados en sangre.

—¿Qué ha ocurrido aquí? —preguntó Marie horrorizada, arrodillándose junto a su padre para comprobar si él estaba herido.

Apartando sus manos, el señor de Gourney manifestó angustiado:

—No soy yo quien precisa de vuestra ayuda, sino este infeliz. No logro que vuelva en sí. Creo que tragó demasiada agua y está malherido.

257

Al escuchar estas palabras, Teodora se colocó a horcajadas sobre el pequeño y le apretó el vientre con los puños una y otra vez ante la mirada atónita de Marie, quien pensó que si aún no había muerto, lo haría a causa de sus brutales golpes. Pero se equivocó. El niño se puso a vomitar y luego a llorar con grandes hipidos. Teodora le limpió con su mandil las heridas que sangraban profusamente y lo cogió en brazos para transportarlo a la casa.

—El perro está muerto —reveló el señor de Gourney—. Yo mismo lo maté.

Marie observó que el animal yacía sobre un charco de sangre con la boca abierta y la lengua fuera, y no lejos había tirada una azada. Meneando la cabeza espantada, dijo:

—No acierto a comprender qué ha sucedido.

El señor de Gourney explicó que la suerte había querido que esa mañana se despertara temprano y le tentara la idea de salir al huerto mientras esperaba que Teodora le llevara el desayuno como solía. Cuando paseaba, había escuchado voces cerca de la tapia del fondo y pensando que era el hortelano, se había encaminado hacia allí para entablar conversación. Sin embargo, la escena que presenció al llegar a la alberca lo dejó estupefacto. Un perro negro chapoteaba en el agua verdosa pretendiendo salir sin lograrlo. Por el portillo de la tapia había entrado corriendo el niño, que de inmediato se tiró a la alberca para salvarlo. Cuando tras mucho esfuerzo había conseguido sacarlo fuera, tirando de las patas traseras, el animal se revolvió mientras el niño aún permanecía en el agua y le mordió la cara, quedando dentro de sus fauces la nariz y la boca. El niño se ahogaba y manoteaba desesperado, pero el perro no soltaba su presa, así que el señor de Gourney echó mano de una azada que había cerca y golpeó con fuerza al animal en la cabeza. Cuando cayó derribado, sacó del agua al niño y se puso a pedir socorro porque no pudo reanimarlo.

—Pobre criatura —se compadeció Teodora mientras lo cargaba—. Nosotros te curaremos las heridas y pronto estarás bien.

Lo condujo a toda prisa al interior de la casa hasta su habitación, donde se sentó en el catre y pidió ropa seca y agua hervida con sal para curar las heridas. Mientras se lo traían, acunó al niño, que no dejaba de llorar desconsoladamente. Marie le proporcionó una camisa de su padre y varias sábanas para secarlo. Doña Elvira, alertada por las mozas de la cocina, acudió a ver lo que pasaba y movió la cabeza con desaliento al comprobar el estado de la criatura, cuyos rasgos habían quedado desdibujados por la hinchazón y el amoratamiento de las numerosas dentelladas que presentaba en ambas mejillas, la nariz y el mentón.

Entre todas las mujeres lo desnudaron y secaron, le vistieron la camisa limpia que le llegaba a los pies y lo acostaron en el lecho. Teodora quiso limpiarle las heridas con el agua de sal, pero era tanto su dolor que el niño se retorcía como una lagartija e impedía la tarea, a pesar de que fuertes manos lo sujetaban.

—Habría que coser los desgarros —declaró doña Elvira al comprobar que traspasaban las mejillas—. Son feos y si no se hace, tardarán en cicatrizar y le deformarán el rostro para siempre, si es que logra salvar la vida.

Maxim de Gourney fue de la misma opinión, pues le vinieron a la mente confusas imágenes de guerra y de un cirujano usando aguja e hilo sobre heridos yacientes.

—¿Quién lo hará? —preguntó Teodora, que seguía intentando calmar al niño con sus caricias y palabras de consuelo—. ¿Y cómo conseguiremos que no se mueva?

Como nadie de los presentes se prestó voluntario para la labor, una de las mozas de la cocina ofreció:

—Mi madre puede coserlo. Acomoda huesos quebrados, sabe de hierbas y emplastos para los dolores y ha cosido cosas peores que las heridas de este rapaz. A una gallina muy ponedora que el gato había cortado el cuello de un zarpazo, se lo compuso con puntadas de lana roja y todavía vivió sus años para darnos muchos huevos…

—Id a buscarla con presteza —interrumpió su relato doña Elvira, empujándola fuera de la habitación.

Y cuando la moza salió rauda a cumplir la orden, explicó al resto de los presentes que se trataba de una curandera conocida, y ella misma tomaba para dormir una tintura de belladona que le había preparado con muy buenos efectos.

Pero la moza tardaba en regresar con su madre, y Teodora se impacientaba ante el dolor inconsolable del niño.

—Marie, vos bordáis muy bien, y no creo que las tiernas carnes de esta pobre criatura sean más resistentes que vuestras telas; asimismo, tengo para mí que vuestra técnica será inmejorable, pues sabréis dar puntadas iguales y certeras, uniendo primorosamente los bordes de la herida, con lo que se evitarán cuando curen horribles cicatrices que lo desfiguren como si fuera un truhan —expresó con ardor—. Os ruego que tengáis caridad con esta desdichada criatura de tan corta edad, que podría ser vuestro hermano.

—¡Cómo se os ocurre exigirme tal cosa! —exclamó Marie mientras se le anegaban los ojos de lágrimas—. ¡No puedo, no quiero, no, no lo haré!

E intentó abandonar a escape la habitación, pero su padre se lo impidió:

—Quédate a mi lado para corregirme si me equivoco, puesto que eres ducha en la costura. Yo lo haré por ti —declaró, cogiéndola de la mano.

Doña Elvira fue en busca del costurero y enhebró una aguja con hilo negro. El señor de Gourney pidió más luz y que sujetaran con fuerza la cabeza del niño. Marie se colocó a su lado, temblando ante la visión de las horribles heridas, que no habían dejado de sangrar, y los alaridos que profería el niño, tratando de librarse de quienes pretendían inmovilizarlo.

—Tate, tate, caballero, no hagáis a prisa lo que es para siempre —advirtió una mujer de tez morena y ademanes resueltos que penetró en la habitación cuando el señor de Gourney ya había clavado la aguja en la mejilla desgarrada del desconsolado rapaz.

De un rápido vistazo se hizo cargo de la situación, pidió más luz a doña Elvira, echó de la habitación a todos los que estaban fisgoneando y mandó a su hija que le trajera una cucharilla. Después deshizo sobre la cama el envoltorio donde llevaba sus útiles y abrió un frasco oscuro que acercó a la nariz del niño.

—Huele, criatura, este aguardiente te hará mucho bien —le dijo con voz cariñosa—. Yo misma lo destilo en mi alambique y conozco al dedillo sus cualidades.

Pero como el niño no estaba en condiciones de escucharla, empleó la cucharilla para lograr con destreza que se tragara dos medidas del líquido ambarino.

—Esta agua de la vida, aderezada con granos de anís y limón, lo calmará y, cuando esté tranquilo, podré coserlo a la perfección para que no viva desfigurado el resto de sus días. Pero antes hay que limpiar las heridas para distinguir con claridad los bordes y unirlos con puntadas cortas y precisas. ¿Hay agua hervida con sal?

Su hija le acercó la olla, pero la curandera la rechazó y mandó calentarla de nuevo. Marie aprovechó para salir de la habitación con la criada so pretexto de ayudarla porque estaba a punto de desfallecer y no soportaba por más tiempo la visión de las horribles heridas y el olor nauseabundo de la sangre.

—Puesto que soy un estorbo, no volveré a entrar —declaró en la cocina, una vez que el agua estuvo lista—. En caso de que se me necesite, estaré en el huerto.

Allí llevaba un buen rato sentada al sol, entretenida observando la entrada de un hormiguero donde se afanaban, metiendo las cargas que portaban, sus laboriosas ocupantes, cuando salió su padre a buscarla.

—Todo ha concluido con bien —le dijo, exhalando un suspiro de alivio—. El niño está dormido, y la curandera volverá mañana para comprobar que no tiene calentura. Teodora y doña Elvira están haciendo hilas para sus curas, pues habrá que mantener limpias y cubiertas las cicatrices por un tiempo hasta que sanen.

Marie se alegró con las noticias y se levantó dispuesta a colaborar en la tarea, pero su padre la retuvo:

—Espera, hija mía, pues tengo que comunicarte algo: viendo al niño postrado y sangrando en brazos de Teodora, me han venido a la mente imágenes de guerra, uniformes militares y heridos sobre el campo de batalla. ¿Es que acaso fui soldado?

—Lo fuiste, padre, años atrás en tu juventud, antes de que yo naciera —aseveró Marie contenta, tomándole las manos—. Tengo para mí que por fin se va rasgando el velo que cubría tu mente y estás empezando a recordar.

—Así lo creo y espero —corroboró el señor de Gourney—. Se conoce que la fuerte impresión que he sufrido esta mañana ha avivado mi seso. Pero ahora necesito saber más, porque acaso de ese modo se precipitará la recuperación de mis recuerdos. Dime, ¿tengo algún hijo aparte de ti?

Marie, que había seguido a rajatabla el consejo ofrecido por el joven médico al abandonar el hospital y no se esperaba tan pronto tal pregunta, no pudo evitar que los ojos se le llenaran de lágrimas por la emoción. Su padre clavó la mirada en ella y, tras unos instantes de silencio, declaró con tono resuelto:

—No, no tengo más hijos. Mi esposa se llama Amélie y vivimos en una bonita casa rodeada de viñas... ¿dónde está tu madre, Marie, por qué no te acompaña?

Ante estas palabras, Marie ya no pudo contener el llanto, y el señor de Gourney prosiguió:

—Deduzco que ha ocurrido una desgracia. Tu madre jamás habría permitido que salieras sola en mi busca por esos caminos de Dios, y Armand y Nana, tampoco.

—Mamá murió —musitó Marie entre hipidos y se abrazó a su padre.

Fue como si hubiera cedido el dique de contención, y todo el dolor, toda la angustia y la incertidumbre que se habían ido acumulando en el corazón de la joven desde los desgraciados acontecimientos que habían precipitado su viaje hasta Sevilla, pugnaron por abrirse paso atropelladamente. Marie se sintió de nuevo niña y a salvo en los brazos seguros de su padre recuperado y a punto estaba de dar rienda suelta a sus sentimientos para recibir el anhelado consuelo, cuando este expresó con una voz que denotaba perplejidad:

—Mi querida Amélie, muerta. Dime, hija mía, cuándo será el entierro, pues ahora me doy cuenta de que ese ha sido el motivo por el que has venido a buscarme. Nos vestiremos de luto e iremos a presidir el duelo. ¿Dónde la están velando?

Marie comprendió que la curación de su padre no había sido más que una ilusión pasajera y no tuvo más remedio que sorber las lágrimas y hacer de tripas corazón para recobrar el aplomo. Después lo besó con cariño en la mejilla y le explicó:

—Muchos meses han pasado desde su entierro, papá. Nuestra casa está en el Franco Condado, ¿recuerdas? De allí a Sevilla tuve que recorrer un largo camino hasta dar contigo. Y pasó más tiempo porque cuando por fin te encontré, estabas enfermo...

—Y sin memoria, eso ya lo sé, hija mía —la interrumpió con cierta impaciencia el señor de Gourney—. Por un momento creí que tal vez tu madre había viajado contigo y muerto en estas tierras, pero ya veo que no. Ni siquiera me queda el consuelo de contemplarla una última vez aunque fuera en su lecho de muerte.

En este punto se quedó callado y comenzó a retorcerse las manos con la mirada fija en el suelo. Marie también permaneció en silencio porque no deseaba abrumarlo con más pesares. Temía que su mejoría tan superficial se hiciera añicos como el cristal más delicado si lo ponía al corriente de las restantes desgracias que habían acaecido en su casa.

—¡Yo la habría enterrado bajo los almendros en un lugar soleado; habría levantado una hermosa lápida y le habría escrito el epitafio que esa buena esposa y madre se merecía, pero ni siquiera ese deseo se me ha concedido cumplir! —exclamó por fin, mesándose los cabellos presa de la desesperación.

—No te atormentes, papá —repuso Marie y quiso tranquilizarlo con una mentira piadosa, recordando las tumbas de su hermano nonato y de su madre—. Los almendros guardan los restos de nuestro ser más querido y yo misma mandé grabar el epitafio de mamá: «Murió por dar vida».

Al señor de Gourney se le saltaron las lágrimas al escuchar estas palabras:

—Mi querida Marie —expresó, cogiéndole las manos para besarlas—. No pudiste elegirlo mejor y más cierto, pues la muerte de tu madre te trajo hasta mí para salvarme. Si ella no hubiera muerto, yo lo habría hecho en su lugar.

Doña Elvira apareció entonces para anunciarles que ya estaba dispuesto el almuerzo y al verlos tan compungidos, desconocedora de los verdaderos motivos de su pena, declaró:

—Despertamos a un desventurado día, cierto es, pero no se amohínen vuestras mercedes porque ya pusimos buen remedio. El niño dormido sigue y sanará de sus heridas aunque tarde, pues sabido es que el mal entra como loco y sale poco a poco. Tengo en gran consideración a la curandera que lo atiende por su comedimiento y pericia, por más que las malas lenguas la tilden de cristiana nueva y la rechacen. Yo no paro mientes en que sea morisca horra, pues tengo para mí que igual de roja es la sangre de moriscos y marranos, y por ende, igual de limpia que la nuestra. Esta tierra que pisamos ha sido habitada por innumerables pueblos, y más cuerdo sería querernos bien y vivir en paz y armonía los que en ella estamos que matarnos por el color de la piel, que no elegimos, ni por las costumbres ni credos que, mal que a algunos les pese, tampoco son permanentes ni se pueden imponer a golpe de espada.

—En casi todo os concedería llevar razón —repuso el señor de Gourney—, si no fuera porque no os comprendo en vuestra mezcla de marranos, que creo que son cerdos, con moriscos, que creo que son moros conversos.

—Oh, disculpadme. Habláis con tanta soltura el castellano que me olvido de que sois de lejos y, por tanto, algunos de nuestros usos os son desconocidos —concedió doña Elvira—. Marranos son los judíos, tan vilipendiados por el vulgo como los moriscos, las más de las veces sin causa justa. Mi parlamento aludía a que mucha gente tiene a menos a nuestra curandera a pesar de su sabiduría por ser morisca horra, que quiere decir que antes fue mora cautiva.

—Ahora que os habéis explicado, entiendo y comparto vuestro parecer —repuso el señor de Gourney.

—Por no faltar a la verdad, debo añadir, sin embargo, que esta morisca horra también tiene un defecto que se suele atribuir a su estirpe, y que es la avaricia —prosiguió doña Elvira—. No hará nada que no le llene la bolsa, y sus cuidados al rapaz herido nos han de costar buenos cuartos...

—Que pagaré con gusto —la interrumpió el señor de Gourney—. Aunque creo que vos ya estabais al tanto, yo acabo de enterarme del fallecimiento de mi querida esposa Amélie, y la perspectiva de salvar a esa inocente criatura de una horrible muerte contribuye a aliviar la aflicción y el desconsuelo que me embargan en estos momentos.

—Lo salvaremos, papá —intervino Marie—. Hiciste cuanto estaba en tu mano al librarlo de las fauces del perro que lo asfixiaban y ahora obedeceremos en lo que mande la curandera para que vuelva a correr y a jugar, que es lo que corresponde a sus tiernos años.

Cayendo en la cuenta de que no sabían quiénes eran sus padres ni habían sido avisados de lo sucedido, el señor de Gourney declaró:

—Lo habrán echado en falta y estarán desconsolados.

—Eso no debe inquietaros —terció doña Elvira—. ¿No visteis la pobreza de su escasa ropa y la suciedad de su pequeño cuerpo? Para mí que es un rapaz de la calle al que nadie aguarda.

—Posible es que sea pobre, pero que tenga padres que lo quieran —observó por su parte Marie.

—Posible es —concedió doña Elvira—. Pero lo dudo. Ya veremos si alguien pregunta por él. De momento, vayan entrando vuestras mercedes, pues ya Teodora se ha ocupado de vuestro almuerzo y mandado poner la mesa.

Maxim de Gourney adujo que no tenía hambre y que deseaba recogerse a solas en su cuarto, pero Marie expresó su oposición.

—Comerás, aunque sea poco —señaló—. Todavía estás convaleciente y debemos procurar que no recaigas. Mamá así lo querría.

Doña Elvira le aconsejó que acatara el dictado de su hija, y ambas mujeres se colgaron de sus brazos para obligarlo a acudir a sentarse a la mesa que Teodora había dispuesto en la sala con vistas al huerto.

—El niño sigue dormido plácidamente —les informó mientras les servía sendos tazones de espeso caldo de gallina con verduras.

Marie le comunicó a su vez que su padre ya estaba enterado del fallecimiento de su esposa.

Arrodillándose a su lado, Teodora declaró:

—Todos en esta Casa de los Lilos os acompañamos en vuestros tristes sentimientos. Pero no os dejéis vencer por la adversidad. Pensad que tenéis una hija a la que no podéis desamparar después del esfuerzo ímprobo que hizo por encontraros y salvaros de la enfermedad que os aquejaba.

—Si al menos tuviera su retrato —susurró el señor de Gourney, mientras jugaba con unas migas de pan que había sobre el mantel—. Mi pobre memoria apenas me deja recordar los amados rasgos de mi esposa.

No bien hubo escuchado estas palabras, Marie se levantó de su asiento y se dirigió a su dormitorio, donde abrió un arcón que había al fondo para buscar el libro negro de las fábulas de Esopo, con el que regresó a la mesa de su padre.

—Aquí tienes, papá —le dijo emocionada, entregándole el retrato de su madre muerta que sacó de entre sus hojas.

—Así era mi querida Amélie —reconoció con voz apesadumbrada el señor de Gourney, repasando los rasgos sobre el papel con sus delgados dedos—: Este era su cabello, esta su boca, pero a sus bellos ojos... les falta color. Los recuerdo, sí, ahora los recuerdo bien: eran transparentes, a veces verdes como el agua, a veces ambarinos al caer la tarde, y en ocasiones, dorados como la miel.

Doña Elvira había acudido a contemplar el retrato y opinó:

—Dadle esta plumilla a un buen pintor de los que no faltan en Sevilla y os hará un gran cuadro al óleo que honrará a vuestra esposa, adornando vuestra casa e impidiendo para siempre que caiga en el olvido.

Al señor de Gourney le pareció una idea excelente y ya quería salir en busca del mejor pintor, pero Marie lo devolvió a la realidad:

—Muchos son nuestros gastos, papá. Tenemos que andar con tiento. Primero están tu restablecimiento y la curación del niño, y si sobra, ya pensaremos en cuadros.

—De pagar a la curandera puedo ocuparme yo —se ofreció de inmediato Teodora—. Gano un holgado sustento en esta casa y tengo ahorros que también pueden destinarse a que se pinte el cuadro que tanto deseáis.

El señor de Gourney le agradeció su generosidad, pero repuso:

—Yo soy quien debería recompensaros a vos por vuestros cuidados, y estad segura de que lo haré en cuanto hable con el apoderado de mi banquero en la ciudad, pues no sabía que estuviéramos escasos de fondos. Decidme, doña Elvira, ¿a vos os debo algo?

Doña Elvira contestó que no, pues Marie le había pagado religiosamente por su hospedaje y manutención.

—Los fondos que me entregó Armand no fueron suficientes y tu banquero en la corte madrileña, don Filadelfo Herrero, me proporcionó más para continuar el viaje hasta Sevilla, pero apenas quedan —resumió entonces la situación Marie.

El señor de Gourney repuso que no debía apurarse. Mandaría buscar al apoderado, puesto que él todavía no se sentía con fuerzas para abandonar la casa, y escribiría a don Filadelfo y a Armand. Además de resolver sus finanzas, había llegado la hora de informarles de su estado de salud y de que su hija había logrado reunirse con él.

Marie se sintió reconfortada ante estas palabras. Por primera vez su padre pretendía tomar las riendas de sus vidas y sus intenciones se antojaban tan cuerdas que creyó que por fin se liberaría de responsabilidades, dejándolo todo en sus manos como siempre había sido. Sin embargo, esta nueva cordura llevaba aparejada una percepción más precisa de la realidad, y el señor de Gourney quiso saber por qué Armand había permitido que Marie partiera sola en su busca.

—Fueron las circunstancias, papá —repuso Marie, tras dedicar unos segundos a buscar las palabras adecuadas.

Temía que si le ponía al corriente de todas las desgracias que habían sucedido desde que él había abandonado su casa y su familia para unirse a los Tercios Viejos, la impresión sería tan profunda que su precaria salud no lo podría soportar.

Teodora vino en su ayuda con un plato de fruta cortada que ofreció a su padre como postre. El señor de Gourney lo rechazó de inmediato, y Teodora porfió que no lo retiraría hasta que al menos hubiera probado algunos trozos. Así, al amparo de esta disputa entre bromas y veras, Marie abandonó la estancia para evitar más preguntas que no deseaba contestar y se dirigió a ver al niño.

Estaba dormido, como les había comunicado Teodora, y las vendas que cubrían su rostro solo dejaban al descubierto la punta amoratada de la nariz, los ojos cerrados, mechones apelmazados de cabello oscuro y rizado que ocultaban su frente y unos labios resecos y cuarteados por la fiebre y el dolor. Marie se acercó y se sentó en el lecho. ¿Quién sería esta pobre criatura que había irrumpido en sus vidas para devolver, a costa de tanto duelo, un poco de discernimiento a su padre? Observó que sus pestañas eran largas y espesas, así como que tenía las uñas de los dedos mal cortadas y sucias. Debía de ser pobre, tal como había advertido doña Elvira, y sintió pena por él. Había alargado una mano para acariciarle la cabeza, cuando el niño abrió los ojos. Marie pensó que se iba a asustar al ver a una desconocida y quiso evitarlo:

—No temas, estás entre amigos —le dijo—. Te vas a reponer muy pronto.

—Tengo sed —replicó la criatura con un hilo de voz.

Marie empapó una gasa en la palangana de agua que había dispuesto Teodora y mojó con cuidado los labios del niño. Después le arregló el embozo y cuando le iba a preguntar su nombre y si tenía padres, descubrió que se había vuelto a dormir. Sin embargo, permaneció en la habitación y pasó la tarde velándolo mientras bordaba flores y mariposas sobre un almohadón de lino. Teodora había encargado tela para confeccionarle unos calzones y una camisa nueva que estrenaría en cuanto se restableciera y relevó junto al lecho a Marie cuando cayó la noche.

A pesar de haber maldormido en una dura silla, Teodora no descuidó sus obligaciones al amanecer del día siguiente y fue como de costumbre a llevar el desayuno al señor de Gourney, a quien encontró ya vestido y pensativo junto a la ventana que daba al huerto. Su semblante era tan triste que quiso contentarlo.

—Hermosa mañana se nos presenta, mi buen señor de Gourney, alegrad vuestro ánimo, pues he de anunciaros que la criatura que vive gracias a vos pasó buena noche y apenas tiene calentura.

En cuanto lo mande la curandera, le prepararé un caldo que le devolverá la fortaleza como a vos.

—Mi amable Teodora, conozco las virtudes de vuestros guisos y no me cabe duda de que el chiquillo se repondrá —repuso el señor de Gourney—. En lo que a mí respecta, poco me importa lo que vaya a ser de mi existencia ahora que he sabido que mi dulce esposa está muerta.

—Bien hacéis en doleros por su pérdida, pues tantas eran las virtudes que la adornaban —señaló Teodora, ofreciéndole una taza de leche con sopas de pan—, pero tampoco olvidéis a vuestra hija, que os necesita, ni a los demás que os queremos y deseamos vuestra ventura. Llevad su luto, puesto que lo negro honra a vivos y muertos, pero no dejéis que vuestra alma se ahogue en la pena. Si os sirve de consuelo, recordad que en este valle de lágrimas, se cuenta de algunos que nunca rieron; que no haya llorado, de ninguno.

—¿Vos sabéis de qué mal murió mi esposa? —le preguntó el señor de Gourney, dando un giro inesperado a la conversación.

—Eso ya no importa —intentó distraerlo Teodora.

Sin embargo, el señor de Gourney prosiguió su discurso por el mismo derrotero:

—Importa, claro que importa, porque me temo que mi ausencia haya propiciado de algún modo su repentino fin, siendo una mujer sana y en la flor de la vida. Asimismo, no acierto a entender cómo mis criados permitieron que Marie emprendiera sola un viaje tan largo y peligroso. He pasado la noche devanándome los sesos y no hallo sentido a nada. A lo que se ve, falté yo y mi casa entró en ruina.

Ante tal persistencia, Teodora se escabulló de la habitación con el primer pretexto que encontró y corrió en busca de Marie para ponerla sobre aviso.

—Tampoco yo he logrado descansar, dando una y mil vueltas sobre cómo enterar a mi padre de lo sucedido, temiendo además provocar su recaída si se siente responsable —repuso esta cuando terminó de escucharla—. Sin embargo, creo que ya no es posible demorar el trance. Que sea lo que Dios quiera. Ahora mismo iré a verlo y le responderé lo mejor que pueda a sus preguntas.

Encontró al señor de Gourney entretenido observando el vuelo de una mariposa blanca que había penetrado por la ventana y le reconvino por no haber probado bocado del desayuno que con tanto esmero le había preparado Teodora.

—Extraño animal. Pareciera un gusano con alas —repuso el señor de Gourney sin prestarle atención—. ¿Será larga su existencia?

—No lo sé, papá. Tal vez lo descubras en tus libros…

—Mis libros —la interrumpió el señor de Gourney, moviendo la cabeza con desaliento—. Ellos y mi insensata curiosidad son los culpables de que nos hallemos en esta lejana ciudad, cuando tendríamos que estar en nuestra hermosa casa del Franco Condado. Si yo no os hubiera abandonado, si no hubiera descuidado mis obligaciones, mi querida Amélie seguiría con vida. Yo no habría permitido que muriera.

Marie preguntó espantada:

—¿A qué te refieres, papá? ¿Qué sabes?

—Nada, no sé nada, y la desesperación me lleva a imaginarme las peores desgracias, las más horrendas traiciones y los crímenes más deleznables.

Marie lo rodeó con sus brazos y dijo:

—Sosiega, padre querido, que yo te he de relatar lo sucedido. Si no lo hice antes fue para evitarte sufrimientos e impedir tu recaída, porque si tú también me faltas, yo no lo resistiría.

—La verdad es la mejor cura —insistió el señor de Gourney, acariciando el cabello de su hija.

Y Marie pasó a relatarle la caída por las escaleras de su esposa encinta y lo que sucedió hasta su partida del convento en busca del Camino Español. El señor de Gourney no la interrumpió ni una sola vez hasta que dejó de hablar. Solo entonces anunció:

—Debemos volver cuanto antes al Franco Condado, pues deseo ver la tumba de mi esposa y la del hijo que no llegué a conocer.

—Cuando te repongas —replicó Marie—. El viaje es largo y penoso, mucho más en tus circunstancias presentes.

—Amélie no debió ocultarme que esperábamos un hijo. Eso lo habría cambiado todo. Pero ahora solo me resta hablar con mi prima —prosiguió el señor de Gourney—. Estás equivocada al pensar que ella fue la causante de la desgracia y deseo aclararlo.

—Así me lo manifestó mamá antes de morir —se obstinó Marie—. La viuda de Alos estaba con ella cuando cayó por las escaleras, pero nadie en la casa la consideró responsable ni albergó sospechas en su contra. Repito que fue mi propia madre en su lecho de muerte quien me reveló que la viuda la empujó escaleras abajo después de que ella la invitara a regresar a su casa, poniendo fin a su larga visita.

—Mi pobre Amélie estaba confundida —insistió por su parte el señor de Gourney—. Volveremos a nuestras tierras y todo se resolverá. No me disgusta en absoluto que un caballero tan distinguido como mi sobrino Jean-Baptiste se convierta en tu esposo, pues aunque no lo había apalabrado con su madre, es cierto que habíamos bromeado al respecto durante vuestra infancia. Nadie se ocupará mejor de nuestra hacienda, y tú aprenderás a amarlo, pues no le faltan cualidades.

Marie estaba desconcertada. Había revelado a su padre unos hechos gravísimos y él solo parecía interesado en casarla contra su voluntad. ¿Debería referirle también cómo Jean-Baptiste se había metido en su lecho para tomarla a la fuerza y cómo se había defendido con el abrecartas? Abrumada por la vergüenza y temerosa del disgusto que podrían causarle sus palabras, se mordió los labios y calló la infamia. Iba a abandonar la habitación, cuando apareció Teodora.

—El niño se ha despertado —anunció alborozada—. Ha venido la curandera y ha mandado que lo lavemos y le demos de comer. Ahora mismo voy a prepararlo todo.

Marie se ofreció a ayudarla y ambas pasaron la mañana ocupadas en procurar bienestar a su protegido, que fue capaz de beber algo de caldo y apenas se quejaba de sus heridas. Se resistió un poco ante las curas y el lavado de su cuerpo con agua y jabón. Le preguntaron si tenía padres y respondió que no, cayendo en un profundo sueño una vez que lo dejaron en paz. La curandera estableció una dieta y recomendó que no lo despertaran, pues el sueño también era medicina, y de las mejores.

El señor de Gourney, encerrado en su cuarto sin apenas probar bocado desde que había sabido el triste destino de su esposa, no quiso volver a verlo hasta que, transcurrida una semana, el niño se levantó y comenzó a salir al huerto, pues la curandera prescribió que necesitaba tomar el sol y hacer algo de ejercicio.

Seguía llevando las vendas que no dejaban apreciar sus rasgos, pero la hinchazón había bajado y los moratones empezaban a amarillear, señal inequívoca de que pronto desaparecerían. Pintaba en la tierra con un palo cuando se le acercó el señor de Gourney.

—Me alegro de tu mejoría —le dijo, acariciándole la cabeza llena de oscuros rizos.

El niño levantó la mirada, y el señor de Gourney sintió que sus ojos lo traspasaban.

—¡Marie, ven enseguida! —gritó con todas sus fuerzas para hacerse oír.

Su hija dejó la tarea que la ocupaba para acudir sin tardanza, seguida por Teodora, que se iba secando las manos en el mandil. Cuando llegaron a su presencia, el señor de Gourney declaró:

—He tomado una determinación. Por fin he comprendido lo que se me ocultaba y sé lo que debo hacer. Este niño que he salvado es el hijo que yo debía tener.

—¿Qué dices, padre mío? —preguntó Marie, temiendo que hubiera perdido la cordura.

—Marie, este es tu hermano —repuso el señor de Gourney, señalando al niño, que miraba a uno y otra sin comprender—. La Providencia me concede una segunda oportunidad para reparar mis pasadas faltas.

—Yo lo iba a prohijar al saber que era huérfano —terció Teodora—. Pero vos lo salvasteis y tenéis más derecho.

—La familia es sagrada —susurró como respuesta el señor de Gourney y se marchó a su habitación sin decir nada más.

Marie contempló al niño y luego el dibujo que había hecho con el palo. Entonces tuvo una intuición repentina que quiso confirmar, preguntando:

—¿Es un perro?

—Es el *Negro* —respondió el niño—. Mi amigo era, lo encontré en la calle sin amo y juntos jugábamos, haciéndonos compañía, pero se cayó a la alberca y me mordió con saña. Desde entonces no lo he vuelto a ver.

Marie y Teodora cruzaron una mirada de entendimiento, y la segunda dijo:

—Fueron muchos los días que estuviste postrado en el lecho y se habrá cansado de esperarte. Bien es sabido que los perros no paran quietos, pues les gusta correr de aquí para allá. O acaso retornó con su dueño primero.

—Tanto mejor —repuso el niño—. No sé si quiso matarme, pero se volvió y me mordió cuando yo intentaba salvarlo de las aguas, a pesar de que apenas nado. Él me causó este daño que veis —y se señaló la cara, abriendo mucho los ojos—. Mejor que se haya ido, porque ya no le tengo confianza, sino miedo.

Marie le había escuchado en silencio y cuando terminó de hablar, le preguntó:

—¿Te llamas Colás?

—Por Colasillo me conocen —repuso el niño.

—Eso es, Colasillo —recordó Marie—. No te había reconocido hasta ahora, pero se me antoja que tú sí sabías quiénes éramos nosotras.

—Oh, sí, enseguida os reconocí —asintió el niño con tono confiado—. Y me consoló mucho saber que estaba en vuestras manos, porque las izas siempre me han cuidado, aunque también me peguen.

—¿Pero qué está diciendo? —se admiró Teodora ante estas palabras.

—¿Todavía no habéis caído en la cuenta? —preguntó a su vez Marie.

El niño la sacó de dudas:

—Vos sois las guapas izas que no quisieron serlo, y yo, el zagal que os sirvió un refresco y os ayudó a montar el alazán cuando escapasteis de la casa de mi amo en la Mancebía.

13

Lluvia sobre mojado

Habían pasado diez días más cuando la curandera llegó una mañana a la Casa de los Lilos y, antes de ver a su paciente, anunció a Marie y Teodora que había llegado el momento de quitar los puntos a las heridas y requería su colaboración, pues no era labor fácil ni la podía llevar a cabo una sola persona. En vez de acostar a Colasillo en el lecho que seguía compartiendo con Teodora en el diminuto cuarto próximo a la cocina, lo llevaron al aposento del señor de Gourney porque era mucho más luminoso y su amplitud permitía que se situaran a ambos lados de la cama las jóvenes a las que se había encomendado que lo sujetaran mientras durara la operación.

Marie no había vuelto a ver destapadas las heridas del niño y se sobrecogió al contemplar las cicatrices circulares que cruzaban su rostro, pespunteadas por gruesos hilos oscuros, cubiertos de costras, a modo de horrendos flecos o barbas crecidas que espantaban en una criatura de tan corta edad. Pensó que le flaquearían las fuerzas, que no sería capaz de cumplir con la tarea que le habían confiado, y quiso abandonar, pero Colasillo le apretó la mano y preguntó, mirándola con sus enormes ojos:

—¿Sabéis si me dolerá esta cura?

Marie no deseó engañarlo y respondió con tono cariñoso:

—Te dolerá, pero es por tu bien y será la última vez.

—Aguantaré, si no hay más remedio —se resignó Colasillo con semblante serio, poniendo los ojos en blanco—. Vos no dejéis que me zafe, porque me conozco y huiré si puedo en cuanto apriete el dolor.

Teodora lo besó en la frente y le aseguró que las dos lo sujetarían con todas sus fuerzas para abreviar el mal trago y que luego lo convidaría a rosquillas como premio a su valentía.

—Pues estoy dispuesto —concluyó Colasillo, cerrando los ojos y apretando los dientes.

La extracción de los puntos fue larga porque eran muchos. Marie comprendió entonces el porqué de los horripilantes flecos: eran puntadas independientes cuyo nudo cortaba la curandera con una afilada cuchilla para tirar a continuación del hilo. Unos salían enseguida, y Colasillo no se movía; otros se atoraban en la carne y costaba arrancarlos, cubiertos de sangre, y el niño gemía y daba patadas, pero mantenía la cabeza bien firme sobre los almohadones que la habían colocado a la altura dispuesta por la curandera. La tortura terminó cuando esta limpió con aguardiente los restos sanguinolentos donde habían estado los puntos y aplicó un ungüento de hierbas para que las cicatrices se fueran borrando.

El señor de Gourney fue a ver a Colasillo cuando, una vez repuesto del suplicio, comía a dos carrillos las rosquillas prometidas por Teodora, acompañadas de un vaso de dulce limonada.

—Me ha dicho la curandera que dentro de un tiempo apenas quedarán rastros en tu cara del desgraciado accidente —le comunicó mientras le acariciaba su abundante cabello ondulado—. Pronto estaremos los dos restablecidos y listos para regresar a nuestra casa y a nuestras tierras, como debe ser. Mientras tanto, deseo hacerte un obsequio que entretenga tus muchas horas de encierro. Piensa qué es lo que quieres y enseguida mandaré que te lo traigan.

Colasillo lo miró incrédulo y preguntó:

—¿Lo que quiera me daréis?

—Lo que quieras —aseveró el señor de Gourney—. Te concederé cualquier capricho, así que piénsalo bien.

—Bien pensado lo tengo —replicó al instante el niño—, y os lo puedo decir en este mismo momento, no vaya a suceder que después os olvidéis del ofrecimiento.

El señor de Gourney se rio por la ocurrencia y le aseguró que él siempre cumplía la palabra que daba:

—Habla, pues, hijo mío, ¿cuál es tu deseo?

—Papel y carboncillo para dibujar —respondió Colasillo de corrido.

El señor de Gourney no daba crédito a sus oídos. A un rapazuelo de tan corta edad se le brindaba la oportunidad de poseer cualquier objeto de valor, cualquier juguete o artilugio que ambicionara, y solo se le ocurría pedir los útiles más humildes para pintar. Pensó enseguida que su oscura cuna y ninguna educación le impedían ansiar lo que desconocía y sintió compasión.

—Escasa pretensión muestras cuando puedes obtener maravillas —observó con benevolencia—. En cuanto ambos podamos salir al mundo, te mostraré cuanto está a tu alcance poseer: los juguetes más bellos de los mejores artesanos; artilugios de relojería; armas de caballero o hasta un caballo, pues debes aprender a montar. Dulces no te ofrezco, porque no los probarás mejores que los que hace Teodora, pero sí muchas más cosas, como libros, cometas…, en fin, creo que has de reflexionar más sobre tu deseo.

Colasillo se rascó la cabeza y, creyendo que todas esas palabras no eran más que pretextos para no darle lo que había pedido, declaró:

—Todas esas maravillas de que habláis nada me importan ni me convienen, porque en mi corta existencia nunca las vi, las disfruté ni las eché en falta. En cambio, bien sé cuánto me contentaría disponer de un papel y un carbón para dibujar lo que mi mano quiere, pues es afición que tengo desde muy chico y hasta ahora me he conformado con crear mis garabatos sobre la tierra con un palo, viendo cómo desaparecían con las pisadas o la lluvia sin poderlos guardar. Si a vos os parece poco lo que os pido, mayor motivo para concederlo ahora y no dejar para después tesoros a los que renuncio y os podéis ahorrar.

—Tendrás tu papel y carboncillo —concedió el señor de Gourney, cautivado por el razonamiento, añadiendo—: Si demuestras dotes para la pintura y eres perseverante, incluso buscaremos un maestro que te enseñe el arte.

Colasillo se puso a dar saltos de alegría y corrió a besar la mano de su benefactor. Después salió de la estancia y se dirigió al huerto, donde Marie y Teodora cosían con doña Elvira, para comunicarles su buena suerte.

—Yo te daré todo eso porque tengo en mi baúl, y hasta te puedo enseñar lo que yo sé de proporciones, perspectivas y sombras —manifestó Marie tras escucharlo.

—Poco seso me parece que tiene aún la criatura para tanta ciencia —observó doña Elvira, volviendo a su costura interrumpida.

—¿Ahora mismo, me daréis papel y carboncillo ahora mismo para ponerme a dibujar? —insistió Colasillo, quien seguía brincando y dando palmas por la excitación que sentía.

Marie se levantó y se llevó de la mano al chiquillo a su habitación. Sacó un pliego de papel y media barra de carboncillo del baúl.

—Habrá más cuando se gasten —le dijo—. Hay muchas formas de dibujo, y yo sé algunas que te puedo enseñar, pero primero veamos lo que eres capaz de hacer con esto por ti mismo.

El niño salió corriendo con sus bienes y se sentó con las piernas cruzadas junto al hormiguero que a Marie también le gustaba observar. Teodora le entregó un paño limpio para que pudiera borrar si se equivocaba y una tablilla para apoyar el papel. Al principio las tres mujeres vieron que el niño usaba bastante el paño, pero después fue equivocándose menos y lo dejaron enfrascado en su pintura cuando abandonaron el huerto para ocuparse en otras tareas de la casa.

Bastaron dos días para que Colasillo llenara hasta el último resquicio del papel con animales, primero de mayor tamaño, luego más pequeños, a medida que fue escaseando el espacio. Entonces buscó a Marie para enseñarle su obra y hacerle una nueva petición:

—Yo no sé escribir —le dijo—. ¿Me haríais vos el favor de poner debajo de los bichos los nombres que yo os vaya apuntando?

Marie aceptó gustosa, observando los realistas dibujos, y le preguntó después por qué quería poner los nombres si se veía con claridad lo que cada uno era.

—Quiero hacer un libro de bichos pequeños que se llaman insectos —respondió el niño sin dudarlo.

Marie se sorprendió por tal idea y Colasillo le explicó que un estudiante que solía acudir a la casa de su antiguo amo en la Mancebía le había enseñado una vez uno de ese tipo, y le habían admirado tanto los dibujos de los insectos con los nombres de sus diversas partes, que él también quería hacer el suyo.

—Y esta bolita que has pintado junto a la hormiga, ¿qué es? —preguntó Marie.

—Su huevo. Estos días no lo he visto porque no ha llovido, pero guardaba su forma en mi memoria de otras veces, cuando las hormigas los sacan fuera de su casa a secarlos porque se han inundado por la mucha lluvia caída.

Marie se admiró de que Colasillo supiera tanto de hormigas, y este le confesó que las incontables horas que había pasado en la calle sin nadie que reparara en él las había dedicado a observar hormigueros, avisperos, gusanos, mariposas, moscas y toda clase de humildes bichos que le salían al paso. A veces le contaba sus descubrimientos al estudiante y este los confirmaba o los rechazaba por vanos o inútiles.

—Entonces, tendrás mucho conocimiento de tales animales —se admiró Marie—. ¿Me podrías decir cómo nacen?

—De huevos —respondió Colasillo—. Estoy seguro porque el estudiante así lo confirmó. Todos nacen de huevos, pero no como los de las gallinas, sino pequeñísimos, menores que la punta de mi dedo meñique.

—¿Y qué has concluido de las mariposas? —prosiguió interesándose Marie, animada por la erudición del niño.

—No vais a creer lo que os cuente —respondió Colasillo, haciendo grandes aspavientos—. Primero son huevos, como ya os he dicho, luego son gusanos que comen y comen para hacer una bolsa tupida que se llama capullo. Y, pasmaos, es de él de donde surge una mariposa, a veces bonita, de primorosos colores, y otras veces fea y peluda, oscura y sin gracia.

—¿Estás seguro de eso? —insistió Marie incrédula.

Colasillo asintió con la cabeza y extendió su explicación:

—Yo mismo lo comprobé. Fue el estudiante quien me llevó cierto día a una sedería donde había un ejército de gusanos de seda dispuestos en lechos cubiertos con hojas de morera. Causaba impresión el crujir de las hojas que mordían sin parar para, una vez gordos, retirarse a las esquinas y tejer unos capullos en los que se ocultaban.

—¿Y viste que de ellos salieran mariposas? —quiso cerciorarse Marie.

—Esos pobres gusanos mueren ahogados antes de cambiar a mariposas porque sus amos sumergen los capullos en agua para evitar que los rompan y así aprovechar mejor el hilo de seda con que están fabricados. Son pocos los que se salvan y emergen como mariposas, que pondrán huevos para continuar la crianza y que no se pierda la industria.

—Sabes mucho para ser tan pequeño —sentenció Marie, acariciándolo con ternura—. Auguro que serás un hombre de letras.

—¿Me ganaría la vida con ello? —preguntó Colasillo.

Marie no llegó a responderle, porque en ese momento entraba Teodora y fue ella quien manifestó:

—Espera a crecer para ganarte la vida. Por ahora debes contentarte con tomar un buen baño con estropajo y jabón, pues el señor de Gourney así lo ha dispuesto. Quiere verte limpio y aseado, y con ropas nuevas que ya hemos terminado para que estrenes.

Al escuchar estas palabras, el niño salió corriendo como alma que lleva el diablo y no hubo quien lo encontrara en la casa ni en el huerto hasta el día siguiente, cuando el hambre acució y no tuvo más remedio que asomar la cara por la cocina. Sin embargo, el aseo no era la única exigencia que le imponía su nueva vida como prohijado del señor de Gourney. Marie había hablado con su padre de las destrezas de Colasillo, y habían decidido que su instrucción debía comenzar de inmediato, puesto que parecía disponer de tan buen entendimiento y disposición.

Esta preocupación de Marie por su reciente hermano no era completamente desinteresada. Su padre seguía empeñado en regresar a su casa del Franco Condado y ella buscaba cómo entretenerlo con toda clase de pretextos para ir posponiendo un viaje que no deseaba realizar. Había que esperar su total restablecimiento, aducía, que llegaran cartas del banquero y de Armand, que pasara el invierno… Y ahora se le había ocurrido un disuasorio más: Colasillo tenía que aprender a leer y escribir, puesto que presentaba tan buenas inclinaciones. El señor de Gourney se mostró dispuesto.

—Yo me encargaré de hacerlo —declaró al punto—. Estableceré un plan de estudio y dedicaremos a la labor un par de horas o tres diarias. ¿Recuerdas, Marie, cuando te enseñé las primeras letras a ti de niña?

Marie asintió, aunque en realidad había sido su madre quien había puesto empeño en que aprendiera todo lo que sabía y también quien le había transmitido los conocimientos de pintura y bordado que poseía. Su padre era inconstante, se cansaba enseguida de hacer todos los días lo mismo y buscaba nuevas distracciones fuera de la casa. De sus continuos viajes regresaba siempre contando asombrosas novedades y cargado de libros que leía con avidez y que cada vez lo fueron alejando más de la sencilla vida cotidiana de su hogar, hasta que tomó la determinación de abandonarlo para conocer el Nuevo Mundo. Sin embargo, en lugar de hacer reproches, Marie recordó:

—Yo también quise aprender pintura, y mamá me enseñó lo que sabía, pero no pude avanzar más porque vivíamos en el campo y no había quien me instruyera en el arte. En cambio, aquí en Sevilla tengo entendido que hay muchos talleres donde puedo acudir con Colasillo, y así los dos sacaríamos provecho.

—Aunque hubiéramos vivido en una ciudad, tu condición femenina te habría impedido acudir a un taller —repuso el señor de Gourney—. Concedo que habríamos contratado algún maestro que te enseñara en casa a pintar paisajes o naturalezas muertas, pero nada más.

—Tú deseas tener un cuadro de mamá, y yo quiero ser la autora —insistió Marie—. Pero antes tengo que aprender las técnicas del óleo. No pienso que tarde mucho si encuentro un buen maestro, puesto que creo conocer los rudimentos de la pintura y tener cierta gracia en la ejecución.

El señor de Gourney concedió:

—Tienes gracia, no lo niego. Pero la pintura al óleo son palabras mayores y nadie de tu sexo ha destacado en tal cometido. Otros son los dones concedidos a las mujeres, y con ellos has de contentarte.

—Si nadie de mi sexo ha destacado, será porque todas las que lo han intentado han encontrado tantos obstáculos en su camino que no les ha quedado más remedio que rendirse —declaró con vehemencia Marie—. Pero yo no. Emprenderé esta tarea con el mismo arrojo que mostré para venir a tan lejanas tierras en tu busca y de igual modo saldré airosa de la prueba.

—A fe mía que eres porfiada, hija —se exasperó el señor de Gourney—. No hay mujeres pintoras, y tú no serás la primera. Convencedla vos, Teodora, pues creo que tenéis más seso.

Teodora había escuchado la conversación en silencio mientras ordenaba la ropa recién lavada y, al ser interpelada, expresó:

—No deseo incomodaros, mi señor, ni mucho menos llevaros la contraria, pero puesto que pedís mi opinión, he de advertiros que tal vez en vuestro Franco Condado no haya pintoras famosas, pero aquí en nuestra corte al menos hubo una que brilló. Se llamaba Sofonisba Anguissola, era de Cremona y se convirtió en pintora de la corte y dama de compañía de la reina Isabel de Valois. Pintó muchos bellos retratos de la familia real.

—Nunca escuché hablar de ella —declaró el señor de Gourney, algo contrariado.

—En cambio, la noticia de su fama llegó hasta el aislado convento manchego donde pasé mi tierna infancia y primera juventud —reiteró Teodora.

—Yo no pretendo alcanzar fama ni llegar a convertirme en pintora de ninguna corte —observó Marie y con un leve temblor en la voz, añadió—: Mi único sueño y gran pretensión es pintar un cuadro de mi madre que le haga justicia y conserve su memoria para la posteridad.

—Buscaremos un pintor de renombre —manifestó el señor de Gourney.

—¡Yo estuve en su lecho de muerte! —exclamó Marie—. Mía es la plumilla y seré yo quien pinte su retrato, o de lo contario, el pintor a quien se lo encargues tendrá que sacar de la nada el suyo.

El señor de Gourney no respondió a estas palabras. Se levantó con semblante adusto y abandonó la habitación.

Durante los días siguientes, evitó a su hija, y Marie tampoco hizo esfuerzo alguno por reconciliarse, a pesar de los ruegos de Teodora. Fue doña Elvira quien encontró solución a su disputa, hablando por separado con padre e hija. Al primero le aconsejó que no fuera él quien cortara las alas de Marie, que le permitiera buscar un taller de pintura y sería allí donde le harían poner los pies en la tierra:

—El recato no permite a nuestro bello sexo asistir a clases de desnudos, por lo que nos está vedado copiar del natural. Marie se tendrá que conformar con pintar guirnaldas y bodegones. Pronto se cansará y volverá al redil.

Por su parte, a Marie le recomendó congraciarse con su padre y aceptar que un buen pintor hiciera el cuadro de su madre si ella lo intentaba pero no era capaz.

Ambos se mostraron dispuestos a ceder, y Marie inició la búsqueda de un taller para concertar cuanto antes sus clases. Doña Elvira le habló de los maestros más conocidos de Sevilla, pero fue Colasillo quien le indicó la dirección de uno al que él había acudido alguna vez acompañando a una joven iza que por su hermosura servía de modelo, ya fuera desnuda o vestida con ricos ropajes, para los cuadros que allí se producían.

—No se diga más —concluyó Marie satisfecha—. Ese taller creo que me conviene para mi empeño, y tú vendrás conmigo.

El niño protestó que Teodora sería mejor compañía por sus años y mayor seso, pero cuando Marie insistió en llevarlo a él, manifestó:

—Aunque bien os quiero y me agradaría serviros, reparad en que yo no puedo abandonar estos muros en los que se me trata con tanta cortesía y regalo, pues amo tuve y querrá echarme la mano encima si me halla para que vuelva a mi condición pasada.

Marie comprendió su miedo y le tranquilizó diciendo que nadie lo reconocería ahora que iba limpio y con ropa nueva, callándose que las terribles cicatrices de su cara habían contribuido sobremanera a cambiar su fisonomía.

—¿No querrás estrenar las botas que a tu gusto te acaba de confeccionar el zapatero? —le incitó Marie, añadiendo—: Nada debes temer, pues el sombrero y el embozo te ocultarán si ves a alguien que no desees. Además, iremos montados en mi alazán y yo te garantizo con mi vida que no permitiré que te lleven, pues mi padre jamás me lo perdonaría.

De todas estas consideraciones, fue la ilusión de estrenar las botas nuevas la que movió al niño a cambiar de parecer. Quiso salir ese mismo día, pero la lluvia se lo impidió. Había acabado el otoño y aunque el frío no era mucho, hacía varios días que caían en la ciudad chaparrones torrenciales, inundando las estrechas callejas y volviéndolas impracticables para los transeúntes y las caballerías.

Colasillo no dejó de mirar el cielo con impaciencia hasta un amanecer en que escampó y reapareció el pálido sol invernal en el cielo empedrado de nubes.

—¡Apuraos, Marie, que despuntó sereno! —gritó a la joven ya vestido y con las botas puestas cuando esta se disponía a desayunar—. Hoy nada nos impedirá visitar el taller del maestro.

El señor de Gourney escuchó sus palabras y lo mandó entrar en su habitación:

—No tan aprisa, hijo mío —le dijo—. Ahora ya no eres el rapazuelo desharrapado que corría a su antojo por ahí, sino que tienes las obligaciones impuestas por tu nueva condición.

—Creed que no me olvido —repuso el niño al instante—. Ved que me he aseado y vestido como corresponde sin olvidar un detalle. Comprobad mis manos, limpias como las de un cura que va a cantar misa, y mi boca y dientes, sin restos de lo que acabo de comer con tanto apetito.

El señor de Gourney aprobó su pulcritud entre risas y le preguntó a qué distancia estaba el taller.

El niño frunció el entrecejo mientras reflexionaba y respondió:

—Lejos no ha de estar pues yo siempre fui a pie desde la Mancebía y no me cansaba a la ida, pero sí a la vuelta, aunque de poco me valía, pues no había más remedio que apretar los puños y seguir la marcha.

—A pie no habéis de ir esté cerca o lejos —repuso el señor de Gourney—. No es apropiado que Marie camine por las calles como si no tuviera quien por ella vele.

Marie irrumpió en la habitación y dijo:

—Largos caminos y calles diversas recorrí para encontraros. Y aquí me tenéis: nada me ocurrió que no pudiera resolver por mí misma, ni mi honra mermó por ello, pero no os apuréis, que iremos a lomos de mi alazán.

A punto estaban padre e hija de enzarzarse en una nueva disputa, cuando doña Elvira vino a hacer las paces, anunciando que disponía de un carruaje que transportaría a Marie y Colasillo al taller y después los traería de vuelta a la Casa de los Lilos.

—Un criado de don Juan de Clarebout, dueño de grandes haciendas de olivar y distinguido caballero, acaba de entrar a solicitar mesa para comer este mediodía en nuestra casa con su esposa y, sabiendo que iban hacia la catedral, me he tomado la licencia de pedirle sitio para nuestra joven pareja. En la puerta aguarda su coche, no lo hagáis esperar en vano —terminó su explicación.

Marie y Colasillo miraron expectantes al señor de Gourney, quien hizo ademán de que daba su autorización a la salida. La joven corrió a ponerse el manto y ambos se apresuraron hasta la calle, donde frente a la fachada de la casa estaba detenido un faetón negro con capota, en cuyo pescante iban dos criados, uno negro y otro blanco, que llamaron la atención de Marie. Doña Elvira los acompañó hasta la portezuela para saludar a don Juan y a su esposa. Esta se mostró muy complacida al ver a Marie y le pidió que se sentara a su lado bajo la capota. Colasillo se situó enfrente con don Juan, quien había cedido su asiento a la joven. Entablaron conversación en cuanto el carruaje reanudó su marcha por las callejuelas que conducían a la catedral. Al enterarse don Juan del propósito de Marie, declaró:

—En el presente siglo, no hay más que dos escuelas de pintura merecedoras de tal nombre, la italiana y la flamenca. Todo lo que se hace en el mundo digno de mención presenta la influencia directa de la *buona maniera antica* o de la *maniera Fiamminga*, y no pocas veces se da la conjugación de ambas. A decir verdad, príncipes, comerciantes y cardenales italianos encargan y coleccionan ahora cuadros flamencos, atraídos por el esplendor de la nueva técnica que emplean, cuya invención se adjudicó a Jan van Eyck.

—No he oído hablar de él —se sinceró Marie—, pues es grande mi ignorancia por haber vivido largo tiempo aislada en el campo.

—Os encantaría su naturalismo —intervino la esposa, tomándole la mano en un gesto de confianza—. Pone ante los ojos de quien ve sus obras el encanto de todo lo creado por Dios o fabricado por los hombres: capas de soldados multicolores, árboles florecidos, praderas reverdecidas, oro que realmente lo parece, perlas y piedras preciosas; en fin, multitud de cosas que se antojarían concebidas por la misma naturaleza divina más que por el artificio de un maestro pintor.

—Ello se debe a que domina las propiedades de los pigmentos y los emplea a la perfección en sus obras —continuó don Juan de Clarebout—. Pero no es su único mérito. He contemplado un baño de mujeres por él pintado en el que aparece un espejo que muestra, además de la espalda de una bañista representada de frente, todo lo restante que había en la estancia: una vieja criada que parece transpirar por el calor reinante, un perrillo que lame el agua derramada, una lámpara que se diría que arde de veras, así como un paisaje, visto desde una ventana, en el que se aprecian caballos y personas de tamaño diminuto, montañas, arboledas y castillos, dispuestos con tal arte que muchas leguas parecen separar una cosa de la otra.

Marie y Colasillo escuchaban boquiabiertos esta descripción, sin llegar a comprender cómo podía caber todo eso en un cuadro de dimensiones normales.

—Es la perspectiva —explicó la esposa.

—Eso sí lo conozco y sé usarla —declaró sin pérdida de tiempo Marie, contenta de poder participar en la conversación.

—No obstante, no todos entendemos lo mismo por dicho concepto —señaló don Juan—. Perspectiva proviene de la palabra latina *perspicere* y significa para unos «ver con claridad», mientras que para otros tiene el sentido de «ver a través». Un cuadro en perspectiva se concibe como una especie de ventana a través de la que contemplamos una parcela del espacio.

Marie permaneció callada, reflexionando si su falta de conocimiento le imposibilitaría llegar a dominar la técnica para pintar al óleo como quería el retrato de su madre. Colasillo se sacó del jubón el pliego con sus abundantes insectos y se puso a observarlos fijamente.

—Dibujas muy bien para tu corta edad, pues supongo que tuyos son esos bichos —comentó la dama para incluirlo en una conversación que a todas luces le aburría.

—Yo los hice, sí señora —respondió al punto el niño—, aunque nada sé de perspectivas ni artificios; es mi mano la que copia sobre el papel lo que mis ojos ven.

—Ya lo comprenderás en cuanto te enseñen —declaró la dama y, levantándole la cara por la barbilla, dio un giro a la conversación—: ¿Qué causó cicatrices tan terribles en un semblante angelical de tan tierna edad?

Colasillo permaneció en silencio mirándola con sus grandes ojos, y fue Marie quien respondió en su nombre:

—Un perro lo mordió con saña no hace mucho, pero se está recuperando. Dentro de poco apenas se notarán los rastros de las dentelladas.

La señora alzó las cejas en señal de incredulidad, pero antes de que dijera nada, un frenazo del carruaje distrajo su atención. El cochero gritaba desde el pescante y el otro criado bajó para separar de la rueda derecha delantera a un hombre negro casi desnudo y cargado de cadenas de cuya pierna chorreaba sangre. Un mercader rechoncho que vestía un abrigo ribeteado en piel se bajó de su silla de manos y se acercó al asiento que ocupaba don Juan de Clarebout haciendo aspavientos.

—¡Grande es el perjuicio que me acaba de ocasionar vuestro cochero por su impericia! —exclamó, levantando sus cortos brazos—. Era el mejor de mis esclavos y ahora perderá valor, si es que no se muere.

Don Juan observó al esclavo, que permanecía en pie impasible con la pierna cubierta de sangre, y repuso:

—Iba distraído y no puedo precisar de quién fue la culpa del incidente. Sin embargo, no parece mucho el daño sufrido por el esclavo y, si como decís, es de valor, yo mismo os lo compraré, pues a las gradas de la catedral me dirigía para elegir algunos. Haced que le curen los raspones de la pierna y cerraremos el trato en cuanto me desocupe de otro asunto que he de concluir primero.

El comerciante asintió y volvió a su silla. Uno de los criados que dirigían la fila de esclavos encadenados vendó la pierna con un trapo y empujó al herido para que continuara avanzando. El carruaje dejó atrás la escena de inmediato, y Marie volvió la cabeza para contemplar el avance de esos seres de mirada triste y cuerpos oscuros, malvestidos y descalzos, que avanzaban como sonámbulos por la calle atestada de gente sin que nadie mostrara interés por su suerte.

—¿De dónde son y adónde los llevan? —preguntó después a don Juan.

—Son esclavos que traen los mercaderes en naos andaluzas y portuguesas de Berbería o más lejos para venderlos por las calles o en las gradas de la catedral. Son buenos trabajadores y sirvientes, mucho mejores que los indios de ultramar, cuya esclavitud está prohibida tiempo ha —explicó don Juan.

—¿Este hombre negro que va en el pescante es vuestro esclavo? —prosiguió su interrogatorio Marie.

—Lo es, y de gran valía. Era bozal cuando lo compré y apenas tardó unos meses en aprender la lengua. Quiero darle mujer para que se case y veré si hoy encuentro una sana para comprar que me proporcione una buena prole.

—¿Los hijos que tenga serán vuestros esclavos? —se admiró Marie.

Fue la esposa de don Juan quien le respondió:

—Si tuya es la vaca, tuyos serán los terneros que tenga. Eso lo comprende cualquiera.

Colasillo asintió con la cabeza sonriendo y añadió:

—Y si tuyos son los gusanos, tuyos serán también los capullos de seda que fabriquen.

—Ingeniosa criatura —lo alabó don Juan, dándole una palmada en la rodilla—. Pero volvamos a nuestra conversación anterior. Vos queréis un taller donde os enseñen a retratar a vuestra madre y, puestos a elegir, yo, como natural de esas tierras, os aconsejo uno flamenco de los mejores.

—No sé si en Sevilla habrá alguno —repuso vacilante Marie.

—Lo hay, y no muy lejos de la catedral —intervino la esposa de don Juan—. Si así lo queréis, os dejaremos a sus puertas y pasaremos a recogeros una vez que hayamos terminado de comprar los esclavos, pues nos comprometimos con doña Elvira a devolveros a su casa.

Marie pidió opinión a Colasillo y, como se mostró de acuerdo, a los pocos minutos descendieron del faetón ante las puertas de madera abiertas que daban acceso al zaguán del taller de Jacome de Gelre, a decir de don Juan de Clarebout, reputado maestro pintor, cuyos retratos y demás obra, tanto profana como religiosa, pasarían sin dudarlo a la historia por sus destacados méritos. Les salió a recibir una mujer de mediana edad que se cubría el pelo con una toca blanca y llevaba sobre su modesto vestido pardo un amplio mandil oscuro parecido a los que usaba Teodora en los fogones. Al detallarle el motivo de su visita, les informó de que maese Jacome llevaba varios meses ausente, pues había sido invitado a la corte de un príncipe alemán, pero que había dejado su taller a cargo de uno de sus discípulos, Dirc de Lieja.

—¿También es flamenco? —preguntó Marie.

—Todos lo somos en esta casa y taller, cuando no de nacimiento, al menos de origen, pues algunos ya nacieron en Sevilla —respondió la mujer—. Pero no os apuréis, si el niño muestra inclinación, no le costará entrar como aprendiz en el taller.

Marie precisó que era ella quien quería aprender pintura y que el niño de momento la acompañaría, a lo que la mujer repuso:

—Os había entendido mal. Pasad a hablar con maese Dirc, aunque en vuestro caso, dudo de que quiera admitiros como pupila.

Marie y Colasillo la siguieron por el patio hasta una nave de altos ventanales en cuyo interior oloroso a madera, barnices, pigmentos y sudor se afanaban diversas personas. Estaban produciendo un retablo, cuyos paneles se erguían apoyados contra el muro, mostrando el diseño general de la composición que varios aprendices pintaban a la vez. En la pared, en un lugar muy visible y en grandes letras doradas sobre fondo negro, se leía la siguiente inscripción: *Quis opifex praeter naturam?* Sobre una mesa alargada dibujaba a pluma un hombre joven al que dos muchachos observaban con interés, asintiendo con la cabeza a sus explicaciones.

—Maese Dirc, esta dama desea hablaros —comunicó la mujer sin apenas avanzar de la puerta.

El hombre joven, que cubría su ondulada melena de paje con una gorra oscura y lucía un estrecho mostacho de guías levantadas, se acercó sonriente e hizo una reverencia a Marie sin decir palabra.

La joven devolvió el saludo con una inclinación de cabeza y explicó:

—Buscamos un lugar para aprender pintura, y don Juan de Clarebout nos recomendó y encaminó hasta la casa de Jacome de Gelre por ser uno de los más reputados maestros del nuevo arte procedente de Flandes que causa admiración en el mundo. Aunque se nos ha informado de que el maestro está ausente, deseamos saber si es posible de todos modos iniciar la enseñanza que pretendemos.

—Venís con la mejor de las recomendaciones, pues don Juan de Clarebout es uno de nuestros más magnánimos comitentes, y tanto su rostro como el de su esposa e hijas aparecen en varios de nuestros cuadros —respondió maese Dirc, complacido por los elogios que acababa de recibir—. Yo tomaré como pupilo al niño si, a pesar de su corta edad, demuestra aptitud y dedicación para la pintura, y hasta le daré el apodo por el que todos lo conocerán y tal vez pase a la posteridad si sus obras llegan a ser conocidas: será Caracortada, y de ahora en adelante vivirá bajo nuestro techo y será aceptado como aprendiz si se amolda a nuestras normas y es capaz de cumplir con las labores que le iremos encomendando.

—En dos cosas habéis errado —repuso contrariada Marie al escuchar estas palabras—. Mi hermano no es ni será jamás Caracortada, ni nadie lo apodará así en mi presencia sin sufrir un escarmiento y, segundo, él me acompaña y permanecerá a mi lado, pero soy yo quien recibirá las clases, y no como pupila, sino como persona externa que pasaría aquí la jornada, pero marcharía a dormir al domicilio familiar.

—No pretendía ofenderos. Los pintores de mi escuela describimos lo que vemos, representamos la realidad sin taparla, y ese y no otro ha sido el sentido de mis palabras. No ha habido maldad por mi parte, os lo puedo asegurar —y maese Dirc alargó el brazo a Colasillo, preguntando—: ¿Me dais la mano en señal de perdón?

El niño respondió:

—Os la doy de buena gana. Las palabras no me ofenden, y menos las vuestras, que son verdad. No me importaría llegar a ser Caracortada si con ello me gano bien la vida.

—Tenéis buenas entendederas, y reitero mi oferta de que seáis mi pupilo y aprendiz —manifestó contento maese Dirc.

Sin embargo, antes de que Colasillo hablara, se le adelantó Marie:

—Os repito que soy yo la interesada en tomar clases —y para moverlo a aceptarla, añadió—: Tengo una buena razón. Mi madre me enseñó cuanto ella sabía de dibujo, y no me doy mala maña. Algo conozco de proporciones y sombras, empleo el carboncillo, la pluma y la acuarela, pero lo desconozco todo sobre el óleo, y es esa técnica la que quiero aprender. En medio de mi gran aflicción, conseguí retratar a pluma a mi madre en su lecho de muerte y ahora deseo trasladar dicho retrato a un hermoso cuadro al óleo para que mi padre pueda conservar su recuerdo.

—Loable es vuestro empeño, no lo niego —valoró maese Dirc—. Sin embargo, en este taller no podréis llevarlo a cabo. Nuestras reglas no permiten aceptar mujeres, y no puedo quebrantarlas. Defraudaría la confianza en que me tiene maese Jacome y perjudicaría el funcionamiento de nuestra casa.

Marie insistió cuanto pudo en su petición, pero todos sus razonamientos fueron rechazados. Maese Dirc se avenía a acoger a prueba a Colasillo y a ninguna cosa más. Disgustada, la joven se despidió y abandonó el taller seguida del niño, quien no había tenido ocasión de mostrar sus insectos al maestro.

—Muy difícil es para alguien de nuestro sexo entrar en un taller de pintura si no es por la cuna o el matrimonio —explicó la mujer que los había acompañado hasta el zaguán—. Sin embargo, yo tengo una proposición que haceros.

Ante estas inesperadas palabras, Marie recuperó la esperanza y le preguntó:

—¿Lograréis vos convencer al maestro para que me admita?

—No, eso es imposible. Pero yo misma seré vuestra maestra, si así lo aceptáis.

Y pasó a relatar que era hija de un maestro flamenco que se había trasladado a Granada al enviudar, y que ella había crecido entre tablas y pigmentos, para después casarse con maese Jacome de Gelre.

—Mi marido y dos de mis hijos mayores están en la corte del príncipe alemán, y yo me he quedado aquí en Sevilla con nuestros hijos pequeños. Sé cuanto necesitáis para pintar el retrato al óleo de vuestra madre, y os revelaré un secreto: mi marido y yo somos los únicos que conocemos las mezclas de pigmentos que componen nuestros mejores colores, y muchos de ellos los fabrico yo en soledad con mis morteros y redomas.

Sacándose del jubón su preciado papel, Colasillo intervino:

—Si sois pintora, os pido vuestro parecer sobre mis insectos.

La mujer observó complacida los dibujos y les dedicó unas palabras de elogio. Después se dirigió a Marie:

—Podéis venir los dos a aprender conmigo, pues parece que el rapaz muestra interés.

La primera reacción de la joven fue rechazar la propuesta y dirigirse al taller que conocía Colasillo por ver si allí la recibían. Sin embargo, al recordar las palabras de maese Dirc, cambió de opinión:

—Os agradezco la oferta y buena disposición. Para seros sincera, pensaba buscar otro taller, pero creo que estáis en lo cierto al afirmar que mi sexo me impedirá aprender entre hombres con los que no me una ningún lazo familiar, y probablemente vos que habéis tenido la suerte de criaros entre artistas tendréis tanto conocimiento o más que muchos de ellos para enseñarme.

—Y sin duda, más paciencia —observó la mujer—. Conmigo aprenderéis cuanto precisáis del arte. Podemos empezar mañana mismo, si así lo queréis.

—De mil amores —respondió Marie, utilizando una expresión que había escuchado a doña Elvira—. Decidme vuestro nombre, ya que seréis mi maestra.

—Mi padre me puso Nemosine en el bautismo en honor a la musa de los pintores, pero cuando llegamos a estas tierras, lo cambió por Marina para no llamar la atención de la Inquisición, muy celosa ante todo lo raro proveniente de fuera.

—¿Y cómo queréis que yo os llame? —le preguntó Marie.

—Marina. Estoy contenta con el cambio de nombre y creo además que las musas de los pintores somos las mujeres, las Manuelas, Magdalenas, Leonores o como nos llamemos, pues somos nosotras las que les mostramos nuestros cuerpos para que los pinten y se deleiten con nuestras bellas formas, y también las que nos metemos en sus camas para darles el placer que en nosotras buscan.

Colasillo había dejado conversando a las mujeres y había salido a la calle para ver si ya había llegado el faetón de don Juan de Clarebout. Regresó diciendo que había llovido, pero que ahora lucía el sol.

—La catedral está cerca, y nosotros tenemos buenas piernas. ¿Por qué hemos de esperar mano sobre mano si podemos dar un paseo hasta encontrar a esos señores?

—Llueve sobre mojado y habrá charcos —advirtió doña Marina, mirando la indumentaria de Marie.

Pero a la joven no pareció importarle y aceptó dar el paseo que proponía Colasillo, a pesar de que esos muchos charcos y el barro de las calles iban a manchar los bajos de su vestido. Así pues, se despidieron de la pintora doña Marina hasta el día siguiente y se dirigieron a la catedral por una callejuela, cuyos charcos probó Colasillo lleno de júbilo con sus botas nuevas.

—Este es reciente —comentó, chapoteando dentro de uno bastante hondo—, pero si perdurara, nacerían en él unos bichos con cola que después son las ranas. Bien observado lo tengo y sé de lo que hablo, sí señora.

Llegaron a las gradas de la catedral cuando don Juan de Clarebout acababa de cerrar el trato para la compra de diez esclavos y supervisaba junto a sus criados que subieran a un carro para conducirlos a sus posesiones. Había otros señores con carretas cumpliendo el mismo cometido y otros más en sillas de mano que se llevaban sus compras a pie, atados como ganado y arreados por servidores fieles. Empezaba a chispear y cundían las prisas por ponerse a resguardo. El mercader del abrigo ribeteado en piel estaba contento con los dineros ganados y se disponía a recoger los pocos esclavos que le quedaban antes de que la llovizna se convirtiera en diluvio. Marie se fijó en una niña que había sentada en el suelo con la cabeza echada hacia atrás y los ojos cerrados. Apenas le cubrían el cuerpo unos harapos anaranjados, dejando al aire unos brazos largos y delgados que tenía cruzados sobre el pecho. Marie se acercó y le preguntó si tenía frío.

—No os responderá, pues es negra bozal y nada os entiende —contestó el mercader—. ¿Estáis interesada en comprarla? Mirad que os la dejo a buen precio, pues no os voy a mentir: padece mal de sentimiento y aunque es negra membrilla y por su edad debería valer un Potosí, prefiero darla con pérdidas.

—Decidme primero de dónde viene y si tiene madre y padre.

El comerciante, aguantando las prisas por si hacía un último negocio, explicó:

—Viene de la Negrería, como todos los demás esclavos de este cargamento que desembarcó ayer en la Puerta de las Muelas. Mi socio portugués los compró en esas lejanas tierras y hasta acá los trajo por la gran demanda que hay de ellos. A esta negrita la vendió su propio padre y si tiene madre, no lo sé.

Marie miró de nuevo a la niña que seguía inmóvil recibiendo las gotas de lluvia en la cara alzada al cielo y sacó de la bolsa el dinero que su padre le había entregado por si en el taller le pedían un anticipo por las clases de pintura.

—Es cuanto tengo —afirmó, tendiendo las monedas al mercader.

—No, no, demasiado poco —rechazó la oferta este, moviendo la cabeza y apartando la suma con la mano.

—Conmigo cerrasteis hoy un buen negocio —intervino entonces don Juan de Clarebout, que había escuchado la conversación y, mostrando una bolsa, continuó—: Yo añado esto a lo que ofrece la dama y le entregáis a la negrita. Bien sabéis que en su estado tal vez no dure, por tanto, os conviene el trato.

—A vos no puedo negaros nada —repuso el mercader zalamero, cogiendo la bolsa y las monedas de Marie—. Os lleváis una linda esclava a la que ni siquiera marcamos por no deslucir su bella piel.

La esposa de don Juan observaba la escena desde el carruaje con Colasillo, resguardados ambos bajo la capota, y les hizo señas con la mano para que concluyeran enseguida.

—Esta es agua de bobos, que parece que no llueve, pero al fin nos calamos todos —comentó cuando Marie se hubo acomodado a su lado; la negrita bozal, todavía encadenada, a sus pies, y su esposo y Colasillo, enfrente, cubiertos con una manta que les proporcionaron los criados.

No hubo conversación durante el trayecto a la Casa de los Lilos porque la lluvia arreció, y llegaron mojados y con frío. Doña Elvira había dispuesto una buena chimenea, y una vez que hubo retirado el manto y la capa de sus huéspedes para ponerlos a secar, los invitó a acercarse al fuego y mandó que las criadas tendieran la mesa allí mismo para que comieran calientes.

Marie llevó la esclava negra a la habitación de su padre, a quien Teodora estaba sirviendo uno de sus exquisitos guisos, y le explicó cómo la había comprado.

—No debías haberlo hecho, hija mía —la reconvino el señor de Gourney después de haberla escuchado—. Nosotros nunca hemos tenido esclavos.

—Yo sostengo que obrasteis muy bien —terció Teodora, mirando el triste estado en que se hallaba la niña—. La cuidaremos como a Colasillo. ¿Sabéis su nombre?

—El mercader que me la vendió me entregó un documento en el que dice que es negra bozal y membrilla de doce años, y algunas cosas más que no entiendo, pero nada de nombres.

—Negra bozal es que no habla nuestra lengua —explicó doña Elvira, que había acudido a ver a la esclava, informada de lo ocurrido por don Juan—. Membrilla es por el color de su piel, más claro que el negro común, como el membrillo cocido, y en cuanto a los años, demasiados me parecen doce. Yo calculo que no ha de ser mucho mayor que Colasillo. Habéis hecho una obra de caridad y no una buena compra, Marie, porque para mí que esta esclava se muere de aquí a poco. No hay más que ver cómo tiembla y lo delgada que está.

—Yo le serviré de comer y la abrigaré para que entre en calor —se ofreció solícita Teodora.

—Tenemos huéspedes de importancia y debéis atender la cocina —le recordó doña Elvira—. Dejad que Marie se ocupe de su esclava negra, pues suya es la responsabilidad al comprarla.

Marie asintió con la cabeza y empezó a tomar decisiones:

—La llamaremos Violet. Colasillo, ve con Teodora a la cocina y trae una taza de buen caldo mientras yo busco ropa que le pueda servir y le quito las cadenas.

Pero antes de que Colasillo abandonara la estancia, Violet, que estaba de pie apoyada en la pared, puso los ojos en blanco y cayó redonda al suelo.

—Ya se murió —susurró entre dientes el niño, huyendo del lugar despavorido.

Marie, en un primer momento paralizada por la impresión, se arrodilló junto a Violet con la intención de ver si respiraba, pero se separó del cuerpo de inmediato sin haberlo comprobado.

—Desprende un hedor insoportable —comunicó a su padre, que continuaba sentado a la mesa terminando el postre dulce preparado por Teodora—. Creo que sí ha muerto y se está descomponiendo.

—No puede ser —la rebatió el señor de Gourney—. La descomposición no es tan inmediata. Olerá mal por la suciedad y miseria en que se encuentra, y pienso que está desfallecida de sed y hambre, pero todavía vive.

—¿Y cómo debemos tratarla? —preguntó Marie.

—Prepara un buen baño de agua caliente y dale un par de bofetadas para que vuelva en sí.

—No me atrevo, papá —repuso Marie, retirando las manos.

El señor de Gourney se levantó de su silla, cogió la jarra de agua y arrojó su contenido al rostro de la niña, que dio un respingo y comenzó a toser y sollozar, sin moverse del suelo.

—Suéltale las cadenas, pues no va a fugarse —recomendó entonces el señor de Gourney.

Marie le tendió la llave para que lo hiciera él y se marchó a la cocina a preparar el agua caliente. Volvió con doña Elvira, quien dijo al entrar en la habitación y comprobar el estado de Violet:

—Vos todo lo pretendéis arreglar del mismo modo, señor mío. ¿No comprendéis que el agua caliente puede dar la puntilla a esta criatura? Los negros son inferiores a nosotros y están muy próximos a los brutos, a los que nadie cura con baños.

El señor de Gourney repuso, algo molesto:

—Si se curará o no, yo no lo sé, pues nunca antes había estado tan cerca de alguien de su color y no conozco los males que puedan aquejarla. Sin embargo, de lo que estoy completamente convencido es de que la suciedad es criadero de afecciones y tiñas, y de que el agua la purificará de los piojos, liendres o garrapatas que traiga en su cuerpo y que podrían saltar a cualquiera de nosotros para seguir medrando a nuestra costa ahora que nos tienen a su alcance.

—En eso no había pensado —concedió doña Elvira—. La bañaremos y la despiojaremos, no hay más remedio, y si se muere, será la voluntad divina.

Y salió de la habitación de inmediato para disponer el baño, mientras el señor de Gourney ordenaba que se llevaran a la esclava, ventilaran la habitación y encendieran el sahumerio para disipar los malos humores. Entretanto, él se dirigió a la estancia de la chimenea donde don Juan de Clarebout y su esposa terminaban las torrijas con arrope que les había servido Teodora como postre. Hechas las presentaciones, el señor de Gourney les agradeció las atenciones que habían tenido con su hija y quiso devolver la cantidad que don Juan había pagado por la esclava, pero este se negó, aduciendo que había sido cosa de poco.

Su esposa se interesó por las circunstancias que habían conducido a Sevilla al señor de Gourney y a Marie, preguntándole si tenían intención de permanecer en la ciudad largo tiempo. Este les relató sus vicisitudes, y así, en agradable plática, fue consumiéndose el tiempo y el fuego, hasta que don Juan mandó llamar a doña Elvira porque había llegado el momento de retirarse para llegar a sus tierras antes de que cayera el sol.

—Aguardad un momento —les dijo esta cuando quisieron pagarla—. Teodora tiene el gusto de convidaros en justa correspondencia a vuestras atenciones con Marie y Colasillo, y además quiere obsequiaros con unos dulces para vuestra casa.

Teodora ofreció a la señora una bandeja cubierta con una gasa. Esta no pudo resistir la curiosidad y levantó una esquina para ver su contenido.

—No sé si llegarán muy lejos, pues son una tentación demasiado grande y el viaje es largo —declaró golosa, añadiendo entre risas—: Doña Elvira, a la cara os digo que haré cuanto esté en mi mano para robaros a esta joya de cocinera, y si no soy capaz de lograrlo, al menos os pido que me la prestéis cuando celebremos un banquete.

A doña Elvira no le hizo mucha gracia la broma, pero se limitó a precisar que Teodora no era su criada, sino del señor de Gourney que se la prestaba.

Este iba a rectificar el error, diciendo que Teodora tampoco era criada suya, cuando vio su cara asustada y permaneció en silencio, figurándose que no quería recibir una oferta de don Juan de Clarebout que la pusiera en un compromiso. Avisada, Marie acudió a despedir también a la pareja, que le preguntó qué había hecho con su nueva esclava.

—Dos mozas la están lavando, y tan oscura se vuelve el agua al contacto con su piel, que hemos llegado a pensar que tal vez se esté despintando —respondió la joven.

Ante estas palabras, Teodora abrevió el adiós y se apresuró hasta el patio, donde Violet seguía dentro de un estrecho barreño mientras las dos mozas la frotaban con estropajo y jabón. Tenía los ojos cerrados, la cabeza vencida hacia un lado y sus largos brazos colgaban fuera, sacudidos por ligeros temblores que también se apreciaban en sus labios entreabiertos.

—Basta por hoy. Sacadla del agua —ordenó Teodora, acercándose con un lienzo en el que la envolvió para secarla.

Quiso que la condujeran a su habitación, pero Marie decidió que le armaran un catre en la suya y, mientras tanto, la tumbaron en su propio lecho, donde la niña desnuda se hizo enseguida un tembloroso ovillo. Mientras Marie buscaba ropa para vestirla, Teodora la tapó con una manta y declaró:

—Pobrecita, yo sé bien lo que le sucede; la funesta angustia que la atenaza, enajenada del mundo y condenada a la muerte.

—Pero qué insensatez decís. Violet no está condenada a muerte —replicó Marie, destapando a la niña para vestirle uno de sus camisones.

—¿No os recuerda su estado la condición en la que yo me hallaba cuando vos me encontrasteis en la pradera de San Isidro? —insistió Teodora.

—Violet está triste, asustada y tal vez enferma, debilitada su naturaleza por el largo viaje en barco, pero no ha sido vilipendiada ni condenada a muerte como vos entonces.

—La han apartado de los suyos a la fuerza, la han vendido y sometido a esclavitud en una tierra extraña donde nadie la entiende ni se hace entender, ¿no os parecen suficientes vilipendios y motivos para dejarse morir de aflicción? —repuso con vehemencia Teodora.

—No seáis exagerada —la reconvino Marie—. No es como vos ni como yo. Dicen que los negros no tienen alma ni memoria, que están más cerca de los animales que de la raza humana…

—¿Cómo podéis creer eso? —la interrumpió Teodora—. Mirad su cuerpecito desnudo de niña, igual al vuestro y al mío a su edad. La única diferencia es el color más oscuro de su piel y las heridas que han dejado los grilletes de la esclavitud en sus muñecas y tobillos. Siente como nosotras y se ve desamparada a su corta edad en un mundo hostil.

—Un peregrino con quien me crucé en el camino habló de animales muy semejantes al hombre que vivían en los bosques de África —recordó Marie—, pero creo que eran peludos y no sabían hablar.

—Violet es humana, no un animal, y yo conozco cómo curarla —repuso Teodora, dando un abrazo a la niña, ahora sentada en el lecho con el blanco camisón que le había puesto Marie.

En ese momento, Colasillo metió la cabeza por la puerta para preguntar:

—¿Se salvó de la muerte la esclava?

—Violet está viva y necesita alimentos —repuso Teodora—. Pide a las mozas un tazón de caldo y tráelo sin tardanza.

El niño obedeció la orden y regresó al poco con un humeante tazón. Teodora lo acercó a los labios de la niña, pero esta se resistió a abrir la boca.

—A saber qué comía en su tierra —opinó Colasillo acercándose—. A lo mejor piensa que le dais una pócima envenenada.

Violet fijó sus ojos en él y alargó los brazos para tocarle las cicatrices de la cara mientras susurraba unas palabras incomprensibles y le caían lagrimones de sus ojos brillantes como dos perlas negras. El niño quiso retirarse, pero Marie se lo impidió.

—Bebe tú primero y después ofrécele el caldo —se le ocurrió a Teodora, pasándole el tazón.

Así lo hizo Colasillo, y Violet consintió en coger de sus manos el tazón y beber un sorbo de su contenido, que paladeó haciendo un gesto como de disgusto, pero luego se llevó de nuevo el tazón a la boca y lo vació en un santiamén, chasqueando al final los labios mientras arrugaba la nariz y movía la cabeza, como si acabara de apurar obligada un brebaje amargo. Al devolver el tazón a Colasillo, pronunció otras palabras ininteligibles.

—Dice que no le ha gustado vuestro guiso —interpretó el niño para risas de todos los presentes.

Pero Violet volvió a tocarle las cicatrices de la cara y después le enseñó sus heridas de los grilletes mientras repetía sonidos guturales. Colasillo la cogió de la mano y la llevó al catre que ya habían preparado las mozas a los pies del lecho de Marie. La niña se acostó, pero se aferró a Colasillo cuando quiso marcharse. Sus ojos expresaban un terror tan grande que el niño se acostó a su lado para que se durmiera tranquila. Cuando, transcurrido un rato, volvió Marie a la habitación, los encontró a los dos sumidos en un profundo sueño y no quiso perturbarlo.

14

Amarillo indio, azul ultramar

Al día siguiente, Marie se despertó casi al amanecer porque estaba ansiosa por empezar cuanto antes el retrato de su madre. La plumilla que le había hecho en su lecho de muerte seguía entre las páginas de las fábulas de Esopo, guardada en el arca junto al catre donde continuaban dormidos Colasillo y Violet. Los vio descansando con tanta placidez que no quiso despertarlos todavía, así que se vistió procurando no hacer ruido y se dirigió a la cocina, esperando encontrar allí a Teodora, pues sabía que también era madrugadora. No se equivocó. La antigua beata ya estaba organizando a las mozas para que avivaran el fuego, distribuyendo las faenas de la cocina y encargando las compras de viandas que había que hacer en el mercado. Una vez concluida la asignación de tareas, se sentaron juntas a la tosca mesa de madera para comerse un par de naranjas y unas rebanadas de pan con aceite de oliva y sal. Después Teodora preparó los alimentos más elaborados del señor de Gourney y fueron juntas a llevárselos a su habitación.

—¿Cómo ha pasado la noche tu esclava? —preguntó este a Marie, mientras cascaba el huevo pasado por agua que iba a romper su ayuno.

Apenas tuvo tiempo de contestar la joven cuando su padre continuó hablando:

—Desapruebo tu osadía de comprar una esclava sin mi consentimiento, pues es una responsabilidad que yo no quiero ni puedo asumir habida cuenta de mi situación física y económica.

Marie intentó responderle que no se preocupara, pero el señor de Gourney la interrumpió:

—Y no me vengas con pamplinas que no sirven más que para acrecentar tu insensatez y desconsideración. Será una boca más que alimentar, habrá que vestirla y curarla, eso si no se muere antes y tenemos que pagarle el sepelio. Creo que lo mejor sería venderla antes de nuestro viaje al Franco Condado, porque no nos traerá más que complicaciones y para nada nos aprovechará conservarla.

—No os atormentéis, mi señor —intervino Teodora con dulzura—. Todo lo iremos resolviendo. Vos desayunad tranquilo y recuperad la salud. Lo demás ya se verá.

—Ya se verá, papá —repitió Marie, que no deseaba discusiones y quiso dar un giro a la conversación—. Hoy mismo empiezo las clases en el taller de pintura y, para darte gusto y que no te mortifiques por mi seguridad, voy a pedir una silla de manos. Iba a llevarme conmigo a Colasillo, pero tal vez sea mejor que se quede con Violet, pues parece que su presencia le agrada y sosiega.

El señor de Gourney levantó los ojos del plato de requesón y miel que le había acercado Teodora para clavar en su hija su mirada severa.

—No pidas ninguna silla, pues no habrá clases —expresó con sequedad—. Gastaste el dinero en una esclava y es todo lo que obtendrás. Ahora déjame terminar mi desayuno en paz y ve a ocuparte de las obligaciones que tú misma te has impuesto.

Marie se sintió invadida por un torrente de rabia incontenible y acudieron a su mente aciagos pensamientos muchas veces reprimidos. Iba a dar rienda suelta a las coléricas palabras que se agolpaban en su boca, cuando Teodora, abriendo mucho los ojos, le indicó que callara con un dedo en los labios e hizo señas para que salieran de la habitación.

—No se lo tengáis en cuenta —le pidió una vez fuera mientras se dirigían a la cocina—. Ayer vino a verlo el apoderado del banquero y, al parecer, no fueron buenas las noticias que trajo.

—¿Qué ha pasado? ¿Alguna desgracia? —se inquietó Marie ante estas palabras.

Teodora explicó que no sabía mucho, pero por lo que había alcanzado a escuchar, el apoderado se había negado a proporcionarle los fondos necesarios para emprender el camino de vuelta al Franco Condado hasta que no llegaran instrucciones del banquero de la corte, quien a su vez esperaba las noticias procedentes del Franco Condado.

—Entonces, es cierto que no vamos a poder mantenernos —se angustió Marie.

—Oh, no, creo que la situación no es tan terrible —repuso Teodora—. Todavía contáis con cierto dinero, pero no con la suma que vuestro padre requiere para volver a sus tierras por barco.

Ante esta revelación, Marie respiró doblemente aliviada. Podrían seguir en la Casa de los Lilos y su viaje al Franco Condado se retrasaba. Ojalá nunca llegara a realizarse, por más que a su padre le pesara.

—Yo os pagaré con gusto esas clases de pintura —le susurró al oído Teodora para que nadie la escuchara— y os ayudaré a vestir y alimentar a Violet, no paséis cuidado.

Marie iba a rechazar su oferta cuando apareció en la cocina Colasillo, seguido por Violet.

—Vuestra esclava no me deja ni un momento —se quejó, señalándola con el dedo— y necesito estar solo.

—Ve, ve —le dijo Teodora, abrazando a la niña—. Yo me ocupo de ella.

Y se la llevó de la mano para lavarle la cara con su jofaina e intentar peinar sus diminutos rizos. Nunca había visto una cabellera como la suya y acabó desistiendo cuando comprobó que el peine estropeaba lo que la naturaleza había creado. Después revisó las heridas de las cadenas y se alegró al ver que iban mejorando. La niña se dejó hacer sin rechistar y juntas volvieron a la cocina, donde Teodora la sentó a la mesa y le fue colocando comida delante para que escogiera lo que más le apeteciera: naranja separada en gajos, pasas, pan con aceite y sal, queso y hasta rosquillas. Pero Violet permaneció impasible mirando los alimentos con ojos asustados, hasta que Colasillo se sentó a su lado y se puso a comer naranja a dos carrillos. La niña lo imitó, y así fue probando todo lo que este elegía. Terminaron compartiendo un cuenco de leche que Teodora les había reservado de la que compraba para hacer su repostería. Colasillo se relamió el bigote blanco que había quedado sobre sus labios y Violet lo imitó pronto sonriendo.

—No te vas a morir, preciosa —le dijo Teodora, dándole dos sonoros besos en las mejillas—. Vivirás feliz entre nosotros por muchos años.

—¿Y vendrá también al Franco Condado? —preguntó Colasillo.

Teodora no contestó. Sacó unas cebollas de la cesta y se puso a pelarlas, echando a los niños de su lado con el pretexto de que allí estorbaban. Grandes lagrimones corrieron por sus mejillas mientras rebanaba blancas rodajas que luego picaba en meticulosa juliana, pensando amargamente en el temido viaje que tal vez la dejara sola en la Casa de los Lilos para siempre. ¿Pues por qué iban a invitarla a regresar con ellos a su hogar? En cuanto el señor de Gourney se restableciera y llegaran los fondos que había solicitado, se marcharían sin volver la vista atrás y sin siquiera preguntarle si deseaba acompañarlos.

Ajena a estas tribulaciones, Marie se había encerrado en su cuarto para rumiar las propias, cuando apareció en la puerta doña Elvira cargada con un bulto. Había rebuscado entre sus pertenencias hasta dar con una colcha de gruesa tela verde que tenía un gran siete en el centro y también había encontrado varios trozos de sábana y uno de tieso fieltro oscuro.

—He aquí cuanto necesitamos para aviar un par de mudas completas para vuestra esclava Violet —declaró, ofreciendo a la joven su mercancía—. Con esta colcha rasgada que tenía guardaba para hacer cojines saldrán dos basquiñas, de los retales de sábanas cortaremos las camisas y calzones, y con el fieltro confeccionaremos un buen jubón que la abrigue.

Marie agradeció su providencial ayuda y fue en busca de Violet para tomarle medidas. La niña aceptó curiosa las comprobaciones de largos y anchos que realizaron con la vara de medir, extendiendo o doblando los brazos cuando así se requería y permaneciendo bien erguida durante el proceso, puede que porque alguna vez en el pasado su madre la había sometido a una operación parecida o acaso lo había visto hacer a otras gentes. Después doña Elvira cortó las primeras telas, prendió los alfileres y repartió la tarea de pasar hilvanes. Como el día había amanecido despejado, en cuanto subió el sol en el firmamento, salieron a coser al huerto, mientras los niños se entretenían corriendo entre los frutales. Teodora se unió a la costura en sus ratos libres y también algunas mozas se fueron turnando en la tarea para adelantarla.

Con tantas manos dispuestas, tres días bastaron para concluir el ajuar. Todas las mujeres que habían participado en su confección quisieron estar presentes cuando vistieron a Violet sus nuevas galas. La niña pareció admirada por la largura de la falda que le llegaba a los tobillos, y se la subía y bajaba sin cesar, quizá para comprobar que seguía teniendo piernas y pies ocultos debajo.

—En el calzado no hemos reparado —cayó en la cuenta Marie al verle los oscuros pies desnudos.

—No os preocupéis por eso —terció doña Elvira—. Esta chiquilla no lo necesita, pues siempre anduvo descalza y no lo echará de menos.

Teodora fue de la misma opinión, al igual que el resto de las mozas, muchas de ellas también descalzas y vestidas con ropa peor que la nueva de la niña esclava. Una propuso que la pusieran ante un espejo para que se contemplara con su nuevo atuendo, y la condujeron entre risas hasta el único grande que había en la casa, uno de medio cuerpo que estaba en el dormitorio de doña Elvira.

Sin embargo, no esperaban lo que sucedió cuando Violet vio reflejada su imagen. De su garganta salió un sonido aterrador, como el aullido de una fiera herida, y corrió a lanzarse contra la superficie plateada, intentando asir su propia imagen. Al no lograrlo tras repetidos intentos, rodeó el espejo desesperada y como no encontró tampoco lo que buscaba en la parte trasera, miró afligida a las mujeres que la observaban atónitas.

—Se me antoja que no sabe lo que es un espejo y no se reconoce —concluyó Marie—. Creo que su misma imagen la aterra.

—Más bien ha debido de creer que quien veía en el espejo era su hermana, su amiga o su madre —opinó Teodora—. Por eso busca detrás a esa persona; al no poder tocarla, quiere encontrar el modo de entrar donde ella está, y de ahí su desaliento. No está aterrada por lo que ha visto, sino afligida por no llegar a alcanzarlo.

Colasillo se acercó a Violet, la cogió de la mano y se colocó a su lado frente al espejo.

—Yo, Colasillo —dijo, dándose una sonora palmada en el pecho—. Tú, Violet —y repitió la operación con la asombrada niña, que ora lo miraba a él, ora su imagen reflejada en la superficie de azogue.

Teodora hizo lo propio, seguida de Marie y del resto de las mujeres presentes. Violet no tardó en comprender el funcionamiento del artificio que tenía ante sus ojos y en darse cuenta de cuál de las imágenes que veía reflejadas era la suya. Colasillo se puso a hacer aspavientos para mirarse, y Violet acabó imitándolo entre grandes carcajadas.

Largo rato pasaron entretenidas en la contemplación de las payasadas y ocurrencias de ambos niños ante el espejo, hasta que algunas mozas se aburrieron y otras fueron requeridas a sus tareas. Marie y Teodora decidieron que en cuanto pudieran comprarían un espejo aunque fuera pequeño, pues sabían que doña Elvira no iba a dejar a Violet entrar en su habitación para usar el suyo siempre que quisiera.

Estas distracciones no habían logrado aplacar la furia que Marie sentía contra su padre ni su determinación de asistir a las clases de pintura que había concertado en el taller con doña Marina. Solo las había postergado hasta hallar cómo pagarlas, pues no podía aceptar la oferta de Teodora porque no tendría modo de devolverle una suma que no sería pequeña y que tal vez dejara a la antigua beata sin nada. Bastante había hecho en el pasado y seguía haciendo en el presente por su familia, pues buena cuenta se daba Marie de que doña Elvira los tenía en su casa y los trataba con largueza a pesar de las exigencias de su padre porque le salía a cuenta gracias al infatigable trabajo y los desvelos de Teodora, cuya cocina era cada vez más reputada en la ciudad y cuyos dulces rivalizaban con los de los mejores conventos, por lo que la dueña de la casa no había perdido la esperanza de convencerla para abrir el ansiado obrador.

Marie se devanó los sesos buscando alguna destreza que, como a Teodora, le permitiera ganarse la vida sin depender de nadie, pero para su desgracia no poseía ninguna. Nadie le pagaría por leer aunque fuera en latín o en francés, por bordar en su bastidor como tantas otras mujeres ni por pintar con su pluma dibujos anodinos. No, ella no sobresalía en nada, y el dinero tendría que salir de otro lugar. Se le ocurrió que tal vez doña Marina aceptara algún objeto de valor como pago por sus enseñanzas y abrió su arca a ver qué encontraba. Sacó en primer lugar el libro negro de las fábulas de Esopo, después los dos aldinos intonsos de su padre, el cirio amarillo que le había entregado la anciana cabalista en el Monte de las Ánimas y por fin un pañuelo atado con dos nudos que estaba escondido en el fondo entre los pliegues del vestido color oro que había sido de su madre. Los encajes que remataban el pañuelo estaban arrugados y ennegrecidos, al igual que el resto de la tela, y Marie recordó el dolor que sintió cuando las monjas le entregaron las escasas joyas de su madre muerta, de las que contra su voluntad la habían despojado antes de enterrarla.

—Donde va no necesita aderezos —había declarado la madre abadesa—. *Hic finit vanitas mundi*. Conservadlos vos como recuerdo o entregadlos a los pobres.

Antes de emprender la huida del convento de Santa Bárbara, Marie había envuelto las joyas en el pañuelo y nunca más lo había vuelto a abrir. Tampoco deseaba hacerlo ahora y se puso a pasear nerviosa de un lado a otro en la habitación.

Colasillo entró sin llamar, como era su costumbre, para quejarse de Violet, pero enseguida cambió su atención hacia el arca abierta, acercándose a curiosear su interior.

—No toques nada —le advirtió Marie sin parar de moverse—. Y déjame, porque tengo que pensar.

El niño fingió obedecer y, movido por la curiosidad, se sentó en el catre por si desde allí podía echar un ojo a lo que había guardado, pero al no conseguirlo, se puso a fisgonear lo que ya estaba fuera. Miró los libros por si tenían dibujos de insectos, pero como no pudo abrir más que unas cuantas hojas de uno, pronto perdió el interés. Después cogió el cirio y al punto preguntó asombrado:

—Marie, ¿de dónde lo habéis sacado?

—Ha tiempo que una anciana me lo regaló en tierras francesas —respondió la joven para salir del paso.

—¿Y qué es lo que guarda en su interior? —continuó indagando el niño.

—¿Qué ha de guardar si no es cera? —repuso impaciente Marie.

—Cera no es —insistió Colasillo—. Comprobadlo vos misma —y se levantó para tenderle el cirio.

Marie observó asombrada que cerca del pabilo había dos círculos metálicos semejantes a monedas. No, no podía ser, se dijo, comprobando la parte inferior del cirio, de donde muchos meses atrás había separado cera para taparse los oídos durante la noche pasada en la venta de las ranas. Y sí, ahí estaban las marcas de los pellizcos que faltaban, corroborando que se trataba del mismo que le había entregado la anciana cabalista. ¿Cómo había podido suceder que le hubieran pasado inadvertidos unos aros metálicos que resultaban tan visibles?

—¿Queréis que los saquemos para ver qué son? —preguntó Colasillo, interrumpiendo sus cavilaciones.

Marie asintió y fue a la cocina en busca de un tizón para prender el cirio en la soledad de su cuarto. No quería que nadie más se enterara de su extraño descubrimiento, pero a Colasillo le permitió quedarse no sin antes arrancarle la promesa de que guardaría secreto de lo que allí pasara.

Aunque el pabilo prendió con facilidad, hubo que esperar un tiempo que se les hizo interminable hasta que se derritió la cera suficiente para que cayera en la base de la palmatoria primero un círculo y después el otro. Se trataba de una especie de monedas de metal dorado con un agujero en el centro y una inscripción latina, que Colasillo quiso saber de inmediato qué decía.

—*Ex abundantia cordis* —leyó sin dificultad Marie, pero no entendió el significado.

Aunque Colasillo manifestó que nunca había visto monedas como esas en Sevilla, Marie lo achacó a su escasa edad y baja cuna, y prefirió creer que serían de curso legal e incluso de oro, y que le servirían para pagar sus clases de pintura sin depender de nadie más que de sí misma.

Sin embargo, como no se le habían olvidado las palabras de su padre sobre su desconsideración, a la mañana siguiente fue a su cuarto muy temprano a entregarle los dos aldinos en octava.

—¿Recuerdas estos libros? —le preguntó, prosiguiendo sin esperar respuesta—: Fueron tus últimas adquisiciones antes de abandonarnos para unirte a los Tercios Viejos españoles y desplazarte a la corte. Después, cuando tuve que salir en tu busca, viajaron conmigo y me sirvieron de consuelo cuando creía desfallecer en el camino, pero hoy te los devuelvo. Como no llegaste a leerlos, tal vez te sirvan de entretenimiento ahora que para tu disgusto te ves obligado a permanecer encerrado en mi compañía entre cuatro paredes.

El señor de Gourney le dio las gracias sin hacer más comentario, y Marie salió de la habitación y se dirigió a la cocina, donde los niños comían manzanas que les cortaba Teodora.

—Me voy al taller de pintura y me llevo a Violet —anunció Marie.

—No querrá separarse de mí —declaró Colasillo, deseoso de no perderse el paseo—. Me tendréis que convidar también.

Marie aceptó, pero le advirtió:

—Mira que iremos andando, pues no hay dinero para sillas y los tres somos demasiada carga para mi alazán.

El niño replicó que conocía atajos que los llevarían al taller con más presteza que cualquier coche de caballos o silla de manos, y corrió a buscar sombrero y botas para aprestarse.

—¿Lo sabe vuestro padre? —preguntó Teodora al despedirlos en la puerta.

Marie no contestó, se colgó en bandolera la bolsa de tela verde que había cosido con los retales sobrantes de la colcha para guardar la plumilla de su madre muerta, cogió de la mano a los niños y emprendió camino sin volver la vista atrás.

Sin embargo, en el taller de pintura no la recibieron con la cordialidad que esperaba.

—Habéis hecho gala de la inconstancia que achacan a nuestro sexo —declaró severa doña Marina al verla—. No será mucho lo que os enseñe si desde el principio faltáis a vuestra palabra y os dignáis a aparecer al cabo de los días como si tal cosa. Aunque no seáis pupila de maese Dirc en el taller, aprender conmigo también supone rigor y disciplina, horarios y tareas que se han de cumplir a rajatabla. Tenedlo muy presente, porque será la última vez que os amoneste. Si faltáis de nuevo a nuestra cita, no os abriré la puerta de mi casa nunca más.

Marie se disculpó como mejor supo, aduciendo que habían sido causas mayores las que le habían impedido salir de casa, pero que no había dejado de pensar en el taller y, mostrándole la plumilla que sería la base para el retrato de su madre, declaró que estaba ansiosa por empezar las clases.

—Yo también pensé mucho en vos e hice un boceto de cómo podría ser vuestro cuadro al óleo sobre tabla, con los colores más ricos y brillantes que causarán asombro en vuestro padre y en todos cuantos lo contemplen.

Al escuchar estas palabras, Marie, deseosa de que no hubiera malentendidos entre ellas, quiso aclarar de una vez por todas a la que iba a ser su maestra cuál era su situación económica.

—Habéis de saber que carezco de fondos para pagar vuestras clases, pues no tengo ingresos propios —le dijo sin rodeos.

—Eso ya lo suponía —repuso doña Marina—. Será vuestro padre quien corra con los gastos, puesto que desea tener el cuadro de su esposa.

—Lo he contrariado y se ha negado a pagar —prosiguió explicando Marie.

—Las riñas entre padres e hijos duran poco —se rio doña Marina, quitando trascendencia a las palabras que acababa de escuchar—. Pronto olvidaréis vuestras diferencias, pues el motivo del enojo será una nadería sin sustancia.

—Compré esta niña esclava con el dinero que me había dado como adelanto para las clases —declaró Marie, señalando a Violet—. Considerad vos misma si es motivo grande o pequeño para el enojo de mi padre.

—Y fue una obra de caridad, pues arrancó a la negrita bozal de las garras de la muerte —intervino Colasillo con vehemencia en su favor—. La hallamos en las gradas de la catedral más muerta que viva, y ved cuánto ha mejorado con la buena vida que le da mi hermana. Yo duermo con ella y le enseño palabras y cosas para que se convierta en persona de provecho y el señor de Gourney la quiera como a mí.

—¿Qué dice este niño? —preguntó doña Marina, intrigada y divertida al escuchar de su boca palabras tan formales para su corta edad.

—La verdad. Cierto es que compré a Violet porque me movió a lástima su triste estado, y el mercader que era su dueño me la ofreció a buen precio —explicó Marie—. Don Juan de Clarebout puso la suma que me faltaba para cerrar el trato, y creo que eso fue lo que más incomodó a mi padre, pues ha entendido que yo he aceptado de un caballero desconocido que me pagara un capricho. Por eso me castiga y desea verme encerrada entre cuatro paredes.

—¿Y vos cómo lo vais a remediar? —se interesó doña Marina.

—Pagaré vuestras enseñanzas trabajando para vos en lo que me mandéis, y Colasillo y Violet también lo harán —repuso con ardor Marie.

—No necesito trabajo, sino dineros, pues son muchos los gastos que genera el taller —manifestó contrariada doña Marina.

Marie permaneció en silencio unos instantes. Después sacó de la bolsa los dos círculos dorados que había hallado dentro del cirio de la anciana cabalista y se los tendió a doña Marina:

—En ese caso, ved si con estas monedas de oro os daríais por satisfecha.

Doña Marina miró intrigada los círculos en la mano abierta de Marie y su rostro se demudó al instante.

—¿De dónde las habéis sacado? —preguntó con manifiesta inquietud.

—De una vela —comenzó a explicar Colasillo.

Pero Marie lo mandó callar.

Doña Marina empujó entonces fuera a Colasillo y Violet:

—Marchad a jugar al patio con mis hijos —les dijo y se encerró en la habitación con Marie—. Estamos solas, hablad con libertad.

Una vaga sensación de amenaza dominó a Marie, quien dio unos pasos atrás, guardando las monedas en la bolsa y palpándose el escote para comprobar que todavía guardaba entre sus pechos el puñal regalado por Chantal. Fue doña Marina quien rompió el tenso silencio.

—Una de dos, o sois una necia que obra sin medir las consecuencias, o desconocéis el valor de lo que me acabáis de mostrar —manifestó en voz baja—. Y en ambos casos, os ponéis en grave peligro.

Marie no entendió tales palabras. Pensó que el peligro al que se refería doña Marina tenía que ver con la procedencia de las monedas y dudó si contarle cómo habían llegado a sus manos, por lo que se limitó a alegar:

—Las monedas son mías. Me las entregaron en tierra francesa durante mi viaje a la corte castellana que después se prolongó hasta Sevilla. Son bien habidas, pero si no las queréis aceptar, os daré unas joyas que poseo a cambio de vuestras clases.

—Venid conmigo —dijo doña Marina por toda contestación, abriendo la puerta de la habitación.

Salieron al patio donde jugaban los niños y lo cruzaron para penetrar en el dormitorio de doña Marina. Allí esta eligió una de las muchas llaves que pendían de un aro sujeto a su cintura y oculto bajo el mandilón para abrir un cofre guardado entre sábanas blancas en una alacena. De él extrajo una moneda semejante a las de Marie.

—Era de mi madre —declaró al enseñársela—. De ella la heredé yo. Ahora reveladme la procedencia de las vuestras.

Marie reflexionó unos instantes antes de exponer:

—Estaban dentro de un cirio amarillo que me entregó una noche en un castillo abandonado una anciana cabalista muchos meses atrás, cuando todavía me encontraba en tierras de Francia. Conmigo han estado desde entonces dentro del cirio, sin que yo me percatara de su presencia hasta ayer, cuando buscaba entre mis escasas pertenencias algún bien que me permitiera pagaros por vuestras clases sin tener que recurrir a la ayuda de nadie.

—No creo en las casualidades —manifestó doña Marina después de escucharla—. Si vos las habéis descubierto cuando me habéis conocido y las necesitabais, es porque nuestra unión es precisa. Sabed que estas monedas son el cuño de las sibilas, las mujeres sabias que desde la Antigüedad se hermanaron en secreto, conjurándose para defenderse y ampararse ante las adversidades del mundo.

—Si vuestra madre fue una de esas sibilas que decís, comprendo que tengáis una moneda, pero en mi caso, ¿por qué la anciana cabalista me entregó dos? —preguntó Marie, extrañada ante sus palabras.

—Desconozco la razón —repuso doña Marina—. Solo os puedo confirmar que un destino cruel suele ser el lazo de unión entre las poseedoras de las monedas. Cuando os relaté que mi padre abandonó Flandes tras el fallecimiento de mi madre, me guardé que fue injustamente quemada en la hoguera. Por bruja, adujeron quienes la condenaron más crueles que las hienas sin entrañas, pero en realidad fue porque la temían. Una mujer que sobresale en ciencia, ya sea astrología o matemática, es aborrecida como un ser abyecto al que se debe aniquilar. Tachan de brujas a quienes destacan por sus conocimientos en una comunidad, y su suerte casi siempre es funesta.

—La anciana cabalista fue encerrada por su padre en los sótanos del castillo hasta la noche en que yo la conocí. Su delito había sido leer los libros de alquimia y astrología pertenecientes a su madre difunta —explicó entonces Marie—. Sin embargo, yo la he vuelto a ver no ha mucho y ha recuperado su lozanía. No sé cómo lo ha conseguido, pero ahora triunfa en el teatro y es recibida en muchas cortes.

—Sibila debió de ser la madre y, por lo que contáis, su hija compartió su discernimiento —manifestó doña Marina—. Pero en vuestro caso, ¿era vuestra madre alquimista, astróloga o sabia en algún conocimiento arcano?

—Murió sin merecerlo en circunstancias tristes que acaso se podrían haber evitado, mas por lo que yo entiendo, se contentó con ser un ama de su casa entregada y fiel —expuso Marie—. No sobresalía en ciencia alguna, ni lo pretendía.

—Guardad a buen recaudo las monedas y jamás os desprendáis de ellas —le aconsejó doña Marina—. Por razones que tal vez algún día se os revelen, habéis pasado a integraros en la fraternidad de las sibilas. *Ex abundantia cordis* es nuestro emblema y, por tanto, yo os acojo en mi taller como mi pupila sin pretender de vos ningún pago material.

—No os comprendo —repuso Marie—. ¿Cómo puedo pertenecer yo a una fraternidad que desconozco?

—Las monedas os han franqueado las puertas. Quien os las entregó así lo quiso —indicó solemne doña Marina—. Las primeras sibilas tuvieron el don de la profecía y alcanzaron gran renombre por su capacidad de adivinación. Vivían en grutas aisladas cerca de cursos de agua. Con la propagación del cristianismo empezó su persecución, se las tachó de hechiceras y se las culpó de todos los males que acontecían, ya fueran tempestades o pestes. Se decía de ellas que practicaban la magia negra y la necromancia o invocación de los muertos, motivos por los que muchas fueron desterradas de sus aldeas, mutiladas o quemadas en la hoguera.

Marie se acordó de Teodora y pensó que era a ella a quien le correspondía pertenecer a las sibilas, indicando:

—Yo no poseo ningún don especial.

—Vuestras son las monedas —corroboró doña Marina—. Guardadlas como os he dicho y no habléis a nadie de que están en vuestro poder, pues a nadie ajeno le incumbe. Tampoco nosotras nos referiremos jamás a ellas ni a nuestra hermandad de no ser estrictamente necesario. Y ahora, comencemos la enseñanza, pues ya está bien de charlas.

—¿Y qué recibiréis como pago a cambio de vuestro esfuerzo? —insistió Marie.

—*Ex abundantia cordis* —repitió doña Marina—. De la abundancia del corazón habla la boca, lo que en román paladino quiere decir que seréis mi pupila, puesto que sois sibila. Algún otro modo encontraré para mantener el taller y a mis hijos.

Y sin más, empujó fuera de la habitación a Marie, dirigiéndola a su estudio. Era una estancia mucho menor que el taller donde trabajaban maese Dirc y sus ayudantes, pero disponía de buena iluminación y se respiraba un agradable olor por los abundantes ramos de flores silvestres, de lavanda y de yerbaluisa que adornaban los rincones. Al fondo había una larga tabla de madera sostenida por dos caballetes donde se alineaban morteros y redomas, pinceles y espátulas, así como una amplia gama de recipientes de barro y cristal.

Doña Marina cogió de una mesa más pequeña un pliego de papel y se lo entregó a Marie:

—Ved si aprobáis el esbozo que he trazado para vuestra obra.

Después de observarlo con detenimiento, Marie indicó:

—No acierto a comprenderlo. Se muestran dos figuras.

—Así es —confirmó doña Marina—. Vuestra madre aparecerá en el retrato mirándoos a vos mientras la pintáis, y vos en primer plano, con el pincel y la paleta, mirando a quien contemple el cuadro. De este modo quedará plena constancia para vuestro padre y la posteridad de que únicamente vos sois la autora. Será vuestra firma indeleble que nadie podrá impugnar jamás.

—Me agrada y asombra vuestro ingenio —se entusiasmó Marie.

—He de reconocer que la idea no es del todo mía —declaró con modestia doña Marina—. Sofonisba Anguissola ya se retrató pintando un cuadro religioso, y de ella he tomado la inspiración.

—Ya he oído hablar de esa pintora de la corte. ¿Tenéis alguna copia que yo pueda ver?

Y doña Marina sacó del cajón de la mesa una carpeta donde se conservaban reproducciones de diversos cuadros que fue pasando hasta dar con el que buscaba. Marie lo estudió con detenimiento y luego declaró:

—En mi obra el retrato de mi madre debe cobrar mayor importancia. Yo no seré la figura central como en esta, solo la autora que aparece al final, casi de refilón, en una última mirada. Lo concibo como algo semejante a lo que ocurre en las obras de teatro, cuando el autor sale a escena a saludar solo una vez que ha finalizado la representación y ya se ha bajado el telón. A mí se me habrá de ver después de haber contemplado la figura sobresaliente y espléndida de mi madre, vestida a la francesa como solía, bañada de luz y en colores resplandecientes.

—Por los colores no os preocupéis. En esa alacena bajo llave guardo los más ricos pigmentos para crear cualquier tonalidad que deseéis: amarillo indio, azul ultramar o el más puro carmesí. Pero primero habéis de aprender la técnica del óleo, después pasaremos el boceto a la tabla y a su debido tiempo comenzaréis a pintar.

—Ardo en deseos de iniciar mi aprendizaje, pues se me antoja que será largo para llegar a un buen fin —declaró con pasión Marie.

—Comprobemos en primer lugar lo que sois capaz de hacer. Mostradme la plumilla de vuestra madre que me habéis traído y la estudiaremos juntas sin dejar detalle —pidió entonces doña Marina.

Y de este sencillo modo quedó inaugurada la nueva rutina de trabajo. Marie madrugaba a diario para acudir al taller de doña Marina acompañada de Colasillo y Violet. Llevaban en una cesta la comida que les preparaba Teodora, y la jornada se alargaba de sol a sol. Los niños jugaban a ratos con los de doña Marina y también cumplían las tareas que se les encomendaban. Colasillo observaba atento los avances de Marie en el dibujo y escuchaba las explicaciones de doña Marina sobre resinas y aceites para elaborar tintas fluidas y transparentes, sobre la preparación de la tabla, sobre cómo se lograban los efectos de luz, sobre las veladuras y sobre muchas cosas más que al niño a veces le costaba comprender.

El señor de Gourney no se había opuesto a estas salidas, al principio porque Teodora le había aconsejado que tuviera paciencia y, pasado un tiempo, porque también él encontró una distracción que lo mantenía entretenido y contento. Don Juan de Clarebout le había pedido consejo para confeccionar mapas y planos de su extensa hacienda de olivar y acudía a menudo a la Casa de los Lilos para conversar con él, a la espera de que su salud le permitiera viajar para ver sobre el terreno lo que se debía representar en el papel.

Cuando doña Marina decidió que el boceto para el retrato estaba terminado y había llegado el momento de trasladarlo a la tabla para convertirlo en un óleo, hizo una revelación inesperada a Marie.

—No poseo ninguna tabla del tamaño de la que necesitáis y, aunque quisiera, no me puedo permitir comprarla —explicó—. No os confié toda la verdad al informaros de que mi marido, Jacome de Gelre, estaba en la corte de un príncipe alemán. En realidad, me abandonó y quiso vender el taller a maese Dirc, dejándome en la miseria con mis desamparados hijos.

—¿Y vuestros hijos mayores que lo acompañaron en su viaje estaban al tanto de lo sucedido y consintieron vuestro abandono? —se admiró Marie.

—Eran mis hijastros, aunque los crié desde la infancia, y no sé si conocieron los designios de su padre. Lo esencial es que logré parar el golpe. Enterada de las intenciones de mi traicionero esposo porque escuché sin quererlo una conversación que mantuvo con maese Dirc en la que lo tanteaba para convencerlo de quedarse con el taller por cierta suma mientras él viajaba a Alemania, me adelanté a sus propósitos y reuní yo algo menos de lo que pedía vendiendo mi ajuar de encaje de Brujas y algunas joyas. Después lo mandé citar en un mesón, cuyo dueño le entregó una bolsa y una carta en la que supuestamente maese Dirc le escribía que estaba de acuerdo en quedarse con el taller por la suma que ponía en sus manos, pero que tenía que marcharse de inmediato sin cruzar palabra con él para que no lo consideraran cómplice del desamparo de su familia.

—¿Y aceptó el trato? —se interesó Marie al ver que doña Marina interrumpía la narración.

—Aceptó el muy bellaco —repuso esta—. Pocos días le bastaron para desaparecer de Sevilla sin despedirse de mí ni de sus tiernos hijos. Entonces urdí otra mentira para contentar a maese Dirc. Le dije que Jacome de Gelre había tenido que partir de improviso y había dejado establecido que él se hiciera cargo de la dirección del taller hasta su regreso.

—¿Y no receló nada? —preguntó Marie.

—Se me figura que sus sospechas tuvo —admitió doña Marina—. Pero yo lo colmé de alabanzas, y maese Dirc, aunque de buen natural, es sensible a los halagos. Además, mi esposo tiene un carácter veleidoso, y lo que un día afirma, al otro lo desmiente; hoy quiere una cosa, y mañana, la contraria. Por eso no se ha descubierto mi mentira hasta el presente.

—Yo en vuestro lugar habría despedido a vuestro marido dando la cara y me habría hecho cargo del taller, puesto que tenéis dotes para ello —repuso con vehemencia Marie—. Os podíais haber ahorrado tantas mentiras.

—Me admira vuestro juvenil candor —replicó con tristeza doña Marina, meneando la cabeza—. Ni mi marido habría consentido cederme el taller ni yo habría podido ponerme a la cabeza. ¿Cuál de los pupilos habría querido permanecer a mis órdenes? ¿Qué encargos obtendría del clero, la nobleza o los comerciantes? Las mujeres somos subordinadas, nunca soberanas de lo nuestro más que mediante subterfugios.

—Nos obligan al engaño y la doblez, y luego se duelen hipócritamente de nuestros femeniles defectos —se quejó con amargura Marie.

La irrupción repentina de Colasillo en la habitación interrumpió la conversación. Venía renegando de Violet, quien ahora que había aprendido a expresarse medianamente, se valía de su mayor tamaño y fuerza para mandar sobre la chiquillería en los juegos que emprendían.

—Atended a vuestro hermano —concedió doña Marina—. Yo no tengo más que hablar. Nuestra charla se resume en que debéis encontrar un modo de conseguir la tabla que necesitamos para proseguir con la pintura, puesto que yo no os la puedo proporcionar.

—Maese Dirc las tiene a montones en su taller, y de muchos tamaños —terció Colasillo, cogiendo al vuelo las palabras de doña Marina.

—¿He escuchado mi nombre? —preguntó en ese punto maese Dirc desde la puerta—. ¿Es oportuna mi visita?

Marie le sonrió y tapó con la mano la boca de Colasillo para evitar que se le escapara una indiscreción.

Maese Dirc tenía los ojos claros, era de risa fácil y poseía una voz que encandilaba a Marie. Desde que se había percatado de la presencia de esta en el taller de doña Marina, menudearon sus visitas y siempre se mostraba dispuesto a alabar los progresos de la joven pintora, sin señalar jamás los defectos ni ofrecer consejos a menos que se le requirieran.

—¿Amordazáis con tal saña a vuestro hermano para impedir que se queje de su suerte? —inquirió risueño maese Dirc al observar la escena.

—Bien podría quejarse, puesto que no se cumplió lo que se le había prometido —contestó Marie—. Mas Colasillo sabe que mi padre no puede hacerse cargo ahora de los gastos que supondría su enseñanza en vuestro taller y tiene paciencia.

—Yo no soy ningún ingrato —intervino Colasillo, que se había librado de la mano represora de Marie—. Y nunca soñé vivir con tanto regalo como ahora disfruto. Tiempo no me ha de faltar para aprender cuanto precise en el futuro, y de momento me contento con lo que alcanzo a entender en el taller de doña Marina mientras enseña a Marie, quien está más predispuesta por su edad y uso de razón para aprovechar la instrucción.

—Comedidas palabras para tan pocos años —opinó complacido maese Dirc—. Vuestra hermana hace mal en desconfiar de vuestra boca.

—Desconfía de mi osadía, y no se equivoca, pues ahí va lo que ella no querría que dijese: Marie no tiene tabla para pintar su retrato, y yo sé que en vuestro taller no os faltan. Mandadme serviros en lo que deseéis a cambio de entregar a mi hermana la que mejor le cuadre para su obra, y no os defraudaré —explicó Colasillo a la carrera para que no lo interrumpieran.

—¡Demonio de chiquillo! —exclamó Marie, tirándole del brazo, pero ya no había remedio, pues había terminado su parlamento.

Maese Dirc se rio de buena gana, atusándose el mostacho mientras reflexionaba.

—Os acepto a mi servicio, pues necesito un modelo para un cuadro que voy a empezar. Seréis un fauno del bosque, pero también he de encontrar una hermosa joven que pose como ninfa —manifestó después.

—En la Mancebía abundan bellas izas que posarán para vos gustosas por pocas monedas —declaró Colasillo, antes de que Marie le tapara de nuevo la boca.

—No ha de seguir hablando este lenguaraz hermano mío al que vos reputáis de discreto —indicó Marie, empujando a Colasillo fuera del taller—. Os agradecemos vuestro ofrecimiento…

—En vos pensé al imaginar mi ninfa —la cortó maese Dirc, antes de que la joven concluyera su negativa—. Iba a pediros de todos modos si me hacíais el inmenso favor de posar para mí.

Marie lo miró con ojos asombrados y se ruborizó, pero permaneció en silencio. Maese Dirc prosiguió explicando con su hipnotizante voz para convencerla:

—No os ruego que seáis mi modelo a cambio de la tabla, pues esa os la regalo de todo corazón, sino porque repito que es vuestra imagen la que acude a mi mente cuando concibo mi obra acabada. Vos seréis la ninfa con la suelta cabellera adornada de flores que resplandece en medio de un frondoso bosque junto al cristalino manantial en el que acaba de bañarse, mientras un fauno toca la flauta apoyado en el tronco de un árbol vecino.

—No es poco lo que pedís a mi pupila —intervino en ese punto doña Marina—. Aparecer en una pintura mitológica como esa, siendo su figura central, no es cosa que se pueda decidir irreflexivamente, y aunque Marie aceptara, necesitaría el permiso de su padre, puesto que es hija de familia y no le consentirán actuar a su libre albedrío.

—No se hable más. Comprendo y admito todo —concedió maese Dirc, quien, cogiendo la mano de Marie para besarla, añadió—: Tomaos el tiempo que preciséis para decidiros, y mientras me dais la respuesta que anhelo, proseguid con el retrato de vuestra madre sobre la tabla de mi taller que mejor os convenga para vuestros fines.

Doña Marina no quiso dejar escapar la ocasión que se les había presentado y expresó:

—Este momento es tan bueno como cualquier otro para elegir la tabla. Vayamos, pues, a vuestro taller, y hoy mismo podremos comenzar su preparación, aplicándole el aparejo de creta y cola que tendrá que secar antes de iniciar la verdadera pintura.

Maese Dirc se mostró de acuerdo y cruzaron el patio donde los niños jugaban a la taba sentados en el suelo para dirigirse a su taller. Allí aguardaba una dama joven, vestida con ricos ropajes oscuros y en*Galana*da con costosas joyas que adornaban su cabello recogido en un alto tocado, sus orejas y su escote. Al verla, maese Dirc se disculpó con una reverencia por haberla hecho esperar y se apresuró a besarle la mano. Doña Marina también le hizo una inclinación de cabeza como saludo y mandó a uno de los aprendices, ocupado en limpiar pinceles, que le acercara un asiento.

La dama se dejó agasajar sin quitar los ojos de Marie, quien también la observaba con interés, pero nadie las presentó. Doña Marina se llevó a Marie al rincón del taller donde se amontonaban las tablas, mientras maese Dirc se deshacía en halagos con la dama, al tiempo que le mostraba y explicaba el enorme tríptico de la Anunciación sobre el que estaba trabajando.

—¿Quién es? —susurró Marie a doña Marina, sin poder contener más su curiosidad.

—Doña Guiomar, hija de don Juan de Clarebout —replicó esta, también en voz baja—. Aparecerá como donante en el retablo que pinta maese Dirc para la iglesia de San Miguel, por eso viene ataviada con tanto empaque para el posado.

Doña Marina, ayudada por un aprendiz, movió y revolvió las tablas, sopesando su calidad y tamaño, hasta dar con la que estimó adecuada. Entonces pidió al aprendiz que la trasladara a su taller, y Marie quiso acercarse a donde estaba maese Dirc para darle las gracias por su regalo.

—Vos sois la hija del señor de Gourney, que vive en la Casa de los Lilos y a quien mi padre visita con frecuencia —declaró doña Guiomar, pues al parecer también se había informado sobre la joven.

—Así es. Vuestros padres fueron muy amables conmigo y a ellos les debo estar ahora en esta casa, cumpliendo uno de mis sueños —repuso Marie con cortesía.

—De eso también estoy enterada. ¿Habéis comenzado ya el retrato de vuestra madre? —se interesó doña Guiomar.

—A punto estoy, gracias a maese Dirc —respondió Marie, sonriendo a su benefactor.

Maese Dirc le devolvió con creces la sonrisa, y este gesto no pasó inadvertido a doña Guiomar, quien manifestó:

—Yo no tengo paciencia para aprender a pintar. Me contento con ser la musa de los pintores que dejarán reflejada mi imagen para la posteridad. Vos así lo haréis en vuestro tríptico, maese Dirc. ¿Me sacaréis hermosa?

—Tanto como la Virgen anunciada, que ya está acabada en los más ricos colores —contestó zalamero maese Dirc, señalando con la mano su obra.

Marie se fijó en la imagen de la joven María, sentada junto a una ventana por la que entraba la iluminación con un libro sobre el regazo y escuchando al ángel alado que se hallaba a su izquierda, todavía sin terminar de pintar. La Virgen llevaba la ondulada melena castaña cubierta por un tenue velo azul brillante que dejaba entrever una túnica amarilla, dispuesta en suaves pliegues que llegaban al suelo y ocultaban sus pies.

—Los colores son admirables —comentó extasiada Marie—. Esos mismos son los que yo querría para mi cuadro.

—No demostráis mal gusto ni inclinación, pues son los más caros —observó doña Marina—. El azul ultramar se obtiene de la piedra llamada lapislázuli y vale más que el oro, por lo que se suele destinar a las representaciones de lo divino y la realeza.

Maese Dirc explicó a su vez:

—El origen del amarillo indio es menos noble, pues procede de la evaporación de la orina de las vacas, pero es casi igual de caro porque para lograrlo hay que alimentarlas únicamente con hojas de mango y agua. Después hay que traer a Sevilla el pigmento desde Bengala, que es donde se produce.

Marie permaneció en silencio, contemplando los espléndidos colores y pensando con tristeza que, si eran tan costosos, ella no podría permitirse esos lujos. Doña Guiomar la sacó de sus cavilaciones al expresar, frunciendo la nariz con asco indisimulado:

—Yo no quiero ese vil amarillo de orina por mucho que lo alabéis. A mí me pintaréis el vestido de rojo carmín, como desea mi padre, pues no ha de escatimar en gastos para darme gusto. Él mismo os entregará para que fabriquéis el color los panes de grana cochinilla que compró ha un año a las naos de ultramar.

—Tampoco es mala elección ese rojo brillante y perfecto, cuyo origen se guardan para sí quienes lo conocen, sin precisar si proviene de un animal, gusanillo o semilla —aseveró maese Dirc—. Lo cierto es que de la Nueva España nos llegan esos panes de grana cochinilla que decís junto con la plata, y es color propio de la nobleza y el clero de toda la cristiandad por su precio y gran belleza, mas debo advertiros que en vuestro caso rivalizará y saldrá perdedor en la contienda con la que vuestro rostro posee y yo procuraré reproducir con mi mejor arte.

Mientras así hablaban, doña Guiomar, caminando pomposa con su indumentaria de gala como pavo real que se envanece por su adornada cola, se había acercado a un boceto a carboncillo que había apoyado en un caballete cerca del grandioso tríptico en el que laboraban varios de los ayudantes del taller en oficios de pintura secundarios.

—Decidme, maese Dirc, ¿no es esa silueta colocada en el lateral derecho del retablo el lugar que habéis reservado para pintarme como donante? —preguntó después de observarlo—. No entiendo la composición de este boceto.

—Es para otra pintura que nada tiene que ver con la Anunciación —se apresuró a explicar maese Dirc—. Vos apareceréis en el retablo justo donde ya está esbozada vuestra silueta.

La misma Marie habría sido incapaz de precisar qué pensamientos fugaces cruzaron su mente ni qué oculto resorte rozaron para inclinarla a pronunciar de manera inesperada unas palabras que ella misma se admiró al escuchar, aunque no se arrepintiera por su osadía:

—Yo seré quien pose para ese nuevo cuadro, que se me antoja precioso. Maese Dirc, consiento en ser vuestra ninfa del bosque y de buena gana me convertiré en vuestra modelo para que me pintéis con los más bellos colores de vuestra paleta.

15

Amor quita amor

Acaso doña Marina fuera la única de los presentes en percatarse del efecto que produjeron las palabras de Marie en el rostro de doña Guiomar. Fue cuestión de un instante y de inmediato recobró la compostura, pero el rictus de sus labios y la acerada expresión de su mirada delataron unos sentimientos que nada tenían que ver con la relación profesional de un pintor y su clienta. Era evidente que la afable deferencia de maese Dirc había calado en la dama, por más que doña Marina no hubiera osado juzgar si se trataba de un capricho, simple rivalidad entre dos jóvenes hermosas por la atención de un galán, o tal vez un amor incipiente o ya asentado. Augurando que la precipitada decisión que había tomado su pupila de servir de musa al maestro pintor para su cuadro mitológico sería fuente de incómodos roces personales que podrían traducirse en inconvenientes para el buen funcionamiento del taller, quiso llevársela cuanto antes del lugar para hablarle a solas y convencerla de que desistiera de su idea. Sin embargo, antes de que hubiera conseguido su propósito, fue doña Guiomar quien se dirigió a Marie:

—Vos carecéis de medio de transporte, mientras que yo dispongo de un amplio carruaje para desplazarme —expresó con cierta altanería en la voz—. Puesto que hasta que esté concluido mi retrato seré yo quien pose para maese Dirc y tendré que acudir a diario a este lugar, no me costará nada pedirle a mi cochero que se desvíe a la Casa de los Lilos para recogeros y evitaros tanta enojosa caminata.

Marie iba a contestar rechazando el ofrecimiento por innecesario, pero maese Dirc se le adelantó:

—Señora, no os importunaré obligándoos a acudir al taller todos los días, pues comprendo que otras ocupaciones más importantes o agradables han de aprovechar vuestro tiempo —declaró con su acariciadora voz—. No os necesitaré más que para dejar plasmada la belleza de vuestro rostro en el retablo; el resto de la composición la realizaré de memoria.

Doña Guiomar, acostumbrada a imponerse, cortó el discurso de maese Dirc con un gesto imperioso de su mano y reiteró:

—Yo acudiré a diario al taller a posar para vos, maese Dirc. Mi padre quiere el mejor de los retratos, y tanto vos como yo pondremos nuestro empeño en darle gusto. No será menester que uséis la memoria en la pintura, pues yo estaré a vuestra disposición en todo momento para que pintéis la realidad de mi persona, los rasgos de mi rostro, pero también mi cuello, mis blancas manos, mi talle y hasta mis minúsculos pies, bien calzados con chapines de seda para la ocasión.

Maese Dirc sonrió e hizo una leve inclinación de cabeza como aceptación de sus palabras, pero doña Guiomar no se dio por satisfecha y continuó su parlamento:

—Así como yo os entrego generosamente mi tiempo sin medirlo ni tasarlo a fin de que logréis plasmar mi cuerpo e incluso mi alma en el retablo, vos, en justa correspondencia, me dedicaréis vuestras mejores horas de inspiración y no os ocuparéis en ninguna otra pintura que os distraiga o desaliente de vuestro deber principal, que es complacer a mi padre y crear una obra maestra que se expondrá a los ojos del mundo en la iglesia de San Miguel.

—Señora, no os quepa duda de que maese Dirc os dedicará la atención que merecéis —terció para contentarla doña Marina, deseando poner fin a la incómoda situación que se había creado—. El retablo que ha encargado vuestro padre a este taller será la admiración de Sevilla cuando ocupe su lugar en la iglesia. Nosotras nos retiramos ya para que concertéis a solas con maese Dirc los detalles menudos de la empresa que tenéis entre manos.

Con una leve inclinación de cabeza, doña Marina se dirigió hacia la puerta, no sin antes agarrar fuertemente del brazo a Marie para obligarla a seguirla.

Una vez de vuelta en el estudio, quiso que la joven se concentrara en la magnífica tabla que había conseguido para su obra, pero eran otras las ideas que bullían en su vehemente cabeza.

—¡Qué dama tan arrogante e insufrible! —exclamó Marie, mientras daba vueltas por la habitación, meneando la cabeza—. ¡Y pretende imponerme su voluntad y traerme en su coche! ¡De ningún modo, yo haré lo que me plazca, si no me manda mi padre, mucho menos lo hará ella!

—Sosegaos y dejad de pensar en doña Guiomar —le recomendó doña Marina, mientras sacaba y medía los materiales con los que había que cubrir la tabla para formar la base sobre la que después se pintaría el retrato—. No os conviene malquistaros con ella ni entorpecer su trato con maese Dirc. Abandonad la idea de posar para él, pues ya veis que a doña Guiomar no le agrada. Recordad cuánto os habéis esforzado para llegar donde ahora estáis y alegraos de vuestra suerte mientras pintáis en esta excelente tabla el retrato de vuestra madre que tanto anhelabais.

—Pintaré el retrato de mi madre muerta, sí, pero también posaré para maese Dirc —replicó con ardor Marie—. No suelo faltar a mi palabra.

—No os extrañe si es maese Dirc quien ya no desea que poséis para su obra —le advirtió doña Marina—. Si se ve en el brete de elegir entre las dos…

—¿Acaso me reputáis inferior en algún extremo a esa doña Guiomar? —preguntó picada Marie.

—No sois inferior en absoluto. Pero poderoso caballero es don dinero. ¿Es que no lo sabéis?

—Lo veremos —insistió con terquedad Marie.

Y doña Marina torció el gesto al intuir que en su taller se iba a librar una batalla soterrada cuyas consecuencias no alcanzaba a precisar y que deseaba evitar a toda costa.

—Os ruego que os mantengáis alejada de doña Guiomar y de maese Dirc hasta que el retablo esté terminado —pidió a Marie, cambiando de táctica—. Es lo mejor para mi casa en la que os he acogido y para vos también.

—No paséis cuidado —respondió Marie, tomándole la mano—. Os debo mucho y jamás haría nada que os perjudicara.

Sin embargo, estas palabras no lograron disipar por completo el temor de doña Marina, pues los ojos de Marie desmentían a su boca con un destello de rebeldía, tal vez de amor, que no había sido capaz de dominar.

Doña Guiomar, por su parte, fue fiel a su ofrecimiento. Al día siguiente, casi al amanecer, su cochero tocó a la puerta de la Casa de los Lilos para llevar a la contrariada Marie y a los niños al taller. El trayecto que en un principio tenía todas las trazas de convertirse en un verdadero suplicio acabó resultando llevadero gracias a las continuas chanzas de Colasillo y las melodiosas canciones que sabía cantar Violet en su lengua natal, evitando cualquier conversación entre las jóvenes. Cuando al fin llegaron a su destino, doña Guiomar dio unas monedas a los niños en agradecimiento por su amable compañía y reiteró que pasaría a diario a recogerlos.

Marie tuvo que morderse los labios para no obligarlos a devolver el regalo y esbozó una sonrisa forzada antes de bajar de un salto del coche y correr a encerrarse en las estancias de doña Marina. Pero obedeció a su maestra y se mantuvo alejada de maese Dirc, a pesar de que escuchó su embriagadora voz en el patio mientras pedía a la dueña de la casa que dispusiera un cuarto en el que doña Guiomar pudiera descansar cuando no necesitara de su presencia.

De este modo transcurrieron varias jornadas sin mayor novedad, hasta el amanecer de un soleado día del mes de febrero en el que unos sonoros cañonazos asustaron a Marie y Teodora mientras desayunaban en la cocina de la Casa de los Lilos. Doña Elvira acudió enseguida para tranquilizarlas y anunció:

—Están disparando salvas desde el montículo del Baratillo; pronto empezarán a repicar las campanas de la catedral y Santa Ana —se detuvo un momento y al poco las escucharon—. Es el anuncio de una buena noticia: la flota de las Indias está llegando a puerto.

Al poco el cochero de doña Guiomar tocó a la puerta como solía, pero Marie le mandó recado con la moza que le había abierto de que se marcharan sin ellos, pues ese día faltarían al taller porque iban a acudir al Arenal para contemplar cómo atracaban los numerosos galeones, carabelas y otras clases de navíos de altura. El propio señor de Gourney había dispuesto el paseo y quería que lo acompañara su familia al completo.

—¿Os encontráis con fuerzas, mi señor, para llegar tan lejos? —le preguntó solícita Teodora mientras retiraba los restos del desayuno.

—Fuerzas tengo y creo que hasta me sobran, mi buena Teodora, gracias a vuestros desvelos y atenciones —repuso contento el señor de Gourney—. Sin embargo, seré prudente y pediremos una litera que nos acerque al puerto. Hoy también es fiesta para vos porque yo así lo quiero. Corred a poneros vuestras galas, pues mozas hay en la casa que se ocuparán de vuestras labores domésticas mientras estemos en el Arenal.

Cuando Teodora iba alborotada a aprestarse para la ocasión, llegó Marie disgustada.

—Violet se ha escondido debajo de mi lecho y se niega a salir —comunicó a su padre—. Parece muy asustada y está llorando.

—¿La habéis convidado al paseo por el puerto? —preguntó doña Elvira, que había escuchado sus palabras.

Marie asintió y doña Elvira comentó:

—Pues es natural el miedo que siente. Recordad que es esclava y llegó a Sevilla en un barco negrero.

Teodora, que ya volvía con el manto en la mano, lista para la excursión, ofreció:

—Yo me quedaré con ella y la consolaré. Pobrecita, a saber qué terribles recuerdos se habrán despertado en ella al enterarse de que queríamos llevarla al Arenal.

—Yo tampoco iré al Arenal —declaró Colasillo—. Habrá izas y rabizas paseando, y puede que hasta mi antiguo amo se acerque por si hay algún negocio que le convenga. No deseo toparme con ellos, y ya he visto la llegada de otras flotas, por lo que no es gran cosa lo que me pierdo quedando en casa y mucho más lo que tal vez gane o me evite.

—Seré yo quien me quede al cuidado de los niños y de mi casa, puesto que ya he visto la llegada de otras flotas —manifestó doña Elvira—. Teodora y Marie serán buena compañía para el señor de Gourney y se podrán acomodar con holgura en la litera que he mandado pedir.

Prevaleció por sensata su opinión, y para cuando el señor de Gourney y sus dos acompañantes quisieron llegar al río, la margen se había llenado de mercaderes y cargadores que iban a recoger la riqueza proveniente del Nuevo Mundo, y de múltiples mirones y paseantes deseosos de conocer nuevas curiosas de ultramar y contemplar con sus propios ojos las trazas que mostraban quienes regresaban de tan lejanos confines. La vista de las naves trajo a la memoria del señor de Gourney sus antiguos anhelos de viaje y mientras explicaba a las jóvenes cuanto sabía de velámenes, tripulaciones y mareas, se le escapó un suspiro.

—¿Añoráis los días en los que os preparabais para cruzar el mar océano? —le preguntó Teodora, que se había percatado de su melancolía.

—Los añoro, no puedo negarlo —repuso sin rodeos el señor de Gourney—. Si no fuera por mi salud quebrantada...

—¿Te embarcarías? —terminó la frase Marie.

—¿Me acompañarías tú? —preguntó a su vez el señor de Gourney.

—Te acompañaría —asintió Marie.

A Teodora le dio un vuelco el corazón al pensar que sus temores se iban a hacer realidad y se quedaría sola, pero entonces el señor de Gourney se giró hacia ella y también le preguntó:

—Y vos, mi querida Teodora, ¿me acompañaríais?

—De mil amores, mi señor —respondió al punto con ardor no disimulado—. Iré dondequiera que vos me llevéis, hasta el fin del mundo si es preciso.

Pero el señor de Gourney había dejado de prestarle atención porque se dirigían hacia ellos dos caballeros bien vestidos y armados, a uno de los cuales creyó reconocer.

—¿Sois vos por ventura don Ferrán de Benavides, a quien conocí en los Tercios Viejos españoles al mando del capitán don Jacinto de Zadava? —dijo, a la vez que efectuaba una cortés reverencia.

—Soy al menos lo que resta de él —repuso el interpelado, añadiendo a continuación—: Y si mis fatigados ojos no me engañan, vos sois el amable caballero que tan buen hospedaje y trato nos ofreció en el Franco Condado, cerca de Besanzón.

—Os cuesta reconocerme porque aún convalezco de una aciaga enfermedad que casi me arranca la vida y me impidió pasar a las Indias pilotando una nao, como era mi intención, para reunirme allá con don Jacinto de Zadava y participar en la empresa de descubrimiento y evangelización que la corona castellana le tiene encomendada. Vos tal vez sabréis decirme qué se hizo de él, ¿quedó aún en las Indias o ha regresado con vos en la flota?

Don Ferrán de Benavides meneó la cabeza con gesto desolado antes de declarar:

—Esa aciaga enfermedad que habéis padecido acaso más bien os haya salvado de una muerte brutal, pues he de comunicaros la mala nueva de que don Jacinto de Zadava perdió la vida a manos de fieros salvajes junto a toda su partida menos uno de sus hombres, quien logró escapar de la cruel matanza y alcanzar nuestro campamento en busca de auxilio. Por desgracia, cuando quisimos llegar hasta donde se hallaba nuestro capitán en apuros, no encontramos más que cabezas decapitadas cubiertas de insectos, cadáveres desmembrados y huesos corroídos, esparcidos en una horripilante escena que hizo saltar las lágrimas a los más curtidos de nuestros veteranos soldados. Habéis de saber además que no habían sido las alimañas las que habían destrozado y devorado los cuerpos de nuestros hombres, sino los mismos salvajes que los atacaron, que a lo que se pudo comprobar eran comedores de carne humana.

El señor de Gourney repuso impresionado:

—Siento en el alma el desdichado fin de nuestro buen amigo. Conociendo su experiencia militar y valentía, tuvo que ser un enemigo formidable el que acabó con él de tan horrendo modo.

—Nuestra compañía no llegó a verlo por mucho que lo buscó para vengar tan crueles asesinatos. Sin embargo, por el relato del único superviviente de la partida, la clave de la derrota fue que menospreciaron al adversario y no se cuidaron de él.

—No alcanzo a comprender cómo pudo cometer tamaño error un capitán tan curtido en cruentas batallas —se admiró el señor de Gourney.

—Se lo venía contando a mi pariente, don Esteban Altolaguirre —repuso don Ferrán, señalando a su acompañante, antes de proseguir—: Ateniéndonos al relato del único superviviente, lo que sucedió fue que el capitán don Jacinto de Zadava, informado por un indio de un villorrio de que a pocas leguas vivía un hombre blanco y barbudo, tomó una partida de quince hombres y emprendió camino hasta el citado lugar para comprobar si se trataba de un súbdito de la corona española superviviente de alguna expedición malograda a fin de proceder a su rescate y auxilio. Tras varios días de marcha y búsqueda infructuosa, por fin dieron con un poblado cerca de un río donde ciertamente hallaron a un hombre barbudo, vestido como indio y tostado por el sol, que vivía en paz y armonía entre los naturales del lugar y tenía varias mujeres por esposas y multitud de hijos. La partida fue acogida con aparente hospitalidad, y el hombre resultó ser un marinero náufrago de una nao andaluza que tras diversos avatares y penalidades había acabado dando con sus huesos en el poblado, donde sus pacíficas gentes lo habían amparado y él había vivido labrando la tierra y pescando como uno más durante muchos años, tantos que casi había olvidado nuestra lengua castellana cuando el capitán lo encontró. No hubo ningún signo de discordia durante el tiempo que la partida pasó en el poblado, sino que todo fueron agasajos y buenos modos, hasta que don Jacinto de Zadava anunció que emprendían regreso al campamento y preguntó al andaluz indianizado si quería partir con ellos. En un principio el hombre respondió que sí, pues tenía mujer e hijos en su tierra que lo habrían dado por muerto, y deseaba volver a verlos y disfrutar de la civilización que había sido la suya durante la mayor parte de su vida. Sin embargo, al enterarse sus mujeres e hijos indios de la decisión que había tomado, rompieron en amargos sollozos y se arrojaron a sus piernas, suplicándole con gritos desgarradores que no los abandonara. Tuvo que intervenir nuestro capitán para arrebatarlo de sus manos, explicando que el hombre ya era casado cuando pasó a esas tierras y que su familia andaluza tenía prioridad, y se lo llevó casi a la fuerza, repartiendo algunos palos, más de advertencia que de castigo, entre los que se oponían a su marcha. Una noche, mientras estaban durmiendo en un claro después de un arduo día de camino, cayeron sobre la partida los hombres y mujeres del poblado armados de porras y grandes cuchillos. Ellos fueron los que machacaron cráneos, degollaron, decapitaron y se comieron al capitán don Jacinto de Zadava y sus hombres entre grandes aullidos en un despiadado aquelarre de sangre del que ninguno se libró, salvo un jovenzuelo al que dejó escapar la india con la que había tenido amores en el poblado.

—Debieron de ser muchos los atacantes para acabar tan fácilmente con la partida del valiente capitán don Jacinto de Zadava —reflexionó apenado el señor de Gourney.

—Nosotros no llegamos a verlos y, por tanto, desconozco su número real. Según el superviviente, no eran más que un puñado de indios poco acostumbrados a las armas a los que el capitán habría derrotado sin dificultad de no ser por las feroces y belicosas mujeres que los incitaban al ataque y la matanza, cometiendo ellas mismas los más pavorosos crímenes, mutilando y rematando a los caídos, y comiéndose sus despojos para que apenas quedara de ellos algo que enterrar.

—¿Y qué fue del náufrago andaluz? —se interesó el señor de Gourney.

—No se sabe a ciencia cierta, pero como no hallamos sus despojos, pensamos que se volvió con sus familiares indios y mudaron de lugar para que no diéramos con ellos.

—Después de una experiencia tan atroz, comprendo vuestro regreso con la flota y que renunciéis a más descubrimientos en ese Nuevo Mundo, que a mí hasta ahora, por desconocimiento, se me había antojado idílico —manifestó el señor de Gourney.

—No he renunciado al Nuevo Mundo —repuso don Ferrán al instante—. A pesar de las numerosas desgracias, las muchas miserias que se padecen en las expediciones y las escasas recompensas que obtiene la mayoría que en ellas participa, esas lejanas tierras poseen un encanto, un atractivo, del que es difícil escapar una vez que se conocen. Os podría hablar de sus inmensos ríos cristalinos y sus grandiosas cascadas, de sus verdes selvas entre las que se yerguen imponentes pirámides, de sus azuladas montañas que rozan el cielo, de su multitud de árboles, frutos y plantas desconocidos para nosotros, de sus pájaros canoros y de sus perrillos sin pelo a los que llaman en su lengua escuincles, de sus ciudades bien ordenadas y dispuestas… en fin, ya concluyo para no cansaros.

—Tragedias suceden por doquier y no solo en el Nuevo Mundo —terció en la conversación don Esteban Altolaguirre, que hasta entonces había permanecido callado—. Todavía más si en ellas se mezclan pérfidas mujeres. Sin ir más lejos, ha poco me enteré del triste fin que tuvo en la villa de Madrid un afamado enano músico que se codeaba con lo más granado de la corte y era admirado por sus múltiples talentos. Yo no llegué a conocerlo, pero se cuenta que a pesar de su tamaño, era tal la donosura de su rostro y tan perfectas sus formas, que muchas damas se disputaban sus favores, y él se dejaba querer. Al parecer, la Inquisición lo tenía vigilado porque sospechaba que practicaba artes ocultas que le permitían volar y traer del más allá a los muertos que invocaba, y probablemente habría acabado en la hoguera como pieza destacada de algún auto de fe si no lo hubiera envenenado y apuñalado una amante celosa o un marido cornudo.

—Envenenado y apuñalado —repitió Marie casi sin darse cuenta, pensando en don Gaspar, que tan bien la había servido mientras se encontraba en Madrid.

—Eso cuentan —reiteró don Esteban—. Primero lo envenenaron para después coserlo a puñaladas, con una saña de la que solo es capaz una mujer despechada.

—¿No decís que también pudo ser víctima de un marido engañado? —apuntó don Ferrán de Benavides.

—Eso es, pero yo me inclino más por la amante despechada. Su crueldad no conoce límites.

Marie se había agarrado del brazo de Teodora para no desfallecer, mientras escuchaba la réplica del señor de Gourney:

—Yo más bien pensaría que quien cometió el crimen fue un esbirro de la Inquisición. Dicen que cuando no obtienen permiso para someter a tormento a algún individuo bien relacionado del que pretenden obtener una declaración que lo condene, lo mandan asesinar sin misericordia. En cambio, tengo mejor opinión de las mujeres, a quien todos debemos la vida, y no las creo capaces de tanta crueldad innecesaria.

—La justicia resolverá el caso —expresó don Ferrán para dar por zanjado el tema y, haciendo una cortés reverencia, añadió—: No era nuestra intención desairar a las damas que os acompañan.

—No lo habéis hecho —repuso el señor de Gourney, pero no quiso presentárselas—. Ahora os dejamos paso franco, pues os aguardarán múltiples asuntos que atender.

Don Ferrán de Benavides y su pariente don Esteban se despidieron con amables palabras, y el primero animó al señor de Gourney a retomar su intención de pasar a las Indias en el próximo viaje de la flota.

—Aún tengo algo quebrantada la salud y por desgracia no estoy en condiciones de emprender tan largo viaje por mucho que lo deseara —se disculpó este como respuesta.

—La flota no zarpará hasta mayo o junio, a no ser que nos concedan un navío de permiso; por consiguiente, disponéis de tiempo para reponeros y reflexionar —fueron las palabras finales de don Ferrán de Benavides antes de alejarse entre la multitud con su pariente.

El resto del paseo Marie se mostró taciturna, pero su padre no lo percibió porque estaba sumido en sus propias cavilaciones. Teodora se esforzaba en entretener a sus acompañantes, preguntando al señor de Gourney sobre las características de las naves y señalando a Marie las curiosidades que alcanzaba a ver entre la muchedumbre del puerto: una guacamaya azul y roja posada en el hombro de un marino, una fiera felina que pugnaba por escaparse de su jaula, cofres de madera fina probablemente repletos de lingotes de plata, banastas cargadas de doradas piñas y pepitas de cacao, y hasta un extraño pez con alas y largo pico que llevaba disecado como quien exhibe un trofeo un rubicundo mozo que sonreía ufano al saberse observado por multitud de ojos.

—Estoy fatigado y desearía regresar a la casa —alegó el señor de Gourney al poco rato.

Preocupada por si el esfuerzo había sido excesivo o había tomado demasiado sol, Teodora se apresuró a complacerlo y salieron del Arenal hasta el lugar donde les aguardaba la litera para devolverlos a la Casa de los Lilos.

—Ay, Teodora, cuán grande es la aflicción que oprime mi corazón —se sinceró Marie al quedarse a solas con la antigua beata en la cocina—. El pobre don Gaspar, muerto de una manera tal vil...

—No sabéis si fue él quien corrió tan triste suerte —quiso consolarla Teodora.

—¿Y quién si no? Bien le advirtió don Diego que se cuidara de mostrar sus talentos secretos para no despertar el interés de la Inquisición. Ser enano lo hacía sospechoso, y si además las damas lo amaban...

—Os daré arrope de higos para que os animéis —la interrumpió Teodora, pretendiendo mimarla como a una niña para que olvidara sus pesares.

—No, amiga mía, hoy no habrá bocado que tolere mi cuerpo. Desearía encerrarme en mi cuarto y llorar hasta desfallecer.

—De nada serviría. Olvidad lo que nos han contado, que tal vez no sean más que consejas de viejas, y recordadlo vivo y feliz como lo dejasteis, a punto de triunfar en la corte cuando os avinisteis a huir conmigo de Madrid para salvar mi vida.

—¿Marie os salvó la vida? —preguntó Colasillo al entrar en la cocina, cogiendo al vuelo la conversación.

—Sí, me salvó de un cólico miserere que me iba a dar de tanto comer higos subida a una higuera —se burló risueña Teodora.

—No os creo —protestó el niño—. Contadme la verdad.

Marie intervino:

—La pura verdad es que necesito ir al taller de doña Marina. Deseo aprovechar lo que resta de día para adelantar la pintura de mi madre.

—Yo os acompaño de mil amores —se ofreció Colasillo, distraída de inmediato su atención—. Violet está dormida y yo no hallo entretenimiento encerrado entre estos muros, acostumbrado como estoy a salir todos los días.

Teodora protestó para que se quedaran, temiendo la reacción del señor de Gourney si se enteraba de que se habían marchado sin su permiso, pero eran otros los asuntos que este tenía en mente y aunque la hizo acudir a su cuarto, no fue para preguntarle por su hija, sino para mantener una larga conversación que jamás habría esperado la joven.

Mientras tanto, casi a la misma hora en que Marie y Colasillo abandonaban la Casa de los Lilos para dirigirse al taller de pintura, doña Guiomar partía de él en coche después de haber posado para maese Dirc. Había sido una jornada feliz, en la que había gozado de la atención plena del pintor, y sus zalameras palabras la habían inducido a creer que estaba despertando en él los mismos anhelos amorosos que ya habían anidado en su tierno corazón. Dejándose llevar por las ensoñaciones, se imaginó convertida en la orgullosa esposa y musa de maese Dirc, cuyos cuadros serían la admiración de la nobleza sevillana y les abrirían las puertas de la corte castellana. Dio por sentado que su padre no se opondría a una unión tan perfecta y le otorgaría una buena dote que serviría para incrementar un abnegado amor que ya había nacido desinteresadamente en el apuesto pintor. Tan ensimismada iba en sus placenteros desvaríos que no vio a Marie y Colasillo cuando se cruzaron montados en el alazán camino del taller, pero la primera sí reconoció el coche y se alegró al percatarse de que la marcha de su rival le había dejado el campo libre.

—Ea, Colasillo, prosigamos nuestro curso, que el tiempo apremia —dijo, tirando de la manga al niño, dueño de las riendas, pues había detenido al caballo para entretenerse contemplando el recreo de unos rapaces en la calle.

Como no esperaba a su discípula, doña Marina había aprovechado para efectuar algunas compras y no se hallaba en la casa, según les indicaron al verlos los discípulos de maese Dirc, que habían terminado su jornada y también se disponían a salir a airearse en ese momento. Marie jugó un rato con los niños en el patio y después se encerró en el estudio para avanzar en el retrato de su madre. Ya había terminado el esbozo y comenzado la verdadera pintura en veladuras, de cuyos logros estaba satisfecha en líneas generales. Las gráciles manos de Amélie, recogidas sobre el regazo, parecían naturales y casi acabadas, pero aún no se había atrevido a afinar los rasgos de su rostro, y contemplar su imagen desvaída la entristeció, devolviéndole a la memoria los amargos días pasados y la triste suerte que había sufrido don Gaspar en la corte. Pero no, no deseaba pensar en desgracias, se dijo, y se pasó la mano que sujetaba el pincel por la frente como queriendo apartar de sí las aflicciones. No sirvió de mucho, pues la angustia siguió aumentando y una mancha verdosa unió sus perfiladas cejas. Sucedía que no estaba inspirada, concluyó Marie y, dejando paleta y pincel, salió del estudio para dirigirse al taller de maese Dirc, en el que nadie trabajaba a esas horas.

—Dichosos los ojos que pueden deleitarse en vuestra hermosura —le susurró por la espalda una voz que bien conocía cuando llevaba un buen tiempo observando atónita el enorme retablo de la Anunciación, en el que la imagen de la donante arrodillada en primer plano sobresalía por su innegable belleza y lucimiento. Marie se giró para encontrarse de frente con el amable rostro de maese Dirc, encandilada por sus palabras, pero recelosa de haber perdido su deferencia.

—Otras son las hermosuras que ahora os interesan y colman vuestras jornadas —replicó sin disimular la envidia que sentía por lo que acababa de contemplar.

—Muy distintos son el deber y la devoción —repuso maese Dirc con tono conciliador—. Esto que aquí veis es mi deber, y me agrada comprobar que lo estoy cumpliendo con creces, pues os ha sorprendido el esplendor con el que he representando a doña Guiomar. Vos, sin embargo, sois mi devoción, y en mis aposentos tengo el cuadro que os quiero consagrar y a cuya preparación sigo dedicando lo mejor de mis noches en soledad hasta que podáis posar para mí, pues no he olvidado vuestra promesa.

—¿Es cierto lo que decís o nada más pretendéis halagarme el oído con vuestras zalameras palabras? —quiso cerciorarse Marie.

—Tan cierto como que os estoy contemplando ahora mismo y tan verdadero como el trazo de verde pintura que se ha escapado de vuestro pincel y tan bien os sienta, porque en vos todo aprovecha, todo se convierte en donosura al tacto de vuestra piel.

—No os comprendo —se extrañó Marie ante sus últimas palabras.

—Permitidme —replicó maese Dirc, acercándose a la joven con su blanco pañuelo en la mano.

Marie no se retiró, y maese Dirc frotó su frente con el pañuelo mojado en saliva. Después la miró a los ojos, rodeó su cintura con los brazos y la besó suavemente en los labios.

—Disculpad mi atrevimiento de robaros un beso tan dulce —expresó, apartando apenas el rostro y sin dejar de abrazarla.

Casi sin aliento por la emoción, Marie acertó a responder:

—No es robado lo que se entrega de buen grado —y entreabrió los labios, invitando al pintor a proseguir lo que había comenzado.

Muchas fueron las caricias, abrazos y tiernas palabras que intercambió la pareja, y habrían sido más si Colasillo no hubiera irrumpido en el taller sin llamar a la puerta, como era su costumbre. Apenas tuvieron tiempo de apartarse, pero el niño no pareció prestar atención al suceso y se limitó a preguntar a Marie si iban a quedarse mucho rato más y si comerían de las migas que estaba preparando uno de los discípulos de maese Dirc.

—Comed de las migas y acercaos al figón del callejón a buscar una buena jarra, que yo hoy convido al vino —respondió maese Dirc, sacándose unas monedas de la bolsa—. Nosotros iremos después, pues tengo que enseñarle un cuadro a vuestra hermana y explicarle ciertas técnicas, pero no os apuréis, porque yo mismo os acompañaré a la Casa de los Lilos antes de que anochezca.

Con estas razones, Colasillo cogió las monedas y salió corriendo a cumplir el encargo, mientras maese Dirc dirigía de la mano a Marie a sus aposentos, situados al fondo del patio, en la parte más retirada de la casa. Tal como había revelado, apoyado en la pared a los pies del lecho, estaba el lienzo de la pintura mitológica. El paisaje de árboles y plantas silvestres que rodeaba el manantial estaba bellamente acabado, y a lo lejos se divisaba una pequeña aldea entre colinas con casas diminutas y gente a caballo y a pie, unos paseando y otros labrando los campos. No se veía el sol, pero sus rayos iluminaban ciertas zonas, creando una magnífica sucesión de luces y sombras.

—Vuestra belleza resplandecerá aquí —anunció maese Dirc, señalando con el dedo el lugar preeminente que iba a ocupar la ninfa, cuya silueta tan solo estaba esbozada.

—¿Y el fauno que hará Colasillo? —preguntó Marie al no encontrarlo en la composición.

—Lo he olvidado —repuso maese Dirc—. Tanto me impresiona vuestra belleza, es tal mi obsesión que, sin pretenderlo, prescindí de vuestro hermano, y en este cuadro, que sin duda será mi mejor obra, no brillaréis más que vos. Juro ante Dios que a vos consagraré y entregaré mi pincel y mi vida...

—No pronunciéis el nombre de Dios en vano, pues no es preciso —le interrumpió insinuante Marie, tapándole la boca.

Maese Dirc la besó largamente en los labios y Marie se dejó llevar al lecho en sus brazos. El pintor contempló a la joven tumbada como si la hubiese estado amando desde la cuna y se despojó del jubón. Marie observó anhelante el ancho torso del pintor quien, colocado a horcajadas sobre ella, le acarició el óvalo de la cara antes de inclinarse para ceñirse a su cuerpo. En pocos abrazos, entre jadeos y entrecortadas palabras secretas, había volado la ropa que separaba los cuerpos. La piel de la joven se estremeció al tacto de los dedos que acariciaron sus pechos, que recorrieron su diminuto ombligo y exploraron sus muslos. Entrelazó sus piernas con las de maese Dirc y se abandonó a sus deseos. Y entonces se paró el mundo mientras se entregaban uno al otro con la pasión de los amantes primeros, olvidados de cuitas, sus ojos concentrados en descubrirse, sus bocas en beberse, sus brazos en aprisionarse en una fusión perfecta de sus cuerpos, hasta que los rindió el cansancio.

Vuelta la cordura, mientras yacían abrazados en el lecho, Marie preguntó:

—¿Me amaréis por siempre jamás?

—Por siempre jamás —aseveró maese Dirc.

Marie le besó los ojos y después los labios, quejándose mimosa del picor que le causaba su afilado mostacho. Después se levantó para vestirse mientras maese Dirc la observaba desde las almohadas.

—Sois mucho más hermosa de lo que había osado imaginar en mis dilatadas noches de insomnio —declaró, fijando la mirada en sus largas y torneadas piernas, y extendiendo la mano, añadió—: Volved al lecho, tened compasión de mí y no me abandonéis tan pronto a mi suerte.

Marie sonrió complacida, pero siguió vistiéndose y recordó al pintor que tenía que acompañarla a su casa antes de que su padre la echara en falta y encontrara motivos para prohibirle volver al taller, con lo que sus incipientes amores se truncarían.

Maese Dirc, comenzando también a vestirse, expresó:

—No es de vuestro padre de quien más hemos de cuidarnos. Doña Guiomar ha de permanecer ajena a nuestro cariño, pues no nos conviene desatar su ira.

Marie no supo contenerse:

—Me importa un bledo esa doña Guiomar. Sabed que en el Franco Condado mi padre posee hacienda más que suficiente, y mi dote no es desdeñable. Me enfada que esa dama engreída pretenda hacerme favores que no necesito ni deseo con el único fin de rebajarme con su caridad ante vuestros ojos.

—A mis ojos estáis en el más alto pedestal, querida mía, y poco o nada me interesan las riquezas ajenas, ni me fijo en ellas, puesto que yo vivo, y muy bien, de mi pincel, como siempre fue mi propósito. Sin embargo, me mantengo en que no deseo desatar la ira de doña Guiomar mientras termino el retablo, pues su padre es un cliente que aprecio y no deseo acabar a malas con él a causa de los caprichos de su hija. Os ruego algo de paciencia, amada mía, pues en pocos días habré concluido la pintura y tendrá fin nuestro suplicio y secreto.

—Sea tal como vos queréis. Nadie conocerá que nos amamos. A fin de cuentas, es cosa de los dos y a ninguna otra persona incumbe. Pero ahora voy con prisas y ya habrá tiempo de arreglarnos y concertar nuestras citas sin levantar sospechas.

Con estas palabras volvieron a besarse como despedida y salieron del cuarto para recoger a Colasillo y mandar al criado de maese Dirc que aviara su montura, pues era la hora de entreluces en las que las calles de Sevilla empezaban a ser peligrosas para los viandantes, más si entre ellos había una mujer joven a la que robar.

Cuando al fin llegaron a la Casa de los Lilos, Teodora andaba ensimismada en sus propias reflexiones y no prestó atención al cambio de humor de su amiga ni al arrebol que traía en las mejillas. Marie hubiera querido retirarse a su dormitorio para deleitarse en los recuerdos, pero como sus tripas protestaban de hambre, fue a la cocina.

—Necesito hablaros —le dijo Teodora, mientras cacharreaba ordenando loza y cucharas, sin dirigirle la mirada—. Esta tarde, mientras estabais fuera, hubo dos asuntos importantes.

Marie se sirvió un tazón de caldo de la olla que humeaba al rescoldo del fuego y cortó una rebanada de pan para migarlo, imaginándose que su amiga le iba a poner al corriente del disgusto de su padre al enterarse de que se había marchado de la casa sin su permiso.

—Vino don Juan de Clarebout —comenzó Teodora.

—A visitar a mi padre, imagino —apostilló Marie, sin dejar de comer sus sopas.

—Él sí, pero lo acompañaba su esposa, que deseaba tratar conmigo. Va a haber un banquete en su casa para celebrar la llegada de la flota y quiere que yo lo prepare y sirva.

—Me alegro mucho por vos. Será una buena ocasión para demostrar vuestra valía y luciros ante lo más granado de la ciudad y la corte.

—Vuestro padre es de la misma opinión. Pero yo siento miedo. Vos sabéis de dónde vengo y a lo que me expongo. No quiero llamar la atención de la Inquisición y acabar como vuestro don Gaspar.

—No seáis exagerada, amiga mía —se rio Marie, mientras pelaba una hermosa naranja—. Un banquete, por muy espléndido que sea, no va a levantar sospechas ni ningún familiar de la Inquisición se interesará por vuestros guisos, a no ser que se obre de nuevo el prodigio de la puesta de huevos. En cuanto a don Gaspar, vos misma me convencisteis de que lo recuerde vivo y no piense en su muerte, que tal vez no haya sucedido.

—Tengo para mí que jamás se obró prodigio alguno y que yo nunca puse huevos —declaró solemne Teodora—. He pensado mucho en ello y he llegado al convencimiento de que hubo una mano que actuó con malicia aprovechando mi inocencia para sacar lucro. Pero eso ya no importa porque es agua pasada...

—Mañana seguiremos conversando, querida Teodora, porque ahora desfallezco de sueño y no entiendo vuestras palabras —cortó su parlamento Marie.

—Esperad, aún hay un asunto importante del que debo hablaros —insistió Teodora.

Pero Marie ya se había levantado y salió de la habitación, reiterando:

—Mañana habrá tiempo. Relatadme lo que sea en el desayuno.

Teodora pasó mala noche. Dio vueltas y vueltas en el lecho, preocupada por cómo se tomaría Marie la nueva que tenía que referirle. Madrugó más que de costumbre y se puso a preparar un suculento desayuno de picatostes con azúcar y miel, requesón y compota de manzana para intentar conquistar por las tripas a su amiga antes de comunicarle lo que muy a su pesar tal vez las separaría para siempre.

Marie también había madrugado y entró en la cocina alegre y llena de energía, diciéndole nada más verla:

—He decidido que Violet empiece a ayudaros en los fogones. A mí no me sirve de nada en el taller de doña Marina y ha llegado el momento de que aprenda a ganarse el pan que come.

—Pobre chiquilla, es muy pequeña todavía —repuso Teodora—. Yo ya tengo la ayuda que necesito, así que dejadla en paz.

—¿Cuántos años contabais vos cuanto entrasteis en el convento? —preguntó Marie, pero sin esperar la respuesta, continuó—: Violet además es esclava, por lo cual será un beneficio para ella aprender un oficio, y nadie mejor que vos para enseñarle los secretos de las ollas. Más ahora que estáis agobiada con la preparación del banquete. Violet os acompañará dondequiera que vayáis y será vuestro sostén, pues os quiere bien.

—Todavía no he aceptado preparar el tal banquete. Vuestro padre me aconsejó que lo pensara, y la esposa de don Juan de Clarebout consintió en esperar mi respuesta.

—Diréis que sí —insistió Marie—. Prepararéis el mejor de los convites y Violet será vuestra más fiel ayuda. Si no fuera porque bien sabéis que no puedo retrasarme en el retrato de mi madre, yo misma sería la más abnegada de vuestras colaboradoras.

—Está bien, Marie. Si así lo queréis, acepto a Violet a mi lado y le enseñaré con paciencia y sin cansarla las artes de las ollas y los fogones.

—Sea —zanjó la cuestión Marie—. Voy a levantarla para que atienda las tareas que le mandéis.

—Aguardad, por caridad, pues me urge hablaros —le pidió Teodora cuando estaba a punto de abandonar la cocina.

Marie hizo un gesto de impaciencia porque quería preparar el alazán para marcharse en él con Colasillo antes de que el cochero de doña Guiomar tocara a la puerta. Ahora que Violet no iba a acompañarlos, tenía su propio medio de transporte y no pensaba soportar más a la insufrible dama.

—Vuestro padre me llamó ayer a sus aposentos —comenzó Teodora.

Marie se irritó:

—Por más que porfíe, no renunciaré al taller, ni a montar en mi caballo cuando me plazca, si es eso lo que le incomoda.

—Vuestro padre desconoce todavía que ayer salisteis a caballo. Otro era el asunto que deseaba tratar conmigo.

—Hablad de una vez, amiga, y dejaos de rodeos, pues voy con prisa —la urgió Marie al comprobar sus titubeos.

—Me ha pedido en matrimonio —declaró Teodora con voz insegura.

—¿Qué habéis dicho?

—Seré vuestra madrastra, pero os querré como una buena madre.

Marie manifestó entre risas:

—Dejaos de chanzas y embelecos, que no son propios de vuestro carácter. ¿Cómo vais a ser mi madrastra si tenemos casi la misma edad? ¿Y cómo mi padre va a desposaros si os dobla los años?

—Jamás osaría ocupar el lugar de vuestra madre ni actuar con autoridad superior sobre vos. Yo continuaría queriéndoos bien como hasta ahora os quiero, e incluso más, pues nos unirían lazos familiares, y en mí tendríais a la fiel amiga de siempre y a una aliada para aplacar a vuestro padre en las disputas que os separan.

Marie la cogió de las manos y le pidió:

—Teodora, miradme a los ojos y decidme que me habláis con la verdad y no es broma. A fe mía que no entiendo lo que acabo de escuchar de vuestra boca.

—Habéis escuchado la verdad desnuda de las cosas sin trampa ni adorno alguno —corroboró Teodora—. Comprendo que os extrañe por lo desigual de la unión, vuestro padre un caballero tan cortés y bien situado y yo... vos ya sabéis quién soy, no es preciso que os lo explique. Pero tened en cuenta que, aunque debilitado por la enfermedad, él todavía está en la flor de la vida y necesitará alguien a su lado que lo atienda, lo mime y lo cuide, y en esas tareas, aunque peque de inmodestia, no quedo a la zaga de nadie de nuestro bello sexo, por muy alta que sea su cuna.

—Considero desigual la unión, estáis en lo cierto, Teodora, pero no por vos, sino por mi padre, que es quien más beneficiado sale con ella —repuso Marie—. El señor de Gourney tiene hacienda en el Franco Condado, pero aquí vivimos con estrecheces, mientras que vos en poco tiempo habéis logrado ganaros el sustento con holgura y conseguiríais labraros una fortuna si así lo desearais, con lo que no os faltarán pretendientes más apropiados por edad y estado que mi padre.

—Pretendientes no me faltan, estáis en lo cierto. Gañanes, arrieros, comerciantes de poca monta o hijosdalgo arruinados que ven en mí un bonito medio de subsistencia y me tratarán como su criada o su sierva, o incluso peor. Nunca se me habría pasado por la cabeza que me ofreciera matrimonio un caballero tan bueno, noble y justo como vuestro padre, a quien conozco bien y del que ninguna maldad cabe esperar.

—Sabéis que él desea regresar a sus viñedos del Franco Condado. ¿Estáis vos dispuesta a abandonar Sevilla? —preguntó Marie.

—Esta no es mi tierra y nada me ata a ella. En esta casa me gano bien el sustento, pero vivo recogida, sin familia más que la vuestra, y temerosa de un futuro en soledad si partís dejándome atrás. En el Franco Condado seré feliz, viviré sin miedo a lo que vos sabéis, cuidando de vuestro padre, de Colasillo, de vos y de vuestra esclava Violet.

—No entenderéis la lengua —insistió Marie.

—Aprenderé, al igual que Colasillo y Violet.

—Queda algo importante que no debe escapar a vuestra consideración —declaró entonces Marie—. Como vos bien habéis observado, mi padre está en la flor de la vida y en cuanto recobre fuerzas, querrá de vos lo que todo esposo pide a su esposa, los placeres de la carne.

—Y yo se los concederé —replicó al punto Teodora—. Me entregaré a él en alma y cuerpo, y satisfaré todas sus necesidades, como será mi deber de buena y amante esposa.

—¿Sabéis de lo que estáis hablando? —se interesó divertida Marie.

—Si os soy franca, no en profundidad, pero no creo ser la primera mujer que llega al matrimonio con escaso conocimiento de ese asunto —razonó Teodora—. Mucho he reflexionado y he llegado a la conclusión de que si las izas que son diestras en el oficio me quisieron y eligieron para ese comercio, será que apreciaron en mí cualidades para complacer en el lecho a muchos hombres, por lo cual malo será que no sea capaz de satisfacer con mi carne a uno solo que me ha escogido como compañera y algún atributo habrá encontrado en mi persona que le agrade.

—Para todo tenéis pronta respuesta —señaló complacida Marie.

—Mucho he cavilado, como os digo, antes de hablar con vos, Marie, porque os quiero bien y no deseo incomodaros con mi decisión de ser vuestra madrastra. Os aseguro que lo único que cambiaría entre nosotras es que yo trataría de favoreceros ante vuestro padre y no permitiría que concertara con vuestro pariente un matrimonio no deseado por vos cuando regresemos al Franco Condado.

—Yo también os quiero bien, Teodora, pues conozco vuestra valía y bondad. Tenéis mi bendición, si es lo que queréis, para casaros con mi padre, aunque no me pidáis, por caridad, que os trate de madrastra —concluyó entre risas Marie—. Ahora dadme un abrazo y dejadme ir también a felicitar a mi padre.

Las dos jóvenes se fundieron en un tierno abrazo, y mientras Teodora se quedaba trajinando en la cocina, Marie se dirigió a los aposentos de su padre. Este inesperado giro del destino que jamás se le había pasado por la imaginación le resultaba muy conveniente, pues cuando su padre decidiera que había llegado el momento de partir al Franco Condado, lo haría con Teodora y Colasillo, y ella podría permanecer en Sevilla con maese Dirc, sin verse obligada por sus deberes filiales a seguirlo contra su voluntad.

El señor de Gourney leía junto a la ventana uno de los aldinos en octavo que ya no era intonso cuando su hija penetró en la habitación.

—Vengo a abrazarte por tu próximo casamiento y a darte la enhorabuena —le dijo alegre mientras se aproximaba—. No puedes haber elegido mejor, pues bien conozco las virtudes que adornan a Teodora y lo mucho que te quiere. ¿Cuándo tenéis pensado celebrar el enlace?

—Gracias, hija mía. Yo también estoy convencido de que Teodora será una buena esposa y amiga. Nos casaremos en cuanto lleguen noticias del Franco Condado y los fondos que tanto necesitamos, pues aunque Teodora no quiere fastos, yo deseo que no le falte de nada y poderle ofrecer buenos trajes y regalos que tanto se merece. Tengo la esperanza de que será muy pronto, en cosa de días o escasos meses.

—Entonces, he de apresurarme en terminar el cuadro de mamá, pues tendrá que estar bien seco para su traslado al Franco Condado sin que sufra menoscabo en el viaje. Alargaré mis horas en casa de doña Marina desde el amanecer hasta que anochezca, y no temas por mi seguridad, porque Colasillo me acompañará y montaremos el alazán, pues tanto el uno como el otro necesitan ejercitarse. He cedido mi esclava Violet a tu futura esposa para que le enseñe los oficios de la cocina y nos sea de provecho en el futuro. Así pues, padre mío, tenemos motivos para regocijarnos porque finalmente todos nuestros asuntos están bien dispuestos y en orden.

El señor de Gourney sonrió a su hija y asintió a sus palabras. Era un día feliz, estaba tranquilo y no quería discusiones por sus inconvenientes salidas a caballo. A fin de cuentas, pronto volverían al Franco Condado, y sus veleidades de pintora acabarían en cuanto estuvieran viviendo entre los viñedos, donde ocuparía sus horas en actividades caseras más propias de su condición y sexo. Bien merecía la pena ceder durante el tiempo que les restaba en Sevilla a los antojos de Marie en aras de mantener la paz y la concordia, más ahora que deseaba dedicarse a cimentar su relación con Teodora. Por tanto, la despidió con buenas palabras, recomendándole que tuviera cuidado.

Comenzaron entonces los días más felices de la existencia de Marie. Madrugaba para cabalgar con Colasillo en el alazán y encerrarse largas horas en el estudio de doña Marina pintando el retrato de su madre. No se dejaba ver en el patio hasta que doña Guiomar, concluida su sesión de posado, había abandonado la casa con sus criados y su coche. Entonces, con un pretexto u otro, se reunía con maese Dirc y acababan escondidos en su cuarto, donde primero posaba para el cuadro mitológico del pintor y después se comían a besos y se amaban con pasión de fieras, creando ese milagro de súbita intimidad que convierte a dos en uno por ese breve tiempo que mientras dura se antoja la eternidad.

Maese Dirc había concluido el retablo de la Anunciación. Los mejores carpinteros de la ciudad habían labrado el marco de filigrana con pan de oro, y los tres bellos paneles estaban listos para su traslado a la iglesia de San Miguel. Pero doña Guiomar no dio su consentimiento, alegando que no había quedado a su entero gusto y había detalles que retocar y añadir. Pidió que se incorporara una cesta con blancas azucenas a su derecha, que sobrevolaran a su alrededor jilgueros y verderones, que de una de sus manos colgara un rosario de cuentas de nácar y que apareciera tumbado a sus pies su perrillo faldero, al que hizo llevar al taller para que maese Dirc lo copiara del natural como había hecho con su persona. También exigió que añadiera a su adorno un dije de perlas pendiente de una gruesa cadena de oro y que hermoseara la escena de la anunciación con un par de tórtolas, un gatillo jugando con una bola y una libélula libando las flores de un jarrón.

Maese Dirc fue dándole gusto y agregando los elementos que le pedía, hasta que, pasados muchos días, se colmó su paciencia cuando doña Guiomar quiso que llenara de animales diversos el paisaje que se veía desde la ventana junto a la que estaba sentada la Virgen recibiendo al ángel anunciador.

—Señora, en el retablo no cabe nada más. Si añado animales, parecerá el arca de Noé y no el tríptico de la Anunciación del ángel a la Virgen María que se me ha encargado —declaró con firmeza, pero sin alzar la voz—. Mandaré aviso a vuestro padre para que venga a revisarlo, y a vos os relevo de la obligación de acudir cada mañana al taller, pues todo está concluido.

—Yo querría algún adorno más en mi atuendo —insistió doña Guiomar para alargar su relación cotidiana con el pintor.

—Vuestra belleza no lo necesita ni sería conveniente por el carácter religioso de la composición y el lugar donde va a ser expuesto el retablo —repuso paciente maese Dirc—. Creedme, mi señora, la obra está terminada a la perfección, y vuestro retrato causará admiración a todo aquel que lo contemple.

—Pues retratadme de nuevo en otro cuadro que no sea religioso —sugirió doña Guiomar sin darse por vencida—. Deseo ser vuestra musa en esa escena mitológica que teníais pensado pintar.

—No es posible —respondió sin tardanza maese Dirc—. Esa pintura está muy adelantada y vos no tenéis cabida.

—Me ofendéis, maese Dirc —se indignó doña Guiomar—. Me rechazáis como musa y pretendéis echarme del taller.

—No es tal mi intención, señora. La pintura es un paisaje arbolado en un día de lluvia y no hay lugar para ninguna belleza humana —intentó aplacarla maese Dirc—. Sin embargo, si queréis otro retrato, con mucho gusto os lo pintaré, pero antes debo hablar con vuestro padre para que dé su consentimiento y acordemos las condiciones.

Doña Marina llegó en ese momento para anunciar a maese Dirc que lo habían mandado a buscar de la iglesia de San Miguel.

—Debo acudir para ultimar el traslado —explicó el pintor a doña Guiomar, añadiendo a continuación para contentarla—: ¿Queréis acompañarme para revisar con vuestros propios ojos y aprobar las condiciones del lugar donde se exhibirá vuestro retablo?

Doña Guiomar se disculpó, aludiendo que estaba cansada y se retiraría enseguida a su casa, pero en realidad deseaba interrogar a doña Marina sobre el cuadro mitológico para comprobar la veracidad de lo que acababa de relatarle el pintor.

—Yo no sé nada de eso —replicó la interpelada—. Si ha pintado ese cuadro de paisaje lluvioso, ha de haber sido por las noches, pues ya veis que todos los días, mientras habéis acudido al taller, os ha dedicado sus jornadas completas de pintura.

Un malogrado aprendiz de maese Dirc que tenía asignadas tareas serviles debido a su escasa capacidad artística había asistido con su escoba a estas conversaciones sin perder ripio y cuando doña Marina abandonó el taller, se acercó a doña Guiomar y le susurró de paso, riéndose como un conejo:

—Se me hace que os están pellizcando las uvas.

—¿Qué decís, infeliz? —preguntó, sorprendida por su atrevimiento, la dama.

—Yo conozco dónde está el susodicho cuadro, y no hay lluvia —replicó con tono misterioso el aprendiz, alejándose de inmediato como si pretendiera evitar un pescozón.

—Venid —ordenó doña Guiomar, haciendo una seña con la mano—. Contadme enseguida cuanto sabéis de eso.

El aprendiz negó con la cabeza y declaró desde la distancia:

—¿Qué me ofrecéis a cambio?

—Hablad y ya veremos si merecéis recompensa.

—No, no —insistió el aprendiz, reforzando sus palabras con el movimiento negativo de sus dedos—. Antes de referiros lo que queréis, he de ver los cuartos que me llevaré, pues luego que haya soltado la lengua, tal vez me caigan palos o algo peor.

Doña Guiomar abrió su bolsa y le ofreció unas monedas:

—Tomad. Bien pagado os he por vuestra información. Espero que valga la pena.

—Vos misma lo comprobaréis —replicó el aprendiz, apresurándose a guardar las monedas sin contarlas—. Yo he visto el mentado cuadro mitológico y no hay lluvia, sino un paisaje de verdes árboles y prados con un manantial de aguas vivas. Lo ha bellamente pintado, pero aún estaba inconcluso la última vez que, entrando a limpiar, lo pude contemplar. Y ninfa había, pero solo esbozada y no pintada.

—Enseñádmelo ahora mismo —exigió doña Guiomar no bien lo hubo escuchado, levantándose de su asiento.

—No es posible, pues maese Dirc tiene bien candada la puerta —repuso el aprendiz y, bajando la voz como quien refiere un secreto, añadió—: Musa hay que le posa y no quiere que nadie se entrometa ni fisgonee en este asunto, mi señora.

—¿Y quién es esa musa? ¿Vos la habéis llegado a ver?

—Con la bella pupila de doña Marina se encierra en su cuarto a la menor ocasión de descuido. Ella ha de ser la musa y quien os pellizca las uvas, aunque no puedo asegurarlo —reveló el aprendiz.

—Tendréis una bolsa repleta de monedas si me franqueáis esa puerta —ofreció vehemente doña Guiomar—. Os haré más rico que Creso si me mostráis el cuadro.

—Las riquezas de ese Creso no me atañen ni lo conozco, pero si me aseguráis una buena bolsa y un puesto en vuestra casa por si me echan de esta, os certifico que entraréis en el cuarto del pintor y contemplaréis su obra, pues sé cómo obtener la llave.

—Sea, tendréis una generosa bolsa y os acogeré a mi servicio —concedió doña Guiomar sin detenerse a pensarlo.

—¿Seré vuestro pintor de cámara? —se envalentonó en sus peticiones el aprendiz—. Mirad que aunque aquí no se valora mi pericia, mucho me lo merezco, y yo os en*Galana*ría con una diadema en el pelo y añadiría a vuestro aderezo las joyas que maese Dirc se ha negado a pintar en vuestro retrato…

—Sea, todo os lo concedo —cortó su perorata la impaciente doña Guiomar—. Pero id presto por la llave.

—A su debido tiempo, mi señora —repuso con una sonrisa de complicidad el aprendiz—. Hoy no podrá ser. Mañana, cuando acudáis al taller, me traeréis la bolsa y yo os daré las indicaciones oportunas para franquear esa puerta sin que nadie lo advierta.

Doña Guiomar, contrariada, le lanzó una furiosa mirada antes de advertirle:

—Temed mi venganza, pues será espantosa si me traicionáis o no cumplís lo pactado. Aunque mi apariencia os engañe debido a mi belleza e inocencia, soy por naturaleza más proclive a la inclemencia que a la misericordia. Avisado quedáis.

Sin mediar más palabras, abandonó el taller, llamó a voces a su cochero y se marchó a su casa sin despedirse de nadie.

16

A tientas los celos matan

El aprendiz a quien maese Dirc había dedicado a labores serviles por benevolencia en lugar de echarlo a la calle, una vez com-
probados sus escasos talentos pictóricos, era en cambio perito en
alcahuetería y disimulo, y conocía a la perfección los entresijos del
taller y las costumbres de sus moradores. Sabía, por ende, que doña
Marina llevaba colgado de la cintura un manojo de llaves para
abrir todas las puertas y que no se desprendía de él más que cuando
se desnudaba para dormir sola en el mismo lecho y cuarto que había compartido con su esposo ausente, y que dicho cuarto se hallaba al lado del que ocupaban juntos sus hijos. Su oficio de
barrendero le había franqueado la entrada y conocía punto por punto su escaso mobiliario y el hecho de que carecían de comunica-
ción interna, limitándose su acceso a las puertas exteriores que
daban al patio. Estaba al tanto también de que el menor de los niños tenía mal dormir y despertaba en mitad de la noche gritando
aterrorizado por pesadillas recurrentes. Así pues, con estos hilos
poco tardó en tejer un sencillo plan que pondría en efecto esa misma noche, en cuanto la casa se quedara en silencio y sus moradores
durmieran el sueño de los justos una vez concluida la jornada.

Una lóbrega luz de luna iluminaba el patio cuando el aprendiz
se escabulló de su lecho y se dirigió sigiloso a la habitación de doña Marina, situada la primera bajo los soportales del patio a la derecha, junto al zaguán cerrado que daba acceso a la casa desde la
calle. Allí se agazapó tras la puerta, dispuesto a esperar la pesadilla
del niño que levantaría a la madre para llevarle consuelo, momento

que él aprovecharía para deslizarse a robar la llave que abriría el cuarto de maese Dirc y le proporcionaría abundantes ganancias. Sin embargo, el tiempo pasaba y pasaba, y el niño seguía plácidamente dormido. Paciencia, paciencia, se aconsejaba a sí mismo el aprendiz para darse ánimos, pero llegó un momento en que fue incapaz de aguardar más y avanzó hasta el cuarto por si lograba atisbar su interior desde el ventanuco que también daba al patio. Estaba oscuro, probablemente porque habían cerrado las contraventanas, y ya empezaba a desesperarse, cuando puso la mano en el picaporte, y una de las hojas cedió y se entreabrió sin apenas hacer ruido. Doña Marina no candaba esa puerta para aligerar su entrada cuando era requerida por sus hijos, pensó para sí el aprendiz, contento de su buena fortuna. El lecho del menor de los hermanos era el más próximo a donde se encontraba, y el aprendiz se acercó a él y tiró con fuerza del cabello al niño mientras con la otra mano lo castigaba a pellizcos y tortazos por donde alcanzaba, cuello, brazo y pecho. La criatura no tardó en aullar lastimeramente cual cachorro herido y en despertar con sus llantos a sus hermanos, que también se pusieron a gritar justo en el instante en que el aprendiz abandonaba el cuarto a la carrera, entornando la puerta tras de sí y volviendo a su primer escondite.

Doña Marina, en largo camisón y resguardada por una toquilla sobre los hombros, acudió al reclamo de sus hijos y los encontró muertos de miedo.

—¡Madre, un ánima me quería llevar! —gritó el pequeño, extendiendo sus bracitos para que lo recogiera en su seno—. ¡Me tiró con saña de los pelos y me estrujó y pellizcó con ganas de matarme!

Doña Marina quiso consolarlo:

—Fue un mal sueño, vida mía. Ya pasó. Ningún peligro acecha, mi bien, duerme tranquilo.

—Madre, nosotros también la vimos —protestaron sus hermanos—. Ya lo estaba agarrando de los pies para llevárselo, cuando nuestros gritos pidiendo auxilio espantaron al ánima. Volverá y nos llevará a todos sin falta en cuanto nos quedemos solos.

Doña Marina encendió una vela y se puso a rezar con sus hijos a las ánimas del purgatorio para aplacarlas y, de este modo, que sus hijos recuperaran un sueño tranquilo.

Mientras tanto, el aprendiz penetró en su cuarto y buscó casi a tientas el manojo de llaves sobre la mesa, el velador y la silla donde estaba estirado el vestido y mandil que vestiría la dama como todos los días en cuanto amaneciera. Por fin lo halló tras unos instantes que se le hicieron interminables y en ese preciso momento cayó en la cuenta de que su plan tenía un punto débil: había once llaves en el manojo y no sabía cuál de ellas era la correspondiente al aposento de maese Dirc. Sin tiempo para cavilaciones, decidió sobre la marcha llevarse el manojo completo y devolverlo antes de que amaneciera cuando hubiera sacado la única que necesitaba.

Su delgada sombra proyectada por la luna espectral lo escoltó en su huida bajo los arcos del patio hasta alcanzar un escondrijo seguro, el trastero donde se guardaban los utensilios de limpieza, donde hizo luz y se puso a revisar su botín para elegir con tiento la llave que precisaba. De las once que había en el manojo de doña Marina, solo conocía dos, la grande del portón de entrada a la casa y la del portillo del pequeño huerto de verduras que estaba en la parte trasera. Descartó tres de menor tamaño por corresponder a alacenas o baúles y se fijó en otras dos, distinguidas del resto por llevar atado al ojo un hilo rojo y un hilo azul, respectivamente. El aprendiz las sopesó en la mano mientras reflexionaba y llegó a la conclusión de que esas debían de candar las puertas de los talleres. Su primer impulso fue ir a comprobarlo, pero lo rechazó de inmediato por arriesgado. Si sus deducciones eran acertadas, quedaban cuatro llaves por probar. Fijándose con detenimiento a la luz de la vela, descubrió que una de ellas tenía una forma peculiar, de paletón más ancho que el resto y ojo labrado dividido en tres. Haciendo memoria, recordó la visita tiempo atrás de un maestro cerrajero que había revisado algunas cerraduras de la casa y al que había escuchado hablar con doña Marina de amaestrarlas. Esa llave tan peculiar sería la maestra que por economía habría encargado la dueña del taller, y tampoco abriría el aposento de maese Dirc, sino dependencias de hospedaje o almacenamiento menos comprometidas, se dijo a sí mismo el aprendiz, ufano por su agudeza deductiva. Como quedaban tres llaves y el tiempo apremiaba, el aprendiz resolvió dejarse de conjeturas y pasar a la acción.

Apagó la vela con los dedos, se metió las llaves en el jubón para evitar su tintineo y avanzó sigiloso hasta el fondo del patio para dar con la puerta de maese Dirc. Aunque sabía que el pintor era de buen dormir porque se lo había escuchado repetir en múltiples ocasiones, el aprendiz no las tenía todas consigo y le tembló el pulso cuando probó la primera de las tres llaves que había separado del resto. Para su decepción, no giró en la cerradura y pasó con presteza a la segunda, que tampoco sirvió. Iba a introducir por el ojo la tercera cuando un ruido dentro del cuarto provocó su miedo y le hizo salir huyendo hasta cobijarse en su escondrijo. Una vez recobrado el ánimo, envuelto en sudores caviló si regresar a completar la verificación de la última llave o darla por buena, y acabó resolviéndose por lo segundo, pues todavía le quedaban peligros que afrontar porque tenía que devolver el manojo de llaves a su lugar antes de que amaneciera, la dueña lo echara en falta y cayeran sobre su pellejo infinidad de palos en lugar de llegar a completar su misión para disfrutar de la fortuna y posición prometidas por doña Guiomar.

Con pasos felinos y pegándose al muro procurando ocultarse, llegó al cuarto de doña Marina y empujó el picaporte, pensando que hallaría paso franco y podría deslizar las llaves hasta la silla del vestido, pero no fue así: la puerta estaba candada. Contrariado, entreabrió una hoja de la del cuarto de sus hijos y, tras embozarse el rostro para no ser reconocido, tiró de los pies al que se hallaba en el lecho más próximo, a la vez que emitía un ululante gemido:

—¡¡Uuuh, uuuh!!

Los niños despertaron al tiempo y gritaron despavoridos, con el cabello erizado de miedo. El aprendiz se escabulló y esperó la aparición inmediata de doña Marina, esta vez sin toquilla y con la tez demudada.

—¡¡Madre, el ánima ha regresado y no cejará hasta llevarnos!! —exclamaron al verla, tirando de su ropa y colgándose de ella como crías de mono asustadas.

El aprendiz se dio prisa en colarse en la habitación del ama para dejar las llaves donde las había encontrado, desaparecer como una flecha y retornar al lecho ya frío para descansar las pocas horas que restaban hasta el amanecer del día siguiente. Sin embargo, al repasar sus acciones, recordó que no había conseguido probar la tercera llave, las dudas lo invadieron y se mantuvo en duermevela, dando vueltas y más vueltas en el lecho hasta que despuntó el sol y se levantó, dispuesto a asegurarse de que no había fallado en su cometido a la primera ocasión que se le brindara.

Rondaba por el patio con su escoba, cuando salió maese Dirc de su aposento, y se dirigió raudo a pegar la hebra con él.

—Mucho madrugáis, mi amo —le dijo obsequioso—. ¿Acaso os han perturbado el sueño los gritos lastimeros de los hijos de doña Marina?

—He dormido a pierna suelta, como suelo —replicó maese Dirc, atusándose el afilado bigote—. Si me he levantado antes de lo acostumbrado es porque espero la llegada de las carretas y los mozos que han de llevar el retablo de la Anunciación a la iglesia de San Miguel.

—Doña Guiomar no querrá que se mueva del taller —adujo sorprendido el aprendiz.

—Avisado he a su padre, que es quien encargó el retablo, y me reuniré con él en la iglesia —repuso el pintor, añadiendo—: Vos me acompañaréis esta mañana, pues no nos sobrarán brazos por muchos que sean.

El aprendiz farfulló una excusa para quedarse en el taller, pero maese Dirc no la aceptó:

—¿No estáis siempre pidiendo una ocasión para demostrar vuestro talento? —le preguntó con cierta sorna—. Aquí la tenéis. Vais a participar en el retablo, ayudando a su colocación en el lugar preeminente que se le ha asignado.

Y sin más, el pintor se dirigió a la cocina para solicitar a doña Marina que le preparara el desayuno. La encontró con tan mala cara, rodeada de sus hijos que aún no se habían vestido y tenían los cabellos revueltos y los ojos legañosos, que pensó que alguna desgracia les había acontecido.

—Dormimos, por darle un nombre a las horas que hemos pasado tendidos, todos juntos en mi lecho —explicó doña Marina, mientras preparaba las gachas en una gran olla—. De ahí el estado en que nos hallamos, molidos y maltrechos. Mis hijos juran y perjuran que un ánima se les apareció dos veces esta noche con intención de llevárselos al más allá y no quieren apartarse de mi vera por miedo a que regrese a concluir a la luz del día lo que no pudo entre tinieblas.

—¡No ha de ser cierto lo que mis oídos oyen! —exclamó risueño maese Dirc, cogiendo al más pequeño de los niños en brazos—. Mis valientes amigos no han de atemorizarse por ensoñaciones ni pesadillas, por muy reales que se antojen en medio de la oscuridad.

—No fueron tales —repuso el niño cariacontecido entre pucheros—. Vimos a la cruel ánima con nuestros propios ojos, y mirad estos moratones, me los hizo la muy pérfida en su afán por arrastrarme al más allá.

—¡Ánima maldita del purgatorio, llevadme a mí, si os atrevéis, en el lugar de estos pobres rapaces! —gritó maese Dirc, dejando al niño en el suelo y cogiendo un enorme cuchillo de la mesa, con el que repartió mandobles a diestra y siniestra contra un enemigo invisible—. ¡Pero voto a tal que cobraré cara mi vida!

Los niños al fin se rieron, y maese Dirc añadió:

—¿Veis? Nada pasó. El sol deshace las sombras, y nada queda de una mala noche, ni siquiera el recuerdo funesto, en cuanto llenéis el estómago con las sabrosas gachas de vuestra madre.

El aprendiz barrendero no dejó pasar la oportunidad de probar con disimulo la llave que tenía guardada a buen recaudo en una bolsa oculta dentro del jubón. Apenas la había sacado del ojo de la cerradura, tras comprobar que giraba, cuando tocaron a la puerta de la calle con sonoros aldabonazos y alguna voz destemplada.

—Han de ser los mozos con las carretas —comentó maese Dirc, que acababa de terminar su cuenco de gachas y su vaso de vino tinto mientras bromeaba con los niños—. Los esperaba temprano, pero no tanto.

El hijo mayor de doña Marina, que había corrido al zaguán a averiguar quién llegaba, regresó con la nueva de que era el cochero de doña Guiomar.

Maese Dirc torció el gesto, se aseó los dedos en una palangana de agua, se pasó el pañuelo por la comisura de los labios, se atusó el terno y salió a la puerta para recibir a la dama.

—Mi amo y su hija aguardan en el coche —indicó el cochero cuando lo tuvo delante.

—Creía que me esperarían en la iglesia. No tenían por qué madrugar tanto para venir a mi casa.

Al ver a maese Dirc, doña Guiomar había descendido del coche y escuchó su comentario.

—El retablo no está concluido, maese Dirc. Mi padre me acompaña para comprobarlo —advirtió con tono altanero, entrando en el zaguán.

Maese Dirc hizo una reverencia, le cedió el paso y permaneció callado, aguardando a que don Juan de Clarebout dijera la última palabra.

—Mi apreciado maese, será cosa de poco —expresó este con tono afable—. Algún retoque debido más al capricho de mi joven hija que a un descuido por vuestra parte, puesto que vuestros pinceles no tienen igual en Sevilla.

Maese Dirc repitió la reverencia e indicó a padre e hija que lo acompañaran al taller, donde el retablo aguardaba desmontado en sus tres paneles para su traslado a la iglesia.

Los discípulos y aprendices ya se habían levantado y llenaban la estancia, bullendo de aquí para allá en cumplimiento de sus oficios artísticos con una vitalidad inusitada. Doña Guiomar buscó con la mirada al que tenía comprado, pero no lo halló. De no haber estado presente su padre, habría salido enseguida a informarse de su paradero, pero tuvo que conformarse y permanecer atenta mientras don Juan examinaba con detenimiento la pintura, unas veces acercándose para observar ciertos detalles y otras alejándose para admirar la perspectiva, todo ello en el más absoluto silencio. Cuando hubo concluido, se dirigió a doña Guiomar:

—Decidme, hija mía, cuál es vuestra queja, pues no alcanzo a entender qué defecto se puede achacar a una obra tan magnífica y hermosa.

Doña Guiomar hizo un mohín de enfado y replicó:

—Padre, ¿no veis que me faltan joyas?

—Más bien diría que os sobran —replicó sobrio don Juan.

—Quiero más animales en ese prado de la ventana —exigió doña Guiomar.

—Bastantes hay en la escena —repuso don Juan.

Doña Marina interrumpió en ese punto la conversación entre padre e hija para anunciar que habían llegado los mozos con las carretas mandados desde la iglesia de San Miguel.

—Que se vayan —ordenó doña Guiomar sin pensarlo—. El retablo no está terminado.

—Que aguarden —la corrigió don Juan—. Dadles estas monedas para que tomen un refrigerio mientras concluimos nuestro examen. —Después se volvió al pintor y le dijo—: Maese Dirc, en una cosa doy la razón a mi hija. La obra no está acabada porque falta un detalle.

Doña Guiomar sonrió ufana al saberse vencedora y lanzó una mirada desafiante a maese Dirc.

—Seguiré posando para vos, como quiere mi buen padre que os paga —declaró con presteza.

Maese Dirc hizo una ligera reverencia de aceptación con la cabeza antes de preguntar a su mecenas qué deseaba que añadiera o cambiara en la pintura.

—Un lunar —repuso don Juan de Clarebout—. Vos no lo habéis representado por prudencia, pero yo quiero que aparezca donde está, cerca del labio superior de mi hija, y con ello daré por terminada la obra a mi entera satisfacción y os pagaré lo que habíamos estipulado e incluso algo más para que repartáis con vuestros ayudantes, pues he de admitir que estoy plenamente satisfecho con vuestro trabajo.

Doña Guiomar se apresuró a protestar:

—Padre...

Pero don Juan de Clarebout no le permitió continuar.

—Posaréis para maese Dirc una vez más como deseáis, y después el retablo se trasladará a la iglesia de San Miguel. Quiero que esté expuesto antes del banquete que se va a celebrar en mi casa con motivo del regreso de la flota de Indias. Maese Dirc, estáis invitado, por supuesto, y recibiréis la nota que lo confirme a su debido tiempo.

Y no hubo más. Don Juan abandonó el taller porque tenía que recoger a su esposa y al maestro de ceremonias, que estaban en la Casa de los Lilos concretando los detalles del banquete con Teodora, la encargada de servirlo, antes de dirigirse a la iglesia de San Miguel. Estaba a punto de subir a su carruaje, cuando aparecieron Marie y Colasillo montando el alazán.

—¿Prospera vuestra pintura? —se interesó don Juan, después de saludarla, pues se alegraba de verla.

—Podéis comprobarlo con vuestros propios ojos y darme vuestro ilustrado parecer —replicó amable Marie—. No olvido que fuisteis vos quien me encaminó a este taller y me agrada que seáis la primera persona ajena al mismo que lo contemple.

Don Juan aceptó la proposición de buen grado y entró en las dependencias donde se encontraba casi terminado el cuadro, con Amélie mirando a su hija y esta delante como pintora mirando al espectador, según el esbozo de doña Marina, pero corregido y aumentado con la presencia de Colasillo sonriente al lado de la pintora.

—Admirable —comentó don Juan de Clarebout tras contemplarlo—. Maese Dirc ha sabido sacar los talentos que teníais ocultos.

—No es suyo el mérito, sino de doña Marina. Es una pintora excelente y mejor maestra.

—No lo dudo —admitió don Juan—. Lástima que vuestro bello sexo no os permita a ninguna de las dos llegar más lejos.

Marie se mordió los labios para no contestar a sus palabras, prefiriendo tomarlas como un cumplido y despidiéndose de él con cortesía.

Mientras tanto, maese Dirc había terminado de pintar el lunar de doña Guiomar y dio por hecho que la dama lo acompañaría a la iglesia de San Miguel para comprobar que el retablo quedaba instalado a su gusto. Sin embargo, antes de salir, aprovechando el trasiego de mozos y carretas, se escabulló hasta el taller de doña Marina para besar a su amada allí encerrada con su pintura y comunicarle que doña Guiomar no los importunaría más con su presencia. Por su parte, esta buscó con urgencia apenas disimulada al aprendiz que tenía sobornado para saber de una vez por todas si podría entrar en el cuarto del pintor.

—¿Habéis traído mi bolsa? —le susurró el aprendiz en cuanto se encontraron, ocultos tras una columna del patio.

—Primero dadme la llave —repuso arrogante doña Guiomar.

—No os la daré, pues yo mismo abriré la puerta —indicó el aprendiz—. Cumplid con vuestras obligaciones cotidianas para no levantar sospechas y regresad al anochecer, pero no entréis al taller. Esperadme en el coche dos calles más abajo, junto al callejón de los tintoreros. Yo saldré a buscaros en cuanto maese Dirc se haya ido y os franquearé la entrada a sus aposentos para que contempléis por vos misma el cuadro que a vuestras espaldas está pintando.

—Entregadme la llave si la habéis conseguido —insistió terca Doña Guiomar—. Quiero entrar ahora mismo.

El aprendiz le enseñó a medias la bolsa escondida en el jubón y reiteró sus instrucciones, concluyendo antes de marcharse a otra parte con su escoba:

—Prudencia, mi señora, y un poco de paciencia. Esta noche no os olvidéis de mis dineros, o será humo de pajas lo que hemos hablado y nos tenemos prometido.

Doña Guiomar olvidó de inmediato este contratiempo y su mal humor al saber que iba a compartir a solas una litera con maese Dirc durante el trayecto a la iglesia de San Miguel para la instalación del retablo. No puso pega alguna para partir de inmediato y, aduciendo que la suave luz del sol la molestaba, mandó echar las cortinas en cuanto se sentó para librarse de las miradas indiscretas y dedicarse por completo a la conquista de su amado pintor. Este, que no esperaba tanta osadía por parte de la joven, se dejó querer y permitió sus avances, tímidos al principio y descarados después. La dama comenzó acercando su bien calzado pie a los de maese Dirc, sentado enfrente de ella, para acto seguido, descalzándose el chapín, ir subiendo el pie desnudo por el muslo de su amado hasta llegar a la entrepierna, lugar donde inició un industrioso masaje que no dejó indiferente a quien de buena gana lo recibía. Maese Dirc no puso objeciones cuando doña Guiomar, con el corpiño abierto, se le sentó encima, colocando sus pechos desnudos a la altura de su boca para que los besara.

—Dadme vuestros labios y con ellos vuestra alma —le exigió después, sujetándole la cara para besarlo con pasión.

Todo se lo concedió maese Dirc sin defraudarla en ningún extremo hasta que, mirando por la ventana, comprobó que el viaje estaba a punto de concluir porque llegaban a la iglesia de San Miguel. Entonces se apartó de la ardiente joven y le aconsejó:

—Ordenad vuestros ropajes y recobrad presto el decoro que os es propio, pues vuestros padres y algunas dignidades religiosas nos aguardan.

—Antes dadme un último beso y decidme cómo y cuándo continuaremos estos amores que acabamos de iniciar —repuso vehemente doña Guiomar, mientras recomponía su peinado y se acomodaba el corpiño.

—Mi señora, estos besos y abrazos no los tomé como inicio de amores, sino como amable despedida —indicó con su acariciadora voz maese Dirc—. Entre vos y yo existe una inmaculada relación de un pintor con la hija de su mecenas, como no podía ser de otro modo. Dejad las cosas como están, pues vuestro padre a buen seguro os tiene reservado el más alto de los casamientos, según conviene a vuestra cuna y rango, que vos, como hija devota, habréis de aceptar.

Y sin esperar contestación alguna, saltó ágil de la litera y tendió la mano a doña Guiomar para que descendiera y saludara a los eclesiásticos, que ya aguardaban en el atrio de la iglesia.

Marie había sentido la mordedura amarga del aguijón de los celos al ver cómo el pintor se marchaba con su aborrecida rival, pero tuvo que conformarse y permanecer en el taller pintando, aunque ese día le costó más de la cuenta concentrarse y no rindió como solía. Los hijos de Doña Marina contribuyeron a su distracción, pues seguían atemorizados por el ánima que esa noche los había rondado y se negaron a separarse de su madre para ir a entretenerse en el patio con Colasillo, siguiéndola quejumbrosos a todas partes, interrumpiendo sus tareas e impidiendo que dedicara a Marie la atención que merecía.

Caía la tarde cuando maese Dirc regresó por fin al taller, acompañado de los aprendices que habían colaborado en la instalación del retablo en su lugar de exhibición y culto.

—Ha sido una dura jornada, pero el esfuerzo ha merecido la pena y será recompensado con creces —les dijo al entrar al patio, sacando unas monedas de su bolsa—. Tomad, id a festejar, comed a mi salud hasta hartaros y no tengáis prisa en volver, pues mañana no me enojaré si se os pegan las sábanas por haber abusado de los placeres que se os ofrezcan.

Los aprendices recibieron alegres las monedas y poco tardaron en salir de nuevo entre grandes carcajadas en busca de la juerga que su maestro con tanta generosidad les costeaba. Todos, menos uno, que no estaba dispuesto a perder un futuro que se le antojaba prometedor por culpa de una borrachera con mujeres o una mesa bien servida. Pretextando que tenía otras urgencias y que más tarde se uniría al grupo, este aprendiz que por un día había dejado la escoba se escondió en el trastero de la limpieza y se dispuso a aguardar paciente a que maese Dirc abandonara la casa para reunirse con doña Guiomar en el punto convenido y franquearle el paso al aposento que tanto anhelaba inspeccionar.

Maese Dirc bromeó un rato con los hijos de doña Marina a cuenta del ánima del purgatorio que tan mohínos los tenía y elogió los avances de Marie en el retrato de su madre, proponiendo algún retoque y aconsejándola para dar con la justa representación en su obra de las cicatrices que seguían surcando la risueña faz de Colasillo.

—Mi amigo Caracortada me dispensará si me llevo por un breve tiempo a su hermana para que pose como me había prometido —anunció después—. He cumplido mi compromiso con doña Guiomar y por fin soy libre de pintar lo que me plazca.

—Vuestro amigo Caracortada también quiere posar para vos —declaró Colasillo, levantándose.

—Será otro día —lo detuvo maese Dirc—. Mirad lo tarde que es. Hoy no habrá tiempo más que para vuestra hermana.

—Otro día será, Colasillo —ratificó doña Marina—. Nosotros, en paz y armonía, comeremos huevos con torreznos en la cocina, por si se alarga la pintura y llegáis cansados a vuestra Casa de los Lilos.

Ahora que doña Guiomar no podía perjudicar al taller, doña Marina determinó que no sería ella quien impidiera una relación que contra todo pronóstico parecía afianzarse.

Sin saberse observados, maese Dirc y Marie corrieron por el patio cogidos de la mano hasta encerrarse en el aposento donde aguardaba el cuadro de la ninfa saliendo del manantial. Apenas habían cerrado la puerta cuando los amantes se abrazaron y unieron sus labios con un ansia semejante a la del sediento perdido en el desierto al que se ofrece un sorbo de agua.

—¿Me habéis echado de menos, alma mía, como yo a vos? ¿Queréis que pose para vuestro cuadro? —susurró Marie entre beso y beso mientras maese Dirc la desnudaba con apresuradas manos.

—No, amada mía, hoy os necesito en mi lecho, necesito enredarme en vuestro cabello, oler vuestro cuello, comeros a besos —y cayeron rodando abrazados entre los almohadones, dejándose querer y queriendo entre quejidos ahogados.

Marie siempre tenía hambre una vez que acababan agotados de amarse y se levantó desnuda como solía a coger una manzana de la fuente de fruta que maese Dirc había dispuesto y renovaba para agasajarla.

—Eso es, así es como debo retrataros —declaró el pintor, saltando al punto del lecho—. No os mováis para que pueda eternizar ese instante de belleza sublime que hasta ahora se me había resistido.

Y cogiendo sus pinceles, modificó con trazo firme la ninfa que ya estaba avanzada en la tela para dibujar en su lugar a una espléndida diosa Marie desnuda, apenas cubierta por un tenue velo transparente que dejaba entrever sus sutiles redondeces, llevándose a la boca de labios rosados la manzana de la belleza y la discordia.

—Marie, ya ha anochecido —anunció Colasillo al cabo del tiempo, tocando insistente a la puerta—. Maese Dirc, abridme, pues hemos de regresar a la Casa de los Lilos o nuestro padre se enojará y nos reprenderá con razón.

Estas palabras rompieron el sortilegio, y maese Dirc, como quien sale de un trance, se limpió el sudor de la frente con la camisa y expresó un ya va, ya va, mientras, dejando a un lado los pinceles, besaba a Marie a la vez que se vestían mutuamente entre risas sofocadas.

Hacía rato que se habían prendido las luces cuando llegaron a la Casa de los Lilos, pero la moza que les abrió la puerta les indicó que el señor de Gourney los estaba esperando despierto y levantado. Colasillo se barruntó una monumental reprimenda y se agarró temeroso a la mano de Marie en busca de apoyo para aguantarla.

—Ya os advertí que era demasiado tarde —farfulló entre dientes.

—Yo hablaré con él y saldré en vuestra defensa, si es preciso —se brindó maese Dirc, entrando también en la Casa de los Lilos con paso decidido.

Marie no rechazó su ofrecimiento. Fue una grata sorpresa que su amado mostrara tanto interés por lo que pudiera sucederle y que no le arredrara conocer a su padre en una situación que probablemente se tornaría más que desagradable. Sin embargo, la escena que se encontraron superó con creces sus expectativas.

Hallaron al señor de Gourney en el comedor principal de la casa, sentado a la cabecera de una bien surtida mesa que habían tendido junto a la chimenea, donde ardía un buen fuego. Teodora estaba sentada a su derecha, y doña Elvira, a la izquierda. Varias mozas entraban y salían portando viandas, y en general el ambiente era de gran regocijo más que de preocupación.

—¡Por fin os tenemos con nosotros, hijos míos! —exclamó el señor de Gourney al verlos aparecer—. Sentaos a la mesa, pues es día de celebraciones. Llegaron los fondos para nuestro viaje con cartas del banquero y de Armand. Por suerte, todo son buenas noticias: nuestra gente está sana y nuestra hacienda da sus frutos como antaño.

—Padre, nos acompaña maese Dirc, que nos hizo la merced de devolvernos a casa porque se me fue el tiempo pintando y se hizo tarde —explicó Marie, mientras maese Dirc hacía una reverencia de saludo.

—Os doy las gracias, maese Dirc, por cuidar de los míos y os ruego que os sentéis a compartir mi mesa —repuso el señor de Gourney, cogiendo la mano de Teodora—. Sabed que pronto partiremos para el Franco Condado, donde está nuestra casa y se nos aguarda con ansia después de tan larga ausencia, pero antes celebraremos nuestros esponsales en esta Casa de los Lilos, donde se nos ha tratado con tanto regalo.

Marie se acercó a besar a su padre y a Teodora antes de sentarse, contenta por las noticias. Sabía que Teodora lo haría feliz y lo cuidaría en el Franco Condado con la misma abnegación que había demostrado en Sevilla, y ella podría quedarse con maese Dirc sin remordimientos, viviendo su propia vida sin ataduras familiares.

La cena fue abundante, y el señor de Gourney se mostró locuaz y amable, agasajando a maese Dirc con el mejor de los vinos que había en la casa y poniéndole al corriente de sus planes de concertar con el capitán de algún buen barco su traslado por la costa levantina hasta Génova, en cuyo puerto los aguardarían carruajes mandados desde el Franco Condado para realizar con comodidad la última parte del trayecto por tierra.

—Pero todo eso será una vez que Marie haya completado su cuadro y esté listo para viajar —indicó Teodora, mirando con complicidad a su amiga—. Partiremos pronto, mi señor, puesto que vuestra recuperación es segura y así lo deseáis, pero a su debido tiempo y sin prisas, pues estaremos bien en el Franco Condado cuando lleguemos, pero aquí también se nos quiere y trata con mucho obsequio.

Marie correspondió su buena intención con una sonrisa y decidió que esa misma noche, en cuanto pudieran estar a solas, le revelaría su secreto y propósito de permanecer en Sevilla.

Colasillo, cansado de tan larga jornada y aburrido con una conversación que giraba una y otra vez sobre lo mismo, se quedó dormido sobre los manteles, circunstancia que aprovechó maese Dirc para despedirse.

—Agradezco vuestra hospitalidad —expresó al señor de Gourney, levantándose de la mesa—. Creo que es hora de que me retire para que podáis descansar con vuestra familia. Reitero mi enhorabuena por vuestras nupcias y no os ofrezco mis servicios como pintor porque tenéis una hija que iguala y llegará a superar mis destrezas.

—No exageréis, mi buen maese —repuso halagada Marie.

—Vuestro propio padre comprobará si mi parecer es exagerado o cabal cuando contemple vuestra obra —insistió maese Dirc con su voz de terciopelo.

Teodora quiso levantar en sus brazos a Colasillo para llevarlo a la cama mientras Marie acompañaba a la puerta de la calle a maese Dirc, pero el señor de Gourney se lo impidió, aduciendo que iba a ser su esposa y había llegado el momento de asumir el puesto que le correspondía a su lado y dejar las labores serviles a los criados.

—Mi señor, no pretendáis que cambie en un abrir y cerrar de ojos de condición y carácter —repuso Teodora algo enojada—. Vos sabíais quién era cuando me pedisteis matrimonio y no os importó. Dejad que el tiempo haga su efecto variando poco a poco mis inclinaciones y no me pidáis comportarme de momento como no sé y resultaría forzado.

—Sea, mi discreta Teodora —otorgó Maxim de Gourney—. En todo os doy la razón, como de costumbre. No interferiré en vuestras obligaciones ni inclinaciones hasta que vos misma vayáis asumiendo las nuevas que os pertenecerán como mi esposa.

Mientras en el comedor se mantenía esta conversación, Marie, después de despedirse de maese Dirc, se había retirado a su cuarto, donde buscó papel y pluma para redactar un escrito. Acto seguido abrió su arcón y rebuscó en su interior hasta dar con lo que necesitaba. Acababa de cerrarlo cuando apareció Teodora con Colasillo en brazos, seguida de Violet.

—He de hablaros a solas, amiga mía —le dijo enseguida Marie.

—Acostemos a los niños primero —repuso Teodora.

Pero Marie no deseaba esperar y adujo que su esclava sabía meterse sola en el lecho y ayudar a Colasillo.

—Venid presto conmigo —insistió Marie, tirando del brazo a Teodora para sacarla de la habitación.

Recorrieron casi a tientas la casa que ya estaba a oscuras hasta llegar al pequeño cuarto que ocupaba Teodora junto a la cocina. Allí se encerraron, y Teodora prendió una lamparilla de aceite para dar algo de luz mientras Marie le explicaba sus amores secretos con maese Dirc y su intención de no regresar al Franco Condado.

—Vos me ayudaréis a convencer a mi padre —le pidió como conclusión, tomándole una mano—. Y aunque no consienta, no partiré de Sevilla, pues aquí está mi vida y mi felicidad.

—Sabéis que os quiero bien y deseo daros gusto —repuso Teodora, tras reflexionar un instante sobre lo que acababa de escuchar—. Maese Dirc es apuesto y galante, pero no os ha pedido en matrimonio…

—Poco me importa que lo haga —la interrumpió vehemente Marie—. Nos queremos, con casamiento o sin él, que tanto da. Estoy contenta de que vos os desposéis con mi padre y creo que seréis felices, pero yo soy distinta y no aspiro a lo mismo.

—Pensad en vuestra seguridad —insistió Teodora.

—No me preocupa y no deseo hacer planes a tan largo plazo. Amiga, soy dichosa por primera vez en muchos meses y nada más ansío por ahora. Maese Dirc me adora, me lo demuestra todos los días, y tal vez acabe siendo su esposa, pero no voy a exigírselo ni a permitir que mi padre lo haga. He de ser libre, y después el destino decidirá.

—No alcanzo a comprenderos y no os juzgaré. En mi tendréis a la amiga de siempre e intentaré favoreceros, aunque lo más que consiga sea aplazar nuestro viaje al Franco Condado.

—No creo que mi padre consienta tal aplazamiento y es mejor tener todos los cabos atados por si acaso —replicó Marie y, tendiéndole una de las monedas que le había entregado la anciana cabalista en el Monte de las Ánimas mucho tiempo atrás, añadió—: Tomad, esto os pertenece y os hace miembro de la hermandad de las sibilas.

Teodora cogió la moneda intrigada y la acercó a la lamparilla de aceite para observarla.

—*Ex abundantia cordis* —leyó sorprendida, añadiendo en castellano—: De la abundancia del corazón habla la boca.

Marie exclamó:

—¡Lo habéis entendido a la primera! Ahora estoy absolutamente segura de que esta moneda iba destinada a vos y os pertenece.

—Recordad que me crié en un convento y algún latín sé, sobre todo si se refiere a los evangelios —observó Teodora—. Sin embargo, no comprendo por qué decís que esta moneda, que nunca antes vi, me pertenece.

—Yo tenía dos —explicó Marie—. Me las entregó en un cirio aquella anciana cabalista del Monte de las Ánimas cuyo esposo, liberado de las cadenas por el llamado don Quijote de la Mancha, nos acercó a Sevilla desde las gargantas de Despeñaperros, pero no las encontré hasta que, después de comprar a mi esclava Violet y enemistarme con mi padre, buscaba algún objeto de valor con que pagar sus enseñanzas a doña Marina. Ella fue quien, al verlas, me explicó que eran el cuño de las sibilas, las sabias de la Antigüedad que se hermanaron para aliviar sus desdichas ante la persecución del mundo. Sin embargo, no supo esclarecer el hecho de que a mí se me hubieran entregado dos y me aconsejó que las guardara pues, llegado el momento, comprendería qué debía hacer con la segunda.

—¿Y por qué sabía de las sibilas doña Marina?

—Su madre lo era y murió en la hoguera. A vos os puedo contar este secreto porque también sois sibila, no me cabe la menor duda, y a punto estuvisteis asimismo de arder siendo inocente. A vos os corresponde la segunda moneda que me entregó la anciana cabalista, conocedora de que nuestros caminos iban a cruzarse, y yo os la doy ahora porque sois miembro verdadero de nuestra hermandad de afligidas.

—Marie, yo estuve afligida, pero ahora soy feliz —protestó Teodora—. Tal vez esa moneda no sea para mí.

—Os pertenece, amiga mía —insistió Marie—. Yo también soy feliz, y tal vez gracias a mi moneda. Guardad la vuestra a buen recaudo y no habléis a nadie de nuestra hermandad a no ser estrictamente necesario por las circunstancias y con las debidas cautelas. Sed discreta como, por lo demás, lo habéis sido siempre.

—Puesto que no dudáis de que está a mí destinada, explicadme entonces a qué me comprometo al aceptarla y cuáles son mis obligaciones.

—Nada sé de eso. Doña Marina me recibió como pupila sin exigir pago a cambio de cuanto me ha enseñado porque me reconoció como sibila. Es todo lo que alcanzo, así como que un pasado o un destino cruel nos unen a las que estamos hermanadas.

—*Ex abundantia cordis* —repitió Teodora, guardándose en el bolsillo del mandil la moneda—. No lo olvidaré.

—Debo entregaros una cosa más —indicó Marie, tendiéndole el rollo del escrito que había concluido en su cuarto—. Es la carta de manumisión de Violet. Quiero que viaje con vos al Franco Condado y que la criéis como consideréis más justo. Si se queda en Sevilla conmigo, no será feliz, pues desconozco la vida que me espera y no deseo unir su suerte a la mía ni cargar con la preocupación que me supondría. Con vos y Colasillo estará mejor.

—¿Estáis segura de lo que decís? —preguntó asombrada Teodora—. Mirad que os quedaréis completamente sola...

—Todo está pensado —la cortó Marie—. Mi voluntad es que Violet sea libre y viva con vos, que con tanto amor la habéis tratado y habéis procurado siempre su bienestar. Sin embargo, os ruego que mantengáis oculta esta carta hasta que llegue el momento de viajar al Franco Condado.

—Se hará como me pedís, aunque me cueste esconder la bondad de vuestro corazón ante vuestro padre —repuso Teodora, abrazando a su amiga.

Marie iba a abandonar la habitación, dando por concluida la conversación, cuando Teodora la detuvo:

—Esperad, pues yo también deseo que me concedáis un favor, algo que os resultará trivial, pero que a mí me inquieta y perturba el sueño.

—Os lo concedo antes de saber lo que os angustia —declaró sin tardanza Marie.

—Aunque voy a casarme con vuestro padre, no he podido desdecirme del compromiso contraído con don Juan de Clarebout y su esposa para servir el banquete que tiene pensado celebrar en su casa de aquí a poco con motivo del regreso de la flota de Indias. Acudirán nobles y autoridades de la región e incluso de lejanas tierras, y esos señores quieren echar la casa por la ventana y demostrar su opulencia. El maestro de ceremonias ha establecido que habrá tres servicios de mesa y que a cada invitado se le entregará a la entrada un pañizuelo para que se limpie las manos, en lugar de utilizar los bajos de los manteles como se acostumbra; también se les entregará, además de la cuchara y el cuchillo, una especie de pincho con dos dientes para sujetar la carne sin mancharse los dedos al comerla.

—Qué extravagancia, nunca escuché que existiera tal instrumento —comentó Marie.

—Esos pinchos que llaman forquetes los han comprado a un comerciante catalán y al parecer se usan en las más selectas cortes europeas, aunque con disgusto del papa, que los considera instrumento del diablo.

—Curiosas novedades las de ese banquete. Sin embargo, no entiendo a vos qué os va en ellas ni por qué os quitan el sueño.

—Marie, bien conocéis mis viandas y sabéis que son de cuchara, pero no puedo hacer los guisos que mejor me salen, sino que se me han encomendado, en lugar de olla podrida, algún caldo fino para bocas delicadas, ensaladas, escabeches, empanadas de perdices y de todas clases, así como manjar blanco con capón, pero sobre todo asados de faisán y de gallinas de Indias, que don Juan ha comprado en las naos y que yo no sé cómo serán ni cómo se aderezarán.

—Algo se os ocurrirá, pues tenéis buena mano y mucho seso. No os ahoguéis en un vaso de agua, porque nadie se resistirá a vuestros manjares y mucho menos a vuestros dulces, que sin duda completarán el banquete.

—Eso sí. Ahí podré lucirme sin pretender realizar forzados inventos —reconoció Teodora—. Pero necesito vuestra ayuda para guisar las gallinas de Indias.

Marie se rio:

—Sabéis que nada entiendo de cocina. Mi ayuda sería estorbo y extravío seguro.

—No preciso vuestro auxilio para picar ni moler, sino para que me acompañéis al mercado mañana. Dicen que hay una mestiza de la Nueva España que acude todos los días por pertenecer al servicio del deán de la catedral, y quisiera hablar con ella para pedirle consejo. Si es cocinera, sabrá cómo debo sazonar y guisar las tales gallinas, pues las conocerá y estará al tanto de la consistencia de su carne y de las especias que mejor armonicen y convengan. Vos no sois apocada como yo y hallaréis el modo de entablar conversación, haciéndonos las encontradizas en las calles.

—Contad con ello, mi buena Teodora, y dormid a pierna suelta —concedió Marie sin dudarlo—. Mañana, antes de acudir al taller de pintura, os acompañaremos al mercado y conoceremos a la mestiza que os puede aconsejar, y si no damos con ella, iremos a la casa del deán y le explicaremos punto por punto lo que precisamos.

Antes de que todo esto aconteciera, justo cuando Marie y Colasillo habían abandonado la casa de doña Marina para dirigirse a la de los Lilos en compañía de maese Dirc, el aprendiz que había concertado cita con doña Guiomar salió a hurtadillas de su escondite para reunirse con ella en el punto de encuentro previsto. La inesperada generosidad de maese Dirc pagando la francachela de sus discípulos había facilitado su empresa, pues todavía no habían regresado, doña Marina había tenido que irse a dormir sin trancar la puerta principal y el aprendiz la pudo utilizar sin recurrir a ninguna estratagema.

—Os recuerdo vuestra promesa, pues me importa más que todas las monedas que me vayáis a entregar —señaló el aprendiz a la dama, tras ver la bolsa que premiaría su servicio si acababa felizmente—. Seré vuestro rendido pintor y recogeré vuestra sublime belleza en las más bellas composiciones, incluso mitológicas como la de maese Dirc si así lo deseáis...

—No me enojéis con vuestro impertinente parloteo, pues el asunto está hablado y concluido —lo cortó impaciente doña Guiomar—. Franqueadme la puerta del cuarto y comprobaréis por vos mismo que sabré recompensaros.

—No desconfío de vos, mi señora, pero yo llevaré la bolsa, no vaya a ser que su tintineo os delate o las prisas, una vez visto el cuarto, os impidan entregármela como es vuestro deseo —exigió el aprendiz, extendiendo una ávida mano.

Doña Guiomar le lanzó una feroz mirada, pero se limitó a afirmar:

—Sea, aquí la tenéis. Pagaréis caro, incluso con la vida, si vuestro servicio no vale lo que os acabo de otorgar.

—Así sea —concedió el aprendiz contento.

Y sin más dilación inició la sigilosa marcha que los conduciría, al amparo de la oscuridad, hasta la silenciosa y tranquila casa de doña Marina.

Entraron sin dificultad, cruzaron el zaguán, y doña Guiomar siguió al aprendiz por los soportales como una encapuchada sombra oculta bajo su manto negro. Cuando por fin llegaron ante el aposento del pintor, lo apremió con duras palabras para que lo abriera de inmediato, y llegó a zarandearlo y pellizcarlo para mejor obligarlo a cumplir sus altaneras órdenes.

—Sosegad, señora, sosegad y dejadme obrar con tiento —se quejó entre dientes el aprendiz—. Más arriesgo yo que vos, así que teneos y chitón, que ya cede la puerta.

Doña Guiomar lo apartó de un empujón y entró la primera al cuarto, pero estaba oscuro y no alcanzó a ver nada de lo que le interesaba.

—Dadme luz —ordenó imperiosa.

El aprendiz cerró la puerta con cuidado y prendió una palmatoria.

—Más luz, presto —exigió descontenta doña Guiomar, al comprobar que no se disipaban como quería las tinieblas.

—Señora, no debemos exponernos —replicó precavido el aprendiz.

—Obedeced si queréis obtener cuanto prometí —advirtió la exigente dama.

El aprendiz buscó el candelabro de bronce de cinco velas que estaba sobre la mesa junto a los pinceles y se acercó con él prendido al cuadro que seguía a los pies del lecho.

—Levantadlo —exigió entonces doña Guiomar.

El aprendiz cumplió su orden, y surgió de la oscuridad la figura desnuda de Marie entre velos, con la manzana mordida en la mano.

—Miserable —farfulló entre dientes doña Guiomar—. Me ha engañado, prefiriendo a esta ramera francesa a la que, cual Paris, ha entregado la manzana de la belleza.

—De ese Paris y sus manzanas nada sé —replicó el aprendiz—. Pero ya os enteré de que no había lluvia en el cuadro —comentó el aprendiz con sorna.

—Callad —le cortó doña Guiomar, arrebatándole el candelabro para dirigirlo a las partes de la pintura que todavía no había logrado apreciar.

—Debemos marcharnos cuanto antes, mi señora, pues corremos peligro de que nos descubran —advirtió el aprendiz, que empezaba a estar intranquilo por si volvían sus compañeros y les cortaban la retirada—. Os he servido bien y ganado mi bolsa; ahora, mi señora, retiraos a vuestra casa, que el tiempo apremia y nos han de descubrir si no andamos con tiento.

—Decidme cuándo han estado juntos —insistió doña Guiomar, sin prestar atención a sus palabras—. ¿Vos los habéis visto?

—Esta misma tarde estuvieron encerrados hasta que oscureció —le informó el aprendiz para contentarla y que consintiera en abandonar el cuarto—. Ha de haber posado y la pintura aún estará fresca.

Doña Guiomar pasó la mano por el rostro de Marie, corriendo los colores.

—¡Deteneos, mi señora, que me buscáis la desgracia! —quiso impedir la destrucción el aprendiz.

Pero Doña Guiomar lo apartó con desdén de un manotazo y prosiguió desdibujando la imagen. Luego sacó un pequeño puñal de su bolsa y lo clavó con saña donde estaban representados el rostro, los senos, el vientre y las piernas desnudas de Marie en la tela.

—¡Mi señora, teneos, este no era nuestro trato! —exclamó horrorizado el aprendiz, intentando retirarla del cuadro—. Ved que nada ganáis con estos desatinos más que mi perdición y tal vez la vuestra.

—Nada quedará de esta perra infernal —declaró rabiosa doña Guiomar, apartándolo de un empellón y acercando el candelabro a la tela, que al punto salió en llamas.

—¡Auxilio, hay fuego! —gritó entonces el aprendiz—. ¡Vos sois la culpable y yo no pagaré por vuestra demencia! ¡Auxilio, a mí los de la casa, fuego, fuego!

Doña Guiomar, con furia incontenible, tiró el candelabro al lecho del pintor, arrebató al aprendiz la llave que tenía en la mano y lo empujó hacia la pintura que ardía como la yesca.

—Vos no seréis mi judas —le dijo, mientras se precipitaba fuera de la habitación y candaba la puerta desde el exterior—. Arded en el infierno y pagad vuestra traición, puesto que así lo habéis querido.

Sin volver la vista atrás, cruzó el patio como alma que lleva el diablo, con el manto al viento y suelta la larga cabellera fuera de la capucha, llegó al zaguán y traspasó la puerta, desapareciendo enseguida como tragada por la noche.

Fueron los hijos de doña Marina quienes primero escucharon los gritos desgarradores del aprendiz encerrado en la habitación en llamas y, creyendo que se trataba otra vez del ánima del purgatorio que quería atormentarlos, despertaron a su madre con los suyos.

Aunque todavía no se veían llamas, el olor a quemado puso sobre aviso a doña Marina, quien se dirigió enseguida al fondo del patio y vio a la luz de la luna el humo grisáceo que se filtraba por las rendijas de la puerta donde progresaba el incendio. Corrió a su dormitorio para buscar con qué abrir el cuarto, pero cuando regresó se percató angustiada de que no podía porque en su manojo faltaba esa llave.

—¡Me ahogo, me muero! —gritaba el infortunado aprendiz, aporreando la puerta desde dentro—. ¡Buscad hachas! ¡Traed agua para apagar el fuego!

—¡Desgraciado!, ¿qué hacéis ahí metido? ¿Quién y por qué os encerró? —quiso saber doña Marina.

Pero no hubo respuestas.

—¡Abridme, que me muero! ¡Hachas, agua! —repitió el aprendiz a punto de asfixiarse por el tóxico humo de las pinturas antes de ser alcanzado por las llamas.

Bien hubiera querido doña Marina cumplir sus deseos, pero estaba sola en la casa con sus hijos y aunque cogieron dos hachas, no tuvieron fuerzas para echar abajo la puerta y sofocar las llamas con el agua del pozo.

Apenas se escuchaban los lamentos del aprendiz cuando llegaron sus compañeros de la juerga y aunque se mostraron dispuestos a empuñar las hachas, su estado de embriaguez dificultó la tarea, perdiendo un tiempo precioso en disquisiciones absurdas sobre quién tenía más fuerza y debía empuñarlas primero, y después errando las más de las veces los golpes.

—¿Quién decís que está dentro del cuarto en llamas, doña Marina? —preguntó uno de los discípulos, menos borracho que el resto.

—Filomeno es —repuso el hijo mayor de doña Marina—. No quiso ir a la fiesta, y el ánima lo atrapó y lo está quemando para llevárselo.

—Por los gritos, sin duda es Filomeno —reconoció doña Marina—. Pero no hay ningún ánima.

—¡Yo vi al ánima negra corriendo con la melena al viento por el patio! ¡Tenía rostro de mujer, pero pálido como la muerte! —corroboró el hermano más pequeño—. ¡Juro que la vi con estos ojos que se han de comer la tierra!

—¡Dejaos de juramentos y salvemos a Filomeno! ¡No morirá ni se lo llevará ningún ánima si lo sacamos pronto! —exclamó doña Marina—. ¡Apuraos, moved esas hachas!

La desesperación de doña Marina era grande porque sabía que estaba en juego la vida del pobre infeliz, pero también su hacienda, pues las casas de los pintores eran pasto fácil de las llamas una vez que se desataba un incendio por la cantidad de material inflamable que guardaban.

Poco se había avanzado cuando regresó maese Dirc de la Casa de los Lilos. Al verlo aparecer, los aprendices, borrachos como estaban, se quitaron unos a otros la palabra para explicar lo sucedido, hasta que doña Marina intervino para poner orden, diciendo:

—Basta, no hay tiempo que perder. Después se aclarará todo. De momento, abrid la puerta con vuestra llave si la tenéis encima, pues me falta la mía.

Maese Dirc se acercó a la cerradura caliente, metió su llave, la giró y empujó la puerta hacia dentro con una vigorosa patada. Una inmensa llamarada rojiza iluminó la noche, crujieron pavorosamente las vigas del techo, y todos los presentes retrocedieron atemorizados.

—¡Traed baldes con agua! —ordenó doña Marina, corriendo con sus hijos hacia el pozo—. ¡Hagamos una cadena para apagar el fuego!

Pero los aprendices estaban demasiado borrachos para obedecerla y unos reían mientras otros lloraban, abrazados o tirados en el suelo.

Maese Dirc se acercó al pozo y empapó una sábana que había cogido del cuarto de los niños.

—He de entrar. Tengo que salvar mi cuadro, la mejor de mis obras —dijo como si hablara consigo mismo, cubriéndose con la sábana y cruzando decidido el umbral ante la mirada atónita de los presentes.

—¡Aguardad, no seáis necio! —gritó doña Marina desde el pozo, sin lograr detenerlo—. Si Filomeno no salió, ¿cómo vais a salvar la vida vos penetrando en ese infierno?

Pero sus palabras llegaron tarde. Maese Dirc había desaparecido entre el humo y el crepitar de las crecidas llamas. Doña Marina, sin poder contener las lágrimas, consiguió disipar la borrachera de los aprendices a fuerza de empellones e insultos, y los puso a acarrear agua en una desigual contienda contra un fuego que iba cobrando ímpetu y ya amenazaba con extenderse a los cuartos contiguos.

Al poco las campanas de las iglesias próximas tocaron a rebato para alertar a la población del incendio que se estaba propagando, y muchos vecinos saltaron sobrecogidos de sus camas y cogieron baldes para intentar sofocarlo en una lucha desigual.

17

El llanto de las sibilas

Las mozas externas que traían a la Casa de los Lilos las noticias que corrían de boca en boca no habían acudido aún a sus oficios cotidianos cuando Teodora y Marie, acompañadas de Violet y Colasillo, más dos criadas que cargaban grandes cestas para las compras, salieron en dirección a la plaza de la Alfalfa, lugar de mucho comercio y punto de confluencia de la concurrida red de plazas y calles donde se vendía y compraba en establecimientos y puestos callejeros cualquier abasto que se precisara en la ciudad. Por eso marcharon tranquilas, ajenas a lo que había sucedido esa noche en el taller de doña Marina, andando sin prisas entre los transeúntes, que no eran muchos todavía, y esperando toparse con la mestiza de la casa del deán a la que creían ducha en cocinar las gallinas de Indias, de las que vieron algunas bien cebadas en la calle de la Caza, además de conejos y liebres, perdices y pajarillos que se ofrecían por unidades, docenas o gruesas, según la bolsa del comprador.

—Yo sabría escabechar cualquiera de esas piezas de nuestra tierra y conseguir que mis comensales se chuparan los dedos de gusto —comentó Teodora con cierto desaliento—. Pero fijaos en las gallinas de ultramar, observad cuán grandes son y la extraña cabeza que tienen, con esas rojas colgaduras que me provocan espanto. ¿Cómo voy a cocinar ese extraño animal, qué gusto podré darle y con qué especias de las que conozco?

—Lo haréis, como de costumbre, a las mil maravillas, querida amiga, no os desaniméis tan pronto —la consoló Marie y añadió entre risas—: Si bien podéis estar segura de que quienes se sientan a la mesa de don Juan de Clarebout no se chuparán los dedos ni roerán hueso alguno. Recordad que el que serviréis será un banquete exquisito y habrá pañizuelos y esos forquetes de los que me hablasteis para que nadie se manche sus nobles manos con las viandas, por excelentes que sean.

Andando y andando, llegaron a la calle de la Especiería, y Teodora aprovechó para adquirir de una vendedora extremeña delicados hilos de rojo azafrán y un puñado de pimentón de la Vera, oloroso a la madera de roble con cuyo humo lo habían secado, que usaría para aromatizar y hermosear, llenando de color, sus guisos. En la plaza de Abajo se ponían a ofrecer su mercancía las panaderas de la ciudad, y aunque en la Casa de los Lilos se amasaba y horneaba, Marie quiso probar una rosca de Ronda que anunciaba a grandes voces una mujer entrada en carnes de piel blanquísima, como si ella misma estuviera fabricada de fina harina.

—Decidme, buena mujer, ¿conocéis a la mestiza que pertenece a la casa del deán? —aprovechó para preguntarle mientras le pagaba por su pan.

La mujer asintió y corroboró que solía frecuentar el mercado, pero esa mañana todavía no había asomado.

—Dicen que hubo un incendio —explicó la panadera de harina—. Que sonaron las campanas toda la noche. Por eso apenas hay parroquianos. A unos se les habrán pegado las sábanas por no haber descansado a su gusto y otros habrán ido a curiosear entre las cenizas.

—Yo escuché las campanas —aseveró Colasillo, mostrando gran interés—. ¿Podemos ir también nosotros a ver lo que se ha quemado?

Marie replicó que tal vez más tarde, y ya se había despedido de la panadera cuando esta les recomendó:

—El deán es goloso y nunca faltan dulces en su mesa. A lo mejor os encontráis con la mestiza de su servicio si vais a la calle de la Confitería.

Hacia allá dirigieron sus pasos pese a la insistencia de Colasillo, que deseaba a toda costa contemplar los estragos del incendio.

—Si ni siquiera sabemos dónde ha sucedido —observó Teodora para disuadirlo de su empeño.

—No hay más que seguir a la gente —se obcecó el niño—. ¿Adónde creéis que se encaminan todos esos desharrapados y viandantes ociosos que van delante? Dejadme preguntarle a alguno y pronto nos enteraremos de lo acaecido.

Y salió corriendo calle arriba, a pesar de que Marie le gritó que no lo hiciera.

—No tan deprisa, perillán —le espetó un hombretón malencarado de amplia sonrisa cuando pasó por su lado, agarrándolo de los pelos y levantándolo hasta su altura—. No daba crédito a mis ojos cuando nuestros pasos se cruzaron esta mañana y como, ingrato, me negaste el saludo, me determiné a seguiros para pedirte cuentas. Yo te había dado por muerto y por más que algunos me llegaron con el cuento de que andabas por ahí bien vestido y calzado, aunque desfigurado a fuerza de costurones que te cruzaban la cara, no lo creí, pues no esperaba de ti tanta ingratitud, criado como te había en mi casa con gran regalo y consideración por el buen recuerdo que en ella se guarda de tu malograda madre.

Gruesos lagrimones escaparon de los ojos de Colasillo, quien abrió la boca pero no dijo nada.

—¡Soltadlo, soltadlo al punto! —gritó Marie mientras corría en su auxilio, buscando en su escote el puñal regalado por Chantal.

Violet la imitó de inmediato y llegó a adelantarla en la carrera, mientras Teodora y una de las criadas, que también habían corrido detrás, se detenían asustadas a una distancia prudencial de la escena. La otra criada salió escapada en dirección contraria, perdiendo la cesta en la huida.

—A fe mía que el mundo es un pañuelo —declaró con sorna el hombre, fijando la torva mirada en Marie y bajando al suelo a Colasillo, pero sin aflojar la mano con la que lo asía del pelo—. La gabacha y la monja que huyeron de mi casa sin pagar lo gastado se aprovecharon de mi buena fe para robarme además al rapaz que me servía sin más luces que las del día.

—Os exijo que lo soltéis de inmediato —repitió Marie, haciendo oídos sordos a los insultos y alzando la voz para imponerse—. Mi padre prohijó a este chiquillo tras salvarlo de una muerte segura por el ataque de un perro que lo desfiguró, y ahora es mi hermano. ¡Dejadlo libre os digo!

—Marchad noramala y no pretendáis entrometeros en mis asuntos —declaró el hombre, sin liberar a su compungido preso—. Este rapaz es de mi casa y a ella ha de volver conmigo os guste o no, pues vos nada tenéis que objetar ni yo os daré explicaciones de lo que no os incumbe.

—¡No hará tal porque es mi hermano y vive en la casa de mi padre, que lo quiere bien! —insistió Marie, blandiendo su puñal con mano temblorosa para hacer valer sus razones.

—Guardad vuestro juguete, insolente dama, o me veré obligado a mataros sin remedio —amenazó el hombre, dando un empujón a Marie que, cual pelele, trastabilló y cayó sentada al polvoriento suelo.

El hombre, considerándose ganador de la partida, propinó una sonora bofetada a Colasillo que le dejó marcados los dedos:

—Para que aprendas la lección y no caigas en la tentación de escapar de nuevo —le dijo y lo aferró con su enorme mano por el cuello para llevárselo consigo casi a rastras—. ¿Acaso pensaste que aceituna comida, tirado el hueso?

Fue cosa de un instante, visto y no visto con la velocidad de un rayo. Violet emitió un rugido de fiera y se abalanzó cual selvático felino contra el hombre, se colgó de su espalda, le arañó la cara con sus largas uñas y le arrancó media oreja de un bocado.

—¡Fuera, negra del demonio! —bramó el hombre, revolviéndose y tratando de alcanzarla a grandes manotazos.

Pero ya Violet había soltado a su presa y saltado al suelo, girando a su alrededor mientras medía sus movimientos para reanudar el ataque en la primera ocasión, igual que una leona acorralando a su caza para asestarle la dentellada mortal. Un chorro de roja sangre manchó el cuello del hombre y comenzó a escurrir por la camisa, empapando el jubón. Colasillo había aprovechado para zafarse de su garra y correr a esconderse detrás de la amedrentada Teodora, quien se propuso defenderlo hasta el final con su trémulo cuerpo.

—¡Aguantad, mi señora, que ya llego con auxilio! ¡No os dejéis acobardar ni robar, que ya viene la justicia! —vociferó desde lejos la criada que había huido y ahora regresaba cual toro de fuego acompañada por una pareja de alguaciles.

El hombre, al percatarse de su presencia, consideró que su situación se complicaba y decidió retirarse cuando aún era tiempo.

—Esto no lo he de olvidar. Guardaos de mí, gabacha del infierno, porque al menor descuido acabaré con vos —farfulló al alejarse, tratando de contener con la mano la sangre que se le iba escapando entre los dedos.

—Más bien guardaos vos —le respondió con furia Marie para esconder su miedo—. Conocemos vuestra casa y tenemos quien nos defienda. ¡Huid presto de Sevilla si no queréis dar con vuestros huesos en la cárcel, pues son muchas las acusaciones que levantaremos contra vos!

—Os llamó gabacha y sabe que yo fui monja —le susurró al oído Teodora, una vez que la hubo ayudado a levantarse del suelo—. Estamos en peligro.

—No os inquietéis —trató de serenarla Marie, aunque su voz no sonó tan firme como hubiera deseado—. Yo no soy gabacha, sino borgoñona, pues el Franco Condado se conoce como la Borgoña española, así que su insulto por francesa me resbala y no me ofende. Y a vos tampoco ha de preocuparos el que os ha dedicado, puesto que no sois monja ni nunca lo habéis sido y estáis a punto de convertiros en la esposa de mi padre, cuyo amparo y protección no os faltarán.

Cuando llegaron los alguaciles a interesarse por lo ocurrido, no quedaba rastro del hombre, que había desaparecido por una callejuela, y Violet consolaba a Colasillo, quien se sobaba la cabeza dolorida por los tirones de pelo y la bofetada.

—No alcancé a verlo con claridad desde la distancia, pero tengo para mí que vuestro agresor era Ginés el de la Mancebía, hombre guapo y pendenciero, conocido como el *Aceituno* —dijo uno de los alguaciles—. Tiene trato con mujeres de la mala vida y ha de haberle interesado la negra membrilla para su comercio, pero la chiquilla ha sabido defenderse con uñas y dientes, a pesar de su corta edad.

Ninguno de los presentes se molestó en sacarlo de su error ni pidieron que lo persiguieran, puesto que al final la cosa se había reducido a un buen susto y no había habido delito que denunciar. Teodora se limitó a rogarle que las acompañaran a casa, pues temía que el hombre reapareciera en cuanto se quedaran solas y volviera a atacarlas con más saña.

—Con gusto os prestaríamos ese servicio si no estuviéramos urgidos por las prisas —se disculpó el otro alguacil de la pareja—. Hubo un incendio y se nos ha requerido para hacer ciertas comprobaciones, pues se cree que pudo ser doloso.

—¿Dónde fue el incendio? —se interesó de inmediato Colasillo—. ¿Podemos acompañaros a verlo?

—Rapaz, no es cosa de juego —le reconvino el alguacil—. Cuidad de estas damas como el esforzado caballero que ya casi sois y devolvedlas sanas a vuestra casa, que nosotros ya os dejamos. Quedad en paz.

Y sin más se alejaron calle arriba. Teodora apremió al grupo a volver cuanto antes a la Casa de los Lilos, renunciando a encontrarse con la mestiza del servicio del deán esa mañana. Marie aceptó porque también sentía miedo y avanzaron buscando calles y plazas concurridas por librarse de posibles acechanzas en lugares con poco tránsito. Cuando pasaron junto a una fuente, Violet aprovechó para enjuagarse la boca, escupiendo al suelo de tierra agua sanguinolenta. Tras lavarse a su gusto y secarse con la manga de su blusa, explicó:

—De mucho tiempo acá no había probado la sangre de mis enemigos y me asquea su sabor, pues no es como recordaba, sino más amargo —pareció reflexionar un instante y agregó—: Acaso sea porque nunca había catado la carne y la sangre de un blanco.

—¿La carne de un blanco? —preguntó sorprendido Colasillo.

—De un bocado arranqué la oreja al villano que tanto te maltrataba y osó atacar a mi ama, y la tragué sin pararme a masticarla siquiera —respondió sin inmutarse la niña.

Al escuchar estas palabras, Teodora agarró de la mano a Marie y le susurró al oído:

—Vuestra esclava es comedora de carne humana, como aquellos indios que tan mala muerte dieron al capitán de los Tercios Viejos amigo de vuestro padre.

Marie vaciló un instante antes de responder:

—Si comió carne humana, fue por salvar a Colasillo y al verme a mí indefensa y derribada.

Iba a replicar Teodora, cuando una de las criadas que se había retrasado unos pasos para saludar a una conocida se reincorporó al grupo, anunciando a voz en cuello:

—El incendio fue en la casa de doña Marina. Dicen que no hay más que ruinas y muros abrasados.

—¿Ardieron los cuadros? —preguntó Colasillo.

La criada se encogió de hombros, y Marie, sin pronunciar palabra, comenzó a correr hacia el taller de pintura. Todos sus acompañantes la siguieron sin rechistar, y Colasillo, como buen conocedor de la ciudad, se puso a la cabeza de inmediato para dirigir la marcha por el camino más corto, atajando hasta desembocar en la catedral y desde allí avanzando a manotazos entre la multitud de curiosos que también deseaban contemplar la devastación causada por el incendio en la casa del afamado pintor flamenco.

El alcalde mayor de la Justicia había ordenado a los alguaciles que mantuvieran alejada a la chusma sin escatimar esfuerzos y, tras muchos espadazos y empellones, habían conseguido establecer un cordón de seguridad que no permitían traspasar más que a los miembros de la casa, las autoridades y los operarios encargados de vigilar que los humeantes rescoldos no se reavivaran, para lo cual seguían desplegando cortafuegos que impidieran la propagación de las llamas.

—¡Por fuerza he de llegar a la casa! —exclamó Marie cuando, abriéndose paso a codazos entre la abigarrada muchedumbre, le impidieron el avance—. Soy pupila de doña Marina y tengo un cuadro a punto de acabar en su taller.

Colasillo corroboró sus palabras, añadiendo que él también acudía todos los días al taller y querían saber qué había sido de sus moradores con los que tan estrecha relación mantenían.

—Allá los tenéis —señaló el alguacil y les permitió salir de la multitud ávida de desgracias ajenas y dirigirse hacia las ruinas humeantes.

En el solar donde el día anterior se alzaba la amplia casa de un solo piso que albergaba el taller de doña Marina, no había más que escombros, muros que no se levantaban más de un metro, las enormes puertas del zaguán arrancadas y oscurecidas por las llamas, rejas retorcidas, el brocal del pozo que se encontraba en el otrora florido patio y poco más. Doña Marina estaba sentada sobre un baúl con la cara oculta entre las manos y sus hijos, con los camisones tiznados por el humo, dormitaban a su alrededor, uno apoyado en sus rodillas y los otros entre sí, formando una triste estampa que provocó el llanto de Marie y Colasillo.

—Ved en qué quedó todo —balbuceó doña Marina al percatarse de su presencia—. Estoy en la calle con mis pobres hijos sin techo que nos cobije.

—¿No se salvaron los cuadros? —preguntó Colasillo, contemplando la desolación que se extendía por doquier.

Doña Marina, poniéndose en pie, repuso:

—Solo el de Marie. Cuando comprobé que no había forma de atajar el fuego, corrí con mis hijos y los discípulos de maese Dirc que estaban en condiciones de obedecerme a resguardar de las llamas cuanto fuera posible de nuestras posesiones. Sacamos las arcas con la ropa, la alacena de los pigmentos, pinceles y otros utensilios, algunos caballetes y poco más, pues cuando quisimos entrar en el taller grande en busca de las mejores tablas, el incendio ya se acercaba y llegaron las autoridades con órdenes de demoler la casa para cortarle el paso y que no se extendiera por la vecindad.

Mirando a su alrededor, Marie preguntó:

—¿Dónde decís que está mi cuadro?

Doña Marina le indicó un bulto cubierto con una sábana que había apoyado en la alacena de los pigmentos.

—Lo tapamos para evitar que se ennegreciera y lastimara todavía más por el humo —explicó—. La pintura ha sufrido algunos daños, pero nada que no podamos remediar con un poco de paciencia.

Marie se interesó entonces por otro:

—¿Y qué fue del cuadro que tenía en su cuarto maese Dirc? ¿No quiso él salvarlo del fuego?

Doña Marina no respondió. Miró a Marie con semblante desolado y le cogió las manos. Fueron sus hijos quienes rompieron el silencio, exclamando al unísono:

—¡¡Sí quiso!! Maese Dirc desapareció entre las llamas de su cuarto y no volvimos a verlo más.

—¿Pero qué dicen estos chiquillos? ¿Dónde está el maestro?

—El fuego se inició en sus aposentos —repuso con voz abatida doña Marina—. Los gritos de Filomeno nos despertaron y, cuando acudimos, lo encontramos encerrado dentro, la llave del cuarto había desaparecido de mi manojo y no lo pudimos sacar por más que intentamos derribar la puerta a hachazos. Cuando llegó maese Dirc, el pobre de Filomeno ya no se quejaba, y las llamas habían cobrado tanta altura que daba pavor contemplarlas. Era una temeridad penetrar en el cuarto, pero maese Dirc desoyó nuestros ruegos y se arrojó a ese infierno, arropado únicamente con una sábana mojada para protegerse.

Doña Marina calló, y Marie, con el alma en vilo, la apremió para que continuara el relato:

—Imagino que no pudo salvar el cuadro. ¿Dónde está ahora?

—Nadie lo vio salir. Quedó dentro con el infeliz de Filomeno, abrasándose entre las llamas —contestó, reprimiendo el llanto a duras penas, doña Marina.

Marie meneó la cabeza sollozando:

—No, me niego a creerlo. Ha de haber escapado por la ventana al darse cuenta del peligro, o por la puerta cuando ya todos estaban en otro lugar, salvando sus pertenencias.

El semblante desolado de doña Marina y la imperceptible negación que hizo con la cabeza resultaron más significativos que cualquier palabra pronunciada por sus resecos labios.

—Comenzará la búsqueda de los cadáveres enseguida, en cuanto los operarios acaben de enfriar los rescoldos del cuarto con la tierra que están arrojando —explicó un alguacil que se había aproximado al grupo para informar de las labores—. Les aconsejo que recojan cuanto han salvado y se marchen a descansar, pues la tarea será trabajosa.

—No me moveré de la que era mi casa —replicó doña Marina, alzando algo la voz—. Quiero estar presente en los trabajos de desescombro para que se me entregue lo que se rescate, si es que algo ha resistido el empuje de vuestras piquetas y arietes, que tengo para mí que más daño han causado que el mismo incendio.

—Señora, sentimos vuestro quebranto y nunca fue nuestra intención causarlo, sino evitar con nuestro concurso que el perjuicio se extendiera a las propiedades vecinas, como muchas veces sucedió antaño cuando no se atajaban los incendios con las medidas de demolición que ahora se emplean. Vos de todos modos habríais perdido vuestra casa y enseres consumidos por las llamas, y acaso incluso la vida, si no hubiéramos creado cortafuegos para impedir que traspasaran las lindes de lo vuestro y alcanzaran las propiedades vecinas, que incluso de este modo algo también se han perjudicado, como podéis ver por los llantos y lamentos de aquellas otras gentes allí reunidas que quieren que os exijamos reparación como causante de su mal.

—Yo no prendí el fuego y soy quien más perdió —replicó doña Marina—. No solo se ha consumido mi hacienda, sino que creo que ha habido dos muertos por lo menos, uno de ellos pintor notable de la ciudad, como sabéis, y alma de mi taller. Eso por no hablar de los muchos heridos y quemados que se cuentan entre sus discípulos y los miembros de la que era mi casa. No se me alcanza cómo he de resarcir a nadie a no ser que también quieran arrebatarme la vida.

El alguacil quiso templar sus ánimos:

—No os atormentéis, señora, pues el asunto se investigará y se hallará a los culpables si los hubo y no fue un accidente fortuito. El alcalde mayor de la Justicia os tomará declaración a su debido tiempo, así como a vuestros hijos y a cuantos testigos haya de lo ocurrido, y si fue un incendio provocado por mano criminal, se descubrirá.

Doña Marina asintió con un leve movimiento de cabeza, y el alguacil se despidió para proseguir vigilando las labores de extinción y desescombro. Marie lo siguió porque quería ver de cerca las ennegrecidas ruinas humeantes en que habían acabado los aposentos de maese Dirc por si era capaz de encontrar algún indicio de cuál había sido su suerte o por dónde había conseguido escapar.

Los hijos de doña Marina, agotados y hambrientos, no dejaban de quejarse lloriqueando, a pesar de las carantoñas de Colasillo, que intentaba animarlos, y Violet, cual madre en miniatura, cogió en sus brazos al más pequeño y se puso a arrullarlo al son de una rítmica nana cantada en su lengua natal. Teodora asió de la mano a doña Marina para alejarla del grupo y hablarle a solas.

—Apenas nos conocemos de oídas, pero siento de todo corazón vuestra desgracia porque nos une un lazo más fuerte que la sangre. Aunque no tengo casa propia, el techo bajo el que vivo también os cobijará a vos y a vuestros hijos, pues he de corresponderos con la misma generosidad que vos habéis demostrado antes. Hermanas somos —sacó de la faltriquera la moneda que le había entregado Marie y añadió—: *Ex abundantia cordis*.

Doña Marina reaccionó enseguida a la sorpresa causada por estas palabras, le cerró al punto la mano para ocultar de miradas ajenas la moneda y terminó la frase en un susurro antes de besársela con gratitud:

—*Os loquitur*.

—Permitidme organizar el traslado de vuestras pertenencias a la Casa de los Lilos, aunque nosotras permanezcamos aquí con Marie hasta que se recuperen las más de las cosas servibles y se determine qué fue de maese Dirc y de la otra víctima del incendio.

Como doña Marina dio su consentimiento, Teodora instruyó a las criadas para que regresaran a la Casa de los Lilos con los niños e informaran al señor de Gourney y doña Elvira de lo ocurrido a fin de que enviaran sin tardanza algunas carretas y mozos para socorrer a doña Marina.

—No podemos marcharnos sin antes haber hablado con el alcalde mayor de la Justicia para que nos tome declaración de lo que vimos —objetó el mayor de los hijos de doña Marina—. Ha de saber que fue el ánima quien causó el incendio y encerró al infeliz de Filomeno para que las llamas lo abrasaran sin remedio como si estuviera en el infierno.

—Yo os representaré y si se os requiere, el mismo alcalde mayor de la Justicia mandará a buscaros —repuso doña Marina y sacó del arca unas mantas para que se cubrieran los manchados camisones durante el trayecto a la Casa de los Lilos.

Mientras los alguaciles abrían un hueco entre la muchedumbre para que las criadas abandonaran el lugar acompañadas de los niños, Teodora advirtió que entre los curiosos que habían logrado situarse en primera fila se encontraba la mestiza criolla del servicio del deán a la que no habían encontrado en las calles del mercado. Tímida como era, pretendió que Marie acudiera para entablar conversación con ella, pero no consiguió apartarla de las tiznadas ruinas que ya se habían empezado a remover con palas y picos.

La mestiza resultaba inconfundible por su colorido atuendo, pues aunque iba vestida a la española, llevaba el brillante cabello oscuro partido al medio y recogido en dos gruesas trenzas entretejidas con cintas de colores que rodeaban el óvalo de su cara en un cuidadoso peinado alto, dejando al descubierto las orejas de las que colgaban gruesos pendientes de plata y cuentas verdes. Teodora no podía apartar sus ojos de ella, pero no se atrevía a acercarse. Fue la mujer que estaba a su lado quien le dirigió la palabra al percatarse de la atención que había despertado su señora:

—Le digo a doña Berta que habéis de ser allegada de la casa quemada para que los alguaciles os hayan dejado pasar. Mi ama es de ultramar, pero bastante conocida en la ciudad por servir a quien sirve y aun así los alguaciles no le han permitido acercarse como a vos para apreciar los grandes daños causados por el fuego.

—Bien sé quién es vuestra ama —replicó Teodora, ruborizándose un punto antes de continuar, dirigiéndose esta vez a la mestiza—: Aunque os extrañe, esta mañana salí al mercado con la esperanza de encontraros, pues quería haceros una consulta de vital importancia para mí.

—Disculpadme, yo no creo conoceros —repuso la mestiza doña Berta, con un punto de asombro en su cadenciosa voz—. Y no se me alcanza qué podéis necesitar de mi persona.

La muchedumbre agolpada seguía creciendo y pugnaba por romper el cordón formado por los alguaciles quienes, nerviosos, tiraban de espada a la menor provocación para contener su impulso.

—Este no es lugar para conversaciones, señoras, y ya está todo visto —les dijo uno que acababa de impedir el paso a un grupo de mendigos que pretendían hacerse con algún botín para ganarse unos cuartos con su venta—. Ea, márchense a la catedral a platicar de sus asuntos, no se vayan a encontrar con algún golpe fortuito o las quiten al descuido alguna pertenencia que después les duela.

—Yo no puedo abandonar este sitio porque doña Marina me necesita, pero también preciso conversar con la dama —replicó Teodora, señalando a la elegante mestiza—. Será cosa de poco y luego luego se marchará. Os ruego, por favor, que le permitáis el paso para evitar incomodidades.

El alguacil accedió a regañadientes, y doña Berta y la criada, más el escudero que las cuidaba por orden del deán, siguieron a Teodora hasta el punto donde estaban amontonados los escasos bienes que había logrado salvar doña Marina. Con voz cansada, esta accedió a relatar de nuevo cuanto había sucedido y contestó las preguntas que le formularon. Terminada su indagación, fue Teodora quien centró el interés de la mestiza doña Berta:

—Si mal no he entendido, esta mañana me habéis buscado en el mercado. Por más que lo pienso, no acierto a conjeturar el motivo y me pica la curiosidad. ¿Acaso necesitáis algún favor de mi señor el deán?

—No es de vuestro señor de quien preciso un favor, sino de vos, y no es más que un consejo —repuso Teodora, ruborizándose de nuevo.

Y a instancias de doña Berta, pasó a explicarle cómo siendo cocinera de la Casa de los Lilos, tenía el encargo de preparar el banquete que don Juan de Clarebout quería dar para celebrar el retorno de la flota de Indias y el apuro en el que se hallaba al no tener experiencia en guisar las gallinas de Indias que, entre otras muchas viandas, se le había requerido presentar como uno de los platillos principales para la ocasión.

—Esas gallinas de Indias que decís en mi tierra se conocen como guajolotes y son muy reputadas por su blanca y tierna carne —replicó doña Berta—. Es plato de buen gusto, propio de celebraciones, que se prepara sobre todo en mole, que quiere decir guiso en nuestra lengua azteca, cocinando una salsa espesa con diferentes chiles, que son vuestros pimientos, pero picantes, y muchos otros ingredientes y especias a elección de la cocinera, sin olvidar el condimento imprescindible, que es el cacao molido.

—¿El cacao con el que se prepara el chocolate? —se sorprendió Teodora.

—Ese mero —confirmó doña Berta—. Para hacer el mole os habréis de valer de un metate donde moler los distintos componentes, como almendras, cacahuates, clavo de olor, anís estrellado, canela, cebolla, ajo y jitomate, más los que vos queráis añadir por ser de vuestro agrado y uso en la cocina.

Esta vez fue Teodora quien formuló una pregunta tras otra, y doña Berta no escatimó explicaciones sobre técnicas, tiempos y medidas, hasta que un chillido desgarrador la sobrecogió y dejó sin más palabras.

Los operarios, al levantar unas vigas de madera que habían resistido la destrucción de las llamas, habían dejado al descubierto un cadáver calcinado, irreconocible a primera vista, que había provocado primero el alarido y después el llanto abatido de Marie. Teodora corrió a consolar a su amiga, pero los alguaciles impidieron el paso a doña Berta y sus acompañantes por evitarles el espanto de tan macabra escena.

—No ha de ser él, no, no puede ser —musitó Marie, abrazada a Teodora, sin atreverse a mirar de nuevo los despojos abrasados.

El alcalde mayor de la Justicia mandó intervenir al escribano que, sentado en su pupitre y provisto de pluma y tintero, fue anotando con su letra puntiaguda cuanto se le iba dictando concerniente al hallazgo del quemado y fallecido. Así, escribió sin apenas borrones que las llamas habían consumido vestido, cabello y la mayoría de la carne del difunto, dificultando su reconocimiento; escribió también que probablemente había muerto asfixiado antes de abrasarse y que se había acercado a la ventana tratando de escapar sin lograrlo debido a las rejas, que también habían encontrado en el mismo punto. Terminó su dictado anotando que el fuego había respetado la dentadura, de la que faltaban una de las piezas delanteras y varias muelas, circunstancia que tal vez sirviera para aclarar la identidad del fallecido.

—Filomeno es —manifestó doña Marina al escuchar estas palabras de boca del alcalde mayor de la Justicia—. Las muelas nunca se las vi y no me consta si las tenía o no, pero cualquiera que lo conociera podrá declarar como yo que estaba mellado de uno de los dientes centrales porque se lo rompió en una calamitosa caída, pues era algo torpe de movimientos, y muy a su pesar tuvo que recurrir al barbero para que le extrajera el raigón que le había quedado porque le daba muy mala vida por las hinchazones y el dolor que le causaba.

—Escribid que ha sido reconocido por la dueña de la casa quemada como uno de los discípulos de maese Dirc llamado Filomeno —ordenó el alcalde mayor de la Justicia al escribano.

Al levantar el cadáver para colocarlo sobre unas parihuelas, rodaron de él varias piezas metálicas ennegrecidas que, cuando se las restregó con un trapo, resultaron ser monedas de oro y plata.

El alcalde mayor de la Justicia preguntó a doña Marina:

—¿Era propio del tal Filomeno llevar encima tanta riqueza? ¿Acaso era de alta cuna?

—No lo era ni vivía con desahogo, pues siempre andaba quejoso de su suerte y rogando propinas a cambio de tareas serviles —repuso doña Marina, que no salía de su asombro por el hallazgo.

—Según tengo entendido, maese Dirc acababa de concluir un retablo encargado por un caballero de mucha fortuna. Tal vez esos dineros fueran suyos, y el tal Filomeno habría entrado en el cuarto para robarlos.

Doña Marina se encogió de hombros y se declaró ignorante al respecto.

—Es conjetura de fácil comprobación —reflexionó en voz alta el alcalde mayor de la Justicia—. No habrá más que preguntar al dicho caballero si pagó al maestro pintor. Sin embargo, sea cual fuere la respuesta, no confirmará que el difunto fue ladrón ni explicará el motivo por el que murió abrasado.

—El motivo por el que se hallaba en los aposentos de maese Dirc lo desconozco —replicó doña Marina—. Lo que sí me consta es que estaba encerrado con llave dentro cuando ya se había originado el incendio y que yo no pude salvarlo de su desgraciada suerte, a pesar de sus ruegos lastimeros, porque faltaba del manojo de llaves que siempre llevo conmigo la que abría esa precisa puerta.

El alcalde mayor de la Justicia quiso saber cuándo había notado la ausencia de la susodicha llave y prosiguió indagando sobre los pormenores del suceso, confirmando de tanto en tanto que el escribano tomaba buena nota por escrito de todo cuanto se le iba revelando.

—Mis hijos no se cansan de proclamar que fue un ánima del purgatorio quien encerró a Filomeno en los aposentos de maese Dirc para que ardiera —indicó doña Marina como conclusión de la declaración—. La noche anterior, esa misma ánima los mortificó a ellos, pero se salvaron porque yo acudí presto ante sus gritos y la espanté.

—¿Vos la visteis? —se interesó el alcalde mayor de la Justicia.

—No —replicó doña Marina—. Cuando rondó a mis hijos, solo atacó al pequeño, que no es de mucho fiar por su escaso seso y su mucho miedo, pero los tres afirman que la vieron, sin apartarse ni un punto de sus primeras palabras, añadiendo que anoche una mujer con manto negro, tez pálida y largos cabellos sueltos al viento cruzó corriendo el patio cuando gritaba Filomeno en su encierro entre llamas.

—Y creen que era un ánima —reflexionó en voz alta el alcalde mayor de la Justicia, para preguntar a continuación—: ¿Tenía enemigos el tal Filomeno?

—Si me lo permitís, señor, yo quisiera responder a eso, pues entramos a un tiempo en el taller y era su compañero de lecho, aunque yo había progresado como discípulo de maese Dirc y él se dedicaba sobre todo a faenas serviles por su falta de cualidades y pobre talento con los pinceles —observó un joven que llevaba vendadas ambas manos y tenía chamuscados cabello y cejas.

Doña Marina corroboró su identidad, y el alcalde mayor de la Justicia lo conminó a contar lo que sabía.

—Filomeno no tenía grandes enemigos ni amistades en este taller —inició su relato el joven chamuscado—. Provenía de tierras levantinas, sus rentas eran exiguas y apenas conocía gente en la ciudad, por lo que salía poco. Sin embargo, unos días atrás le escuché murmurar que su suerte iba a cambiar, que quienes lo habían humillado lo ensalzarían y que sus obras maestras brillarían en salones principales.

—¿De qué obras maestras hablaba? —preguntó incrédula doña Marina—. ¿Acaso pintaba a escondidas?

—Si lo hacía alguna vez, nunca lo presencié ni conozco su arte —repuso sin tardanza el discípulo de maese Dirc—. Yo creí que eran ensoñaciones suyas, me lo tomé a chanza y le dediqué algunas puyas no muy bien intencionadas. Sin embargo, tal vez hubiera en sus palabras cierta verdad, pues debo reconocer que poco después lo descubrí en grandes conversaciones con una dama de alta cuna, cuyo nombre me callo por prudencia.

—¿En nuestro taller? —se interesó doña Marina.

—En nuestro taller, procurando no ser vistos, y también en un lugar retirado que probablemente juzgaron libre de miradas curiosas, pero por el que yo acerté a pasar justo cuando Filomeno se subía a un coche que reconocí al instante, con lo que até cabos —aseveró el discípulo, haciendo un gesto de inteligencia.

—Deduzco que se trata de un asunto de amores —comentó el alcalde mayor de la Justicia, acariciándose el mostacho de largas guías—. Os ruego que prosigáis con vuestro relato.

—Señor alcalde, si en algo estimáis mi humilde parecer, detened aquí este interrogatorio público y continuadlo más tarde en lugar privado, no vayan a llegar a oídos del vulgo cuentos que darán pábulo a habladurías sin fin —intervino doña Marina y acercándose al alcalde, añadió en voz baja—: Mucho me temo que el incendio fue provocado y buscada la muerte de Filomeno, y hasta me atrevería a aventurar de quién fue la mano asesina.

El alcalde mayor de la Justicia aceptó la propuesta de doña Marina y pidió al escribano que hiciera un listado con todos los habitantes del taller de pintura, que averiguara su estado y condición tras el incendio, y que citara a declarar al día siguiente en su casa a cuantos estuvieran en condiciones de acudir.

—Pobre infeliz —manifestó, observando por última vez a Filomeno antes de ordenar que se llevaran su cadáver calcinado—. Emplearé algunas de las monedas que con tanto celo guardaba en darle un entierro decoroso. En cuanto a vos, como dueña y señora del taller, os supongo enterada de cuanto en él acontecía —añadió, dirigiéndose a doña Marina—, motivo por el cual entiendo que vuestras presunciones se acercarán a la verdad y me serán de gran provecho para esclarecer lo sucedido. Sin embargo, por hoy no os importunaremos más, pues bastante tenéis con la desgracia que se os ha venido encima y con resolver vuestro impensado mañana. Podéis retiraros cuando lo consideréis oportuno, pues tiempo habrá para conversar con calma y aclarar sospechas.

Doña Marina reiteró que no se apartaría del lugar hasta que no hubiera terminado el desescombro.

—Sea como vos lo queréis —concedió el alguacil mayor de la Justicia y se alejó para continuar supervisando las labores de sus operarios, que ya comenzaban a remover los cascotes de lo que había sido la sala de pintura de maese Dirc.

Doña Marina agarró del brazo al discípulo del pintor compañero de Filomeno y se alejó con él para mantener una conversación en voz baja. Regresó una vez concluida con un semblante tan demudado que la misma Teodora no pudo por menos que comentar:

—Aunque vuestra boca calle por discreción, vuestro rostro delata que no errabais en las sospechas que abrigáis.

—Malos consejeros son los celos —repuso doña Marina, meneando la cabeza con tristeza—. Por su causa han muerto dos hombres en la flor de la vida…

—No, doña Marina, solo el cadáver de Filomeno ha aparecido —intervino Marie con la voz crispada por la angustia—. Maese Dirc escapó de las llamas, y vos no os percatasteis por estar ocupada en otros menesteres.

Nadie quiso contradecirla por más que no compartieran sus cándidas esperanzas, y se hizo un incómodo silencio que apenas duró, pues vinieron a quebrarlo las voces de los arrieros, abriéndose paso entre la muchedumbre que se resistía a apartarse, y el chirriar de las ruedas de las carretas una vez que hubieron traspasado el cordón de los alguaciles y se acercaron a las ruinas quemadas. A la cabeza de la comitiva, montando el alazán de Marie, iba el señor de Gourney, que se dirigió en primer lugar a saludar al alcalde mayor de la Justicia para enterarse por su boca de cuanto había acontecido. Después informó a doña Marina de que sus hijos habían quedado resguardados, limpios y bien comidos, bajo el techo de la Casa de los Lilos, cuya dueña doña Elvira se había ocupado en persona de que nada les faltara. Y acabó urgiendo:

—Ea, señora mía, convenid con estos arrieros y mozos lo que queréis que carguen en las dos carretas que traemos para que quedéis libre de abandonar sin tardanza esta triste escena y os reunáis con vuestros hijos. Este no es lugar para damas.

Doña Marina señaló la alacena, las arcas y los enseres de pintura que había logrado salvar, añadiendo:

—Es tan poco lo que me queda que en una carreta podréis acomodarlo con holgura, cuidando de no lastimar el único cuadro que se ha salvado de las llamas y que es el que vuestra hija estaba a punto de concluir. Sin embargo, os ruego que la segunda carreta aguarde aquí conmigo por si algo más apareciera entre los escombros, pues yo no he de moverme de las ruinas de la que fue mi casa hasta que no se retiren los operarios y den por concluida su labor.

—Ingrata es la tarea que os habéis propuesto y demasiado el tiempo que habréis de pasar a la intemperie, sometida al escrutinio del vulgo —repuso el señor de Gourney—, pero sea como queréis, pues no deseo acrecentar vuestra aflicción por contrariaros. Con vos quedará un arriero y los mozos necesarios para cargar la carreta con cuanto estiméis de valor que se vaya recuperando. Mi hija y mi querida Teodora se retirarán conmigo en cuanto estén cargadas vuestras pertenencias para transportarlas a la que desde ahora será vuestra morada...

—No, padre —protestó Marie, interrumpiéndolo—. Yo permaneceré al lado de doña Marina, no la he de abandonar en estas desgraciadas circunstancias.

El señor de Gourney iba a replicar cuando Teodora lo detuvo con la mano y le pidió:

—Permitidle acompañar a su maestra en este trance tan duro, mi señor. Ved que quedan al amparo del alcalde mayor de la Justicia y sus alguaciles. Es justo que doña Marina quiera velar por la recuperación de lo que se pueda de su hacienda, y la compañía de vuestra hija la confortará.

—A vos nada os puedo negar, querida mía —accedió el señor de Gourney.

—Yo también permanecería con doña Marina si no fuera porque no puedo desatender mis obligaciones en la Casa de los Lilos —añadió Teodora con pesar.

—Os digo una y mil veces, amada mía, que en breve seréis mi esposa y que ya no tenéis obligación alguna en la Casa de los Lilos más que las que vos misma os arrogáis por vuestra infinita bondad.

—Lo sé, lo sé, mi señor, mas no puedo desatender sin aviso las tareas que vengo desempeñando, sobre todo la cocina, pues doña Elvira no se merece tamaña ingratitud por mi parte —replicó

Teodora—. Regresaré con vos a la Casa de los Lilos para organizar a mis mozas e iré viendo cómo se dan las cosas, y si es menester nuestra presencia, vendremos al caer la tarde a interesarnos por la desdichada doña Marina y llevarla a casa junto con vuestra hija.

Los arrieros y mozos se dieron buena maña para acomodar en una carreta las pertenencias de doña Marina y el cuadro de Marie, tras lo cual se declararon listos para conducir el cargamento a la Casa de los Lilos como se les había solicitado. El sol casi en su cenit anunciaba la proximidad del mediodía, y como cada cual tenía que buscar su avío para llenar el estómago vacío, la multitud agolpada frente a las ruinas había ido mermando, con lo cual a los alguaciles apenas les costó abrir paso al grupo. No menos, habría que añadir, porque una vez retirado el cadáver de Filomeno, era la primera novedad que se producía, y la gente que aguantaba, ávida de emociones, empezaba a cansarse de que nada extraordinario sucediera. Muchas fueron las preguntas que lanzaron al paso de la carreta, pero ni los arrieros ni el señor de Gourney, que cabalgaba llevando en su grupa a Teodora, se molestaron en satisfacer su curiosidad.

Doña Elvira acudió a recibirlos cuando por fin llegaron a la Casa de los Lilos y se asombró al no encontrar con ellos a doña Marina y Marie.

—Debisteis traerlas a la casa, incluso a la fuerza. Poco se podrá salvar de los escombros y, en cualquier caso, los mozos y los arrieros habrían sabido ocuparse de esa faena, pues para eso se mandaron, y también para obtener algunos dineros llevando a vender los despojos al mejor lugar de la ciudad, puesto que conocen ese comercio mejor que nuestras esforzadas damas.

—En todo os doy la razón —repuso algo picado el señor de Gourney—. El fin que me propuse al acompañar las carretas fue remediar la soledad y desamparo en los que se encontraban nuestras damas y devolverlas presto a esta casa, así como a la desolada doña Marina, puesto que se le había brindado nuestra ayuda. Sin embargo, mi hija es obstinada y voluntariosa, como bien sabéis, y no quiso obedecerme. Mi amada Teodora me rogó que no porfiara con ella y me convenció con sus razones, tal vez conmovida por la desolación que allá se vive.

—Muerto han dos hombres. Uno es el aprendiz Filomeno, cuyo cadáver calcinado movía a espanto cuando lo sacaron en parihuela —intervino Teodora para justificarse—, y el otro, maese

Dirc, a quien todos conocimos la otra noche, cuando cenó en nuestra mesa acompañando a Marie. Mucho me temo que doña Marina y Marie no se apartarán de las ruinas quemadas hasta que no lo hallen, cosa que no tardará, pues no queda mucho por remover.

—No es lugar para ellas —insistió doña Elvira, meneando la cabeza en signo de desaprobación—. Menos ahora con lo que decís de que se va a descubrir otro cadáver. Su presencia dará pábulo a chismes y habladurías por la ciudad, porque habéis de saber que ya empiezan a correr rumores sobre una mano asesina que provocó el incendio.

—Parece, en efecto, que fue provocado —corroboró el señor de Gourney—. El mismo alcalde mayor de la Justicia me lo confirmó.

—No sé qué hace vuestra hija zascandileando por ahí, expuesta a las miradas del populacho. Una mujer de familia ha de estarse en su casa, con los suyos, y la tal doña Marina haría bien en ocuparse de los vivos, que son sus hijos, y dejar los muertos a los enterradores y a la justicia, que sabrán cumplir con sus obligaciones, como ella debería cumplir con las suyas, que son interesarse por organizar del mejor modo posible lo que le ha quedado y su porvenir.

—Todo se remediará, perded cuidado, aquí estoy yo para contribuir en lo que sea necesario —terció Teodora, que no acababa de comprender el malhumor de doña Elvira, otras veces tan diligente—. Yo me haré cargo de los niños mientras viene su madre y correré con los gastos que ocasionen en esta casa.

—Mi amada Teodora quiere decir que seré yo quien os retribuya por la estancia de doña Marina y sus hijos como parte de mi casa, puesto que mi futura esposa graciosamente les ha ofrecido techo y asilo por su buen natural —corrigió el señor de Gourney—. Asimismo, aprovecho la ocasión para recordaros, doña Elvira, que en pocos días serán las nupcias y habéis de buscar el modo de prescindir de ella, porque es mi deseo que no sirva a nadie más que a mí ni tenga más obligaciones que las que nuestro mutuo amor le impongan.

—Conozco vuestro deseo y mi apuro viene de que se acrecienta el trabajo y no logro suplir ni con cinco mozas a vuestra Teodora por lo mucho que se esfuerza en todas las labores que tiene encomendadas —replicó doña Elvira—. Sin ir más lejos, todavía no está dispuesto el almuerzo.

—Día de imprevistos ha sido, y hemos perdido el paso —se disculpó Teodora—. Pero no os apuréis, pues enseguida entraré en la cocina y en menos que canta un gallo estará aderezado el yantar.

—Yo me vuelvo a buscar a mi hija, aunque sea a la fuerza, y a doña Marina, si consiente en venir —declaró el señor de Gourney, pidiendo de nuevo su capa.

—Aguardad, mi señor, un momento y acompañadme antes, que quiero avisaros de algo —repuso Teodora, tomándolo del brazo para conducirlo a su cuarto.

Allí le reveló el pesar que sentía Marie por la desaparición de maese Dirc y cómo se negaba a aceptar su muerte porque se amaban desde hacía tiempo. Ese era el verdadero motivo por el que había permanecido al lado de doña Marina, para verificar con sus propios ojos cuál había sido la suerte corrida por el pintor.

—Nunca habría aceptado tal relación —reveló el señor de Gourney cuando Teodora concluyó su parlamento—. Mejor que haya fallecido ese desdichado pintor, pues de ese modo evitaré otro enfrentamiento con mi hija.

—No seáis tan cruel —se atrevió a susurrar Teodora—. No es propio de vuestro natural magnánimo.

—Es la cruda verdad —repuso el señor de Gourney—. Si Marie no quiere casarse con su primo Jean-Baptiste por no sé qué infamias infundadas que me niego a creer, yo jamás habría dado mi consentimiento para este otro enlace urdido a mis espaldas. Y vos, por la fidelidad que me debéis como mi prometida, tendríais que haberme puesto al corriente.

—Nada había urdido, mi señor. Los amores acababan de comenzar —se disculpó como pudo Teodora—. Se estaban conociendo, como quien dice. Sosegad el ánimo y dad cabida a la misericordia, pues ya el pintor está muerto y vuestra hija ha quedado desolada y roto su corazón. Permitid que vea por sí misma que no hay remedio para su pérdida.

—Sea como vos queréis, amada mía —replicó más calmado, tras reflexionar unos instantes, el señor de Gourney—. Que meta como santo Tomás la mano en la llaga para creer y luego luego olvidará sus cuitas, porque es joven y pronto estaremos lejos de estas tierras. Ea, mandad que tiendan mi mesa mientras me lavo las manos y presentadme una buena pitanza, que ya me bailan las tripas —concluyó, rehusando dedicar más tiempo a tan enojoso asunto.

Teodora se puso el mandilón y corrió a la cocina, donde dio órdenes a las mozas, aderezó guisos, componiendo entuertos, rehízo pucheros y en poco rato tuvo listo para servir el menú que compartirían el señor de Gourney y el puñado de comensales que ese mediodía habían decidido acudir a la Casa de los Lilos.

Mientras se turnaban para vigilar el buen servicio de las mesas, doña Elvira hizo un aparte con Teodora y le confesó, mirando tras de sí con cierta aprensión:

—Desde que esos desdichados niños han entrado en mi casa, estoy en un sin vivir. Todavía brilla el sol y ya siento que me rondan, qué será cuando caiga la noche y me vea sola en mi dormitorio.

—¿Quién os ronda? —preguntó intrigada Teodora.

—El ánima del purgatorio, la misma que persigue a los niños y que sin duda ha de haberse mudado a mi casa después de provocar el incendio en la de doña Marina.

Esa preocupación era la que la tenía soliviantada, pensó Teodora antes de sonreírle y aclarar:

—Perded cuidado si eso es lo que os inquieta. No fue un ánima la que causó el incendio para acabar con la vida del aprendiz Filomeno, sino una persona de carne y hueso que pretendió su mal.

—¿Y vos cómo lo sabéis? —insistió doña Elvira.

—Lo escuché de la boca de doña Marina, y ya el alcalde mayor de la Justicia lo está investigando. Lo del ánima son imaginaciones de los niños sin sustento en la realidad. El pequeño tiene mal dormir y es miedoso; hasta nuestro Colasillo le hace chanzas por ese motivo, por tanto, como os digo, perded cuidado, que ningún ánima nos ronda ni corremos peligro.

El señor de Gourney comió sin mucho apetito porque halló los platos algo desabridos, achacándolo al mucho trasiego de la jornada, y se retiró pronto a hacer su siesta como acostumbraba. Teodora no quiso esperar a que se levantara y cogió el manto para regresar a las ruinas quemadas. Estaba pidiendo a una moza que la acompañara, cuando la escuchó doña Elvira:

—No son horas de salir sola, y menos vos, que no tenéis costumbre de andar por las calles —la recriminó con sequedad.

—Pidamos una silla y acompañadme vos —repuso Teodora en tono conciliador—. Lleváis razón, me angustia salir sola, pero tengo el alma en vilo por Marie, no puedo aguardar de brazos cruzados sabiendo que estará sufriendo.

Lo había propuesto sin mucha convicción, por eso se sorprendió cuando doña Elvira asintió y se retiró a prepararse para la salida, encargando a la moza que mandara por la silla de manos.

—Buena prisa se han dado —comentó doña Elvira, que llegó corriendo a la puerta con el manto en la mano y sujetándose el moño recién peinado con unos alfileres cuando escuchó el sonido de la aldaba—. Apenas me dio tiempo a terminar de acicalarme.

Pero al abrir descubrieron que no era la silla pedida, sino don Juan de Clarebout quien estaba en el umbral. Teodora respondió brevemente a su saludo y se excusó de atenderlo, explicándole que estaban a punto de salir por causas mayores.

—Suspendemos la salida de inmediato —rectificó doña Elvira—. Si nos ha hecho el honor de venir a nuestra casa, lo recibimos de mil amores, porque nada hay más importante para nosotras.

—El señor de Gourney os atenderá, pues no ha de salir esta tarde —insistió Teodora—. Nosotras vamos con prisas…

—Y yo me ofrezco a llevaros en mi coche —repuso don Juan de Clarebout, interrumpiéndola—. Quería hablar con vos y el señor de Gourney para concretar el día del banquete y todos los pormenores de los preparativos, pero las noticias vuelan y antes de llegar me he enterado del incendio que ha arruinado el taller de Jacome de Gelre. Me une cierta amistad con maese Dirc, que ahora está al cargo y al que he encargado varias pinturas, y como todo son habladurías, pensaba acercarme para saber de cierto lo acontecido. Por ser la hija del señor de Gourney pupila de ese taller, imagino que es allá a donde os dirigís con tanta urgencia.

Doña Elvira asintió y aceptó encantada el transporte que les brindaba. Durante el trayecto, en lugar de hablar del banquete, don Juan se interesó por lo sucedido y le causó gran impresión saber que ya había aparecido un cadáver calcinado y que también se daba por muerto al mismo maese Dirc.

La mayoría de los mirones y curiosos que se habían agolpado esa mañana en torno a las ruinas humeantes se habían retirado cansados y solo permanecían merodeando por los alrededores los mendigos y vagabundos que pensaban sacar algún provecho, rebuscando en los escombros en cuanto los alguaciles retiraran su cerco cuando cayera la noche. Doña Marina y Marie estaban sentadas sobre unos costales de tierra sobrantes, y el alcalde mayor de la Justicia había ocupado la silla del escribano, que aguardaba a su lado de pie con la pluma en la mano.

—No reparé con las prisas en traer algún alimento a estas desdichadas —se lamentó Teodora antes de bajar del coche, pues los alguaciles no le dejaron traspasar su cordón de seguridad.

Don Juan de Clarebout saludó con una reverencia de cabeza a las señoras, sin apenas detenerse, y se dirigió de inmediato a conversar con el alcalde mayor de la Justicia, como había hecho por la mañana el señor de Gourney. Por su parte, Teodora abrazó a Marie y doña Marina, presentándole a doña Elvira.

—Y qué, ¿hubo novedades? —preguntó a continuación.

—Destrucción y miseria nada más —repuso doña Marina con un hilo de voz.

Teodora aguardó unos instantes antes de atreverse a articular, mirando a Marie:

—¿Y de maese Dirc se ha sabido algo?

—Nada, no aparece ni vivo ni muerto —repuso doña Marina, ante el silencio obstinado de Marie.

El alcalde mayor de la Justicia sostuvo una larga conversación con don Juan de Clarebout y, una vez concluida, se dirigió a las damas reunidas que permanecían en silencio, observando cómo los operarios movían los últimos cascotes antes de que cayera el sol.

—Señoras, poco más se puede hacer aquí —les dijo—. Lo que queda de remover apenas arrojará claridad sobre lo acaecido y no habrá gran cosa que recuperar, pues llevamos comprobando la jornada entera los terribles estragos causados por las llamas. El caballero aquí presente os ofrece su coche para devolveros a vuestra casa, por lo cual os recomiendo, doña Marina, que deis órdenes a los arrieros que con tanta paciencia han aguardado para que carguen en la carreta cuanto deseéis salvar y os retiréis a descansar, pues mañana será otro día y el de hoy es menester concluirlo, no vaya a ser que desfallezcamos por el excesivo esfuerzo.

Antes de que doña Marina se negara tercamente, doña Elvira le recomendó acceder, y ella misma se puso a llamar a los arrieros para que fueran cargando en buen orden las puertas de madera oscurecidas por el hollín, las rejas ennegrecidas, trozos de vigas de madera, tejas sin romper y cuanto creyó reutilizable o provechoso para su venta.

—Aceptad mi ofrecimiento, doña Marina —reiteró don Juan de Clarebout—. Venid a mi casa con vuestros hijos y conversaremos largamente sobre lo ocurrido y cómo remediarlo.

—Ya tengo un techo que me cobije por ahora —repuso sin apenas mirarlo doña Marina—. Marchad por la paz, porque hoy nada tengo que conversar con vos.

—Señora, reflexionad sobre mi ofrecimiento —insistió, sin darse por vencido, don Juan de Clarebout.

—No subiré a vuestro coche ni me resguardaré bajo vuestro techo —declaró, casi escupiendo las palabras con rabia, doña Marina—. Dejadme en paz con mi pena.

Los arrieros anunciaron que ya habían terminado de cargar la carreta, y doña Marina les dio la mano para que la ayudaran a subir a ella. Marie la imitó y se acomodó a su vera, entre las puertas colocadas de lado que impedirían que el vulgo las viera durante el trayecto.

—Acompañadme vos en el coche de don Juan —pidió doña Elvira a Teodora, que contemplaba vacilante la escena.

Pero la joven se excusó y subió también a la carreta. Uno de los arrieros se colocó en el pescante y arreó a las mulas, mientras el otro se situó delante de la reata para abrirle paso. Mientras se alejaban, doña Marina comenzó a llorar, diciendo:

—Allá quedan consumidas las ruinas de mi vida.

—*Ex abundantia cordis os loquitur* —musitó Teodora a su oído—. Hermana mía, no tengáis cuidado, nosotras velaremos por vos y por vuestros hijos. Recordad que sibilas somos, juntas estamos en la aflicción y no permitiremos que os aniquile.

Las tres mujeres se abrazaron, y Marie proclamó entre sollozos:

—Juro por mi vida que haré pagar a quien tantas amargas lágrimas nos hace derramar.

18

¿Dónde estáis, amor?

Doña Marina escuchó sin ganas las explicaciones que le proporcionó doña Elvira a la llegada a la Casa de los Lilos sobre lo que había dispuesto para su hospedaje, agradeció la hospitalidad que se le brindaba y pidió que le indicaran dónde estaba su habitación para encerrarse en ella con sus hijos, rechazando los alimentos que le ofreció Teodora.

Todavía no se habían prendido los candelabros de la casa porque la claridad del día bastaba, pero la criada que se aprestó a acompañar a doña Marina se hizo con una palmatoria, pues el desván en el que doña Elvira había mandado tender los catres y colocar las pertenencias salvadas era oscuro por carecer de ventanas y solo contaba para ventilarse con un pequeño hueco entre las vigas a modo de respiradero. Se empleaba para guardar trastos viejos, que ahora se habían amontonado de cualquier modo en una parte para despejar el resto de la estancia y convertirla en medianamente habitable. No era la única habitación disponible, pero sí la más retirada, y doña Elvira, todavía temerosa de la furiosa ánima del purgatorio que atormentaba a sus recientes huéspedes, había querido alejarlos de sí para mitigar el peligro.

Marie también se retiró de inmediato a su cuarto, y esa noche el único que cenó como si nada ocurriera fue Maxim de Gourney, quien pidió a Teodora que se sentara a la mesa con él y dejara que las criadas los atendieran a los dos.

—Mientras en esta funesta jornada vos aplicabais vuestro tiempo a otras cosas, yo consagré mis esfuerzos a tratar de cumpliros la palabra de matrimonio que os di, visitando iglesias y platicando con curas, y he de preveniros que no ha sido tarea fácil, pues no somos feligreses antiguos de ninguna parroquia ni hay párroco que nos conozca para fiarse de nosotros sin pedirnos referencias.

Teodora repuso sorprendida:

—No acierto a comprenderos, mi señor, ¿de qué no se fían?

—En mi caso, de que yo sea viudo, y en el vuestro, de que contéis con el permiso paterno para contraer matrimonio.

—Viví apartada en un convento desde los cuatro años y apenas recuerdo a mis padres. Los tuve, sin duda, porque toda persona nace de ellos, pero la única familia cercana que traté fue mi tía la priora del convento, y no sé qué habrá sido de ella, si está viva o muerta, pues ha tiempo que nos separamos y desconozco su paradero. Por tanto, no tengo a quién pedir ese permiso que me solicitan.

—¿Y por qué abandonasteis el convento? —se interesó el señor de Gourney.

—Me obligaron, pero de eso no conviene que os hable por ahora —declaró en voz baja y apresurada Teodora.

—¿Vos, a quien considero la más cándida de las mujeres, tenéis un secreto que me queréis ocultar? —preguntó algo picado el señor de Gourney.

Mirándole a los ojos, Teodora respondió:

—Os lo oculto por vuestro bien, mi señor, por que no se vuelva contra vos si vienen mal dadas. Juro por mi vida que nada deshonroso cometí, que no llegué a profesar en el convento y que cuando estemos en tierras lejanas, donde nadie pueda atentar contra vos ni contra mí, os desvelaré lo que solo vuestra hija conoce, puesto que ella me salvó la vida.

—No acierto a comprender cómo Marie pudo conseguir tan noble fin ni de qué fuerza se valió, siendo una débil jovencita que andaba errante por los caminos en mi busca —reflexionó el señor de Gourney.

—Otros la ayudaron, pero ella se echó la carga y apechugó con los gastos cuando nos vimos en apuros, y juntas viajamos a Sevilla ora solas, ora acompañadas. Y basta, os lo ruego, no queráis saber más —pidió Teodora, juntando las manos.

—No haré más indagaciones, pues en todo deseo daros gusto y conozco por mí mismo vuestro noble natural, sin olvidar que estamos a la par, pues si Marie os salvó la vida, vos habéis logrado mi sanación, que viene a ser lo mismo —expuso complacido el señor de Gourney, tomándole una mano—. He de confesaros, además, que el secreto que guardáis acrecienta el amor que por vos siento, os hace más irresistible a mis ojos y enardece mi deseo de llevaros al tálamo.

Teodora se ruborizó al escuchar tales palabras y a punto estuvo de retirar la mano, pero en vez de hacerlo, apretó un poco la de Maxim de Gourney.

—Seguid buscando iglesia y cura, pues yo también deseo ser vuestra esposa enseguida —manifestó, bajando la mirada—. No prepararé el banquete de don Juan de Clarebout ni me mostraré a los ojos de la gente en su casa si antes no hemos celebrado nuestras nupcias y voy a ella de vuestro brazo.

—Mañana sin falta lo despacharé todo. Buscaré testigos que hablen por nosotros y tendremos más pronto que tarde nuestro matrimonio de bendición. El mismo don Juan de Clarebout nos servirá de testigo y avalará nuestra sacra unión.

Teodora repuso en el acto:

—No, mi señor. Buscad otro que nos convenga mejor. Su esposa me quiere a su servicio y no deseo darle oportunidad de indagar en mis orígenes, pues tengo miedo de las consecuencias. Pensad más bien en el médico del Hospital de la Caridad que os atendió y todavía viene alguna vez a visitaros, en don Miguel, el cofrade de ese mismo hospital, en alguno de los oficiales de la Casa de la Contratación que os conocieron cuando llegasteis a Sevilla, en el representante de vuestro banquero que está al tanto de vuestras vicisitudes y hacienda, o en los frailes para los que veníais recomendado por los monjes de San Ginés de Madrid, como vos mismo me confiasteis tiempo ha.

—En el Franco Condado soy persona principal y no faltaría quien diera la cara por mí y considerara un honor ser testigo en mi casamiento —declaró con orgullo el señor de Gourney, añadiendo a continuación—: Sin embargo, aquí soy un desconocido en la ciudad, pues mi enfermedad me ha impedido relacionarme como era debido.

—No os apuréis, mi señor, porque quienes os conocen os respetan.

—Llamadme Maxim, puesto que nuestro trato ha de ser más íntimo desde este instante —pidió el señor de Gourney, a la vez que se aproximaba—. Y dadme a probar vuestros labios, querida mía.

—Reparad, mi señor Maxim, que yo...

Teodora no pudo terminar la excusa porque ya el señor de Gourney la abrazaba fuertemente y la besaba en la boca con una pasión que la dejó sin aliento.

—Teneos, mi señor Maxim, teneos, pues ojos hay que pueden vernos —protestó al fin Teodora, separándose para respirar.

—Se me da un ardite que nos vean, pero si a vos os importuna, vayamos a mis aposentos —propuso el señor de Gourney, al tiempo que se levantaba de su asiento.

—No, vos os retiraréis solo, como acostumbráis, y yo mandaré a las mozas que levanten los manteles y recojan la mesa. Concertad la boda y tened por seguro que enseguida me meteré en vuestro lecho como la amante esposa que se os entregará para siempre.

El señor de Gourney hizo algún intento más de seducir a Teodora, pero acabó resignándose frente a su porfiada negativa. Antes de retirarse, declaró:

—Mi bella Teodora, aparejad cuanto sea necesario y estad prevenida, pues antes de lo que pensáis estaremos casados y compartiremos el tálamo —a punto de abandonar la estancia, se volvió hacia la joven y añadió—: Me acabo de percatar de que ni siquiera os he preguntado cuántos años tenéis.

—Veinte, mi señor, cumpliré en pocos meses.

Y el señor de Gourney le hizo una breve reverencia de cabeza y se dirigió a su dormitorio henchido de dicha, dando gracias al cielo por su buena estrella, pues cuando ya pasaba de la cuarentena y después de una terrible enfermedad que a punto había estado de resultar mortal, la vida le resarcía brindándole la oportunidad de volver a casarse con una joven lozana y virtuosa, apenas mayor que su propia hija, que le daría muchas alegrías y probablemente más descendencia.

Esa noche fue él quien mejor descansó en la Casa de los Lilos, con el ánimo alegre y la cabeza llena de proyectos para el futuro, mientras que doña Marina pasó las horas en duermevela, incapaz de olvidar las ennegrecidas ruinas a las que había quedado reducida su hacienda y cavilando sobre el incierto porvenir que le aguardaba. Sus hijos, en cambio, tranquilizados por hallarse bajo techo y agotados por el trajín vivido, durmieron de un tirón, sin miedo al ánima a la que achacaban sus desgracias y creían haber alejado de sí con la mudanza.

Mucho antes de que amaneciera, doña Marina, con los huesos doloridos de dar vueltas y más vueltas sobre el duro catre, se levantó sigilosa sin prender luz y tanteó con los brazos el camino hasta la puerta para no despertar a sus hijos. Tropezó varias veces hasta llegar a la escalera de madera por la que se descendía del desván, y doña Elvira, quien, temerosa del ánima, había dormido con un ojo abierto y una moza tendida a los pies de su alto lecho para que le guardara el sueño, escuchó sus torpes pasos y gritó asustada:

—¿Qué hubo? ¿Quién anda ahí? —y, llamando a la moza, le ordenó—: Aldonza, prende presto la palmatoria y sal a ver quién es.

La moza, todavía adormilada y contagiada del miedo que apreciaba en su ama, no atinaba a encontrar la palmatoria en la oscuridad, dando tiempo a que doña Marina avanzara hasta acercarse a su puerta para susurrar con voz ronca por la mala noche pasada:

—No temáis, que soy yo quien ronda y, ya que estáis despierta, vengo por vos.

Doña Elvira sintió que se le erizaba el cabello y lanzó un alarido que aterró a la moza y a doña Marina, quien entró despavorida en la habitación.

—¡*Vade retro, vade retro!* —gritó entonces doña Elvira, que había saltado de la cama y cogido un bastón con el que daba golpes sin ton a diestro y siniestro.

A la luz titilante proporcionada por la lamparilla de aceite que la devota doña Elvira siempre tenía prendida ante el pequeño cuadro de la Virgen que, sostenido sobre una repisa de madera, adornaba una de las paredes de la estancia, la moza se percató de que no había peligro para sus vidas:

—¡Sosegad, mi señora, que no es más que la nueva huésped, comprobad por vos misma que nadie nos ataca! —le gritó, sin atreverse a acercarse por no recibir un palo de los muchos que lanzaba.

—¡Doña Marina soy! —corroboró esta también gritando, pero enseguida bajó la voz para añadir—: Desconozco la casa y al caminar a oscuras tropecé sin quererlo, pues mi intención no era despertaros y mucho menos causaros espanto. Voy en busca de agua para borrar los tiznes del fuego que aún me ensucian el cuerpo, y luego luego marcharé a la que fue mi casa por si hubo novedad.

Doña Elvira, superado el susto, mandó a la moza que acompañara a doña Marina a la cocina y le diera del agua que siempre había templada en la olla al rescoldo del fuego. Una vez se hubo quedado a solas en su dormitorio, cogió el frasco del agua bendita y recorrió hasta el último rincón, rociando gotas mientras repetía como una letanía interminable:

—Ánima descarriada que hacia el purgatorio va, Dios os saque de penas y os conduzca a descansar.

Cuando le pareció que era suficiente, se metió en la cama, colocó el frasco debajo de la almohada e intentó dar una última cabezada hasta que despuntara el sol.

Marie ya estaba sentada a la mesa de la cocina, alumbrada por una vela, cuando llegaron doña Marina y la criada. Aunque sin peinar, se había vestido, tenía los codos apoyados en la mesa y se cubría el rostro con las manos.

—A lo que se ve, vos tampoco habéis logrado descansar mucho —observó doña Marina, después de darle los buenos días.

El pequeño cuarto de Teodora casi daba a la cocina, y de sueño ligero como era, no pudo evitar escuchar esta conversación y se levantó de inmediato con un vago sentimiento de culpa. Ella, a pesar de las desgracias que había presenciado y de la compasión que sentía por sus hermanas sibilas, había logrado descansar, y su rostro de mejillas sonrosadas delataba la felicidad que la embargaba. Porque, no podía negarlo, los ardorosos besos de Maxim de Gourney, su declaración de amor y el deseo que por ella abrigaba la colmaban de dicha y ansiaba ser su esposa para demostrarle que sería capaz de devolverle con creces su devoción.

—¿Qué queréis que os prepare? —preguntó solícita cuando apareció en la cocina, todavía en camisón y con el mandilón encima—. Os haré unos huevos —y se dirigió a la criada—: Aldonza, ve a traer la puesta de las gallinas.

Doña Marina se excusó diciendo que no tenía hambre y salió con el agua que la criada había vertido en una palangana. Como Marie permaneció callada, Teodora insistió:

—Os daré pan reciente con un hoyito en la miga para empapar el aceite. Mirad que el cuerpo no se sostiene del aire y si os falta la salud…

—Tomaremos de ese pan que nos ofrecéis, amiga mía, en cuanto doña Marina haya terminado su aseo —habló por fin Marie—. Pero vos volveos al lecho, pues la criada nos atenderá.

398

—Me place atenderos —protestó Teodora, mientras comenzaba a rebanar la hogaza de pan—. Además, he de contaros la conversación que mantuve anoche con vuestro padre. Sabed que está próximo nuestro casamiento; yo lo he acelerado porque vuestro padre quiere llevarme a su lecho...

—No lo consintáis antes de la boda —la interrumpió Marie—. Si queréis casamiento, guardad vuestra virtud hasta que el cura bendiga la unión.

Sorprendida por tan injusto comentario, Teodora objetó:

—Vuestro padre no me abandonaría.

—Mi padre es como el resto de los hombres. Si obtiene lo que al parecer desea tanto con la mera palabra de tomaros por esposa sin que le exijáis cumplirla, tal vez seáis para siempre su amante, aunque os lleve con él al Franco Condado.

—Pero vos habéis yacido con maese Dirc —observó con timidez Teodora—. Vos misma me lo contasteis.

—Yo no soy como vos. Yo no anhelo bodas, solo ansiaba su amor, y no me arrepiento de lo que hice. Además, no se puede comparar el ardor de un hombre joven, su ímpetu viril, con el que pueda conservar mi padre ya entrado en años. Tengo por cierto que de haberos requerido de amores maese Dirc, sin hablar de matrimonio, os habríais entregado, incapaz de resistir, como hice yo.

En ese punto volvió la criada con los huevos recién recogidos en una cesta, y las dos amigas interrumpieron la conversación.

—Recordad, por si flaqueáis, esta conseja: si recojo la leña gratis, ¿para qué he de comprar el bosque? —le susurró Marie al oído, antes de abandonar la cocina con el pedazo de pan con aceite que rompería su ayuno voluntario.

Teodora quedó pensativa. ¿Estaría en lo cierto Marie al afirmar que el ardor de un hombre joven era irresistible? De ser así, le contentaba que la edad madura de Maxim de Gourney hubiera rebajado su energía y concluyó que la suya era la mejor de las suertes que le podían corresponder. Ella no quería una pasión arrebatada, sino un amor tranquilo y duradero, donde hubiera más arco iris que tempestades.

—Cada cual se busca su cebolla para llorar —susurró entre dientes, mientras cascaba los huevos para freírlos.

—¿Qué decís? —preguntó la criada, que no la había entendido.

—Nada, no me prestes atención. Pensaba en voz alta.

Había frito media docena de huevos cuando regresaron a la cocina doña Marina y Marie envueltas en sus mantos y dispuestas para partir.

—Aguardad a que se levante vuestro padre para que os acompañe o dé su consentimiento para pedir una silla —solicitó Teodora.

—No hay tiempo que perder, y montaremos mi alazán, que ya está listo —replicó Marie.

—Comed al menos antes algunos de los huevos que os he preparado —insistió Teodora.

—Dádselos a mis hijos cuando se levanten —le pidió doña Marina.

Al ver que no podía convencerlas para que se quedaran, Teodora hizo ademán de quitarse el mandilón con la intención de acompañarlas, pero Marie la contuvo:

—Vos hacéis más falta en la casa. Atended a mi padre para que no se enoje, vigilad que mi esclava Violet se ocupe de los hijos de doña Marina y proseguid con vuestros preparativos de boda. No se os puede pedir más.

Amanecía en Sevilla. El cielo violáceo se fue tornando en dorado a medida que las dos mujeres avanzaron montando el alazán por sus calles solitarias hasta desembocar en la catedral, cuyas campanas repicaron, llamando a los primeros oficios matutinos. Los pájaros madrugadores ya trinaban en los árboles cuando llegaron a las inmediaciones de la que había sido la casa de doña Marina, y la tenebrosa escena que presenciaron entre dos luces, recortada contra los muros calcinados, les hizo sobrecogerse y detener el caballo.

Dos hombres desarrapados se peleaban a garrotazos y grandes voces mientras otras sombras andrajosas seguían a lo suyo, rebuscando o empujándose entre los montones de escombros como si se disputaran el hallazgo de un tesoro escondido.

—Cuando los ricos concluyen, comienza el festín de los pobres —indicó el hombre que, como surgido de la nada, se acercó a sujetar la rienda del alazán.

Marie se asustó y quiso retroceder, pero el hombre se dio a conocer como alguacil de la ciudad y las reconvino por su atrevimiento:

—Este no es lugar ni son horas para que dos damas se lleguen solas y desvalidas. Si el alcalde mayor de la Justicia os precisa, os mandará buscar. Volveos a vuestra casa y dejad lo que queda, que no es mucho, para los que salgan vivos de la refriega y rebusca.

—¿Por qué riñen con tanto encono? —preguntó Marie.

—Por qué ha de ser si no por los despojos que ha dejado el incendio y que la generosidad de nuestro alcalde mayor de la Justicia les permite aprovechar —contestó el alguacil.

—Y vos, ¿por qué no los separáis? —insistió Marie.

—Que se maten, ¿a quién le importa? —repuso cínico el alguacil—. Reparad que solo permanecemos en el lugar dos parejas de alguaciles para vigilar que no aparezca el cadáver que al parecer falta y se lo lleven. No se nos puede exigir más siendo tan corto nuestro número y tan largas las horas de vigilia.

—Hemos de entender por vuestras palabras que no hay nueva alguna sobre el paradero de maese Dirc —intervino doña Marina.

—No aparece ni vivo ni muerto —confirmó el alguacil.

—¿Pero cómo puede ser? —se preguntó angustiada Marie.

—Si pedís mi parecer, yo diría que solo caben dos posibilidades, a saber, que el mentado maese Dirc no haya entrado en la habitación en llamas, con lo que no se habría quemado o, por el contrario, que entrara y la violencia del fuego lo haya calcinado, convirtiéndolo en cenizas.

Marie repuso al instante:

—Lo segundo se me antoja imposible. Algún resto se habría conservado.

El alguacil se encogió de hombros.

—Ya se verá. Estos menesterosos darán con esos restos si es que existen, descuidad, pues nada de valor, por ínfimo que sea, escapará a su escrutinio. El alcalde mayor de la Justicia sabe lo que hace al permitirles completar las tareas de registro por su cuenta y riesgo, con lo que se ahorra buenos jornales de sus propios operarios.

Doña Marina protestó:

—Pero yo soy la dueña. Lo que haya o deje de haber en la que fue mi casa solo a mí me incumbe y corresponde, y estas gentes no tienen mi permiso para escarbar ni llevarse nada.

Cambiando de tono, el alguacil ordenó:

—Marchad de este lugar. Hacedme caso, pues nada bueno se derivará de vuestra presencia aquí. Dejad que estas míseras rapaces obtengan su presa, y tengamos la fiesta en paz, no sea que se revuelvan y os den de garrotazos a vos en vez de reñir entre ellos.

Mientras así hablaban, las tinieblas se habían disipado, y a la claridad del sol que ya ascendía repararon en que algunos de los menesterosos habían dejado la rebusca para observar a las damas con torvas miradas.

—Ea, alejaos de aquí antes de que empiecen las pedradas, pues ya algunos se arman sin disimulo —insistió el alguacil, obligando con la rienda a girar al caballo y dándole una palmada en el anca para que iniciara la marcha.

Asustada, Marie obedeció y aguijó a su alazán para desaparecer por la primera bocacalle, y siguió galopando hasta llegar a la iglesia de San Miguel, donde por fin se detuvo.

—Quiero entrar para ver el retablo de maese Dirc —dijo a la vez que desmontaba—. Me hará mucho bien. Vos podéis esperarme aquí.

Pero doña Marina descendió también del caballo y encargó su cuidado por unas monedas a un muchacho que vendía medallas y letanías a la puerta de la iglesia. Al entrar en el edificio gótico de piedra, vieron sus tres naves, sostenidas por robustos pilares rematados en palmeras e iluminadas por las coloridas vidrieras y las escasas velas prendidas. Marie advirtió de inmediato que el retablo no estaba en la nave central que terminaba en la capilla mayor y era la más larga y espaciosa, por lo cual, sin prestar atención a sus imágenes sagradas, recorrió las laterales hasta que halló en medio de la del Evangelio la obra de maese Dirc sobre un pequeño altar y junto a una pila bautismal. A la luz ambarina que penetraba por las vidrieras, las figuras pintadas por la mano del maestro presentaban una apariencia diferente, como si hubieran adquirido una tercera dimensión más espiritual que humana. Había unos reclinatorios de madera y terciopelo junto a la pared, y Marie se arrodilló en uno para contemplar con detenimiento la obra de su amado desaparecido. No pudo evitar que sus ojos se posaran enseguida en doña Guiomar, y la belleza serena de su rostro y el refinado lujo de su traje y adorno suscitaron su envidia como las demás veces que había contemplado el retablo.

Doña Marina interrumpió sus emociones:

—¿Habéis reparado atentamente en el campo que se ve a través de la ventana donde se desarrolla la escena de la Anunciación?

Marie dirigió la mirada hacia donde doña Marina indicaba y de inmediato le dio un vuelco el corazón. ¿Cómo no se había percatado antes de que maese Dirc se había pintado paseando en el prado con su largo mostacho y la gorra oscura que solía usar?

—Debió de cansarse de agregar pájaros, flores, animales y demás objetos que le iba pidiendo doña Guiomar para aplazar la conclusión de la obra y se incluyó a sí mismo como figurilla de complemento, tal vez como una broma que no tuvo tiempo de explicarnos —dedujo doña Marina.

—Ver su imagen, aunque sea tan diminuta, en esta pieza tan excelente me consuela y levanta el ánimo. Si no fuera por doña Guiomar…

—No prestéis atención a su presencia —replicó doña Marina, arrodillada en un reclinatorio a su lado—. No merece aparecer en esta obra, y si maese Dirc la pintó fue como donante, porque su adinerado padre lo exigió, y aplicó a su representación la maestría que le era propia y se esperaba de él, pero jamás le entregó su alma. Sin embargo, a vos os consagró como su musa y supo plasmaros con el esplendor que solo logra percibir la mirada de quien ama.

Marie se quedó pasmada por sus palabras.

—Sí, querida niña —continuó doña Marina, contestando a una pregunta no formulada—. Yo estaba al corriente de que posabais a escondidas para maese Dirc y muchas veces encubrí vuestros encuentros. También, picada por la curiosidad, entré en las dependencias del maestro para contemplar el avance del cuadro, que se me antojó magnífico, su mejor pintura sin duda, como él mismo pensaba.

—Pero se perdió en las llamas —se quejó Marie.

—Acaso muy pronto pague con creces la pérfida mano que por veleidad causó tanta desgracia —concluyó con rabia doña Marina.

Esta fue la primera de las múltiples visitas que realizaría Marie a la iglesia de San Miguel en los días sucesivos, solo interrumpidas por los preparativos de boda de su padre con Teodora, que ya se habían iniciado cuando regresaron a media mañana a la Casa de los Lilos, después de haber acudido a la del alcalde mayor de la Justicia, donde doña Marina mantuvo una larga conversación con él en la soledad de su despacho.

El señor de Gourney había conseguido cura y parroquia para su casamiento, que se celebraría en una semana justa, y como deseaba agasajar a su prometida, las costureras ya estaban en la casa encerradas con doña Elvira y Teodora, mostrando telas, decidiendo cortes y tomando medidas. A Marie le pidió que lo acompañara al orfebre para escoger anillos, pendientes y otras joyas que quería regalarle para que se en*Galana*ra en ese día.

—No gastéis tanto, mi señor Maxim —se quejó Teodora, que se había escapado de su encierro con Doña Elvira y escuchado lo que acababa de proponer a su hija—. Siento que me ahogo entre tanto alboroto, pues esas mujeres que me habéis traído parlotean sin parar y no hablan más que de necedades e insensateces, y me incomodan los dispendios disparatados en que acabará el asunto. Yo no necesito vestidos lujosos ni adornos, ni mucho menos joyas, pues nunca los tuve ni los eché en falta. Admito que como esposa vuestra he de guardar las apariencias que vuestra posición exige, pero con modestia, no deseo exagerar por no provocar risa en lugar de respeto.

—Vos todo lo merecéis y no escatimaré en gastos ni esfuerzos para complaceros, mi querida Teodora —repuso alegre el señor de Gourney—. Y si provocáis risa, será de contento por veros feliz.

—Si en verdad deseáis complacerme, detened esta barahúnda que me tiene loca —le apremió Teodora y añadió, dirigiéndose a Marie—: Convencedlo vos, os lo ruego. Decidle que no necesito tanta cosa, que el vestido que llevé al teatro bastará para la boda o, por darle gusto, estrenaré uno nuevo, pero no más. No quiero joyas ni oropeles ni grandes banquetes.

—Padre, escuchadla si deseáis su felicidad —terció Marie en la discusión.

—Os escucho —repuso el señor de Gourney—. Decidme con claridad lo que queréis, amada mía.

—Os quiero a vos a mi lado, y en la iglesia, a nuestros testigos y familiares, doña Elvira, doña Marina y sus hijos, y nadie más. A la vuelta, una comida que habrán preparado mis mozas siguiendo mis instrucciones, y se acabó la fiesta. Así yo seré feliz como vuestra esposa y disfrutaré de tan señalado día.

Marie expresó:

—Mi padre os dará gusto, pues no anhela más que complaceros. Sin embargo, estrenaréis vestido, cuya tela y hechura yo misma os ayudaré a elegir, y llevaréis el anillo que mi padre comprará para vos, pues la ocasión lo requiere. Yo os regalaré las restantes joyas, eligiendo de las que tengo conmigo y eran de mi madre, porque así lo quiero, y cuando toméis posesión de la casa de mi padre en el Franco Condado, os pertenecerán asimismo las que allí quedaron, si es que una mano larga y aviesa no las hizo desaparecer en nuestra ausencia. ¿Os conviene lo que os propongo?

Teodora asintió con un movimiento de cabeza, añadiendo:

—Compremos la tela y echad a las costureras. Nosotras coseremos el vestido, como hicimos cuando llegó Violet y hubo que darle ropa.

Pero el señor de Gourney opinó:

—No es lo mismo, querida mía. Las costureras os tomarán las medidas y os coserán el vestido de boda sin incomodaros, porque conocen su oficio, y ya que están en la tarea, también os confeccionarán otro más para el banquete de don Juan de Clarebout, al que invitaremos a la boda junto con su esposa.

—¡No! —exclamó Marie—. Ni don Juan ni nadie de su familia han de acompañarnos.

—¿A qué viene este insolente capricho? —preguntó contrariado el señor de Gourney—. Mirad que don Juan es asiduo de esta casa, y vos le debéis muchas atenciones y bondades.

—Las bondades que yo le debo no son nada comparadas con las desgracias que su casa ha provocado —replicó Marie.

—No os entiendo —manifestó su padre.

Marie cerró la puerta de la habitación y, hablando en voz baja, refirió parte de las razones y sospechas que doña Marina había expresado al alcalde mayor de la Justicia esa misma mañana.

Pero el señor de Gourney no pareció convencido:

—Vuestra juventud os inclina a creer a pies juntillas cualquier cosa que os cuenten. A mí en cambio, que soy perro viejo, me cuesta admitir que una dama de buena familia haya provocado un incendio y cometido dos crímenes por motivos absurdos que no se sustentan.

—Os recuerdo que solo ha habido un muerto, pues el cadáver de maese Dirc no ha aparecido, y también que hay testigos que vieron a doña Guiomar en tratos con el fallecido Filomeno y huyendo por el patio cuando se inició el incendio. Los motivos los esclarecerá el alcalde mayor de la Justicia cuando se aplique a su interrogatorio —insistió Marie.

El señor de Gourney, haciendo un gesto de suficiencia con la mano, concluyó:

—No olvidéis lo que os digo: todo quedará en humo de pajas. No obstante, como mi amada Teodora desea una boda sencilla, por daros gusto lo celebraremos en familia.

Marie apretó los puños y se mordió los labios para no replicar a su padre, pues no quería disgustar a Teodora ni crear desavenencias entre la pareja, y se dio por satisfecha con que la familia de don Juan de Clarebout no asistiera a la boda.

Sin embargo, si era su presencia lo que quería evitar, al día siguiente no tuvo más remedio que saludarlo, pues mucho antes del mediodía se presentaron en la Casa de los Lilos don Juan de Clarebout y su esposa con rostros taciturnos. Avisada por la moza que abrió la puerta, doña Elvira salió a recibirlos y los condujo al comedor, pues pensaba que, como tantas veces, acudían a que los sirviera de comer Teodora.

—Con ella venimos a hablar para concretar las minucias del banquete —declaró don Juan—. Pero esos detalles será mi esposa quien los trate si la mandáis llamar, mientras yo me entrevisto con doña Marina, pues según me han informado, continúa cobijada bajo vuestro techo.

Teodora pidió a Marie que la acompañara:

—No me dejéis a solas con esos señores, pues los temo y me siento desvalida ante el empaque de la dama.

Estaban en la cocina, discurriendo el mejor modo de guisar las gallinas de Indias con las instrucciones que había proporcionado la mestiza de la casa del deán, y fue doña Marina la que indicó:

—Serenaos, Teodora, porque no sois vos quien debéis temer. Acudiremos las tres sibilas a recibirlos, y ya veremos si no son ellos los que lloran amargas lágrimas cuando escuchen lo que guardo en mi corazón en su contra.

Pero don Juan de Clarebout pidió hablarle a solas mientras su esposa lo hacía con Teodora y Marie. Cuando ya estaban encerrados en la estancia que les facilitó doña Elvira, declaró:

—El alcalde mayor de la Justicia vino ayer a mi casa con la intención de someter a interrogatorio a mi hija mayor, que vos bien conocéis y habéis tratado. Pero sentaos, pues la conversación será larga.

Doña Marina repuso altanera:

—No necesito sentarme. Al contrario que vos, creo que nuestra charla será breve. Ya sabéis por el alcalde mayor de la Justicia las acusaciones que he levantado contra doña Guiomar, y a él le corresponde probar su culpa. Nada más tengo que tratar con vos ni me interesa.

Cuando ya se dirigía a la puerta, don Juan quiso detenerla:

—Aguardad, doña Marina. Os ruego que me escuchéis un instante al menos. Admito que mi hija es engreída y vana, caprichosa e incluso a veces cruel; tiene poco seso y se deja llevar por ensoñaciones que se desvanecen pronto. Está acostumbrada a obtener cuanto ansía y no repara en los medios que ha de emplear para conseguir su propósito. Todo esto os lo digo para que apreciéis que conozco sus defectos y no me duelen prendas en reconocerlos. Hasta ahora sus veleidades la habían colocado en pequeños aprietos que se resolvieron con algunos dineros y el correspondiente correctivo, pero esta vez, por lo que parece, ha llegado demasiado lejos y causado por su mala cabeza un quebranto que no quería y del que se muestra muy arrepentida.

—Por su desvarío ha matado a dos hombres, herido a muchos más y causado mi ruina y la de mis hijos —precisó severa doña Marina.

—El cadáver de maese Dirc no ha aparecido, y mi hija insiste en que lo amaba y que nunca deseó su muerte. Pero admito todo el daño que acabáis de enumerar y os ofrezco reparación a cambio de vuestra indulgencia. Os ruego de nuevo que toméis asiento y escuchéis lo que tengo que proponeros.

Esta vez doña Marina accedió a su deseo y se dispuso a prestar la atención que le pedía a sus palabras. Don Juan era un comerciante próspero, avezado negociante y perito en ganarse voluntades a fuerza de ceder en lo mucho insustancial, adornado para aparentar trascendencia, a fin de conseguir lo poco decisivo, que hacía pasar casi como accesorio. Comenzó tratando de disculpar a su hija por su corta edad y discernimiento, admitiendo incluso la culpa de no haberla sabido criar como era debido, a pesar de que su esposa había intentado inculcarle los más altos principios morales. Sin embargo, al comprobar la obstinación de doña Marina, inmune a estas razones, pasó de inmediato a extenderse en peticiones de perdón, muestras de arrepentimiento y sinceros propósitos de enmienda. Llegaron luego los ofrecimientos de restitución y las promesas de bienestar futuro, y cuando ya creía tener a su interlocutora comiendo de su mano, casi convencida de sus buenas intenciones, pinchó en hueso al pretender rematar la faena con la estocada final.

—Mandaré un correo de inmediato con cartas para vuestro esposo, maese Jacome de Gelre, a fin de que dé su consentimiento y señale por qué medio recibirá las sumas que acordemos. Acaso apresure su retorno cuando conozca lo sucedido y quiera dirigir en persona la recuperación de su afamado taller.

—Todavía no he aceptado vuestra propuesta, pues he de meditar con calma los detalles y consultarlo con otras gentes también afectadas por el incendio del taller que me proveía el sustento durante la prolongada ausencia de mi esposo, cuyo paradero actual desconozco —repuso doña Marina, recuperando su primera inquina.

—En tal caso, no hay motivo para dilatar nuestro trato. Lo cerraré con vos y solo a vos incumbirá —expresó don Juan, ávido por enmendar su error y recuperar la iniciativa.

—Repito que he de meditarlo —insistió doña Marina, levantándose de su silla y dando por finalizada la conversación.

Cuando regresaron al comedor, se encontraron con que los preparativos del banquete tampoco habían avanzado. Teodora había puesto toda clase de pegas porque deseaba librarse del compromiso, y Marie la había apoyado porque había extendido a toda su familia la animadversión que sentía por la pérfida doña Guiomar, con quien no deseaba volver a cruzarse en su vida.

Muy contrariada, la esposa de don Juan le expresó su frustración en cuanto apareció en la habitación y este, intentando salvar la situación, tuvo una idea que expuso de inmediato a los presentes.

—Se me ocurre una solución que creo que puede contentar a todas las partes, porque todas saldrán beneficiadas. En el pasado, yo encargué varios retratos al taller de maese Jacome de Gelre, además de adquirir otras pinturas religiosas y profanas de su mismo pincel, que siempre he considerado el mejor de Sevilla, y tras su marcha, continué mi trato con la misma casa encargando obras a maese Dirc, siendo la última el retablo recién acabado y colocado para su admiración en la iglesia parroquial de San Miguel. Pues bien, lo que ahora propongo es que doña Marina asuma el puesto de pintora que ha quedado vacante en ausencia de maese Dirc, porque creo que, a pesar de su sexo, está preparada para ello. Realizará dos o tres cuadros de escenas familiares o paisajes que se expondrán en mis salones durante la celebración del banquete. De este modo, su arte de toque femenil se dará a conocer entre lo más granado de nuestra sociedad y le servirá de propaganda para conseguir que las señoras le encarguen escenas similares con sus hijos y demás gente menuda, con lo que se restablecerá el taller que últimamente era suyo por ausencia de su esposo.

—Doña Marina está dotada para emprender cualquier tipo de pintura y es una maestra insuperable, como lo demuestra el retrato de mi madre que yo misma compuse bajo su dirección y consejo —opinó Marie.

Pero la aludida objetó:

—Carezco de los medios necesarios. Bien sabéis que del incendio de mi casa no se salvó casi nada y no dispongo de recursos para adquirirlos.

—Yo os proporcionaré cuanto preciséis y correré con los gastos —se ofreció don Juan—. Será parte de nuestro mutuo acuerdo que ya os he propuesto.

—Entonces, yo os reitero que he de meditarlo —repuso doña Marina—. No habréis de aguardar mucho. Volved mañana y os daré la respuesta.

Así se terminó esta entrevista, y cuando por fin los Clarebout abandonaron la Casa de los Lilos, las tres sibilas se encerraron en el cuarto de Marie para ayudar a doña Marina a tomar una determinación.

—Si retiro las acusaciones que he levantado contra doña Guiomar, su padre se compromete a resarcirme con creces por los daños sufridos. Promete edificar de nuevo mi casa y taller en el solar que ocupaba, dotarle del mobiliario perdido y de los instrumentos y enseres necesarios para que recupere su actividad, y además correría con los gastos de contratar un nuevo maestro de pintura que se ponga al frente de los discípulos y aprendices para acometer grandes empresas como las que nos solían ocupar. Asimismo, se compromete a velar por mis hijos a fin de que no pasen penurias hasta llegar a la edad madura, y a mí me ofrece techo en su casa hasta que esté restaurada la mía o para siempre, si ese es mi deseo.

—Pero ya se ha corrido la voz de que doña Guiomar fue la causante del incendio y quien encerró a Filomeno —protestó Marie—. El discípulo de maese Dirc que vio los tratos entre la pareja también testificará.

Doña Marina repuso:

—Si don Juan logra comprar mi voluntad que es la más cara, ¿qué no hará con las restantes, que se venderán por mucho menos? Yo me resisto porque me duele que doña Guiomar quede sin castigo, y también por vos, porque vuestra pérdida es irreparable, mientras que las fortunas materiales van y vienen.

—Su conciencia no la dejará dormir y los recuerdos de su crimen la atormentarán por siempre —intervino Teodora—. Ese será su mayor castigo si es que el alcalde mayor de la Justicia no la arroja a la prisión.

—No os engañéis, amiga mía. Doña Guiomar duerme a pierna suelta, pues carece de esa conciencia moral que a vos os atormentaría, pero a ella no —opinó doña Marina—. Su única tortura y aflicción es el temor a verse descubierta por la justicia y quedar expuesta a un castigo que la prive de la regalada existencia que disfruta. Pensar que los malvados viven atormentados por sus malas acciones es el único consuelo que resta a los justos ante la impunidad reinante, pero carece de fundamento y rigor. Acaso en el reino de los cielos se restituya la equidad prometida, pero aquí en la tierra no lo verán nuestros ojos.

—Su adinerado padre se encargará de sobornar a jueces y autoridades para que doña Guiomar no pague lo que hizo con la severidad que merece aunque vos no retiréis la acusación —señaló Marie—. Yo os aconsejo que aceptéis lo que os ofrece, imponiendo algunas condiciones para aseguraros de que os cumple y también de que su hija recibe algún castigo.

—Ya había pensado en eso —replicó doña Marina—. Yo le obligaría a firmar un escrito en el que se comprometa punto por punto sobre lo hablado, estableciendo plazos. En caso de incumplimiento, yo acudiría sin tardanza al alcalde mayor de la Justicia. En lo referente a doña Guiomar, decidme vos, que sois la más afrentada por su crimen, qué castigo aplacaría mejor vuestro dolor.

—Deseo que me aclare qué se hizo de maese Dirc, pues he llegado a la conclusión de que esa pérfida mujer lo tiene preso o escondido —expresó Marie—. Sin embargo, como eso es difícil de conseguir, me conformo con que sus padres la recluyan en un convento de monjas de velo prieto y estrecha clausura. Así al menos no podrá verse con maese Dirc ni obligarlo a amarla a la fuerza, con lo que a la postre acabará recobrando la libertad y volverá a mí.

Doña Marina y Teodora intercambiaron una mirada desolada, pero ninguna de las dos se atrevió a sacar a Marie de sus ensoñaciones. La primera sabía a ciencia cierta que el maestro pintor había entrado en la habitación en llamas y era imposible que se hubiera salvado de la muerte, puesto que no salió.

—La vida del convento no es un castigo tan riguroso como pensáis —declaró Teodora—. Hay monjas que reciben muchas visitas y regalos, mientras que otras llevan una existencia más estrecha, todo depende de la regla y de la aplicación que exija la madre superiora. Si lo que pretendéis es que lleve una vida miserable, yo recomiendo que ingrese en uno de los emparedamientos que abundan por Sevilla, donde se recogen las doncellas honestas y pobres que no tienen la dote solicitada para ingresar en un convento. En cualquiera de esos establecimientos, bajo la dirección de una anciana beata, expiará sus culpas y tendrá que ganarse con su esfuerzo el pan que coma, aunque no deba hacer los votos de pobreza, obediencia y castidad.

—Yo preferiría un convento de agustinas o de carmelitas descalzas donde esté aislada y no se le permita pisar la calle, pero dejemos que sean sus padres quienes lo determinen —concluyó doña Marina—. Tanto me da un emparedamiento de doncellas pobres que un convento de damas ricas. Lo que cuenta es que expíe su culpa y que mis exigencias queden concretadas por escrito. Mañana cuando venga don Juan a escuchar mi respuesta, quiero que ambos firmemos los papeles para sellar nuestro acuerdo.

Marie se ofreció a redactar el escrito y sacó el recado de escribir para hacer las dos copias que se necesitaban. Dedicaron largas horas a esta tarea, reflexionando con cuidado cada supuesto antes de plasmarlo en el documento a fin de que no quedara suelto ningún cabo de importancia.

Cuando terminaron, doña Marina se sinceró:

—Me siento como una vilipendiada araña. Tejo solitaria mi tela laboriosa y ordenadamente, le consagro mi vida y con tesón veo complacida cómo poco a poco va creciendo, hasta que de improviso un único escobazo desbarata por completo mi obra y ya no queda nada...

Teodora la quiso consolar:

—Como la araña, comenzaréis de nuevo, y la tela será más grande y tupida. La tejeréis tan alta que ninguna escoba la alcanzará, y brillarán sus hilos fuertes bajo los rayos del sol —y tomando las manos de sus compañeras, añadió—: Recordad quiénes somos y no desfallezcáis, pues a mi entender, tal es el sino de las sibilas.

Don Juan de Clarebout acudió puntual a la Casa de los Lilos muy de mañana para conocer la respuesta de doña Marina. Se sorprendió cuando le entregó el escrito y le pidió leerlo con detenimiento y, en caso de conformidad, firmar al pie del pliego como así mismo haría ella para que ambos guardaran una copia. Excesivas se le antojaron las condiciones y exigentes los plazos, pero se guardó mucho de expresarlo en voz alta. Astuto como era, resolvió sin tardanza que le convenía acceder a todo y firmar para salir del trance. Más adelante el tiempo iría poniendo cada cosa en su lugar y encontraría los medios para que su casa y su fortuna no sufrieran menoscabo.

—¿Aceptáis que vuestra hija ingrese en un convento o beaterio de los que llaman de emparedadas? —quiso cerciorarse doña Marina, pues no contaba con conseguir su objetivo sin ninguna resistencia.

—Acepto. Será una buena cura de humildad y debe expiar su culpa. Permitid que aún no decida cuál la acogerá, pues deseo hablarlo con mi esposa y un clérigo de nuestra confianza para hallar el establecimiento religioso que mejor se avenga a nuestras necesidades.

—¿Aceptáis los plazos que establezco para la reconstrucción de mi casa y taller de pintura? —insistió incrédula doña Marina.

—Acepto —reiteró don Juan—. Con la única advertencia de que habrá que esperar el permiso del alcalde mayor de la Justicia para iniciar las obras.

Y de este modo, repasados todos los puntos, ambos firmaron y se guardaron su copia del documento. Quedó asimismo determinado que el banquete que serviría Teodora se celebraría en la hacienda de olivar de don Juan no antes de que hubieran transcurrido veinte días, pues fue el tiempo que doña Marina juzgó necesario para tener finalizados dos cuadros de tamaño mediano que el mismo don Juan adquiriría y estarían expuestos en sus salones para que sirvieran de propaganda entre los numerosos invitados, que probablemente encargarían otros.

La fecha establecida era demasiado lejana para los intereses de don Juan de festejar el regreso de la flota de Indias, pero tampoco en este caso mostró disconformidad, sino ánimo conciliador, y para demostrar sus buenas intenciones, entregó una bolsa repleta de monedas a doña Marina a fin de que tuviera con qué hacer frente a los primeros gastos.

Teodora pidió a doña Elvira que le arrendara el espacio donde tenía pensado montar el obrador para que doña Marina estableciera su taller de pintura, y en un par de días hubo en él caballetes y telas, pinceles y paletas, y hasta una larga mesa a la que doña Marina se sentó, rodeada de sus hijos, a esbozar los dos cuadros que tenía que pintar. Marie se comprometió a acompañarla y a recomponer los desperfectos del retrato de su madre, pero primero la elección y confección del vestido de boda de Teodora y después sus prolongadas visitas a la iglesia de San Miguel para contemplar el retablo de maese Dirc consumieron su tiempo y pospusieron estas tareas.

Teodora quería un vestido sencillo y protestó cuando Marie escogió una costosa tela de terciopelo verde para que las costureras le cosieran una saya acampanada con verdugado para ahuecar la falda, siguiendo la moda del momento. Sin embargo, se resignó al descubrir que entre las mujeres que lo iban a coser estaba la primera costurera que les había hecho las tocas, pues se fiaba de su criterio.

—Perdí mi casa por no poder pagarla y ahora coso para otra costurera con mayor fortuna —explicó esta, mientras le probaba la tela para apreciar su caída, agregando—: Paciencia y buena cara, pues ya vendrán años mejores, y por ahora sigo ganándome el pan que me como.

Doña Marina y doña Elvira alabaron la elección por acertada. Otra costurera llegó con la blanca gorguera de fino encaje, levantada por detrás, que le aconsejaba vestir como correspondía a su nuevo rango.

—Apenas podré mover el cuello ni hacer ningún trabajo más que estar tiesa como una estatua —se quejó Teodora muy incómoda mientras se la probaban.

—Oh, eso es, mi señora, de eso se trata —comentó la costurera—. La gorguera es propia de gente principal que no tiene que trabajar ni moverse porque otros a su servicio ya lo hacen en su lugar.

—Pues yo no la luciré —se negó terca Teodora—. No insistáis, que no me caso.

Y como no hubo modo de convencerla, la costurera de las cofias propuso rematar el cuello y las mangas acuchilladas con una golilla fina guarnecida de encajes de Flandes. Marie hizo los dibujos, siguiendo sus indicaciones, y Teodora aceptó la propuesta.

La boda se celebró por fin una mañana primaveral con la sencillez y discreción que la novia había deseado, y no hubo grandes palabras ni mayor dispendio que el donativo que exigió el cura por guiar a los contrayentes en el oficio de darse las manos y casarse ante Dios y los hombres. Después hubo comida en la Casa de los Lilos y se probó como plato principal la gallina de Indias en el guiso de mole que Teodora había estado perfeccionando para presentar en el banquete de don Juan de Clarebout.

—Os ruego vuestro parecer, y no me salgáis con mentiras piadosas ni medias verdades —exigió la radiante Teodora a sus comensales cuando probaron las tajadas de muslo o pechuga bañadas en espesa salsa oscura de cacao—. Sois los primeros, aparte de mis mozas de la cocina, en llevaros a la boca este manjar, que yo creo que nunca antes se ha consumido en nuestra tierra española.

—Tiene su gracia —replicó el señor de Gourney tras chuparse los dedos, limpiándose en los faldones del mantel las comisuras de los labios.

—Es comida de mucho gusto y refinamiento —opinó el cura, alargando el plato ya vacío por si le tocaba otra tajada—. Y tenéis razón en su novedad y primicia, pues yo frecuento los salones de la gente principal de la comarca y nunca antes había probado esta delicada vianda ni nada que se le parezca.

—Un solo pero os diré —intervino doña Marina, que se esforzaba en lograr que sus hijos no se mancharan la vestimenta de gala con la espesa salsa oscura—. La carne que no es seca resulta difícil de comer en sociedad elegante por lo mucho que ensucia manos y boca, por lo que sería menester disponer de aguamaniles y paños para que los comensales mantengan su aseo y decencia tras probar el bocado.

Doña Elvira juzgó oportuno el comentario y ordenó a las mozas que trajeran lo necesario para que los invitados se lavaran las manos antes de pasar a los postres.

—Prudente decisión la vuestra de ensayar en el banquete de bodas el guiso que con tanto esmero habéis preparado. Yo lo considero tan admirable como todo alimento que sale de vuestra buena mano —manifestó Marie—. Y añado que en el próximo banquete que serviréis la salsa de cacao no resultará tan pringosa, puesto que las tajadas no se tocarán con los dedos y habrá además pañizuelos para limpiarlos.

Los presentes, sorprendidos, pidieron explicaciones sobre esas novedades, y con esta y otras conversaciones se fue pasando la comida, llegaron los vinos dulces y luego las despedidas y buenos deseos para los recientes cónyuges. Cuando la casa se quedó tranquila con solo sus moradores habituales, comenzó la mudanza de las pertenencias de Teodora al amplio dormitorio de Maxim de Gourney, perfumado y adornado para la ocasión, mientras la pareja, en silla de manos, daba un paseo por las orillas del Arenal para disfrutar de lo que quedaba de tarde y pasar sus primeras horas en amorosa compañía antes de la noche nupcial.

Marie quiso salir también para visitar la iglesia de San Miguel como acostumbraba, pero doña Marina le pidió que se quedara y posara para ella, porque deseaba adelantar el cuadro que le había dedicado, acompañada de Colasillo y Violet.

—No me necesitáis, pues ya tenéis el esbozo —adujo Marie, tratando de librarse de esa sujeción.

Pero por una vez doña Marina consiguió persuadirla y la mantuvo quieta en una silla durante horas, mientras copiaba en la tela los rasgos de su rostro, pues el resto de la imagen que había representado bordando en un bastidor, acompañada por Violet que la observaba de pie y Colasillo que jugaba en el suelo con una espada de madera, ya estaba muy avanzada.

Después Colasillo tiró de su mano y le dijo:

—Mirad, hermana, los progresos de vuestro retrato. Ya hemos compuesto casi todos los arañazos y ahora os corresponden a vos las pinceladas finales para acabarlo.

Marie observó incrédula el trabajo que había realizado Colasillo sobre el retrato de su madre muerta, del que habían desaparecido los tiznes y rasguños causados por el incendio. Pasaba que desde el incidente ocurrido en la calle con su antiguo amo de la Mancebía, el niño se había atemorizado tanto que apenas abandonaba la casa en ocasiones contadas y siempre bien acompañado. Esta circunstancia había propiciado que renaciera en él su amor por el dibujo, y doña Marina había agradecido su ayuda por la necesidad que tenía de manos para acabar en el plazo señalado los cuadros para el banquete. Porque aunque había logrado establecer un taller aceptable, con buena luz natural y los utensilios y pigmentos necesarios, carecía de aprendices y discípulos. De los que había en su antiguo taller, algunos se habían visto obligados a abandonar el oficio por las quemaduras sufridas y los restantes habían buscado acomodo en otros de la ciudad con trabajo y sustento asegurados.

Sin embargo, doña Marina no tenía motivos de queja. A pesar de su corta edad, Colasillo aprendía al vuelo, y la pintora había encontrado en él un pupilo fiel y diligente al que fue encomendando tareas cada vez más laboriosas, entre ellas, la restauración del cuadro que su hermana había abandonado.

—Apenas faltan cuatro pinceladas vuestras —insistió Colasillo—. Quedaos en la casa y terminad con sosiego la labor.

Marie abrazó a su hermano y prometió que así lo haría. Para demostrar sus buenas intenciones, buscó el mandil de pintar, escogió paleta y dedicó lo que restaba de tarde a estudiar el cuadro para decidir el mejor modo de acabarlo, repasando colores y perfilando algunos detalles, sobre todo del rostro de Colasillo, que no expresaba la vivacidad que ella deseaba.

Estas buenas intenciones, sin embargo, duraron poco. El desasosiego que se había adueñado de su alma desde la desaparición de maese Dirc la impedía concentrarse en el trabajo y aunque cada mañana se levantaba con la intención de pintar, a las pocas horas de estancia en el taller lo abandonaba tras haber dado unas pocas pinceladas, por más que Colasillo y la misma doña Marina se esforzaban en animarla y elogiaban cuanto hacía.

Teodora vivía su luna de miel arrebolada de dicha, pero no había descuidado la cocina de la Casa de los Lilos, que seguía dirigiendo con algún reproche de Maxim de Gourney, y estaba muy pendiente de las salidas de Marie. Había relevado a Violet de todas sus tareas para que no perdiera de vista a su ama y la acompañara como una sombra cada vez que se ausentara de la casa, y siempre que podía enviaba además a un mozo detrás para que vigilara a ambas y las librara de peligros en el camino que recorrían a pie hasta la iglesia de San Miguel, donde Marie pasaba las horas muertas arrodillada ante el retablo de la Anunciación.

En vísperas del banquete que se iba a celebrar en la hacienda de olivar de don Juan de Clarebout, Teodora quiso prevenir a su amiga de que su padre la obligaría a acudir, pues deseaba aprovechar la ocasión para presentarse en sociedad con su familia al completo.

416

—Colasillo no irá —repuso Marie para escudarse en su ausencia y conseguir librarse del compromiso.

—Irá —aseveró Teodora—. Vuestro padre le ha comprado calzas nuevas y una casaca. Además, vos debéis asistir, aunque no sea más que por hacerme a mí esa merced que os ruego. Hermana mía sibila, no me abandonéis en esta ocasión.

—Vuestra otra hermana sibila os acompañará. Yo no deseo ver a quien tanto daño me ha causado.

—Doña Guiomar no estará presente, pues dicen que entró en las emparedadas cuya pobre casa se encuentra cerca de la iglesia de San Miguel. Se cuenta que una de las recogidas es una desventurada doncella ciega que tiene visiones y despierta mucha devoción en el vulgo, que entrega grandes limosnas por escuchar sus santas palabras.

—A veces, cerca de la iglesia, he visto que se reúne un grupo numeroso de gente que lanza alabanzas y pide bendiciones, pero nunca me detuve a escuchar qué se hablaba —explicó Marie—. Ha de ser por fuerza esa emparedada ciega. Pobre infeliz, pues bien sabéis vos que acabará en la hoguera o muerta, como tantos otros.

—Mientras no la callen, su beaterio ganará buenos dineros, y después nadie se dolerá por su suerte —corroboró Teodora.

—¿Y sabéis con certeza que doña Guiomar se ha encerrado en el mismo emparedamiento? —preguntó Marie.

—Una de las mozas trajo esa noticia a la casa. Así pues, pensad que si no venís al banquete, disgustaréis a vuestro padre, negándome a mí el amparo de sentiros a mi lado, y puede que no os libréis de encontraros con doña Guiomar, pues seguro que frecuenta la iglesia de San Miguel.

—No lo quiera Dios —imploró Marie—. Como emparedada no podrá abandonar el beaterio.

—Por motivos de culto le está permitido —insistió Teodora.

Ante estas palabras, Marie se avino a regañadientes a asistir al banquete, no menos porque deseaba averiguar el paradero cierto de su aborrecida enemiga.

Tras las muchas jornadas de extenuantes preparativos e idas y venidas a la hacienda de olivar, el señor de Gourney no quiso aceptar que don Juan de Clarebout les mandara un carruaje para conducirlos a su casa. Él tenía posición y fortuna para que los suyos se desplazaran con la comodidad y holgura convenientes, así que alquiló un coche cubierto para que las damas se distribuyeran sin arrugar sus ahuecados vestidos, mientras que él y Colasillo se sentaban al pescante con el cochero. Llegaron al lugar mucho antes que el resto de los invitados, pues Teodora tenía que comprobar que se habían observado sus últimas indicaciones y que las viandas estaban dispuestas para calentarse y servirse según lo previsto, mientras que doña Marina debía asegurarse de que sus dos cuadros ya acabados y enmarcados en paño de oro y filigrana se colocaban sobre sendos caballetes en el lugar preeminente prometido para que ninguna mirada dejara de contemplarlos.

Los invitados fueron llegando en el orden establecido y, una vez saludados por los anfitriones, recibieron a la entrada al salón el cubierto y pañizuelo que se había previsto con una pequeña explicación sobre su cometido. Otros criados se ocuparon de sentarlos en sus sitios en las largas mesas ordenadas en rectángulo abierto donde ya estaban colocados platos y copas. El banquete comenzó a servirse en el momento en que don Juan de Clarebout dio la orden, una vez sentado junto a su esposa en medio de la mesa principal, desde donde se alcanzaba a ver a todos los invitados dispuestos a su alrededor.

No hubo ni el más mínimo incidente en la sucesión de manjares, alabados unos más que otros según los gustos de los comensales, hasta que llegó la gallina de Indias en mole, cuya salsa oscura desconcertó a las mujeres más melindrosas. Los forquetes ya se habían empleado en las perdices escabechadas que habían salido antes, pero no libraban del uso de los dedos como se había querido, pues los comensales, al carecer de cuchillo, los blandían con una mano mientras que la otra iba a la tajada para aguantarla mientras la pinchaban con fuerza para llevársela a la boca. Muchas damas y algunos caballeros acabaron utilizando los pañizuelos para cubrirse la pechera y evitar salpicaduras, pero en general estas innovaciones fueron recibidas con alborozo y risas, y la gallina de Indias acabó gustando a la mayoría que se atrevió a probarla. Los criados ya estaban avisados para acudir con los aguamaniles en cuanto se retiraron los platos, y entonces llegaron los postres, donde nadie pudo resistirse a las exquisiteces que se presentaron en bandejas adornadas con blondas.

Marie se levantó de su puesto antes de que llegaran las frutas confitadas, el arrope de higo y el pan de dátiles a pesar de lo mucho que le gustaban, porque estaba harta del jovenzuelo petulante que le había tocado al lado y no deseaba continuar escuchando su charla insulsa. Deambulaba por las habitaciones próximas al salón buscando la salida al jardín, cuando fue a parar a los pies de una escalera por la que subía aprisa una criada sosteniendo una bandeja repleta de comida, urgida por los destemplados gritos, salpicados de insultos, que venían de arriba. Marie no pudo evitar buscar con la mirada a la persona capaz de proferir tamaños improperios y se quedó estupefacta al reconocerla. ¡Era doña Guiomar, que seguía en la casa de sus padres cuando todos la hacían en un convento!

Doña Guiomar se percató enseguida de que había sido descubierta y corrió a esconderse en sus aposentos, pero ya Marie subía de dos en dos los escalones hasta alcanzar a la criada, obligándola a conducirla hasta su señora.

—Así que aquí estáis, la más pérfida y engañosa de las criaturas —le lanzó a modo de saludo, irrumpiendo en la estancia sin llamar—. Doña Marina accedió a retirar las acusaciones en vuestra contra bajo promesa de que purgarais vuestra culpa en la soledad de un claustro, pero hizo mal al confiar en vuestro padre, pues de tal palo, tal astilla.

—¡No consiento que infaméis a mi padre! —exclamó airada doña Guiomar—. Creed que me arrepentí de mi arrebato y que no planeé la muerte del infeliz aprendiz. Se la buscó él por pretender traicionarme después de lo mucho que lo había recompensado por su servicio. Era un ser vil y rastrero, he de advertiros por si no lo conocíais como yo, por lo cual soy de la opinión de que no se perdió mucho con su desaparición ni nadie lo habrá llorado. Y claro que mi padre me obligó a entrar en el convento de las carmelitas descalzas, que fue el que eligió para mí después de hablar con su superiora, pero a las dos semanas me mandaron de vuelta a mi casa. ¿Qué queréis que haga? Es la voluntad de Dios.

—A la Casa de los Lilos llegaron con el cuento de que habíais decidido emparedaros en el beaterio que está cerca de la iglesia de San Miguel —reveló Marie—. ¿Tuvisteis alguna vez esa intención?

—Oh, sí. Hay en él una beata ciega cuyo aspecto espanta hasta que entra en delirio, tiene bellas visiones celestiales y parlamenta con ángeles, santos y hasta la misma Virgen. Yo quise quedarme con ella y admirar su gloria, pero no aguanté el hedor a orines del lugar y la mucha miseria que compartían quienes allí vivían, y me dije que mejor me estaba en mi casa, y si Dios quería mandarme visiones, que allí fuera y si no me pasaría sin ellas como hasta ahora.

—¿Qué necedades decís, doña Guiomar? ¿Cómo Dios os va a mandar visiones a vos, que habéis matado y provocado tanta desgracia por vuestros insensatos celos?

—¿Yo celosa? Más bien lo estaréis vos cuando me escuchéis, pues sabed que, en efecto, Dios me mandó una visión en la que me revelaba el paradero de maese Dirc. Estaba chamuscado por las llamas y aturdido, perdido entre un gentío que lo empujaba hacia el río. Yo no lo dudé y salí a buscarlo. Lo rescaté, lo curé y cuando estuvo sano, me volvió a declarar su amor…

—¡Mentís! ¡Maese Dirc me amaba a mí y no está con vos! —la interrumpió gritando Marie—. ¡Vos causasteis su muerte al provocar el incendio!

—No, os equivocáis —repuso altanera doña Guiomar—. Fue el aprendiz Filomeno quien prendió fuego a la estancia al pretender quemar con la palmatoria la tela en la que maese Dirc había retratado a su ninfa lasciva y lujuriosa. Yo me limité a mostrar mi horror ante tanta degeneración moral.

—¡Os digo que mentís! —repitió enloquecida Marie—. ¡Ahora lo veo claro, no pudisteis reprimir los celos al verme en el cuadro y provocasteis el incendio al querer destruirlo!

—Vos sois la celosa, pues maese Dirc es mío y lo será para siempre —repuso doña Guiomar—. Os abandonó porque nunca os quiso y no os echa en falta.

—¡No es cierto, no es cierto! —gritó horrorizada Marie, abandonando la habitación y bajando las escaleras en un precipitado revuelo de faldas.

Teodora y doña Marina se habían percatado de su ausencia y salido a buscarla cuando ya muchos comensales se levantaban de sus asientos para entablar animadas conversaciones en grupos. La encontraron llorando oculta tras una columna y apenas comprendieron sus palabras entrecortadas cuando quiso explicarles lo ocurrido.

—Habrá descubierto que mi hija está en la casa —declaró don Juan de Clarebout, que las había seguido, temiéndose que sucediera precisamente eso.

—Explicaos —reclamó seca doña Marina.

Y don Juan hizo un breve relato del ingreso de su hija en el convento de las carmelitas descalzas, cumpliendo la palabra que él había dado, y de cómo antes de que hubiera transcurrido una quincena la madre superiora la había relevado de la regla para que regresara al hogar paterno por su escasa salud y muchos padecimientos. Después probó un beaterio, pero las emparedadas tampoco permitieron que permaneciera entre ellas. Por tanto, la tenía encerrada en su habitación, sometida a estricta vigilancia y haciendo vida de penitencia.

—Ni siquiera ha asistido a este banquete, como habéis podido comprobar —concluyó don Juan para dar fuerza a sus palabras.

—Porque deseabais ocultarnos su presencia —repuso disgustada doña Marina—. Me veré obligada a hablar con el alcalde mayor de la Justicia, puesto que habéis incumplido vuestra promesa.

Don Juan de Clarebout, hasta entonces obsequioso y amable, cambió de tono para manifestar con crudeza:

—Hacedlo si os place, pero os recomiendo que reflexionéis las consecuencias. Será vuestra palabra contra la de mi hija, pues nadie corroborará vuestro relato ni habrá testigos. He llenado muchas bolsas iguales a la vuestra, y el clamoroso sonido de las monedas impide escuchar las bocas. Pensad qué os conviene más.

Hizo una breve reverencia de cabeza y abandonó sin más el lugar.

A partir de ese día aumentó la desesperación de Marie. Por más que sus hermanas sibilas trataron de convencerla de que doña Guiomar había mentido y que maese Dirc había muerto en el incendio amándola a ella, en el fondo de su corazón se aferraba a la esperanza de que hubiera sobrevivido sin memoria y viviera escondido en un lugar que únicamente doña Guiomar conocía. Por eso se echaba a la calle sola al menor descuido, burlando la vigilancia que Teodora le había puesto, y ya no se limitaba a acudir a la iglesia de San Miguel a pasar las horas muertas ante el retablo de la Anunciación, sino que vagaba sin rumbo escudriñando calles y plazas, husmeando en las puertas abiertas, siempre al acecho de cualquier pista que le indicara el paradero de su amado desaparecido.

No se equivocaba Teodora al estar con el alma en vilo cada vez que su amiga se ausentaba, pues el dueño del burdel de la Mancebía que había jurado venganza tenía muchos ojos en la ciudad y no tardaron en informarle de estas solitarias andanzas.

—Atraedla a nuestro terreno —ordenó a sus secuaces—. Y cuando lo consigáis, avisadme.

Una tarde, Marie siguió a una amable anciana que le habló de un apuesto caballero que vivía desde hacía poco al lado de su casa. Cuando se hallaban en un callejón estrecho y solitario, salió a su encuentro el amo del burdel de la Mancebía con un cuchillo en la mano, la anciana se escabulló, y Marie quiso correr, pero el hombre la agarró del cuello y le dijo a bocajarro que le iba a rebanar la garganta.

—No seréis vos quien tal haga —declaró una áspera voz a su espalda, a la vez que le traspasaba el costado con su espada.

La garra que le apretaba el cuello se aflojó al tiempo que el hombre se desplomaba cual pelele, y Marie, al comprobar despavorida que otro más fuerte aprovechaba para ocupar su vil lugar, echó a correr con todas sus fuerzas, oyendo entre el batir de sus faldas los pasos que la perseguían de cerca, vio como el callejón se estrechaba, no había salida, y en ese preciso instante tuvo la certeza de que se acercaba la muerte, y el miedo se tornó en aceptación rendida de su fatal destino.

19

Los espejos del pasado

Marie cerró los ojos antes de abandonarse a los brazos de su persecutor y contuvo el aliento, esperando el certero golpe que segaría su vida. Sin embargo, en lugar de matarla, esos mismos brazos la cogieron en vilo cuando ya se dejaba caer y, apretándola contra sí, el captor emprendió una frenética huida mientras farfullaba palabras incomprensibles.

—*Ne craignez pas, je vous sauverai* —le pareció entender a Marie en su desvarío y abrió los ojos para mirar sin reconocer a quien había creído su verdugo.

La vieja que había engañado a Marie para perderla por el oscuro callejón pretendió cortarle el paso, gritando blasfemias al tiempo que blandía su bastón, pero el hombre era ligero y esquivó sus golpes, prosiguiendo su veloz carrera hasta dejar atrás los barrios miserables y desembocar cerca de la plaza de las Verduras. Buscó refugio entonces en un figón de comidas, y a la moza que acudió a atenderlos le pidió en castellano con marcado acento francés que les diera una mesa apartada y les sirviera algo de comer y un buen vino.

—Seguidme —repuso la moza con mirada pícara y condujo al hombre que continuaba cargando en sus brazos a Marie hasta una mesa tendida en un entrante de la estancia que quedaba oculta desde la puerta por dos columnas de las que pendía una cortina de gruesa tela parda—. Si queréis que nadie os moleste, no tenéis más que correrla.

El hombre dejó en el suelo a Marie y echó la cortina. El pequeño cubículo quedó en penumbra, y Marie sintió la desazón del miedo.

—¿Quién sois y qué pretendéis de mí? —preguntó con voz entrecortada, tratando de distinguir entre las sombras el rostro de su acompañante.

—No me habéis reconocido —se entristeció el hombre y añadió en francés—: *C'est moi, Bertrand Delacroix.*

Marie clavó en él sus asombrados ojos y le preguntó:

—¿Tenéis algo que ver con Chantal Delacroix, que vivía en Le Puy?

—Mi hermana es y no por sangre, sino por decisión propia, pues me dio su apellido —repuso el hombre—. ¿Me reconocéis ahora?

Marie se tapó la boca con las manos y abrió los ojos de par en par.

—Traed luz —le pidió a la moza, que ya volvía con una jarra de vino y un plato de carne con verdura—. Vuestra voz me confunde y no acierto a entender qué hacíais en el callejón si sois quien decís.

El hombre no esperó a que la moza regresara. Corrió la cortina y cogió una gruesa vela que había en un nicho de la pared. Se la acercó a la cara y reiteró la pregunta:

—¿Me reconocéis ahora? *Regardez mon visage, c'est moi. Je ne vous trompe pas!*

—El Bertrand que yo conocí en Francia podría parecerse a vos, pero tengo por muy cierto que no hablaba castellano ni creo que abrigara la intención de abandonar los campos en los que vivía ni los animales de los que cuidaba —repuso todavía insegura Marie, guardándose para sí que además era un labriego más bien tosco.

—La vida cambia para todos. ¿Acaso sois vos la misma jovencita asustada que encontré un amanecer subida a un árbol cuando iba con mi hermana a recoger albaricoques? —preguntó entre risas el aludido.

—¡Comienzo a creer que sois aquel Bertrand! —exclamó Marie y corrió a abrazar al joven, que también la estrechó largamente entre sus fornidos brazos.

—*Je suis très heureux de vous avoir trouvé* —musitó el joven a su oído.

—Qué caprichosa es la suerte —comentó Marie cuando se separaron, sin dejar de mirarlo a la cara—. Estaba a punto de perecer y hasta había aceptado mi fin, cuando acertasteis a pasar por ese oscuro callejón para salvarme la vida.

—No fue cosa de la suerte, pues yo os seguía —reveló Bertrand.

—Me seguíais —repitió Marie con redoblada sorpresa.

—Dos días ha que me hallo en la ciudad y no he dejado de buscaros —explicó Bertrand—. Sabía que vivíais en la Casa de los Lilos y no me costó encontrarla. Cuando llegué a su puerta antes de ayer, pregunté por vos a la moza que me abrió, *mais* dijo que habíais salido y me cerró sin darme explicaciones. Cuando insistí me mandó a buscaros a la iglesia de San Miguel, *mais* tampoco os encontré. Al día siguiente regresé a la casa y entonces fue un criado que en ese momento salía quien me informó de que no estabais y volvió a mandarme a la iglesia de San Miguel. Repetí el camino, *mais* tampoco os hallé. Esta vez indagué con uno de sus curas y me confirmó que solíais acudir a diario, *donc* hoy madrugué y me aposté a las puertas de la iglesia, decidido a esperar hasta que aparecierais. *Cependant*, pasaron las horas y acabé aburrido y muerto de hambre. Ya me retiraba a ocuparme en otros menesteres, cuando me pareció divisaros a lo lejos en compañía de una anciana que os iba guiando. Iba a llamaros, *mais* era grande la distancia y me puse a seguiros. Lo demás ya lo sabéis.

—¿Pero qué hacéis en Sevilla y por qué ahora habláis castellano? —insistió Marie.

Bertrand replicó risueño:

—Vine a buscaros, *comme j'ai dit*. Y aprendí castellano para darme a entender en estas tierras.

—No seáis tan parco —se quejó Marie—. Explicadme mejor las cosas, pues ardo en deseos de saberlo todo.

—Venid a sentaros entonces y dejad que me sirva de este buen vino. Sois una carga preciosa, *mais* carga al fin.

Marie se rio al identificar en el corpulento joven al campesino socarrón que había conocido durante su estancia en Le Puy y se sentó a su lado a la mesa, dispuesta a escucharlo en cuanto hubiera saciado su hambre y sed.

—Comenzaré desde el principio —indicó entonces Bertrand, jugando con la pluma del sombrero que había colocado a un lado de la mesa—. Recordaréis que yo os dejé en Le Puy con mi hermana Chantal para ir en busca de mis tíos a nuestras tierras del campo. Marché intranquilo porque barruntaba problemas, y prueba de ello es que regresé con mis tíos en cuanto concertamos con unos vecinos que se encargaran del cuidado de nuestros cultivos y ganado. Llegamos a tiempo de parar las insidias de Eugène, *mais* vos ya habíais partido con el barbero en busca de vuestro padre.

—¿Las insidias de Eugène? ¿Es que había tramado algo en nuestra contra? Yo creí en sus buenas intenciones y llegué a pensar que acabaría casándose con Chantal.

—Desobedeciendo las órdenes expresas de mi hermana, metió a vuestro primo Jean-Baptiste de Alos en la casa —reveló Bertrand—. Sospechó de vos y quiso sacar algún provecho, tal vez con sobornos o volviéndose indispensable para Chantal, que se iba a quedar sola en una ciudad desconocida una vez que vuestro primo os obligara a seguirlo.

—Pero resultó que yo ya había escapado y desbaraté sus planes —se adelantó jubilosa Marie.

—La noche que organizasteis vuestra partida, Eugène no descubrió los preparativos porque estaba urdiendo su trama y no durmió en la casa, sino en la posada donde se hospedaba vuestro primo. Quería sorprenderos temprano y por eso se ofreció a pagar los gastos de Jean-Baptiste en nombre de mi hermana y a conducirlo a su presencia, engañándolo al comunicarle que había aceptado recibirlo bajo su techo.

—¿Y cómo reaccionó Chantal al verlos en su casa?

—Eugène quería pillaros por sorpresa y fue él el sorprendido. Mi hermana desayunaba en su cuarto cuando la criada tocó a la puerta para anunciarle que tenía visita. Protestó que no eran horas de recibir, *mais* cambió de opinión al enterarse de quién se trataba y se propuso entretenerlo para facilitar vuestra huida.

—¿Y no llegó a enterarse mi aborrecido primo de que yo había vivido en vuestra casa? —quiso saber Marie.

—Lo supo, *mais* mucho después y por boca de la misma Chantal. Para entonces Eugène ya estaba en la cárcel. Ni su padre ni él habían sido fieles administradores, como muy pronto descubrieron mi tío y Jean-Baptiste al revisar papeles. Salieron a la luz muchos amaños y resultó que la hacienda de Chantal era muy superior a la que ellos habían declarado. En fin, para no cansaros con detalles, mi hermana es ahora una acaudalada aristócrata por la que suspiran los caballeros más nobles.

—¿Y no se ha casado? —prosiguió su interrogatorio Marie.

—No de momento, *mais* lo hará a su debido tiempo, pues sabe lo que le conviene —repuso socarrón Bertrand—. He de advertiros que mantuvo un breve romance con vuestro primo Jean-Baptiste.

—¡Me cuesta creerlo de mi buena Chantal! —exclamó Marie.

—Para nosotros, Jean-Baptiste no fue ni es el personaje ruin y mezquino que vos pintasteis a mi hermana, sino un colaborador fiel que primero nos ayudó a desenmascarar a Eugène Laudine y a meterlo en la cárcel, y después fue nuestro paciente instructor. Con él aprendimos a leer y escribir, así como nociones de geografía, de historia y de las siete artes liberales. Nos enseñó modales corteses y preparó a Chantal para brillar en la sociedad que por su cuna le correspondía.

—Algo buscaría a cambio —opinó Marie.

Bertrand se rio:

—Claro está. Su beneficio personal. Vuestro primo es persona ilustrada, *mais* carece de rentas, como bien sabéis, circunstancia que le obliga a buscar el medio de obtenerlas porque del aire nadie se sustenta. En la casa de mi hermana halló buen acomodo, nos sirvió a la perfección y fue recompensado por ello. Tampoco os niego que su entrega del primer momento se debió probablemente a la esperanza de que acabaría desposando a Chantal, *puisque* ella misma le dio pie a pensarlo.

—¿Chantal llegó a encandilarse por mi primo?

—No sabría precisarlo, parce que no lo he aclarado con ella. Si os interesa mi parecer, creo que no fue más que un ardid femenino para atraer a Jean-Baptiste, ponerlo de su parte y retenerlo en Le Puy *afin que* vos pudierais escapar a España, como era vuestro deseo.

—¿Y aquel pariente que según Eugène había aparecido preguntando por Chantal? Recuerdo la noche en que nos habló de las temibles cartas selladas.

—Era cierto y había parentesco. Chantal ahora tiene familia de sangre, aunque sigue reconociendo a los tíos que nos criaron a ambos como sus allegados más íntimos. Y como ya os dije, a mí, que no tenía ninguno por mis oscuros orígenes, me dio su apellido Delacroix y me reconoció como hermano.

—Es natural. Como tales os criasteis y vuestro lazo es tan fuerte como el de la sangre —apreció Marie—. Pero confirmadme en qué términos estáis ahora con mi primo Jean-Baptiste y si sabe de mí.

—Los términos son excelentes y sabe de vos. Mucho antes de que vuestro criado Armand recibiera en el Franco Condado la carta de Sevilla donde vuestro padre refería los pormenores de vuestro encuentro y su enfermedad, Chantal le había revelado cómo lo habíais engañado cuando os descubrió lavando en el río cerca de nuestros campos y cómo habíais viajado a la corte castellana con el barbero cuando os percatasteis de su presencia en la tienda de encajes en Le Puy.

—¿Qué más le contó? —requirió inquieta Marie.

—Las sospechas de que su madre había arrojado por la escalera a la vuestra, provocándole la pérdida del hijo que esperaba y la muerte.

—¿Y él la excusó? —quiso saber Marie.

Bertrand negó con la cabeza:

—Nada sé al respecto. Solo puedo agregar que no puso objeciones cuando Chantal le exigió que su madre ingresara en un convento al enterarse por vuestro criado Armand de que teníais pensado regresar al Franco Condado más pronto que tarde.

—Mi buena Chantal, cómo le agradezco que después de tanto tiempo siga velando por mis intereses.

—*À vrai dire*, velaba más bien por los suyos propios, *puisque* la viuda de Alos pretendía instalarse con su hijo en la casa de mi hermana —reveló Bertrand—. Chantal opinó que debía quedarse en la casa entre viñedos hasta que llegara su primo y le rindiera cuentas. *Cependant*, la viuda adujo que no quería estorbar y pidió hospedaje junto a su hijo. Al final creo que ha acabado en el convento de Santa Bárbara del que su hermana es abadesa.

Marie hizo un gesto de hartazgo con las manos:

—Basta, es suficiente, no hablemos más de esa gente horrenda. Mejor contadme de vos, cómo es que estáis en Sevilla y qué os condujo a buscarme.

—Ya habrá ocasión para eso —repuso Bertrand, al tiempo que se levantaba—. Ahora os acompañaré a vuestra Casa de los Lilos y yo me volveré a mi hospedaje, pues creo que se ha hecho tarde y tengo personas con las que he de entrevistarme sin falta.

—¿Y el hombre que me quiere degollar? ¿No nos estará buscando? —preguntó con voz angustiada Marie, temerosa de abandonar su escondite.

—Ese no se mueve del suelo si no lo socorren. Lo dejé malherido y tal vez ya entregó su alma al diablo. Como sea, no debéis preocuparos más por su causa.

—Vos lo heristeis y por eso me soltó —recapituló Marie—. Razón de más para que nos busquen y nos quieran castigar.

—¿Quién lo hará? Os aseguro que en esos míseros barrios no entra la justicia, y solo la vieja nos vio. A vos puede que os conozca, *mais* no a mí, por lo cual, si tiene secuaces, no darán conmigo. En cuanto a vos, no os conviene salir sola de casa ni vagar por las calles sin protección, porque ya veis que intentan mataros, y si no sois precavida, acaso la próxima vez lo consigan. ¿Es que vuestro padre no se cuida de vos y os permite tanta mudanza?

Marie torció el gesto ante tales palabras y repuso airada:

—¿Dónde estaba mi padre cuando mi madre se precipitó por la escalera y perdió al hijo que esperaba? ¿Dónde cuando murió y la mandé enterrar en el convento de Santa Bárbara? ¿Dónde cuando yo sola defendí mi honra y me tuve que echar a los caminos para buscarlo? La niña que vivía entre viñas y nada sabía de lo que acontecía fuera de las lindes de su casa ha mucho que se perdió por ese mundo de Dios. Yo salvé la vida de mi padre arriesgando la mía, y no lo conseguí siendo apocada y estándome en mi casa; así pues, ahora que no vengan a mandarme que me recoja, porque haré lo que me plazca.

Bertrand puso su enorme mano sobre la de Marie y le dijo:

—No os enojéis conmigo. Solo deseo vuestro bien, como os he demostrado, y por eso mismo os repito que no debéis vagar por las calles, pues corréis peligro.

Marie iba a protestar de nuevo, cuando Bertrand la detuvo, poniéndole un dedo sobre los labios:

—Permitidme haceros un ofrecimiento. Mientras yo esté en Sevilla, seré vuestro escudero y protector, al fin que ya tengo experiencia. Además, nos quedan muchas cosas que conversar. Habéis de explicarme, sin ir más lejos, por qué pretendían degollaros en el callejón con tanta saña.

Marie no se hizo de rogar y lo aceptó como acompañante. Durante el trayecto hasta la Casa de los Lilos, le fue relatando cómo había conocido al dueño del burdel de la Mancebía y cómo la había amenazado de muerte. Le refirió también a grandes rasgos su viaje hasta la corte madrileña y después hasta Sevilla y, así, en animada conversación, llegaron a las puertas de su casa casi sin darse cuenta. Marie invitó a Bertrand a entrar con ella para conocer a su padre, pero el joven se excusó:

—Otro día será, *puisque* hoy voy con prisa.

Marie se quejó:

—¿Cómo, tan pronto os desdecís de vuestras primeras palabras de ser mi escudero y protector? ¿Ya presto queréis abandonarme?

—Mañana volveré. Aguardad mi visita y avisad a vuestro padre, pues seré formal en estos asuntos para ganarme su confianza y favor —repuso Bertrand. Después, acercándose a la joven, enrolló su dedo en uno de los rizos rebeldes que le caían por la frente y añadió—: Nunca os he olvidado ni os olvidaré, *puisque* vos me abristeis la mente. Esos animales sabios de vuestras fábulas de Esopo me obligaron a pensar más allá de mis rústicas labores cotidianas. En fin, vos con vuestras lecturas fuisteis como la gota de agua que, casi imperceptible, penetra en la dura roca y va ahondando hasta que, convertida en hielo, logra partirla. Si estoy aquí es por vos.

Marie escuchó boquiabierta estas palabras y cuando quiso reaccionar, Bertrand ya le estaba haciendo una reverencia de despedida y en cuanto advirtió que la moza abría la puerta de la Casa de los Lilos, se alejó calle arriba a grandes pasos.

Teodora se percató enseguida de que el humor de Marie había cambiado y se alegró al comprobar que preguntaba por su padre y se dirigía al huerto para charlar con él. Doña Marina también se sorprendió gratamente cuando esa tarde Marie acudió al taller y pasó largas horas concentrada en acabar el retrato de su madre. Colasillo se plantó a su lado y empleó su pincel en los lugares que su hermana le fue indicando con la destreza que ya asombraba a todos.

—Serás un gran pintor si te sigues aplicando al arte —le alabó Marie, acariciándole el cabello.

—Eso es lo que más deseo. Y me conocerán por Caracortada, tal y como en su día propuso apodarme nuestro maese Dirc.

No bien hubo escuchado estas palabras, doña Marina giró la cabeza de su labor para observar la reacción que provocaban en Marie, quien ya replicaba, meneando la cabeza con tristeza:

—Me temo que nunca más volveremos a ver al desdichado maestro.

—¿Apareció su cadáver, sabéis algo? —se apresuró a preguntar Colasillo.

—No apareció ni aparecerá. Ya no se lo busca —respondió Marie.

Doña Marina intervino en la conversación:

—El terreno de la que era mi casa ha quedado arrasado. Ahí no hay nada que no se haya revisado por cien ojos. Sin embargo, aunque no hayan aparecido sus restos, estoy con vos en que probablemente jamás volveremos a ver vivo a maese Dirc.

Esta convicción expresada con tanta claridad pareció mortificar a Marie, quien quiso al punto cambiar de tema y preguntó a doña Marina si había fecha para comenzar la reconstrucción de su casa.

—El alcalde mayor de la Justicia ha dado el permiso, mas don Juan de Clarebout está dilatando los plazos por motivos diversos que se van sucediendo. Tengo para mí que no hará de buen grado lo que prometió y no sé si conseguiré obligarlo por la fuerza.

—Si deseáis que alguien le propine un buen escarmiento de golpes que lo ablande, conozco a la persona que os sacará del apuro —comentó Marie medio en serio, medio en broma.

Y cuando doña Elvira clavó en ella su mirada severa, previniéndole contra las amistades que acaso estuviera entablando en sus largas salidas furtivas por la ciudad, Marie se rio a carcajadas como antaño y, mandando a los hijos de doña Marina a la cocina con la excusa de que Teodora había frito rosquillas, pidió a sus interlocutores que se acercaran para relatarles en susurrante secreto cuanto le había sucedido esa mañana.

Colasillo comentó cuando hubo terminado:

—Habéis tenido suerte. Mi antiguo amo de la Mancebía es persona rencorosa y cruel que no deja de cobrar ninguna de sus cuentas pendientes. Si quedó malherido, volverá a buscaros o mandará a alguno de su cuerda que os rebane el gaznate en su nombre. Lo mismo ocurrirá conmigo si me pilla por fuera de esta casa, por eso deseo que nos mudemos al Franco Condado a la casa de mi padre donde su mano no nos alcance.

Marie lo sosegó:

—Nadie nos hará daño, pues tenemos quien nos defienda. A estas horas, ese villano incluso puede estar muerto.

Colasillo opinó precavido:

—No seré yo quien salga de mi casa para averiguar su suerte.

—Mañana vendrá a visitarnos Bertrand Delacroix, y su sola presencia te tranquilizará, pues su gran estatura y fortaleza lo hacen casi un coloso —declaró con entusiasmo Marie—. Os aseguro que con él delante no habrá quien ose atacarnos.

Doña Marina objetó:

—Apenas nos entenderemos si habla francés.

—Ahora habla castellano con soltura, por más que no acierto a comprender cómo lo ha logrado —repuso Marie—. Cuando lo conocí era un campesino iletrado y tosco, y ya lo veréis mañana. Causa asombro su mudanza. Yo diría que de gusano pasó a mariposa con una transformación tan asombrosa como la que has recogido en tu libro de animales pequeños, Colasillo.

La esperada llegada al día siguiente de Bertrand Delacroix a la Casa de los Lilos suscitó en sus moradores la curiosidad que había previsto Marie no solo por su complexión física, sino por sus finos modales y elocuencia. El señor de Gourney le preguntó enseguida dónde había aprendido a hablar castellano.

—Habéis de saber que en nuestras tierras francesas, así como en el resto de Europa, interesa enormemente todo lo que procede de España y su imperio: las noticias de los nuevos territorios conquistados, sus nuevos bailes, los usos en el vestir que de aquí provienen, su abundante literatura. En fin, para no alargarme, os diré que aprender castellano es ahora común entre franceses, flamencos, italianos e ingleses por motivos comerciales y económicos. En mi caso, viajé a Nápoles, donde lo aprendí al principio valiéndome del *Diálogo de la lengua* que compuso Juan de Valdés, gentilhombre de capa y espada castellano que lo había escrito años atrás para sus amigos de la ciudad por la falta que había de estudios sobre la materia. Yo lo conseguí de milagro, pues las copias manuscritas pasan de mano en mano como un gran tesoro, *mais* no habría servido de mucho ni lo habría comprendido sin la ayuda del docto Catafilo, quien me instruyó y me hizo practicar la lengua castellana hasta alcanzar la destreza que él consideraba la adecuada. Después lo acompañé en un viaje a Valencia con parada previa en Barcelona y comprobé que, *en effet*, sus enseñanzas me permitían darme a entender entre los habitantes de esas tierras, a los que en general yo también comprendía.

—¿Y cómo conocisteis al tal Catafilo que os enseñó la lengua? —se interesó Marie, recordando el nombre del judío errante con quien se iba a desposar la anciana cabalista según ella misma le había revelado cuando coincidieron en el teatro.

Para sorpresa de Maxim de Gourney, Bertrand declaró:

—Gracias a Jean-Baptiste de Alos. Este sobrino vuestro, de quien Marie ya sabe que ocupa como administrador y consejero un lugar destacado en la casa de mi hermana, la baronesa Chantal Delacroix, en Le Puy, conociendo nuestros deseos de viajar por el ancho mundo, nos llevó consigo a la corte de París, donde pasamos agradables meses frecuentando salones de la sociedad distinguida, así como trabando conocimiento con las mentes más preclaras. Por cierto, estando en París llegaron nuevas de vuestro criado Armand dando cuenta de vuestro paradero y anunciando vuestro deseo de regresar al Franco Condado tan pronto como vuestro restablecimiento fuera completo. Yo ansiaba continuar conociendo mundo fuera de Francia, y Jean-Baptiste me facilitó el traslado a Nápoles, mandándome a la casa del erudito Catafilo para que me hospedara e instruyera. Cuando llegué, él estaba fuera, *mais* su bella esposa me recibió amablemente y enseguida entablamos una buena relación. Son gente cultivada que domina varias lenguas, y cuya compañía y consejos fueron de mayor valor que muchos libros.

—Esa bella dama no se llamará por casualidad Isabela de Ontigole, casada con un anciano venerable de largas barbas blancas, conocido por Catafilo —quiso averiguar, cada vez más intrigada Marie.

—La dama, en efecto, se llama Isabela de Ontigole y está casada, como ya os he dicho, con el erudito Catafilo, persona venerable por su gran discernimiento, aunque todavía no ha llegado a la edad en la que se le pueda considerar anciano ni luce largas barbas blancas, sino recortadas y del mismo color castaño, salpicado con alguna cana, de su cabello. *Cependant*, creo que son las personas a las que vos os referís, *puisque* ellos os conocen.

El señor de Gourney mostró su sorpresa:

—¿Y de qué os conocen? No acierto a entenderlo.

—Del camino —expresó de inmediato Marie—. Me dieron posada por una noche cuando todavía me hallaba con el barbero y su tamborilero en tierras francesas.

Teodora intercambió una mirada de entendimiento con su amiga, temerosas ambas del derrotero que pudiera tomar la conversación.

—Como veis, *le monde est petit,* a pesar de lo mucho que se ha ido ensanchando en el pasado siglo y el presente por los descubrimientos de los navegantes y viajeros —comentó Bertrand—. Y yo, como vos, señor de Gourney, ansío sumarme a ellos y explorar esos territorios de los que tantas maravillas se proclaman. Sin ir más lejos, un fraile de Valladolid con el que hice parte del trayecto de Valencia a Sevilla me habló, como quien hubiese vivido en él toda su vida, del imperio del Japón, de cuya conversión quieren convencer al rey de las Españas y que dista seis mil leguas de nosotros, y también me pintó las Indias como tierras empedradas de oro y plata. Según él, las piedras del camino son perlas y los rubíes se recogen a paladas; los árboles se desgajan con el peso de los racimos de la nuez moscada, y las velas de los barcos son de seda de la China. Las Filipinas las describió como el mismo paraíso terrenal, donde todo abunda y de nada se carece para la felicidad de sus habitantes. En fin, yo tengo la cabeza en su sitio y aunque no creo tales enormidades, ardo en deseos de contemplar con mis propios ojos esos horizontes lejanos que no ha mucho nos eran desconocidos, y si se da el caso, descubrir tierras nuevas que los agranden.

Con cierta melancolía, Maxim de Gourney admitió:

—Reconozco en vuestras palabras los sueños que acaricié en el pasado. A lo que parece, vos todavía no habéis decidido qué rumbo tomarán vuestros viajes. Yo avancé un paso más y estaba listo para hacer la carrera de Indias, pilotando una nao, cuando caí enfermo y todo se desbarató en un abrir y cerrar de ojos.

Teodora le cogió una mano para intentar consolarlo en su frustración, mientras Bertrand aseguraba:

—Habéis sanado y todavía no os pesa la edad. Aún es tiempo de recuperar vuestro sueño.

En tono más alegre, el señor de Gourney repuso, apretando a su vez la mano de su reciente esposa:

—No, querido amigo. Aquello pasó y mis sueños ahora son otros, pues añorar el pasado es correr tras el viento. Volveremos al Franco Condado, cuidaré de nuestra hacienda y me ocuparé de criar a mis hijos.

Marie se mordió los labios para no contradecirlo, y Teodora le dedicó una dulce sonrisa de agradecimiento por su silencio.

—Si vos habéis aprendido castellano para venir a Sevilla, de igual modo yo aprenderé el borgoñón para entenderme con las gentes cuando estemos en el Franco Condado —declaró contento Colasillo.

—Aprenderéis *sans doute* —apostilló Bertrand—. A fin de cuentas, todas son lenguas hermanas surgidas del latín. Basta con que pongáis empeño y, si tenéis sesera, en corto tiempo os comunicaréis sin trabas. Pensad que si otros lo han hecho, ¿por qué vos no vais a lograrlo?

Marie asintió a sus palabras, maravillada del buen juicio que demostraba Bertrand. Durante el breve tiempo que habían convivido en el pasado, apenas le había prestado atención al considerarlo desde el mismo momento de su encuentro un patán romo de sentimientos, corto de mollera y falto de modales. Ni siquiera se había fijado como se merecía en su imponente físico, tal vez porque en aquel entonces sus greñas despeinadas y sus ropas bastas que olían a establo desviaron su mirada, o tal vez porque en esos años pasados no había alcanzado aún la estatura y fortaleza que ahora saltaban a la vista.

Saliendo de sus pensamientos, Marie escuchó preguntar a Bertrand:

—¿Dais permiso, mi señor, para que vuestra hija me acompañe en mis paseos por Sevilla y me haga de guía? Tengo gran interés en contemplar la ciudad desde la altísima torre de la catedral que, según me han dicho, antes era mezquita mayor. Creo que desde allí se alcanza a ver la hermosa planicie que la rodea y provee en abundancia de toda clase de frutos del campo.

Teodora urgió a su esposo para que consintiera, porque era patente la buena influencia que el joven ejercía sobre Marie, cuyo desconsuelo de los últimos tiempos se disipaba ante su presencia.

—Hoy os sentaréis a nuestra mesa y por la tarde pasearéis con mi hija, acompañada por su esclava Violet —asintió complaciente el señor de Gourney.

Mientras se organizaba la comida y tendía la mesa, Marie se llevó al huerto a Bertrand con el pretexto de enseñarle sus hermosos frutales, pero en realidad deseaba hablarle a solas.

—Contadme más de Isabela de Ontigole. Yo la recuerdo como una mujer joven y hermosa que triunfaba en el teatro. ¿Qué os dijo de mí?

—Ahora en Nápoles se está en su casa, donde recibe a sus amigos y conocidos. Doña Isabela es hermosa, si bien no tan joven

435

como la recordáis, sino de mediana edad, pareja a la de su esposo. A vos parece quereros bien. Piensa que fue grande la carga que cayó sobre vuestras espaldas siendo tan niña y desea que halléis el equilibrio necesario para aprovechar la vida.

—No os entiendo —se quejó Marie.

—Ella me mandó a vos —reveló Bertrand, cogiendo un pequeño albaricoque, todavía verde, y tendiéndoselo a Marie con una gran sonrisa—. Vuestra vida hasta ahora se compara con la del esforzado Telémaco, que partió de su casa asediada a causa de la ausencia de su padre para encontrarlo y propiciar su regreso. Sin embargo, el retorno de Ulises por fuerza ha de cambiarlo todo. Vuestro deber de hija ya está cumplido.

—Al escuchar de vuestros labios razones tan extrañamente eruditas, me cuesta reconoceros como aquel campesino franco que antaño conocí y vuestra transformación, que en un principio saludé como portentosa, comienza a inquietarme, porque no acabo de comprenderos —indicó Marie con cierta queja en la voz.

Bertrand se rio:

—Al mismo río entras y no entras, puesto que eres y no eres.

—Tal parece que insistís en confundirme con vuestros oscuros juegos de palabras —se irritó Marie—. ¿Qué pretendéis, aparte de incomodarme?

Inclinándose hasta casi rozar con sus labios la oreja de Marie, Bertrand repuso conciliador:

—Nada más lejos de mi intención. Tened por cierto que de mí ningún mal provendrá. Lo que os digo es que no es posible descender dos veces al mismo río, porque todo fluye, nada permanece. *Donc,* el Bertrand que conocisteis no es de ningún modo el que hoy está con vos, ni tampoco será el que, si vos lo permitís, os acompañará mañana.

Marie dedicó una prolongada mirada a su acompañante, pensando que su primo Jean-Baptiste lo había convertido en una persona tan rebosante de erudición que resultaba hermética. Sin embargo, recordó que, según el mismo Bertrand había reconocido, ella había sido la gota en la piedra que había abierto su mollera, por lo cual discurrió que tal vez su trato lograría mermar el influjo de su aborrecido primo, a quien, como siempre, achacaba todos los males que acaecían.

—Todavía guardo en la memoria la conversación que sobre el amor mantuvimos una noche con nuestra querida Chantal en Le

Puy —evocó Marie, dando un giro inesperado a la conversación para llevarla a otro terreno más amable—. Éramos jóvenes inexpertas y os rogamos vuestra opinión y consejo.

Algo desconcertado, Bertrand reconoció:

—Yo era tan joven e inexperto como vosotras. Buena parte de lo que dije lo inventé o lo deduje de lo que había visto a mi alrededor en el campo entre los animales.

—No fue esa la sensación que obtuve. Y vuestra prosaica descripción de los hechos me causó gran decepción, acostumbrada como estaba al amor galante de las novelas pastoriles y de caballerías.

—Reitero que por aquel entonces yo era tan inexperto como vosotras— aseveró Bertrand—. Y os diré más: la única mujer desnuda que había visto en mi vida erais vos, recién salida del baño en la cocina de mi tía.

—¿Vos me visteis desnuda? —se sorprendió Marie.

—Es una imagen guardada en los espejos del pasado que jamás se borrará de mi mente.

Marie se sintió turbada ante este testimonio e, incapaz de resolver la situación, puso como excusa que su padre la estaba llamando y echó a correr hacia la casa, dejando solo a Bertrand entre los olorosos naranjos.

La comida transcurrió en armonía, y nadie salvo Teodora apreció el cambio de actitud de Marie hacia su invitado, ni las miradas furtivas que le dedicaba cuando no se sentía observada.

Cuando ya se iban a alzar los manteles, Colasillo dijo:

—¿Sabéis que mi hermana Marie es pintora? Yo también me esfuerzo en aprender el arte y es el único pero que pongo a abandonar Sevilla, porque no sé si en el Franco Condado podré seguir progresando.

—En el Franco Condado también encontraréis maestro que os enseñe las técnicas necesarias —lo alentó doña Marina.

—No hallará ninguno como vos —opinó Maxim de Gourney—. He de reconocer que jamás pensé que alguien de vuestro bello sexo fuera capaz de alcanzar tanta perfección con los pinceles e incluso llegar a crear un estilo tan bello y personal retratando las menudencias domésticas, que en vuestros cuadros adquieren la dimensión de excelsas maravillas.

—Me abrumáis, mi señor —repuso, perpleja por tantos elogios, doña Marina—. Vuestra hija es tan excelente como yo.

—Si se me permite, me gustaría comprobar por mis propios ojos los talentos de ambas damas —indicó risueño Bertrand—. Tal vez me interese realizar algún encargo durante mi permanencia en la ciudad para adornar la casa de mi hermana.

Doña Marina accedió de buen grado a mostrarle su trabajo y lo acompañó, rodeada por toda la chiquillería, al taller donde por entonces trabajaba en una escena doméstica, protagonizada por sus hijos, y un retrato de casamiento, donde aparecían ataviados con sus mejores galas Teodora y Maxim de Gourney.

—No exageraba el señor de Gourney al alabar vuestra pintura —opinó Bertrand, tras analizar los detalles de los cuadros—. Diré más, vuestra técnica es impecable, *mais* donde yo percibo el verdadero mérito de lo que hacéis es en los colores logrados, cuyos matices superan en esplendor los naturales.

—Contemplad ahora el retrato de mi hermana —pidió Colasillo, cogiendo de la mano a Bertrand y dirigiéndolo hacia el lugar donde se hallaba aún sin concluir la obra de Marie.

—Hermosa composición —aseveró Bertrand, observándola con curiosidad no disimulada—. Y considero osado el encuadre, con tantas posibles miradas cruzadas.

Marie, que los había seguido hasta el taller y espiaba la escena desde la puerta, escuchó a Colasillo explicar:

—Esta figura principal que veis es la madre muerta de mi hermana, que la pinta mientras yo la acompaño. Es el único cuadro que se salvó del incendio del taller de doña Marina y solo hubo que recomponer los daños causados por los roces y el humo. Si Marie lo hubiera terminado, mi padre ya habría dispuesto nuestro viaje al Franco Condado.

—Ya veis que no soy como Telémaco, sino más bien como Penélope —declaró irónica Marie, irrumpiendo en la habitación—. Todos desean que finalice cuanto antes el cuadro, pero yo no puedo. Cuantas más pinceladas aplico, más se me antoja que faltan y, así, jamás conseguiré darlo por concluido. Me pasa que la sola visión de este malhadado retrato ya me colma de melancolía.

Bertrand propuso:

—Dejad en manos de vuestro hermano lo que resta, que no es mucho, y vos retratadme a mí con Chantal. Sería un bonito regalo que mi hermana colgaría con gusto de alguna de las paredes de sus salones.

Doña Marina intervino al punto:

—Aceptamos el encargo. Yo haré el esbozo y pintaré la tabla a medias con Marie, ayudadas por Colasillo, si os parece bien.

Esa misma tarde Bertrand posó para un primer esbozo que trazó doña Marina, mientras Marie dibujaba a Chantal de memoria a carboncillo. Hubo que hacer retoques, siguiendo las indicaciones de Bertrand, quien pronto dio su conformidad al parecido logrado.

De este modo, en los días siguientes los paseos previstos por Sevilla se tornaron en largas horas de posado, amenizadas por las alegres conversaciones de los niños y los dulces y frutos que mandaba servir Teodora. Doña Marina había preparado la tabla y repasado el esbozo para no errar en las proporciones, y también fue ella quien inició la pintura, eligiendo entre sus mejores pigmentos para crear los colores que tanto había admirado Bertrand.

—¿Tan funestos recuerdos evoca el retrato de la difunta Amélie que nublan vuestra mente y os paralizan la mano? —se atrevió a expresar Bertrand al encontrarse a Marie una tarde con la mirada perdida ante él.

Marie repuso con rabia:

—Son recuerdos de amor y muerte; de días felices que no volverán. Sabed que yo he amado no como vos, sino con locura, con dolor, con pasión, entregando el alma entera, y todo ya se perdió.

—¿Al igual que amasteis a Chantal los pocos días que pasasteis juntas en Le Puy? —preguntó Bertrand.

—Os hablo de pasión, de devoción absoluta a ese ser amado y único, elegido para entregar la vida —contestó exaltada Marie, como si no lo hubiera escuchado.

—De eso mismo hablo yo, *puisque* os vi durmiendo en el lecho que compartíais allá en Le Puy —reveló con cierta precipitación Bertrand—. Era claro que os amabais.

Marie vaciló unos instantes, sorprendida por estas palabras, para manifestar a continuación:

—¡Qué sabréis vos! Éramos niñas inocentes. Jugamos a amarnos y juntas aprendimos las más dulces caricias y los besos más gratos. Pero no llegó a más. Nuestros cuerpos jóvenes se buscaron para retozar gozosos y, de ese modo, desmentir cuanto vos nos habíais falsamente explicado del amor carnal. Añadiré además que a mí ya habían tratado de forzarme y, abrazando a vuestra hermana, comprendí que en el futuro llegaría a amar y podría entregarme por mi propia voluntad.

—Chantal os quiere bien y os acogería dichosa si deseáis regresar con ella a su casa. Ella misma me pidió que os lo ofreciera en caso de que lograra encontraros.

Marie sonrió al evocarla:

—Mi amable Chantal. Sabed que arriesgó su vida por salvarme, y para corresponder a su valor tuve que huir de Le Puy con el barbero y el tamborilero.

—Estoy al tanto de todo. Mi hermana me abrió su corazón, *mais* no temáis por ella ni por vos. Lo que no se habla no existe. *Donc,* ni una palabra más sobre eso.

Marie le dedicó una triste sonrisa y declaró:

—Será como decís, pero yo no puedo regresar de ningún modo a Francia ni al Franco Condado. Mi padre se empeñaría en desposarme con mi primo Jean-Baptiste y jamás consentiré en darle mi mano. Ya una vez intentó tomarme a la fuerza y resistí, aunque me vi obligada a huir de mi propia casa.

—Las mismas reinas son forzadas a entregarse en casamiento por razones ajenas a su voluntad, *donc* vuestro caso no se distingue en nada del que aceptan el común de las mujeres en nuestro mundo. *Cependant*, vos estáis ahora en disposición de elegir. No creo que Jean-Baptiste de Alos siga interesado en desposaros, *puisque* la situación ha cambiado y ya no sois la única heredera de la hacienda de vuestro padre ausente. Debéis tener en cuenta que está vuestro hermano Colasillo, y además la joven esposa del señor de Gourney probablemente le dará más hijos.

Marie pareció entusiasmarse:

—¡Oh, cómo me alegran vuestras palabras! Así pues, ¿estáis en condición de asegurarme que mi aborrecido primo no pretenderá tomarme en matrimonio?

—A no ser que vuestro padre lo obligue en nombre de vuestra honra —repuso Bertrand.

Marie quedó pensativa. No, resolvió, no regresaría jamás al Franco Condado y continuaría alargando la terminación del retrato de su madre. Sin embargo, poco sabía que esa excusa ya no le iba a servir.

Al tanto de que Bertrand Delacroix había viajado en barco de Nápoles a Barcelona y de allí a Valencia, desde donde había continuado hasta Cádiz y después, ya por tierra, hasta la ciudad de Sevilla, el señor de Gourney le había pedido información para organizar el retorno, pues se acercaban las fechas estivales consideradas más propicias para emprender la navegación costeando por el Atlántico y ulteriormente por el Mediterráneo hasta llegar a Génova, ciudad donde aguardarían los carruajes dispuestos para el último traslado por tierra hasta el Franco Condado. Asimismo, para no disgustar a Teodora por viajar antes de que el retrato de Marie estuviera listo para ser transportado, el señor de Gourney había convencido a Colasillo de que fuera él quien se aplicara a concluirlo, recurriendo si era preciso a su ingenio para lograr la ayuda de doña Marina cuando la dificultad le resultara insalvable y aprovechando para avanzar las ausencias de Marie, a quien iba a animar a salir a diario en compañía de Bertrand.

Esos paseos comenzaron por la ciudad y sus plazas más ilustres, casi siempre en silla de manos, pero a los pocos días Bertrand quiso dejar atrás las murallas para visitar el campo y hasta propuso llegar al mar, que Marie no conocía.

Una tarde, mientras paseaban a la orilla del Guadalquivir, cerca de la Torre del Oro, habiendo cruzado el puente de barcas, le preguntó:

—¿Conserváis todavía vuestro alazán?

Marie respondió que lo tenía bien almohazado en las cuadras, y Bertrand prosiguió su interrogatorio:

—¿Sois capaz de montar varias horas?

Marie, algo picada, repuso al punto:

—¿Viajé a lomos de mi alazán desde Lyon hasta Sevilla, y osáis dudar que puedo montar días seguidos?

Bertrand afirmó entre risas:

—Reconozco vuestra hazaña. Concededme, *cependant,* que eso fue hace largo tiempo. Ahora acaso no montáis tanto.

—Os reto a comprobarlo cuando gustéis.

—¿Montaréis a mujeriegas? —prosiguió con cierta burla Bertrand.

—A mujeriegas cabalgaría si fuera a un desfile, pero bien sabéis que mi padre me enseñó a montar como un varón, pues no lo consideró impropio ni indecoroso, sino lo más útil para mi seguridad y adiestramiento.

—Vayamos al mar, entonces, si estáis dispuesta a cabalgar como un varón a mi lado —propuso Bertrand—. No os pesará el viaje cuando contempléis su inmensidad azul, que a nada se asemeja.

Y Marie aceptó con la boca chica, previendo que su padre prohibiría la excursión en cuanto se enterara. Sin embargo, el señor de Gourney dio su consentimiento porque le convenía para sus propósitos, no sin exigir previamente que Violet los acompañara.

Marie vio el cielo abierto para librarse de su compromiso.

—No puede ser, papá, pues mi esclava no sabe montar y yo no la llevaré a mi grupa en un trayecto tan largo. Habrá que suspender el viaje, no hay más remedio —declaró, disimulando su alivio por no tener que medirse con Bertrand en un viaje a solas.

No obstante, el señor de Gourney caviló unos instantes y cambió de parecer:

—Sea, comprendo que tu acompañante precisa horizontes más amplios y comienza a sentir fastidio dentro de las estrechas murallas de Sevilla. Y a ti también te favorecerá algo de ejercicio y distracción. Tenéis mi permiso para cabalgar a Sanlúcar.

—Pero, padre, habrá que hacer noche —advirtió Marie, tratando de mover su voluntad.

—Hallaréis sobre la marcha alguna posada que os acomode si es menester —concluyó el señor de Gourney—. Y no tienes de qué espantarte ni yo motivo para estorbarlo, pues no será la primera vez que salgas al camino, y ahora vas a sitio conocido y bien acompañada por un caballero que te amparará en cualquier eventualidad.

No se habló más, ni Marie buscó otros pretextos. Al amanecer de un luminoso día de finales de abril, Bertrand llegó a la Casa de los Lilos montando un reluciente caballo árabe de color azabache. Marie lo esperaba dispuesta, cargando en su montura el refrigerio que Teodora se había empeñado en preparar, y enseguida abandonaron la ciudad por la Puerta de Jerez, galopando junto a los campos sembrados de cereal, donde se afanaban los labriegos dirigiendo sus yuntas de bueyes, y ascendiendo por las suaves colinas plantadas de viñedos y olivares.

Siguieron a tramos el curso del río Guadalquivir, cruzando sus fértiles vegas, y otras veces se adentraron en la campiña más agreste, salpicada por las flores amarillas y rojas de la primavera, sin detenerse en ninguna de las poblaciones que encontraron al paso porque el tiempo apremiaba. El sol, muy alto en el cielo, anunciaba el mediodía cuando desde un promontorio divisaron en lontananza las marismas que anunciaban la desembocadura del río en el ancho mar y la mancha verde que constituía el bosque de Doñana.

—No os dejéis engañar —declaró Bertrand, tomando del agua que Marie le ofreció—. Todavía restan varias leguas para llegar a nuestro destino.

—Pues continuemos entonces —repuso Marie, espoleando a su caballo para demostrar que le sobraban fuerzas.

Así pues, prosiguieron su animada cabalgata un buen rato más, hasta alcanzar un denso pinar de pinos piñoneros al que acorralaban enormes dunas de arena dorada como si pretendieran engullirlo. Desmontaron, y Marie tomó aire, levantando los brazos y alzando la cabeza a las copas, que ocultaban el sol. El aroma a resina y a jara florida, junto con los trinos que llegaban de los árboles, la llenaron de dicha infantil y se alegró de haber hecho el viaje.

—Más adelante está el mar —anunció Bertrand, tendiéndole la mano para guiarla.

Avanzaron entre las dunas alfombradas de matorrales de cardo, hundiendo los pies en la rubia arena y provocando la rápida huida a su paso de las lagartijas colirrojas que tomaban el sol.

—Aquí lo tenéis —declaró al fin Bertrand, deteniéndose para señalar la masa azulada e infinita, cuyos bordes se confundían en el lejano horizonte con los del cielo, despejado de nubes.

Marie contempló atónita el luminoso paisaje que se abría ante ella. Jamás había visto nada semejante ni su imaginación había sido capaz de anticiparlo. Había abundantes aves de grandes picos y plumaje en su mayoría blanco, bordeado de gris o negro, que producían un griterío alegre y ensordecedor, pero por encima se escuchaba un sonido mucho más potente y desconocido que le causó cierto desasosiego.

—Es el rumor del mar —le explicó Bertrand—. El ruido que causan las olas al batir y chocar contra la arena y las rocas de la playa. Acerquémonos y os lo mostraré.

Descendieron hasta la orilla de la playa, salpicada de relucientes algas y conchas marinas. Algunas aves emprendieron el vuelo y otras corrieron a zancadas por las aguas poco profundas. Marie no quiso avanzar demasiado:

—Prefiero contemplar la grandeza del mar a distancia. Es la primera vez que lo veo y me causa respeto.

Bertrand se inclinó para recoger una concha nacarada de la arena y comentó:

—Esta solitaria playa me recuerda otra de Barcelona en la que no ha mucho estuve en compañía de nuestro buen Catafilo y donde presenciamos un extravagante combate que parecía sacado de un libro de caballerías. Los contendientes fueron don Quijote de la Mancha y el Caballero de la Blanca Luna, y el motivo de su disputa, la hermosura de sus damas. El de la Blanca Luna instó a don Quijote a reconocer que su Dulcinea era inferior en belleza que su dama, y como el aludido no consintió, entablaron al punto batalla. Don Quijote acabó derribado en una peligrosa caída, *mais* molido y aturdido como estaba, no cejó en declarar que su Dulcinea del Toboso era la más hermosa mujer del mundo y como él era el más desdichado caballero de la faz de la tierra, pidió a su vencedor que apretara la lanza y le quitara la vida, *puisque* había perdido la honra.

—Don Quijote de la Mancha —repitió Marie—. Yo conocí a ese caballero en las gargantas de Despeñaperros. Iba montado en un rocín tan enjuto como él mismo y acompañado por un rollizo escudero a lomos de un burro. Quiso liberar de sus cadenas a un grupo de presos que iban condenados a las galeras del rey y casi le cuesta la vida su intento. El anciano Catafilo que yo conocí estaba entre los galeotes liberados.

—*C'est vrai, ma chérie*. El mismo Catafilo me reveló que debía su libertad al tal don Quijote y por eso fuimos a la playa entre la escolta del vicerrey, para impedir que lo mataran y comprobar que tras la derrota regresaba a su lugar de la Mancha, donde lo esperaban su sobrina y el ama de su casa —aseveró Bertrand.

—¿Y sucedieron las cosas al gusto de Catafilo?

—Tal parece. Nosotros proseguimos camino a Valencia cuando don Quijote, después de convalecer varios días en cama, inició el regreso a tierras manchegas, acompañado de su escudero. Nada más sé, *mais* si os interesan sus andanzas, un tal Cide Hamete Benengeli las recoge y saca en un libro.

—Eso mismo dijo Catafilo allá en Despeñaperros. Se me antoja que ese esforzado caballero ha de estar más loco que cuerdo para vagar a su edad por el mundo en lugar de estarse en su casa con su amada Dulcinea —opinó Marie.

Bertrand preguntó:

—¿No es ese el amor galante que vos anheláis? ¿Amor de locura y entrega sin fin?

Marie clavó la mirada en él y repuso con sequedad:

—No, no es ese, pues yo estoy cuerda.

—Explicádmelo mejor, *puisque* no comprendo.

—No es el momento ni yo tengo ganas —se negó Marie.

—¡Os convido a un baño! —exclamó Bertrand, dando por zanjado el asunto y comenzando a desnudarse ante la mirada atónita de Marie.

—¿Qué pretendéis? —le preguntó, dándose la vuelta para no ver cómo su casaca y camisa caían en la arena.

—¡Vamos! ¿De qué os asustáis, acaso no habéis visto jamás un hombre desnudo? —repuso entre risas Bertrand, quien se había quedado en calzones y corrió hacia el agua para zambullirse entre las olas.

Marie lo contempló dentro del inmenso mar y sintió un escalofrío de miedo. ¿Y si se lo tragaban las olas, quién lo socorrería? Pero Bertrand era buen nadador y su cabeza se hundía y volvía a emerger a un ritmo constante, avanzando en paralelo a la orilla. De cuando en cuando le hacía señas con el brazo para que se le uniera en el baño, pero Marie permaneció en la arena, abrasada por el sol a pesar del sombrero con que se cubría y con el rostro perlado de sudor. Era tanto su calor que decidió despojarse del manto y, subiéndose las faldas, se acercó descalza a la orilla para refrescarse pisando la arena mojada.

—¡No seáis tímida! —exclamó Bertrand, surgiendo del agua como un hercúleo titán—. Venid conmigo y seréis una sirena más entre mis brazos.

Marie corrió por la arena húmeda para salvarse, pero Bertrand la atrapó en dos zancadas y, entre risas, mientras la rodeaba por la cintura colocado a su espalda, le pidió permiso para desvestirla.

—¡No, de ningún modo! —exclamó Marie con voz forzada y se puso a manotear para evitar que le desabrochara el vestido.

Pero como sus forcejeos eran más aspavientos que verdadero rechazo y Bertrand no carecía de habilidad en los dedos, no tardó mucho en conseguir que el vestido cayera desplomado sobre la arena. En lugar de enojarse, Marie se rio, y entonces fueron sus enaguas las que se desprendieron de su cuerpo.

—Venid a mis brazos, pues ya los conocéis —musitó Bertrand, cogiéndola en vilo para retornar al agua y chapoteando entre espumas que se deshacían.

Marie gritó y se abrazó a su cuello, temiendo por un instante morir ahogada entre las frías olas que erizaron el vello de su piel.

—Confiad en mí y disfrutad el momento —le susurró Bertrand mientras la mecía en el agua, agregando—: Ahora montadme como si fuera vuestro alazán y sujetaos a mi espalda, pues vamos a nadar como los delfines, yo por debajo del agua y vos por encima.

Y a pesar de sus chillidos, mitad excitación y mitad susto, Marie avanzó cortando el agua salada e intentando no tragarla, aferrada a las anchas espaldas de Bertrand, quien después de unas cuantas brazadas no tardó en devolverla a la orilla, pues ya tiritaba de frío, y corrió por su manto para secarla.

—Esto es amor —le susurró de buenas a primeras, mientras frotaba con fuerza para que entrara en calor su cuerpo cubierto apenas por blandas telas mojadas que revelaban sus redondeadas formas—. Confianza y sostén.

Marie clavó sus anhelantes ojos en él, esperando que continuara, pero Bertrand se alejó a recoger su ropa y vestirse.

A voces dijo:

—En cuanto estéis dispuesta, partimos. Hemos de buscar posada donde pasar la noche.

A Marie le hubiera gustado permanecer por más tiempo en la orilla, paseando cerca de las alborotadoras aves marinas, pero ya Bertrand había decidido:

—Iremos al pueblo. Tiene puerto y podréis contemplar las faenas de los hombres de mar.

Después de recorrer las calles de casas encaladas y sabor morisco, preguntaron a unos marineros que remendaban redes junto a unas barcas cuál era la mejor posada del lugar. En ella pidieron cuartos separados para esa noche y que les dieran de comer, a lo que el posadero respondió indicándoles una mesa bajo un emparrado donde enseguida les servirían el pescado más fresco y las tortas de camarón más finas que jamás hubieran probado.

Mientras aguardaban, una moza les trajo una jarra de vino y otra de agua fresca, perfumada con rodajas de amarillo limón, así como un trozo de queso y pan para abrir boca. Cuando por fin llegó la fuente con el pescado, Marie se maravilló al ver que la moza les tendía junto a los cuchillos con mango de madera unos utensilios metálicos de tres dientes parecidos a los que don Juan de Clarebout y su esposa habían presentado a sus invitados, pero de tamaño considerablemente mayor.

—Estos forquetes los probé por vez primera hace días en el banquete de una casa muy principal en Sevilla —comentó, levantando el suyo—. Los anfitriones los habían encargado en Barcelona y creí que era una novedad proveniente de Europa.

El posadero, que la había escuchado, repuso:

—No son forquetes, sino tenedores, y su uso es muy antiguo, como atestiguan las representaciones del dios del mar, Neptuno, que aparece con un tridente de gran tamaño. Estos tenedores de dos o tres dientes son muy útiles en la cocina para trinchar la carne o el pescado, y en esta posada a la que acude gente principal se sacan a la mesa por que nuestros huéspedes, sobre todo cuando hay damas, no se quejen del mal olor que deja el pescado en los dedos una vez comido. Y añadiré que los míos no vienen de Barcelona ni mucho menos de Europa, sino que me los hace a buen precio un herrero de Jerez que sirve a cualquiera que bien le pague.

Marie se rio con la explicación y recordó los exagerados aspavientos y comentarios de asombro con que la mayoría de los selectos invitados acogieron la novedad de los forquetes.

—Así pues, aseguráis que estos tenedores son de uso habitual en vuestra posada y que no es la única que los da a sus comensales —resumió la información del posadero.

—Los damos para el pescado —puntualizó este—. Por el olor, como os he dicho, pues la poca carne que servimos se come de preferencia con cuchara si es de salsa o valiéndose de los tres dedos si es seca.

—Yo tengo visto que alguno muy delicado quiere el tenedor hasta para comer las uvas y ensartar los granos de la granada —comentó entre risas la moza—. Pero vuestras mercedes coman sin temor a los olores, que yo luego luego les traigo una jofaina con agua perfumada para que se limpien y vayan al lecho respirando amores.

Marie apartó la mirada cuando sus ojos se encontraron con los de Bertrand.

Más tarde, ya retirada a la soledad de su cuarto, entre las tiesas sábanas secadas al sol, se estremeció al recordarse entre sus brazos, mecida por las olas, se confesó que no había sentido miedo, sino una agradable sensación de protección mientras flotaba en el agua, y su corazón dio un vuelco al asomarse a los gratos espejos del pasado.

20

El escriba del cielo

Al día siguiente, cuando estaban a punto de emprender el camino de regreso ya montados en sus caballerías, Bertrand comunicó por sorpresa a Marie:

—Antes de regresar a Sevilla, me gustaría visitar Jerez. Tengo asuntos que resolver allá y permiso de vuestro padre para alargar la excursión. Creo además que será un paseo que os agradará porque es ciudad principal donde no faltan cosas que ver.

Marie no se quejó. Le había gustado cabalgar libre al lado de Bertrand y nada había en Sevilla que echara de menos ni demandara su pronta presencia. Así pues, avanzaron entre viñas hasta llegar a la ciudad realenga, cuyo casco antiguo conservaba las murallas levantadas por los árabes antes de la reconquista, pero que había crecido enormemente extramuros con las casas palacio que habían mandado edificar los cargadores de Indias y los comerciantes genoveses enriquecidos por las flotas de ultramar.

La ciudad, que ya era conocida por sus vinos dentro y fuera de la Península Ibérica, estaba bien distribuida en barrios y ostentaba su riqueza en la magnífica catedral y las numerosas iglesias y conventos religiosos. Bertrand conocía las calles porque había pasado unos días visitándola antes de trasladarse a Sevilla.

—Fui a buscaros —aseveró mientras enseñaba a Marie el imponente edificio de la iglesia de San Miguel—. De lo contrario, no me habría movido de aquí, *puisque* la ciudad no tiene nada que envidiar a Sevilla. Contemplad esta iglesia y decidme si no es más bella que la del mismo nombre a la que soléis acudir vos.

La posada donde se alojaron, la misma que había empleado Bertrand en su anterior estancia, también resultó acogedora, de estilo semejante a la Casa de los Lilos, según comentó Marie, pero algo más pequeña.

—Si sois amante de la música, esta casa tiene una ventaja que pronto comprobaréis —señaló Bertrand, mientras se dirigían a los cuartos del piso superior que les habían correspondido—. Yo he de ausentarme ahora, *mais* vos bajaréis a cenar y después la dueña tocará la viola si así os place.

Marie adujo que estaba fatigada y se quedó en su cuarto, donde le sirvieron un cuenco de higos y frutos secos, más una copa de vino dulce para que conciliara el sueño. Y otra vez, entre las sábanas que olían a espliego, se recordó mecida por las aguas entre los fuertes brazos de Bertrand. Pero no, se dijo, no debía pensar en él, pues ¿tan pronto iba a olvidar a su idolatrado maese Dirc? Era a él a quien amaba, y el dolor provocado por su ausencia lo que le hacía desvariar y errar el tiro, pues no podía negar que, acostumbrada a sus constantes atenciones, se sentía despechada porque el tosco campesino de antaño ahora tornado caballero la hubiera abandonado tan pronto para buscar mejor compañía esa noche tan cuajada de estrellas que veía desde la ventana.

Se levantó de mal humor al día siguiente y, sin ganas de desayunar, bajó las escaleras para ocuparse de su alazán.

—*Bonjour, ma belle!* —le susurró Bertrand al oído, acercándose por la espalda, cuando se dirigía a las cuadras—. Los caballos están dispuestos y podemos partir en el momento que gustéis. El día es espléndido y será una bonita cabalgada hasta llegar a vuestra Casa de los Lilos.

Marie repuso que estaba lista, y abandonaron la ciudad al paso hasta alcanzar el camino carretero que ya conocían, donde pusieron sus monturas al trote con intención de no detenerse hasta llegar a su destino. Bertrand no había dado explicaciones sobre su salida de la tarde anterior, pero su contento evidenciaba que la suerte le había sonreído fuera cual fuese la empresa, y Marie sintió la comezón de los celos al percatarse de que no era la única persona que merecía sus desvelos.

No hubo incidentes en el recorrido y llegaron a Sevilla por la tarde más pronto de lo esperado, pues Bertrand parecía tener prisa y no había reducido la marcha más que para ascender las cuestas del camino.

—Os excuso de hacer la visita, así que podéis retiraros a descansar —declaró Marie cuando por fin se hallaron ante las puertas de la Casa de los Lilos—. Vos habéis cumplido con vuestro cometido de devolverme sana y salva a mi casa.

—Saludaré a vuestro padre como debe ser y enseguida partiré —repuso cortés Bertrand.

Y así se hizo. Mientras Bertrand y el señor de Gourney se recogían a conversar en un salón, Marie fue recibida con gran algarabía por la chiquillería, que se quitaba la palabra para preguntar sobre lo que había visto y sus impresiones acerca del mar.

—Violet, prepárame un baño caliente —pidió Marie a su esclava, después de responder someramente a casi todo—. Vengo cubierta de polvo y salitre, y me duelen las piernas y la espalda de tanto cabalgar.

Teodora la acompañó a su cuarto y mientras la ayudaba a desvestirse, le comunicó:

—Por aquí también hubo novedades. Vuestro padre ha concertado al fin nuestro retorno en un bergantín en el que navegaremos hasta Génova. Ya están ultimando los detalles y partiremos en cosa de dos meses.

—¡Cómo, yo no quiero! —protestó sorprendida Marie—. Mi padre no ha de faltar a su palabra, pues yo no he concluido mi retrato.

—El cuadro está bellamente acabado, gracias a Colasillo y doña Marina, quienes se han turnado para dar las últimas pinceladas, y ahora solo resta que seque para poder transportarlo con seguridad —explicó Teodora para convencerla—. Ya se ha encargado a los carpinteros la cubierta que lo protegerá.

—¡Pero yo no quiero! —insistió Marie.

—Querida amiga, hay un motivo más por el que es preciso retornar a la casa de vuestro padre enseguida —reveló Teodora, cogiendo la mano de Marie—. Creo que estoy encinta, pues me falta la regla, y cuando avance mi estado, ya no podré viajar.

Marie se quedó pensativa y, tocándose el vientre, repuso:

—Puede que yo también esté encinta, pues también me ha faltado la regla, pero no lo achaqué a eso, sino a la angustia que me ha embargado en los últimos tiempos por todo lo acaecido. Al escucharos, he caído en la cuenta de que tal vez espere un hijo de maese Dirc.

—Mayor motivo para retornar al Franco Condado, amiga mía —opinó Teodora para darle ánimos—. Criaremos juntas a los niños y crecerán como hermanos a salvo de miradas indiscretas y comentarios hirientes. Allá entre los viñedos nadie sabrá de vuestra triste suerte.

—Pero yo no quiero...

—Contadme del mar —interrumpió su queja Teodora, pues se apresuró a cambiar de conversación al escuchar que llegaba Violet con dos mozas, cargadas con la bañera de latón y el agua caliente en baldes.

Marie le tendió su brazo desnudo y dijo:

—Chupadme. Aún tengo sal en la piel.

Cuando volvieron a quedarse a solas, Teodora quiso saberlo todo, y Marie se explayó en las explicaciones, sin omitir el baño entre olas abrazada a Bertrand.

—¿Os requirió de amores? —preguntó con inocente picardía Teodora.

Marie tardó unos instantes en contestar:

—No.

—¿Por qué habéis dudado la respuesta? —se interesó Teodora.

—No acabo de comprenderlo. Ya no es el campesino que yo conocí y ahora me desconcierta. A veces lo siento ardiente como un amante secreto, pero otras se me antoja que me trata como un hermano cariñoso.

—Yo creo que os quiere bien. Él podría ser un buen padre para vuestro hijo.

—Maese Dirc es el padre —se obstinó Marie.

Y Teodora calló. Guardaba un secreto que le quemaba en la boca, pero así lo había acordado con doña Marina. El día anterior una de las mozas trajo la noticia de que habían visto a un hombre desfigurado por las quemaduras y delirante que vagaba por las calles vecinas al solar donde antes se alzaba el taller de doña Marina. De inmediato habían mandado a un criado a comprobarlo, pero regresó a la Casa de los Lilos sin haberlo hallado ni tampoco rastro alguno que delatara su presencia.

—Sin embargo, he de reconoceros que no me disgusta en absoluto la compañía de Bertrand —expresó Marie, quien, ajena a estos hechos, ya estaba en la bañera, frotándose con furia el enredado cabello—. Ha insistido en ver a mi padre y se han encerrado juntos, por lo que creo que algo se traen entre manos. Pero dejémoslo estar y no nos devanemos los sesos, porque intuyo que pronto saldremos de dudas.

Teodora no tenía intención de dedicar ni un solo pensamiento a esa cuestión que consideraba intrascendente y, anunciando que iba a buscar una sábana para que tuviera con qué secarse, salió de la habitación al pasillo, donde se topó con doña Marina, que volvía en ese momento de la calle.

—¿Cómo habéis encontrado a Marie? —le preguntó—. ¿Le ha probado el viaje o sigue melancólica y obsesionada con maese Dirc?

—Ahora se debate entre su doloroso recuerdo y nuevas ilusiones que aún son quimeras —respondió Teodora—. No está melancólica pese a que aún lo evoca y creo que conseguiría olvidarlo si no fuera...

—Si no fuera... —repitió al vuelo doña Marina para preguntar a continuación—: ¿Acaso está encinta?

—No me atrevía a pronunciar esas palabras por no traicionar la confianza de Marie —manifestó Teodora apesadumbrada.

—Sibila soy, no lo olvidéis —repuso doña Marina—. De mi boca no saldrá nada. Pero un hijo, para bien o para mal, cambiará su suerte.

—Eso ya se verá, pues todavía se tiene que confirmar el embarazo. ¿Y a vos cómo os ha ido?

Doña Marina meneó la cabeza en señal de pesadumbre:

—El alcalde mayor de la Justicia no me ampara. Estoy a merced de don Juan de Clarebout, que no tiene intención de volver a levantar mi casa.

—Ese miserable embaucador —participó en la conversación doña Elvira, quien al acercarse había escuchado las palabras finales—. Hoy mismo le servimos las mejores tajadas y el vino más fino para ablandar su corazón y propiciar su largueza, mas eso se acabó. No recibirá más miramientos en esta casa si no os cumple lo que os debe.

Doña Marina reveló de improviso:

—Me ha ofrecido ser su amante. Si me avengo, seguirá manteniéndome a mí y a mis hijos. De lo contrario, cerrará la bolsa. Alega que algo habrá de obtener a cambio de sus dineros, añadiendo que yo también gano con el trato, puesto que estoy sola y nadie me calienta el lecho.

—No accedáis —le aconsejó Teodora—. Vos no estáis desamparada. Vuestros cuadros os darán sustento y podéis acompañarnos al Franco Condado si así lo queréis.

Doña Elvira aseveró que en su casa tampoco estorbaba y que ya se había acostumbrado al correteo de sus hijos por los pasillos y el huerto, por lo que si decidía marcharse, los echaría de menos.

La mañana siguiente amaneció lluviosa, y Bertrand no apareció por la Casa de los Lilos. Marie, que lo esperaba, vagó de una estancia a otra sin hallar ningún entretenimiento duradero y acabó encaminándose al taller de doña Marina, donde el retrato de su madre se exhibía ya acabado sobre un caballete.

Al ver a su hermana contemplarlo con tanta melancolía, Colasillo preguntó:

—¿No os molestáis conmigo? Lo terminé por ayudaros, obedeciendo a nuestro padre.

—No me molesto. Has hecho bien al obedecerlo. Creo que yo jamás habría sido capaz de ponerle fin.

—Venid a admirar el retrato de vuestros amigos —le propuso entonces Colasillo, tirándole del brazo para que lo acompañara y dedicara su atención a la escena en la que doña Marina aplicaba sus pinceles—. ¿No estáis de acuerdo conmigo en que es una creación esplendorosa y que vuestra amiga se asemeja a una reina?

—Amarillo indio —musitó Marie al fijar la mirada en el vestido de corte francés que lucía Chantal—. Todavía recuerdo la explicación de maese Dirc acerca del color.

—Buenos tiempos aquellos —aseveró doña Marina, con la cara y los dedos manchados de pintura—. No volverán, así que dejemos de correr como desquiciadas tras el viento y detengámonos a reflexionar sobre el porvenir. Lo digo por las dos, Marie, porque yo también he pretendido aferrarme al pasado y recuperar lo perdido para reanudar mi añorada vida en el mismo punto en que la dejé. Mas he abierto los ojos y ahora solo exploraré el futuro. Vos debéis hacer lo mismo.

Sin aparatar la mirada del cuadro, Marie repuso:

—Eso deseo. ¿Pero acaso hay futuro?

La historia ya está escrita en el cielo, pensó para sí, recordando las palabras de su madre en el lecho de muerte, y abandonó el taller para dirigirse a la cocina por si Teodora quería ocuparla en alguna tarea. Sin embargo, en lugar de hallarla a ella, se encontró con una moza que se puso roja como una amapola al verla y acabó declarando entre muchos aspavientos:

—Ay, mi señora, si no os lo digo, reviento, por más que me hayan pedido que calle la boca. Habéis de saber que por los corrillos del mercado se cuenta que hay un hombre quemado que vaga desvariando por las calles que rodean la que fue la casa de vuestra maestra doña Marina. Algunos se figuran que es el maestro pintor al que daban por muerto.

—¿Estáis segura? —preguntó Marie, zarandeando por los hombros a la moza—. ¿Vos lo habéis visto? ¿Conocéis a alguien que se lo haya encontrado?

—Una vecina de mi madre parece que lo vio —repuso al fin la moza, aturdida por tanto interrogatorio—. Y aseguró que estaba tan desfigurado por las quemaduras que movía a compasión.

—¡Salgamos de inmediato a buscarlo! —ordenó muy excitada Marie.

—Aguardad un rato a que escampe, mi señora —propuso la moza—. Pues llueve como el día del diluvio y todavía no es agua de mayo.

—Basta de monsergas. Traed mi manto, pues salimos al punto —ordenó Marie, presa de los nervios.

Bajo la intensa lluvia que borraba el contorno de las cosas y protegidas tan solo por los pesados mantos, las dos mujeres vagaron por las calles que rodeaban el solar vacío donde antaño se alzaba la casa de doña Marina, recorriendo una y otra vez los rincones por si en alguno encontraban refugiado al hombre quemado. Pero no hubo suerte. La moza, harta de dar vueltas y calada hasta los huesos, consiguió convencer a Marie para conducirla por fin a la casa de su vecina que alegaba haberlo visto. Sin embargo, ante las preguntas insistentes de Marie, se desdijo de sus palabras y admitió que solo había escuchado a un rapaz hablar de él tratando de amedrentar a otro más pequeño.

—¿Y quiénes son esos rapaces? —quiso saber Marie—. ¿Sabéis dónde viven o cómo encontrarlos?

La mujer negó con la cabeza, y Marie se desesperó. Pretendió desandar sus pasos y volver a buscar a maese Dirc por las calles, pero tenía el manto tan empapado que su peso le dificultaba el paso y al fin accedió abatida recogerse en la Casa de los Lilos cuando la moza insistió.

—Deslenguada —la regañó doña Elvira al abrir la puerta y comprobar el estado en que regresaban—. ¿Comprendes ahora por qué debiste callar?

—Está perdido, Teodora —susurró Marie, tendiendo las manos a su amiga que se acercaba a recibirla—. Maese Dirc deambula por las calles desamparado y yo no he sabido encontrarlo.

Teodora, ayudándola a desprenderse del manto, le aconsejó:

—No prestéis atención a los bulos de la gente, querida amiga. Nada hay de cierto en esas habladurías pues, antes que vos, nosotras nos encargamos de buscarlo sin ningún resultado.

—Os juro por la vida de mis hijos que yo vi entrar a maese Dirc en el cuarto en llamas —intervino doña Marina—. No puede estar vivo, pues penetró en el infierno y no salió.

Al escuchar estas palabras, Marie rompió en amargos sollozos y, presa de la desesperación, se dejó caer al suelo. Muchos fueron los brazos que se tendieron para levantarla y, casi en volandas, conducirla hasta su dormitorio, del que doña Marina echó a todos los presentes, menos a Teodora y doña Elvira. Entre las tres la desnudaron y, cuando quedó en enaguas, las encontraron manchadas de sangre.

—¡Oh, válgame el cielo! —exclamó Teodora, echándose las manos a la cara.

—Sosegad, pues no es más que la regla propia de todas las mujeres —manifestó doña Marina, que ya la había despojado de las prendas manchadas para comprobar el sangrado.

Doña Elvira abrió la puerta del cuarto y gritó a las mozas que trajeran agua caliente. Después preguntó a las restantes mujeres:

—¿Por qué el sobresalto? ¿Acaso Marie barruntaba que estaba encinta?

Las demás callaron, hasta que la misma Marie corroboró su sospecha.

—Si estabais o no encinta, era cosa de poco. Puede que vuestro cuerpo haya abortado naturalmente, pero más me parece un retraso debido al mucho desconcierto que habéis venido padeciendo últimamente —sentenció doña Elvira—. Ambas posibilidades son el pan de todos los días en el organismo de las mujeres, y no debéis inquietaros.

Con la voz entrecortada por el llanto, Marie declaró:

—Tengo sentimientos encontrados. Era un consuelo traer al mundo al hijo de quien tanto he amado, pero he de admitir asimismo que me apesadumbraba criarlo sin padre.

—Lo pasado, pasado —opinó doña Elvira—. Sed prudente ahora y dedicad vuestra atención a precaver lo venidero.

Marie seguía llorando, y Teodora no hallaba palabras para consolarla. Ojalá se pudiera adelantar el viaje al Franco Condado, pensó para sí. La vuelta a su tranquila vida de antaño y el reencuentro con la gente que la había conocido y cuidado desde niña probablemente le devolverían el sosiego perdido y acabaría recuperando el ánimo y la alegría propios de una joven sana de su edad. Sí, pensó, debía hablar con su esposo para que acelerara en lo posible el regreso.

La voz de doña Elvira, sentada al borde del lecho de Marie, la sacó de sus cavilaciones:

—Muchas son las cuitas que oprimen a las mujeres, sean principales o de condición humilde. Vos, querida niña, no sois la excepción ni la única que sufrís, y aunque ahora vuestro dolor se os antoje inmenso y eterno, os aseguro que con el tiempo pasará, y nuevos amores y pesares ocuparán vuestros días y os robarán el sueño, pues así es la vida, y en este valle de lágrimas, todos, antes o después, lloramos. Dicen que mal de muchos, consuelo de tontos, y yo os ruego que miréis a vuestro alrededor, no para consolaros con los males de vuestros semejantes, pues no os considero ninguna necia, sino para que halléis fuerza en la entereza con la que otros arrostran su desgraciado sino. Sin ir más lejos, ahí tenéis a doña Marina, que ha perdido su hacienda y, abandonada por su marido, ha de levantar de nuevo su casa y criar a sus tiernos hijos. O a mí, la más angustiada de las mujeres desde que descubrí lo que ahora os voy a revelar.

Estas palabras sobrecogieron a sus interlocutoras por inesperadas, y aún se sorprendieron más cuando doña Elvira se levantó y comenzó a desvestirse, dejando al descubierto sus opulentos pechos.

—Comenzaré confesando que al saber que don Juan de Clarebout había pedido a doña Marina que fuera su amante, sentí esos celos que a veces nos pierden a las mujeres y me pregunté por qué nunca me lo había ofrecido a mí, cuando ha tantos años que soy viuda y él frecuenta mi casa. Aunque ya no soy de tierna edad, me tengo por hermosa y quise comprobar en el espejo que todavía conservo los atributos necesarios para conquistar a un hombre. Y fue en esa confesión íntima, mientras repasaba mi cuerpo desnudo, cuando descubrí lo que me llevará a la muerte sin remedio —calló en este punto porque se ahogaba, y las restantes mujeres respetaron su silencio.

—Aquí estamos nosotras para ayudaros —se atrevió a expresar finalmente Teodora para intentar animarla—. Procuraremos reparar vuestro mal.

—¿No lo habéis comprendido? —preguntó doña Elvira, sacando fuerzas de flaqueza—. Vos, doña Marina, que sois pintora y entendéis de anatomía, ¿tampoco sabéis de lo que hablo ni notáis en mí los cambios?

La aludida negó con la cabeza, y doña Elvira, sujetándose ambos pechos con las manos, desveló:

—Tengo el mal de las mujeres. Los mismos tumores que royeron por dentro a mi madre y la llevaron a la tumba cuando todavía no le tocaba morir de su muerte.

Doña Marina se acercó para examinar los pechos y enseguida la imitaron Teodora y Marie. Las tres apreciaron a simple vista los bultos que sobresalían cerca de las axilas.

—Avisaremos a un médico para que os examine —manifestó Teodora—. Tal vez no sea tan grave como pensáis.

—Sé lo que me digo —insistió con tristeza doña Elvira—. Mi mal no tiene cura. Así me lo confirmó la curandera de mi confianza que trató las heridas de Colasillo cuando acudí esta mañana temprano a consultarla. El mal irá avanzando y acabará con mi vida. Yo he de conformarme y tratar de aprovechar lo que me resta.

—Callad, amiga mía —le pidió doña Marina, a la vez que la ayudaba a vestirse—. Entre todas, alguna solución encontraremos.

Doña Elvira, conmovida por la reacción de sus huéspedes, se sinceró:

—No pensaba revelaros mi mal por vergüenza, pero al escuchar cómo la generosa Teodora os ofrecía su casa del Franco Condado, he tomado una determinación. Amigas mías, no quiero morir sola en esta Casa de los Lilos con la única compañía de la gente que me sirve, ni deseo que mi hacienda se pierda, porque no tengo hijos ni parientes cercanos a los que quiera ni me deba, aunque ya aparecerán con los lutos al olor del dinero, reclamando la herencia.

Así pues, es mi voluntad que doña Marina, si ella consiente, se quede en la casa y disfrute como mi hermana menor de todos mis bienes, que luego serán de sus hijos cuando ella también falte.

—Nosotras tampoco os abandonaremos —declaró Teodora—. Hablaré de inmediato con mi esposo para que retrase nuestro retorno al Franco Condado cuanto sea necesario.

—No, Teodora, vos regresaréis con mi padre y mi hermano a nuestras tierras en la fecha prevista —intervino Marie—. Seré yo quien me quede aquí.

Doña Elvira, viendo las atenciones que le dedicaban las tres sibilas, prorrumpió en sonoros sollozos.

—Son de alegría —declaró entre hipidos—. Nunca esperé en mi aflicción contar con el auxilio de tan tiernas hermanas e hijas, yo que nunca las tuve de sangre.

Las cuatro mujeres se abrazaron, y Marie intercambió con Teodora una mirada de entendimiento. No hicieron falta palabras porque se conocían bien.

Esa noche, cuando ya todos se habían recogido, las dos jóvenes, reunidas unos instantes en el antiguo cuarto de Teodora, convinieron que irían por la mañana al Hospital de la Caridad para consultar con el médico que tan buenos consejos les había dado durante la enfermedad del señor de Gourney.

Salieron temprano en una silla de manos a la que seguía como escolta un fornido mozo de la casa por el miedo que aún tenía Marie de toparse con algún esbirro del truhán de la Mancebía que la tenía amenazada.

—¿Sabe mi padre que le vais a dar un hijo? —preguntó Marie a Teodora por el camino.

—Todavía no, pues no es seguro y no deseo que se haga vanas ilusiones antes de tiempo.

—No repitáis el error de mi madre —recomendó Marie—. Mi padre ha de estar enterado de vuestro estado para que os cuide como corresponde.

El médico ya estaba en el hospital y apenas tuvieron que aguardar en la humilde sala de espera que había junto a su consulta. Tras explicarle lo ocurrido a doña Elvira y los síntomas que presentaba, declaró:

—No me andaré con rodeos ni paños calientes. Doña Elvira está en lo cierto al afirmar que su mal es mortal. Durará meses o años según sea la virulencia del tumor, pero está condenada a muerte.

—¿Y no se puede hacer nada? —insistió Teodora.

—Algunos cirujanos abren los pechos para extraer las tumoraciones y después queman las heridas para cauterizarlas y evitar putrefacciones; otros cortan los pechos por lo sano y también aplican después hierros candentes para cerrar el paso a las hemorragias y ulceraciones, pero son operaciones dolorosísimas que mutilan a las mujeres y no les aportan ningún beneficio.

—¿Por qué lo hacen, entonces? —quiso saber Marie.

—Por no quedarse quietos y porque el estudio de los tejidos y tumores extraídos puede ayudar a entender el proceso con miras a encontrar un remedio en el futuro. Mi recomendación es que doña Elvira se encomiende a santa Águeda, a quien sometieron a terribles martirios y arrancaron con tenazas los pechos, y si aún vive, el 5 de febrero del año próximo le lleve dos hogazas de pan para pedir su amparo. La santa podrá hacer más por ella que nuestra medicina.

Ya se iban a retirar desalentadas después de despedirse, cuando Marie tuvo una idea y sin detenerse a pensarlo dos veces, preguntó de sopetón:

—¿Vos sabéis de preñeces?

Intrigado, el médico repuso:

—No atiendo partos, pero sé lo necesario al respecto.

—Teodora piensa que tal vez esté encinta y nos gustaría confirmarlo para poner al corriente a mi padre —reveló Marie.

—Por el corto tiempo transcurrido desde vuestro casamiento, deduzco que el vientre no se ha hinchado, pero tal vez tenéis náuseas, picor en los pechos, mayor somnolencia o molestia ante los olores fuertes, como el pescado o el vinagre.

—Nada de todo eso he notado —declaró con pudor Teodora.

—Lo que no certifica que no hayáis quedado encinta. Yo os aconsejo que informéis de vuestras sospechas al señor de Gourney. Él tal vez pueda comprobar vuestro verdadero estado.

Teodora agradeció su opinión, pero durante el camino de vuelta a la Casa de los Lilos, rogó a Marie que le guardara el secreto hasta que ella decidiera hacerlo público. Aunque Marie accedió a regañadientes, pronto olvidó su promesa al toparse a las puertas con la curandera que había atendido a Colasillo. Había acudido a visitar a doña Elvira y la acompañaron hasta su dormitorio.

—Mi mal no tiene cura y lo acepto —manifestó doña Elvira cuando ya estaban todas reunidas—. Sin embargo, no deseo sufrir más de lo necesario, y por suerte hay remedios que esta buena mujer conoce y me aplicará para aliviar mis días y, si se puede, alargarlos.

La curandera desplegó sobre la cama su arsenal de recursos, hierbas y extraños artilugios, y después, mirando a su alrededor, dijo:

—¿A qué vienen esas caras tan largas, mis buenas señoras? Ea, alégrense porque doña Elvira vive, y acaso dure más que alguna de nosotras. Sus días están contados, como los de todos los seres que pueblan la tierra, y no se quedará en ella ni uno menos ni uno más. Por tanto, será gran necedad desaprovechar lo que tiene penando por lo que perderá en lugar de disfrutar como hasta ahora de lo que se le ha concedido y aprovechar para emprender lo que considere que le dará contento. Por ahora trataré con mis hierbas de contener el mal, y más adelante ya se verá.

—Tenéis mucha razón en vuestras palabras —repuso doña Marina—. Todos hemos de abandonar este mundo y no sabemos cuándo nos llegará la hora. Mientras tanto, *carpe diem*. No dejemos para mañana lo que podamos hacer hoy, pues que pronto moriremos.

La curandera asintió con la cabeza mientras aplicaba a doña Elvira un emplasto de hierbas sobre los pechos y le hacía beber una poción que había preparado. Marie se acercó y le susurró unas palabras al oído. La curandera giró la cabeza para observar a Teodora, quien se ruborizó de inmediato. Tendiéndole un pequeño frasco, indicó:

—Poned unas gotas de orina en este recipiente.

Teodora no supo reaccionar y permaneció inmóvil. Fue Marie quien cogió el frasco y empujó a su amiga fuera de la habitación ante la mirada intrigada del resto de las mujeres.

Teodora se quejó:

—Os rogué que me guardarais el secreto.

Cogiéndola del brazo para dirigirla a su dormitorio, Marie se disculpó:

—Es preciso confirmar vuestra sospecha. Es por vuestro bien, mi querida madrastra.

Cuando regresaron al cuarto de doña Elvira con el frasco lleno, todas las miradas se clavaron en ellas.

Incapaz de aguantar la presión, Teodora cedió:

—Os lo diré. Sospecho que espero un hijo, pues me faltó la regla.

Doña Marina acudió a abrazarla sonriente y comentó:

—Me alegro mucho por vos y por el señor de Gourney. Si queréis salir de dudas, yo conozco un medio infalible —buscó en los bolsillos de su mandilón y por fin sacó una cinta blanca—. Dadme el frasco, pues necesito unas gotas de vuestra orina.

—No vayáis a introducir la cinta en mi frasco —cuestionó la curandera—. Si mancilláis la orina, no dará resultado la prueba.

Doña Marina echó unas gotas de orina en una palangana y mojó en ellas un extremo de la cinta. Luego prendió una vela y la aplicó a la tela hasta que se chamuscó y adquirió un color verdoso. Blandiendo la cinta como un trofeo, la pintora exclamó entonces:

—¡Dame albricias, pues sí estáis preñada de vuestro esposo!

Marie abrazó a su amiga y esta preguntó a la curandera:

—¿Y vos qué opináis?

Algo molesta, la mujer repuso:

—Mi prueba tardará más. Dejad reposar el frasco cerrado toda la noche sobre una superficie lisa y si mañana se ha formado una nubecilla en la superficie, es que estáis preñada.

—Lo estáis, querida Teodora —reiteró doña Marina—. Yo conocí con la misma cinta mi estado de preñez en el caso de mis tres hijos.

—Contádselo a mi padre, pues os aseguro que será para él motivo de gran contento —recomendó Marie.

—Mañana, cuando hable el frasco —respondió Teodora.

Y se mantuvo en sus trece sin hacer caso de las restantes opiniones.

Marie aceptó guardar el frasco en su habitación para que el señor de Gourney no lo descubriera, sin contar con que Colasillo y Violet eran mucho más curiosos que el primero y nada nuevo pasaba inadvertido a sus ojos.

—¡No os atreváis a tocarlo! —gritó Marie al despertarse y comprobar que ambos niños observaban atentos el frasco lleno de líquido amarillo que había colocado en su mesilla.

Los niños se retiraron sorprendidos, y Marie destapó el frasco sin moverlo para inspeccionar su interior. Se había formado una costra blanquecina sobre la superficie, pero no sabía si eso sería la nube. Echándose una mantilla sobre el camisón, salió de la habitación para buscar a Teodora, no sin antes prohibir a los niños acercarse al frasco bajo terribles penas si desobedecían.

—Hay nube —opinó doña Marina, que había acudido a la llamada de Marie como el resto de las mujeres, y agregó, mirando a doña Elvira—: ¿Vos qué decís?

—Hay nube —repuso esta—. Comprobadlo vos misma, querida Teodora.

—Luego ya no hay duda, estoy esperando un hijo —afirmó Teodora, tocándose el vientre todavía plano.

Esa fue una jornada de gran regocijo en la Casa de los Lilos, pues el señor de Gourney quiso celebrar la buena nueva en cuanto su esposa se lo comunicó. Asimismo, determinó:

—Adelantaré nuestro retorno. Nuestro hijo nacerá en su casa, y no os someteré a los rigores de tan largo viaje en un estado avanzado de preñez, por mucho que vuestra buena salud y juventud creo que lo aguantarían.

Teodora iba a protestar porque no deseaba abandonar a doña Elvira en sus tribulaciones, pero doña Marina la calló, diciendo:

—Vos acompañaréis a vuestro esposo y viajaréis cuanto antes a vuestra casa. La vida sigue y cada cual tiene que ocupar el lugar que le corresponde. Doña Elvira no está sola, pues me tiene a mí y a mis hijos, a quienes ha elegido como familia. Juntas nos ayudaremos, y aquí nos encontraréis en esta Casa de los Lilos si algún día deseáis visitarnos.

De este modo, la vida en la Casa de los Lilos prosiguió su curso sin grandes sobresaltos, cada cual dedicado a los quehaceres que le correspondían. Doña Elvira mantuvo su buen ánimo y humor, estrechando su relación con los hijos de doña Marina, quienes comenzaron a llamarla tía. El señor de Gourney redobló sus esfuerzos a fin de conseguir el viaje más cómodo para su esposa, a la que colmó de atenciones y prohibió seguir faenando en la cocina. Colasillo pasaba largas horas en el taller de pintura aprendiendo de doña Marina y colaborando en la terminación del cuadro de Bertrand y Chantal. Y Marie leía a ratos o vagaba por la casa buscando una ocupación que llenara su tiempo y la obligara a no pensar. Violet la seguía como una sombra porque tampoco tenía deberes desde que Teodora la había apartado de la cocina y de su lado.

La fecha del retorno al Franco Condado se iba aproximando, y todos habían dado por supuesto que Marie acompañaría a su familia. Sin embargo, la joven continuaba resistiéndose, aunque apenas lo expresara.

Una soleada tarde de mayo que acompañaba a Teodora en el huerto, se atrevió a abrirle su corazón:

—Ay, amiga, añoro los tiempos en que juntas recorríamos los caminos. Me gustaría volver a viajar solas como antaño lo hicimos y buscar un bonito lugar donde comenzar una nueva vida, tal vez encontrando a don Pedro de Orive.

Teodora repuso sorprendida:

—¿Me pedís que abandone a vuestro padre?

—Él abandonó a mi madre y debería comprenderlo. Que regrese al Franco Condado, puesto que ha renunciado a su sueño, pero nosotras aún podemos reunirnos con don Pedro de Orive.

Teodora cogió la mano de su amiga y le explicó:

—Marie, os repito como tantas veces que yo no soy como vos. Me asusta la historia de grandes hazañas en la que descuellan los hombres; yo prefiero la historia menuda de las mujeres, hacer feliz a vuestro padre, parir a mi hijo y criarlo para convertirlo en un hombre de bien, además de velar por Colasillo para que desarrolle sus talentos. En fin, también me gustaría contar con vos, mi buena amiga, y ser felices juntas estándonos en nuestra casa y disfrutando de los pequeños placeres que nos proporcione la vida. Venid con nosotros, que somos vuestra familia, y no os arrepentiréis. Y no penséis en don Pedro de Orive, pues yo no lo hago. Pasó y mi vida es otra.

—Ay, querida Teodora, cómo me gustaría asemejarme a vos y conformarme con mi suerte. Sin embargo, mi corazón no es magnánimo y no para de incitarme a la búsqueda… ya no sé de qué. No hallo sosiego ni lugar que me acomode y si me decido a acompañaros, seré un estorbo para vos y mi padre.

Teodora iba a responderle palabras de consuelo y amistad, cuando oyeron voces provenientes de la casa. Era el señor de Gourney que salía a su encuentro acompañado por otra persona.

—Mirad quién ha venido a visitarnos —dijo cuando ya se había aproximado—. Por fin ha vuelto nuestro querido amigo y tiene muchas cosas interesantes que contar.

El aludido, que no era otro que Bertrand Delacroix, con la tez tostada por el sol y vestido a semejanza de los exploradores que regresaban de ultramar, hizo una reverencia de cabeza. Marie apartó la mirada cuando sus ojos se cruzaron, frunciendo el ceño.

Más de una quincena había estado ausente desde su viaje al mar y estaba disgustada.

—Ya os daba por muerto —comentó la joven con voz altanera y quiso alejarse.

—Cómo por muerto —repuso el señor de Gourney—. Bien me dejó dicho cuando se despidió que pensaba viajar a Lisboa, y muy poco ha tardado en resolver lo que tenía entre manos cuando ya está de vuelta.

—Así es —replicó Bertrand sonriente—. La navegación fue excelente y enseguida pude reunirme con las personas que ya me esperaban, con lo que adelanté trámites y aceleré mi regreso a Sevilla, aunque me temo que mi estancia en la ciudad será breve.

—Hoy compartiréis nuestra mesa y platicaremos con calma sobre vuestras empresas —decidió el señor de Gourney—. Ahora os dejamos en compañía de Marie, pues quiero que mi esposa repose un rato mientras yo le leo alguna cosa, pues de otro modo no consigo que esté quieta.

Cuando quedaron solos en el huerto, Marie no hizo el más mínimo esfuerzo para disimular su enfado y quiso abandonar también el lugar sin mediar palabra.

Bertrand, cortándole el paso hacia la casa con su propio cuerpo, se lamentó por su actitud:

—No me tratéis con semejante rigor, *puisque* partís mi alma. Dejad que os explique la misión de mi viaje a Lisboa.

Marie continuó callada, pero dio media vuelta y se dirigió hacia los frutales. Bertrand la siguió y comenzó su relato:

—Os recuerdo que vine a Sevilla con el fin de encontraros porque así me lo recomendó mucho doña Isabela de Ontigole y que hasta Valencia me acompañó su esposo Catafilo. Con este último tenía pensado reunirme en Jerez de vuelta de nuestra excursión al mar, *mais* dejó recado de que ya se hallaba en Lisboa. De ahí mis prisas y mi precipitado viaje. Partí del puerto de Palos en una urca portuguesa propiedad de un mercader que tiene merced del rey para trajinar esclavos, y la travesía fue buena. En las largas horas a bordo, trabé cierta amistad con el capitán, quien me habló de sus incursiones en la Negrería para obtener esclavos y de una expedición que tenía pensada a unas tierras recónditas donde al decir de los naturales habitan unos seres portentosos por su tamaño y fuerza, muy semejantes a los negros salvo en el habla que les falta. Pensaba este capitán que por cada pieza capturada de estos seres enormes se podrían ganar buenos dineros, mucho más que por el negro más fuerte, puesto que una vez domesticados serían capaces de realizar cada uno el trabajo de cuatro negros al menos. He de confesaros que yo no defiendo la esclavitud entre iguales, *mais* en este caso se trata de seres sin alma, incluso inferiores a los negros, y más próximos a los brutos. En fin, para no cansaros, os diré que cuando arribamos a Lisboa, yo estaba casi convencido de unirme a su expedición más por afán de aventuras que por los dineros que pudiera proporcionarme. Hablé de ello al erudito Catafilo, quien quedó impresionado por la existencia de semejantes bestias, desconocidas para él hasta entonces, y determinamos participar en la empresa si, como el capitán de la urca esperaba, se llevaba a cabo en poco tiempo.

—¿Y por qué habéis regresado? —aprovechó para preguntar Marie cuando Bertrand interrumpió la narración para cortar de un naranjo un ramo de azahar y entregárselo después de besarlo.

—Mi preceptor Catafilo aguardaba la llegada de su esposa para emprender viaje al Nuevo Mundo y no podía ausentarse de Lisboa más que breves días. Los preparativos de la expedición a la Negrería se fueron dilatando y como doña Isabela no llegaba, yo determiné regresar a vos.

Marie lo miró intrigada y halagada a la vez.

—Regresar a mí —repitió—. No alcanzo a entender el significado de vuestras palabras.

—Significan lo que vos consintáis —replicó sonriente Bertrand.

—Repito que no os comprendo —se quejó Marie, algo contrariada por la oscuridad premeditada de Bertrand.

—Seré más claro. La esposa del docto Catafilo deseaba que os encontrara y socorriera en las adversidades que pudieran aconteceros, por eso me mandó a vos.

—Apenas conozco a esa señora, pues la vi en dos ocasiones.

—Ocasiones excepcionales, como vuestro encuentro con Catafilo, capaces de cambiar el curso de la vida. Con doña Isabela os une un lazo que jamás se romperá por su parte.

—¿Y qué se espera de mí? —se interesó Marie, cada vez más sorprendida.

—Nada. Yo vine a Sevilla para cumplir con doña Isabela y os hallé en inminente peligro. Creí salvaros, *mais* pronto comprendí que las heridas de vuestro corazón eran más profundas que las que el cuchillo de vuestro agresor pudieran haberos causado. Conozco el origen de vuestro pesar y no está en mi mano remediarlo. *Cependant,* os ofrezco mi brazo para sosteneros y mi vida para defenderos.

—¿Os quedaréis mucho tiempo en Sevilla? —preguntó Marie por decir algo, conmovida por su entrega.

—Apenas dos días. Regreso a Lisboa desde donde pasaré al Nuevo Mundo con mis preceptores y antes, si es posible, participaré en la empresa de la Negrería.

—Luego vuestro ofrecimiento son vanas palabras, pues enseguida nos despediremos para siempre —declaró desilusionada Marie.

—Venid con nosotros —repuso con ardor Bertrand, cogiéndole una mano—. No es preciso que toméis parte en la expedición que capturará a las extrañas bestias, *mais* podéis aguardar en Lisboa junto a doña Isabela. Después nos acompañaréis a descubrir la isla de Utopía, donde los hombres vivirán en libertad, no habrá guerras por motivos de religión e imperará la justicia entre iguales. Sabemos de esa isla gracias a Tomás Moro, quien la describió en su libro, basándose en las narraciones sobre el Nuevo Mundo del descubridor Américo Vespucio. Son muchas las personas perseguidas por uno u otro motivo en este nuestro Viejo Mundo que desean cruzar el océano para establecerse en esa nueva sociedad, donde no ocurrirá como en las repúblicas que aquí conocemos, en las que los ricos se conciertan para procurarse su bienestar inventando toda suerte de artificios con miras a conservar lo que han ganado por malas artes y pagando a los pobres lo menos posible por su trabajo. En esa isla de Utopía las leyes serán justas y en beneficio verdadero de la comunidad, no como ahora es, que solo sirven para proteger a los poderosos.

—¿Y se conoce con certeza dónde está esa isla tan extraordinaria? —preguntó incrédula Marie.

—El docto Catafilo sabrá encontrarla. Y de no lograrlo, nosotros crearemos una nueva sociedad en algún territorio recóndito que exploremos.

—Vuestros sueños me recuerdan los de mi padre cuando nos abandonó para venir a Sevilla —manifestó Marie—. Y ved cómo han acabado sus quimeras.

—No habrían acabado si él no lo hubiera querido. Surgirán obstáculos en el camino, *mais* los venceremos. Vos no deseáis regresar al Franco Condado y nosotros os brindamos una nueva posibilidad. Regocijaos, *puisque* tenéis la suerte de poder elegir vuestro destino.

Entonces, con voz apesadumbrada, Marie reveló:

—Mi madre murió angustiada porque pensaba que mi triste sino estaba decidido de antemano. Tu historia ya está escrita en el cielo, me anunció, rogándome que buscara a mi padre para que me protegiera. Yo la obedecí y salí a los caminos, siendo casi una niña e indefensa; sin embargo, no conseguí influir en mi suerte como ansiaba mi madre, pues la muerte se cruzó en mi camino, cerrándome el paso. Una anciana cíngara ya me lo había predicho, y ahora creo que por fin me he rendido. Confieso que me asusta el futuro que me proponéis.

—¿Cómo, dónde está la joven del puñal en el pecho capaz de recorrer incontables leguas antes de rendirse a una voluntad que no era la suya? —preguntó, exagerando el tono, Bertrand.

—De esa joven creo que solo queda el puñal que me entregó vuestra hermana Chantal y que hasta hace poco aún guardaba en el escote. Ya ni siquiera eso, pues no salgo a la calle.

—Buscadlo y devolvedlo a donde lo solíais llevar, *puisque* tal vez lo preciséis si, como anhelo, navegáis conmigo para reunirnos con mis preceptores en Lisboa. Sabed, querida mía, que no hay escriba en el cielo. En asuntos de religión no me meto, *puisque* por ahora no me interesan y cada cual que cuide de su alma como más le convenga. Sí os hablaré, en cambio, por boca de Jenófanes de Colofón, antiguo filósofo griego, quien en sus viajes observó que los tracios creían en dioses que tenían los ojos azules y el cabello rojizo, mientras que los etíopes adoraban a los suyos con la piel oscura y el cabello rizado. Con esto llegó a la conclusión de que los hombres creaban a los dioses a su imagen y semejanza, y no al revés, afirmando que si los bueyes tuvieran la capacidad de hablar y fabricar objetos, rezarían a dioses con forma de bueyes. ¿Quién es el escriba del cielo que ha redactado vuestra historia? Yo os lo diré: nadie. No es en el cielo donde hay escriba, sino en la tierra, y vuestra historia la compondréis vos si con valentía arrebatáis la pluma que os corresponde.

—Me maravillan las buenas razones que salen de vuestra cabeza —repuso Marie—. Sin embargo, repito que mi porvenir está con mi padre en el Franco Condado.

—¿Es lo que queréis? —insistió Bertrand.

—Es lo que se espera de mí —respondió Marie.

—Yo os brindo la posibilidad de descubrir un mundo nuevo a mi lado —reiteró Bertrand, acercándose a la joven hasta enredar un dedo en uno de los rizos rebeldes que caían de su frente—. Pensadlo, no me respondáis ahora.

Y le tendió el brazo para dirigirse hacia la casa, pues ya Violet había salido a anunciarles que la mesa estaba tendida y la comida dispuesta.

Al caer la noche, Bertrand Delacroix se despidió porque ya se marchaba. Antes había pasado por el taller de doña Marina, donde encontró muy avanzado el retrato que deseaba regalar a su hermana e hizo algunas indicaciones para su finalización y traslado, aprovechando el regreso al Franco Condado del señor de Gourney.

—Repetidme por qué deseáis que me sume a vuestra travesía al Nuevo Mundo —le pidió Marie, buscándole los ojos, cuando ya estaban a solas en la entrada de la Casa de los Lilos, a punto de decirse adiós.

—Vos lo sabéis —repuso Bertrand.

Y Marie no se atrevió a insistir.

—Nuestro barco portugués tiene previsto zarpar del Arenal con la marea al despuntar el día, pasado mañana. Yo os estaré aguardando —le explicó Bertrand muy cerca, casi rozándole la mejilla con sus labios.

Después hizo una reverencia, se colocó el sombrero y desapareció en la oscuridad sin estrellas de la noche.

No iré, se dijo para sus adentros Marie, y se marchó enseguida a la cama, sin comentar con nadie la propuesta que acababa de recibir.

Sin embargo, a la mañana siguiente, contemplando en el taller de doña Marina el jovial semblante de Bertrand retratado al lado de su hermana Chantal, sintió una punzada de tristeza al reparar en que no lo volvería a ver.

Doña Marina reveló que era un caballero muy desprendido:

—Vuestro Bertrand Delacroix pagó con una buena bolsa mi trabajo y me agradeció el esfuerzo. Su hermana creo que quedará complacida cuando vos le entreguéis en su nombre el regalo.

Marie lanzó un hondo suspiro, y Teodora, que cosía ropitas de niño sentada en una alta silla al lado de la ventana, levantó la cabeza de la labor para preguntar preocupada:

—¿Qué tenéis?

—Mañana Bertrand se desvanecerá en el aire como este suspiro, y me apena pensar que no lo veré más. Mi determinación comienza a flaquear.

—¿A qué determinación os referís? —se interesó Teodora.

Y Marie refirió la conversación que había mantenido con Bertrand.

Doña Marina opinó que era un viaje arriesgado:

—Hacéis bien al rechazarlo, pues no tenéis motivo para correr en pos de quimeras.

—Soy del mismo parecer —terció Teodora—. Vos conserváis vuestra familia que os quiere y una bonita casa a la que regresar. Pronto vuestro padre os dará un marido que os convenga.

A Marie no le agradó este comentario, y Teodora se apresuró a añadir:

—O permaneceréis con nosotros y envejeceremos juntas, si eso os place.

—Algunas veces pienso que he de aguardar con paciencia en Sevilla a que aparezca maese Dirc —señaló pesarosa Marie—. Más pronto que tarde vendrá a buscarme si está vivo.

—Son vanas esperanzas que debéis desechar —declaró al punto doña Marina—. Olvidad las palabras de doña Guiomar, pues fueron mentiras para haceros sufrir. Cuando su padre acudió a mí creyendo que accedería a convertirme en su amante, antes de enterarse de mi negativa, me reveló que iba a casar a su hija con un rico comerciante de Amberes y que se iría a vivir a esas lejanas tierras, acompañada por su madre hasta que se acomodara al cambio. Él me lo explicó para hacerme ver que nadie de su casa estorbaría nuestros encuentros.

—Vos lo rechazasteis —receló Teodora.

—Lo rechacé —aseveró doña Marina—. No quiero nada que venga de él ni ansío levantar una casa que mi esposo, si volviera, me podría arrebatar. Por fin he comprendido que mi futuro es otro y está únicamente en mis manos. Tengo techo y taller, y viviré de lo mucho o lo poco que yo misma consiga. Pero eso no es lo importante. Os he referido este asunto para que Marie comprenda que maese Dirc no está vivo, pues doña Guiomar se va a Amberes y no lo tiene escondido. Murió en las llamas, como ya os dije.

Marie hizo como si no hubiera escuchado sus últimas palabras y se limitó a comentar:

—Esa pérfida no tuvo castigo por su maldad.

—Lo tendrá, no lo dudéis —repuso doña Marina—. La mujer de otro mercader flamenco que me visitó ayer para que le hiciera un retrato, rodeada de sus hijos y perros, me contó que el susodicho comerciante que desposará a doña Guiomar es un viudo entrado en años que ya mató a su primera esposa por la mala vida que le daba y lo mucho que la obligaba a trabajar. Me temo que doña Guiomar correrá una suerte parecida.

—Dios castiga sin piedra y sin palo, aunque no puedo evitar sentir conmiseración por ella —manifestó Teodora—. Pero volvamos a lo que nos interesa. Marie, debéis perseverar en vuestra decisión de regresar con nosotros a la que es vuestra casa y os vio nacer. Allí recobraréis la alegría y gozaremos juntas de una existencia tranquila.

—Yo también considero que es lo mejor, por mucho que me apene dejaros marchar —afirmó doña Marina.

Marie asintió y no se volvió a hablar del asunto.

Pasó el mediodía, llegó la tarde y prendieron las luces de la casa. Por entretenerse, Marie preguntó a Violet si había visto en su tierra las enormes bestias que caminaban como los hombres.

—Por suerte, nunca me los topé —repuso la niña, abriendo mucho sus ojos de azabache—. Los conocen por gorilas y viven cerca de la Montaña de Fuego. Son velludos, tienen grandísima fuerza y dicen que se llevan mujeres de los poblados.

Esa noche Marie tardó en conciliar el sueño y, cuando lo hizo, se sumergió en una pesadilla interminable en la que huía de una bestia descomunal que la atacaba, hasta que, presa de una angustia insoportable, despertó empapada en frío sudor. Pero al recobrar la conciencia y encontrarse tendida en la seguridad del blando lecho, las lágrimas se agolparon en sus ojos y se preguntó qué había hecho, por qué había sido tan cobarde cuando se le había brindado una nueva oportunidad de tocar con la punta de los dedos la huidiza felicidad.

Epílogo

Teodora abrió los ojos en medio de la noche, se incorporó dubitativa en el lecho y al poco se levantó para echarse una toquilla en los hombros y buscar una palmatoria. Con ella prendida salió de la habitación y se encaminó al dormitorio de Marie.

—¿Quién va? —preguntó una voz susurrante que avanzaba en la misma dirección por el pasillo.

—Doña Marina, soy yo, Teodora —se dio a conocer la joven, también en voz baja—. Creo que aconsejé mal a Marie y deseo enmendar mi error.

—Soy de vuestra misma opinión —musitó doña Marina.

Y no hubo que explicar más. Las dos entraron sin llamar al dormitorio y apenas se sorprendieron al encontrar a Marie levantada, escribiendo a la luz de una vela.

—¿Qué queréis de mí a estas horas? —preguntó Marie, girando la cabeza hacia ellas.

—Tuve un sueño —reveló doña Marina—. Vi el árbol de los deseos del que tantas veces me habéis hablado y sus frutos crecían en él hermosos, ya maduros para la cosecha. Vuestra madre estaba a su lado y me tendió la mano abierta con la moneda de las sibilas. «Ex abundantia cordis», me dijo, pero como yo no contesté, volvió a repetirlo. «Os loquitur», repuse al fin, y entonces, sonriendo, ella añadió: «La felicidad es una mota de polvo que revolotea en un rayo de luz. Ayudad a mi hija a atraparla antes de que se desvanezca. Os lo ruego y encomiendo a vos, hermana mía, no erréis el consejo».

—Mi madre fue sibila —balbuceó Marie, mientras los ojos se le anegaban en lágrimas, agregando enseguida—: ¿Qué más os dijo?

—Me desperté no bien hubo pronunciado esas palabras y me dirigí sin tardanza a buscaros —respondió doña Marina.

—¿Vos tuvisteis el mismo sueño? —se dirigió a Teodora.

—No. Yo me desperté sobrecogida y supe que debía reparar mi error —contestó esta—. El corazón no habla, mas adivina, y el vuestro os mueve a no seguir nuestro mal consejo. Escuchadle a él y no a nosotras, os digo ahora. Yo pretendí para vos mi mismo destino, pero vuestros anhelos son otros de mayores vuelos y, aunque me pese en el alma perder vuestra compañía, creo que debéis partir.

—Camino viejo no llega lejos —añadió doña Marina—. Corred a atrapad la mota en el rayo de luz, pues todavía estáis a tiempo. Nosotras os ayudaremos a preparar el equipaje.

Las tres mujeres se abrazaron y enseguida prendieron más luces, con lo que Colasillo y Violet también se despertaron. Teodora les aclaró:

—Nuestra querida Marie se va de viaje y Violet la acompaña. Irán primero a Lisboa, desde donde Violet podrá regresar con los suyos, si así lo desea.

Violet negó con la cabeza y se echó a llorar, abrazándose a Colasillo. Marie la consoló, diciendo:

—Si prefieres quedarte, yo te lo concedo. De ahora en adelante será Teodora tu dueña y quien decida tu destino, pues ella tiene carta mía que la autoriza hasta para darte la libertad llegado el caso.

—Eso no puede ser —replicó al punto la aludida, quien llevando aparte a su amiga, añadió—: Recordad que vuestra esclava es comedora de carne humana. Viajará con vos, pues yo tengo miedo de que muerda a mi hijo cuando nazca o nos cause algún otro mal por su sed de sangre.

—Por eso la habéis alejado de vuestro lado —cayó en la cuenta Marie—. Se hará como queréis, pero partiréis su corazón, pues os aseguro que lo tiene bien grande, y si comió carne humana, fue por salvarme.

Violet volvió a llorar amargamente al enterarse de que tenía que viajar por fuerza, y Colasillo insistió en interceder por ella, pero como no obtuvo resultado, salió hacia la cuadra para ahorrarse congojas y evitar las lágrimas.

—Repartíos todo lo que queda, los libros y mis demás pertenencias —declaró Marie después de meter en las alforjas el exiguo equipaje, semejante en su contenido al que había traído desde el Franco Condado.

—Yo os acompañaré y tomaré las riendas, pues necesitáis un hombre —ofreció Colasillo cuando volvió para anunciar que el alazán ya estaba dispuesto.

Marie lo aceptó por dar un último gusto a Violet y declaró a Teodora al pasar frente a su cuarto:

—No voy a despertar a mi padre para despedirme. Entraré a besarlo y dejaré esta nota que he escrito.

—Yo le explicaré vuestras razones —musitó Teodora.

Cuando todo estuvo concluido y llegaron a la puerta de la Casa de los Lilos donde Colasillo aguardaba con el alazán, Teodora tuvo una última duda:

—Ay, querida amiga, ¿no nos estaremos equivocando al incitaros a emprender tan largo viaje con personas casi desconocidas?

Y doña Marina expresó su sentir:

—Sibila es la cabalista Isabela, confiemos en su buen juicio. Ella le entregó la moneda y tal vez sepa más de su madre. Dejémosla partir, pues su lugar no está con nosotras.

Marie abrazó a sus dos amigas y prometió mandar noticias en cuanto le fuera posible.

—Procurad ser feliz —le deseó Teodora, agregando al oído mientras la besaba en ambas mejillas—: Os doy las gracias por tanto como os debo y jamás os olvidaré...

Violet interrumpió la escena, arrojándose a los pies de Teodora, a la que dijo con ojos llorosos, agarrada a sus faldas:

—Siempre os quise bien, más que a mi ama, porque como madre me acogisteis cuando llegué a esta casa...

—Levántate, Violet, pues ya partimos —le ordenó Marie, cortando su parlamento para ahorrarle dolor al comprobar que Teodora no se ablandaba.

Colasillo se sentó delante en la montura, sujetando las riendas, Marie en medio y Violet detrás a pelo. Ya habían emprendido la marcha, cuando Teodora gritó:

—¡Buen viaje, Marie! ¡Colasillo, cuida de que embarque con Bertrand Delacroix y regresa a esta casa con Violet, pues yo deseo que nos acompañe al Franco Condado!

Doña Marina la reconvino:

—No debisteis cambiar de parecer en el último momento, cuando todo se había decidido y aceptado. ¿Acaso ya no teméis que la esclava sea comedora de carne humana? Quiera Dios que en el futuro no tengáis que doleros por vuestra repentina decisión.

—Dios lo quiera —repuso Teodora—. Yo os digo que permito que se quede con nosotros porque es mucho el amor que nos tiene y, aunque temo sus inclinaciones sanguinarias, lo cierto es que me arrepentí al momento de alejarla de nuestro lado y prefiero vivir con prevención que con la culpa de haberla abandonado.

Ajena a esta conversación, Violet, llena de agradecimiento, le lanzó un beso con la mano antes de perderse en la oscuridad calle arriba, camino del Arenal.

—Tuyo es el alazán, querido hermano —dijo Marie antes de pedir a Colasillo que lo pusiera al galope por última vez.

Bertrand había aguardado en tierra, caminando impaciente de un lado a otro hasta el último segundo, pero el capitán dio voces de levar anclas y no tuvo más remedio que subir al bergantín que, haciendo escala en Sanlúcar, lo conduciría a Lisboa. Escudriñando en la neblina del amanecer, se maldijo por no haber sabido convencer a Marie y pensó que debía haber sido franco y confesarle sus sentimientos, aunque temiera el rechazo. Ya no había nada que hacer, se lamentó, y entonces creyó escuchar los cascos de un caballo que se acercaba al galope.

—Teneos —ordenó al marinero que pretendía retirar la escala y de dos zancadas descendió de nuevo a tierra, alertado por las voces que venía dando Colasillo.

Cuando por fin llegaron junto al barco, Marie besó a los niños y desmontó apresurada del alazán. Bertrand la recibió en sus brazos y la atrajo hacia sí.

—Creí no llegar a tiempo —exclamó alborozada la joven.

—Yo os esperaré siempre, *ma belle* —musitó Bertrand a su oído—. Vine por vos, ya os lo dije.

Colasillo lanzó las alforjas y Bertrand las recogió al vuelo. Después, cogida de la mano, la pareja subió al bergantín, que al poco comenzó a separarse del puerto, mientras Colasillo y Violet lo seguían por el borde del agua, gritándoles entre las gaviotas su despedida, hasta que se perdieron en la distancia dorada de un nuevo día.

ÍNDICE

www.ingramcontent.com/pod-product-compliance
Lightning Source LLC
Chambersburg PA
CBHW051533250626
47157CB00001B/25